# 前言

从全球范围来看，世界各国开展乡村建设与复兴都有一个共同背景，即"工业反哺农业、城市反哺农村"。但由于各国的经济发展、城乡结构以及自然地理条件和文化传统等都存在较大差异，因此各国倡导乡村复兴的时间点有别，开展乡村建设的起点、难点和亮点也各异。20世纪中叶以来，已经完成工业化任务的国家或地区，开启了以工业成就和科技成果反哺农业生产和乡村改善的复兴之路，将产业化、宜居性、乡土性和艺术性等作为乡村建设和发展的关键主题。其中，美国作为发达国家在乡村建设中所取得的历史成就与积累的国际经验，可为我国的乡村振兴战略实施提供借鉴。

于是，面对国内乡建设过程中，诸如在传统村落出现的自然环境破坏、历史文化断裂和空间形态变异等乡土景观的"破碎化""孤岛化""边缘化"问题，如何在作为乡土景观和"三生"载体的村落公共空间层面实现统筹共赢成为当下乡村建设与复兴的重要议题。正如城市设计是解决城市问题、塑造理想城市的重要手段，乡村设计同样是解决乡村问题与落实传统村落保护传承利用、美丽乡村和乡村振兴等一系列乡村复兴举措的重要媒介和实施路径。乡村设计是一个发现的过程，作为一种探索可选项、创建新选择、找到新方案的方法，乡村设计交叉、联动了人文地理学、建筑学、设计艺术学、社会学、旅游学等相关学科。因此，本书对于传统村落公共空间形态的比较研究立足于设计艺术学，采用文献研究、田野调查、形态类型学、图式语言、空间句法和案例实践等理论与方法，基于"人—物—事—场—境"的交互关系，系统考察浙江省传统村落的公共空间，并以美国俄克拉何马州历史乡镇作为比较项，从而以纵横两个向度，为乡村设计策略的形成提供自然环境保护、历史文化传承和人居空间优化三大方面的传统智慧和国际经验。

概括来说，本书基于传统村落普查与典型案例调研，首先以形态类型学的范式，提取传统村落公共空间的构成要素及其特征，客观、翔实地记录公共空间形态数据并做出解释性的描述与分析，为后续公共空间的形态解构、机理认知打下基础。然后运用图式语言和空间句法，以"图式""图示""图表"等可视化图解模式，对典型案例做出语汇提取、语法运用、语境驱动等图式语言体系的架构与分析，以及空间的整合度、穿行度、协同度和可理解度等空间句法指标的参量分析，从而为村落公共空间的比较研究提供材料与维度。再以区域的浙江文化地理分区、宏观的传统村落类型以及中微观的典型案例，总结归纳浙江传统村落公共空间形态的相似性与差异性特征，提炼传统智慧的本质，即场域营造艺术。对于美国俄克拉何马州乡镇公共空间的研究，则依托为期一年的实地考察，提炼其乡土设计内涵以及可借鉴的国际经验。终章以前文的积累形成乡村公共空间保护原则与设计策略，并以笔者团队的乡村设计案例作为策略验证与反思总结。

研究所运用的图式语言一方面是对传统村落公共空间的生成要素、组合机理和空间关系的认知与可视化表达，因此是地方性营造的识别与提取，从而实现文脉的梳理与保护；另一方面依托图式语言，对空间语汇和空间语法进行"选择""复制""变异""活化"，可以较客观地建立可持续、个性化的设计语系，也就是空间的地方要素、组合模式以及组构关系的与时俱进，从空间建构规律中寻求文脉传承的公共空间形式，从而实现乡土文化延续与创新的可能。空间句法则考察空间系统中的拓扑关系，通过数理计算与可视化表达，探寻人群行为与空间形态的交互作用及内在的社会逻辑。由此可见，图式语言和空间句法均通过可视化的方式，简明、清晰地解构空间形态。两者结合互补，有助于进一步诠释村落公共空间形态的共性、个性特征以及自组织内涵，为乡村设计策略的提出与成形铺设底层逻辑。因此，乡村设计在这里

# 乡土景观与地方感悟

## 乡村设计视域下浙江传统村落公共空间形态研究

陶锋 著

文化艺术出版社

图书在版编目（CIP）数据

乡土景观与地方感悟：乡村设计视域下浙江传统村落公共空间形态研究 / 陶锋著. -- 北京：文化艺术出版社，2025.6. -- ISBN 978-7-5039-7869-2

Ⅰ. TU986.2

中国国家版本馆CIP数据核字第2025UK3498号

# 乡土景观与地方感悟：
## 乡村设计视域下浙江传统村落公共空间形态研究

| | |
|---|---|
| 著　　者 | 陶　锋 |
| 责任编辑 | 赵吉平 |
| 责任校对 | 董　斌 |
| 书籍设计 | 赵　矗 |
| 出版发行 | 文化藝術出版社 |
| 地　　址 | 北京市东城区东四八条52号（100700） |
| 网　　址 | www.caaph.com |
| 电子邮箱 | s@caaph.com |
| 电　　话 | （010）84057666（总编室）　84057667（办公室）<br>　　　　84057696—84057699（发行部） |
| 传　　真 | （010）84057660（总编室）　84057670（办公室）<br>　　　　84057690（发行部） |
| 经　　销 | 新华书店 |
| 印　　刷 | 鑫艺佳利（天津）印刷有限公司 |
| 版　　次 | 2025年6月第1版 |
| 印　　次 | 2025年6月第1次印刷 |
| 开　　本 | 880毫米×1230毫米　1/16 |
| 印　　张 | 24.5 |
| 字　　数 | 390千字 |
| 书　　号 | ISBN 978-7-5039-7869-2 |
| 定　　价 | 128.00元 |

版权所有，侵权必究。如有印装错误，随时调换。

是向传统乡土学习，用于解决当下的乡村问题。这不是简单地沿袭旧有，而是尊重原型自下而上地逐步推进，将历史经验转化为当下的设计策略。笔者认为，历史乡村公共空间既包括自下而上的朴素营造，也包含自上而下的主流形制随着时空变迁而地方化，也就是不断演化而相对稳定的空间组合模式是公共空间形态的本质。无论是从历时性的纵向比较，还是共时性的横向比较，公共空间形态都能凸显历史乡村在文化传承、社会变迁和发展模式等方面的时空特征，由此可引申为普适性的乡土设计理念与地方性的场域营造艺术。于是，俄克拉何马州历史乡镇所蕴含的乡土设计理念与浙江传统村落的场域营造艺术存在着讨论的共性基础，两者在自然共生、协同发展上趋于一致。

本书是基于国家社会科学基金艺术学项目"新农村建设视域下浙江与美国俄克拉何马州乡土景观的比较研究（18BG131）"，浙江省哲学社会科学规划项目"聚落尺度下浙东运河流域传统村镇空间基因图谱构建与设计应用研究（24NDJC061YB）"，浙江省高校重大人文社科攻关计划项目"图式语言下浙东传统村落公共空间形态解构与艺术设计实践（2023QN027）"等课题资助的研究成果。本书的出版获得了宁波大学哲学社会科学著作出版经费资助。特别感谢美国俄克拉何马州立大学建筑学部主任苏珊·比尔贝西（Suzanne Bilbeisi）教授和她的爱人穆罕默德·比尔贝西（Mohammed Bilbeisi）教授及其研究团队的倾力相助。感谢在浙江省内田野调查过程中，给予支持和帮助的各地政府部门，提供宝贵信息、参与访谈的热心村民、游客，等等。感谢参与项目研究的团队成员，他们是：包伊玲、张津豪、唐洁、黄舒悦、虞佳佳、黄艺、邬静静、杨静怡、杨紫珊、盛倍渔、穆宇轩、许若炜。感谢宁波大学潘天寿建筑与艺术设计学院，提供了完备的科研平台和营造了良好的学术氛围。感谢文化艺术出版社工作人员的专业意见和建议，以及为此做出的实质性优化。此外，本书参考了环境设计、人文地理和建筑设计等领域专家、学者们的相关研究成果和文献资料，并在书后的参考文献部分进行了罗列，在此向所借鉴研究成果的作者表达真挚的谢意，同时难免挂一漏万，若有引证疏漏之处，还请批评指正。

# 目录

## 绪论

第一节　研究缘起与研究意义……………………………003

第二节　相关概念与研究述评……………………………006

第三节　研究内容与思路框架……………………………027

第四节　小结………………………………………………030

## 第一章　浙江传统村落的生境与特征

第一节　地理环境…………………………………………035

第二节　历史沿革…………………………………………039

第三节　文化特征…………………………………………045

第四节　空间特征…………………………………………050

第五节　小结………………………………………………054

## 第二章　浙江传统村落公共空间调研与分析

第一节　调研设计…………………………………………057

第二节　村落格局…………………………………………059

第三节　空间形态…………………………………………061

第四节　空间活动…………………………………………068

第五节　小结………………………………………………072

## 第三章　浙江传统村落公共空间案例研究

第一节　案例1：绍兴柯桥区冢斜村公共空间研究 ………… 077
第二节　案例2：丽水松阳县杨家堂村公共空间研究 ……… 151
第三节　案例3：温州苍南县碗窑村公共空间研究 ………… 214
第四节　小结 …………………………………………………… 265

## 第四章　浙江传统村落公共空间比较研究

第一节　文化地理分区 ………………………………………… 270
第二节　空间信息释义 ………………………………………… 274
第三节　小结 …………………………………………………… 288

## 第五章　美国俄克拉何马州乡镇公共空间解析与启示

第一节　美国中西部乡镇概述 ………………………………… 291
第二节　俄克拉何马州乡镇公共空间研究 …………………… 295
第三节　比较与启示 …………………………………………… 307
第四节　小结 …………………………………………………… 311

## 第六章　乡村公共空间保护发展原则与设计策略

第一节　公共空间保护发展原则与设计策略 ………………… 315
第二节　案例1：绍兴冢斜村空间基因传承设计 …………… 320
第三节　案例2：宁波黄沙村户外空间适老化改造设计 …… 344
第四节　案例3：台州浚头村公共庭院乡土设计 …………… 355
第五节　小结 …………………………………………………… 364

**结　语** …………………………………………………………… 365
**参考文献** ………………………………………………………… 372
**附　表** …………………………………………………………… 377

绪论

## 第一节　研究缘起与研究意义

### 一、研究缘起

城镇化建设在带来重整山河、开创美好生活的绝佳机遇的同时，也伴随着生态环境破坏、文化记忆缺失的危机与隐患。几千年来，人与自然的共同作用形成了丰富多彩的乡土景观，然而随着城镇化的推进与深化，地域文化的趋同、地域景观的破坏、地域活动的消失使人们不得不重新关注乡土景观的空间机理和形态特征。[1] 这些现象、问题和诉求集中体现在当下的乡村。作为人类文化活动保存相对完好、乡土景观特质更为显著的乡村公共空间，其在城镇化进程中面临着更多的挑战。所谓"亡羊补牢，未为迟也"，随着乡村复兴的持续升温，需要立足中国而放眼世界，用全人类的智慧来寻求乡村复兴的思路与对策，善待未来几十年的乡村建设和乡村文明发展的机会。而重视、重识乡村公共空间，协调当地经济、社会和文化等方面的需求，建设可持续发展的乡村公共空间是乡村复兴的重要内容与未来趋势。

与此同时，在全球文化趋同的时代背景下，国家高度重视中华优秀传统文化的保护、传承与利用。广大乡村中的传统村落作为中华传统文化的载体之一，凝聚着民族精神，是中国历史文化、自然遗产的"活化石""博物馆"。习近平总书记把中华优秀传统文化看作我们在世界文化激荡中站稳脚跟的根基，要求处理

---

[1] 参见王云才《图式语言：景观地方性表达与空间逻辑的新范式》，中国建筑工业出版社2019年版，第43页。

好保护村落历史文化与村庄建设的关系，让居民"望得见山，看得见水，记得住乡愁"。浙江在这方面先行先试，走在了全国的前列，传统村落资源的完整性、系统性堪称标杆，全省先后已有六批（2024）共701个村落列入国家级传统村落名录。正如城市设计是解决城市问题、塑造理想城市的重要手段，乡村设计同样是解决乡村保护与开发问题的重要媒介。于是，从传统村落中汲取智慧，吸收乡村建设的国际经验，找寻对策反哺包括传统村落在内的广大乡村，成为研究的基本线索和目标。

因此，本书立足乡村设计，以浙江传统村落为研究对象，并以美国俄克拉何马州历史乡镇案例为比较项，解析村域尺度下的传统村落公共空间形态特征及其内涵。作为乡土景观的容器与观照，传统村落公共空间显然是研究乡村历史、现象和潜力的理想载体。无论是从历时性的纵向比较，还是共时性的横向比较，公共空间形态都能很好地凸显乡土景观在文化传承、复兴建设、可持续发展等方面的时空特征。

## 二、研究意义

### （一）丰富顶层设计的宏观布局

在国家政策的宏观指引下，2016年浙江省人民政府出台了《关于加强传统村落保护发展的指导意见》，健全了全省传统村落保护工作的顶层设计。之后，浙江省委、省政府把实现乡村设计的全覆盖列为"十三五"规划目标，金华、台州等地还开展了传统村落保护的立法工作。可以说，浙江传统村落保护工作已经完成了从无到有、由点到面、自弱变强的转变，迈进了新时代。[1] 近几年，随着"乡村振兴""共同富裕"战略的陆续实施，标志着我国乡村复兴已经进入全新发展阶段，乡村空间的科学合理利用成为实施乡村振兴战略的重要前提与基础。因此，本研究在一定程度上可以为丰富顶层设计的宏观布局做出贡献：一是探讨传统村落所蕴含的传统营造智慧与历史文化价值，既能提升民族文化的自信、自觉与自

---

1 参见陈桂秋、丁俊清、余建忠、程红波编著《宗族文化与浙江传统村落》，中国建筑工业出版社2019年版，"序言"。

豪，也展现了传统村落"利用"的一个重要维度。对于乡村需要传承什么、发展什么的首要问题，传统村落公共空间形态研究提供了客观的、空间化的参考方案。二是系统考察浙江传统村落和美国俄克拉何马州历史乡镇案例，从而以纵向与横向两个向度，凝练自然环境保护、乡土文化传承以及人居空间提升的传统智慧和国际经验，丰富文献成果。

（二）弘扬乡村空间的文化基因

乡村是农耕文化活态传承的载体，乡村公共空间营造对于提升乡村人居环境、凸显文化内涵具有重要意义。以城市为中心的一元发展建设弊端明显，许多打着美丽乡村建设旗号却错误理解建设理念的技术手段，使部分乡村陷入了同质化现象。因此，传统村落公共空间形态研究，是梳理传统村落内在文化基因和凸显辨识度的重要基础，能够为后续的乡村建设、空间更新和文化传承提供总体判断框架，使其不至于脱离本身实际与特色。简单来说，传统村落记录了民族文化的信息，体现了各民族所拥有的多元生存智慧，是千百年来各民族生活的家园，是当地经济、社会和文化可持续发展的重要资源。作为一种反映人与环境互动关系的遗产对象，传统村落公共空间形态在世代相传的过程中不断发展、演变与进化，反映出当地的生活方式、精神信仰等，具有地域性和文化多样性的特征。于是，将形态类型学、图式语言、空间句法等理论与工具应用于浙江传统村落公共空间的研究中，可以清晰有效地呈现其文脉特征，弘扬传统村落乡土文化的独特魅力。

（三）构建乡村复兴的设计路径

乡村的发展潜力是巨大的，通过乡村设计可以更好地理解、分析和创建解决方案来面向乡村的可持续发展，而乡村公共空间则是乡村可持续建设的重要内容。因此，对于提升乡村公共空间的整体品质，保护其独具价值的乡土景观遗产，乡村设计提供了一种创建选择项并辅助决策的过程，该过程将会对乡村的经济、文化、生态及居民生活质量等方面产生积极的影响。具体而言，通过乡村设计视域下的公共空间形态研究，可以提供一种解决乡村空间利用问题的智慧方法；构建一个使用"大数据+"模式的信息平台来提升民众的认知度和参与性，逐渐形成相应的乡村文化社区；开创一种系统性的方法与渠道，把科学、文化、艺术和经济、社会联系在一起，找到一种理解乡村生活质量和乡土景观感知之间关联性的方法；塑造一种看待、理解和欣赏乡村多样性的视角与方式；等等。可以说，基于公共空间形态研究的乡村设计策略的提出，无论对于近期、中期还是远期的乡村复兴建设而言都是至关重要的。

综上，本研究基于乡村设计解决问题的设计思维和技术路径，以国际视野选择最能反映乡土文化、地域特征和生态环境的传统村落公共空间，在深挖、弘扬中华文化精髓的同时，通过比较研究吸收国际经验，寻求乡村复兴建设的思路与对策，于是有了宏观布局、理论深化与实践指导的多重意义。

## 第二节　相关概念与研究述评

### 一、相关概念

#### （一）乡土景观

乡土景观由"乡土"和"景观"两词组成，因此可先分再合地进行解读。"景观"的词意演变已有较为全面的研究，这里引用美国人文地理学家约翰·布林克霍夫·杰克逊（John Brinckerhoff Jackson）在其《发现乡土景观》（*Discovering the Vernacular Landscape*）一书中较为简洁明确的定义："景观是一个由人创造或改造的空间综合体。"[1] 这一定义明确了景观的基本范畴：空间及要素。而景观特征可引申为历史的、文化的、地域的、变化的、过程的、连续的，等等。"乡土"对应的英文为"vernacular"，常用义项为"地方的""方言的"等，强调的是一种地域传统，区别于外地或异域。因此，乡土寓意着地域性、传统性与适应性。在社会学及民俗学领域，乡土强调的是对过去的了解，以田野调查为主要研究方法，通过对过去的解读完善当下的自我认知，将历史经验转化为解决当下问题的研究资源。可见，乡土是一种对传统的认知与研究的视角，既可指代乡村也可指

---

1　[美]约翰·布林克霍夫·杰克逊：《发现乡土景观》，俞孔坚、陈义勇等译，商务印书馆2015年版，第11页。

代城市，但乡村往往是地域传统的集中代表区域而成了乡土研究的主要对象。[1]

因此，乡土景观作为一种地域性的空间综合体，对其研究既强调景观对象的空间属性，又强调空间生成背后的文化行为，同时注重地域与景观对象的动态适应性演化特征。在生物学研究中，适应性能力的表达被概括为"形态可塑性"及"生理可塑性"。形态可塑性代表着产生新组织或器官应对环境的变化，而生理可塑性则主要体现在分子水平上的变化，前者可见而后者不可见。将此类比到乡土景观研究领域，适应性对应了乡土景观的两个基本范畴——空间与行为。山水格局、林地斑块、农田肌理、聚落布局和建筑形制等都是乡土景观最为直接的空间形态特征，同时也最能直接体现其适应性表征。形态所内含的人的观念、制度、技术和社会关系等则是乡土景观发展变化的内在驱动因素。二者成为乡土景观研究的基本结构，那就是关注乡土景观的空间形态、人类活动以及二者的交互关系。这也是本书从传统村落公共空间形态层面研究的底层逻辑所在。

### （二）乡村空间

借鉴国内外学者的相关解读和基于乡村发展的动态趋势，首先对乡村做出如下定义：相较于城市聚落，乡村是以农业经济为主，社会结构相对简单、稳定，以人口密度低的集镇、村庄为聚落空间形态的地域总称。[2] 对于乡村设计而言，乡村空间等同于乡村。作为村民的生产、生活场所，乡村空间是生产空间、生活空间和生态空间叠置而成的空间聚合体，具有自然性、领域性、复合性等特点。从空间尺度来看，乡村空间有广义和狭义之分。广义的乡村空间是指区域层级的乡村空间，主要涉及构成乡村空间系统框架内的村落相互作用而形成的空间地域关系；狭义则指村域层级的乡村空间，通常是一个行政村或自然村辖域的空间范围，主要涉及构成乡村聚落单体的要素之间的组合状态及其相互关系。[3] 狭义的乡村空间由山、水、田、村、宅等基本物质空间要素构成，是农业生产、居住建筑等各类空间复合构成的本土化空间。参照凯文·林奇（Kevin Lynch）的"城市意象"的概念，对于乡村空间的认知也就是"乡村意象"，可分析为山水田、片

---

1 参见张晋《基于适应性的乡土景观认知与研究视角探讨》，《中国园林》2020年第3期。
2 参见宁志中主编《中国乡村地理》，中国建筑工业出版社2019年版，第73页。
3 参见关中美、杨贵庆、王祯、肖颖禾《我国乡村空间研究进展与热点的可视化分析》，《现代城市研究》2019年第9期。

区、街巷道、边界、村口与节点六个要素。现代乡村大多是在传统村落的原址上形成和扩展出来的，通常将没有受到工业化和城市化影响的传统村落的空间形态称为原型。而研究传统村落原型，对于解读乡村空间的成因、结构和文脉具有重要的意义。进一步细分的话，村落原型的基本空间单元就是一个家族领地，基本由自然边界、农田和宅基地三要素构成。在更大尺度上，村落又是构成广义乡村空间的基本单元，即村落的分布格局形成了区域层级的村镇集群体系。

本书的研究尺度虽聚焦于狭义的乡村空间，即村落层面，但同样需要以区域视野比较研究浙江省各类文化地理区的传统村落空间分布特征，以及美国俄克拉何马州的历史乡镇。众所周知，传统村落是乡村中"形成较早、拥有较丰富的传统资源并具有一定历史、文化、科学、艺术、社会、经济价值，应予以保护的村落"。于是将传统村落公共空间置放于乡村空间这个概念中，从宏观的自然基底、整体格局，聚焦到中微观的村落空间结构、点线面形态、空间界面以及人们的行为活动，从而形成了一个系统的、整体到局部的、尺度跃迁的公共空间形态解析体系。以下对"公共空间""空间形态"做出解释。

### 1. 公共空间

村落作为最基本的社会单元，存在着各式各样的社会关联与人际交往的结构方式，当这些社会关系具有某种公共性并相对固定下来时，便构成了社会学意义上的"公共空间"。而当这些社会关系发生的场所以某种建筑空间形式固定下来时，便形成了建筑学意义上的"公共空间"。因此，村落公共空间首先是一个空间体，具有布局、界面、比例、尺度等空间形式特征；同时它还是一个场所，承担着村民的生产与生活活动，是村民进行不同层次公共交流的开放性场所，体现村民的思想和价值观，具备场所本身的精神意义。[1]

由此可见，村落公共空间由建筑实体、街巷虚体、自然环境和村民行为共同构成，担负着村落内的社会活动和各种功能，具备生态、历史、文化、美学、技术等内涵，是一个动态发展的、具有"物质"与"社会"双重属性的空间环境系统。本书做进一步归纳，村落公共空间是在一个村落共同体内部、在村民长期的生产生活中逐步形成，并且影响和形塑村民日常生活方式的公共空间结构和社会

---

[1] 参见张健《传统村落公共空间的更新与重构——以番禺大岭村为例》，《华中建筑》2012年第7期。

关系状态，既包括物质性的结构空间，又包括村落集体的精神归属空间。相较于普通乡村，传统村落的公共空间保存得更为完整，村落集体记忆和乡土文化传承更为清晰且延续性更强。[1]

### 2. 空间形态

"形态"（morphology）一词源于希腊语词根"morpho-"和"-logos"，分别意为形式与逻辑，因此形态包含了事物的外在形式及其内在的构成逻辑。"形态"一词在《辞海》中解释为事物的"形状神态"或"在一定条件下的表现形式"，即不单单指事物的几何形状，还涵盖形成的原因以及传达的精神意义。可见，两种解释都强调了形态的形式构成以及历时性、适应性的演化过程。关于形态的研究包含两点重要思路：一是从局部到整体的分析过程，复杂的整体被认为是由特定的简单元素构成，从局部元素到整体的分析方法是适合的并可以达到最终客观结论的途径；二是强调客观事物的演变过程，事物的存在有其时间意义上的关系，历史的方法可以帮助理解研究对象包括过去、现在和未来在内的完整的序列关系。[2] 基于上述理解，本书认为空间形态是空间要素通过结构关系形成整体后所呈现的形式和意义。它不但包括空间的形式、位置、构筑方式以及由生活方式、文化观念等所形成的空间特色和精神意义，还包括人们对空间的心理反应与认知，因为人们的认知联系了空间与社会两个系统，以及由此产生的主观空间形态。可以说，空间形态是一种复杂的经济、社会现象和社会过程，是在特定的地理环境和一定的社会历史发展阶段中，人类的各种活动与自然因素相互作用的综合结果，是人们通过各种方式去认识、感知并反映的空间整体的意向总体。[3]

结合乡村空间与公共空间的概念可知，村落公共空间形态既是村落公共空间的外在表现形式，包括宏观体系下的村落公共空间分布特征、中微观体系下的公共空间形体环境及其内部各要素的表现特征，于是具有符号象征与美学品质；与此同时，村落公共空间形态反映出社会生活和精神文明，即外显形态所内隐的构

---

1 参见包伊玲《浙东运河宁波段传统村落公共空间形态研究——以大西坝村和半浦村为例》，文化艺术出版社2022年版，第15页。
2 参见谷凯《城市形态的理论与方法——探索全面与理性的研究框架》，《城市规划》2001年第12期。
3 参见段进、季松、王海宁《城镇空间解析：太湖流域古镇空间结构与形态》，中国建筑工业出版社2002年版，第10页。

成逻辑，如社会文化逻辑、经济技术逻辑等。因此，村落公共空间形态是有形与无形的辩证统一，本书对其考察也是从这两个基本方面入手。

（三）乡村设计

乡村设计在此理解为乡村空间设计，即通过空间安排的视角帮助乡村复兴建设应对各种变化，并在这个过程中架构科学、艺术和社会之间的桥梁，可持续地改善乡村生活品质，内容涉及建筑、景观和公共空间等。乡村设计的目标不仅是实现理想的乡村人居环境，而且作为一种触媒，是乡村经济繁荣、文化传承的增效工具。因此，乡村设计并非设计师的简单介入，而是一种将设计作为解决问题途径带到乡村地区，以培育人们创造性和创造力的方法论，是地方政府、村民都要参与共同塑造未来乡村的过程。乡村设计也不是一个简单的从设计到结束，需要的是自上而下和自下而上的"互矫"和"互较"过程，以及相应的评估体系。[1]

于是，乡村设计的本质在于建立乡村环境中人和空间之间的连接，其使命是帮助乡民构想未来，同时保留乡村最有价值部分的可持续生命力，而这需要借助乡村自身的资源禀赋以及系统性认知。如前所述，本书聚焦于传统村落最能反映历史文化、自然环境和社会关系的公共空间，包括整体格局、布局结构和空间美学等层面的具体内容：整体格局，即山、水、田、村、居的有机关系；空间布局，即建筑实体、街巷系统和附属空间的方位尺度以及三者的嵌套关系；空间结构，即轴线、网络、边界和中心等组织方式；空间美学，即空间体验与感悟。公共空间形态的解析包含了上述公共空间物质形态与社会文化的各类潜在关联。也就是说，乡村设计作为一种触媒而言，传统村落公共空间形态的解构分析及传承创新是关键的输入和输出，需要借助一定的理论与工具才能客观、深入地体会传统营造智慧和乡土设计理念，从而以历史经验来指导乡村空间设计。而图式语言与空间句法，正是本书运用的两大理论工具。

**1. 图式语言**

"图式""图示"均属于图解性语言范畴。相较于"图示"是用图形的方式

---

[1] 参见[美]杜威·索尔贝克《乡村设计：一门新兴的设计学科》，奚雪松、黄仕伟、汤敏译，电子工业出版社2018年版，第4—12页。

来表现某一事物的特征、结构和相互关系，以达到以简驭繁的表现形式，"图式"则是对其中的关系、特征和模式的概括和提炼。[1] 图式倾向于作为一种认知结构和感知过程的知识体系单元而存在，具有系统的组织构成和结构特征，能够揭示特定的规律。[2] 因此，图式语言作为一种基于图式和图式逻辑关系，可成为对空间系统的空间类型和空间耦合关系进行探索的认知视角和分析方法。即以图式作为空间语言化的表现途径，基于空间系统的结构性和解构性，将其整体视为由不同尺度的空间单元水平拼接和垂直嵌套而形成的嵌合体，建立具有尺度、秩序、语义等特征的空间整体，揭示形态、功能与意义的空间融合与生成过程以及空间系统形成机理。可见，图式语言能够比较准确、全面地反映空间系统的结构和逻辑关系，有助于实现地域性空间系统的传承与创新，并在空间塑造过程中展现个性和特色。

传统村落公共空间所具有的文化内涵和地方特性，构成了具有典型性和模式化的乡土格局，其空间组合、发展脉络和空间秩序所蕴含的独特设计语言和发展逻辑与语言学中"字""词""词组"的转换和"句"的结构脉络具有共通性，形成了独特的传统村落公共空间图式语言。可以理解为传统村落在语言的逻辑性和结构性等特征影响下进行空间布局的语言化、单元化、语汇化及语法化的过程，其特征主要表现为地方个性和普适共性。[3] 展开来说，是运用图形的表达方式将公共空间抽象化，利用语言的组织结构和组织逻辑，揭示公共空间由构成要素、空间单元、空间组合到整体空间格局的形成过程。公共空间的图式语言体系由公共空间的空间语汇、空间语法以及空间语境构成。其中空间语汇包括"字""词""词组"，分别对应公共空间的构成要素、基本空间单元和组合空间单元；空间语法则包括形成基本空间单元和组合空间单元的词法，以及形成整体空间系统的句法；空间语境由自然语境和人文语境构成，可视为公共空间的生成背景和约束法则。（图0-1）

## 2. 空间句法

空间句法诞生于20世纪70年代末，其是由英国伦敦大学比尔·希列尔（Bill Hillier）教授与其科研团队创建的空间形态分析技术。空间句法的核心是空间"组

---

1 参见蒙小英《基于图示的景观图式语言表达》，《中国园林》2016年第2期。
2 参见张兵华《传统村落公共空间的图式语言》，中国建材工业出版社2023年版，第7页。
3 参见王云才《论景观空间图式语言的逻辑思路及体系框架》，《风景园林》2017年第4期。

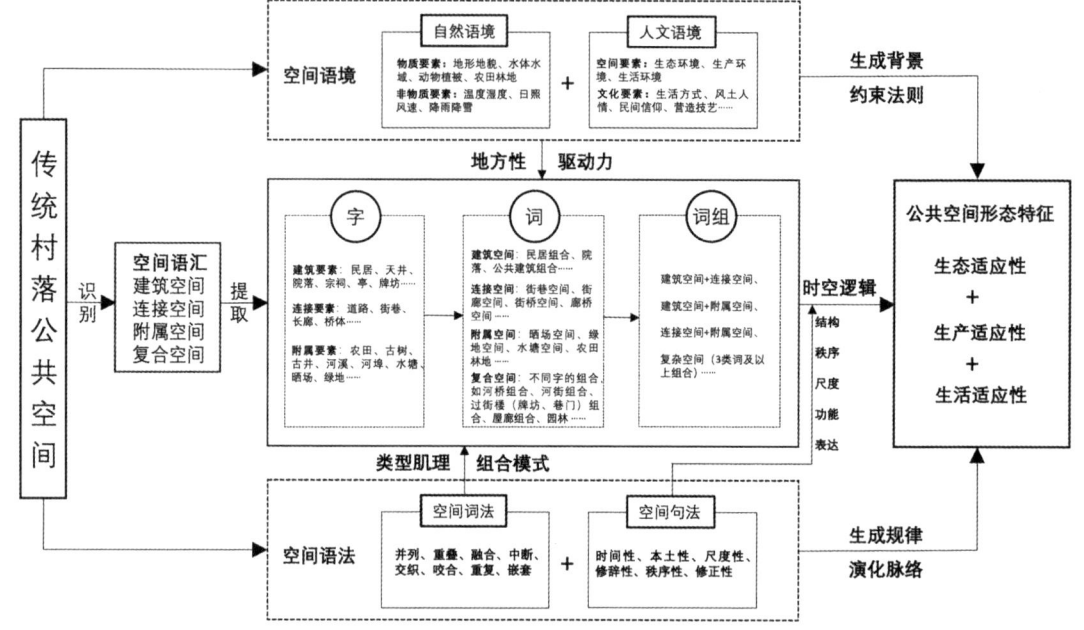

图 0-1 传统村落公共空间图式语言体系的构建逻辑

构",即从空间关系出发对空间系统抽象分割、连接后进行量化描述与空间再现,从而剖析空间组织与人类社会活动之间的关系。于是,空间句法有一系列的量化指标来衡量空间的结构特性,包括整合度、穿行度、协同度和可理解度等。

拓扑学是空间句法中描述与研究空间系统的抽象连接结构与相互关系的重要理论基础。图论则是其中最重要的分析理论,它将复杂系统中的各元素抽象成点,并用两两节点之间的连线代表元素之间的关系。在村落公共空间研究中,可以把公共空间系统所分割的空间元素抽象成"节点",把空间元素之间的连接关系解构为"线",从而构建村落公共空间系统的拓扑结构。然后再通过拓扑结构的关系图解(Justified Graph)与量化指标,探索村落公共空间的几何构型与人群行为模式之间的交互关系,从而推导空间的社会文化逻辑。根据空间系统的类型、体量以及分割方式,空间句法的研究模型发展为三类:线性(轴线、线段)模型、凸空间模型、视域模型。三类研究模型各有优势与适用范围,一般应根据研究对象选择合适的模型以及相关的句法参量,也可综合起来比较使用。(表0-1)

表0-1 空间句法三类研究模型与分析方法使用情况对比[1]

| | 空间转译（分割） | 模型建立 | 句法分析 | 适用范围 |
|---|---|---|---|---|
| 轴线模型 | 最长且最少<br>轴线<br>道路中视线与运动均不受阻碍的最长轨迹线 | 最少且最长的轴线覆盖整个空间系统，且穿越所有凸空间；每条轴线视为一个空间节点 | 将轴线间的交接关系转化为关系图解；计算句法变量，以冷暖颜色表示每条轴线参数的高低 | ·聚落空间、建筑内部空间<br>·描述空间结构，揭示空间形态演化的规律与法则以及与社会现象的联系 |
| 线段模型 | 不被打断的<br>线段<br>轴线（街道、路径）相邻交点之间未打断的部分 | 以道路交点之间的线段为分析单元，在轴线模型基础上修正而成 | 线段模型计算增加了对最小角度、欧几里得距离半径的控制 | ·对几何属性敏感的几何拓扑模型<br>·精确度量街网的多尺度结构特征，满足空间分析更高精度的要求 |
| 凸空间模型 | 可互视　视线阻隔<br>凸空间<br>任意两点连线形成的线段都处于该空间内，同一凸空间内所有人都能彼此互视 | 用最少且最大的凸空间覆盖整个空间系统；把每个凸空间当作一个空间节点 | 根据节点的连接关系，转化为关系图解；计算句法变量，以冷暖颜色表示每个凸空间参数的高低 | ·广场、道路交叉口、建筑内部等围合空间<br>·研究空间的功能、结构，以及人群分布情况等 |

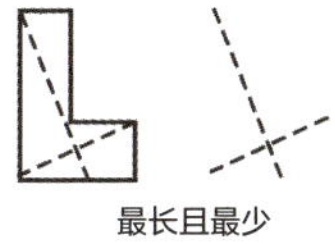

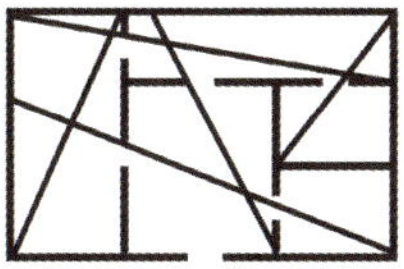

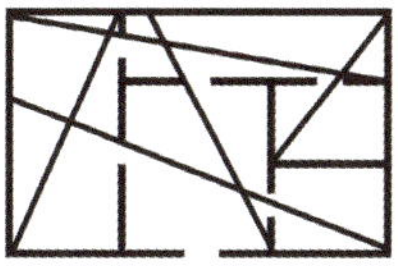

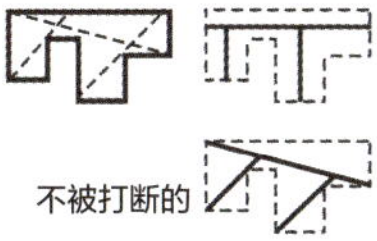

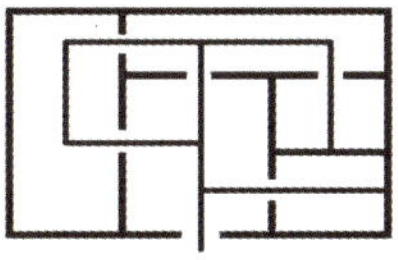

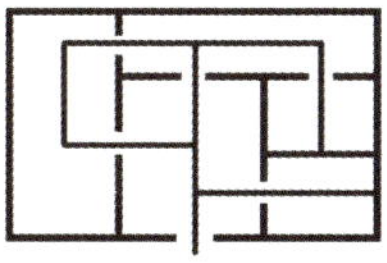

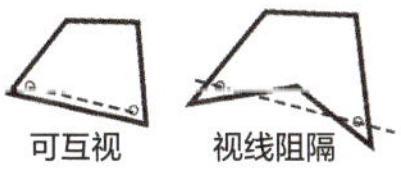

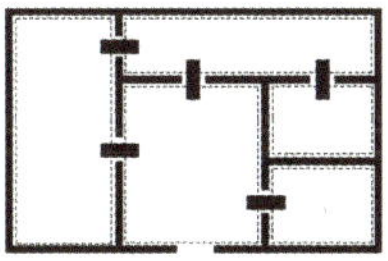

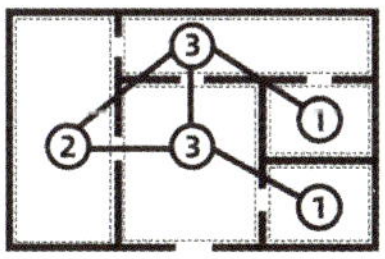

[1] 根据韦浥春《广西少数民族传统村落公共空间形态研究》（中国建筑工业出版社2020年版）第109—110页整理。

续表

| | 空间转译（分割） | 模型建立 | 句法分析 | 适用范围 |
|---|---|---|---|---|
| 视域模型 | 视域<br>在空间中某个特定位置可见的所有点的集合 | 将空间简化为均匀分布的视点格网；每一视点代表站立于此点时看见其他空间的可能性 | 提取空间中有重要意义的特征点（如道路交叉点）；计算其句法变量来描述空间形态 | ·小型广场、街道、建筑等小尺度空间<br>·分析空间的可视与可行，用于园林、景观、广场等空间形态研究 |

本书运用空间句法，在文献研究、田野调查的基础上，通过计量模型的辅助，定量地解释传统村落公共空间系统的形态特征与人文现象。换言之，空间句法与图式语言的运用目标一致，两者的共用与互补是为了更好地得出研究结论。

## 二、研究述评

在明确了研究对象、相关概念及其内在关联后，对国内外相关研究的述评围绕"公共空间"这个主题而展开。

### （一）国内乡村公共空间研究

随着乡村振兴战略的稳步推进，公共空间作为乡村的重要组成部分随之受到广泛的关注，相关研究也取得了丰硕的成果。根据本书的研究范畴与重点，将现有研究成果按照广义的乡村公共空间和狭义的传统村落公共空间两大块展开综述。

#### 1. 乡村公共空间研究[1]

经过对相关文献的梳理，乡村公共空间研究可归纳为两个方面：多学科视角的综合性研究；专题性研究。

---

[1] 表0-2、表0-3根据罗苈、许泽港、陈翚《基于CiteSpace的国内乡村公共空间研究综述》（《南方建筑》2022年第2期）整理。

（1）多学科视角下的综合性研究

如表0-2所示，当前相关成果主要分为"社会学""地理学""旅游学""建筑学""交叉学科"等五类学科视角。

**表0-2 国内乡村公共空间多学科视角下的综合性研究**

| 学科 | 研究特征 | 主要成果 | 优势与不足 |
| --- | --- | --- | --- |
| 社会学 | ①社会学定义：公共空间包含物质空间与精神空间，即公共空间结构与社会关系状态 ②研究内容：社会结构、社会文化与社会治理 | ①社会结构：作为村民思想交流、政治交往与经济贸易的发生地，具有整合乡村社会，展现乡村市场、社区政治和日常生活的作用，对乡村社会运转具有重要意义 ②社会文化：受市场经济和城市化影响，乡村公共空间呈现文化不自觉的表征，提出以文化自觉为主导的重构策略 ③社会治理：提供事务处理与民主协商平台，实现社会治理；网络公共空间能促进村庄社会联结的再生产，提供乡村社会治理的新思想 | 优势：探讨公共空间对乡村社会的影响，一定程度上完善了乡村公共空间的内涵意义，为乡村建设助力并促进其多维发展 不足：交叉学科视角下，乡村公共空间多主体协同参与及共建共治共享的研究不足 |
| 地理学 | ①集中在空间分异、空间结构优化方面，关注乡村空心化等社会问题 ②运用定量与模型等方法解析乡村空间的演变进程，并开展公共空间重构研究 | ①利用密度分析等方法研究乡村聚落空间分布特性 ②从乡村聚落空间的功能整合、结构优化、尺度调控三个方面，构建了基于生活质量导控的乡村空间优化模式 ③基于3S探究乡村聚落空间的分布特点与演化模式，提出"景观重建—结构重组—功能重塑"的重构思路 ④从人地关系理论出发，以"物质—社会—文化"多维视角探索乡村空间重构 | 优势：不同尺度下从自然环境、空间结构到要素构成，结合地域特征、时代背景和社会需求，分析乡村公共空间变迁机制、发展规律和重构模式 不足：基于三生视角从乡村公共空间微观层面的探讨相对不足 |

续表

| 学科 | 研究特征 | 主要成果 | 优势与不足 |
| --- | --- | --- | --- |
| 旅游学 | ①旅游产业与乡村空间的耦合关系<br>②旅游开发背景下，乡村公共空间整合与重构，以及不同旅游产业类型的乡村公共空间重塑的方法与意义 | ①旅游产业介入下，针对不同旅游类型的乡村公共空间提出了一系列更新改造策略与方法路径<br>②从旅游绅士化、空间生产等视角，就旅游开发对于乡村公共空间的保护重构意义进行了反思 | 优势：从旅游产业与乡村空间耦合互动的视角，探讨资本驱动下可持续发展的途径<br>不足：个案分析为主，仍需进一步拓宽研究范畴，形成交叉学科视角下的体系整合 |
| 建筑学 | ①建筑学定义：乡村公共空间是村民自由出入并开展日常交往与公共活动、体现民俗的场域<br>②研究内容：空间形态；保护利用；演变与重构 | ①空间形态与量化研究：可分为点、线、面及混合形态；运用空间几何学、分形理论与空间句法等进行量化分析<br>②公共空间保护利用：以协调各方权益的方式修正方案，针灸式激发公共空间活力；以内生发展与环境改造为保护更新的途径<br>③公共空间演变与重构：通过分析公共空间的演变阶段与驱动因素，归纳其各时期功能与形式之间的关联与特性；提出整治空间、完善设施等重构策略 | 优势：侧重于乡村公共空间的物质性研究<br>不足：公共空间文化属性的挖掘，尤其是非物质文化在公共空间中的呈现形式与保护利用模式，仍有待进一步探索 |
| 交叉学科 | 多维视角下，探索乡村公共空间外部表征与内部演化过程、动因机制等相互之间的关联 | ①结合社会学、地理学和规划学，以个案研究提出乡村公共空间的转型与重构策略<br>②基于旅游学和规划学，以空间句法研究旅游开发对乡村公共空间形态演化的影响<br>③基于社会学和旅游学，研究休闲体验型乡村的演化机制和营建策略<br>④结合旅游学和人文地理学，探讨传统村落公共空间的地方认同 | 优势：相较于单一学科，交叉学科研究更具有视角的多维性和结论的多元化优势<br>不足：以某一学科为主导，乡村公共空间综合性研究有待推进 |

总的来说，各个学科包括交叉学科对乡村公共空间的研究已有丰硕的成果。社会学深入研究公共空间对乡村社会的影响及构成作用；地理学从乡村的区域分布及聚落层面展开定量和定性研究；旅游学注重旅游产业与乡村社会、文化、空间发展的融合与互动；建筑学侧重于物质空间及其形态层面的分析与实践研究；交叉学科体现了多维互补的研究优势。

（2）专题性研究

如表0-3所示，相关成果按研究专题主要可分为"类型与特征""价值与评价""演变与重构"等三大类。

表0-3 国内乡村公共空间专题性研究

| 研究专题 | 研究内容及成果 | 特色与不足 |
| --- | --- | --- |
| 类型与特征 | 多样类型：<br>①日常生活的空间功能：休闲型、事件型、项目型与组织型<br>②空间型构动力：行政嵌入与村庄内生<br>③用地权属：显性公共空间（如祠堂）和隐性公共空间（如院落）<br>④新类型：跨时空的"虚拟型公共空间" | 特色：分类涉及社会学、建筑学、行为学等不同学科的多重视角分析<br>不足：分类存在交叉与重复 |
| 价值与评价 | 多元价值：<br>①多重功能价值：如祠堂有祭祀、教育、礼治、救济等功能，庙会、街巷有文化娱乐等功能；满足不同群体的个性化需求<br>②社会发展价值：具有促进社会交往、整合社会关系的积极作用；增进社会信任及维持社会秩序的社会治理价值<br>③经济开发价值：公共空间优化布局可促进乡村产业融合；作为乡村旅游转型的载体，可带动乡村产业的综合发展<br>④地方文化价值：乡村文化建设、文化活动以及乡土文化记忆与文化传承创新的主要场所，承担着文化教育、传播等职能 | 特色：多元价值研究较为全面<br>不足：时效性上存在不足，大多价值判断针对旧有乡村公共空间 |

续表

| 研究专题 | 研究内容及成果 | 特色与不足 |
|---|---|---|
| 价值与评价 | 评价体系：<br>①使用评价：使用PSPL法、POE法等对乡村公共空间的使用情况进行分析并构建使用评价体系，继而提出优化策略<br>②活力评价：构建"文化、环境、空间与设施"四类活力因素的评价体系<br>③满意度评价：基于马斯洛需求理论，调研村民需求并构建公共空间满意度评价体系 | 特色：评价体系主要集中在空间本身和使用者评价上<br>不足：自然环境、城乡互动、文化及政策制度等多因素影响的考虑不足；缺乏不同类型乡村的指向性评价指标和评价方法 |
| 演变与重构 | 演变机制：<br>①从不同视角展开多方因素影响下动态发展的过程研究<br>②"社会—制度—空间"的辩证视角分析演变机制<br>③从功能与形式的视角分析演化脉络<br>④基于自发与构建秩序，从历史发展维度梳理演变特征及动力机制 | 成果丰富，但由于演变进程受到多重影响，研究视角也各不相同而未形成统一体系 |
| | 演变阶段：<br>①封闭阶段（ —1949）：具有封闭、单一的特征，处于自下而上的内生发展状态，形成以宗祠为核心的乡村礼治格局<br>②衰落阶段（1949—1978）：国家政权渗透下宗族文化的公共空间（祠堂、寺庙等）迅速衰落，政治性公共空间产生<br>③发展阶段（1978—2005）：国家权力逐渐退场，新制度和产业转型激发了乡村经济活力，生产生活性公共空间得到发展<br>④复兴阶段（2005—2017）：新农村和美丽乡村取得积极成效，政府、社会与村民三方合力下，乡村公共空间文化复兴<br>⑤重构阶段（2017— ）：乡村振兴战略，乡土文化、地域资源与社会关系综合发展，推进乡村公共空间在文化、功能和制度等方面的重构 | 总结出乡村公共空间演变过程五个阶段；演变阶段可依据不同主题划分或进一步细分 |

续表

| 研究专题 | 研究内容及成果 | 特色与不足 |
|---|---|---|
| 演变与重构 | 重构路径：<br>①基础：功能更新重组，多元复合利用。更新功能满足村民新生活需求，融合现代生活和产业发展的新型公共空间再造<br>②关键：挖掘地域资源，传承乡土文化。传统文化要素融入物质空间的保护、活化与营建中；梳理乡村文脉，延续场所精神和乡土记忆<br>③核心：优化环境质量，激发空间活力。尊重地方语境，营造具有地域特色的传统保护型公共空间；保护乡村生态原貌，建设宜人的休闲体验型空间；结合文旅产业、文化创意等多模式，营建城乡互动的文化共享型公共空间<br>④保障：完善治理机制，主体协同参与。完善与更新乡村公共空间保护政策，设立合理的乡村自治条例，创新自治、法治、德治的多元治理方式；鼓励社区协同参与方式，平衡各群体之间的利益，促进多主体共同参与乡村公共空间的建设与管理 | 特色：结合时代背景提出重构策略，构建基于"功能—文化—空间—机制"四个方面的重构路径<br>不足：以发展理论指导实践应用的对策研究，有待可持续性地丰富与充实 |

**2. 传统村落公共空间研究**

将1996年至2022年CNKI国内传统村落公共空间研究文献作为检索源，以"传统村落/古村落/历史文化名村/传统聚落"和"公共空间"作为检索词，"篇关摘"为检索路径，除去学位论文、会议论文、报纸等文献，最终获得有效期刊文献564篇。同样，以"传统村落/古村落/历史文化名村/传统聚落"和"浙江""公共空间"作为检索词，"篇关摘"为检索路径，最终获得有效期刊文献64篇。将有效期刊文献以Refworks格式导出，运用陈超美博士团队研发的CiteSpace软件进行数据处理并生成科学知识图谱。（表0-4）

表 0-4　传统村落公共空间研究梳理

| 检测主题 | 科学图谱 | 研究分析 |
|---|---|---|
| 突现词 | （a）传统村落公共空间突现词图谱<br><br>Top 25 Keywords with the Strongest Citation Bursts　2000 - 2022<br>Keywords　Year　Strength　Begin　End<br>浙西　2000　6.85　2000　2014<br>结构　2000　6.85　2000　2014<br>逻辑　2000　6.21　2000　2010<br>住宅空间　2000　4.93　2000　2011<br>聚落　2000　1.35　2000　2014<br>交往空间　2000　1.83　2004　2013<br>场所　2000　1.59　2004　2012<br>外部空间　2000　1.27　2004　2008<br>行为　2000　1.27　2004　2008<br>风景园林　2000　1.3　2009　2016<br>古村落　2000　2.14　2010　2016<br>街巷　2000　1.29　2010　2011<br>文化景观　2000　1.6　2011　2015<br>演变　2000　1.9　2012　2013<br>更新　2000　1.42　2012　2015<br>有机更新　2000　1.56　2015　2017<br>城镇化　2000　1.56　2015　2017<br>空间形态　2000　1.82　2017　2019<br>保护规划　2000　1.46　2017　2018<br>乡村建设　2000　1.5　2018　2019<br>传统文化　2000　1.5　2019　2020<br>住区　2000　1.32　2019　2020<br>空间句法　2000　4.9　2020　2022<br>空间布局　2000　1.97　2020　2022<br>更新策略　2000　1.58　2020　2022<br><br>（b）浙江传统村落公共空间突现词图谱<br><br>Top 8 Keywords with the Strongest Citation Bursts　2006 - 2022<br>Keywords　Year　Strength　Begin　End<br>村落　2007　1.74　2007　2010<br>乡村文化　2006　0.97　2016　2017<br>地域文化　2006　0.75　2016　2017<br>传统聚落　2006　0.85　2017　2019<br>乡村景观　2006　0.57　2017　2019<br>公共空间　2006　1.75　2018　2019<br>量化研究　2006　0.84　2018　2019<br>空间句法　2006　0.69　2020　2022 | ①突现词是指出现频次在短时间内突然增加或者使用频次明显增长的关键性术语，可探析研究在某一时段的前沿动态<br>②浙西传统村落是早期研究中学者们关注的代表性研究对象。从突现率来看，"浙西"达到了最高的6.85，表明在2000—2014年的研究热度相当高，学者们对村落公共空间的结构、逻辑和交往行为进行了研究和探索；新农村建设以来，村落公共空间的外部空间、街巷空间、文化景观和风景园林等受到关注；随着美丽乡村、新型城镇化和乡村振兴等重大决策的陆续实施，传统村落公共空间的演变更新、空间形态、保护规划等内容成为重点；近年来空间句法成为村落公共空间形态研究的重要工具，而传统村落公共空间的文化特征、空间布局与更新策略等研究内容也体现了当下的时代特征［图（a）］<br>③浙江地区研究：除了全国性的前沿动态，近年来，乡村与地域文化、乡村景观、公共空间等主题内容以及空间句法等量化研究，成为学者关注的热点［图（b）］ |

续表

<table>
<tr><th>检测主题</th><th>科学图谱</th><th>研究分析</th></tr>
<tr>
<td>发文作者及机构</td>
<td>

<table>
<tr><th>Visi...</th><th>Co...</th><th>Ce...</th><th>Year</th><th>Authors</th></tr>
<tr><td>✔</td><td>23</td><td>0.00</td><td>2000</td><td>丁杰</td></tr>
<tr><td>✔</td><td>21</td><td>0.00</td><td>2000</td><td>史文正</td></tr>
<tr><td>✔</td><td>17</td><td>0.00</td><td>2000</td><td>张彧</td></tr>
<tr><td>✔</td><td>17</td><td>0.00</td><td>2000</td><td>张悦</td></tr>
<tr><td>✔</td><td>15</td><td>0.00</td><td>2000</td><td>沈新</td></tr>
<tr><td>✔</td><td>15</td><td>0.00</td><td>2000</td><td>田丰</td></tr>
<tr><td>✔</td><td>4</td><td>0.00</td><td>2019</td><td>韦宝畏</td></tr>
<tr><td>✔</td><td>3</td><td>0.00</td><td>2019</td><td>焦胜</td></tr>
</table>
（c）发文作者及合作网络
<table>
<tr><th>Visi...</th><th>Co...</th><th>Ce...</th><th>Year</th><th>Institutions</th></tr>
<tr><td>✔</td><td>23</td><td>0.00</td><td>2000</td><td>南京林业大学艺术设计...</td></tr>
<tr><td>✔</td><td>22</td><td>0.00</td><td>2000</td><td>太原理工大学建筑学院 ...</td></tr>
<tr><td>✔</td><td>7</td><td>0.00</td><td>2015</td><td>昆明理工大学建筑与城...</td></tr>
<tr><td>✔</td><td>7</td><td>0.00</td><td>2013</td><td>合肥工业大学建筑与艺...</td></tr>
<tr><td>✔</td><td>6</td><td>0.00</td><td>2008</td><td>华南理工大学建筑学院 ...</td></tr>
<tr><td>✔</td><td>6</td><td>0.00</td><td>2021</td><td>北京建筑大学建筑与城...</td></tr>
<tr><td>✔</td><td>5</td><td>0.00</td><td>2019</td><td>大连理工大学建筑与艺...</td></tr>
</table>
（d）研究机构及合作网络
<table>
<tr><th>Visi...</th><th>Co...</th><th>Ce...</th><th>Year</th><th>Authors</th></tr>
<tr><td>✔</td><td>2</td><td>0.00</td><td>2016</td><td>鲁可荣</td></tr>
<tr><td>✔</td><td>1</td><td>0.00</td><td>2020</td><td>詹雪</td></tr>
<tr><td>✔</td><td>1</td><td>0.00</td><td>2017</td><td>张成章</td></tr>
<tr><td>✔</td><td>1</td><td>0.00</td><td>2019</td><td>李政欣</td></tr>
<tr><td>✔</td><td>1</td><td>0.00</td><td>2020</td><td>景思远</td></tr>
<tr><td>✔</td><td>1</td><td>0.00</td><td>2020</td><td>张贵豪</td></tr>
<tr><td>✔</td><td>1</td><td>0.00</td><td>2018</td><td>叶湘</td></tr>
<tr><td>✔</td><td>1</td><td>0.00</td><td>2019</td><td>洪艳</td></tr>
<tr><td>✔</td><td>1</td><td>0.00</td><td>2019</td><td>孙治</td></tr>
<tr><td>✔</td><td>1</td><td>0.00</td><td>2018</td><td>章珊</td></tr>
</table>
（e）浙江地区发文作者及合作网络
</td>
<td>①发文作者与发文机构分析，可看出最具代表性的高产作者、高产机构以及他们的合作关系<br>②排名前六的作者分别是丁杰、史文正、张彧、张悦、沈新和田丰。其中，沈新和丁杰，史文正、张彧、张悦和田丰互有合作关系［图（c）］<br>③排名前五的机构分别是南京林业大学艺术设计学院、太原理工大学建筑学院、昆明理工大学建筑与城市规划学院、合肥工业大学建筑与艺术设计学院、华南理工大学建筑学院。其中，学术联系相对紧密的是南京林业大学艺术设计学院和合肥工业大学建筑与艺术设计学院［图（d）］<br>④浙江地区，排名第一的作者是鲁可荣，共有2篇论文，其余作者均为1篇相关论文［图（e）］</td>
</tr>
</table>

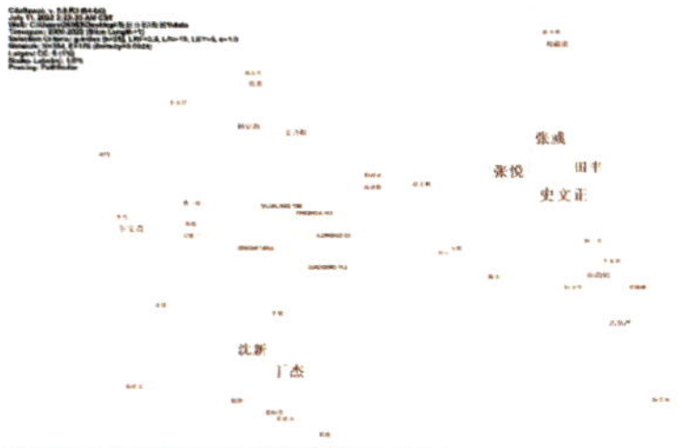

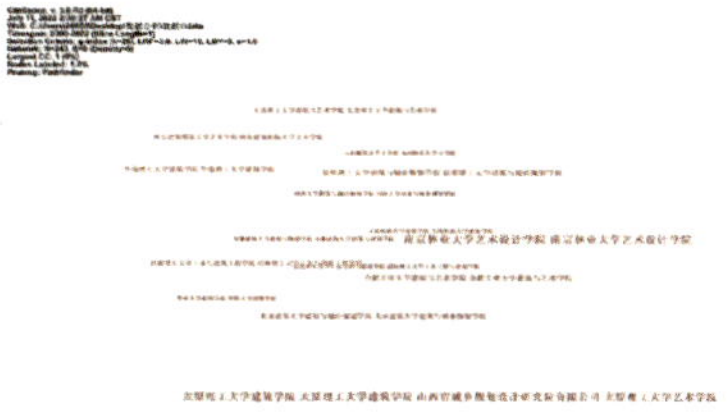

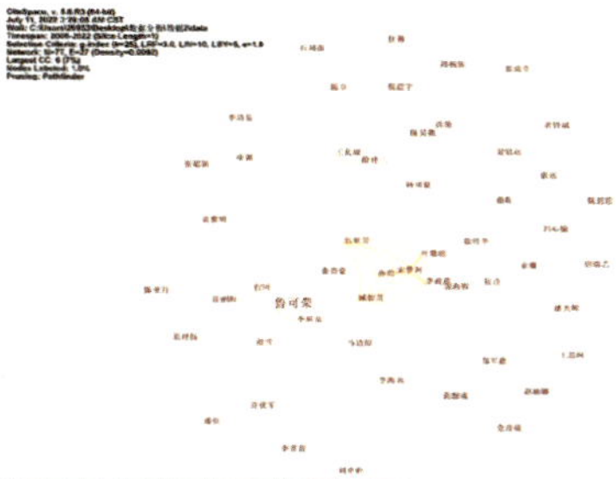

续表

<table>
<tr><th>检测主题</th><th>科学图谱</th><th>研究分析</th></tr>
<tr><td>发文作者及机构</td><td> <br>
<table>
<tr><th>Visi...</th><th>Count</th><th>Cen...</th><th>Year</th><th>Institutions</th></tr>
<tr><td>✔</td><td>1</td><td>0.00</td><td>2014</td><td>北京林业大学园林学院 ...</td></tr>
<tr><td>✔</td><td>1</td><td>0.00</td><td>2017</td><td>浙江农林大学风景园林...</td></tr>
<tr><td>✔</td><td>1</td><td>0.00</td><td>2020</td><td>浙江农林大学 浙江农林...</td></tr>
<tr><td>✔</td><td>1</td><td>0.00</td><td>2021</td><td>惠州学院经济管理学院 ...</td></tr>
<tr><td>✔</td><td>1</td><td>0.00</td><td>2010</td><td>浙江温州大学人文学院 ...</td></tr>
<tr><td>✔</td><td>1</td><td>0.00</td><td>2019</td><td>浙江农林大学旅游与健...</td></tr>
<tr><td>✔</td><td>1</td><td>0.00</td><td>2019</td><td>浙江理工大学艺术设计...</td></tr>
<tr><td>✔</td><td>1</td><td>0.00</td><td>2020</td><td>浙江理工大学艺术与设...</td></tr>
<tr><td>✔</td><td>1</td><td>0.00</td><td>2009</td><td>浙江师范大学美术学院 ...</td></tr>
<tr><td>✔</td><td>1</td><td>0.00</td><td>2016</td><td>浙江师范大学农村研究...</td></tr>
<tr><td>✔</td><td>1</td><td>0.00</td><td>2018</td><td>丽水职业技术学院 丽水...</td></tr>
<tr><td>✔</td><td>1</td><td>0.00</td><td>2017</td><td>天津大学 天津大学</td></tr>
</table>
（f）浙江地区研究机构及合作网络</td><td>⑤研究机构集中在浙江农林大学、浙江理工大学和浙江师范大学，二级机构包括风景园林与建筑学院、艺术与设计学院、美术学院和农村研究中心等［图（f）］<br>⑥纵观全国范围和浙江地区，无论是作者还是研究机构，相互间的合作强度不强，发文数量也不多，说明该领域研究的深度与广度可进一步挖掘</td></tr>
<tr><td>关键词聚类</td><td>

（g）国内综合</td><td>①对 450 个关键词进行聚类分析，了解国内该领域的研究内容与趋势。计算后得到 10 个聚类关键词：传统村落、公共空间、空间形态、古村落、保护、乡村振兴、保护更新、聚落、场所、空间句法<br>②由图（g）可见，去除“传统村落”“古村落”“公共空间”研究对象后，21 世纪以来传统村落公共空间研究的热点与趋势集中在“空间形态”“保护更新”“场所”“空间句法”等内容；与建筑学、社会学联系紧密的同时，还体现出了交叉学科的研究特征</td></tr>
</table>

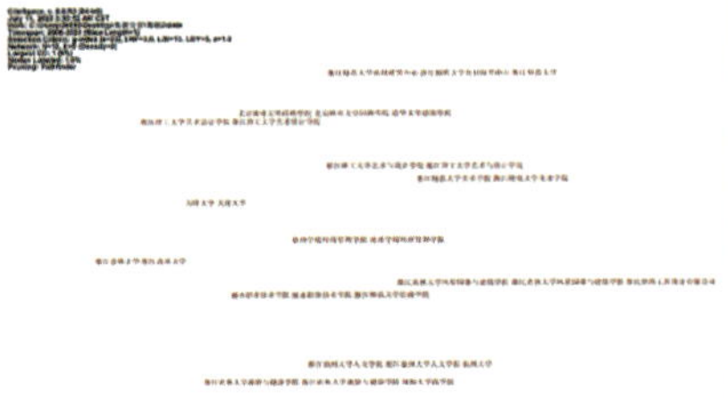

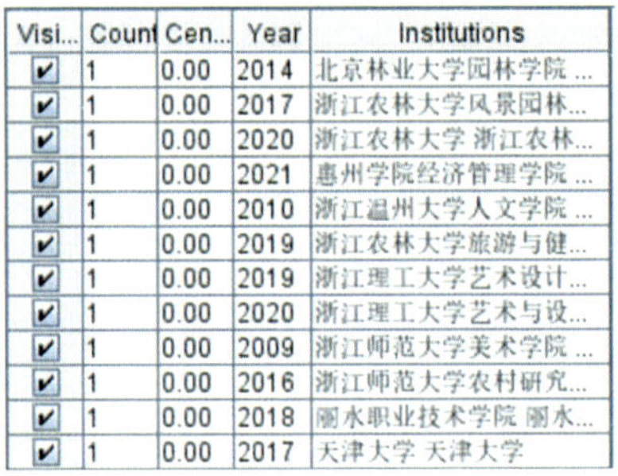

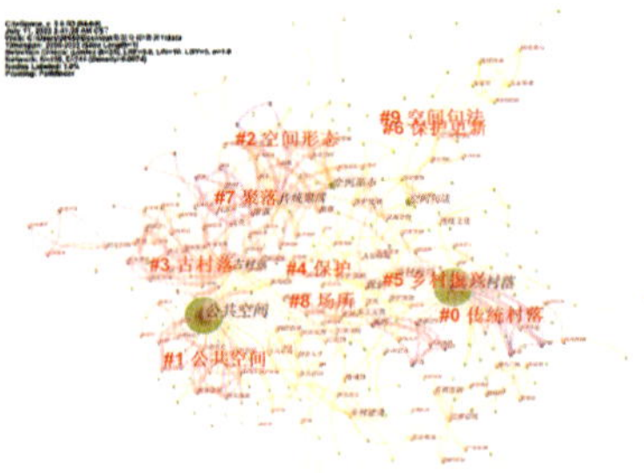

续表

| 检测主题 | 科学图谱 | 研究分析 |
|---|---|---|
| 关键词聚类 | 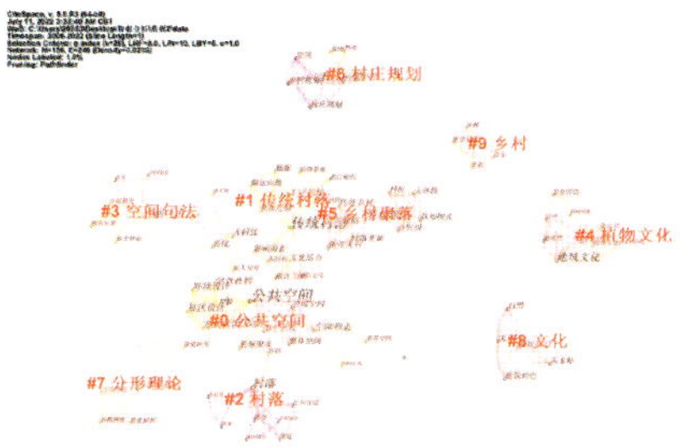 （h）浙江地区 | ③浙江地区156个关键词的聚类分别为：公共空间、传统村落、村落、空间句法、植物文化、乡村聚落、村庄规划、分形理论、文化、乡村。比较来看，同样以空间句法作为量化研究工具，古树名木、民间信仰等植物文化研究在一定程度上凸显了地域性、专题性特征［图（h）］ |
| 关键词时间线 | 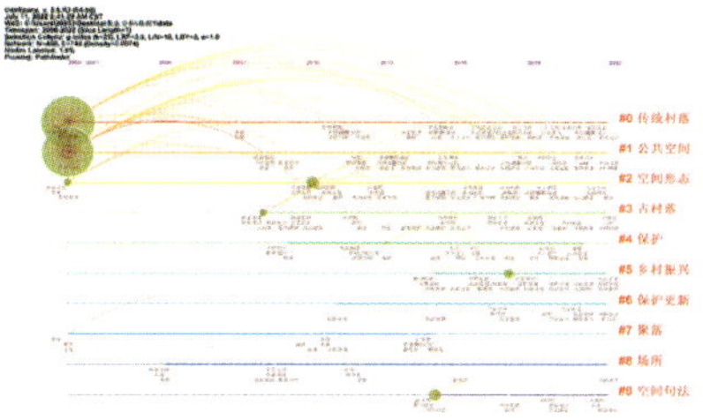 （i）国内综合 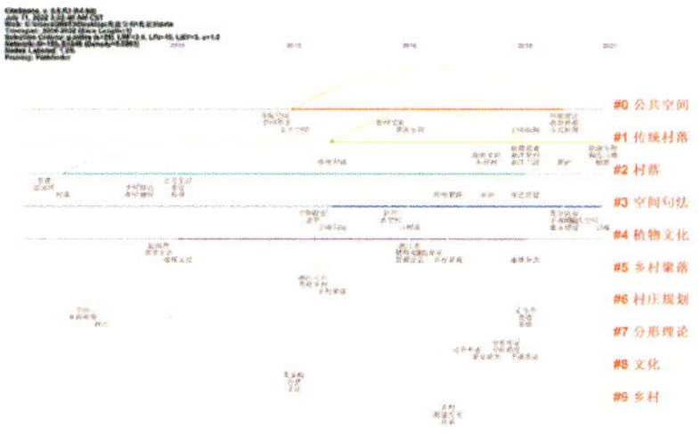<br><br>（j）浙江地区 | ①关键词时间线图谱将同一聚类的关键词按照时间顺序排布在相同水平线上，关注聚类内部的相互联系与影响<br>②国内在2000年"传统村落""公共空间""空间形态"聚类中最早出现了研究热点，并与后续研究密切关联；"公共空间"聚类的"乡俗文化""文化记忆""共享共治""评价"等成为近年来的研究热点，而"空间句法"聚类中的"更新设计""形态特征""村落保护"，均是时代特征的体现［图（i）］<br>③浙江学界在2006年"村落"聚类中最早出现了"景观适宜性"研究热点；"公共空间"聚类中的"空间结构""环境设计""创意社群"以及"空间句法"聚类中的"地方认知""活化"在近几年出现，说明了公共空间的地方特征与活化设计是近几年的研究热点［图（j）］ |

续表

| 检测主题 | 科学图谱 | 研究分析 |
|---|---|---|
| 关键词时区 | 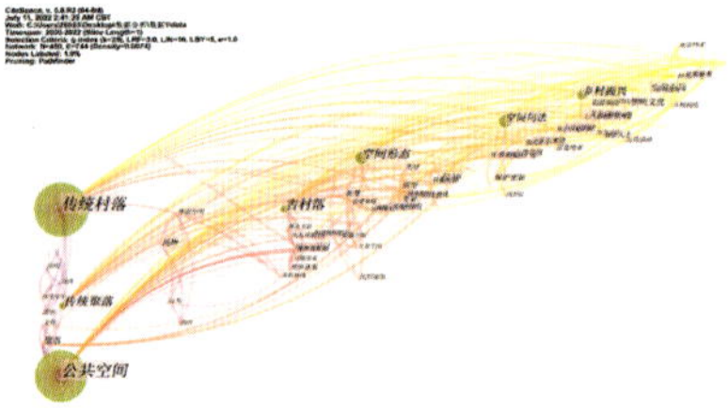 (k) 国内综合 <br><br>(l) 浙江地区 | ①关键词时区图反映研究热点随时间变化的情况，圆形标志的相对尺寸与关键词频次呈现正相关性<br>②2000—2005年，国内传统村落公共空间研究出现热潮，相关的"传统村落""传统聚落"等研究文献与日俱增，主题集中在"场所""外部空间""结构""行为"等方面。新农村建设至美丽乡村建设时期，进一步促进了"古村落""空间形态""空间句法"的研究，主题包括"耕读文化""整体意象""风水理论""街巷""院落空间""演变""保护更新""营建策略""图式语言""活态传承"等，体现了对传统村落的文脉价值研究、保护传承利用策略的探索，以及研究方法的学科交叉特征。2017年乡村振兴战略提出后，出现了"创意人才""空间布局""创意氛围""公共活动""活化""乡村民宿"等相关主题，探索公共空间与文化载体的新形势，体现出较强的新时代特征[图(k)]<br>③新农村建设至美丽乡村建设期间，浙江地区研究集中在"村庄规划""地域文化""公共生活""邻里生活"等主题，体现出地域性特征；美丽乡村至乡村振兴时期，相关研究迅速增长，虽发文数量不多，但研究方向、主题均呈现多元化、延续性、细致化、时代性特征[图(l)] |

最后从研究活跃度的整体趋势来看，自1996年提出传统村落相关概念以来，2012年为分界岭：2012年之前发文总量小且增长缓慢；随着传统村落保护制度的提出，2013年发文量开始增加且增长率逐年加快；2016年有短暂的停滞，2017年又开始增长，说明传统村落公共空间研究有了新的研究主题和热点，国家乡村振兴战略的提出，再次激发学界对传统村落公共空间相关研究的热度与关注度。

### （二）国外乡村公共空间研究

国外相关研究主要从"历史乡村""公共空间"两项主题，分做简析。

#### 1. 历史乡村

国外历史乡村的研究，大致分布在两类区域：一是以日本和欧洲各国为典型的发达国家；二是历史悠久或文化多样的地区如中亚、东南亚和非洲等地。二者的研究重点有所不同，前者更注重对乡村遗产的保护，后者因其乡村多处于山区、群岛或古迹众多的区域，所以注重传统生产生活方式、建筑、文化景观、旅游发展等方面的研究。

举例来说，发达国家如日本为了保护乡村非物质文化遗产，开展了造乡、造街运动，通过高校教授举办培训班的形式，促进传统文化的传承；另外，利用法律法规的制定，如《保护传统工艺品产业振兴法》等，确保日本传统工艺的传承发展。英国作为世界文化遗产大国，乡村地区保存了大量私家花园、贵族城堡、教堂等古建筑，其中被列入保护名录的古迹遗址近3万处。英国通过成立古建筑保护协会、创办英格兰遗产办公室及制定法律的形式对古建筑进行保护。与此同时，在历史悠久或文化多样的国家和地区，有学者对历史乡村木结构房屋的建筑材料、结构体系、连接细节等特征进行深入研究，为建筑师和工程师保护此种类型的房屋提供依据；也有学者调查发现，存在于历史乡村的文化景观对于丰富景观多样性和保持村落景观本土性具有重要意义；还有学者指出历史乡村旅游发展是集成开发行为，而深度认知地方居民的传统习俗是旅游开发的关键，等等。

#### 2. 公共空间

国外公共空间研究多在城市领域，其渊源可追溯至古希腊，当时的民主气氛以及舒适的户外环境，促成了户外公共空间的形成与发展。二战后西方国家进入城市重构的高速阶段，20世纪60年代，"城市公共空间"一词在刘易斯·芒福德（Lewis Mumford）和简·雅各布斯（Jane Jacobs）的论著中陆续出现，公共空间概念得到了广泛认同，并逐渐成为学界的研究课题。

鉴于研究侧重，本书将公共空间相关研究概括为两大类：一是空间形态感知与解析。建筑学领域的相关著作有凯文·林奇（Kevin Lynch）的《城市意象》，提出了城市空间意象五要素和认知地图；康泽恩（M. R. G. Conzen）在《城镇平面格局分析：诺森伯兰郡安尼克案例研究》中，分析了城镇空间形态演变规律及遗传因素；芦原义信在《外部空间设计》《街道的美学》中，提出了 D/H 比例的空间尺度论与外部空间设计理论等。二是空间品质评价及优化。杨·盖尔（Jan Gehl）的《交往与空间》《公共空间·公共生活》总结了三种户外活动类型及其环境因素，以及公共空间考察、评价与改善优化的 PSPL 法；致力于空间肌理修复与文脉延续的如拼贴理论、织补理论等。这些研究及成果，都凸显了人与空间的动态交互以及由此物化的空间形态特征。此外，前文介绍的图式语言和空间句法，于本研究有直接影响与借鉴价值。图式语言理论框架是在融合了安妮·斯派恩（Anne Spirn）的"景观的语言"、克里斯托弗·亚历山大（Christopher Alexander）的"模式语言"和西蒙·贝尔（Simon Bell）的"图式方法"之后的产物。图式语言是一个具有"语言"的结构与特征，组织过程与功能，运用技法和个性表达，语境与修辞完整构成的体系。需要补充的是，图式语言的理论与方法论在王云才的论著《图式语言：景观地方性表达与空间逻辑的新范式》中基本得到了国内本土化的建构、完善和阐释。20 世纪 70 年代发展起来的空间句法理论与方法，则致力于从空间"组构"研究城市等聚落的公共空间系统，通过数学模型和计算机软件，以句法参量、简明图示和统计推理的方式诠释空间关系及其活力指数，从而探讨空间与社会的内在逻辑。目前空间句法在全世界范围得到了广泛应用，创始人比尔·希列尔教授和他的团队出版有《空间的社会逻辑》《空间是机器——建筑组构理论》等著作。

总的来讲，国外历史乡村遗产保护、文化景观挖掘和旅游开发等方面的研究实践值得借鉴。公共空间研究虽集中在城市领域，但研究范式可以与乡村研究差异化相融，尤其是 PSPL 法、图式语言和空间句法，在国内乡村公共空间的理论研究与设计实践中大有裨益。

（三）研究评述

对国内乡村包括传统村落在内的公共空间研究现状进行梳理和总结，结合国外历史乡村及公共空间的相关研究，做出如下评述。

第一，近 20 年国内乡村公共空间的研究热点主要集中在空间形态特征、演变规律、保护更新与活化重构等方面，多学科研究以及交叉研究已有了丰硕的成果，后续可继续加强交叉学科视角的综合性研究。

第二，近年来乡村公共空间研究发生了"物质—社会—文化"的转向，可重点关注其地方文化属性的挖掘，尤其是非物质文化在公共空间中的呈现、交互方式以及保护利用模式。

第三，乡村公共空间的分类方式多样，但存在类别交叉重复的问题，后续研究可进一步明晰类别之间的相互关系，把握基于"生产—生活—生态"的复合化类型与特征。

基于上述分析，本书的研究侧重包括三方面：其一，基于多学科平台构建综合研究的理论体系。加强学科间的交流与对话，形成系统的研究思路与研究范式。其二，聚焦物质空间的建设与地方文化的保护传承，从传统村落公共空间的营造智慧和美国历史乡镇建设的国际经验中汲取养料，结合乡村的资源利用、产业发展与时代语境，构建具有地域性特征的"共生—共情—共荣"的空间设计原则与策略。其三，关注空间策略的实践应用与推广价值。在"乡村振兴""共同富裕"导向下，以乡村设计实践进一步探索空间策略的适用性、可操作性与推广价值。

## 第三节　研究内容与思路框架

### 一、研究内容

研究内容以浙江传统村落公共空间形态研究为主体，辅以美国俄克拉何马州历史乡镇公共空间为比较案例，最终凝练出乡村公共空间保护原则与设计策略。

1. 浙江传统村落公共空间研究。基于文献研究、田野调查的村落普查与典型案例调研，首先以形态类型学的范式，采集传统村落公共空间的物质与非物质要素及特征，力求客观、翔实地记录公共空间形态的调研数据，并做出解释性的描述与分析，为后续典型案例公共空间的形态解构、空间肌理认知打下扎实基础。然后，运用图式语言和空间句法，以"图式""图示""图表"等图解模式，分别对典型案例做出空间图式的语汇提取、语法运用、语境驱动等图式语言体系的架构与分析，以及空间的整合度、穿行度和可理解度、协同度等空间句法的量化分析，并论证两种方法对于传统村落公共空间形态研究的互补关系，从而为村落公共空间的比较研究提供材料与维度。最后，以区域的浙江文化地理分区、宏观的传统村落类型以及中微观的典型案例，总结归纳浙江传统村落公共空间的相似性与差异性特征，提炼传统智慧的本质，即场域营造艺术。

2. 美国俄克拉何马州历史乡镇公共空间研究。从美国中西部乡镇的概念、开发历史、空间意象到俄克拉何马州乡土概貌以及静水镇公共空间的个案研究，并通过与浙江传统村落的比较研究提炼其乡土设计内涵，以及可借鉴的国际经验。

3. 乡村公共空间保护原则与设计策略。结合前两部分的研究所获，为乡村公共空间保护原则与设计策略的形成与论证，提供数据支持与理论依据。通过笔者团队的乡村设计实践案例，分析、反思乡村公共空间设计策略的具体实施与成效。

## 二、思路框架

### （一）基本思路

乡村设计的本质是解决乡村问题，从而成为传统村落保护传承利用、美丽乡村和乡村振兴等一系列乡村复兴举措的重要媒介和实施路径。于是，着眼于向传统村落公共空间的地方营造以及美国历史乡镇的乡土建设中学习，针对传统村落保护利用和乡村建设发展所面临的种种问题展开讨论。研究思路可从整体研究步骤和公共空间研究两方面做出解释。

其一，整体研究步骤。本书将研究载体立足在浙江省境内拥有丰富历史文化、多元地理环境和独特人文习俗的传统村落，结合大量的普查数据与典型案例分析，诠释传统村落公共空间形态的文化内涵、形成机制以及场域营造艺术。除了传统的、必要的文献研究和田野调查，主要借助了图式语言理论和空间句法工具解析村落公共空间形态。其中图式语言用于村落公共空间形态的解构与提取，在形成数据库的同时，也进行共性与个性特征的整理与归纳。空间句法则用于空间形态与社会活动交互关系的量化分析以及多个村落样本的比较研究。

其二，公共空间研究。公共空间被认为是事物发生、发展、存在的基础，包括自然要素与人工的景观、建筑等所有满足人们生产、生活、生态需求的空间类型。探究由空间要素到空间单元再到空间集合的层级性、尺度性和秩序性等结构关系有助于公共空间形态的解析，并进一步深挖空间与社会的关联。本书研究虽然将尺度聚焦在村域范围的"中微观"层面，但以宏观尺度审视公共空间必不可少，因为不同尺度空间之间存在着信息转换与跃迁关系，即小尺度上的空间信息需要综合大尺度的环境，而大尺度的空间信息又是小尺度要素的多元融合。

（二）研究方法

研究方法综合了多学科交叉、联动的系统优势，包括文献研究、田野调查、个案研究、图式语言和空间句法等。研究方法的选取与组合实质上是确保研究工作循序渐进、相互验证的过程。每一项通过研究方法所取得的数据和结论都可成为后续研究开展的基础，同时也是补充论证、持续深化的具体内容，从而形成了层层递进、逻辑清晰的内在结构与研究闭环。

1. 文献研究。文献研究主要包括三个方面：收集、整理国内外相关期刊论文、学术专著、报刊、政府文件等成果文献，用于明确研究问题、搭建理论框架和明晰研究目标；收集包括样本村在内的浙江省域的村史、村志等史料，完成阅读、梳理和查证，用于历时性分析和统计归纳；采集省域、地方规划部门的规划文本及图纸资料，作为现场调研的参考底图以及现状测绘后的比较分析。除此之外，还在调研的过程中获取了一定的文本资料，包括乡村项目建设台账材料、乡村简介以及乡间流传的文本等。

2. 田野调查。样本村落均完成了从实地考察、体认、走访、测绘到数据采集和整理等一系列的调查工作，所获资料真实详尽、客观原始，满足了后期分析的精度要求。田野调查共分四步：第一步，做好田野调查的准备工作，包括调研对象、调研内容、调研人员及工作分配、调研路书等；第二步，选取个案做好预调研工作，之后调整调研内容和相关研究人员，进一步完善调研计划；第三步，开始正式的现场调研，在确保安全的前提下尽可能翔实地采集数据，并同步做好数据整理；最后一步是在数据整理和分析后，针对一些不足进行补充调研。需要说明的是，对于美国历史乡镇的田野调查主要集中在2018年，彼时研究团队部分成员正在俄克拉何马州立大学访学,历时一年完成了调研数据的采集和整理工作。

3.个案研究。基于田野普查,选取典型的、特色的和示范性的村落个案。一方面,通过个案详细展现理论分析的原理和应用过程,形成可验证、可借鉴的研究范式;另一方面,在分类描述、解构和分析这些村落公共空间的同时,完成多案例之间的比较分析,并结合普查结果,由点及面,揭示浙江省内传统村落公共空间的共性与个性特征。

4.图式语言。图式语言通过图解的方式,以"空间要素""空间单元""空间组合"的语境、语汇和语法体系解构村落公共空间,可视化解读传统村落公共空间形态的类型与特征。主要以图形元素抽象表达空间类型以及空间单元的耦合关系。

5.空间句法。作为比较分析的强大工具,空间句法实现了传统村落公共空间数据的量化,因此有助于多样本之间的直观对比。主要运用句法模型中的线性模型,通过"整合度""穿行度"等变量,揭示村落公共空间的"组构"特征。如空间形态的"中心性""组团性"特征、局部空间与整体空间的关系,并进一步推理人群活动与村落空间在社会学上的意义。

(三)研究框架

依据前文的研究内容、研究思路和研究方法,形成本书的研究框架。(图0-2)

## 第四节　小结

绪论明确了研究的背景、意义、对象及其相关概念,继而在对国内外相关研究做出评述后,提出了研究的问题、内容、思路和方法,最后对本书的结构进行了整体、科学的规划和设计,按照"理论研究—实证研究—策略研究"的层级推进形成了逻辑清晰、可操作性强的研究框架。重点突出了"浙江传统村落公共空间调研与分析""浙江传统村落公共空间案例研究""美国俄克拉何马州乡镇公共空间解析与启示""乡村公共空间保护发展原则与设计策略"等研究内容,为后续研究的有序开展做好了统筹。

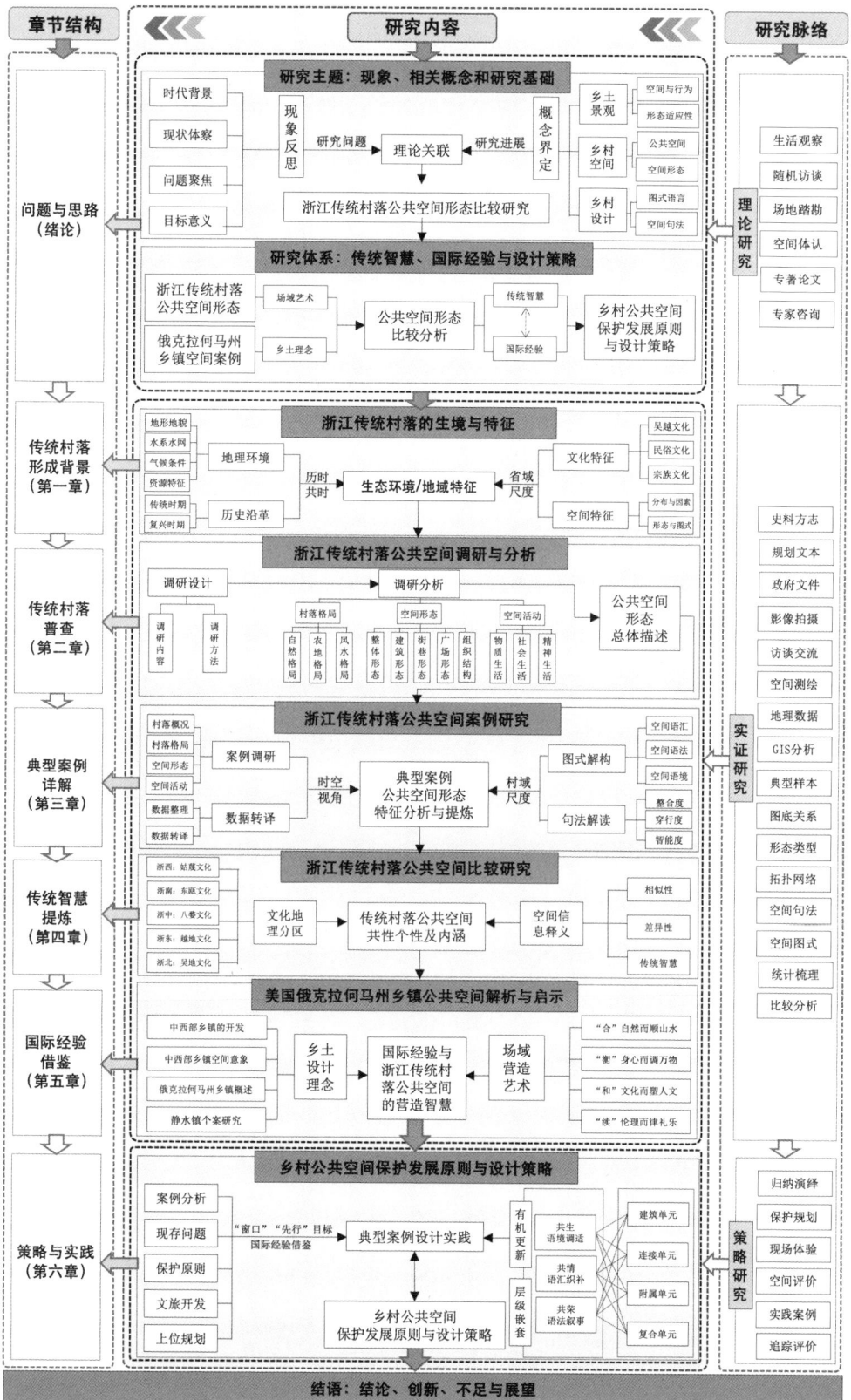

图 0-2 研究框架

第一章 浙江传统村落的生境与特征

传统村落是人类作为生活和生产活动的基地而存在的地域实体。地理环境为传统村落的人口繁衍和产业发展提供了必要的物质条件和能量资源。而以血缘为纽带、以宗亲为特征、以家族为中心的自组织体制和文化系统，则造就了传统村落的聚族而居模式、宗祠主导格局和乡土社会秩序，成为传统村落生成、发展并保存至今的内在机制和动力。浙江诸多传统村落是因宗族迁徙、衣冠南渡而生根落地的，其中尤以永嘉之乱、安史之乱、靖康之难所造成的三次人口南迁为剧，大批士族富户避地江南。士人们带来了大量的劳动力和先进的生产技术，推动了浙江的发展，促进了中原文化与吴越文化的相融相生，孕育出一大批历史悠久、风水观念浓郁、宗族印记鲜明、建筑技艺精湛、人文底蕴深厚的传统村落。[1]因此，本章从地理环境、历史沿革、文化及空间特征四个方面宏观阐述浙江传统村落的生成环境与地域特征。

## 第一节　地理环境

　　地理环境是指一定社会所处的地理位置以及与此相联系的各种自然条件的总和，包括气候、地形、地貌、水文、植被、海陆分布等。[2]不同尺度分异形成的多样性地理环境特征，决定了村落选址、饮食、文化习俗等要素的发展分化，进

---

[1] 参见陈桂秋、丁俊清、余建忠、程红波编著《宗族文化与浙江传统村落》，中国建筑工业出版社2019年版，"序言"。
[2] 参见宁志中主编《中国乡村地理》，中国建筑工业出版社2019年版，第46页。

而形成不同形态的乡村聚落。可见，地理环境对传统村落的形成以及农业生产、民风民俗、空间形态产生了巨大影响，并随之影响到村落的社会组织、生活礼仪等各个方面。历史地理学家谭其骧先生曾形象地说过："历史好比演剧，地理就是舞台。"[1]

浙江位于长江三角洲南翼，东临东海，南靠福建，西连江西、安徽，北接江苏及上海市，全省面积10.55万平方千米，是中国面积较小的省份之一。行政区划共分为杭州、嘉兴、湖州、金华、丽水、衢州、温州、绍兴、宁波、舟山、台州11个地级市。浙江的地理环境总体来说以山地丘陵地貌为主并且水系发达，其中山地和丘陵占74.63%，平坦地占20.32%，水域占5.05%，有"七山一水两分田"之称。大陆海岸线长达2200多千米，面积在500平方米以上的岛屿2878个，大于10平方千米的海岛26个，是全国岛屿最多的省份。[2]下文以地形地貌、水系水体、气候条件和资源禀赋来展开描述。

## 一、地形地貌

中国地势西高东低，自西向东形成"三大阶梯"，而浙江位于"第三阶梯"，即海拔1000米以下的东南部沿海宽广的平原和丘陵地带。[3]浙江省内地势西南高东北低，海拔多在500米以下，地形以低山丘陵与盆地平原相间为总体特征，还有坐陆临海、半面抱海的地域特色。山脉走势大致可分为三支：浙西北一支从浙赣交界的怀玉山脉延伸入境，由白际山、天目山、千里岗山、龙门山等组成；浙中一支从浙闽交界的武夷山脉延伸入境，由仙霞岭、大盘山、天台山、四明山、会稽山等组成；浙东南一支从浙闽边境的洞宫山脉延伸过来，由括苍山、雁荡山等组成。按地形地貌，浙江省可分为浙西南山地、浙东丘陵、杭嘉湖平原、宁绍平原、金衢盆地和沿海岛屿六个地形区块。浙江的农业人口大都集中在平原和盆地，除面积较大的金衢盆地外，小区域的盆地有诸暨盆地、永康盆地、浦江盆地、新嵊盆地、天台盆地等。值得强调的是，宁绍平原和环太湖流域，曾孕育出河姆

---

1 谭其骧：《禹贡》发刊词，《禹贡》第1卷第1期（1934年）。
2 参见顾希佳主编《浙江民俗大典》，浙江大学出版社2018年版，第1页。
3 参见宁志中主编《中国乡村地理》，中国建筑工业出版社2019年版，第46—60页。

渡文化、良渚文化。这一带在距今 5000 年左右发生海侵海退之后，由于长江带来的泥沙不断淤积，使河床上升，水面也急剧加宽，经长期沉积，某些河床慢慢露出水面并被水面切割成河港密布、湖泊星罗的地形。[1]

## 二、水系水体

地形和山脉走势决定了浙江河流水系的走向多自西南而流向东北，主要水系有钱塘江、瓯江、灵江（椒江）、苕溪、甬江、飞云江、鳌江、京杭大运河（浙江段）等八大水系。其中，钱塘江水系流域最广，源头在衢州开化，上游衢江在兰溪与婺江汇合后的河段称兰江，兰江和新安江在杭州建德梅城汇合后至萧山闻家堰段称富春江，下游则称钱塘江，全长 600 多千米。瓯江作为第二大水系，其源头在浙江省第一高峰龙泉市黄茅尖所属的洞宫山脉，流经云和、丽水、青田、瓯海而注入温州湾，全长 376 千米。与水系密切相关的湖泊，主要有嘉兴南湖、嘉善汾湖、德清下渚湖、淳安千岛湖、杭州西湖、萧山湘湖、绍兴东湖、宁波东钱湖等。可见，浙江东北部平原由于地势与临海之故，其河网、湖泊密集，径流丰富，造就了江南鱼米之乡。

## 三、气候条件

浙江属于亚热带季风气候区，主要特点是温暖而湿润、雨热同期，冬温夏热、四季分明，降水丰沛。最热月为七月，最冷月为一月，一般冬长 3—4 个月，冬季平均气温在 0℃以上。冬季常受南下冷空气影响；夏季普遍高温，七八月因受副热带高压控制，晴天多，日照时间长，高温出现的频率最大，高温常超过 40℃。四月和十月的平均气温为 16℃—21℃，秋温略高于春温。浙江平均年降水量一般在 800—1600 毫米，降水分布由东南向西北递减，其中濒海、岛屿地区的雨量是最多的，其次是山地丘陵，一般要比平原多三成左右。与全国其他地区

---

[1] 参见陈桂秋、丁俊清、余建忠、程红波编著《宗族文化与浙江传统村落》，中国建筑工业出版社 2019 年版，第 71—72 页。

相比，浙江冬雨比率较高，春雨最为丰沛，降水的各季节分配相对均匀。需要强调的是，一年中由于季风交替显著，浙江常有春、秋季的低温阴雨，汛期的暴雨和洪涝，夏、秋季的干旱、台风、冰雹、大风，冬季的霜冻、寒潮等灾害性天气出现。

### 四、资源禀赋

#### （一）自然资源

浙江的水资源丰富且功能多样。丰富的水资源包括数量众多的湖泊、河流水系，提供了航运、防洪抗旱、养殖以及孕育湿地生态系统等多种功能。此外，依托河流水系落差大、流量大的特性，多级开发建造的水电坝址，体现了雄厚的水能资源。浙江的地带性植被主要是亚热带常绿阔叶林，群落外貌四季常绿，上层乔木以壳斗科、樟科等常绿树种为主，林中经常混有一些针叶树种。丘陵、平原植被受人类活动影响较大，大面积土地已开垦，现存林地多为次生林或次生草灌。人为栽培的经济林既有亚热带经济树种，也有柿、板栗、梨、桃、杏、油桐等暖温带果木。浙江面积占比较大的地带性土壤有红壤、黄壤和黄棕壤，土壤成分呈典型的富铝化特征。其中低山丘陵多为红壤，黄壤散见于较高山地。水稻土、潮土广泛分布于丘陵平原区，沼泽土和滨海盐渍土分布在浙北和浙东地区。

#### （二）经济资源

浙江的农业经济可分为平原经济、山地经济和沿海经济三大类型。平原经济以杭嘉湖平原和宁绍平原为主，这一带河网密布，灌溉条件好，盛产稻米、蚕桑、棉麻和淡水鱼（青鱼、草鱼、鲢鱼、鲤鱼）及河蟹河虾等，农作物可一年两熟甚至三熟，有"鱼米之乡、丝绸之府"的美誉。山地经济以林业、茶叶、水果为主，其中杉木、毛竹、油茶等经济林木发展尤为突出。沿海（含岛屿）经济以海洋捕捞、海涂养殖为主。舟山拥有我国最大的渔场，大黄鱼、小黄鱼、带鱼、墨鱼四大鱼类产量居全国第一。而且，浙江历史上就有农业与手工业相结合的传统，倚靠交通便利与发达科技，建立了以出口导向为特征的外向型农业经济。

#### （三）文旅资源

独特的自然地理条件，使得浙江的山水景观和人文景观兼备，区域旅游资源丰富，特色显著。四明山等山脉以及湖泊水库、峡谷温泉、古树名木和群岛海洋等，构成了浙江独特的自然旅游资源优势；人文旅游资源体现在众多早期文明遗址、吴越文化遗址、大运河浙江段、江南园林、古镇名村和革命纪念地，以及不同历史时期的人文游学路线。如此种种，构成了浙江地区高度富集的文旅资源。

## 第二节 历史沿革

聚落是人类活动的中心场所，其出现和形成是社会生产力发展所引起的人类社会生存方式不断变化的结果。传统村落作为聚落的一种类型，虽是农耕社会的产物，但与聚落的发展一脉相承，因此先对浙江的原始聚落做一简述。考古发现，吴越之地的苕溪、钱江流域，80万年前就有人类生息。就营造而言，分布在浦阳江、曹娥江流域距今11000—9000年前的上山遗址、小黄山遗址，已出现了夯基，还有柱洞、柱网、栽柱、浅柱式地面住宅、合院式邑落。余姚市距今7000年前的河姆渡遗址，证明当时的古人已能用榫卯结构技术建造干栏式长屋，房子旁边有"水井"，是一个血缘氏族的集聚地。河姆渡文化之后，北至杭嘉湖平原，南至温瑞平原，西到浙西山区，东到舟山群岛，在今嘉兴市的马家浜，湖州市吴兴区的钱山漾，杭州市余杭区的良渚、西湖区的老和山等地，陆续发现200多处氏族公社中晚期人类生活的遗址、遗物，充分证明了三皇五帝时代浙江已遍布百个母系氏族中后期、父权家长制时的聚落。其中马家浜文化（距今约6000年前）时期，人们已"陵埠而居""积壤而丘处"，出现了木构架、大屋顶的雏形。距今约5300—4500年前的良渚文化，人们已开始适形相地，择高而居，出现了高台基、大型房屋、中心聚落、礼器、礼制建筑、礼仪中心、行政中心。[1]

学界将传统村落的时代圈定为民国前的历史时期。民国时期至新中国成立再

---

1 参见陈桂秋、丁俊清、余建忠、程红波编著《宗族文化与浙江传统村落》，中国建筑工业出版社2019年版，第67—68页。

到21世纪的乡村,虽与传统村落的定义有时间上的差别,却有着千丝万缕的联系,因为乡村都是在传统村落的基础上发展起来的,况且传统村落作为乡村复兴建设的保护对象和历史借鉴,在新时代同样有发展需求。鉴于此,将浙江传统村落的历史沿革简分为民国前的传统时期和新中国成立后的复兴时期。

## 一、传统时期

围绕传统时期的浙江村落历史沿革,大致可从"行政区划""营建范式""人口迁徙""农事开发"四个方面进行历时性的解读。其中人口迁徙与农事开发有着密切的关系:一方面,人口流动无论是出于何种原因,目的都可以归结到土地上;另一方面,农事开发则可以反映人口迁徙的大概轮廓。(表1-1)

表1-1 传统时期浙江村落历史沿革简表

| 时期 | 行政区划 | 营建范式 | 人口迁徙 | 农事开发 |
|---|---|---|---|---|
| 先秦 | 由乡遂制变革至郡县制;公元前222年,秦在原越地置会稽郡并设20余县 | 开启了住宅建设"环农业""适形"等原则;田字形、"一堂二内"成为住宅主要的平面布局;"上栋下宇式""干栏式"建筑形制,空间布局与礼制相融 | 由争夺资源、避乱逃难转向寻找耕地、逐熟就谷 | 新石器晚期从渔猎发展到渔猎、采集、农耕相结合的农事状态;春秋时代,古越地"五谷"成为主食,同时有麻葛与副食品的生产,已有水利开发活动 |
| 秦汉 | 由秦朝"郡县乡亭里"制发展至汉代"郡县乡亭里什伍"制;汉末出现"村"名;东汉时期,浙江地属吴、会稽、丹阳3郡,计23县 | 住宅建筑"大屋顶、木构架、高台基"三段式;"一堂二内""前堂后庭""廊院""合院"等建筑布局;"门"构件发展;出现"庄园""坞堡"的聚落形态 | 赐地赐宅,中原人与当地人通婚,编户齐民,开始出现血缘姓氏村 | 耕地、水利开发集中在浙北;铁制农具普遍推行,修建塘、堰、闸等水利设施;麻葛织品(麻织白布)已达到较高水平 |

续表

| 时期 | 行政区划 | 营建范式 | 人口迁徙 | 农事开发 |
|------|----------|----------|----------|----------|
| 魏晋 | 沿袭乡亭里制；浙北增设新都、吴兴郡，浙中设东阳郡，浙东南设临海郡；共计6郡44县 | 民居建筑小型化；住宅园林化发展；庄园、坞堡发展为围屋、庄寨、山水寨等 | 永嘉南渡：迁至越地、瓯地；浙地传统村落形成与发展的重要时期 | 浙北已基本完成耕地、水利的开发；人口南迁进一步改良了农耕技术，并向浙南推进；庄园式农耕模式促进了农业生产的发展 |
| 隋唐 | 由乡里制调整为乡里村制，村作为一级基层单位正式确定下来；唐肃宗分江南东道为浙江东、西两道，浙江东道领八州，浙江西道领十州 | 偶见深宅大院；"臣庶住宅"格局和样式基本定型 | 唐中后期南渡：迁至越地，福建一带回迁 | 钱塘江两侧水网开始形成；浙江成为国内主要的粮棉生产基地之一；桑蚕、茶叶、麻织等产业成为乡村经济的重要支柱；开始山地耕田开发，即刀耕火种；舟山群岛除渔业外，有"良田湖水"的农业生产 |
| 宋元 | 保甲制替代乡里制，士绅主导乡村治理；北宋置两浙路，南宋分为浙东路、浙西路，浙东、浙西名称始著 | 庄园制瓦解；大屋制；多进院落；村屋布局"环农业""适形"特征 | 宋室南渡：国都南迁、衣冠南渡 | 平原、谷口、溪涧、山坞的耕地开发大体完成；出现山村、梯田；浙江成为全国粮食产量最高地区 |
| 明清 | 清朝继续实施保甲制；明朝设浙江行省，领11府，1州，75县 | 大屋制；多进院落，精细化发展 | 因自然灾害和战乱持续迁徙；多迁至浙中南山区 | 完成梯田系统，继续围海夺田；水稻品种持续改良和植棉技术普及；形成传统村落农地格局 |

先秦时期平民无姓氏，尚未有村落的概念，只有城和国的概念。春秋战国是中国历史上筑城最多的时代，此时的城是指有城墙、城壕围绕的军事性居民点，城内有祖庙的就叫国。有文献记载的春秋城邑1000余处，现已发现76处，其中浙江1处。[1]大多数的人口、族群、城邑都在黄河、洛河一带的中原地区。浙江有文献可考的历史较中原为晚，一般认为在春秋时期吴、越建国前，这里被视为"文身断发、茹毛饮血"的蛮荒之地，中原人称之为"蛮夷""百越"。[2]在历朝历代绵延不断的人口迁徙和农事开发的过程中，汉朝时期给了贫民土地、住宅的同时也赏赐了姓氏，对于浙地服从国家管理同意编户齐民的越人，同样赏赐了姓氏，允许他们认祖归宗。[3]于是，汉代浙地人口构成有三个系统：一是居住在坞堡或大宅第中的世家大族及其依附人口；二是编户齐民人口；三是深居蛮荒未入国家名册人口。而这些编户齐民人口基本上是以一个个小村庄的规模安置的，据此认为，汉代浙江开始有了一定规模的血缘姓氏村。魏晋时期是浙地村落形成与发展的重要阶段，尤其是经过东晋南朝200多年的发展，整个于越族已和汉族完全融合，从此"越"不再是族群的概念，而是地域概念了。浙地村落向深山老林推进，致使浙西北一带出现了陶渊明笔下世外桃源般的村邑，传统村落的景观面貌得到了大大改观；浙北、浙东平原地区人口和村镇也迅速增多、繁盛起来。当时的文人沈约描写会稽"土带海傍湖，良畴亦数十万顷，膏腴上地，亩值一金""丝绵布帛之饶，覆衣天下"。晋元帝也曾慨叹："今之会稽，昔之关中。"此外，南北朝时期以其学术和文艺为主的思想成就，成为我国思想史上一个小高峰期，群星灿烂、大家迭现。引申至当时的生活方式，便养成了超然物外、寄情山水、追求高远的精神意识。于是住宅中被灌注了人文精神，使住宅园林化并出现了"山居""别墅"。浙江的代表人物谢安及其家族，其家学一是培养出山水诗鼻祖谢灵运，二是引发、促进了私家园林宅第这一新的住宅形式。隋唐时期科举制度确立，促进了遍布城乡的驿馆（邮亭、邮舍、亭候、传舍）、乘驿和各种旅店、亭榭的建设。陆路要道两旁，水路交通的渡口、码头处及交通要津的乡邑村落，都

---

1 参见陈桂秋、丁俊清、余建忠、程红波编著《宗族文化与浙江传统村落》，中国建筑工业出版社2019年版，第68页。
2 参见顾希佳主编《浙江民俗大典》，浙江大学出版社2018年版，第2页。
3 参见陈桂秋、丁俊清、余建忠、程红波编著《宗族文化与浙江传统村落》，中国建筑工业出版社2019年版，第74页。

设有驿馆、旅舍、村店。与此同时，唐朝的文学和学术进一步繁盛起来，江南作为科举重地、文人高密度区，在文人的作用下开辟了不少唐诗之路，形成了"处处江南村，长亭接小亭"的江南村落景观。一些文脉深厚、科举发达的村落，为本村有科举成就者以及重要历史人物和事件在宅门、村口、巷头兴建亭子、门楼等纪念性建筑。如缙云县河阳村八字门、兰溪市长乐村"龙亭"、丽水市莲都区西溪村"与德为邻"宅、柯城区新宅村进士坊等。宋元时期，科举出身的平民成为官僚的主要来源。这些官员往往趋于民众，如支持家乡宗族建设，设立义田供族人伙食，兴办义塾教育族中子弟等。由此形成了一种以族田、族谱、祠堂为特征的新型家族制度——官僚家族制。此外，宋代农村家族形成了两种组织形式，一是累世同居共财的大家庭，二是许多个体小家庭聚族而居构成的家族组织，使聚族而居的血缘村落成为主要的居住模式。此时的村屋布局以"环农业""适形"为特征，村屋形制多为坡屋面、马头墙和隔扇花窗。同时，村落继续向深山峡谷发展，这些村舍风貌在丽水山乡中时常可见。明代中期，将之前等级、形制分明的祠堂建筑进一步扩大规模、规格并独立出来，士人和庶民允许联宗建造与祭拜。于是家庙民间化，并迅速向联宗祭祖的大宗祠方向发展，至清代时期达到高潮。清代鼓励建家庙，支持族长治村，家族活动更为活跃。祠堂的功能从祭祖又发展出议事、聚会、娱乐等功能，娱乐以民间戏曲最为活跃，因此宗祠第一进明间大多建造了戏台。清代乡村建造祠堂还出现三个特点：一是除了在本乡建祠外，还会到省会或重要城镇建造总祠、支祠作为会馆，如松阳的汤兰公所（兰溪会馆），是汤溪、兰溪商人建造的关圣宫，供二县商人祭拜关羽和住宿办公用；二是先造祠堂然后在周边盖住宅的现象，体现宗祠的重要地位；三是出现了祠堂群现象，如新昌吕氏家族分出乡贤祠、名宦祠、忠孝祠、余庆祠等十几个房派，房派下又有支派，各派大小之祠形成了宗祠群。

综上，历经数次南渡，浙民相融相生，实现了家庭个体分房机制与村落整体社会纽带双重维度上的拓展。其中分房机制的调节作用使原生家族分化重组，衍生新的村落；社会纽带的维系作用出现了以血缘、地缘和业缘为基础的村落类型。浙江传统村落也由此逐渐形成、发展与繁盛起来。[1]

---

[1] 参见杨小军、丁继军《透视浙村：历史文化村落保护利用的浙江探索与实践》，机械工业出版社2023年版，第33—34页。

## 二、复兴时期

民国时期,乡村经历了内生、封闭的自下而上的发展及衰弱的过程。新中国成立后,对全国和浙江的乡村复兴历程展开简单梳理。我国乡村发展演变大体经历了"发展起步期(1949—1978)""制度改革期(1979—1993)""深化改革期(1994—2003)""体制转型期(2004—2011)""快速发展期(2012年至今)"五个发展阶段。(图1-1)

浙江地区在21世纪主要经历了"示范引领期(2003—2007)""整体推进期(2008—2012)""深化提升期(2013—2016)""乡村振兴期(2017年至今)"四个发展阶段。(图1-2)

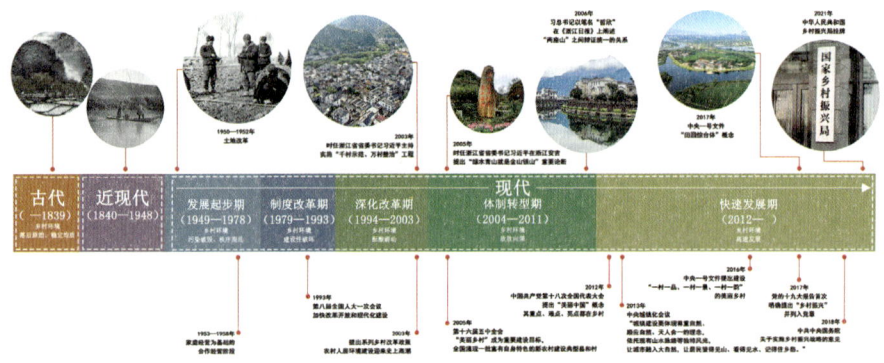

图1-1 中国乡村复兴历程简图

图1-2 浙江乡村复兴历程简图

## 第三节　文化特征

对于浙江传统村落而言，每个村落实际上都有各自独特的地方性文化，正如文化本身的融杂性，然而对于省域范围的文化特征理解，则要在更大的空间尺度上进行解读。综合来看，浙江省凸显的文化特征包括三大部分：以"吴越文化"为代表的文化地理类型；以"民俗文化"为个性的生产生活方式；以"宗族文化"为典型的空间生长规律。

### 一、吴越文化

"吴越"既是地理概念又是族群概念，还是历史上的国名。在地理层面，其泛指今浙江大部，以及江苏的苏、锡、常地区和上海地区，和"关中""山东""岭南"等概念对应，到唐代衍化成"江南"；族群层面泛指越人；国名层面即春秋战国时期，吴越两国大致以钱塘江为界，南为越、北为吴，两国同族、同语、同俗，史称"吴越两邦，同气共俗"。[1] 可见，吴越是中原的近邻，两地有长江之隔又有运河相连，吴越文化和中原文化是唇齿相依、相辅相成的关系。

浙江优越的地理位置和自然条件，成为中原族群扩张和迁移的一大目的地。史传三圣中的舜和禹都来过浙江，其后裔也在浙江定居。舜姓姚，号有虞氏；禹姓姒，夏后氏。今浙江上虞、余姚、大舜江、小舜江，以及大禹陵、禹祠、禹航（余杭）等地名地物都是实证，浙人早已把舜禹作为一个文化符号镶嵌在浙江历史长河的源头。相传夏代帝王的庶子无余，为祭祀大禹来会稽守陵而成为越部落的首领；商末和周朝早中期，山东的姑蔑国和徐国先后举国南下，在龙游一带建立了姑蔑国，浙江大地亦遍播徐偃王的足迹及其后裔。与此同时，浙江境内越人的发展一直处于动态的流徙过程中。越人先民在遭受海侵以后，便退居到丘陵山区地带，选择河谷岙口而居，或火耕而水耨，或逐禽鹿而给食，悬虚构屋。他们的居住和给食方式是潮涨我退（退到山地）、潮退我进（回到海边）。江浙地区

---

[1] 参见顾希佳主编《浙江民俗大典》，浙江大学出版社2018年版，第2页。

先民中，分布在今浙北、苏南、上海一带的叫"于越"；分布在瓯江流域、灵江流域，今温州、台州、丽水三地的叫"瓯越"；汉末三国时期避居于今江、浙、赣、皖四省交界的山区里的群体被称为"山越"。"百越"成为长江以南的浙、皖、湘、赣、闽、粤一带少数族群的统称。

春秋战国时期，越人曾建立吴国、越国，而且越国也曾经成为"春秋五霸"之一，彼时越人和中原人的交流已经很频繁。魏晋、唐中后期、南宋三次人口大迁徙，导致中原文化与吴越文化进一步交融。永嘉南渡后，浙江的主体基本上实现汉化，主要的州、县、村落面貌初具雏形。唐中后期汉民族大迁徙的结果使浙江全境人口完成了汉化。随之，"越"不再是族群概念而成为单纯的地域概念。这一过程中，最为显著的是于越时期的"海涯鄙地"宁波三江口，经公元7—9世纪二百余年以移民为主调的开发，成为浙江新的地域中心；而温州也已从瓯越、于越基本汉化，一百多家族有宗谱可查的中原汉族后裔主要从福建移来，奠定了温州现代居民的基础和村落分布格局。唐时的吴越之地，移民家族文化已占据了主导地位，"吴越"两字被"江南"代替。可以说，经过三次中原汉人大规模南下和族群融合，汉民族已成为浙江人口的主体，中原儒家文化和家族制度已在浙江落地生根。于是，"江南"持续吸收并发扬光大了中原文化，在宋室南渡后达到一个高峰，使曾产生河姆渡、良渚文化的吴越之地薪火相传，孕育出崇功利、扶商贾、面向海洋、走向世界的新吴越文化，并成为中国的文化中心之一。

## 二、民俗文化

浙江有"鱼米之乡""丝绸之府""文物之邦""旅游之地"等美称，民俗文化根基深厚、源远流长。浙江民俗文化的形成是多元的，有人文地理的因素，也有历史变迁、民族图腾、原始宗教和地方信仰等因素，其中人文地理是主导因素。一般来说，浙江民俗文化的种种形态，总体上是继承了古老的吴越文化遗存，并经过与中原文化的多次交融、汇合后转化为汉民族文化的一部分。其文化个性概括起来，凸显在如下四个方面。

其一，农耕民俗的生活贯穿始终。农业生产是浙江人民世代赖以生存的主要经济形式，祈求农业丰收也成为了各种民俗活动的主题。如最为广泛的迎社活动，往往打出"风调雨顺,国泰民安"的旗号;浙地普遍盛行鞭(迎)春牛、开秧门、除夕夜田坂间甩火把、灶司菩萨尝新米饭等;其他地方性风俗,如绍兴的酒俗(女儿酒)等,无一不是农耕社会的产物。时至今日,农耕民俗中反映出来的"农本"观念,依然贯彻于社会生活的方方面面。[1]

其二,江湖海岛民俗的地域特色。春秋战国时期,越国已有卓越的造船航海技术,且已开通海路将江湖海岛连接起来。至隋唐时期,浙江一带不仅有远距离的航海活动,而且在舟山海岛上开发了"良田湖水"。明清时期虽有海禁政策,但自然条件较好的海岛和内陆湖泊江河地区一样,依然发展起来。社会经济的繁荣进一步促进了具有地域个性特征的民俗风貌。一是居住民俗。旧时沿海岛屿的渔民房屋多呈"石壁茅屋"式结构,南向脊高檐低、窗户略小;而水乡的民居则多为"泥墙茅顶",脊高屋矮;除此之外,还有船上人家,旧时分布在浙江沿海、新安江、瓯江、灵江一带。二是衣着服饰。海岛渔民多穿戴用栲树皮汁染过的笼裤和背褡,脚穿芦花草或棕皮编成的蒲鞋;内河湖网的渔民、船民多着布袄,齐胸围粗布制成的腰襕。三是饮食习惯。水产品中最具特色的是"晒、腌、糟","晒"是直接将新鲜黄鱼、墨鱼等剖开晒干;"腌"是将鱼、蟹、虾、海蜇、泥螺等直接加盐腌制成可较长时间保存的食品;"糟"是用酒或酒糟加少量盐制成糟鱼、糟鳗等。四是地方信仰,见后文详述。可以说,江湖海岛上的居民由于地理环境的特殊性加之历史变迁,其民俗文化中的多元色彩和特异现象,是浙江民俗文化中的亮点。[2]

其三,商贸民俗的传承发展。春秋时期,范蠡提出了图"十一之利"使"天下共富"的商德标准;秦代嘉兴水网区已出现农副产品集散地"水市",西汉会稽郡的海盐已设有盐官,东汉的"越市""铜镜""青瓷"以及东晋南北朝时期的"剡纸""丝绢",都以商品形式行销天下;唐代以杭州为中心的商业城市已初步形成,五代十国时期吴越王钱镠治下的浙江出现了真正意义上的海上贸易,为两宋年间"海上丝绸之路"的开通和明代下西洋开创了先例;清代浙江海航贸易经历了海禁、些许开放、五口通商,宁波帮(钱庄、海运、海产)、温州帮(海

---

[1] 参见顾希佳主编《浙江民俗大典》,浙江大学出版社2018年版,第16页。
[2] 参见顾希佳主编《浙江民俗大典》,浙江大学出版社2018年版,第17—18页。

产、桐油、山货)、绍兴帮(黄酒、酱油)、兰溪帮(大米、生猪)、金华帮(红糖、五金、木器)以及嘉兴米市、萧山临浦米市先后兴起;同时,富阳纸业、湖州、嘉兴丝绸业、青田石雕业、奉化裁缝业、嘉善砖窑业、杭州中药业等也方兴未艾。各行各业形成了自己的商贸民俗,如设祖师爷神位并按时按节供奉祭拜,创立拜师、满师制度,制定行规等。历史上,浙江地帮在外省设立会馆或商会,负责对帮内商户救济、监管和开展公益等。总的来说,明清以来浙江从商的有识之士既继承了先贤的重商思想,又不断向前发展,约定俗成了恪守诚信、严防欺诈的良好商德商规,在海内外产生了重大影响以及获得了良好声誉。[1]

其四,地方神灵的信奉盛行。受原始宗教、道教、佛教影响,浙地民众除了信奉佛、道等宗教神明和天地日月、风雨雷电诸神祇外,地方性的民间神灵信仰也十分普遍。如"金、衢、绍"一带的"胡公大帝"信仰,主祀神为北宋时兵部侍郎胡则;杭嘉湖一带水稻区多信奉驱蝗神刘猛将,俗称"猛将菩萨";浙南及瓯江流域一带信奉为民除妖、治病的"陈十四娘娘";浙东南沿海岛屿及内陆江河湖网地区多信奉"妈祖"。这些地方神大多是历史人物或是传说人物且都有恩德惠施于地方,反映了浙地百姓对有德于民的先王先贤的敬慕和怀念之情。除此之外,浙西南山地丘陵区,多有敬山神、树神、石神和"祭山魈""送虎神""接龙求雨"等习俗;海岛和沿海江湖地区崇拜海神、潮神、江河水神、龙神、风神、鱼神、船神等。这些都带有明显的地方个性特征,可以说是当地生产生活方式的一种体现。[2]

综上,浙江的民俗风尚,实际上是浙江先民在"七山一水两分田"的自然环境中为求生存发展而拼搏创新的精神文化的积淀。良风美俗是历代民众社会生活的需要,也会随着历史社会的发展而不断改良创新。如沿海一带传统的祭海神、祭妈祖活动与开渔节联系起来;绍兴兰亭"曲水流觞"活动与国际书法节联系起来,等等。这说明了民俗文化的生机永存,以及共建和谐社会的积极作用。

---

1 参见顾希佳主编《浙江民俗大典》,浙江大学出版社2018年版,第18—19页。
2 参见顾希佳主编《浙江民俗大典》,浙江大学出版社2018年版,第19—20页。

## 三、宗族文化

浙江传统村落与宗族文化的关系最为密切，传统村落的形成、发展和演变是受到宗族文化直接影响甚至支配的，而传统村落的发展反过来又推动了宗族文化的强化和兴盛。

家族及宗族文化实质上是将人按血缘进行编程，组成网络并使之社会化，家庭成为社会生产、消费、施法的基层单位。宗族文化对浙江传统村落生产生活发展的影响主要表现为：历史上多次以宗族为单位的人口南迁，播迁了传统村落的种子，使浙江的土地资源得到了有序、有效的开发，它们和生态环境有机结合又产生了各自的个性。聚族而居是宗族制度下居住模式的根本特征，因此，浙江汉民族村落都是血缘村落，并且多以姓名村。家族关系是村落生活中最重要的社会关系，形成了一字长屋、三合院、四合院、多进院以及历史上曾出现过的庄寨、台门、义庄、累世同居的共财大屋等共存的村落风貌。祖先、圣人崇拜以及敬天祭祖仪式是族人生活的重要内容，因此具有祭祀、礼制、文教等功能的公共建筑是村屋构成的重要部分，且有公共建筑优先原则。随着人口繁衍，村落发展的主体是房派，而宗祠是房派的象征和凝集核心，形成了村落以房派为脉、以宗祠为核心的约定俗成式生长规律。可以说，宗祠主导了村落的风貌。宗祠、宗谱、族田、族规、家训是宋元以后新的"敬宗收族"模式，明清之际又产生了"绅缙阶层"主导乡村建设的形势。门第观念强化了族人的认同意识和家族互动，使乡村面貌出现"第其房望"现象。经过长期的实践探索，先民找到了合理的家庭结构和规模，又用五服亲等法孕化出社会秩序的"差序格局"，使得浙江传统村落有序发展、合理分布，天地人三者关系协调和谐。宗族文化也是传统民居堂室之制、祭住合一、人文位序、轴对称等特征形成的主要原因。

宗族文化对传统村落保护发展具有重要意义。浙江传统村落大多蕴含了宗族家国同构、修齐治平的精神价值。以宗族内部的伦理规范作为基点，这种精神价值可以泛化至治理社会、管理国家，乃至一切社会思想和行为。从程朱理学到阳明心学，都讲究正心、诚意、格物、致知，提倡"吾日三省吾身"，将仁义智信、温良恭俭让内化于心，外化于行，做到世事通明、人情练达。在这样的文化背景下，尊师重教、好学尚礼成为宗族每个成员的共识，办私塾、书院，设义仓、公田、建文昌阁、文峰塔等行为屡见不鲜，也由此留下了宝贵的文化遗产。村中读书人一旦入仕，多怀着兼济天下的胸襟，从宗族出发，或高居庙堂，或牧守一方，直到衣锦还乡，落叶归根，又回到宗族，用平生所学教化乡民、反哺桑梓、泽被乡里，宗族得以繁衍兴旺，文脉得以薪火相传。[1]而这种人才、文化对乡村的反哺、支撑和循环，恰恰是现代乡村所亟须的。

总而言之，结合当下"以文塑旅、以旅彰文"的文旅融合深度发展，乡村旅游已成为一种时尚的生活方式之一。镶嵌在青山绿水中的传统村落，其原野山峦、溪流潺潺、清新空气、历史信息对游客有着巨大吸引力。所谓科技贵新，艺术贵旧，越旧越久者越具艺术感染力。古村的粉墙黛瓦、青砖蛮石、长脊短檐、曲径小巷、建筑三雕，以及地方特色的民俗活动，淋漓尽致地表现出身处其间生机勃勃的生活图景。[2]可见，传统村落既是物质实体又是文化形态，且是一种原生态的乡土文化，是中华宝贵的物质文化遗存和非物质文化传承，具有强大的生命力。

## 第四节　空间特征

如前所述，浙江历史悠久，文化底蕴深厚，地域类型丰富，传统村落量大面广。于是结合地理环境与人文要素，从共时与历时双维度对浙江传统村落的空间分布与影响因素以及空间形态与演变图式等空间特征做出解读。

---

1　参见陈桂秋、丁俊清、余建忠、程红波编著《宗族文化与浙江传统村落》，中国建筑工业出版社 2019 年版，"序言"。
2　参见陈桂秋、丁俊清、余建忠、程红波编著《宗族文化与浙江传统村落》，中国建筑工业出版社 2019 年版，第 2—10 页。

## 一、空间分布与影响因素

### （一）空间分布

根据各级各类的村落名录，浙江传统村落数量整理如表1-2所示。由于名录是一项动态数据，本书以2024年年底为时间界限进行统计。

表1-2 浙江传统村落（各级各类）统计表（2024）

| 名录 | 级别 | 评选组织 | 管理部门 | 批数 |
| --- | --- | --- | --- | --- |
| 历史文化名村 | 国家级 | 住房和城乡建设部、国家文物局 | 浙江省住房和城乡建设厅 | 7 |
| | 省级 | 浙江省人民政府 | | 7 |
| 传统村落 | 国家级 | 住房和城乡建设部、文化和旅游部、财政部 | 浙江省住房和城乡建设厅 | 6 |
| | 省级 | 浙江省建设厅、文化和旅游厅、文物局、财政厅 | | 1 |

浙江省传统村落涵盖了全省11个地级市。传统村落在空间分布上表现为凝聚型分布，整体上"浙西南部远多于其他区域"，具体为"浙南＞浙西、浙中＞浙北、浙东"；传统村落较多分布于相邻市交界区域，具有"边缘化"的特征；高密度核心区为丽水南部、杭衢金三市交界、丽水北金华西南交界3处。[1]

### （二）影响因素

浙江省传统村落空间格局的形成受多方面因素共同影响及作用。地理环境方面，传统村落主要离散分布于平原地区，小部分集聚分布于山地地区，具有阴坡指向性，以及显著的沿河分布趋向；人文社会方面，经济欠发达地区相对更适合传统村落的留存，同时村落分布具有一定的中等人口密度指向及地域文化多样性指向。综合来看，坡向、人均GDP、坡度对于传统村落空间分异的主导性较强；城镇化率、人口密度、高程、第一产业比重等因子次之；水系、少数民族人口比重等因子作用相对较小。由此可见，地理环境因素在传统村落形成初期主导了村

---

[1] 参见杨小军、丁继军《透视浙村：历史文化村落保护利用的浙江探索与实践》，机械工业出版社2023年版，第39页。

落的整体空间分布格局，而人文社会因素则作为驱动因素，影响着后期村落的发展演化、规模特色等。[1]

## 二、空间形态与演变图式

### （一）传统村落形态类型

传统村落空间形态主要涉及两个方面，一是村落整体在总平面图上的形状，二是村落的建筑布局、街巷网络以及对外交通等方面的特点。传统村落空间形态受气候、地形地貌和资源等自然因素的影响较多。如前所述，浙江传统村落分布密度由浙西南的山地、丘陵地带向浙中、浙东北的盆地、平原、江河流域逐渐过渡。不同地理环境影响下，传统村落在平原、山地和水乡地区均有不同的形态特点，总的来说有条带状、团块状和散列状三种基本类型。

其一，条带状村落大多受地形的限制，沿水陆运输线延伸，河道和主街成为村落延展的依据和边界，贯穿村域。在浙西南多山地区，河岸陡峭，可供建设的用地少，村落沿河流岸边一字延伸；在浙东北水网地区，村落大多沿主河道的河岸修建，形成了水巷、路巷联运的布局，如宁波的凤岙村、韩岭村。

其二，团块状村落大多由带形结构发展而来，是大型村落的典型格局。村落的用地相对宽松，呈长方形、扇形、圆形、多边形等团块状布局，以纵横的街巷为基本骨架。街巷平直且大多以直角相交，主次分明，承担主要交通。村落内部有一个或多个点状中心，如戏台、集市、广场、水塘等，整个村落围绕中心层层展开。

其三，散列状村落在丘陵地区和山区分布较多。围绕农田或山丘的数个分散组团构成一个村落，用地范围不规则，街巷和道路系统不明显，中心不明确，多数属于多姓混居发展而成的居民点或是少数民族村寨。散列状村落往往形成自由式、台地式的布局，内部交通多随形就势、曲折婉转，村民建造房屋多沿等高线分台建造。如浙西南传统村落多位于山地地区，不讲究朝向，因地制宜，依山而建。

---

[1] 参见倪振、郑国全《浙江省历史文化村落空间格局识别与影响因素研究》，《小城镇建设》2023年第11期。

## （二）传统村落演变图式

千百年来，先民日出而作、日落而息，耕种着周围的土地，传统村落多为"自由式"的布置方式，可谓"一去二三里，沿途四五家。店铺七八座，遍地是人家"。随着村落人口规模、经济产业以及交通、交流等外部条件的变化，村落形态也随之演化。总的来说，建筑形制以及建筑之间的关系等一系列问题，在"亲族聚居"的血缘村落形成的过程中都有其乡规民约，是俗成和自觉的，可称作"俗成生长式"发展图式。

其一，家族繁衍、人口规模变化是村落形态演变的内在动力。房派需求作为村落发展演变的主体，在村屋增长、村落扩大过程中体现出三个特点：一是目的性强，造新屋的目的就是使用，不是作为商品房售卖或出租，因此有效地控制了房量；二是以家庭分户为周期，村屋增长的速度缓慢且有序，村民可以逐年育材、备料、培地基，避免了临时大面积砍伐建筑用材、挖山填水做地基等弊端，使村落建设的速度、数量与自然节律合拍；三是自下而上的营造方式，也就是村民在"惯常行程"的日常生产、生活规律作用下，自己动手建造房屋，在技艺传承的同时完成礼仪的延续。可以说，血缘族居村落不是营造出来的，而是生活出来的。村落的空间结构，街、巷、弄等发展节律就像一个人、一个家族的生命一样，融进宇宙的流程，充满了生态智慧和生命活力。

其二，地形条件是传统村落形态及其演变的直接影响因素。适宜生产的农地较多，导致人口增长，从而影响村落的规模发展；村落建设用地则受地形、高差、坡度、朝向、面积等限制，在村落规模增长时演变成不同的形态特征。大部分平原村落人数众多，规模庞大，如宁绍平原地区的村落规模较大，村落的平面形状往往集聚成团状。而山区的村落一般规模较小，人数也偏少，如浙西南山区，村落随着地形的变化而呈线性自由形态，且布局相对分散。

其三，乡村产业变化直接影响村民就业规模与生产方式，主要体现在村地关系发生改变，从而导致村落规模与形态变化。与此同时，交通对村落发展的影响也较大，人们新建住宅时更倾向于靠近交通便利之处。在漫长的水路交通主导时期，许多村落沿河流水系发展；陆路交通替代水路交通后，居民住宅和商业服务设施等往往会沿新的道路方向延伸，村落的发展方向出现调整，多向沿路条带状空间形态演变。

综上，结合条带状、团块状和散列状等村落基本空间形态，其动态演变的图式可以总结为线性延伸型、中心外扩型和跳跃发展型这三种对应的类型。

## 第五节　小结

传统村落作为地理环境与乡土社会的统一体，其形态、结构、规模和性质总是处于动态的演化和发展中。其中地理环境的影响是直接且经常性的，但属于被动因素，主动因素则是乡土社会。因此，传统村落是一个复合叠加的过程，适宜用历史和发展的观点来加以分析。于是，本章借鉴了人文地理学的相关方法，从省域尺度对浙江传统村落的地理环境、历史沿革和文化及空间特征做了较为系统的梳理与分析；强调了浙江地域性的文化特色，以及传统村落分布特征、空间形态基本类型和演变图式。这些相对宏观的解读内容，实际上映射了传统村落的社会价值、精神价值、美学价值以及发展潜力，也成为下一章实地调研的基础。

第二章

浙江传统村落公共空间调研与分析

## 第一节 调研设计

调查研究包含了两项内容：一是调研对象的确立；二是调研设计，即调研的内容、方法、流程与数据等。传统村落作为调研对象，其除了需尽可能地覆盖浙江省全域，还需考虑所选案例的典型性与代表性。本书以浙江列入"中国传统村落""历史文化名村"等名录的传统村落作为基本选择依据，在此基础上通过文献研究和村落的地理分布比对，进一步确定村落样本。基础性的传统村落公共空间普查工作覆盖了浙江省域，典型案例则从省内 11 个地级市中，每市选取 2 件到 3 件样本，展开更为细致的调查研究。调研设计围绕传统村落的公共空间展开，主要采用了形态类型学的分类、分层方式，将公共空间解构成若干类型和层级，逐一考察。与此同时，采集的数据除了自身的数据库意义，更是为后文的图式语言和空间句法分析以及可视化表达提供了第一手材料。因此，调研的内容与方法都是有针对性、目标性地有序展开，并和研究的整体架构紧密耦合的。

### 一、调研内容

传统村落公共空间形态包含物质空间形态和社会文化形态两方面。物质空间形态是空间的外在表现形式，是在人与自然、人与人长期互动过程中逐渐建立并不断演化的实体空间，涉及宏观层面的整体形态、中观层面的空间布局与结构，以及微观层面的空间构成要素与外显特征；社会文化形态可视为内隐在物质形态之中的意识形态，往往涉及地域文化、民风民俗、生活方式、乡土记忆等内容，是村落公共空间所蕴含的人文精神，可理解为不同历史时期生活生产方式在物质空间上的叠加体现,与村落经济、村民行为、乡规民约、乡土审美等要素相关。从可视化来看,传统村落的公共空间形态也有二义,一是从环境角度看村落,即村落的外部空间整体形态;二是指村落内部空间形态,即村落空间的布局、结构与要素。于是针对传统村落公共空间的调查研究,以形态类型学基本原理将之分为四大块内容,分别是"村落概况""村落格局""空间形态""空间活动"。每一块内容又进一步细分为若干子项,从而形成分类、层级且嵌套的类型系统,完成对公共空间从整体到局部再回到整体的解构与认知。同时,每一项调研内容的数据采集,都对应着配套的技术路径。如此一来,既确保了数据采集的可行性与操作性,也大大提升了团队协作的效率。(附表1)

### 二、调研方法

由于运用图式语言与空间句法分析传统村落公共空间的形态特征,因此在调研方法中尤其要注意两个方面。其一,普查类。(1)清晰的航拍图:村域(自然、生产环境);村落建筑边界;空间类型(建筑空间及其组合、连接空间及其组合、附属空间,如水体空间及其组合、广场空间及其组合、农田空间及其组合等)。(2)拍摄(测绘):历史建筑、传统街区、公共开放空间、乡土器物、标志物(风水树、林等)、特色产业;新建筑(自主改建、扩建等)。(3)交流访谈:人群分类包括当地居民、游客、商户等,力求群体分类均衡。总的来说,普查类工作基于附表1,也是本章所要描述、归纳和总结的主要内容。其二,个案类。在普查类调研与数据采集的基础上,主要采用PSPL法采集人与空间的交互情况。PSPL法广泛应用于城市公共空间研究,因此在本研究中需进行村落调研的应用性转译。(附表2)PSPL法中的现场计数法,侧重于了解步行者和步行环境的情况。调查通过准确记录步行者的数量、性别、年龄来客观反映行人使用公共空间的状况。(附表3)此外,PSPL法还包括实地观察法和访谈法,本研究将之与传统的田野调查融合一并运用。随后,将采集数据归类到事先准备好的模板中,可以方便后期的数据整理、转译以及形成相应的分析图表。

综上,再将整个调研工作的基本步骤展示如下。(表2-1)完成调研工作后,围绕"村落格局""空间形态""空间活动",对浙江省传统村落公共空间形态做一整体性的描述与分析。

表 2-1 调研基本步骤

| 基本步骤 | | 具体内容 |
| --- | --- | --- |
| 前期准备 | | 文献梳理；明确调研内容及方法路径；安排调研时间及人员；等等 |
| 实地调研 | ①现场勘测 | 根据调研记录表，系统考察、测绘"点""线""面"空间要素 |
| | ②交流访谈 | 了解村落的民间艺术、民俗礼仪、传统工艺、日常活动类型等 |
| | ③行为考察 | 根据PSPL调研记录表，系统考察日常活动、人流量情况等 |
| 数据分类归档 | | 以每个村落为单位，将现场获取的信息分类、存档 |

## 第二节　村落格局

### 一、自然格局

地理环境是传统村落生产和生活的物质基础，地理环境的地区差异、资源优劣等，必然影响到各个地区乡村的经济发展，进而影响到乡村的格局与人口的结构。一般来说，在气候适宜、水源可靠、土地平坦肥沃的地方，村落易于形成和发展，这些地区的村落、人口也相对稠密。而自然资源富集地区的资源开发，也会对聚落人口分布产生明显吸引力，招至大量移民。古时中原移民多往山林密集、水源丰富的地方拓荒定居，自然资源就是重要原因。所谓"一方水土养一方人"，有其生理性因素，即人们通过新陈代谢与周围环境不断地进行着物质和能量的交换。于是，地域性的自然环境要素如某些物质的成分、含量，必然影响人体的生理功能，产生相应的生理特征。浙江传统村落多依山傍水，其自然格局体现了人与自然的和谐关系。也就是说，先民在认识、利用和改造自然的同时也在积极地回馈自然，从而形成了适形、共生的自然格局。就地理环境中对于村落形态影响最为直接的水系和地形而言，可将自然格局归纳为"临水型""环水型""穿水型"和"山地型""丘陵型""平地型"等多种类型。

## 二、农地格局

地理环境的资源结构和环境结构，共同决定着村落产业经济中的农、林、牧、副、渔等产业的土地利用比例和空间布局关系，从而使不同地域的村落经济结构和发展模式产生分异。农业结构的调整和改善，也必须根据地形条件、土壤条件、植被条件以及气候条件等要素的比例和空间组合进行。因此，土壤、气候、生态的多样性，为孕育出不同的"农地格局""农业文化"，呈现出农业生产内容和农业生产结构的个性差异提供了可能。调研发现，浙江传统村落与其公共空间形态密切相关的农地形态，主要有"水田""梯田""茶园""经济林""养殖场"等类型。

## 三、风水格局

先民在与生存环境博弈的过程中，养成了人和环境有机关联的思维方式与价值观，认定家族繁衍和山水形胜有伦理般的传承关系，经过长期积累产生了"风水学"，对村落的选址、布局产生重大影响。风水理念的核心是：自然界各种地形环境都有一种"磁场"或"气场"，风水师将之描绘为地脉（龙脉），并和家族、祖先精神联系起来。于是，风水和人会产生感应、纠缠，有"精神暗示"作用。可以说，浙江文脉深厚、人才辈出的乡镇村邑都有风水的印记。典型的有兰溪诸葛"八卦村"、武义俞源"星象村"、永嘉屿北"莲花村"、永嘉苍坡"文房四宝"村、永嘉芙蓉"七星八斗"村、缙云河阳"五龙抢珠"村、松阳山下"阴阳五行"村等。这些村落大多人丁旺盛、六畜兴旺、经济富裕、文风鼎盛、盛产人才。这也说明了"风水"具有生态性、有序性和均衡性的积极意义。[1]

其一,生态性。如古籍所述"自古贤人之迁,必相其阴阳向背,察其山川形势,巧用八大聚落宜用地"[2],这种理念指导下的村落营建,和这八种地形环境、生物群落组成了一个和谐的生活圈,能够生生不息、永续发展。

其二,有序性。某一地域开发的先后顺序,符合用地发展规律和大自然的发展流程。如松阳县杨坑埠头的八个自然村,是根据两岸宜居用地的发展顺序,正确处理缓水与激水、岸左与岸右、凸岸与凹岸的关系,或依山而居,扼山麓、山坞、山隘之咽喉,或傍水而居,抱河曲、渡口、汉流之要冲,先后建成。概括而言,是以水为脉循序渐进建成各村的。

其三,均衡性。浙江大地凡有阳光、水可到达的地方,大都得到了开发,几乎没有出现因山高林深而荒芜,或因傍水田肥而过度开发的现象。因此,浙江的传统村落耕地分布较为均衡,即相同面积的耕地上有大致相等的人口和村落。

## 第三节　空间形态

如前所述,宗族文化是影响浙江传统村落布局的内在因素。聚落以家庭、家族、宗族、氏族、村落、郡望的生长方式,从血缘化走向地缘化,构成了以村落为单元,一村一姓或数姓,从村到乡、郡呈星座式的居住体系层次结构。而以农业社会生产方式为背景的传统村落,其环境基底与空间形态同时存在着共性和个性。以下基于空间的结构性和解构性,从整体空间形态、建筑空间形态(点)、街巷空间形态(线)、广场空间形态(面)四个方面解读传统村落公共空间。

---

1　参见陈桂秋、丁俊清、余建忠、程红波编著《宗族文化与浙江传统村落》,中国建筑工业出版社2019年版,第195—197页。
2　八大聚落宜用地:盆地、攻位于汭之地、河阶台地、二河交汇处、冲积扇平原、滩头绿洲、山坑、山坞山岙。

## 一、整体空间形态

基于前章提到的三种基本类型,浙江传统村落整体形态可进一步归纳为:散列状、团块状、条带状、组团状。(表 2-2)村落的整体形态,在一定程度上反映了其公共空间的结构特征。比如条带状村落中主要的公共空间即是主街道;散列状的村落公共空间形态较为随机,分布相对自由,村落边缘与周边环境有较好的融入;团块状村落的公共空间形态规整,有较强的秩序感,多呈现向心性特征;组团状村落规模相对较大,由若干团块状空间组合而成,常具有不同层级、功能复合的公共空间,在组合的边缘容易形成形态多样、功能多元的公共空间类型。当然,这四类整体空间形态并不总是界限分明,现实中村落的空间形态往往会随着村落的发展、扩张而日趋复杂。尤其在一些规模较大的村落中,会出现多种类型的拼贴、叠加等复杂形态。

表 2-2 传统村落整体形态

| 散列状 | 团块状 |
|---|---|
| 条带状 | 组团状 |

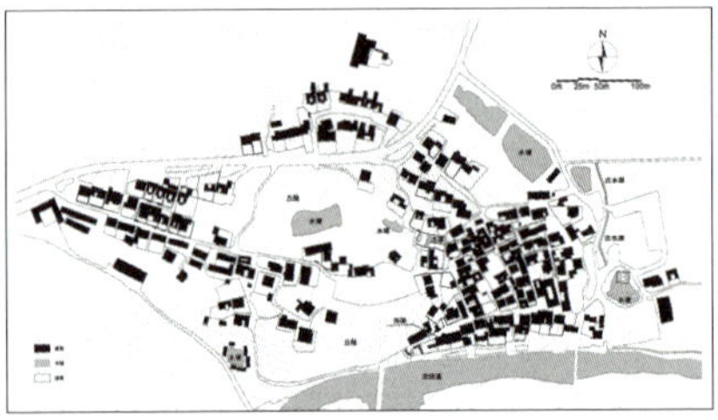

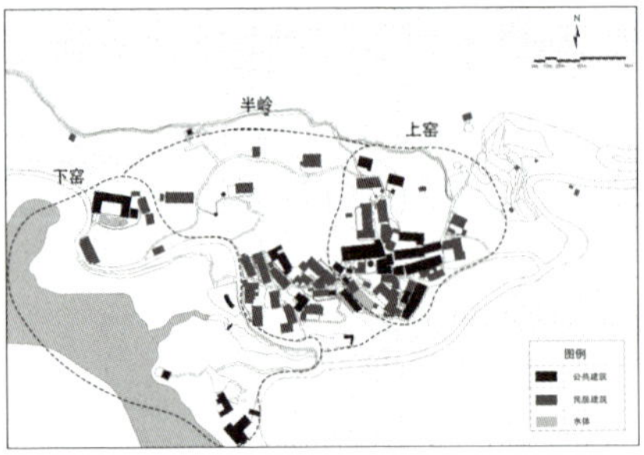

## 二、建筑空间形态

在传统村落中，建筑空间主要由民居建筑和公共建筑共同组成。

### （一）民居建筑

民居虽非公共空间，却是村落构成的主体，更是形成户外公共空间的要素，比如由民居围合、错位所形成的公共院落、街巷、广场等。一旦走出民居，往往就开始步入公共属性的空间。因此，民居建筑的形制、质感以及组合形式等风貌特征，都会直接影响村落公共空间的形态结构与艺术氛围。

民居即百姓居住之所。《礼记·王制》："凡居民，量地以制邑，度地以居民。地邑民居，必参相得也。""民居"一词使用久远，不仅指住房本身，也包含了由其延伸的居住环境等，而这也强调了民居对于公共空间的意义。传统民居建筑作为文化继承、创造和延续的活化石，反映了各历史时期人们的生活、生产、信仰和社会制度等诸多状况。总的来说，浙江各地的传统民居均不同程度地反映了人与天地、人与人的相处方式：依托于"天人合一"的传统哲学思想，各地形成了不同地理环境条件下的民居形式与个性，但都具有气候适应性、地形共生性、材料地方性、民族文化性等共性特征。[1]

其一，气候适应性。气候条件会影响民居的采光、通风、避暑和御寒等基本功能。浙江地处亚热带季风气候区，因此民居建筑的普遍做法是屋基抬高、大坡屋顶、多窗、设天井和防雨遮阳构件等；结构以穿斗式或穿斗抬梁混合式为主。浙东南沿海民居因常受台风影响，多建筑低矮、屋面平缓、垒石墙体，等等。

其二，地形共生性。浙西南的山地丘陵、浙北丰富的水域水系以及浙东的临海特征，造就了浙江丰富的民居构筑方式。比如浙北、浙东水乡民居的顺水而建、枕河而居，不拘泥朝向，双向开门，沿河设码头、水埠，以享水陆交通之便，同时因河岸线资源紧张，民居往往开间较少而进深较大。浙西南山地民居则因地制宜，排布灵活、高低错落，成为与地形共生的典范。为适应地形，山地民居往往"借天不借地""天平地不平"，利用轻度的挖填筑台，依山向阳，形成架空、支吊、错层等结构。其典型如温州苍南碗窑村的八角楼，是清代宅第民居，背坡

---

[1] 参见宁志中主编《中国乡村地理》，中国建筑工业出版社2019年版，第87—94页。

面街而筑，三层悬山顶，建筑整体呈扇形，因八面设窗而得名。

其三，材料地方性。就地取材是村落重要的营建措施，原先是由于生产力相对低下，但同样适用于当下提倡可持续发展的生态文明时代。地方材料受气候、土壤和原材料等影响，有着较为明显的地域差异。就地取材，不仅适应当地气候，与大自然融为一体，天然材料所特有的纹理、质感、色彩等，更易激起人们对于乡土的心理共鸣。土、石材和木材是许多山区廉价的建筑材料，温州泰顺县的库村就是典型的石头村。在浙江同样有不少夯土民居，如丽水松阳县的杨家堂村，就是以黄土为主要建筑材料，俗称"生土建筑"。在阳光灿烂的日子，杨家堂村的民居建筑群呈现出温暖又漂亮的金色。（图2-1）

其四，民族文化性。传统民居反映了各族人民的生产方式、生活习俗、宗教信仰及审美情趣等。浙江民居主要受宗族文化的影响，民居建筑往往结构严谨，人文位序井然，并体现了与田地、河流的关系。家庭、家族累世同居往往形成多进式大宅第，同时，宗法礼仪制度使家族成员的等级关系体现在宅第组群的布局形式上，形成"后为上、左为上、前为下、右为下、轴线为尊、远者为卑"的方位等级原则。实际上，今天尚能看到的浙江传统民居、宅第，多是名门望族、世家大族留下来的。唐以前的民居已经没有了，宋代的也几乎绝迹，仅留一些宋元风格的构件。保存至今的世家大屋多是明清时期的且以清代的为主。

综上，受地理环境的影响，浙江水乡地区的民居布局多前街后河，丘陵山地的则多依山傍水。民居屋顶普遍为两面坡形式，排水迅速，屋檐伸出墙壁较远，

（a）库村

（b）杨家堂村

图 2-1　民居建材的地方性

防止雨水淋湿墙面，地面多有阴沟，排水系统完善，防止积水。徽派建筑是浙江地区代表性的民居形式，四水归堂、粉墙黛瓦、马头墙等均是特征。大部分传统民居不多于二层，底层砖（石、土）结构，上层木结构。杭嘉湖一带为多进（多轴线）院落

图2-2　半浦村中书第

宅第、园林宅第；宁绍一带为大墙门、台门屋；浙中称十三间头、廿四间头，为环厅式大屋、套屋；浙西为对合式、三进二明堂；台丽温叫十八楼、三进九明堂、一字路、横堂屋、多院落式长屋。调研中发现，较为典型的世家宅第有宁波半浦村的中书第（图2-2）、湖州南浔的小莲庄、金华永康厚吴的司马第，等等。村落多采用环宗祠的布局形式，形成"街巷—院落—房屋"三级空间格局，宁波某些农村还出现了一种较为特殊的"街—巷—墙门—排屋"的空间组合形式。

### （二）公共建筑

传统村落以民居建筑为主，公共建筑的形制、用材和风格也往往与民居接近。然而公共建筑虽少，却往往在整个村落中占据重要地位。公共建筑按使用属性可分为信仰建筑、文教建筑和休闲建筑等，不过这些属性经常会重叠，比如休闲建筑同样具备信仰属性，常见的如风雨桥、凉亭等。这里选取较为典型的信仰建筑，描述传统村落公共建筑特征。

宗祠是传统村落标志性的信仰建筑，一定程度上主导了传统村落的布局和风貌。浙江传统村落多隐约在山水间，凡到一村，撩拨视觉的多是宗祠。即便其外观的石库门、一字外墙和普通村屋没有太大差别，一旦进入内部，肥梁胖柱，精美异常的牛腿或雀替，古拙质朴的柱础即映入眼帘。宗祠第一进一般是檐角飞扬的戏台，两旁厢廊、居中天井。穿过幽深的大厅，后进是建在一米左右的台基上的享堂。祠堂前部的这种形制、装饰、布局，能满足视觉上凝重感的要求，后部的高差、幽暗更能表达子孙对慎终追远的虔诚。因此，传统村落能被记住的风貌特征，除了山水环境外多是宗祠。宗祠前一般都有广场，与广场相配的，或湖塘泮池，或门楼牌坊，或井台古树，或旗杆石、抱鼓石，有的宗祠前还有明堂、远

山、远峰，凡此种种，各自书写着宗族的历史故事。如宁波许家山村叶、张、王、胡四姓先贤在僻远的山地共建了著名的石头村，后代用集合式宗祠、广场、戏台显现了先祖共建家园的美德。[1]

浙江传统村落所信仰、祭祀的社神主要是土地神，也可以是一位先圣、先贤抑或一方英雄。比如丽水地区的村落在村口设有土地庙或亭；也有其他地方以一棵或几棵古树为"社"的标识，叫"社木""社丛"，如龙游泽随村大樟树，就被村民封为"社"；有的则封土为坛，坛上植树或立木、立石；还有的把社和水口建筑联合起来建造，等等，这些都是浙江各地普遍有的祭社建筑或公共场所。此外，还有祭祀国家或地方先贤的各种庙宇或祠堂，如太湖流域的"蚕神庙""蚕花殿"，浙南碗窑村的三官庙，越中三舜庙，浙中胡公大帝庙等。成为地方神的，还有当地村落的始迁祖或开基祖，如唐末五代的福建长溪县县令包全，绍兴籍谏议大夫吴畦，他们避乱隐居泰顺库村并为包、吴二姓的始迁祖，被后世奉作地方神，在村头水口建社庙祭之。（图2-3）

除了上述各种礼仪、祭祀用途的信仰建筑外，还有如文昌阁、魁星楼、学馆、功德牌坊、孝子坊等教化性质的文教建筑。实际上，传统村落建筑构成是立体式的，它不仅是居住场所，还是教育场所、娱乐休闲场所、信仰场所，是一个把家庭和

（a）碗窑村三官庙　　　　　　　　（b）库村吴宅戏台

图2-3　传统村落社庙建筑

---

1　参见陈桂秋、丁俊清、余建忠、程红波编著《宗族文化与浙江传统村落》，中国建筑工业出版社2019年版，第147页。

宗族、血缘和地缘、个人和国家、现在和过去都联系起来的社会网络认同体系。

## 三、街巷空间形态

街巷是一种组织村落内部秩序的外部空间，它支撑着村落的空间骨架，将人们的交往方式空间化。纵观浙江传统村落，街巷的平面形态特征主要体现在不同功能属性的道路构成和路网结构类型。简单来说，按功能属性来看，村落街巷系统可分为对外沟通的宽阔道路、联系各个建筑组团的步行街巷、渗透在建筑之间的狭窄巷弄。按路网结构来看，则可分为树枝状、放射状和网络状三大类。（表2-3）关于街巷及广场空间的界面形态特征，在后文案例中具体涉及。

表 2-3　街巷结构类型

| 树枝状 | 放射状 | 网络状 |
| --- | --- | --- |
| 温州碗窑村  | 丽水杨家堂村  | 绍兴冢斜村  |

## 四、广场空间形态

广场空间在浙江传统村落中并不多见，在长宽比例上类似于点状空间，只是规模和尺度更大，具有较为明确的公共空间功能属性。广场空间可位于村落的入口、中心和边缘，为村民的集体性、纪念性和宗教性活动提供场地。村落广场的平面形态与城市不同，常就地形地貌自然成形，于是边缘轮廓不规则且地面时有倾斜起伏。一般多与堰塘、晒场、绿地和田地等开阔场地共同构成广场空间，也是村民外向型社交活动不可或缺的集聚性空间。

# 第四节 空间活动

这里的空间活动，指人们在村落这一社区中的各种社会活动。社区可视为一种区域性的社会组织，即在一定地域单位内的人们以共同的物质生产活动为基础而相互联系。本节基于传统村落的民俗民风，历时性地解读浙江传统村落的空间活动。民俗民风源于人类社会群体生活的需要，为民众的日常生活服务，可以概括为民众的生活生产、风尚习俗，是一种历史悠久的文化遗产。民俗民风根据不同的学科视角和研究侧重可分为多种类型，本书关注公共空间与公共生活的交互关系，下文按"物质活动""社会活动""精神活动"三个方面加以介绍。

## 一、物质活动

### （一）生产活动

浙江一带的传统生产形态主要包括稻作、林业、渔业、蚕桑、畜牧饲养和手工业。稻米是浙江省首要的粮食作物，围绕稻作生产的每一道工序，各地都形成了一定习俗，既反映了人们对稻作生产规律的认识，也体现出人们对于生产空间的支配与营造。围水造田是浙江地区获取耕田的常见方法，简单来说就是筑土堤、海塘把沼泽地或滩涂包围起来再开沟排水，形成田地。由稻作生产衍生的一系列农事活动，如备种开耕、田间管理、收获储藏等，均以自然规律有序展开，与之相关的社交活动相应发生。林业生产包括植树造林、封山育林、伐木与运木、烧炭、花果生产、竹子和茶叶生产等。渔业主要分为海洋、淡水两大渔业。蚕桑丝织以杭嘉湖为盛，传统蚕桑业主要以家庭为单位，需要配备蚕室、蚕具，严密的养蚕过程，以及配套的桑叶生产。饲养产业包括猪、牛等家畜和鸡、鸭等家禽。浙北嘉兴一带流行种菱、采菱。手工业可分为锻冶业、建筑业、制瓷业、编织与器具制作、纺织与印染、酿酒、制盐以及裁缝、理发和造纸等。其中，锻冶业以龙泉铸剑最具特色；建筑业工匠包括木匠、泥瓦匠和石匠，较为特色的是造船、修船；浙江的越窑青瓷、龙泉青瓷享誉海内外；生产竹子的村落基本有竹器编织，湖州一带的制笔业具有相当高的技艺水准；纺织主要体现在将蚕丝纺织成丝绸，印染以杭嘉湖一带的蓝印花布最有特色；制盐主要集中在海盐、舟山。当然，这些手工业基本上都已被现代机械所代替，然而作为一种民俗文化，依然有保护传承开发的价值。[1]

（二）商贸活动

传统农村商贸活动的场所主要在集市，集市又可以细分为早市、夜市、水市和米市、牛市、猪市以及茶市等农副产品专业市场。集市也称"会市"，是在相对固定的时间、地点进行的商品交易活动。规定日期俗称"市日"，如每月的三、六、九或逢五、逢十，因地而异。集市贸易的时间也不尽相同，有的进行一整天，有的仅半天。一般来说，综合性集市根据交易货物的不同，会有固定的分区，而专业市场则进行特定商品的交易。其中较有特色的浙北水市，形成了"船中办商铺，水上有市场"的独特民俗。传统的商贸活动则包括行商、坐商、摆摊等。行商也称行贩，主要指一些无固定场所，专门从事贩运货物，整批地转卖给坐商而从中取利的商人；也包括一些小商小贩，以流动性经营为主，旧时他们肩挑货担，走街串巷叫卖货物，如豆腐、水果、土草药等；此外还有修雨伞、补鞋、补锅等小手工业行贩。行贩除了收取货币外，还以货换物，如宁波地区的"鸡毛兑糖"。坐商又称坐贾，顾名思义是指有一定资本和固定店面的市商。在一些集市型的传统村落中，坐商所开的店铺往往是前铺后坊、前店后居的模式，如宁波凤岙村。店铺一般都会有店名和实物招牌，用以说明本店经营的内容。摆摊介于坐商和行商之间。旧时温州有摆摊位营业的传统习俗，在人群往来的街巷两旁设固定或流动摊位，出售水产品、蔬菜、瓜果以及日用品等。随着经济的发展，村落中的便利店、小超市已随处可见，集市也失去了原先的繁华，但在一些偏远的村落依然保留了下来，很多还作为一种民俗文化而重新包装成旅游产品。[2]

## 二、社会活动

（一）日常活动

日常活动包括衣食住行及其产生的公共交往活动，比如在服饰、饮食的生产

---

1　参见顾希佳主编《浙江民俗大典》，浙江大学出版社2018年版，第99—170页。
2　参见顾希佳主编《浙江民俗大典》，浙江大学出版社2018年版，第171—209页。

制作、消费维护过程中都会产生交往行为，又如日常的衣物晾晒、食物分享、品茶聊天等。闲暇时间，村民往往在房前屋后、街头巷尾、路旁大树下休息、乘凉、聊天等。实际上，日常活动是村落公共空间最常见的活动内容，而村规民约作为一种约定俗成的行为准则，影响着村民日常生活的方方面面。实地调研中，几乎每个村落都有村规民约陈列在醒目的位置，供人参阅，从中可感知乡土社会的生活方式。近年来，随着生活理念、生活方式的转变，许多村落的村规已与时俱进，更贴近新时代的乡村生活。

（二）岁时节日

岁时节日活动是农业文明的伴生物，它与农事活动密切相关，与天时、物候的周期性转换相适应，反映了民众张弛有度、应时而作的自然生活规律。浙江的岁时节日民俗，总体上与周边地区基本一致，也有鲜明的吴越地方色彩。按春节和四季节气细分，浙江各地均有普遍性的农事习俗，如插秧前要举行"开秧门"仪式，饮"开秧酒"，完成插秧时要举行"关秧门"仪式。除此之外，还有一些地方性的传统节日，如嵊州开元一带正月二十三的溪滩节，纪念水工业绩；绍兴三月初五的戏禹庙；杭州八月十八钱塘江观潮节；宁波八月二十四"稻花节"；浙东沿海的"开洋节"；畲族的"福日"，常见的有二月初一"土地爷福"、五月初四"保苗福"以及"秋福""冬福"等。

（三）人生礼仪

人生礼仪伴随着人生的几个重要阶段，如生育、成年、生日寿诞、婚姻和丧葬等，与之相关的民俗活动也相当丰富。就生育而言，浙江各地多有婴儿出生后的满月酒、周岁酒以及兜百家米、百家衣等祈福活动；成年、生日、寿诞等主要体现在人们对于健康长寿的美好意愿，流行着冠礼、满罗汉、做十、敬老粽等民俗。上述这些礼仪活动包括红白喜事，往往伴随着宴请、集会、庆典等大型的集体交流、交往活动。大多会在村落的公共场所置办酒席、宴请宾客、散发食物等。届时村内的居民，尤其是街坊邻居都会主动帮忙，如采购食材、准备饭菜、招呼客人、收拾杂物等。可以说"一家有喜，全村同乐"已成为一种不成文的规则。

## 三、精神活动

### （一）文娱活动

浙地的文娱民俗主要包括民间的文学、戏曲、美术、竞技等内容。文学遗存的形式有文物、文献和口头三个方面，如代表原始崇拜的河姆渡"双鸟舁日"象牙雕、宁波大西坝村的亭碑以及各地的谚语等。较为典型的戏曲有传入浙地的昆剧（包括金华、宁波、永嘉三支）以及松阳高腔、宁海平调、台州乱弹、新昌调腔、婺剧、瓯剧、绍剧、越剧、甬剧、杭剧等剧种。美术主要指工艺美术，包括东阳木雕、竹编，青田石雕，昌化鸡血石雕，宁波朱金木雕、骨木镶嵌、泥金彩漆、金银绣，温州、台州的彩石镶嵌，台州玻璃雕刻，黄岩翻簧竹雕，温州米塑，乐清黄杨木雕、龙档，桐乡蓝印花布，龙泉青瓷，等等。民间绘画有嘉兴灶头画，秀洲、义乌农民画，舟山渔民画，兰溪墙头画，绍兴钟馗画，以及各地戏台壁画、寺庙壁画、门神画和风筝画等。民间竞技、游戏，作为人们追求愉悦的一种精神体现而相沿成俗。主要有赛龙舟，钱塘江踏浪弄潮，嘉兴踏白船，金华斗牛，罗汉班，翻九楼，斗蟋蟀，放风筝，放孔明灯，跑马灯等。[1]

### （二）民间信仰

浙江的信仰民俗有着十分悠远的历史。河姆渡文明时期，就出现了太阳、鸟的崇拜。唐宋以降直至近代，除了佛教、道教和基督教在浙江广为流布外，各地的民间信仰活动也十分活跃。概括来说，可分为信仰对象和祭祀仪式。信仰对象实际上十分庞杂，归纳起来有：灵魂崇拜，主要是祖先崇拜；自然崇拜，如在绍兴、湖州一带和浙南畲族的太阳崇拜，其他还有对星斗、火、岩石、古树、稻谷、鸟、蛇、牛、鱼、龙等自然现象、自然生物和图腾的崇拜；神灵崇拜，主要是对历史、传说人物神化或半神化的崇拜形式，也包括早期自然崇拜的人格化，如前文提到的地方神、行业神和俗神，其中在浙江各地产生过一定影响的神灵崇拜有舜王、大禹、防风氏、关帝、观音、雷公、潮神伍子胥等。祭祀仪式分为小型祭仪、大型祭仪和庙会。小型祭仪既包括以家庭为单位，由家庭成员在家中自行主持的小型祭仪，也包括旧时各行各业在所在地举行的小型祭仪，如在学堂、店堂、作

---

[1] 参见顾希佳主编《浙江民俗大典》，浙江大学出版社2018年版，第601—698页。

坊、战营、船只、田头等场合对各自行业神明的祭祀。大型祭仪是指以家庭、家族、村落或若干户人家结社为单位，请专门从事主持祭仪职业的信仰媒介来主持的各种大型祭仪，通常在村落的庙堂、场院、田间举行，典型如舟山、象山一带的开洋祭海。庙会是指以某个庙宇为依托，围绕着对某个神灵的信仰而展开的，通常以该神灵的诞辰为节日，在一个较大的地域范围里聚合较为广泛的民众而举行的大型祭祀活动。发展到近现代，庙会往往成为一种集祭祀、社交、商贸、娱乐为一体的文化传统，并具有强烈的地方性特征，成为一种文化空间，如缙云祭黄帝，绍兴祭大禹，西湖香市，杭州吴山庙会，富阳龙门庙会，嘉兴网船会，宁波天童镬会，等等。[1]

## 第五节　小结

本章以文献研究和田野调查为基础，运用分类描述与综合归纳相结合的思路方法，探讨了浙江传统村落公共空间的总体特征。在多达150余个传统村落的调研范围内，通过卫星地图、航拍图、实地测绘、访谈和文献爬梳等，进行公共空间的形态类型学研究。从村落格局、空间形态、空间活动等层面，较为完整地呈现出浙地传统村落公共空间的整体风貌与多样性特征。

第一，村落格局以依山而建、傍水而居、环农业的农地格局为主要特征。村落的选址布局、空间构成与格局形态，均表达出与地理环境"适形""和谐共生"的生态建设理念和互动交融关系。由此，形成了山地、平原、水乡、海岛等以地形地貌区分的村落类型以及生态、有序、均衡的风水格局。

第二，空间形态特征。（1）整体形态上，浙南、浙西的山地、丘陵区多以散列状村落分布，浙中、浙北的盆地、平原区，以团块状的形态为主。（2）建筑形式显示出浙地的气候适应性、地形共生性、材料地方性以及民族文化性，外

---

[1] 参见顾希佳主编《浙江民俗大典》，浙江大学出版社2018年版，第507—600页。

化为建筑屋顶多为两面坡式、屋檐出挑较大，就地取材、依地势而建，地面排水系统完善，以及四水归堂、粉墙黛瓦、马头墙等布局与形制特征。（3）山地村落的街道网络多呈现自由有机的树枝状，平原地区的街巷空间则以纵横交错的网络状为主。（4）空间界面以干栏式和地居式建筑为基础，衬以自然要素，并列、咬合、嵌套、融合出诸多形态，形式丰富多样而又和谐统一。其中南部山区的干栏式建筑檐口宽大，相互掩映，错落有致，渗透性强，有自然融合之美；盆地、平原地区的地居式建筑则形制规整、严谨、连续，透露出秩序与庄严之美。祠堂、庙宇、戏楼、书塾等公共建筑，往往在装饰、体量和方位上与周围民居及自然基底形成明显对比，从而成为视觉中心。（5）村落的边界多由山水要素自然形成，在村口位置常有水口、桥梁、村树、凉亭、寨门等标志性要素与构筑。（6）盆地、平原地区的传统村落多形成以祠堂为中心的结构布局，祠堂及广场公共空间具有向心性和辐射性；山地村落多受地理因素影响而向心布局不明显，或未形成形态中心，结构相对自由、随机。（7）街巷和广场空间在传统村落自组织生长的过程中有机地形成，其平面及竖向围合界面的形态与尺度自由灵活，往往无明显的等级之分，且多与自然要素及环境相融，形成丰富的空间序列和身心体验。广场空间在传统村落中的数量较少，但多居于中心位置。

第三，空间活动特征。源于地理环境的文化意识在空间活动的形成、发展和扩散中起到积极作用，体现出人们适应、利用和改造自然条件的民俗民风模式。（1）乡土信仰习俗缘于人类祖先对客观自然现象的未知，先民面对自然侵害时无能为力，转而产生了对自然等的崇拜。这些传统信仰外化为浙地的信仰空间和定期的祭祀礼仪行为。（2）传统节日与庆典活动多数在农闲时节举行，与庆祝农业丰收主题相关，一是因为传统农业受自然条件影响较大，与风调雨顺、五谷丰登相关的祈雨仪式等依赖神灵的习俗尤为显著；二是为了满足体力恢复和丰富精神生活的需要。而岁时节日的形成则反映了人们逐渐掌握季候变化、生物生产时序的规律，将生产活动和日常活动纳入生态环境的演变规律。（3）公共空间中的文娱活动则承载着民族色彩与历史传承，浙江各地村落的民间艺术、竞技游戏及其与场所的交互关系形成了特色鲜明的地方风情。

总的来说，浙江传统村落在地理环境和农业生产影响下，其整体格局表现为"环农业特征"，体现出适形、和谐的生态智慧；在宗族文化影响下，主要体现为聚族而居、组团链接的空间布局。本章阐明了空间表征及其层级嵌套的组织关系，为之后以图式语言和空间句法，对传统村落公共空间形态解析、人与空间交互关系解读的个案研究做好了铺垫。

第三章 浙江传统村落公共空间案例研究

基于前文所述的调研成果，在本章中，将对选取的三个传统村落案例展开定性与定量相结合的具体探讨。

# 第一节 案例1：绍兴柯桥区冢斜村公共空间研究

## 一、案例调查与分析

（一）村落概况

冢斜村位于绍兴市柯桥区南部山区，稽东镇东北部，距绍兴市区32千米，南邻嵊州市，东依上虞区，西靠诸暨市，属于二区二市交会处，同时又地处柯桥区南部平水、稽东、王坛三镇的交叉口，村南有32省道（绍甘线）绕村而过。冢斜村是第五批中国历史文化名村，也是绍兴市首个获此殊荣的古村落，还入选了第一批中国传统村落名录。2014年绍兴市城市规划设计研究院编制的《浙江省历史文化村落保护利用重点村规划——绍兴·冢斜》确定冢斜村建设控制地带面积约26.2公顷；其中核心保护区规划范围西至32省道，东至八老爷台门西侧农田，北至冢斜路，南至余氏宗祠前水塘，总面积约2.2公顷。村落三面环山，北有大龙山，西有象鼻山，南有羹溪山。小舜江北溪从村北来，环绕村东而去，溪上有古永济桥连通村南大小西岭古道，整体呈现出山绿水清、风景幽雅的村落景观。其聚落形态、空间格局保存相对完整，古建筑集中成片，保存着相当数量的富有绍兴乡村特色的民居、祠堂、街巷等，是江南古村落的典型代表，具有很高的历史、科学、文化价值。村落中的古建筑以余氏宗祠为中心，逐步向四周扩散。余氏先祖建造的古官道环绕村落南侧，形成了老村的自然村界。村内老街纵横交错，古村也随之被分割成数个空间单元。[1]

（二）村落格局

1. 自然格局

冢斜村有着青山绿水掩映下形成的自然山水格局，"枕山、环水、面屏"的村落格局就是冢斜村将"观山引水"贯穿于建村选址过程的具体体现。村落北枕大龙山，村南的轰溪山形成了巨幅的葱郁屏障，潆回盘旋的小舜江北溪呈现天然环抱状围绕村落，形成了极为典型的风水格局。于村落发展而言，村落选址于河流凸岸的坡地之上，增大了临水面，小舜江北溪丰沛的水资源与沿岸肥沃的土壤满足了村民的日常生活和农业生产用水之便，同时避开了侵蚀岸，能够有效规避丰水期洪涝的侵袭。从村落安全的角度，环抱的溪流使得村落具备天然的防御性。总的来看，独特的自然山水条件构成了冢斜村"与自然相融相生"的选址特性，也对村落的物质空间和社会秩序构建起着举足轻重的作用。（图3-1-1）

（1）整体形态与水系及地形

冢斜村整体形态与水系的互动关系可归纳为"临"的基本形式，即一侧临水。宏观来看，小舜江北溪绕村而过，形成了环抱型水系。具体分析水与村落的构建关系，村落西南侧与水系的关联更加紧密，冢斜村最具历史风貌的核心区建筑群在此处与小舜江北溪联结程度较高，冢斜村的水口与村落核心保护区入口空间的位置皆在此处，符合传统村落选址中藏风聚气的

图 3-1-1　冢斜村航拍图

---

1　参见《浙江省历史文化村落保护利用重点村规划——绍兴·冢斜》，规划文本，2014年。

堪舆观念。而在村东南侧，水系与村落主体建筑群相互关系则不那么紧密，临水区域分布的基本为农田、水文站等农业用地、设施。由于本案例研究以村落的核心保护区为主要对象，故基于与人的行为活动最为攸关的公共空间的属性、特质，将其整体形态归纳定义为一侧临水型村落。就地形地貌而言，作为典型的丘陵谷地型村落，冢斜村为大龙山、象鼻山、轰溪山所环绕，择山间河谷而建，为村落的自然风貌、风水格局和空间布局的形成奠定了基础；村落内部则主要为大面积平地结合些许起伏的地形。

（2）公共空间与水系及地形

①公共空间与水系。冢斜村邻近的水系小舜江北溪与村落核心区并不构成直接关系，因此在分析公共空间与水系的关系时偏向于以微观视角切入，主要关注村落核心区及周边的水塘、沟渠等水体与公共空间的互动关联。村落核心区及附近的水体，最为典型的为中大路南侧的水塘组合。（图 3-1-2）该处水体位于冢斜村核心保护区南侧、停车场北侧，作为冢斜村南侧滨水景观开放空间的重要节点打造，沿水面设置各类户外景观设施，如公共休闲座椅、花坛、路灯等，提供

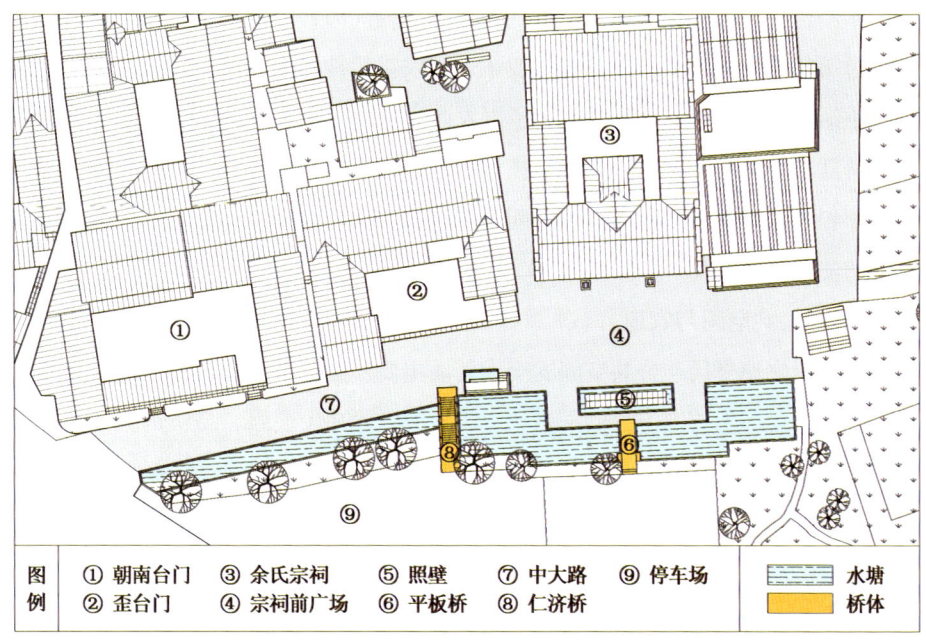

图 3-1-2　村南水体与公共空间关系

休憩驻足的空间场地。其中，在朝南台门和歪台门前的水塘沿中大路与台门建筑平行排布，呈一字形布局，并有仁济桥横跨其上，作为交通设施的同时也作为展现村落风貌的醒目标识；余氏宗祠前的块型水塘则与照壁、平板桥、广场一起构成了宗祠前的公共空间，与宗祠建筑一同形成祭祀类公共建筑庄严对称的中轴线。这一处水塘组合包含建筑、街、水、桥等景观元素，共同构成了冢斜村古建筑群南侧的景观风貌，彰显了村落特色。另一处典型为农田内的沟渠及水车组成的水体空间。水渠沿田间道路线性延展，主要起到灌溉之用；水车伫立在田畴之上，作为一种古老的农业灌溉工具象征着冢斜村的农耕文化，它们与农田一起组成村落的生产性空间，形成了冢斜村富有特色的片区观赏型农业景观。

②公共空间与地形。如前所述，冢斜村坐落于山间河谷地带，村落范围内除冢斜路以北地带有一定的地形起伏，大部分区域地形较为平缓。核心保护区内街巷空间受地形的影响小而较为平直，形态规整、脉络清晰，整体呈现规整的网格状布局，街巷交接处以十字形、T字形交会口为主。

**2. 农地格局**

（1）整体形态与农地

冢斜村具有天然的农业生产条件和自然地理优势，小舜江北溪沿线肥沃的土地经过历代先民的开垦与维护，形成了适于农耕的种植土农田，这是村民长期生产、生活活动的结果与表征，体现了以农业为本的乡土本质。如图 3-1-1 所示，在小舜江北溪以北、冢斜路以南、核心保护区以东的村域范围内，大片的农田构成了冢斜村独具地域特色的村落空间格局与农耕文化，为经济作物的产销提供了自然与文化基底。

（2）公共空间与农地

冢斜村农地格局与公共空间的交融互动主要发生于水平层面上。农田呈现出局部规整、局部不规则组合的网格状农田结构，紧邻中大路、高新路、下大路三条核心区的主街巷，与之构成了环绕核心保护区建筑群的农田景观观光带，同时又与建筑实体、街巷空间之间保持较为规整、明晰的界限。此外，在村落建筑群内的房前、屋后、街边，也零星排布着居民的自留菜地，形成了村落内部层次丰富的农业生产公共空间。可以说，形式与质感各异的农地肌理，包裹着村落公共空间，互相渗透、局部点缀，成就自然和谐的整体格局。（图 3-1-3）

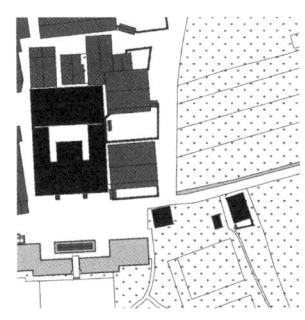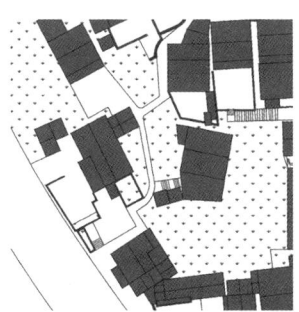

（a）公共空间与农田

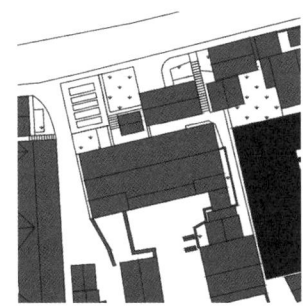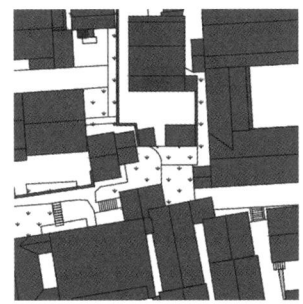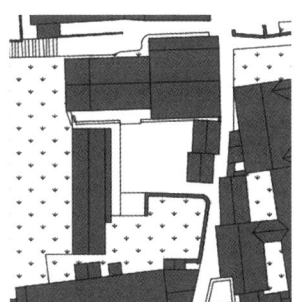

（b）公共空间与菜地

图 3-1-3　冢斜村（核心保护区）农地格局与公共空间形态的互动关系

### （三）空间形态

**1. 整体形态**

公共空间的整体形态强调在一定地域空间范围内，各要素的综合作用和总体的空间感受，是村落形态的框架与基础，因此在描述与分析中，必须以整体和解构的方法和视角来描述传统村落公共空间的整体形态。因其得天独厚的地理条件，冢斜村在形成和扩张过程中人居用地较为宽松，地形限制因素对村落的影响较小，因而紧密聚族而居，形成了团块状的整体村落形态，而在村东南也形成了绿意葱茏的广袤田畴。（图 3-1-4）

村落整体形态与其中的公共空间形态是相辅相成的，团块状村落的公共空间多位于村落内部，较易形成围合感与向心性。冢斜村核心保护区有着最能代表绍兴传统建筑风貌的台门建筑群。台门不仅具有其自身基本的建筑定义，而且承载

图 3-1-4　冢斜村（核心保护区）整体形态

了多样的文化和礼制内涵，象征了这一家人的精神面貌和地位。[1]宗法制度及其族权深刻影响着住居模式和形态，人们的生产方式、集体意识等因素也在一定程度上影响着居住生活空间的风貌。于是，从微观层面的建筑主体，到宏观层面的村落平面布局、功能组织、空间意态，向心性时刻统领着冢斜村建筑群落生成与发展的过程。

2. 平面形态

对于传统村落公共空间形态的平面构图和空间组织研究，点、线、面被视作必不可少的基本形式要素。基于类型化与量化以及后续图式语言和空间句法分析的需要，本村公共空间形态的现场调研以平面形态和空间界面为重点，据此将其平面形态划分为点状、线状以及面状空间。

（1）点状空间

点状空间是村落中小尺度的公共空间，以少量的小型空间要素组合而成，主

---

1　参见许溶烈《绍兴台门：江南民居经典范式》，《绍兴日报》2022 年 7 月 13 日。

要供人群进行较静态的公共交往活动。点状空间往往分布较广，与村民日常生活密切相关。其具体形式主要有历史建筑、古树、井台等。从空间意象的角度来看，点状空间常具有标识性和领域感，在空间位置或形态上较易识别或具有特殊意义。冢斜村中典型的点状空间列举如下。

①余氏宗祠。祠堂是宗族或家族的凝聚核心与精神象征，尤其在封建礼制思想主导的汉族传统村落中，祠堂是必不可少的礼制建筑。祠堂不仅是祭拜祖先的重要空间，还是宗族定族规、立族谱、议事、办学等集体公共活动的场所，发挥着维系血缘共同体、强化认同感与凝聚力的物质与精神功能。冢斜村余氏宗祠建筑面积560平方米，于2008年被绍兴市柯桥区人民政府公布为文物保护单位。据《冢斜余氏宗谱》记载，该祠始建于清乾隆二十五年（1760），现存建筑为晚清重建。宗祠坐北朝南，前后二进，左右为侧厢（看楼），四合院式，内设戏台。第一进门厅面阔五间，明间及东西次间前檐施卷篷，装饰讲究，明间后檐为戏台。戏台歇山屋面、圆形藻井、牛腿等处有精细雕刻。第二进香火堂，面阔亦五间，山面穿斗式。前檐开敞式，构架采用石柱木屋面，明间与东西次间用五架抬梁，前施卷篷后带双步九檩用四柱。山面为穿斗式。香火堂内保存"节孝遗风"等匾多块。侧厢（看楼）面阔三间，前檐楼地面外挑，左右对称。余氏宗祠保存完整，文化内涵较丰富，对研究宗祠建筑具有一定的参考价值。[1]（图3-1-5）

（a）场景图

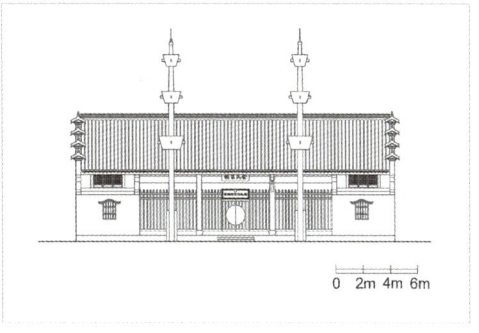
（b）南立面测绘图

图3-1-5　余氏宗祠

---

[1] 参见《浙江省历史文化村落保护利用重点村规划——绍兴·冢斜》，规划文本，2014年。

（a）场景图　　　　　　　　　　（b）南立面测绘图

图 3-1-6　八老爷台门

②八老爷台门。八老爷台门为清代建筑，2008年被绍兴市柯桥区人民政府公布为文物保护点，占地2619平方米，由余炳焘建造，曾为其故宅。余炳焘官至河南布政使，族人称其为"八老爷"。台门坐北朝南，前后三进，各进之间两侧纵深用廊屋连接，廊屋外侧东西各连厢房二列。外观封闭，内部门户重重，每个单体建筑通过廊屋和过道连接又互为贯通，整体砖木结构，青瓦屋面硬山式。第一进门厅为二层楼房，面阔三间带二弄，前檐共设进门三道，明间辟石库大门，东西弄间各设一门与后檐廊屋呈直线贯通。第二进大厅，面阔三间，明间五架抬式梁，次间七檩五柱穿斗式。第三进座楼面阔三间带二弄，前重檐立面，各缝梁架穿斗式。山面无梁架。东西各侧厢除西面外侧厢面阔七间外，其余面阔均十间，前后山墙与门厅前檐墙和座楼后檐墙齐平，形成封闭的外围圈。八老爷台门主体建筑用材讲究，时代特征明显。[1]（图3-1-6）

③八老爷台门水井。位于八老爷台门西南侧，兼具生产、生活和防火之用。作为冢斜村乡土社会的一种水利设施，内含丰富的人文与生态的内容：它既与乡土社会生态相勾连，承载着台门的社会历史图景，又与自然生态及周边环境有着高度的关联性，关乎人们的生态伦理和聚落空间营建布局的趋水性，是村落社会不可或缺的"零件"。同时，水井及其周边界面要素围聚而成的井台单元是承载人群交往的公共空间，容纳着生产、休憩、闲谈等日常行为活动。八老爷台门水井现状如图3-1-7所示，虽已缺失了历史上的功能与地位，但依然能供人睹物

---

1　参见《浙江省历史文化村落保护利用重点村规划——绍兴·冢斜》，规划文本，2014年。

图 3-1-7　八老爷台门水井　　图 3-1-8　冢斜村（核心保护区）街巷结构

思情、追忆往昔。

（2）线状空间

线状空间是村落整体空间系统的骨架，将点状空间和面状空间串联起来，从而构成了完整的村落空间结构。一般村落中的线状空间包括带状水系、街巷和长廊等，这里重点分析街巷空间。实际上街巷的交会处也可视为点状空间，本书则从街巷系统的角度，同时为避免与面状空间相混淆，将之一并讨论。冢斜村的街巷结构如图 3-1-8 所示，整体显现为网格状。

街巷通常是在道路的基础上形成的，随着道路两侧建筑的不断增加，密度越来越高，逐步形成两侧封闭、围合感较强的街巷空间。[1] 冢斜村核心保护区以合院形式为主要基型排布的台门民居边界规整、排布紧密，由此形成的建筑组团其内部的街巷空间受到两侧建筑界面的影响，开放性偏弱，围合感较强，从而形成规则整齐、尺度较小的街巷空间。作为沟通村落核心区南北的街巷，牛过弄、上大院路以及高新路的北段，都显著地体现出这一特征。村南的中大路、下大路和高新路的南端环绕核心区南侧，作为界定核心区与农田、停车场等空间界线的道路，其空间形态则受到单侧建筑的影响，比例尺度受围合界面的影响也较小，可以形成相对开敞的通行空间。此外，穿村而过的冢斜路和村西南的 32 省道作为沟通

---

1　参见韦浥春《广西少数民族传统村落公共空间形态研究》，中国建筑工业出版社 2020 年版，第 67 页。

村落与外界的公路，可供机动车通行，沿线的空间形态具备较强的开放性。

上述各类街巷相互组合、拼接，形成了冢斜村核心保护区纵横交错且相对齐整、结构清晰的网格状街巷格局。这些街巷与古建民居、晒场空地、农田绿地等的形态布局互为影响、彼此协调，满足村民日常出行、活动和交往的需求，村落的公共生活由此得以井然有序地运行与开展。

（3）面状空间

面状空间是村落公共空间体系中较为核心，在长宽比例上类似于街巷交会处的点状空间，只是规模、尺度更大，具有较为明确的公共空间功能。该类公共空间在传统村落中分布数量较少，多位于入口处、中心处。主要有广场（晒场、坪、坡场、停车场等）、绿地、水塘等形式。冢斜村中的面状空间，更多的是依据周边的建筑、菜地、水体等围合要素限定范围形成自身的形态，是调节住居建筑密度、丰富公共空间层次的重要空间。

①广场。就功能而言，冢斜村核心保护区中的面状空地主要有宗祠前广场、晒场、半开敞式的庭院以及一些由街巷和建筑围合形成的可供驻足停留的局部放大空间。其中宗祠前广场是中大路在余氏宗祠前形成的相对开敞的公共空间，具备作为宗族性的公共集会空间的功能属性和精神意义，同时又成为游客、村民集散的"户外客厅"以及村南具有象征性、标志性的重要空间，因此在面状空间的归纳研究中将其定义为广场形式。[图3-1-9（a）] 晒场、半开敞式的庭院以及其他小空地，则更多的是出于满足村民日常的生产生活、往来交通等的实际需求，自发形成的因地制宜的面状节点形式，在布局、形态、尺度和占地面积上较大程度地受周边构成围合界面的建筑、院墙和巷道的影响，表现出一定的随机性与多样性。冢斜村上道地轿屋半开敞式庭院，位于核心保护区西侧，建于明朝末年，为历代受皇帝派遣的大臣前来冢斜祭拜舜妃、禹妃墓地与永兴公祠所建，至今仍保留着当时大臣居住过的轿屋、马夫居所及关马的马厩等建筑。[1] 整体建筑组团为凹字形，围合成半开敞式庭院空间，在东侧与牛过弄相接，庭院南侧有垒石围合的菜地。其中轿屋坐北朝南，形状如轿，故称轿屋，在组合中起到统率地位。根据现场调研，庭院空地可承担晾晒谷物的生产性功能。[图3-1-9（b）] 下大院位于核心保护区南部中心位置，

---

1 参见《浙江省历史文化村落保护利用重点村规划——绍兴·冢斜》，规划文本，2014年。

（a）宗祠前广场　　　（b）上道地轿屋半开敞式庭院　　　（c）下大院半开敞式庭院

图 3-1-9　冢斜村广场空间

建于清道光十年（1830），为二进。一进主屋已毁损，中部二进主屋保存较好；部分窗斗、门斗已毁；东侧部分厢房和三进主屋东侧已毁损。现仅存四幢危房，建筑面积 2000 平方米。[1] 下大院半开敞式庭院即由下大院现存的二进主屋、东西侧部分厢房及原一进主屋位置的新建房屋共同围合而成，在东侧与上大院路相接，形成冢斜村核心区典型的街场组合空间。[图 3-1-9（c）]

②水塘。一直以来，中国的传统村落在选址布局、生产生活各个方面都对水情有独钟，理水成为村落营建过程中的一个重要主题。除了傍水而居，很多村落还在内部开挖水塘用以蓄水防火、塑造景观。如前所述，冢斜村核心保护区最主要的水体为中大路南侧开凿的水塘，由一字形水塘和对称布置的块型水塘组合而成，集中体现了"趋水利"的理水智慧：通过人工挖渠、蓄水造池的方式，将小舜江北溪水引入建筑群南侧，使得水体与村落布局紧密融合，营造出独特的滨水空间，增添了生活氛围和情趣，丰富了景观层次，也为村民提供了沟通交往、乘凉休憩的场所。此外，靠近水塘还设置有一处浣洗池，也可以满足村民的日常用水需求。从宗祠文化和风水学的角度来看，余氏宗祠与对称布置的块型水塘形成了关系紧密的整体布局。（图 3-1-10）所谓"风水之法，得水为上"，古时人们认为山、水象征着人丁和财运，宗祠象征着宗族之本，块型水塘作为祠堂的风水池，象征着村民对宗族繁盛、人丁兴旺的美好希冀；从实用功能来看，水塘的存在既能为宗祠及周边民居建筑的消防提供保障，在环境上也能够起到调节微气候的作用。[2] 因此，中大路南

---

1　参见《浙江省历史文化村落保护利用重点村规划——绍兴·冢斜》，规划文本，2014 年。
2　参见闵忠荣、黄萍、段亚鹏《传统村落理水智慧浅析——以江西省流坑村为例》，《城市发展研究》2018 年第 1 期。

图 3-1-10　中大路南侧水塘　　　　图 3-1-11　菜地与民居错杂、混搭

侧的水塘组合，作为冢斜村核心保护区重要的滨水空间，已经成为展示冢斜村风貌形象的一张名片，同时又成为村民世代的精神场所，对于提升村落的文化内涵和价值特色具有重要意义。

③与民居混合的菜地。冢斜村核心保护区建筑布局紧密，为了有效利用村落空间、增加耕地面积，村民充分利用房前屋后的边角空间开辟出小型的菜地，形成了菜地与民居错杂、混搭的空间效果，村民于其中从事劳作，更容易与往来的其他人发生社交活动。但有时也会发生占道为田、阻碍交通的情况，影响村民在公共空间中的路径选择和活动范围。（图 3-1-11）

**3. 空间界面**

空间由界面围合而成，界面特征是空间形态的基本属性，是影响空间体感与认知的重要因素。例如，街巷两侧建筑高度和建筑间距、围合的程度不同，使得空间的开闭感与视觉通透度发生变化，其空间感受及空间活动都会有所不同。传统村落的空间界面主要由底界面、侧界面构成，底界面包括地形信息、铺装材质等，是承载公共活动的基础；侧界面不仅是外部空间的围合面，同时也是空间内外之间分隔、渗透的介质，还是外部空间与村落整体空间之间的联系要素。[1] 下面基于冢斜村核心保护区现存的历史建筑、街巷空间和广场空间，以二维的维度重点研究其界面构成、组合形式，概括分析整体的界面特征，以此获取对冢斜村历史风貌的认知并进行质性的评价。

---

1　参见韦浥春《广西少数民族传统村落公共空间形态研究》，中国建筑工业出版社 2020 年版，第 71 页。

（1）界面的构成要素

首先要强调的是，冢斜村核心保护区中构成界面的建筑单体形式相近，且台门为多进式的民居院落组合，因而其界面具有一定程度的水平空间的延展性，同时也具备一定的连续性、相似性和规律性的组合特征。于是，作为公共空间主体的街巷空间受其影响，在两侧均受建筑外墙围合的情况下空间界定明确且渗透性较弱；部分单侧受建筑界定的街巷则在该侧具有较强的封闭感，与之对应的另一侧往往是农田、菜地、水塘等自然界面元素，具有较强的开放性。

结合现场调研和取样，以下综合分析冢斜村核心保护区公共空间的底界面与侧界面，从底界面的形式与肌理，侧界面的构成、材质、虚实、色彩等，以及后续村落整体界面的尺度、与自然环境要素的空间关系等方面，进行"分类—叠加—综合"的空间界面描述与推论。

①底界面。竖向变化与地面肌理是决定村落底界面特征的关键。冢斜村核心保护区整体地形起伏平缓，并无太大的地势落差，街巷、广场等公共空间的底界面更多依据地面材质肌理的变化加以区分和归纳。作为村南重要节点空间打造的中大路，其地面以石板铺贴为主，石材表面加工方式以菠萝面和酸洗面拼接结合；村内其他街巷（如牛过弄、上大院路、下大路等）则以卵石铺地为主，其中以大小卵石的带状接续铺砌，达成路径走向与引导功用。除此之外，也有部分街巷路段采用水泥作为地面材料，如高新路的北段。（表 3-1-1）

表 3-1-1　冢斜村核心保护区底界面要素

| 底界面要素 | 石板 | 卵石 | | |
|---|---|---|---|---|
| 实例 |  |  |  |  |
| | 中大路 | 牛过弄 | | 上大院路 |

②侧界面。侧界面作为竖向界面，是对底界面进行围合或划分的建筑与实体。

侧界面为公共空间营造或开放或封闭的视觉与空间感受，并使空间中的公共活动得到约束、限制或支持、促进。依据界面构成要素的功能类型与形态特征，可划分为界面建筑、特殊界面建筑和其他界面实体三种基本类型。界面建筑是组成公共空间的周边、背景和环境的连续性建筑物，主要考察其规模、尺度、屋顶轮廓、立面形式、材料与色彩等；特殊界面建筑主要体现为相对独立的公共建筑以及标志物、景观小品等；其他界面实体则涵盖了公共空间周边的植被、围墙、栏杆等。

其一，界面建筑。冢斜村核心保护区的台门民居是界面建筑的主要构成元素。"台门"一词最早见于《礼记·礼器》："天子诸侯台门，此以高为贵也。""台"有高、稳之意，是对有身份的人的住宅的尊称。随着历史的演进，就把具有一定规模、封闭独立的院落都称为"台门"。冢斜村现存台门建筑多为明清时期遗留，是浙东宁绍地区的代表建筑。台门民居立面富有特色，多为两层，外墙整体以砖砌筑而成，色彩以黑白灰为主，一方面是由粉墙黛瓦的材料决定，另一方面也是受传统儒学思想影响，求中庸和谐而不标新立异，因此主显自然雅致。[1] 在台门外立面的门窗、门罩、屋檐、马头山墙顶等处，可见到一些雕饰内容，以石雕、砖雕为主，表现手法独具匠心，增强了建筑的艺术表现力。[2]（表3-1-2）

**表 3-1-2　典型界面建筑**

| 街巷名 | 界面建筑 | | |
|---|---|---|---|
| 牛过弄 | | | |
| 中大路 | | | |

---

1　参见李丰《绍兴老台门艺术》，《美术》2016年第9期。
2　参见屠剑虹《别具一格的民居：绍兴台门》，《浙江档案》2016年第10期。

续表

| 街巷名 | 界面建筑 | | |
|---|---|---|---|
| 上大院路 | | | |
| 下大路 | | | |

其二，特殊界面建筑。在冢斜村核心保护区内，特殊界面建筑可被界定为公共建筑，它们与常见的民居建筑之间呈现出同构相容的关系。最为典型的为村南侧靠近中大路的余氏宗祠，其与周边民居的结构和体量大体相同，只是立面形制以及材质、色彩略有别于周边民居（南立面的格局、结构、用材以及东西立面的马头山墙形式）。就整体的外观造型而言，余氏宗祠与周边民居在界面特征与风貌上能够保持和谐统一。（图3-1-12）

其三，其他界面实体。冢斜村核心保护区中其他界面实体主要包括垒石墙、篱笆以及构成或影响公共空间界面的田畴、植被等。其中，以石块垒筑的矮墙起到围合空间的作用，界定了街巷及与街巷相邻空间的界限，例如，上道地轿屋半开敞式庭院南侧的菜地，以垒石和篱笆共同形成富有特色的侧界面形式。另外，中大路南侧界面的树丛、下大路南侧界面的农田及作物，都与街巷空间一起，形成了村落中独特的景观。（图3-1-13）这类界面实体的构成要素，往往多元且简朴实用。即使是以围合为主要功能，仍保持着空间之间、空间与自然环境之间良好的渗透、沟通与和谐统一，开放性也较强。

实际上，传统村落户外公共空间界面的构成除了底界面、侧界面还有顶界面，如建筑檐口、棚架和树冠等。但其空间限定作用往往不如内部空间显著，在本案

图 3-1-12　余氏宗祠与周边建筑

（a）垒石和篱笆

（b）农田及作物

图 3-1-13　其他界面实体

例中也缺乏个性特征，因此不做过多讨论。

（2）界面的组合形式

传统村落公共空间界面是由多种界面要素相互影响、作用、拼贴、连接成的有机整体。通过上文对界面构成要素的分类梳理，同时考虑村落中界面构成要素的同构性以及界面组合形式与空间活动的关联，以冢斜村核心保护区的街巷与广场这两类最基本的公共空间形式为切入点，归纳公共空间界面组合的典型形式与基本特征。

①街巷界面组合。冢斜村核心保护区的建筑形制大多规整，且布局与朝向较为统一，街巷界面的组合具有当地特色，现以街巷界面较为典型的牛过弄和中大路作为分析案例。（图3-1-14）

牛过弄为村落核心保护区内贯穿南北的主要街道之一，以卵石铺地。街道南段由重要古建筑老台门、朝南台门、朝西台门共同围合构成侧界面，尤其以西侧老台门段的侧立面最具古朴的风貌特征。老台门坐北朝南，前后三进，基础台明逐进抬高，呈"步步高"之势，各进之间天井两边建侧厢，整个台门每个单体均为二层楼房硬山式。[1] 由此形成的侧立面富有节奏和韵律感，保留着砖砌肌理的墙面和点缀其上大小不一的开窗，共同构成了连续、封闭、具有地域特色和历史风韵的南段街巷侧立面。街道中段的西侧为上道地轿屋半开敞式庭院，垒石墙和篱笆围合而成的菜地与该段东侧的民居建筑相呼应，使得该段街巷界面颇具田园风貌和传统底蕴。牛过弄此段的西侧更多地呈现出与周边环境相互渗透的特点，界面的连续性减弱，东侧的民居则排列紧密，依旧保持较强的连续性。北段侧界面更多的是由村民新建的民居院落围合而成，建筑特色和历史风貌并不显著，故不再具体展开分析。[图3-1-14（a）] 中大路为村南侧东西向的主要滨水街道，以石板为地面铺装，座椅、路灯等景观基础设施较为完善，是核心保护区南面人群集散的重要节点空间所在。街道北侧由西至东接续排布着朝南台门、歪台门和余氏宗祠。由于有上大院路垂直于该街道，交叉口打断了立面，加之相邻建筑之间存在间隔，因此这里整体的界面连续性并不高。值得注意的是，该街道侧界面完整地呈现了台门民居与宗祠建筑的南立面，体现了公共建筑与民居建筑界面的同构性，同时为展示冢斜村村容村貌的主要场所，具备较高的历史、文化、艺术、社会价值。[图3-1-14（b）] 类似的案例，还有高新屋南立面、上大院路西立面。[图3-1-14（c）（d）]

②广场界面组合。余氏宗祠前广场是冢斜村核心保护区中最为典型的广场空间。其界面主要由起到空间统率作用的宗祠建筑、东侧的民居院落入口、西侧的

---

[1] 参见《浙江省历史文化村落保护利用重点村规划——绍兴·冢斜》，规划文本，2014年。

（a1）牛过弄西立面图（局部）

（a2）牛过弄东立面图（局部）

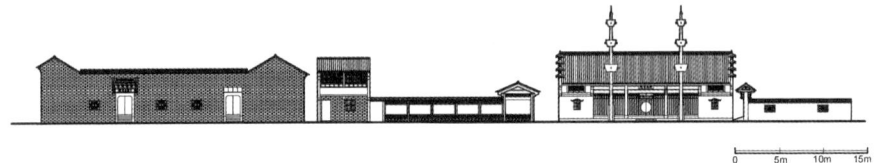

（b）中大路北立面图

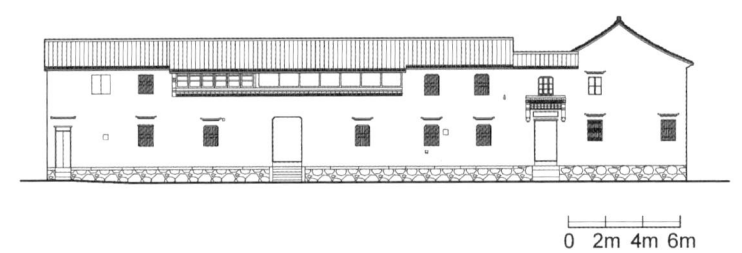

（c）高新屋南立面图

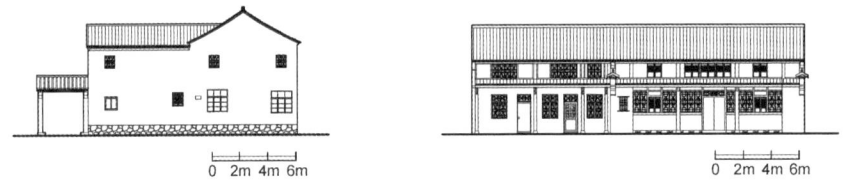

（d）上大院路西立面图（局部）

图 3-1-14　街巷界面的组合形式

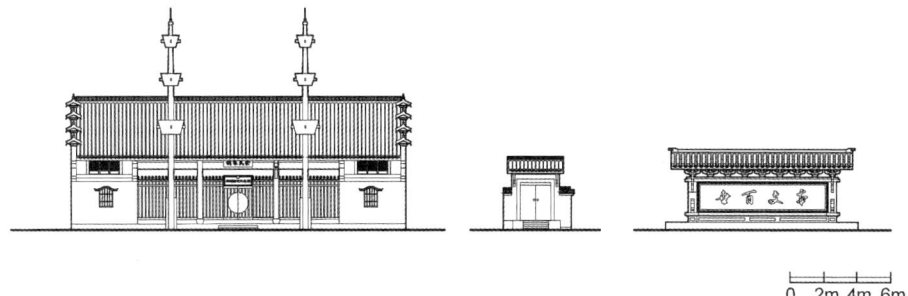

图 3-1-15　余氏宗祠前广场的围合界面

歪台门局部以及南侧围合的照壁共同组成，整体张弛有度，可以视为中大路的局部放大空间，因此具备开放、停留和聚焦的特性。其得益于构成围合的各景观要素清晰的排布及宗祠建筑特有的布局形式，在人对空间的感知上又具备较为明晰的边界，是繁简相适、公共文化特性充分彰显的空间界面，其围合方式、界面构成方面均烘托出宗祠建筑之庄重威严。（图 3-1-15）

（3）整体界面特征

界面建筑、特殊界面建筑与其他界面实体的有机组合，构成了形式各异、韵律和谐的街巷与广场空间界面。这些公共空间界面延伸、连结、演进，共同形成了多样化的村落公共空间的整体界面特征。[1]建筑的风格与形制是村落整体风貌的直接影响要素，依据前文所及的界面构成要素与组合形式，由此切入，可对冢斜村核心保护区公共空间的整体界面特征进行归纳。

冢斜村属于天井地居式村落，天际线构型较为丰富。核心保护区内的台门建筑多以二层为主，在界面构成上形成主屋、厢房的山面与檐面衔接的形式，连接成起伏、错动的天际线；窗框和门洞、格栅式的窗格、两端略有起翘的窗楣和精细雕刻的门罩，填充了水平延展的砖砌墙面，使得村落的整体界面更加丰富；多进院落的形制，加之相仿的建筑体量，使得组合方式具备秩序与规律性，构成统一、规则、整饬的界面形式。此外，一些呈附属态势排布于街边的小体量住居使得街巷界面在连续、统一的基础上增加了疏密变化和形式转变，高低错落的屋顶

---

1　参见韦泓春《广西少数民族传统村落公共空间形态研究》，中国建筑工业出版社 2020 年版，第 80 页。

图 3-1-16 冢斜村整体界面特征

使得围合街巷的天际轮廓更具韵律。一些自然元素和生产空间,如篱笆、菜地、农田等,为街巷融入了开敞、缓冲的空间,使得村落内部空间与自然环境相互渗透。这些顺应村落迭代、发展规律和生产生活需求而形成的界面构成要素,为原本稍显封闭的建筑群落注入了生气与活力,使得村落的整体界面在统一中蕴含着无穷的变化。当然,值得注意的是,近年来在村落的发展过程中,核心保护区内也出现了一些建筑风貌乏善可陈甚至与传统建筑风貌不协调的新建住居,需进一步整治、改造。(图 3-1-16)

### 4. 空间组织

传统村落公共空间是各类公共活动与物质空间的聚合体,物质空间和公共活动的巧妙安排,反映并满足了人们在思想和意识形态上对于村落公共空间的需求。场所性是村落公共空间的基本特性,为公共活动提供物质、文化的环境与载体,承载着公共活动的价值与精神意义。村落居民与环境之间联系的确立、安全感的产生,对村落内涵体验的深度和强度,以及对场所的归属感,均是通过"边界""中心""路径""节点"等空间的组织与拓扑关联实现的。公共空间的结构体系是由多种多样的构成要素遵循某种内在逻辑组成的丰富节点与统一整体。前文已从平面形态、界面特征对冢斜村核心保护区公共空间的构成要素进行了划分与归纳,亦涉及了"节点"与"路径"。由于在文献爬梳与实地调研的过程中,并未发现冢斜村中有可具体定义为"中心"的公共空间。因此,以"边界"为分析的重点,从核心区整体空间结构的角度对其空间的组织方式及背后逻辑进行解读。

村落的边界表征着村民公共活动的范围。冢斜村核心保护区以生产性的田畴空间、交通要道作为边界条件加以利用，形成了建筑群落的边界。具体而言，核心区的北侧紧邻冢斜路，西侧为呈弧状绕村而过的32省道，南侧紧靠32省道建有停车场和余氏宗祠中轴线上的广场，东侧为大片以田畴为主的生产性空间，这些要素共同围合形成了核心区明晰的边界。此外，

图 3-1-17　冢斜村村口空间航拍图

还有非连续性的人造的象征性边界公共空间。例如，中大路及周边围合界面要素组成的村口滨水节点空间，具有象征性的入口标识空间的性质；再有，中大路、牛过弄与32省道的交叉口，虽未设立具体标识，但具备明显的村落街巷入口特征。这样的公共空间围绕核心保护区还有多处，以此二者最为典型。需要注意的是，在连接32省道与冢斜路的南北向道路上，有一座上书"冢斜古村"牌匾的牌楼作为标识性构筑物，但由于其距核心保护区较远且为新建构筑，不具有代表传统村落风貌、文化的研究价值，故不作为要素纳入分析。

　　上述暗示与界定了核心保护区的边界领域的公共空间形成了边界的场所性、多样性和层次感，是为边界性的公共空间，依据其构成要素与功能类型，可视为停留性为主的边界空间。以村口的滨水节点空间为例：此处空间包含中大路及沿街建筑以及南侧的水塘、绿化、停车场、广场；以余氏宗祠为主要标志性建筑物，以街、水、桥等景观元素作为缓冲空间，并进一步突出了村口的标识性。作为核心保护区的滨水入口空间而打造的重要节点，有着良好的空间视域和优美的景致，同时宗祠与台门沿街布置使得空间的功能复合多样，具备休憩停留、驻足观景、聚集活动等功能，成为村民、游客公共活动的重要场所。（图 3-1-17）

　　**5. 空间尺度**

　　传统村落的发展围绕着公共建筑、街巷与广场等公共空间有机地进行。规模各异、富于变化的公共空间要素创造了多义的空间功能，而宜人的空间尺度则是满足人们物质、精神、心理、行为需求，形成丰富多彩的公共活动的诱发因子。在传统村落中，街巷与广场空间和人们的公共活动关联最为密切，其尺

度是影响空间品质的重要因素。于是以冢斜村核心保护区的街巷与广场的空间尺度为讨论对象，探究村落的空间尺度对其所承载的人的行为模式的作用。

（1）街巷空间尺度

底界面、侧界面与顶界面构成并决定着街巷空间的比例与形状。底界面与侧界面的交接决定了街巷的平面形状和大小，侧界面限定了街巷空间的围合程度和高度，其与顶界面的交接又形成了天际轮廓线。影响街巷空间尺度的要素，主要包括街巷的宽度、宽高比以及界面的尺度协调等。

①类型与宽度。街巷的宽度往往取决于其功能需求。冢斜村核心保护区地形平坦，有着层次清晰、序列完整的街巷体系。总体来看，可将街巷分为两个等级：主街和巷道，主街尺度比巷道尺度稍大。主街的划分依据主要是由其功能及其在核心区内的交通地位决定的：它们或承担着村民日常公共活动的功能，或具有不可替代的沟通连接作用。而其他巷道则只需满足出入功能或排水要求，平日里的人流量较之主街会少很多。（图3-1-18）

冢斜村核心保护区内的主街有3条：作为南侧村落入口并承载主要公共活动功能的中大路、在核心区中部贯穿南北的主要街道高新路以及沟通核心区东部主要建筑八老爷台门和冢斜村村史陈列馆的下大路。3条主街所涵盖的范围基本上能实现对整个核心区"横贯东西，纵通南北"，其主要铺装材料为卵石或石板，宽度4—7米，能够满足较大的通行人流量。相比较而言，其他巷道宽度在2—4米，作为辅助型通路满足居民的出入通行需求，转折较多、私密性较强，平面形态更富变化。

②形式与尺度。空间尺度常通过街巷与建筑之间的宽高比（D/H）来进行分析研究。D即街巷宽度，H为街巷两侧的建筑或其他界面要素之高度。当D/H<1时，人的视线受到限制，空间界定感较为强烈，给人以压抑感，这类空间尺度多见于狭窄的巷道中。当D/H=1时，空间内聚力强，又不至于压迫，是一种舒适、安定的交往尺度。当D/H=2时，空间与视域范围继续扩大，仍保持内聚、向心的空间感受，尺度关系也较好。当D/H=3时，空间围合感已较弱，视线开始分散，不易集中于视觉焦点，人们对空间整体性的感受亦减弱。若D/H继续扩大，则空间愈空旷、开放，逐渐失去围合感。因此，街巷空间的断面形式对空间的宽高比乃至空间尺度与空间感受，均具有直接的、强烈的作用，其形成受到地形、

（a）牛过弄（巷道）　　　　　　　（b）上大院路（巷道）

（c）中大路（主街）

图 3-1-18　冢斜村核心保护区街巷类型与宽度

建筑、水体和农田等因素的综合影响与作用。[1] 据此，将冢斜村核心保护区的街巷空间断面形式归纳为以下两种模式。（图 3-1-19）

模式 1：建筑—街巷—建筑

冢斜村核心保护区的民居建筑高度相仿，最具特色的台门建筑界面以檐面与山面组合的形式呈现，其他体量较小的民居建筑也有着较为简洁的界面形式，建筑层数多为一到二层，围合而成的街巷有着明晰、简洁的断面形式。此类模式基本出现在巷道中：底界面宽度较窄，在 2—4 米，又以 2 米左右最为常见，在两侧建筑的围合下营造出相对封闭的带状空间；D/H 比值平均为 0.3—0.4，为具有

---

[1] 参见韦浞春《广西少数民族传统村落公共空间形态研究》，中国建筑工业出版社 2020 年版，第 91 页。

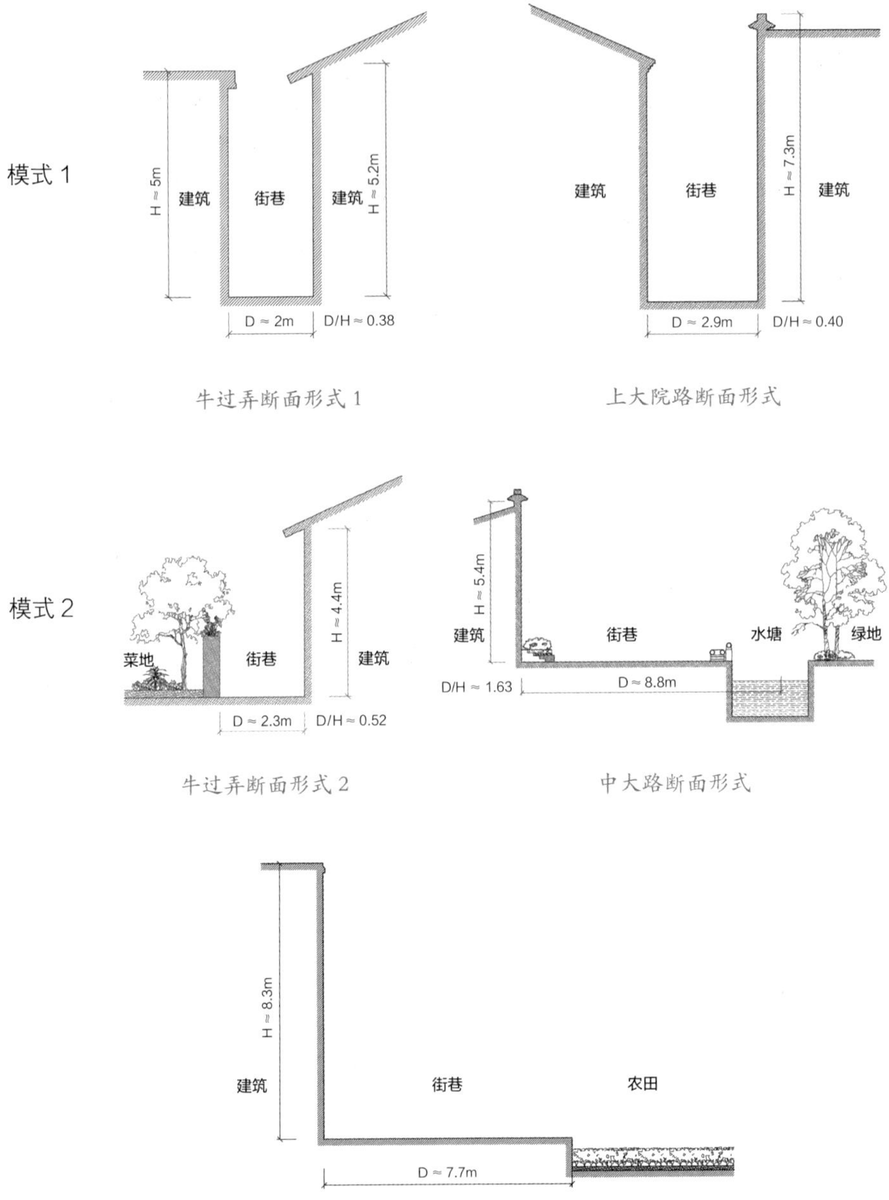

图 3-1-19　冢斜村核心保护区街巷空间断面形式及尺度关系

一定私密性的生活性交通空间，其中尤以牛过弄南段最为典型。冢斜村核心区的主街由于更多排布在核心区边界，起到区隔建筑空间与农田空间的作用，因此以单侧与建筑界面交接为主，不属于此类模式。

模式2：建筑—街巷—自然要素

街巷紧挨着一侧的建筑，另一侧则挨着菜地、水塘、农田等自然要素，这类断面主要出现在两种情况：其一是在狭窄的巷道中，建筑与巷道对面的菜地共同组成侧界面围合（牛过弄）；其二则出现在村落边缘的主街上，如临水的街巷（中大路）或是靠近农田的街巷（下大路）。因与街巷融合的自然要素基本上都具有一定的规模，其宽高比大多大于1，甚至八老爷台门前的下大路部分断面，由于自然要素（农田）的边界模糊而出现了无法得出具体D/H比值的特例。冢斜村此类模式下的断面，往往形成半开敞、视野开阔并集交通、休憩、观景、劳作等复合型功能于一体的场所。

（2）广场空间尺度

如前所述，冢斜村核心保护区的广场空间主要为中大路在余氏宗祠前形成的较为开敞的公共空间（宗祠前广场），承载着交通、集散等功能。上文已将其定义为边界型的公共空间，因其地处冢斜村核心保护区的入口空间，可进一步界定为"边界型的入口广场"。余氏宗祠前广场以宗祠建筑、民居院门、部分歪台门墙体以及照壁、块型水塘进行空间界定，由于与东西向的中大路紧密结合，且南侧并无太多实体围合界面遮挡，因而具有较强的公共性和开放性。宗祠前广场形式规整、要素对称且与宗祠建筑的从属关系明确、空间尺度适当，对余氏宗祠起到衬托的作用，突出其主体地位。广场纵深约14.1米，中轴线尽头的宗祠建筑檐口高度约为4.2米，形成$D/H ≈ 3.36$的空间比例，即$D > 3H$，在广场上可以充分观赏宗祠建筑的空间构成和造型，形成良好的景观焦点。（图3-1-20）

（四）空间活动

人在空间中重复的行为模式，逐渐形成习惯，甚至发展为习俗，从而构成行为活动与特定空间之间密不可分的联结与互动关系。一方面，人类的行为模式影响着空间，传统村落中的公共空间是根据活动需求而创生的产物，日常生活中发生的事件，所体现的仪式、权力等内在特质通过空间而形象化、具体化，思想意

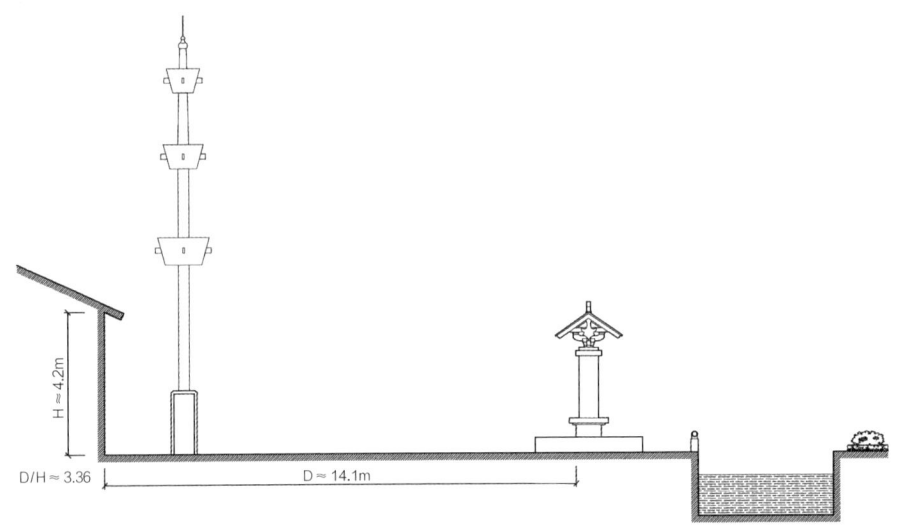

图 3-1-20　余氏宗祠前广场断面形式及尺度关系

识与地域环境的融合使空间具有了形态、属性与内涵。另一方面，空间也会反作用于人类，对人们的公共生活和社会交往起着积极的身份暗示与情境渲染的作用。于是，人与空间动态持续的交互关系，凝聚着公共空间的场所精神，展现出传统村落公共空间形态的地域性文化内涵。反之，地方的生活习惯和社交方式，也体现在传统村落公共空间的布局、形式、肌理乃至整体风貌的些许差异上。杨·盖尔（Jan Genl）在《交往与空间》一书中将人们的户外活动划分为必要性活动、自发性活动和社会性活动三类。[1] 在传统村落中，公共活动呈现出较大的随意性与偶然性，但大致上也可参考这三种类型来概括总结。

第一，必要性活动：无论在什么情况下都难以避免，不能全凭本我意识来决定，必须要参与的活动。对照乡村公共生活，主要有生产劳动、饮食、学习等，田间地头、树下、井台与河边这类具有一定规模、形态自由并能满足生产生活需求的场所是此类活动发生的主要空间。

第二，自发性活动：有三个前提条件，即意愿参与、时间允许以及场所允许，

---

[1] 参见［丹麦］扬·盖尔《交往与空间》，何人可译，中国建筑工业出版社 2002 年版，第 13 页。

这类活动对物质环境和外部条件的要求较高。大部分户外的娱乐休闲活动都属于这一范畴，包括锻炼、散步、呼吸新鲜空气、围观、闲谈或者晒太阳等。这类活动的发生比较随机，因此相对应的公共空间分散且数量较多、规模不一。

第三，社会性活动：不能独自完成的、有赖于他人参与的活动，可视为前两类活动的衍生，包括赶集、祭祀、民俗、节庆等集体性活动。社会活动发生的场所空间各式各样，小至宅门前、庭院、露台，大至公共建筑、工作场所、广场等。在传统村落中，节庆集会、婚丧嫁娶等重要的社会性活动，常发生于村落的核心位置，反映并传承着传统文化与思想意识。

上述三类公共活动共同形成传统村落丰富的公共生活风貌，构成了社会学意义的公共空间，又称为"意态空间"。[1]依据各类公共活动与公共空间关系的异同、传统村落的乡土特性，结合冢斜村个案，可将必要性活动与自发性活动综合为生产生活类；社会性活动则依据文化意义以及发生的频率与时间，归纳为节庆民俗。下文从这两类活动展开，分析冢斜村中公共活动的类型、特点与发生空间等，探讨人的行为活动与空间场所之间，意态空间与物态空间之间的密切联系与互动机制。（表3-1-3）

**表3-1-3　冢斜村公共活动类型与空间场所**

| 活动类型 | 形式特征 | 发生的空间场所 |
|---|---|---|
| 生产生活 | 插秧、犁田、采茶、挖笋、种菜；<br>晒谷、编织、刺绣、浣洗；<br>休憩、闲谈、散步；<br>经营农庄、小卖部等 | 广袤农田、林地、菜园；<br>住居、半开敞式庭院；<br>房前屋后、街头巷尾、井台；<br>余氏宗祠、宗祠前广场 |
| 节庆民俗 | 祭禹、祭祖、庙会等民俗传统；<br>越剧、莲花落、讲故事等民间文学和艺术活动<br>状元宴、"芒种开秧门"等集体宴会、祈福仪式；<br>舞龙、舞狮等歌舞文体活动 | 余氏宗祠、宗祠前广场；<br>广袤农田；<br>其他户外开放空间 |

---

[1] 参见韦浥春《广西少数民族传统村落公共空间形态研究》，中国建筑工业出版社2020年版，第95页。

### 1. 生产生活

生产与生活紧密联系、相生互动是传统村落公共活动的特征之一。

（1）生产贸易。村南大片的农田是冢斜村最具特色的生产空间，田畴交错、阡陌纵横，以青山绿水与台门老宅为自然与人文的背景，形成了田园牧歌式的观赏型农业景观。人们在其中从事插秧、犁田等农耕稻作的必要性活动，在农忙活动的间隙，闲谈、散步等自发性社交活动也自然发生。此外，房前屋后、巷道边界散布的与民居院落混合的菜地，成为民居主要的附属性生产空间。一些街巷与民居院落组团围合形成的半开敞式庭院，和街边的小空地一起，会在农忙时节充当起晒场。它们往往尺度适宜，在公共属性明确的情况下，又兼具围合感和一定的内聚性，亦为村民从事生产、家务劳动的主要场所，也为人们在晾晒谷物、编织刺绣的劳作之余，提供了喝水歇息、休闲娱乐、闲话家常的场所。井台、浣洗池等公共空间，在满足村民日常取水、洗涤、灌溉等家务劳动与生产活动用水的同时，也孕育着协作、交谈等社交活动。贸易活动也是村落经济生产活动的重要组成部分。冢斜村环境优美，资源丰富，经济作物主要有茶叶、板栗、竹（竹笋）等。典型的如茶叶的产、制经历着发展与演变：由红茶到绿茶，由绿茶到龙井、珠茶精品，由粗制到精制，由烦琐的人工分段操作到杀青、揉捻、制干一条龙生产的机械操作。冢斜村所产的珠茶，外形浑圆结实，色泽绿润，身骨重实，宛如碧珠，远销国外。在清明节前后，冢斜村家家户户赶制高山名茶龙井，其外形扁平光滑，条形挺秀，翠绿略黄，香馥若兰，是理想的绿色饮料。据史料记载，其茶配小西岭泉水冲制可祛病。除此以外，村中还保存有自制香糕、米酒、豆腐等传统手工技术。[1]

在乡村振兴、共同富裕和全域旅游的命题下，冢斜村将走村企合作共同探寻挖掘和推介村落文化的路径，着力于"一村一品"，打造文化品牌，洽谈农文旅项目进驻村庄，在激发内生动力、赋能乡村产业和美化村居环境的同时实现人民物质富裕、精神富有。未来，随着冢斜村文创类、乡宿类项目的进一步开展，更多的业态模式逐步加入，产业结构将迎来优化升级，由此也会引发人群交往密度、行为模式的变化，构成新的村落公共空间互动机制，这有待于在新时代语境下跟

---

1 参见《浙江省历史文化村落保护利用重点村规划——绍兴·冢斜》，规划文本，2014年。

进式地探索、研究。

（2）生活交往。除了共同生产过程中发生的大量社交活动，闲暇时间，村民常在房前屋后、街头巷尾、路旁树下等空间休息、乘凉、聊天。建筑组团内部的巷道由于不具备开阔的视线，封闭感较强，渗透性较弱，因此并不会对随机产生的交流、闲谈等日常生活交往有太多助力；村落南侧围绕建筑群落形成核心保护区边界的中大路、高新路、下大路三条街道，其作为主街的性质和地位决定了发生随机交往活动的频率更高。与此同时，中大路还兼有入口空间和宗祠前广场的功能和特性，成为冢斜村核心保护区内承载社交活动的重要公共空间。

**2. 节庆民俗**

冢斜村自古以来崇尚书香，耕读传家之风相沿成习，私人办学和社会助学久盛不衰。明清时期至民国初年，村内多见私塾、书院、学堂。历史上，在村中冢斜学校的中山厅，曾进行"天下为公"的辛亥革命新思想教育。当时冢斜学校很有名气，附近有很多学子到这一新式学堂读书。[1] 余煌是明朝的最后一名状元，在绍兴任职期间，为保护城池和百姓的生命财产做出了重要贡献。后人为纪念余煌等冢斜先贤，并激励子孙勤学向上，在高考前夕开办"状元宴"，传承冢斜村的余煌文化、学士文化和耕读文化。另外，冢斜村还有寓意鸿运当头、金榜题名的"状元茶"，以及相传为大禹妃子涂山氏所创的"禹妃饼""禹妃扇"等非物质文化遗产。[2]

除此之外，村中还保留了祭禹、祭祖、庙会等传统民俗，盛行越剧、莲花落、编宗谱、讲故事等民间曲艺与文学。这些文化遗产，有着较高的历史价值和艺术创造力，其中尤以祭祀的民风习俗为盛。自古相传，夏代少康封其子无余于会稽以"奉守禹祀"，冢斜的祭祀之风一向称盛，除祭大禹外，还祭"舜妃""禹妃"。因为传说中大禹其妻和舜王大帝之妻都葬于该村大龙山麓的铜勺柄处，历代朝廷均要派遣大臣来冢斜祭祀。明清大臣下榻的驿站——"轿屋"和大臣来冢斜时拴马的马厩以及马夫住的房子，现在都还保存着。《冢斜余氏宗谱》这样记载：清明时节，旧葬宫车，云山环境……佛教、道教成为冢斜一种现象，深入到生产、

---

[1] 参见《浙江省历史文化村落保护利用重点村规划——绍兴·冢斜》，规划文本，2014年。
[2] 参见钟伟、郦曼丽《文旅融合为千年古村带来新活力》，《科技金融时报》2019年6月21日。

生活、祭祖和丧葬习俗之中，冢斜环山建立起了庙寺、寺庵十多座。现在每年两次的祭祖和每年一次的祭禹延续不断。[1] 现如今冢斜村的村民们仍会按期集聚于余氏宗祠内，举行祭祖祭禹活动，追思先人、继承禹德；舞龙、舞狮等多姿多彩的民间艺术和歌舞文体活动，也浸润了人们对美好生活的期盼以及对民俗文化的虔诚。为了让禹裔文化发扬光大，除了举行族祭活动外，冢斜村还会开展"芒种开秧门"祈福仪式。这是一项传承千年的中华民族农耕民俗文化活动，作为对社稷二神的敬奉仪式，祈求风调雨顺、五谷丰登之吉。这些历史底蕴丰厚的传统民俗文化，在新时代承载了鲜明的时代精神；而作为民俗文化、观念传统等上层建筑的物化载体，村落公共空间有着重要的物态价值和精神意义。每逢节会与庆典，公共空间便与丰富多彩的活动形式建构起相依与互动，物态、意态空间的外显与内隐在此达到高度同构，一齐呈现出这座坐落于柯桥南部山区的千年古村在新历史时期下的万象一新。

通过上述冢斜村公共活动与空间场所的调查，可初步归纳出一些基本特征。其一，日常公共活动发生的随机性与主观性较大、频率相对较高。冢斜村聚族而居，社会关系紧密，在日常的家务劳作、农耕稻作等必要性活动中，以街头巷尾、房前屋后、田间地头等物质空间为载体，各式各样的公共活动随时随地都有可能发生，没有特定规律。其二，社会交往、公共空间多与生产活动密切关联。冢斜村为典型的传统农耕聚落，住居群落毗邻大片的农田，山、水、田之间构建起和谐融洽的方位格局。在住居群落内的房前、屋后、街边，也缀有一些自留地可莳种蔬果等。可以说，冢斜村有着层次丰富、形式多样的农地肌理，这使得人们的社交行为与农事活动有着千丝万缕的联系，聊天、协作等社交活动往往在人们从事劳作的同时自然而然地发生。街巷、空地、广场等公共空间呈现出与生产用地关系紧密、互相渗透的态势，或其本身同样具备生产性质，例如，与牛过弄并列排布的上道地轿屋半开敞式庭院，在农忙时节可以临时性地充当晒谷场。此外，冢斜村的一些传统习俗也与农业生产息息相关，如谚语"五风十雨天时好"表达了人们对于气候的美好愿景。其三，公共空间的类型与功能的复合化、重叠度较高。空间之间并没有十分明确的界限和边界，同一公共空间还往往容纳了不同类

---

1 参见《浙江省历史文化村落保护利用重点村规划——绍兴·冢斜》，规划文本，2014年。

型的公共活动。如在街巷空间中，人们自然地发生着沟通交流、休憩散步、生产劳作等行为活动；广场空间则可以同时兼有集散、娱乐、生产、信仰等多重功能属性。其四，公共空间承载着丰富的乡土文化活动，具有很强的民俗文化色彩。冢斜村有着深厚的历史文化积淀，地域性的民风民俗流传至今，农耕文化、禹裔文化、尚学之风等传统民俗活动经过世代发扬而呈现出异彩纷呈的新时代风貌。集会、祭祀、歌舞、宴席等传统习俗与相应的公共空间相辅相成，体现在空间布局的秩序与层次上，可以反映出地方特色的文化观念与行为习惯。余氏宗祠周围的滨水空间即是典型。宗祠本身是维系村落族群，甚至邻里之间社会关系的精神纽带，与宗祠密切相连的户外公共空间也具备了同样的意义。该处复合型空间由中大路与宗祠前广场融合而成，承载着节庆集会、祭禹祭祖、文艺展演等多元的社会活动内容，由此成为具备公共性、民俗性、文化性的重要节点空间。其平面形态、界面组合和空间尺度等，与空间本体的功能定位、艺术价值和文化内涵等均有着相互映射的关系。

以冢斜村为案例，本研究尝试演绎传统村落公共活动与公共空间"共生共存""共识共情""共鸣共荣"的交互关系。首先，公共空间的营建与人们的生产模式、生活习惯、传统风俗、聚居观念等息息相关，并以此为规划布局和动态发展的准则。其次，公共活动与相应的公共空间产生交集，潜移默化地塑造着空间体系的组织与秩序，而物质实体的具象形态在不断更迭的过程中，空间的情绪及其之于人们的社会联结也在经历着发展与嬗变，内涵在现实场域之中的隐喻表达也在不断地演进。最后，这些物质、非物质的空间环境要素在一定程度上也持续地影响着人们的观念意识，继而作用于各类公共活动，人们也基于物质与社会需求持续地对空间进行改造，使之与自己的行为模式、价值观念、风俗习惯更加契合。正是在这周而复始的持续迭代中，形成了"物质—社会—文化"空间的动态过程与内在机制，并最终以丰富多彩的公共活动与公共空间的形式呈现。

（五）调查总结

基于文献爬梳与实地调研，进一步归纳出的冢斜村公共空间的总体特征总结如下。

村落格局特征：（1）青山环绕、秀水萦回的自然格局，农地格局则以耕田为主。（2）村落选址、整体形态以及公共空间与水系、地形等要素的互动关联中，均体现出尊重自然、顺应自然、天地和谐的可持续山水观与尊宗敬祖、聚族而居、质朴有序的传统礼制思想。（3）二者又形成休戚相关、互渗互融、和谐共生的动力机制，共同作用于村落格局形成发展过程的始终。

空间形态特征：（1）整体形态上，冢斜村得益于宽松的用地条件，整体村落形态呈团块状，村南形成了广袤的田畴。（2）以具备公共活动属性的宗祠与台门为代表性的历史建筑形式，地方性与本土性特征显著，其中宗祠在建筑形制上具备祭祀类公共建筑的特性，同时能够与环绕周边的住居群落达成同构互洽；以规则整齐、尺度较小、围合感强的内部巷道，开敞外向、公共性强的边界型主街共同构成线状空间，整体呈现规则清晰的网格状结构；沿街排布的宗祠前广场、晒场、半开敞式庭院，以及人工开凿的水塘、房前屋后的菜园等，一起构成尺度适宜、功能丰富的面状公共空间。（3）空间界面类型以地居式建筑为基础，台门建筑以山面和檐面衔接拼合形成组构界面的形式，有着较为丰富的天际线构型与连续性、规律性的界面特征。在建筑群落中，又有一些小体量民居散布其中，加之自然要素与生产空间的嵌入，使得村落的整体界面在统一、规则、严整中又蕴含变化。其中，村南的滨水街巷中大路为兼具"主街—宗祠广场"属性的复合型公共空间，其界面的组合要素具备相当的丰富程度与较高的历史、人文价值，构成了冢斜村南最具特色的景观风貌。（4）以生产性的农田空间、交通要道作为条件加以利用，形成建筑群落的明晰边界；中大路的村口滨水节点空间、街巷与公路的交叉口等构成村落具有象征性的入口标识空间。（5）以停留性边界空间为公共空间的主要构成模式，无明确的中心性公共空间。（6）街巷网络较为清晰、完整，依据尺度、功能、交通地位可具体分为主街、巷道两个等级。其中巷道为生活性的交通空间，受两侧建筑围合影响，多呈现出封闭性、私密性较强的带状空间风貌，也有与局部的自然要素（菜地、篱笆）结合形成具有一定渗透性、尺度适宜的空间；主街为承载居民日常活动与重要枢纽作用的公共空间，多出现在村落边缘，具体表现为一侧紧挨建筑，另一侧毗邻水体或农田，往往形成开放性强、视野开阔的复合型功能的场所。（7）广场空间的典型为余氏宗祠前广场，其形式规整、要素对称、尺度适当，作为户外空间对宗祠建筑起衬托作用，并兼具交通、集散的功能。

空间活动特征：（1）公共活动的发生频率较高且随机性较大。（2）社会交往、公共空间多与生产活动密切关联。（3）公共空间的类型与功能的复合化、重叠度较高。（4）公共空间承载着具有民俗文化色彩的社交活动与文化生活。（5）公共活动与公共空间相互依赖、互相影响、共生共存。

综上所述，冢斜村公共空间由功能到形态都遵从了其自然物质基底，与山水环境紧密结合，并实现了人们的生存需求和文化理念。公共空间的层级、规模、功用在长期的人地互动过程中于乡村地域系统中派生分化，从而形成了层层渗透、内外映衬的村落整体格局。在这一格局之下，各类住居院落、街巷里弄、广场园地等空间单元规整为严密、有机的空间组织体系，呈现出冢斜村天井地居式的古村风貌。那些如严谨和谐的格律诗一般古朴雅致的老台门与古民居，排布规整、比屋连甍，构成了村落的独特形态和文化意象，与街头巷陌、田间地头承载的家长里短、劳作生产一起，诉说着冢斜的古风韵味与遗闻轶事。民俗礼仪、节庆集会等异彩纷呈的地域性文化活动，关乎族群信仰、宗族文化、山水观念，集中展现了古越水乡自然、人文的基底脉络与深厚的历史底蕴。物质与意识形成的内外驱动力促使村落公共空间的变化与重组，深刻影响着诸如空间要素、组合模式、空间尺度、界面风貌等空间系统的组织结构，这一持续性的过程归属于历史的范畴。而随着乡村振兴的稳步推进，冢斜村的公共空间将在延续与重构之下迎接新时代的语境，那些历久弥新、不绝如缕的文化乡愁、集体记忆也将与这座青山绿水间古韵延绵的历史文化名村一起，在传统文化赋能乡村振兴的背景下迎来焕然新生。

（六）数据转译

本案例的数据来源主要包括两个方面：一是现场调研所获取的直接数据；二是通过图书馆、网络平台等获取的间接数据，包括与村落相关的论文专著、保护规划、村史村志等文献。研究团队于2021—2023年间对冢斜村进行了多次实地调研，采集了冢斜村公共空间系统的宏观与中微观数据。宏观数据主要包括村落区位、路网结构以及主要空间的类型、点位及关系等，通过无人机航拍摄影和文献资料检索获得；中微观数据主要包括"点线面"空间的类型、结构、形态和组织等，数据主要来自现场测绘、手持相机拍摄、访谈以及村委提供的内部资料等渠道。上述数据采集后，借助CAD、PHOTOSHOP等制图软件将之转译为可视化的图纸，成为采取图式语言和空间句法两种方法解析村落公共空间形态的基础数据。

## 二、公共空间的图式语言体系构建

### （一）图式语言逻辑体系
**1. 理论基础**

回顾绪论已述的图式语言概念可知，传统村落的图式语言体系包括语境、语汇和语法。传统村落的空间语境主要分为自然语境和人文语境，作为一种约束机制具有调节的作用。自然语境又可分为自然环境的物质要素和非物质要素：物质要素是常见的绿化植被、农田林地、溪流池塘等；非物质要素则是气候要素，例如降雪降雨、温度湿度、日照风速等。人文语境则揭示了村落的民风习俗、文脉特征，可分为环境要素、生活要素、文化要素三类：环境要素指的是宏观的生态环境、生产环境和生活环境；生活要素指的是人们的生活方式，包括生活生产、社会关系、节庆典礼等；文化要素则体现了人们的生态观念、人居思想和精神信仰等。传统村落公共空间的空间语汇包括"字""词""词组"三个层级："字"图式是空间的最小单位，可视为空间的构成要素；"词"则是建立在"字"基础上的初步组合图式，可视为各类型空间的基本空间单元；"词组"是一种复合（杂）图式，它的尺度较之"字""词"更大，是一种中观甚至宏观层面的组织关系，可视为各类型空间单元的组合，几乎囊括了所有空间要素及单元之间的拼接、嵌套关系。空间语法指的是村落的生长逻辑、发展规律，包括词法和句法。其中词法是指构成"词""词组"的组合方式，包括并列、叠加、融合、交织、咬合等；句法是融入时间维度的、统筹性的"字""词""词组"的组合方式，包括本土性、尺度性、时间性、秩序性、修辞性等。

综上，基于传统村落公共空间的要素、结构与图式语言存在的耦合关系，下文将构建传统村落公共空间语汇、语法和语境的图式语言体系。从绪论图 0-1 可以看出，只有在空间语境的约束、渗透以及空间语法的组织下，作为空间解构物质基础与具体内容的空间语汇才能形成一个完整的、具有特定含义与意境的类型化空间图式。值得再次强调的是，传统村落作为踏访历史、展望未来的时空桥梁，图式语言体系构建是对传统村落保护与借鉴的有效媒介。

### 2. 实施路径

**（1）图式提取**

传统村落公共空间图式的提取应遵循以下规则：①对村落空间进行必要的分类是筛选任何尺度图式的前提，也是研究村落语法语境的基础。②空间图式选取的出发点，需要结合历史文化遗产及人群的生活或精神需求进行筛选。③选取次序上，优先筛选村落中具备历史文化线索的空间，这些空间往往承载着村民的集体记忆；其次是满足人群需求的必要性空间，如邻里空间、街巷空间、广场水塘和生产农田等，其中人群活动的丰富程度和人口密集度越高则在一定程度上说明了该类空间图式选取的必要性。④典型图式需要拥有相对联系紧密或完整的空间背景，即空间关系，较为独立或空间断续的场所不能体现村落基本的语法语境。⑤同种类型的基本图式选取需要具备高度重复性和相似性，且可以衍生出更大尺度的基本图式，单个或几个重复图式并不能作为某类空间的代表型。

可以看到：①的提出是为了使研究切题，避免不同空间类型的内容交叉而导致混乱与效率低下；②③的提出能够确保稳定深厚的文化底蕴和典型的空间图式；④⑤的提出在于保障空间图式的逻辑性与完整性。具体的空间图式提取过程中，在"字"层面，由于其作为最小的要素而拥有较大的数量，因此从提高提取效率并合理支撑后续研究的角度出发，必须根据研究的需求进一步明确提取标准。判断"字"的提取是需要满足空间形态还是要素构成的多样性，须取决于"字"的提取成果对于后续研究的影响。比如就空间结构关系而言，过多形态类型的"字"的选择对于空间结构联系的分析影响不大（建筑结构、街巷系统），因此可以从空间要素类别的角度控制"字"的提取数量；对于空间形态，若"字"的形态对后续的"词""词组"的类别归纳及机理研究至关重要，也就是"字"的选取要服务于空间"形态"的多样性。在"词"的层面，主要是"字"层面的初步组合所形成的空间，可以根据组合形态类型将其归类，也可根据空间组合的功能或方式对其进行分类。在"词组"这一层面，主要是"词"层面提取不同的空间组合形成简单或复杂的空间布局，该层面已具备较为复杂的空间组织关系。

**（2）绘制表达**

结合无人机航拍、卫星图、实地调研及相关资料，运用上述筛选标准确定典

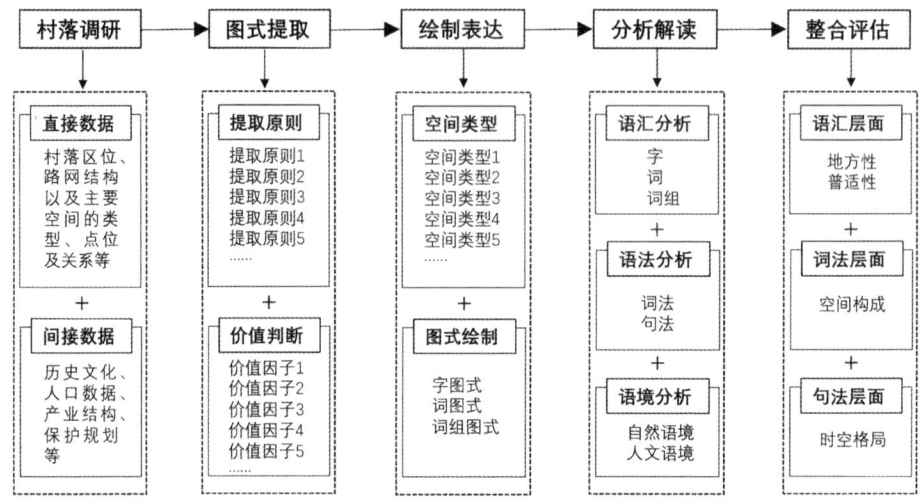

图 3-1-21　传统村落公共空间图式语言体系构建的实施路径

型空间图式,并运用计算机绘图软件完成语汇图式的绘制及后续语法图式的提炼。具体过程为:①依据图式提取准则结合研究的具体内容,对村落公共空间进行分类并确定基本要素。②对村落整体空间进行图解解构,明确各类型典型空间的选取,借助 CAD 软件绘制各类空间的"字""词""词组"图式并编码。③后期运用 PHOTOSHOP 等图形处理软件,加工语法图式与统计制表等。

(3) 分析解读与整合评估

上述步骤实施完成后,结合案例村落各类空间所对应的行为活动的类型、强度和频率等价值指标,揭示村落公共空间的核心语汇和语法特征。这一环节的成果在成为乡村设计的空间素材和模式借鉴的同时,可供评估案例村落公共空间的个性、优势和劣势等问题,为其保护利用提出建设原则和设计路径,并成为其他传统村落保护发展的参考。

综合上述内容,传统村落公共空间图式语言研究需要按照"村落调研——图式提取——绘制表达——分析解读——整合评估"这一基本程序。从而为传统村落保护利用和乡村设计策略凝练,铺下基石。(图 3-1-21)

（二）公共空间语汇图式

**1. 传统村落空间要素识别与语汇提取**

传统村落公共空间布局的组合模式和序列特征蕴含着局部与整体空间之间的拼接嵌套关系，体现了图式语言体系的层级结构和尺度跃迁逻辑。无论是微观层面的各类型空间要素（如墙柱、屋面、天井和庭院等建筑空间构成要素），还是中观或宏观层面的空间单元的拼接与嵌套（如建筑空间单元、街巷空间单元以及复合空间单元等），都遵循着空间的层级和尺度。而传统村落公共空间布局在空间要素、单元组合和结构序列上的差异性，则体现了传统村落的地方个性和多元文化。于是，基于样本村落比较讨论的共性基础，遵循提取原则并结合翔实的调查研究，将传统村落公共空间布局的语汇图式统一分为"建筑空间""连接空间""附属空间""复合空间"四大类。

**2. 冢斜村公共空间语汇图式**

冢斜村公共空间布局，基本可以分为以民居、天井、院落为主的建筑空间，以街巷、桥体为主的连接空间，以水体、菜地、农田、井台为主的附属空间，以及由前三种空间要素组成的复合空间，因此共有四大空间图式。（表3-1-4）

（1）冢斜村公共空间布局的字与词

通过提炼，总结出冢斜村空间字与词图式98个，共四类。第一类，建筑空间。主要包括公共建筑和民居建筑，由于除了建筑物本身，建筑围合、界面形式也是形成公共空间的要素，因此将民居建筑放在一起但不讨论其内部空间。建筑空间的"字"层面包括屋顶、天井、院落、照壁、水车等5种基本要素共24个图式。"词"层面有民居院落、公共建筑组合、民居组团等3种组合形式共18个图式。第二类，连接空间。"字"层面包括街巷、桥体等2种基本要素共11个图式。"词"层面有街巷空间此1种组合形式共6个图式。第三类，附属空间。"字"层面包括水塘、水渠、空地、宗祠前广场、开敞式庭院、绿地、菜地、农田、古井等9种基本要素共24个图式。"词"层面如绿地空间、菜地空间、绿地井台空间、水台空间、农田空间等5种组合形式共7个图式。第四类，复合空间。它们是前三类空间要素的组合，故无"字"的层级，"词"层面包括滨水空间组合、街场组合、街巷农田、民居菜地、民居空地等5种组合形式共8个图式。（表3-1-5）

### 表 3-1-4　冢斜村公共空间语汇图式

| 层级 | 图式 |
|---|---|
| 字 | 1 照壁　2 水车　3 块型屋顶1　4 块型屋顶2　5 块型屋顶3　6 块型屋顶4　7 块型屋顶5　8 一字型屋顶1　9 一字型屋顶2　10 一字型屋顶3　11 T型屋顶　12 凹字型屋顶1<br>13 凹字型屋顶2　14 凹字型屋顶3　15 凹字型天井　16 一字型天井　17 方型天井1　18 方型天井2　19 方型天井3　20 一字型院落　21 类方型院落　22 L型院落1　23 L型院落2　24 L型院落3<br>25 T型街巷1　26 T型街巷2　27 T型街巷3　28 L型街巷1　29 L型街巷2　30 十字型街巷1　31 十字型街巷2　32 一字型街巷　33 转折型街巷　34 仁济桥　35 石板桥　36 环形水塘<br>37 块型水塘1　38 块型水塘2　39 方型水塘　40 一字型水塘　41 水渠　42 空地1　43 空地2　44 空地3　45 宗祠前广场　46 开敞式庭院1　47 开敞式庭院2<br>48 开敞式庭院3　49 绿地1　50 绿地2　51 菜地1　52 菜地2　53 菜地3　54 菜地4　55 菜地5　56 农田1　57 农田2　58 农田3　59 古井 |
| 词 | 60 民居院落1　61 民居院落2　62 民居院落3　63 民居院落4　64 民居院落5　65 民居院落6　66 民居院落7　67 民居院落8　68 民居院落9　69 民居院落10　70 公共建筑组合1<br>71 公共建筑组合2　72 民居组团1　73 民居组团2　74 民居组团3　75 民居组团4　76 民居组团5　77 民居组团6　78 街巷空间1　79 街巷空间2　80 街巷空间3　81 街巷空间4　82 街巷空间5<br>83 街巷空间6　84 绿地空间　85 绿地空间2　86 菜地空间1　87 菜地空间2　88 绿地井台空间　89 水台空间　90 农田空间　91 滨水空间组合　92 街场组合1<br>93 街场组合2　94 街场组合3　95 街场组合4　96 街巷农田　97 民居菜地　98 民居空地 |

续表

| 层级 | 图式 |
|---|---|
| 词组 | 99 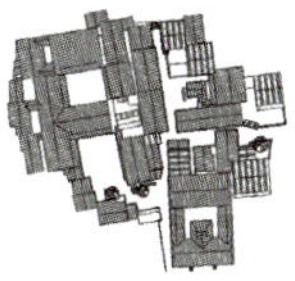 建筑空间+连接空间1　100  建筑空间+连接空间2　101 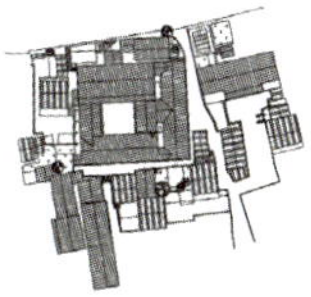 复杂空间1　102 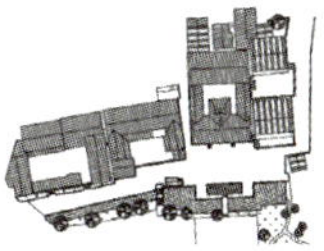 复杂空间2<br>103 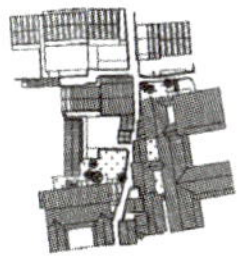 复杂空间3　104 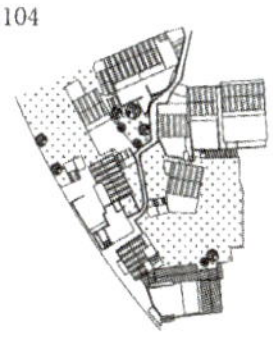 复杂空间4　105 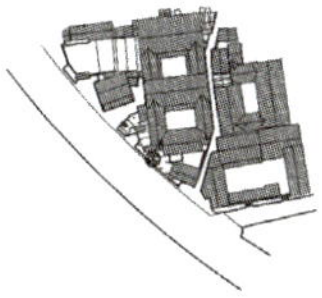 复杂空间5　106 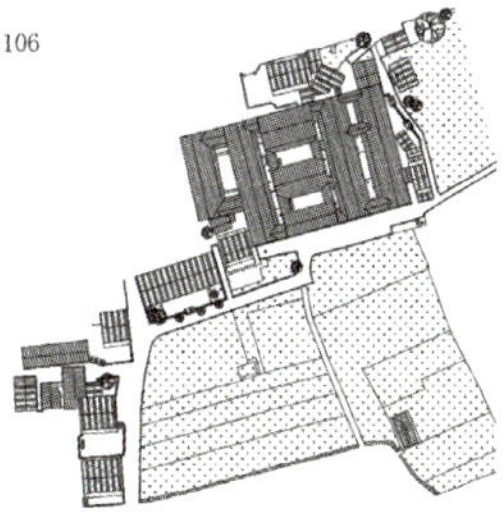 复杂空间6 |

注：建筑空间图式：1-24；60-77
　　连接空间图式：25-35；78-83
　　附属空间图式：36-59；84-90
　　复合空间图式：91-98
　　词组：99-106

表 3-1-5　冢斜村公共空间语汇图式汇总表

| 层级 | 大类 | 形式 | 图式数量（个） | 小计 |
|---|---|---|---|---|
| 字 | 建筑要素 | 屋顶、天井、院落、照壁、水车 | 24 | 59 |
| | 连接要素 | 街巷、桥体 | 11 | |
| | 附属要素 | 水塘、水渠、空地、宗祠前广场、开敞式庭院、绿地、菜地、农田、古井 | 24 | |

续表

| 层级 | 大类 | 形式 | 图式数量（个） | 小计 |
|---|---|---|---|---|
| 词 | 建筑空间 | 民居院落、公共建筑组合、民居组团 | 18 | 39 |
| | 连接空间 | 街巷空间 | 6 | |
| | 附属空间 | 绿地空间、菜地空间、绿地井台空间、水台空间、农田空间 | 7 | |
| | 复合空间 | 滨水空间组合、街场组合、街巷农田、民居菜地、民居空地 | 8 | |
| 词组 | 建筑空间+连接空间 | — | 2 | 8 |
| | 复杂空间 | — | 6 | |

（2）冢斜村公共空间语汇图式特征

①图式种类的数量。三类空间的图式以建筑空间（42个）为首，附属空间（31个）次之，连接空间（17个）最少。推测这一结果的原因：冢斜村核心保护区地处河谷盆地地形相对平坦的河流凸岸，用地相对宽裕，于是地形限制因素在村落形成和扩张的过程中施加的影响较小，因此聚居群落形态呈典型的团块状特征，建筑组团式排布，密度较大；在建筑空间布局的影响之下，内部街巷结构简单明晰、规则齐整且带有一定程度的私密性和封闭性，数量和丰富程度也就相对有限；附属空间的构成要素包含了水塘、绿地、农田及一些与街巷接壤的小空地等，因此类别相对多样，形成了较多数量的图式。另有不同要素组成的基本空间单元（8个）即复合空间，集中展现了除上述空间之外的地方性空间组合类型。各类空间单元组合（8个），即建筑空间+连接空间和复杂空间，则在更大尺度上传达着各类空间彼此的拼合、交接、渗透等组合模式，呈现冢斜村核心保护区更为宏观的空间组织关系和布局特征。

②图式的形态和尺幅。建筑空间图式稳定且较为规则，以合院形式为基型的台门建筑代表了冢斜村最具历史积淀的传统住居形式，它们往往边界规则、具备一定的体量且内聚性显著。另外，也有一些单体建筑及其组合，传统风貌保存较

好或是能够保持与传统风貌相协调。这些建筑空间形态具有一定的同构性，在尺度模数和体量比例上又存在着差异，呈现出"和而不同"且富有地域特征的建筑风貌。村落核心保护区的街巷空间虽具有网络结构特征但受建筑布局形态影响显著，于是连接空间的基本要素和空间单元在分析中以形态构成的逻辑进行解构与认知，具体以 T 字形、L 字形、十字形等基础形式进行解构、分类与归纳，从而使空间要素与组合空间的形态清晰、完整。附属空间形态多样，尺度模数各异，大多以建筑、街巷等作为边缘界面元素或与此二者互相渗透、紧密排布，因此形态规则、边界整饬，少有自由化的曲面，其中，特色的农田空间也是除建筑形制外冢斜村整体风貌、意蕴的另一表征。在多要素的复杂空间方面，建筑在与街巷充分结合的情况下，又有水体、绿地、农田等渗透融合其中或紧邻布局，形成多元的空间单元组织关系。

③图式的功能属性。建筑空间除了少量公共建筑外，大多是居民日常起居或从事家庭性、私密性活动的民居院落场所，不具备承载公共活动的条件，但最能代表冢斜村的传统风貌和人文价值。附属空间和连接空间，例如，房前屋后的菜地、广袤的田畴和构成连通功能的街巷空间，是人们社交活动发生最为频繁的场所，这些承载着日常交际、耕田劳作、节庆集会、民俗仪式的公共空间，具有类型、功能上较高的契合度、复合化和重叠度，兼具生活、文化、娱乐等特性，是冢斜村核心保护区内最具人群活力的空间，同时这些空间又在功能和形式上与构成围合界面或地处近旁的建筑构成紧密联系的整体，共同构建出核心区内丰富多样、个性和共性兼备的多要素复合（杂）空间，呈现出古村特色的空间组织逻辑及其丰富的功能与意义。

（三）公共空间语法分析

本书借鉴王云才教授的研究成果，将区域性景观尺度的语法图式转换为村域尺度的语法体系。[1]

**1. 空间布局的词法**

词法分析针对空间的关系机理。空间关系机理主要有简单空间单元的空间关

---

[1] 参见王云才《图式语言：景观地方性表达与空间逻辑的新范式》，中国建筑工业出版社 2019 年版，第 220—241 页。

系和复合空间单元的空间关系两大类。具体而言，空间的基本词法有"融合""并列""叠加""网络"4种类型，其中，"叠加型"又分为"嵌套""叠加""重叠"；"网络型"分为"交叉""交织""咬合""连续""中断"。与此同时，基本词法中的不同类型组合又可形成复合词法。下面分点简析。

（1）融合。融合是指将两种或多种不同的事物合为一体。空间融合是指不同类型空间内部的成员、要素突破空间的界限而彼此之间产生交互，这种交互以彼此之间的空间关系为载体。空间融合的结果往往会产生新的空间类型。如圩田就是塘浦水利系统和农田的融合而形成的独特的农田类型。融合型空间一般具有如下特征：第一，相互融合的基本空间单元之间存在一定的联系，彼此之间的融合可以产生新的空间类型；第二，是空间之间的一种纵向复合关系；第三，空间形态在大尺度上往往呈现出重复某一形态的特征。

（2）并列。并列是指并排地摆列，往往不分主次。并列空间即如此摆列的空间，如耕田之间就是典型的并列关系。并列型空间具有如下特征：第一，一种空间类型的重复出现；第二，重复出现的空间单元之间没有交集；第三，是一种横向空间复合关系。

（3）空间嵌套（叠加型）。空间嵌套是一个尺度上的问题，一般都是小尺度空间嵌套到大尺度空间里面，即一种大空间包容小空间的关系。也可以理解为，在嵌套的空间类型中，小空间的特征到大空间尺度上仍然会有所表现。比如梯田组合空间就具有空间嵌套的特征。空间嵌套往往具有如下特征：第一，相同的空间特征在不同尺度上重复出现；第二，空间嵌套使空间易呈现网络型特征；第三，空间嵌套是多尺度空间的纵向复合关系。

（4）空间叠加（叠加型）。叠加是使预先形成并储存的图形、属性特征等被调用并叠合在一个基本图形上的过程和方法。空间叠加可以理解为两个或两个以上空间相重叠之后拥有了此前这些空间的各自属性，而形成一个具有多种空间属性的新的空间类型。如廊桥空间，是建筑空间的长廊与连接空间的桥体的叠加组合，从而产生了新的廊桥空间类型，但同时具有连接空间的通过性和建筑空间的停留性双重属性。空间叠加一般具有如下特征：第一，是一种纵向的空间复合关系；第二，两种或多种不同空间叠加后，往往使其中一种空间具有另外一种空间的特性。

（5）空间重叠（叠加型）。重叠是指一个空间覆盖另一个空间，两者之间没有产生交集，只是空间上的简单重叠，也不产生新的属性，覆盖者一方的空间占主导，被覆盖的空间属性被弱化。典型案例为绿地中园路或建筑架构与绿地的重叠，产生了具有通行或休闲功能的绿地公园系统，而绿地的生态功能并未发生改变，只是附加了一项休闲功能。空间重叠往往具有如下的特征：第一，是一种纵向的空间复合关系；第二，空间重叠后不产生新的空间类型，被重叠的空间各自保留其特征。

（6）空间交叉（网络型）。网络提供了一种综合分析框架，有助于认识系统的整体性和结构的复杂性，其指的也就是空间要素的组织形态和空间格局。网络型空间组合是所有空间组合类型中最常见的组合形式，基本上达到一定尺度，空间就会有网络的特性，比如街巷网络（个别小尺度的街巷空间只是街巷网络中的一个节点，所以看不出网络的特性）。空间交叉是相同两个线型空间之间的相互交叉，往往构成网络空间的局部，如两条街巷的交叉组合。空间交叉通常具有如下特征：第一，是一种横向空间复合关系；第二，相互交叉的空间通常具有相同特性；第三，空间交叉可以是空间交织的基础。

（7）空间交织（网络型）。空间交织是多个相同线型空间之间的相互交织，构成一个相对完整的网络系统，如街巷系统、村落防护林带系统等。空间交织的特征如下：第一，是一种横向空间复合关系；第二，相互交织的空间往往呈现相同的特性。

（8）空间咬合（网络型）。空间咬合是两个空间之间的紧密互补，同时两个空间往往具有不同的特性。典型如梯田和林地的组合，两者的空间属性不同，一个是生产空间，而另一个则是生态空间。空间咬合往往具有如下特征：第一，是一种横向空间复合关系；第二，咬合空间往往呈现齿状形态；第三，相互咬合的空间往往具有不同的特性。

（9）空间连续（网络型）。空间连续是一种空间类型的连续分布，但是中间可能会有不同的表现形式。比如街巷空间都是街巷的一种组合，但是随着地形的变化，街巷的表现形式发生了变化，由平地变成了坡道、台阶的形式，不过街巷的交通连接属性并未改变。空间连续通常具有如下特征：第一，是一种横向空间复合关系；第二，是相同空间属性的连续，但可能有不同的表现形式；第三，空间连续复合空间中的空间要素往往比较单一。

（10）空间中断（网络型）。空间中断指一个空间内部由于某个空间的介入而暂时中断，是一种空间类型被另一种空间类型打断，但是打断后仍然继续的一种空间关系格局，如大尺度的聚落空间被一条水系穿过而隔开。空间中断往往具有如下特征：第一，是一种横向空间复合关系；第二，空间中断往往是由具有不同特性的空间的介入而形成的空间复合形式；第三，空间中断的形态往往比较相似，即大片空间被一线型空间打断。

词法是多个字形成词或多个词形成词组的内在关系，即基本空间要素通过横向拼接、竖向嵌套形成复合空间单元的组合形式与规律。基本词法的组合形成了复合词法，如"并列+咬合""并列+叠加""交织+重叠""嵌套+叠加""并列+叠加+咬合""并列+交织+融合""并列+交织+重叠""并列+交织+叠加""并列+中断+叠加""交织+并列+融合+叠加""并列+交织+融合+嵌套"等。各种空间关系遵循空间类型、先后次序形成复合词法关系。

通过对冢斜村核心保护区的建筑空间、连接空间和附属空间的系统解构，可以得到不同尺度的村落空间要素及空间单元，探究其相互之间的组合顺序及模式，由此可在村落的整体空间格局内部，把握基本空间单元与复合空间单元形成过程中所遵循的空间准则和逻辑关系。冢斜村的公共空间词法可归纳为单一词法和复杂词法两个类型，并在复杂词法之下分为基本词法和复合词法两个层面，从而形成了对冢斜村核心保护区空间词法体系的完整建构。

第一，单一词法。空间要素的构成关系可以概括为高度关联、松散关联和无关联。当空间要素高度关联时，空间要素呈现出全部相同、呼应性和趋向性，即单一词法。[1]在村落空间中，与之对应的是完整独立的单一空间布局。冢斜村核心保护区民居建筑排布紧密，住居多以传统的台门形式呈现，从空间结构性的视角来看，台门民居有着相对完整且稳定的空间序列的内在关系，主要由单一建筑空间（各进院落）按照相对固定的模式拼接、铺设而成。其内部以天井为中心，由主屋、厢房等围合组成。因此，一座台门建筑是体现单一词法的典型例子，其结构相对而言较为简单、明晰且具有一定的规律性。各进主屋、侧厢依据宗法思想和礼制秩序排布，也有见各进基础台明逐级抬高的情况。

---

1 参见王珲、王云才《苏州古典园林典型空间及其图式语言探讨——以拙政园东南庭院为例》，《风景园林》2015年第2期。

八老爷台门为核心区范围内最有代表性的传统台门民居，以此为范例分析空间要素在单一词法中的空间含义和具体的运用过程。首先，台门作为家族聚居的产物，其形式本身具有显著的围合感和内聚性，整体可视为一个完整独立的建筑院落组合，即语汇图式的"词"。台门坐北朝南，主体结构为前后三进，各进之间两侧纵深用廊屋连接，廊屋外侧东西各连侧厢两列。对主体结构进行要素识别和秩序解构，可得出其空间生成逻辑和结构组织法则：由南至北按序依次排布一进门厅、天井、二进大厅、天井、三进座楼，以宗法礼制思想构成台门的中轴线。依附于主体结构，门厅东西弄间各设一门，与后檐廊屋呈直线贯通。此外，除西面侧厢的前侧山墙外，其余廊屋、侧厢的前后山墙、门厅前檐墙跟座楼后檐墙齐平，形成封闭的外围圈。[1] 总结而言，八老爷台门的整体布局中，由单体房屋、天井等"字"层面的建筑要素组合为环环相扣的多重空间，继而延展、排布为"词"层面完整的建筑组合空间。（图3-1-22）

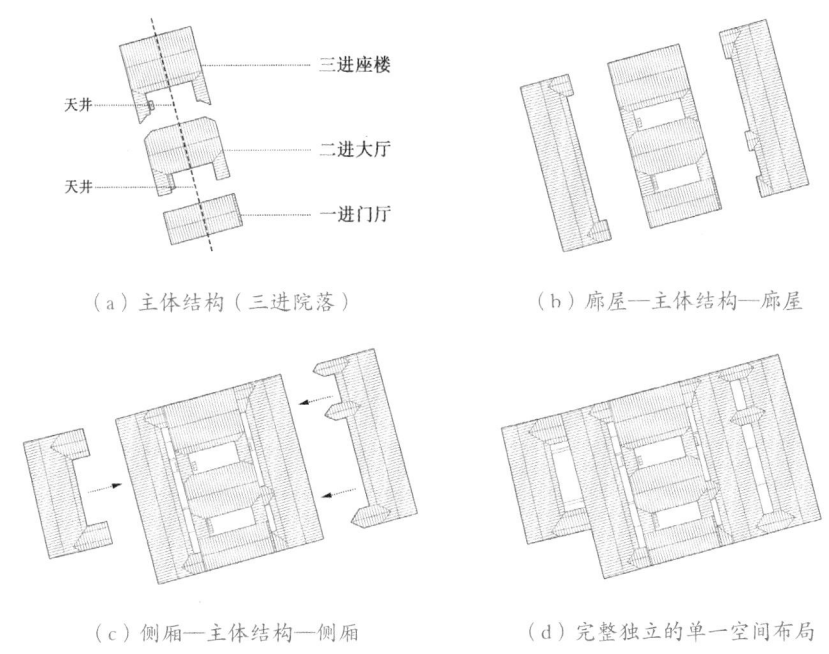

图 3-1-22　八老爷台门空间布局图式

---

1　参见《浙江省历史文化村落保护利用重点村规划——绍兴·冢斜》，规划文本，2014年。

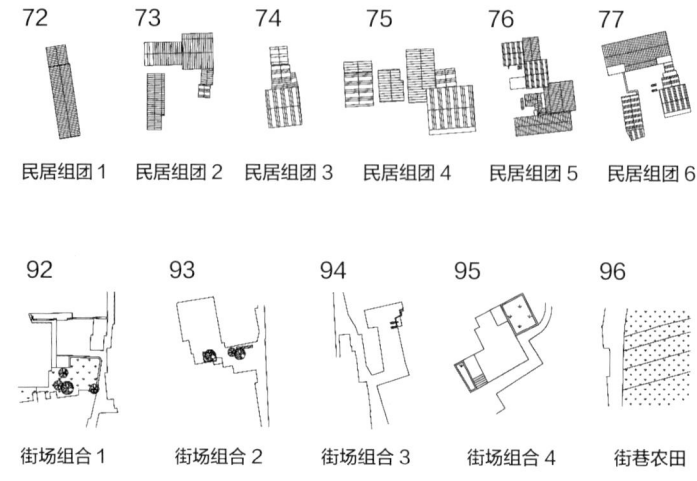

图 3-1-23　冢斜村并列型空间组合图式

综上,在完整独立的建筑形制基础上,各建筑组团以单一空间为基型,遵循重复、对称等形式韵律进行空间排列,并在历史的更迭中形成建筑与建筑间的组织架构,逐渐形成冢斜村典型的天井地居式的历史建筑群落。

第二,复杂词法。当空间要素趋向无关联时,空间要素通过组合形成融合型复合空间,并列型复合空间,嵌套、叠加、重叠等叠加型复合空间以及网络型复合空间(交叉、交织、咬合、连续、中断)。[1] 在复杂词法的作用下,通过上述的内在关系塑造空间,形成多类型要素组构的村落空间形态与布局。因此,与复杂词法对应的是繁复多变的复杂空间布局,而复杂词法可以进一步分类为基本词法和复合词法。

基本词法为运用一种类型的基本词法组织特定空间的语法架构方式,其在冢斜村的空间布局中主要体现为并列型空间组合、网络型空间组合。

并列型空间组合,其内部各要素之间功能明确、边界清晰,在冢斜村中主要表现为民居组团、街场组合、街巷农田组合的形式。(图 3-1-23)

---

1　参见王珲、王云才《苏州古典园林典型空间及其图式语言探讨——以拙政园东南庭院为例》,《风景园林》2015 年第 2 期。

具体而言，民居组团（图式72—77）涵盖除台门之外的由各单体建筑要素组合而成的空间单元，其横向空间复合关系的具体形态可进一步归纳为一字形组构（长廊屋）、T字形组构（山面与檐面相对或相接）、水平排列（阵列状）三种。以T字形组构的典型——上道地轿屋与马厩为例（图式73），其组合空间以轿屋居主体地位，马厩与轿屋的山面延长线近乎呈90度相交，在空间形态上呈现T字形组合，二者也构成围合半开敞式庭院的界面建筑形式，并对其中的公共活动起着限定作用。街场组合（图式92—95）是冢斜村核心区较具特色的空间单元，往往由半开敞式庭院或空地（"场"，面状空间）与相对狭窄的巷道（"街"，线状空间）组合而成。"场"承载的公共活动相对丰富，兼具生产、农副、家务劳作、闲谈纳凉的"居留"功能，"街"则主要起到维持村落内部交通的作用，两者之间功能明晰、直接连通，又保持着各自独立的界限。街巷—农田组合（图式96）则凸显了冢斜村的农地格局：作为生产性附属空间的广袤田畴紧邻构成核心区边界的街道，二者之间有着规整清晰的界线，但同时又一起构成环绕历史街区的农业景观观光带。街巷在这里具备了更多的开敞性和公共性，其与农田共同组合而成的公共空间的界面特征、空间尺度、功能属性都不同于传统意义上的街巷而呈现出复合性趋向，展现了民居群落边缘性公共空间的独特风貌。

网络型空间组合，在冢斜村中有空间交叉（图式78—83）与空间咬合（图式97、98）两种具体体现。空间交叉主要促成了街巷空间网络模式的形成，空间咬合则在民居与菜地、空地等附属要素的关系建构中发挥作用。（图3-1-24）

冢斜村的街巷空间结构相对齐整、边界清晰，内部巷道大多受两侧建筑的限定营造出封闭感较强的线状空间，围合建筑群落边缘的主街则相对开敞、公共性强，主街与内部巷道纵横相接，整体呈现出网格状的街巷结构，这是由天井地居

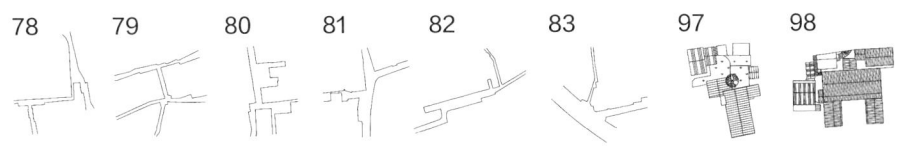

图 3-1-24　冢斜村网络型空间组合图式

式的村落风貌决定的。细观其微,以形态构成的视角来看,村落的局部街巷组合大多以T字形、L字形、十字形等形式元素横向拼接、交叉而成。各等级街巷相互连结,进一步水平延展、交织,从而搭建起村落的连接空间系统。民居与菜地错杂、混搭构成相互咬合的空间关系,也是村落公共空间层级丰富的特征体现。这主要体现在布局紧密的住居群落内部,人们为了有效利用空间,方便生产劳作,在房前屋后开辟出规模不大的菜园、绿地,与建筑空间呈现紧密贴合、互相渗透的态势。与此同时,一些街头巷尾由民居、院墙、道路围合的小型空地,成为居民日常出入的通过性空间,也是晾晒谷物、停留聚集等生产行为与社交活动发生的场所。由此,在村落内部形成了生活空间与生产、生态空间紧密咬合的丰富多元的空间环境。

除了上述的基本词法,也有各种空间关系遵循先后次序依次形成的复合词法,最为典型的体现为"并列+融合"(图式90)、"连续+并列+重叠"(图式91)。(图3-1-25)

空间并列+融合:冢斜村村南有着一方广袤的农田,一组水车矗立田间,田边排布有灌溉用的沟渠,呈线性延展状。其中,农田由形态或规整或自由的田块通过空间并列形成网格状的农田结构;以水车为主体辅以带状沟渠形成的水利灌溉体系与农田之间分界明确,但空间功能彼此交互,功能趋向一致,融合成复合的农业生产性空间。此处空间单元综合"并列""融合"两种基本词法,作为冢斜村农耕文化的物化呈现,构成了冢斜村田园牧歌式的片区化观赏型农业景观。

空间连续+并列+重叠:余氏宗祠前的中大路,地处冢斜村核心区的入口位置,也是重点打造的滨水景观开放空间,宗祠前广场作为宗祠建筑实体的主要从属性场所,是承载日常交往、人群集散、宗族仪式、节庆集会等活动的公共空间,也是宗祠对称式布局形态的重要构成。从主街空间的角度来看,宗祠前广场属于中大路在余氏宗祠前形成的相对开敞的空间,是中大路的一部分,具有空间类型的连续性及交通连接属性的延续性。简单来说,二者同属于一种空间属

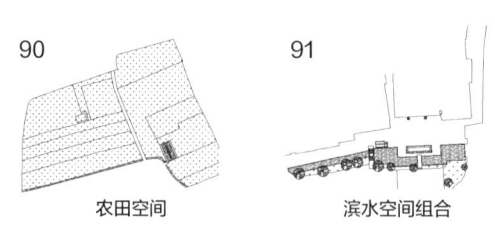

图 3-1-25　冢斜村复合词法典型空间

性,只是受不同的界面建筑的影响,其空间组织方式有所差异,并在功能赋予、空间感观上进一步以主观意识加以界定,形成"街巷""广场"的不同表现形式,是为"连续"词法的典型。此外,中大路的北侧界面由建筑限定,朝南台门、歪台门、余氏宗祠由西至东接续排布,形成统一中又富有变化的界面组合形式;南侧界面更多以水塘、绿植等自然要素构成,动态的水体与矮灌高乔植被的配合形成半开敞型、与自然渗透的主街空间。其中,街道与水塘的并列关系是南侧界面最显著的空间耦合模式,西侧的一字形水塘和东侧块状水塘首尾相连,构成伴随中大路始终的完整的带状水体,另有仁济桥及照壁南侧的平板桥横跨其上,以连接空间与附属空间的纵向重叠关系填补了沟通水体南北的交通流线;同时,仁济桥兼具村落的标识作用,其之于中大路的空间构成、空间意象及景观要素的轮廓、竖向肌理都有重要意义,与古朴的台门、岸边的垂柳、宗祠前的照壁等一起营造出复合型的滨水街巷空间基底及"小桥、流水、人家"的古越水乡风韵。

综上所述,连续、并列、重叠三类基本词法在这处村南的滨水空间组合中糅合、组织形成复合词法关系。宗祠前广场与形成其南侧围合界面的块型风水池互洽互融,与仪门、旗杆石等同为庄重肃穆、代表宗祠文化的广场空间的构成要素,体现出儒家文化对于村落传统空间的形塑作用。建构机制的多元化使得该处空间具有繁复多样的内在结构与形态特性。与此同时,复合词法的组构模式与过程机理又与社会意识形态等上层建筑息息相关。具体到词法的应用层面,复杂的空间组织方式最终以精致优美的景致、丰厚的人文内涵呈现,这与其作为集中彰显村落形象的重要节点空间地位是相符合的,因此可视为营造传统村落公共空间的成功案例,对地域性的乡村规划改造、乡土景观设计有着一定的借鉴意义。(图3-1-26)

### 2. 空间布局的句法

依据王云才教授的研究成果,图式语言理论中的句法包括"本土性""时间性""尺度性""秩序性""修辞性""修正性"六种,其作为句法发挥对"字""词""词组"到"句"的统筹功能。[1] 六种句法对不同类型的村落空间具有普适性,只是每种句法影响的表现形式或统筹方式存在差异。比如对于文化空间而言,"本土

---

[1] 参见王云才《图式语言:景观地方性表达与空间逻辑的新范式》,中国建筑工业出版社2019年版,第155页。

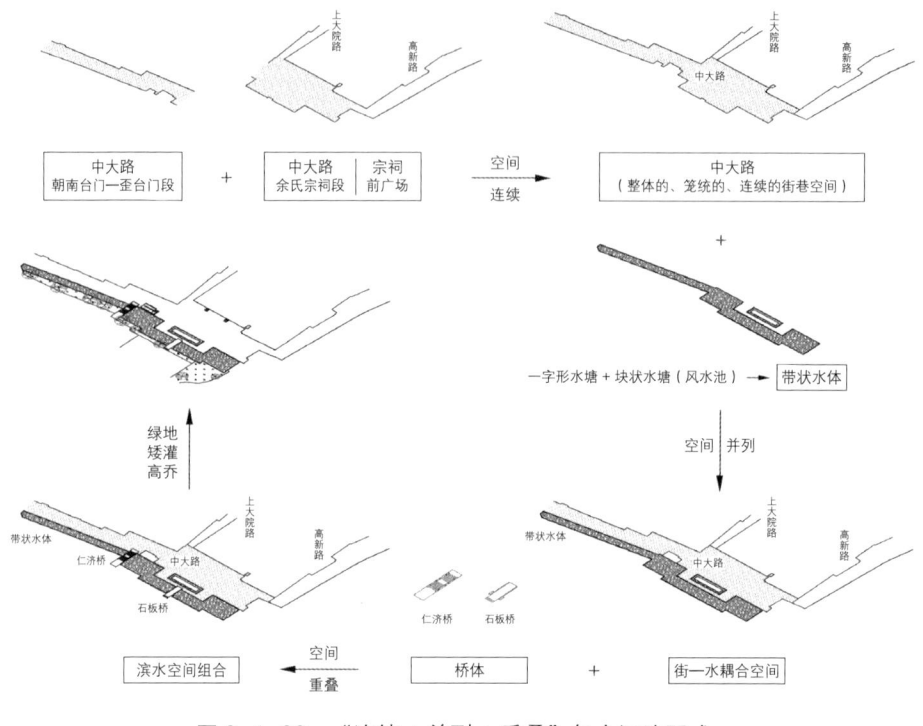

图 3-1-26 "连续＋并列＋重叠"复合词法图式

性""时间性"是基础性的句法存在，而"尺度性"（包括时间尺度、空间尺度）同样作为基础句法，其是否作为核心的句法构成则要视情况而定，如果研究对象具有复杂的尺度转换机制，需要从多尺度和单一尺度两个角度进行分析与阐述。"秩序性""修辞性""修正性"句法的分析主要体现在单一尺度下的空间布局分析。图式语言的句法与词法一样立足于语言的思维逻辑和组织结构，差异在于句法是对空间组合机制和空间关系特征的统筹性、内涵性描述与分析。冢斜村的公共空间布局蕴含了丰富的句法，包括本土性、时间性、尺度性、秩序性和修辞性。

（1）本土性

传统村落空间布局作为典型的地域文化景观，形成于特定的地理环境之中，其构建要素和空间法则具有较强的地方性和本土性。[1]冢斜村地处雨热同期、光

---

1 参见李伯华、郑始年、刘沛林、窦银娣《传统村落空间布局的图式语言研究——以张谷英村为例》，《地理科学》2019 年第 11 期。

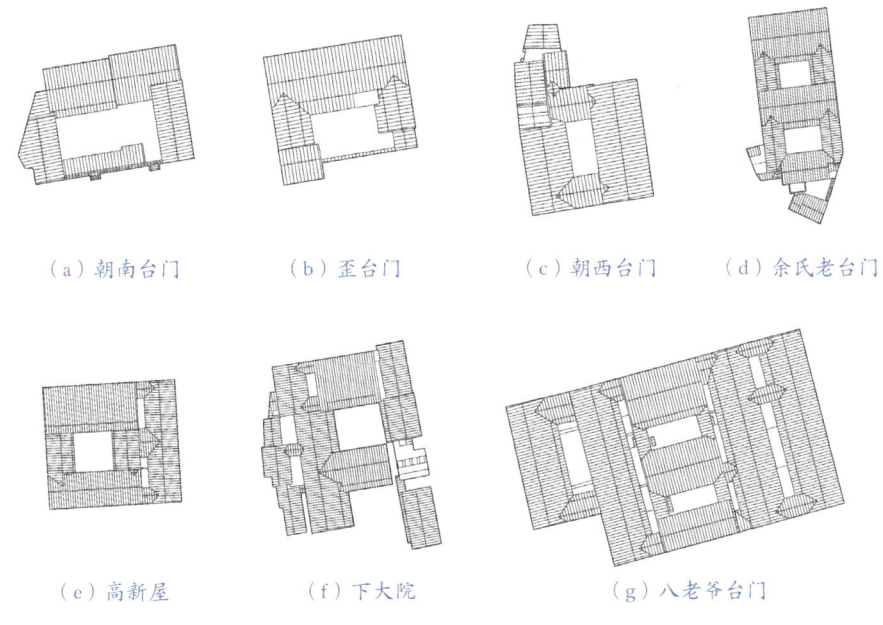

图 3-1-27　冢斜村台门空间布局图式

照充足的浙东地区,台门民居即为适应当地气候的产物。得益于山间谷地相对开阔的空间,冢斜村台门整体呈现出规整的边界与类矩形的平面形态,并在水平尺度上得以延展和扩大,部分台门在营建过程中以旁落、侧院拓展其居住空间。从建筑内部结构来看,台门的每一进以天井作为组织空间的手段,在营造出形制规整、内向性显著的合院空间的同时,具有集水、纳阳、通风、采光等多种建筑功能,满足人们对于居住生活空间的需求,这些都体现出村落空间布局的本土化和地方性特征。(图 3-1-27)

(2)时间性

冢斜村公共空间的营建、生成、演化是一个历史的、持续的动态过程,活动与空间形成的交互关联体在其中扮演着内生动力与建构机制的角色,推动着村落公共空间"因时制宜"地发展与更迭,由此产生带有明显时代特征和历史印记的布局特质。因此,时间性的空间逻辑是探寻村落公共空间布局的重要思路。余氏老台门[图 3-1-27(d)]为明代晚期建筑,是冢斜村最早的以台门形制造就的民居房屋群,其空间结构和布局相对简单,为主屋与侧厢构成的院落组合,呈现出"古

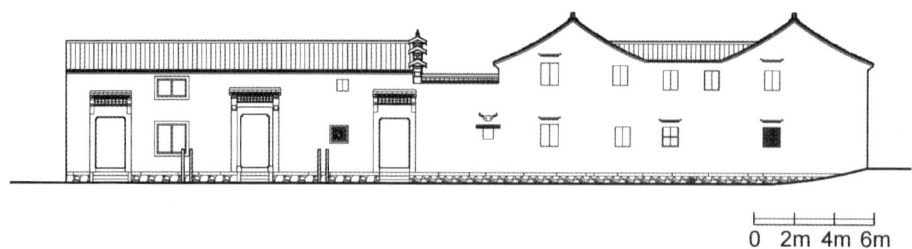

图 3-1-28　八老爷台门南立面图（局部）

拙"的空间组织形态；而到清代高新屋 [图 3-1-27（e）]、下大院 [图 3-1-27（f）]、八老爷台门 [图 3-1-27（g）] 等建筑营造之时，建筑格局的设计理念日臻完善，廊屋、外侧厢等建筑单体要素进一步丰富建筑内部空间，每个单体要素又能够互为贯通，形成了外观封闭、内户重重的多层次、多序列又秩序井然的建筑空间；至于近现代的民居建筑的营造，则在尺度上更加贴合单家独户的日常起居模式，多以二层民房与前院组合的形式呈现，面阔不大，是村落空间在新发展时期更新迭代的产物。值得注意的是，建筑实体的形制与尺度经历着时空演变，也影响着由其限定的公共空间的形塑过程。正如调研分析中所提及，住居立面是街巷、广场、半开敞式庭院等公共空间侧界面的主要构成要素，其构图方式的演变使得公共空间的形态、尺度也具有历时性特征。例如，八老爷台门南立面由门厅的檐面、廊屋与侧厢的山面拼合而成，高大宽敞，界面形式丰富，时代性显著，构成了连续且封闭的街巷北侧界面。（图 3-1-28）同时，该处街巷空间具有特色的"建筑（台门）—街巷—自然要素（农田）"断面模式，是冢斜村农田景观观光带的重要组成部分。

（3）尺度性

村落空间布局的尺度结构主要包括微观尺度、中观尺度和宏观尺度，从空间的连续性角度看，空间的尺度是不停转换的。尺度性在冢斜村空间句法中的应用，主要由建筑空间的嵌套结构体现。微观层面的建筑单体要素是村落最小的基因组合，并以天井为核心，主屋与厢房向心布置，形成各进院落空间，并遵循相对稳定的组织模式拼接、铺设为中观尺度的房族院落组合，即台门建筑。其中，各进院落和每个单体建筑通过廊檐、侧院、过道相连，空间隔而不断，建筑实体与天井的空间依据大门的开合实现尺度转换。最后，在聚族而居的传统观念与宗法思

（a）建筑平面布局　　　（b）建筑材料色彩与质感　　　（c）建筑肌理的协调秩序

图 3-1-29　冢斜村建筑空间的秩序性

想的统筹规划下，各建筑组团排布紧密，形成宏观尺度的村落整体平面布局，体现出建筑群落的组团性、向心性与围合感。

（4）秩序性

空间需要一定的秩序才能长久维系。冢斜村公共空间的变迁与形塑，是自然地理环境、宗族礼仪规制、传统文化脉络、生产生活方式等方面的秩序性的外化表现。在建筑空间方面，冢斜台门有着完整、稳定的空间布局模式，对外以封闭、独立的界面组合形式呈现，对内则体现出空间的层次、序列、尺度、等级的关联与对立。无论是均衡、平稳的轴线对称的布局，还是内部建筑要素重复、并列的拼合，都以规整严谨、有条不紊的空间组织秩序反映出重伦守礼、尊卑有分的伦理秩序。此外，多进建筑山面与檐面衔接的结构形制及水平与纵深上较大跨度的体量空间，构型出起伏、错动的天际轮廓与极具韵律感的建筑外立面；一些小型民居于体量上从属于宽大的台门而呈附属态势，填充了村落空间的空白，为地居式的聚落景观增添了层级与变化；粉墙黛瓦的建材使用因地制宜，地域性的色彩与质感构建起村落建筑肌理的协调秩序。（图3-1-29）在连接空间方面，村落空间的秩序体现为网格状的街巷结构，宽敞的主街、褊狭的巷道之间有序相接，在平面形态与功能分配上刻画出连接空间体系的从属秩序。在村落选址方面，冢斜村枕山面水、负阴抱阳，"山—水—田—居"的方位排布与整体格局也体现了和谐相融的景观秩序。上述各尺度要素间的互洽共生与渗透关联都是村落空间秩序性生成的重要依据。

（5）修辞性

冢斜村的空间布局借助"排比""反复""强调""隐喻"等手法对空间

的语言逻辑进行修辞限定。台门作为代表性的建筑基型，运用"排比"和"反复"的手法进行排列组合，铺展成鳞次栉比、典雅庄重的历史建筑群落，冢斜村特色的建筑空间基因和场所价值也在此过程中得以传承。"强调"的手法主要体现在作为公共性集会场所的余氏宗祠处的空间组织：以风水池与广场作为基底空间，有平板桥、照壁、旗杆石依次排列在中轴线上；与此同时，西侧的歪台门朝东开门，东侧的民居院落朝西开门，从而形成南北向——宗祠仪门与照壁相对、东西向——歪台门与民居院门相对的界面空间界定，进一步强化了宗祠及广场的向心性与精神属性。由此，作为维系宗族性村落共同体的中心、极具视觉显著度的地标建筑，余氏宗祠的统领性地位在这一空间关系中得到集中凸显。此外，冢斜先民傍水结村，小舜江北溪与群落形成"金带环抱"的格局，村南水口处建有永济桥以为"藏风聚气"，是"隐喻"修辞的体现，寻本溯源，也是世代相承的"依山而居，临水而栖"的择址观和早期朴素的唯物观、风水观的具体体现。

### （四）公共空间语境分析

语境是语言的使用环境，包含时间、空间、对象和上下文等因素，语言的词汇在不同的使用环境下具有不同的内涵。[1] 识别提取的空间要素、空间组合等通过一定的语法关系组织的同时，必须在特定的语境下才能建立起完整的图式语言体系。基于此，从自然语境和人文语境两个角度，探寻冢斜村的空间意境与图式语言语境的同一性，在村落漫长的时空演变与形成过程中把握其空间格局的生成背景与形态肌理的塑造过程。

#### 1. 自然语境

村落及周边的地理环境直接影响了村落空间生长的秩序与逻辑，也深刻影响着人们的生产生活。冢斜先民择山间河谷建村，形成"背山、环水、面屏"的自然基底环境：北枕大龙山，西靠象鼻山，小舜江北溪如飘带般环绕村南的农田，南侧以高大的轰溪山为天然的屏障。这一山水格局背后隐含着先民智慧的村落选址理念。就人居聚落存续、发展的条件而言，河流凸岸的基址在满足人们生活生

---

[1] 参见黄源成、许少亮《生态景观图式视角下的传统村落布局形态解析》，《规划师》2018年第1期。

产需要的同时，有效规避了洪水等自然灾害对村落的侵袭；农田作为村落发展的重要依靠，毗邻民居群落，又与小舜江北溪构成紧密联系，利于灌溉取水，同时又形成了村落的生态屏障，能够起到消纳溪流水位洪枯变化的作用。三者的空间方位构建合理，体现出对人力物力、天时地利的明晰考量和规划。丰富的环境资源和相对宽松的用地条件催生了冢斜村住居排布紧密的组团式空间布局，以及自然经济条件下精耕细作的农业经营模式。

**2. 人文语境**

村落在发展演进的过程中也受到诸如民俗、信仰、技术、社会关系等因素的制约，这些人文因素共同构建了村落物质空间载体背后的文脉特征，人文语境也逐渐在长期人地互动的过程中衍生发展，集中代表了人们的生存方式和文化观念。人文语境与村落空间的生成逻辑、组织结构、整体形态等息息相关，传达着地域性、场所性的空间内涵。

（1）山水观念

冢斜村村落格局的形成，不仅是人们适应自然环境的产物，也秉承着从古至今一脉相承的山水观念。山因厚重而高、深、博，代表志存高远、持之以恒；水因无常势而灵、动、柔，表征随波逐流、稍纵即逝。二者代表了大自然中截然不同的两种形态，寄托了先民尊重自然、顺应自然，以求达到天时地利人和的憧憬。相应地，山、水逐渐成为村落建设的重要基础之一。冢斜村融村落空间于自然山水之间，负阴抱阳，"以山为主体，以水为脉络"，是质朴的可持续发展理念的体现，是聚落营建过程中遵循"天人合一"理念的典型范式。[1]

（2）民风习俗

冢斜的祭祀之风一向称盛，每逢节会，祭禹、祭祖的活动都会在余氏宗祠举行。宗祠的存在强化了人们的家族认同感，围绕宗祠铺延展开的一座座台门民居与在村落空间格局中居统率地位的宗祠一同成为宗法思想迁延、流衍的典型物化载体；余氏宗祠和前广场、中大路、仁济桥等空间要素组成的节点，凝集着余氏后人的集体记忆，成为承载冢斜村民俗活动和交往行为的重要公共空间，也是村

---

[1] 参见张建荣、冯怀宇、匡晨、徐礼洁《山水观念下宗祠装饰中的"理想村落图示"研究——以婺源县汪口俞氏宗祠木雕装饰为例》，《南方文物》2021年第2期。

落最具标志性风貌的景观名片。

同样作为祭祀风俗外化表现的还有上道地轿屋与马厩，为历代受朝廷派遣前来冢斜村祭祀禹妃和永兴神的官员居住的驿站，其外观如"轿"的独特的形制也使其成为研究明末营建技艺的重要历史建筑样本。此外，冢斜村保存有富于特色的民俗节庆、仪式，如"送灶""祝福""芒种开秧门"等，也为村落公共空间注入了活力。

（3）建筑特色

冢斜村历史悠久，人文古迹保存较为完好，传统建筑接踵成片，风貌有较为混杂之处，同一幢建筑，既有徽派和类徽派风格，也有浙东风格。不同地区的建筑风格糅杂在一起，构成了冢斜村独特的建筑风格，其共同的特点为建筑造型朴素简洁，屋顶为两坡，檐口低，高墙大院。其中，台门是最具有特色的住居形式。冢斜村现存台门建筑多为明清时期遗留，色调以灰白黑为主，外立面的门罩、屋檐、窗楣等多采用石雕、砖雕以为装饰，表现手法独具匠心，彰显出庄重沉稳的人文精神以及求中庸和谐而不标新立异的精神追求。绝大部分民居的朝向都为坐北朝南，平面布局以"三合型""四合型"为主要模式，通常以此两模式为"基型"进行扩展或重复组合，形成各种变异体，结构特征具有鲜明的地域性。[1]

（五）结论与展望

公共空间图式语言体系的构建，是基于传统村落空间特征和营造智慧的解构与归纳，以期为当下乡村设计提供图式语言设计的路径与方法。可以说，图式语言正如积累在脑海中的数据库，通过创造性地评估、选择、组合、变化和巧妙运用，从而设计出一件传承延续的、创新重构的设计作品。

1. 研究结论

基于对冢斜村公共空间形态的类型、形式、结构等二维平面的空间组织的图式化转译，追溯其嵌套结构、耦合关系与生成逻辑，并通过语汇、语法、语境三部分的归纳整理，构建起完整的村落公共空间布局的图式语言体系，通过分析可得出如下结论。

---

1 参见《浙江省历史文化村落保护利用重点村规划——绍兴·冢斜》，规划文本，2014年。

第一，冢斜村公共空间图式语言体系有着丰富的空间类型与要素，具有浓厚的地域色彩和较高的可辨识性。通过语汇图式的分析，本研究将村落公共空间区划为建筑空间、连接空间、附属空间、复合空间，并进一步将各空间类型的构成要素和模式化的空间单元归纳为"字"（59个基本图式）、"词"（39个基本图式）、"词组"（8个基本图式）三个层级，建立冢斜村公共空间的图式原型数据库。这些图式各有特点，承托着村落生产、生活、生态的各个方面，以典型性的空间布局为载体集中展现了冢斜村的村落文脉、地方特性，蕴含着不同历史时期村落现实空间背后的文化内涵。

第二，冢斜村的空间布局遵循相对稳定的词法、句法，反映出和谐、统一的空间意象。以台门建筑群为例，台门是建构村落空间布局的主要基型单元，若将冢斜村的建筑集合视为文学作品的独立章节，那么台门就是其中最小的叙事单位和意义单位，即具有完整逻辑结构的"母题"，成为统一整章节的重要线索。如同文艺复兴时期帕拉第奥母题成为券柱式构图方式的经典为后世建筑师所引用，台门作为冢斜村宏观尺度下空间布局的重要母题，与其他序列完整、秩序井然的空间要素、单元组合一起构成了具有传承性的文化因子，将冢斜越地文化的往昔镌刻于一砖一瓦、一椽一木，其语法图式特征展现了冢斜村空间布局的生成法则和演化机理，可在活态保护的模式下不断地延续与创新。

第三，冢斜村空间格局的型塑过程受到空间语境的潜在约束与推动。社会群体、社会关系与物质空间、地域环境、文化脉络一同构成了村落空间体系的多维属性，其中自然与人文背景作为冢斜村空间发展与内涵迭升的语境，集中体现在地理区位特征、自然山水观念、民俗民风传统、建筑营建技艺等方面，并在村落空间肌理的形成过程中逐步发展成为稳定的推动机制，构成了引导物质空间生长与发展的要素，最后通过类型多样的语汇、语法呈现出古村的地域性特色。

### 2. 讨论与展望

基于图式语言理论，通过对冢斜村进行空间要素识别及"解码""编码"的要素解析，建立了村落公共空间的图式语言体系。一方面，依靠图式语言的地方性挖掘特征，能够有效地解决村落转型发展中地方性遗失的问题。[1] 在村落空间

---

1 参见李伯华、郑始年、刘沛林、窦银娣《传统村落空间布局的图式语言研究——以张谷英村为例》，《地理科学》2019年第11期。

延续与重构的过程中，本研究通过对地方性特色显著的空间语汇、语法的传承与创新，并以历史的、当下的动态语境为大背景，可在保证整体风貌特征的前提下进行乡村规划设计工作。在这一过程中，建构起来的图式原型数据库就能成为设计素材（设计语汇）的重要来源及设计方法（设计语法）的参考原则，从而实现空间营造智慧和传统文化脉络的多元传承。另一方面，本研究通过村落的卫星影像、航拍摄影与计算机辅助设计软件（AutoCAD 等）建立的图式语言体系，为村落空间形态研究提供了行之有效的方法，为传统的针对乡村公共空间的质性研究提供了有益补充和扩展，并能进一步与量化研究方法互为验证，以获取更具科学性、准确性的研究结果。与此同时，个案的研究成果可以延展至同一自然地理单元的其他传统村落，由此可对这些共处同一或相似语境下的村落的空间组织模式和演化趋势做出一定程度上的限定与预判，或者是对村落之间的共性与个性特征进行解读。例如，在对越地文化影响下的其他村落研究的过程中，冢斜村的图式语言体系也将有一定的参鉴作用。此外，图式语言的研究方法依据研究目标和对象的不同，有着相当的普适意义。例如，这套理论体系同样适用于有着一定地理空间跨度、不同语境下的传统村落的对比研究。

随着图式语言理论体系的发展、深入与完善，仍存在问题有待进一步探索：第一，提取出的语汇和归纳总结得出的语法是否能够展现村落空间的多元风貌，或者说是否与时代发展主题、村落发展蓝图相契合，决定着空间图式的价值与意义。对于高价值的图式要予以保留并发扬传承，对于不适用的图式则可以选择改造或摒除。典型如冢斜村中与传统建筑风貌不甚协调的新建住居组群。第二，立足于对一定数量样本村落的案例研究，是否可以进一步归纳形成特定地理单元内的村落图式谱系，用以描摹区域性的村落公共空间的典型性风貌，概括总体特征，成为乡村振兴背景下推动传统村落保护性空间重构与转型的提纲挈领式的营建逻辑。第三，空间语境包含的自然因素与人文因素或为具象的空间实体，或为实体的次生空间，因而具有多样的表征形式和繁复的动态机制，对空间语汇及语法的应用有着约束与推动作用。如何推动语汇和语法的创新，使之贴合相应语境又兼具时代意义与审美价值，成为图式语言理论能否助力乡村设计的关键。

## 三、公共空间的空间句法解读

随着城镇化、现代化的进程，乡村地区机动交通系统所形成的道路网络已逐渐遍及各个角落，当代乡村的交通是步行与机动化相协调的产物。然而，步行作为人类原始、基本的出行方式，步行系统的通达性（穿越与到达）在街巷尺度的重要性依旧凸显。步行与人们诸多户外聚集交往活动直接关联，体现着一个街区的空间活力。诚然，因网络社交平台和智能手机的快速发展和广泛应用，乡村公共空间中越来越多的社交行为转移到虚拟网络平台中。目前，以实体空间为载体的步行活动仍是村民日常生活中必要的组成部分，仍对维系社会关系、提升乡村的认同感和街区空间的活跃度具有重要的作用。对于乡村设计来说，需要掌握乡村街巷网络对街区空间活力与交往活动的影响机制，合理促发民众的自发性户外活动，从而提升公共空间的使用效率和空间品质。

雅各布斯提出，城市首先被认识的是街道，如果城市的街道有意思，那么这座城市也会有趣，反之如果街道单调乏味，那么城市也会黯然失色。[1] 本书认为，该观点同样适用于乡村。关于街区空间活力的研究中，有学者从景观要素和环境要素对户外活动做出分析，得出场地坡度、基础设施和亲水性对民众的影响较大，决定系数接近 0.1。也有学者认为促进人们户外活动的因素包括明确的空间边界、相对开敞的空间尺度与硬质铺地、丰富的景观要素和标志性的视觉中心。[2] 这些研究证实了与环境品质相关的设计要素对人群聚集有一定影响，但其决定系数往往在 0.1—0.2。事实上，人群的户外聚集往往是某些人更远距离出行的一部分，而很多实证研究仅仅关注空间要素对聚集行为的影响，缺乏将空间作为运动过程载体的关联性分析。也就是说，研究应注意在动态行走与游览的过程中，街巷的通达性与空间品质应是相辅相成的。于是，空间句法作为一种以拓扑学为基础的空间理论和分析工具，多年来被广泛应用于城市交通、用地以及建筑内部空间形态的量化研究。经过多年的科研积累，空间句法已在运动流量方面积累了可观的

---

1 参见[加]简·雅各布斯《美国大城市的死与生》，金衡山译，译林出版社 2022 年版，第 27 页。
2 参见刘星、盛强、杨振盛《步行通达性对街区空间活力与交往的影响》，《上海城市规划》2017 年第 1 期。

实证研究，被证明空间句法模型能很好地模拟人流运动。因此，本小节运用空间句法研究传统村落的步行活动规律以及隐含的空间潜力，从而解析公共空间形态与社会群体活动的交互关系。

（一）空间句法

**1. 理论基础**

（1）量化指标

空间句法有一系列的量化指标来衡量空间的组构特性，包括整合度、穿行度、可理解度、协同度等。

整合度（integration）：整合度（亦称集成度）表示系统中某个空间与其他空间的集聚或离散程度，也就是空间联系的紧密程度，在算法上是指系统内某一空间到其他所有空间的拓扑平均深度的倒数之和。整合度描述了某一空间普遍的可达性，或者说描述了从所涉其他所有空间到达该空间的容易程度，其可度量某个空间的到达性交通潜力。根据所研究范围的半径大小，整合度还可分为全局整合度和局部整合度。全局整合度描述的是一个空间与其他所有空间联系的紧密程度，反映的是空间整体结构特征；局部整合度描述的是某一空间与特定范围内的空间联系的紧密程度，反映的是空间局部结构特征。

穿行度（choice）：穿行度（亦称选择度）表示系统中某一空间被其他所有空间两两之间的最短路径经过的概率或次数，是衡量某个空间吸引穿越性交通的潜力。穿行度同样可分为全局穿行度和局部穿行度，描述的是空间整体或局部的路线选择可能。显然，穿行度与整合度所反映的到达性交通潜力不同，但两者却反映了人们出行的基本构成元素，即目标点和路线选择。因此，这两个关键的空间句法变量可以帮助我们识别空间形态与路网流量的关系，并进一步探索空间系统的各项功能和社会意义。

可理解度与协同度（intelligibility & synergy）：在线性模型中，可理解度表示根据与某条轴线直接相连的轴线数量，判知的该条轴线在整个系统中的重要程度，这体现为轴线连接度与其全局整合度的相关性。较高的相关性表示较高的可理解度，暗示从局部空间结构可以推论出整体空间结构。协同度指拓扑半径为3的局部整合度与全局整合度之间的相关性，度量某区域的内部空间结构在多大程度上连接到其周边空间之中。通过这两个参量，可以从较小的拓扑范围预测空间节点在较大的拓扑范围内的通达性。因此，较高的可理解度和协同度，也表示从局部的空间特征中较容易感知到整体的空间结构。两个参量可通过局部与整体属性之间的线性回归系数 $R^2$ 来度量，$R^2$ 的数值介于 0—1 之间，0 表示完全没有关联，0.5 以上表示相关，0.7 以上表示显著相关，1 表示完美关联。

综上，引用提姆·斯通纳（Tim Stonor）教授对空间句法理论涵盖范围的总结：空间句法理论研究关注着空间布局对五项社会经济现象的影响力——步行活动、土地利用模式、住区的安全状况、土地价值以及碳足迹。对于传统村落的公共空间形态而言，则涵盖了"步行活动""土地利用模式""空间认知的直觉性"三个分析主题。因此结合上述参量的解读，本部分空间句法的分析主要采用"整合度""穿行度""可理解度和协同度"对传统村落的公共空间形态与人群行为模式的交互关系做出解释。

（2）句法模型与分析方法

空间句法依据人们日常体验和使用空间的方式对空间进行描述，从而建立起空间与活动的关联。在传统村落中，大多数人往往通过步行或者自行车体验村落空间，靠街巷将各种环境要素串连起来，形成对村落空间的总体认识。村落的街巷空间可以被分解为由一系列实体边界所限定的凸空间。依照空间句法的概念理解，任意两点可以互视的空间叫作凸空间。凸空间之间不受建筑物的视线和步行的遮挡所能形成的最长延伸线称为轴线。用直线来概括凸空间（在数学上具有唯一性），将空间结构转译为轴线图。显然，轴线意味着你能看多远、走多远、感知多远。保持村落中所有凸空间的连接关系不变，把空间抽象为相互联系的拓扑空间，用最长且最少的轴线穿越所有的凸空间，就构成了传统村落的句法轴线地图。与此同时，线段模型是在轴线模型的基础上发展出来的第二代组构模型，可视为轴线模型的深化。不少研究表明，相较于轴线模型，线段模型能更好地解释人流，对于自行车流的解释程度则与轴线模型相当。[1]

线段模型与轴线模型相比，有两个主要的区别：一是分析的空间元素不同。轴线模型的分析元素以最长、最少的不受行为和视线限制的轴线表示街巷网络，

---

[1] 空间句法模型目前共有三大类，包括"线性模型""凸空间模型""视域模型"，本书选取线性模型中的"轴线模型""线段模型"，故另外两种模型不展开介绍与分析。

表 3-1-6　空间句法线性模型与分析方法使用情况对比

| | 空间转译（分割） | 模型建立 | 句法分析 | 适用范围 |
|---|---|---|---|---|
| 轴线模型 | 轴线：道路中视线与运动均不受阻碍的最长轨迹线 | 最少且最长的轴线覆盖整个空间系统，并且穿越所有凸空间，每条轴线视为一个空间节点 | 将轴线间的交接关系转化为关系图解，计算空间句法变量，以冷暖不同的颜色表示每条轴线参数的高低 | ·聚落空间形态<br>·描述空间结构关系，揭示空间形态演化的规律与法则，以及与社会现象的联系 |
| 线段模型 | 线段：轴线（街道、路径）相邻交点之间不被打断的部分 | 以道路交点之间的线段为分析单元，在轴线模型基础上处理、修正而成 | 线段模型计算的空间属性有较大变化，增加了对最小角度、欧几里得距离半径的控制 | ·对几何属性敏感的几何拓扑模型<br>·精确度量街网的多尺度结构特征，满足空间分析精度的更高要求 |

而线段模型在此基础上，把轴线相邻交叉点之间不被打断的线段作为独立的分析对象。也就是说，一条独立的轴线元素可能会包含多个线段；二是组构度量的计算方式不同。轴线模型生成的主要度量是整合度，由于数据的标准化处理使得轴线整合度不受空间系统大小的影响，从而为不同村落案例之间的比较创造了条件。线段模型在拓扑计算的基础上融入了空间结构的几何特征，把相邻线段的相交角度考虑进去，在拓扑计算时为每一条线段附加一个大于等于 0、小于 1 的权重值。如果两条线段成 90 度相交，则权重值为 1，如果呈直线延长状态则为 0，其他夹角情况为 0—1 之间的数值加权。[1] 线段模型生成的度量除了整合度还有穿行度，且穿行度的衡量更具意义。此外，相较于轴线设置的拓扑半径，线段增加了欧几

---

[1] 参见［英］金达·赛义德、［英］特纳·阿拉斯代尔、［英］比尔·希利尔、［日］饭田慎一、［英］艾伦·佩恩、高士博、杨滔《线段分析以及高级轴线与线段分析：选自〈空间句法方法：教学指南〉第 5、6 章》，《城市设计》2016 年第 1 期。

里得距离的半径,如 300 米、600 米、2000 米等。(表 3-1-6)

由此可见,轴线模型在公共空间形态研究中的适用方向为:①不同村落类型的空间网络比较分析,获取不同空间网络类型的特征以及衍生的村落特性,从而判断村落空间形态结构与社会经济文化的异同;②对村落空间潜力强弱的分析,如整合度所对应的道路通达能力,有助于村落土地利用模式的预判和参考;③可宏观判断出村落中哪些道路在路网系统中的重要性,与实际情况比对后可成为村落道路交通优化的参考依据。与此同时,线段模型的研究优势为:①线段模型不同的半径选择对应各类人群不同的出行方式,从而可以预知村落人群的出行规律,为空间设计提供依据;②不同的半径距离可以定义公共空间布点,如 300—500 米的步行距离可以判断乡村社区一级的潜力点(生活圈);③与上一条相对应,可以进一步确定公共服务设施的布局,满足不同的生活圈层需要,从而在重要的空间节点中重点打造。既有研究表明,线段模型在分析行人的流量时,采用小尺度范围的穿行度与整合度指标较为适用。

因此,传统村落公共空间的句法分析主要从线性模型的轴线模型和线段模型展开,两者互为补充,从而更为系统地解释传统村落公共空间形态特征与人群活动规律。

**2. 句法模型构建**

在 CAD 软件中绘制冢斜村轴线图,将冢斜村轴线图导入 Depthmap 软件(Depthmap+Beta1.0)中生成线性模型并进行分析运算。程序根据各参数值的高低自动对每条轴线进行染色,生成了一系列图像,这些图像直观地反映了冢斜村的空间形态特

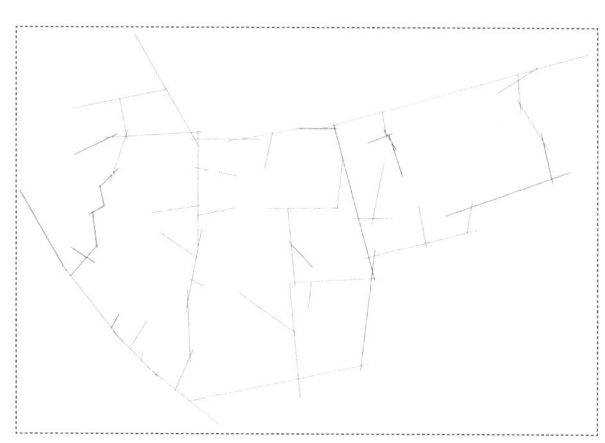

图 3-1-30 冢斜村轴线图

征。各参数分析图的轴线颜色按照红色—黄色—绿色—蓝色退晕,其代表的数值大小逐步递减,并代表着不同的潜在属性。(图 3-1-30)冢斜村的轴线模型参数如表 3-1-7 所示。

表 3-1-7　冢斜村轴线模型参数表

| 村落名称 | 轴线数量 | 连接度 | 全局整合度 | 局部整合度 | 可理解度 | 协同度 |
|---|---|---|---|---|---|---|
| 冢斜村 | 58 | 2.48276 | 0.804378 | 1.24219 | 0.411695 | 0.647033 |

（二）整合度分析

冢斜村共计 58 条轴线，环绕住居群落的 32 省道、冢斜路及村内主街（中大路、下大路、高新路）是片区内的主要通路，有着宽且直的路面，鲜有转折和遮挡，视线、运动路线和感知距离受限较少，因此转译而成的轴线较长，相对而言，其他巷道则以短轴线为主。村落内部路网清晰规整，民居大多通过一到两个拓扑距离就可抵达环村的主街或公路。依据 Depthmap 软件对冢斜村轴线模型计算生成的句法变量图示，结合村落平面图、航拍影像以及实地调研结果，建立村落空间网络的组织系统与社会活动的链接关系。

**1. 全局整合度**

冢斜村全局整合度平均值约为 0.804，大于 0.804 的轴线占总轴线数的 39.7%，说明冢斜村核心保护区的全局整合度处于较高的水平，这是由 32 省道与冢斜路绕村而过，片区对外交通便利导致的。轴线图轴线颜色的冷暖代表着整合度的高低，红色、橙色、黄色轴线的密集处（交会处）为全局整合度核心区（选取全局整合度值前 10% 的轴线），代表着村落空间系统中可达性最高的区域。（表 3-1-8）

表 3-1-8　全局整合度前 10%轴线表

| Ref | 22 | 56 | 31 | 55 | 32 |
|---|---|---|---|---|---|
| 整合度 | 1.21045 | 1.14599 | 1.11949 | 1.07001 | 1.06413 |

为了更加直观地解读空间集聚、离散程度与相应的空间方位、社会属性之间的关系，将轴线图与村落整体形态图进行叠加分析。（图 3-1-31）可以看出，全局整合度核心由北至南分布于高新路与冢斜路、下大路、中大路的交会处，在整体空间系统中具有最高的可达性。高新路成为串连全局整合度核心的线性空间载体，是由其在村落中的重要地位决定的。首先，高新路与下大路、中大路同为村落主街，冢斜路则为核心区北部的主要通路，作为其中的衔接枢纽，高新路构

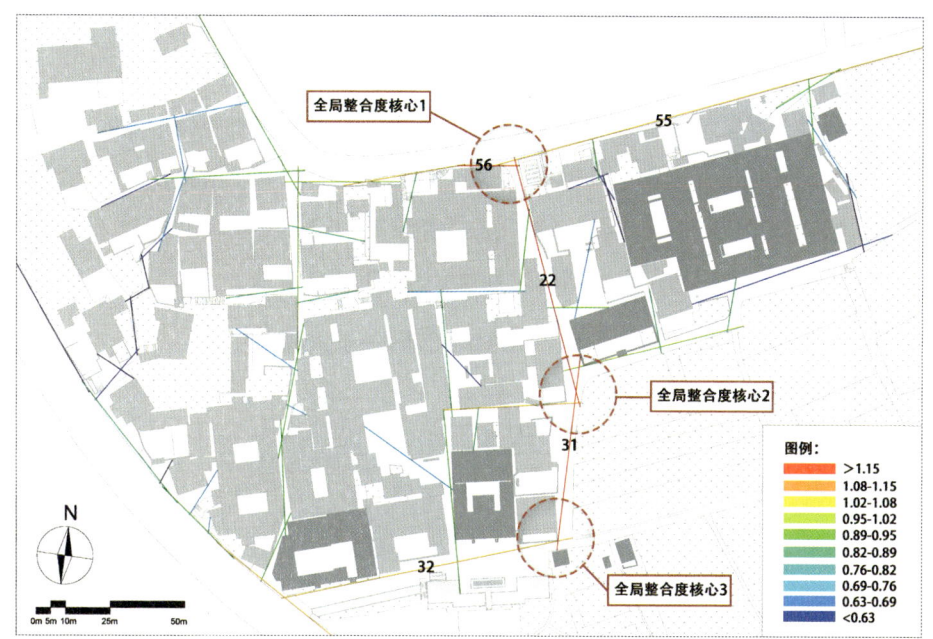

图 3-1-31　冢斜村全局整合度与村落整体形态叠加图示

成了冢斜村街巷"横贯东西，纵通南北"格局的重要一环；其次，从村落肌理来看，高新路地处空间结构的交接与过渡区域，在其街巷空间两侧形成了不同的空间布局和界面风貌：西侧鳞次栉比的民居形成错动、富有节律感的界面观感，东侧朝南布局的民居则直面广袤的田畴，形成极具冢斜地域特色的农地格局，属于观光必经之地。总结而言，高新路在空间系统的全局中具备较高的可达性，同时其空间属性、所处方位决定了所承载的公共活动具有复合化、多元化的趋向，与人群行为关联紧密，也因此在与其他街巷的交会处形成了具备较高公共性、功能性、流动性的空间场所。

　　除上述街巷空间以外，其他区域的全局整合度逐步降低，尤其以建筑群落内部的里弄巷道、边缘的小径通路为最低，意味着空间更加离散。值得注意的是，牛过弄为冢斜村中极具历史风貌的重要巷道，其南端、中段串连起余氏老台门、朝南台门、朝西台门、上道地轿屋等一系列历史建筑，但由于其宽度窄、私密性较强，导致全局整合度不高，为典型的生活性交通空间，但其保存有古朴的建筑肌理、丰富的界面要素，又有着区别于主街的独具特色的形态，颇有曲径通幽的意境，成为古村寻古探今之旅的必经一站。

**2. 局部整合度**

局部整合度反映的是某一单元空间与 3 个拓扑步数之内的空间的联系紧密程度。经过计算得出，冢斜村局部整合度的平均值约为 1.242。同样，对占局部整合度值前 10% 的轴线进行提取，在它们的交会处形成局部整合度核心，代表着村落局部空间结构中对于人们出行最具吸引力的区域。（表 3-1-9）

表 3-1-9　局部整合度前 10% 轴线表

| Ref | 12 | 22 | 29 | 52 | 55 |
|---|---|---|---|---|---|
| 整合度 | 2.40559 | 2.32359 | 1.93418 | 1.89796 | 1.89005 |

继续将轴线图与村落布局图叠加，可以清晰地观测局部空间中更具整合能力的集聚核心与周边场所的关系。（图 3-1-32）相较于全局整合度的分析结果，局部整合度核心区的数量也为 3 个，其中，核心区 1、核心区 2 位置保持不变，

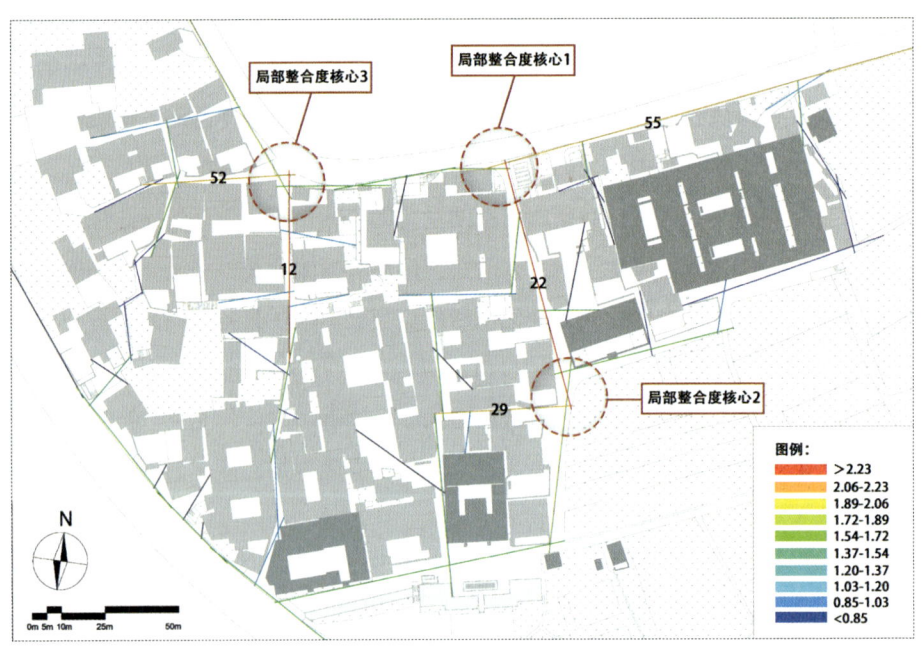

图 3-1-32　冢斜村局部整合度与村落整体形态叠加图示

核心区 3 的位置由高新路与中大路的交会口转移至牛过弄与冢斜路的交会口。因为轴线 12、52 为生活性交通空间，沿途多为民居院落，成为村民日常出行的重要通路，人流量较大，生活属性较强，因而成为局部空间组织的核心；高新路与中大路交叉口靠近余氏宗祠，就整体村域来看，吸引到达交通的潜力较强，但就局部空间来看，该处空间与周边空间联系的紧密程度并不高。究其原因，是该处空间靠近村南边界，不在村民的日常出行的首要考虑范围之内，并且中大路（含宗祠前广场）为村落节庆日举办大型集会的场所，平日里人们的生活性公共活动则更加倾向于在靠近住区的范围内进行。

（三）可理解度与协同度分析

可理解度与协同度描述局部变量与整体变量的相关性，反映村落的局部空间与整体空间是否具有一致性。选取连接度（connectivity）与全局整合度（$R_n$）两组数据做线性回归分析，通过散点图对冢斜村轴线系统的可理解度进行分析 [ 图 3-1-33（a）]；另选取半径为 3 的局部整合度（$R_3$）与全局整合度（$R_n$）进行相关性分析，总结得出轴线系统的协同度 [ 图 3-1-33（b）]。二者的线性回归系数 $R^2$ 的数值可用以衡量从局部空间特征建立对整体空间形态认知的难易程度。

由散点图（a）可知，冢斜村轴线系统可理解度的 $R^2$ 值约为 0.412。一般而言，$R^2$ 值在 0.5 以下时，可认为 X 轴与 Y 轴所代表的参量之间关联度较低。因而从整体来看，冢斜村的某一轴线空间的关联空间数目与全局空间轴线的紧密度之间的关联度较低，不利于人们在村落中以局部空间单元的连接关系建构起对空间系统的整体布局模式的认知。

再根据散点图（b）分析协同度的数值趋势。冢斜村轴线系统协同度的 $R^2$ 值约为 0.647，属于较高的系数值，说明冢斜村公共空间结构完整，局部空间与整体空间格局在组构方式、布局形态上有着良好的结构关系。正如前文图式语言的语法分析部分所述，冢斜村历史住居群落以建筑空间的嵌套模式体现出显著的尺度关系，并在不同体量建筑的从属关系与街巷空间组织中呈现出秩序性，由此在稳定的自组织模式的推动下，村落空间形态由简单向复杂、由单一向多维演变。在这一过程中，局部与整体的空间肌理得以形成较高的拟合度与一致性，村落空间的组构模式具有显著的单核心特征，意味着人们可以通过对局部空间结构特征的把握，感知到整体空间形态，并获取全局的可达性信息。与此同时，也反映了

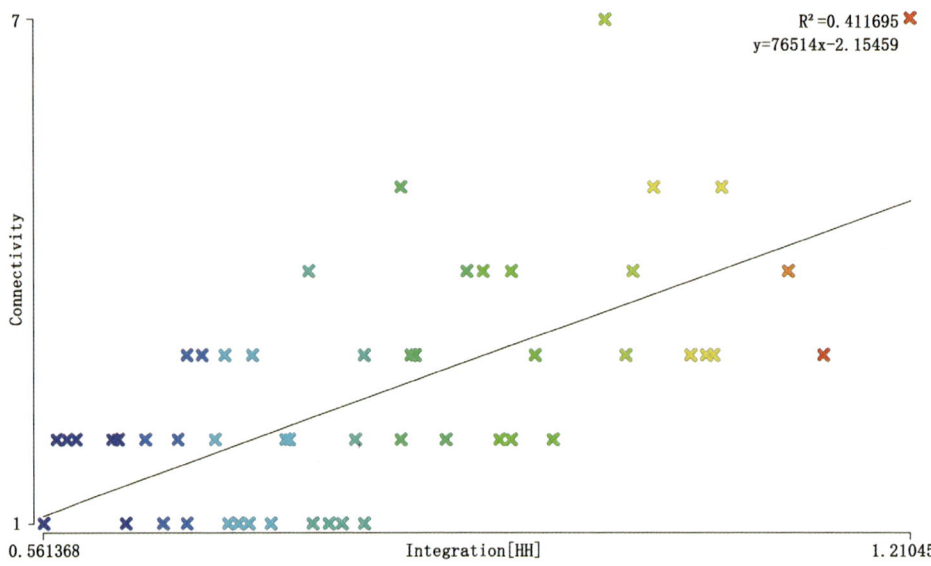

(a)冢斜村公共空间可理解度

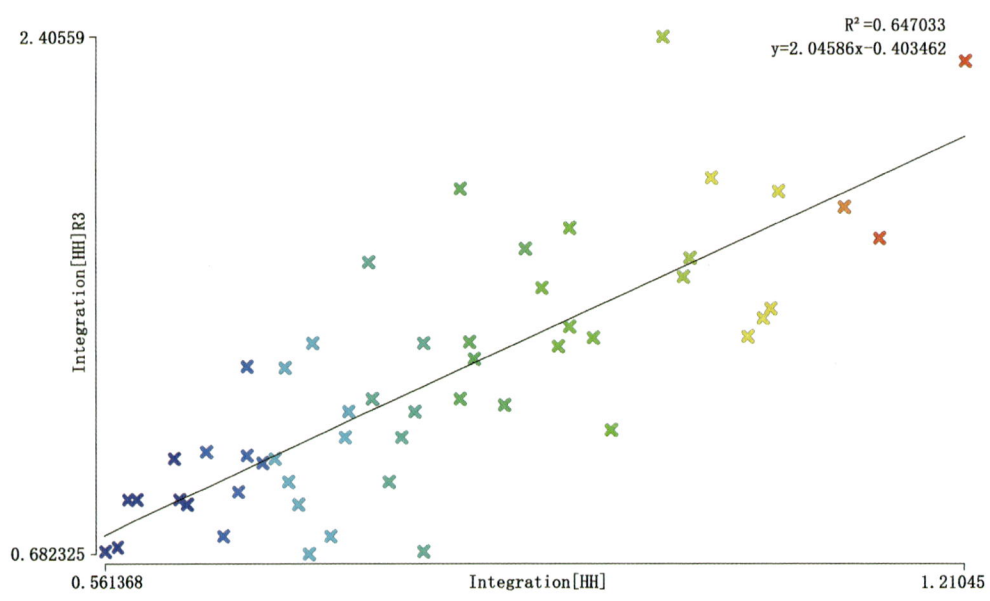

(b)冢斜村公共空间协同度

图 3-1-33　冢斜村公共空间可理解度和协同度

冢斜村公共空间具备一定的连续性，村民的日常活动范围有进一步扩大的潜力，公共活动节点也具备进一步完善或增设的可能性，为未来的村落空间活力提升与改造设计奠定了基础。

（四）穿行度分析

穿行度分析是在轴线模型的基础上，运用了线段模型。由于线段模型融入了对空间的实际距离尺度和偏转角度的考量，可以更接近于日常生活中的空间体验和行为模式。不同于轴线模型较为宏观地反映村落空间人群聚集程度的测评与推理，以及相关村落形态演化问题的比较研究，比如可理解度和协同度。线段模型的穿行度作为空间"组构"的另一重要变量，考察的是空间的交通潜力，即人们穿越空间的可能性。而且在不同尺度半径（级别）的计算可以对应不同人群的出行方式，更能涉及或预测村落实际的生活行为。本书运用的是标准化角度穿行度（NACH）计算，其公式为：

$$NACH = \frac{\log(CH+1)}{\log(TD+3)}$$

计算结果用于判断人们出行特定距离情况下倾向于使用的道路及区域。

**1. 标准化角度穿行度**

穿行度反映线段模型中任意节点作为"桥"出现在最短路径中的次数，可以用来衡量各个街巷段在人们日常出行中被途经的穿行频率。标准化角度穿行度（NACH），是综合考虑街巷间的拓扑连接与角度变化关系加以标准化的穿行度。[1] 将冢斜村的轴线系统进一步转化为线段模型（共计116条线段）并进行参数量化，得出不同米制距离半径下的标准化角度穿行度数据结果。以半径50米、100米、150米对应村民的出行选择，以半径300米、450米、600米对应游客的出行选择，进一步提取各半径下标准化角度穿行度前10%的路轴，以获取不同限定条件下村落最具穿越潜力的空间。（表3-1-10）

---

[1] 参见张楠、姜秀娟、黄金川、刘慧《基于句法分析的传统村落空间旅游规划研究——以河南省林州市西乡坪村为例》，《地域研究与开发》2019年第6期。

表 3-1-10　标准化角度穿行度前 10%路轴表

| 人群 | 村民 | | | | | | 游客 | | | | | |
|---|---|---|---|---|---|---|---|---|---|---|---|---|
| 半径 | 50米 | | 100米 | | 150米 | | 300米 | | 450米 | | 600米 | |
| 排序 | Ref | NACH | Ref | NACH | Ref | NACH | Ref | NACH | Ref | NACH | Ref | NACH |
| 1 | 92 | 1.816 | 92 | 1.506 | 18 | 1.417 | 111 | 1.482 | 111 | 1.491 | 41 | 1.490 |
| 2 | 91 | 1.771 | 91 | 1.504 | 26 | 1.407 | 106 | 1.475 | 41 | 1.490 | 111 | 1.490 |
| 3 | 26 | 1.662 | 19 | 1.491 | 96 | 1.379 | 105 | 1.462 | 106 | 1.484 | 106 | 1.483 |
| 4 | 90 | 1.656 | 90 | 1.489 | 25 | 1.374 | 103 | 1.453 | 105 | 1.477 | 105 | 1.476 |
| 5 | 25 | 1.623 | 96 | 1.481 | 43 | 1.374 | 96 | 1.436 | 103 | 1.473 | 103 | 1.472 |
| 6 | 89 | 1.562 | 89 | 1.476 | 19 | 1.372 | 41 | 1.431 | 42 | 1.461 | 42 | 1.461 |
| 7 | 20 | 1.524 | 21 | 1.472 | 111 | 1.355 | 42 | 1.419 | 43 | 1.448 | 43 | 1.448 |
| 8 | 18 | 1.512 | 20 | 1.465 | 103 | 1.352 | 21 | 1.418 | 108 | 1.443 | 108 | 1.443 |
| 9 | 113 | 1.501 | 26 | 1.462 | 105 | 1.349 | 20 | 1.407 | 61 | 1.412 | 44 | 1.412 |
| 10 | 19 | 1.451 | 25 | 1.455 | 106 | 1.347 | 108 | 1.406 | 44 | 1.412 | 21 | 1.411 |
| 11 | 21 | 1.420 | 18 | 1.454 | 21 | 1.346 | 43 | 1.404 | 21 | 1.411 | 61 | 1.411 |
| 12 | 38 | 1.361 | 113 | 1.414 | 108 | 1.345 | 19 | 1.394 | 96 | 1.404 | 96 | 1.403 |

　　进一步将前10%的路轴编号标注在线段模型图示上，可以更加清晰、客观地归纳高数值线段分布的规律。首先以日常活动范围为尺度进行村民的出行方式预设，当R=50米、100米时，高值区大多集中于32省道及牛过弄中段、北段。结合调研情况可知，32省道为途经冢斜村的主要公路之一，是村落内外进行物质交流的主要渠道。牛过弄为村落内部的生活性交通空间，其中段和北段途经民居院落的聚集区，成为村民更易选择的出行路径。当R=150米时，高值区北移，逐步汇聚于牛过弄中段、北段及冢斜路沿线，凸显了冢斜路作为核心区北侧东西向主要通路的重要地位。（图3-1-34）

　　接下来以稍大尺度的半径模拟游客的活动范围。300米以上的尺度范围基本上已经覆盖核心区全域，因此半径取300米、450米、600米，标准化角度穿行度数值变化不大，趋向稳定。由图3-1-34（d）（e）（f）可知，高值区分布态

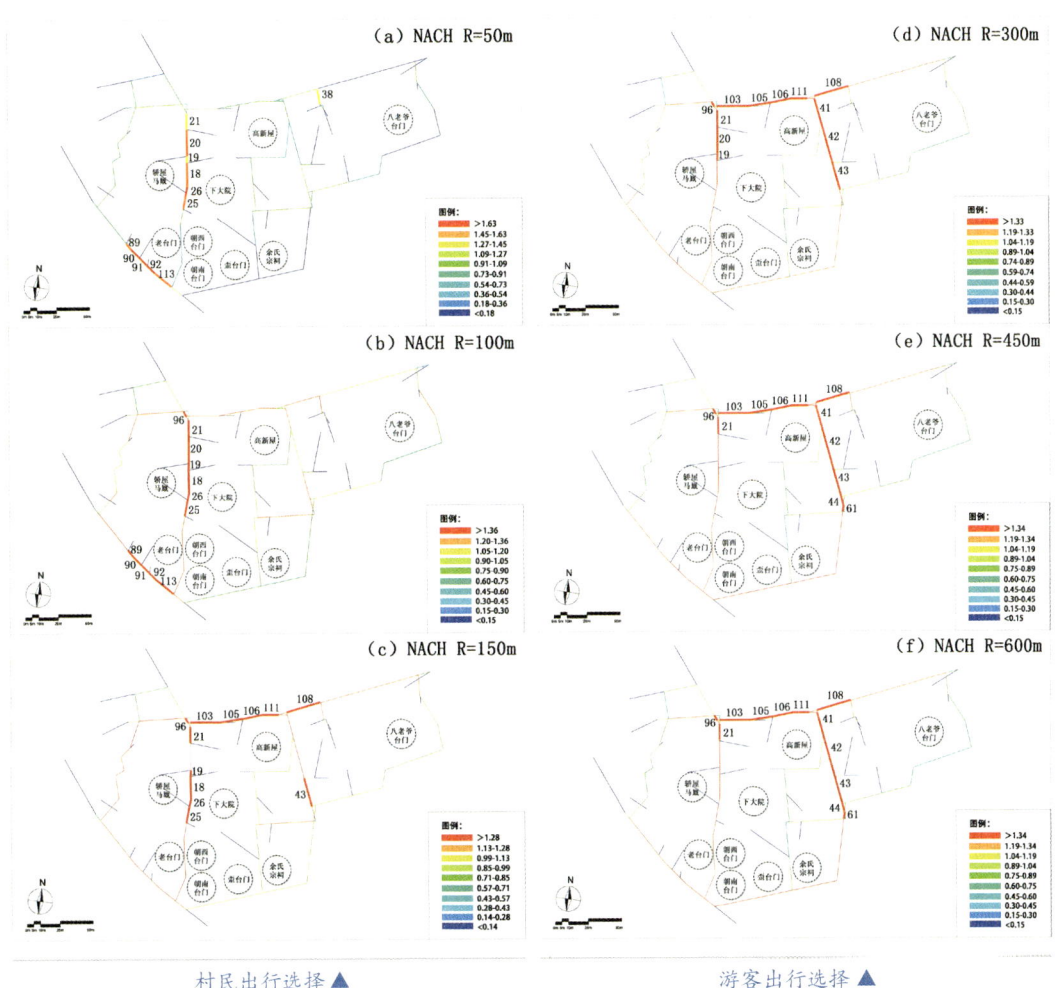

图 3-1-34　不同尺度半径下的标准化角度穿行度图示

势具有显著的连续性特征，接续排布于牛过弄北段、冢斜路及高新路中段、北端，并呈现环绕状，基本符合游客游览路线的布局规律。若进一步地将其余红色、橙色的高数值路轴纳入分析，可以得出以中大路、牛过弄、冢斜路、高新路构成的基于线性街巷的闭环体系。其中，中大路是村南开敞的滨水街巷，高新路为贯通南北的重要主街，牛过弄为风貌保存完好的历史街巷，冢斜路为北侧东西向的边界道路，由此组成的首尾相接的环状线路串连起多个历史民居、公共建筑、观光节点，在很大程度上可以摹绘出游客在核心区的主要游览路径。

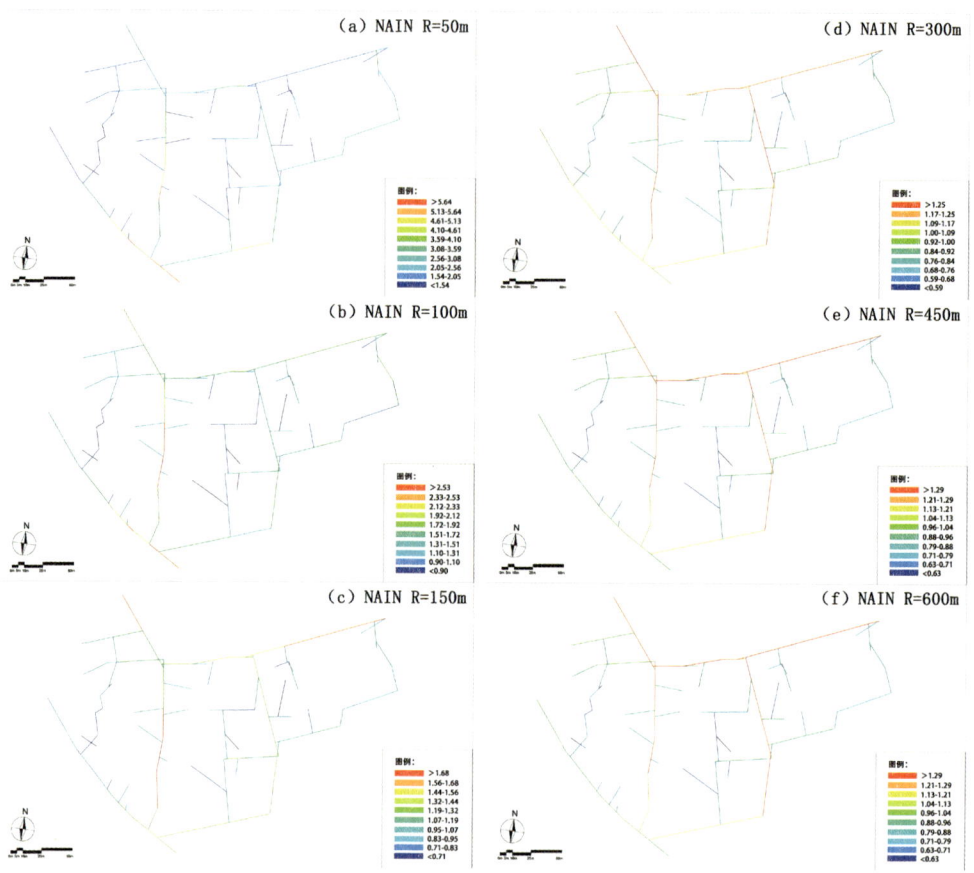

图 3-1-35　不同尺度半径下的标准化角度整合度图示

**2. 标准化角度整合度**

标准化角度整合度（NAIN）是线段模型中整合度的标准化变量，其公式为：

$$\text{NAIN} = \frac{(\text{NC}+2)^{1.2}}{\text{TD}}$$

通过 Depthmap 计算得出冢斜村不同米制距离半径下每条路轴的标准化角度整合度数据。

由图 3-1-35 可知，在小尺度半径下标准化角度整合度的高值区较为分散，未能形成多条路轴组构的集聚性核心；随着尺度范围的扩大，逐渐形成以中大路、牛过弄、冢斜路、高新路围合而成的高数值路轴环线，与标准化角度穿行度中对游客的出行选择、活动范围的分析结果基本保持一致。这些路段可达性高、连通性好，沿途有着丰富的历史遗存及和谐的自然、人文景致，是最具活动聚集吸引力的空间，也是最具规划和开发潜力的空间。

（五）结论与展望

1. 研究结论

立足空间句法理论，应用线性模型对冢斜村公共空间布局形态的组织效果进行定量化剖析，可得出如下结论。

第一，通过对轴线模型的分析可见，冢斜村全局整合度较高，整体可达性较好。从全局来看，高新路与冢斜路、下大路、中大路的交会处形成了整合度核心，作为目的地吸引到达交通的能力最强；而从局部来看，高新路与中大路交会处的整合度核心转移至牛过弄与冢斜路交会处，这是由村民平日里的生活范围和出行选择导致的。

第二，冢斜村公共空间的可理解度较低，人们在村落中很难从局部空间相互之间的连接关系及关联程度理解整体空间布局。具体到某一街巷，或为连接度处于高值，空间关联非常丰富，但整合度数值无法与之拟合，通过连接关系推导整体空间结构的难度较大；或为整合度较高，但连接度不足，无法与周边空间产生有效联系与互通。前者以轴线 22 最为典型，后者以轴线 56 最为典型。值得注意的是，互为反例的轴线 22 与轴线 56 恰在高新路与冢斜路的交会处相交，成为村落轴线拓扑连接方式与全局系统之间关系割裂的佐证。相反的是，村落公共空间的协同度处于较高水平，意味着局部空间与整体空间的布局形态有着连续性，空间的组构模式具备较为显著的结构性嵌套特征和层级秩序，由此形成单核心的整体空间布局，对局部空间的可达性感知在很大程度上映射了其在整体空间布局中的中心地位。

第三，基于冢斜村的线段模型，以 50 米、100 米、150 米的半径范围模拟村民的出行方式，以 300 米、450 米、600 米模拟游客的出行方式，计算标准化角度穿行度，从而对村落不同人群的出行规律做出预判。将相关参量数据与实地调研结果比对得出分析结论：32 省道、牛过弄的中段及北段、冢斜路沿线排布着较多民居院落，为冢斜村核心区主要的生活片区所在，为村民日常活动更易选择的穿行路段；由中大路、牛过弄、冢斜路、高新路所构成的环线具备较高的空间影响力，为游客在冢斜村观光游览过程中的主要通行路径。同时，通过标准化角度整合度与标准化角度穿行度之间的空间数据比对，进一步验证了由上述四条街巷组成的闭环路径在村域范围内的重要性。

2.讨论与展望

传统村落的保护规划必然会涉及对村落公共空间形态的探讨，传统意义上的研究主要以质性的描述解析为主。作为一种定量的研究方法，空间句法自21世纪初期被引用至村落空间形态的研究中，并逐渐生根发芽，成为一种解析村落公共空间的新的视角与技术路线。本案例通过构建冢斜村公共空间的句法模型，将复杂、多维的空间形态转译为直观、二维的线段，以达到图像化、可视化效果，由此在复杂的村落空间系统中剥离出抽象且最为纯粹的空间关系。通过对每条路轴的数据量化及整体、局部视角相结合的评估解析，揭示基于物质空间形态的群体活动规律，可为传统村落公共空间的理论研究提供参考样本，为乡村规划与设计提供依据。根据冢斜村公共空间的句法释义，中大路、牛过弄、冢斜路、高新路及沿线的街巷交叉口为社会交往、经济活动发生频率较高的区域，结合不同人群的出行方式与生活习惯加以综合考量，可以有选择地定义并区划出村域空间最具人文底蕴和发展潜力的"组构核心"，纳入村落未来的设计蓝图，通过公共空间的活化激发村落发展的内生动力，为冢斜村文化景观保护与产业模式升级提供助力。

值得注意的是，空间句法就本质而言是剥除空间的外化表征而探究系统内部的拓扑学、几何学层面的链接属性与关联意义，其研究方法与技术路线偏向于相对机械的数理运算，"理性有余而感性不足"，对物质空间的外延与次生的非现实要素诸如审美情趣、思想观念、文化认知等影响因子的考量不足，因而需要质性研究的介入与其互为参照、验证，从而保证研究成果的可靠性。于是，本节第二小节运用图式语言理论的质性研究与本小节句法模型的量化数据相辅相成，构成以下评价体系：图式语言以相对具象化、图形化和结构化的图式表达，形象地传递村落公共空间的形塑过程、形态意象和内在逻辑；空间句法则以"构形"的基本概念和原则，抽象地、参数化地解释村落公共空间形态的内生性与自组织秩序。在传统村落的生长与演变进程中，通过"构形"营造空间关系系统的过程归属于"集体无意识"的范畴，传达着乡村社会与乡土文化的本性，这与图式语言通过图式化的方式表征地域性的营建智慧与文化特性形成的底层逻辑互通。两种理论逻辑的分析成果可以为村落空间形态的释义、活力核心的定位及规划方案的构思提供更具科学性、合理性的理论指导及决策依据，共同推动着交叉学科背景下对传统村落公共空间的研究朝着深度和广度迈进。

可以说，空间句法对于空间的转译与构形，图式语言对于空间的解构与组合，实际上殊途同归，都是基于传统村落公共空间的结构性与可解构性，实现空间形态分析的可视化。两者的分析结果在一定程度上趋于互补与一致，由此也表明了不同的研究方法与手段，可以帮助我们深化研究的内容，并具有未来研究的启示意义。

# 第二节 案例2：丽水松阳县杨家堂村公共空间研究

## 一、案例调查与分析

（一）村落概况

杨家堂村位于浙江省丽水市松阳县三都乡，村落面积约4.01公顷。村落整体坐东朝西，坐落于对面山、屏风山、祖坟山、大山脚、上山头五座大山合拢形成的坡地中。地势四周高、中间低，自南向北呈阶梯状分布。该村至今仍保留有宗祠、学堂及大量的古民居，村中古树众多，自然环境优美，古村落风貌依旧。杨家堂村是一个聚族而居的血缘村落，宋氏先祖来自西安，始迁祖乃浦江宋濂的第十一代裔孙宋显昆，于清顺治初迁此，建村370余年。村落"五龙抢珠、玉带绕村"的山水格局以及建筑沿地势阶梯式分布格局保持完整，街巷走向、宽度基本保持原状，局部次要交通街巷未形成环线。沿溪、沿街、古道空间界面保存完善，宗祠、学堂和五龙百福社殿等公共建筑的地理方位与建筑构架基本维持。且杨家堂所拥有的传统风貌、耕读文化和宗族文化皆被较为完好地保留了下来：阶梯式的民居分布，折射着松阳地方性深厚的历史文化内涵及独特魅力；耕读文化的潜移默化，激励着后人勤学奋进；宗族文化的薪火相传，让杨家堂村的居民们不忘初心，克己知礼。[1]

（二）村落格局

1. 自然格局

杨家堂村地处马鞍山南麓丘陵地带，位于五座大山合围的坡地中，地势高低不平。于是村落依山而建，根据"五龙抢珠"的地形而布局，由山、水、农田、古民居一起组成的生态环境良好，一条小溪自东向西蜿蜒穿村而过。

（1）整体形态与地形、水系

①整体形态与地形。杨家堂村为山地型村落，整体坐落于高程变化明显且坎坷不平的坡地上，重峦叠嶂、林木繁茂。（图3-2-1）结合地形，村落选址在向阳的坡面，其后有大山依靠，高低错落、富有生气，可以说是以形势取胜，借地形藏风聚气。杨家堂村规模较小，布局简单，在村口建有社公庙，宗祠则

图3-2-1　杨家堂村整体形态与地形

---

[1] 参见浙江省古建筑设计研究所《松阳县杨家堂村传统村落保护发展规划（附件四）》，2014年，第2—4页。

位于村落的形态中心，作为村民祭祀先祖、节庆集会的场所。村中 30 余幢土木架构的清代民居沿着山坡叠级向上延伸，整个村庄上下屋高低落差在 2—3 米，立面伸展可达 200 米，在视野中展现出一幅巨大的建筑立面图，马头墙错落有致、连绵成片，构成松阳县典型的阶梯式古村落的民居面貌。

②整体形态与水系。杨家堂村的水系来自山涧，流量较小，水系穿行于村落内部，增大了临水面，方便居民用水。具体来说，村南侧边缘靠松宣古道旁与山体之间有一条东西走向的小山涧，自东向西顺着山势沿着南侧的坡道缓缓流下。到达村落中段时被引入村内形成面状的水塘空间，后顺着沿街沟渠，向北流经宋氏宗祠，在晒场南部向西流转。蜿蜒的小溪活跃了村落的整体形态，也成为水体景观与交往空间营造的基础。（图 3-2-2）

图 3-2-2　杨家堂村水系分布图

（2）公共空间形态与地形、水系

①公共空间形态与地形。山势环绕的地形地貌与依山而建的村落宏观格局塑造了因地制宜、与地势协调发展的公共空间形态，直接影响着街巷的形式与广场的布局。杨家堂村的街巷空间与地形的关系主要有三种模式：一是街道垂直于等高线，以台阶与平台形式为主，因高低起伏而具有动感；二是平行于等高线，街巷的平面形态多随地形而弯曲变化，沿街立面连续感强，因地势的高差，平行于等高线的街道呈现出两侧建筑高低错落或是半边街的空间形态；三是斜交于等高线，街巷成为目的性强、便捷的路径，多为坡道与台阶的结合。（表 3-2-1）杨家堂村的街巷空间由这三类空间模式所组成，其中以"垂直于等高线"

和"平行于等高线"的空间模式为主搭建起村落的基本脉络，后因便利性与有机性加入"斜交于等高线"的街巷模式，从而形成杨家堂村"路网清晰，纵横灵动"的街巷格局。

表 3-2-1　杨家堂村街巷空间与地形关系

| 地形与街巷关系 | 街道垂直于等高线 | 街道平行于等高线 | 街道斜交于等高线 |
| --- | --- | --- | --- |
| 图示 | 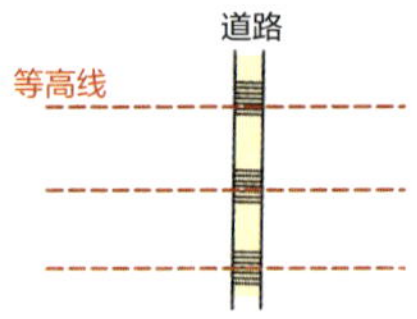 | 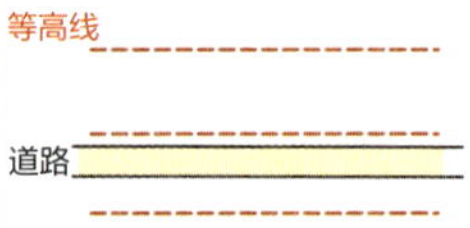 | 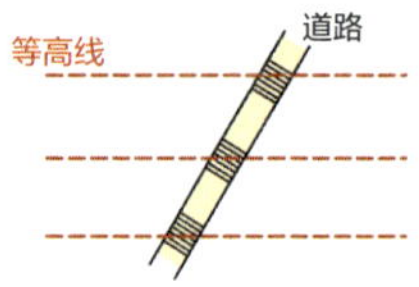 |
| 典型案例 | 村庄南侧阶梯街巷 | 宋氏宗祠前街巷<br>7号民居前街巷 | 水塘东侧阶梯状街巷 |
| 街巷形态图 |  | 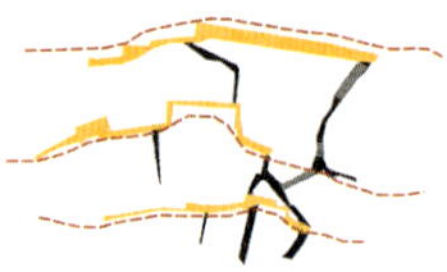 | 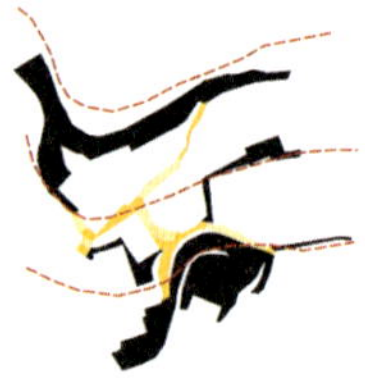 |

与街巷的交通连接属性不同，广场多位于平坦地带，因此主要考察其在村中的方位以及与地形的关系：一是核心型广场，位于村落内部，多利用地形高差形成台地，被山体、边坡与建筑物共同环绕，围合感强，往往具有空间的向心性与精神意义上的凝聚力；二是边缘型广场，利用村落边缘或道路尽端较为平坦的空地，形态自由，缺少围合，场地边界模糊，开放性较强，与自然环境相融。（表 3-2-2）杨家堂村中的广场并不多，水塘空间是水塘与其所交会的街巷在自然演化中逐渐形成的局部放大空间，其四面为建筑与台地所环绕，围合感强，是居民日常生活、社会交往的重要场所。古树空间靠近村落北部入口停车场，古树葱郁，街巷开阔，海拔较高，视野良好，可眺望山景、村景，是居民与游客集聚、观景、休憩、交往的场所。

表 3-2-2　杨家堂村广场空间与地形关系

| 广场类型 | 核心型广场 | 边缘型广场 |
|---|---|---|
| 图示 | 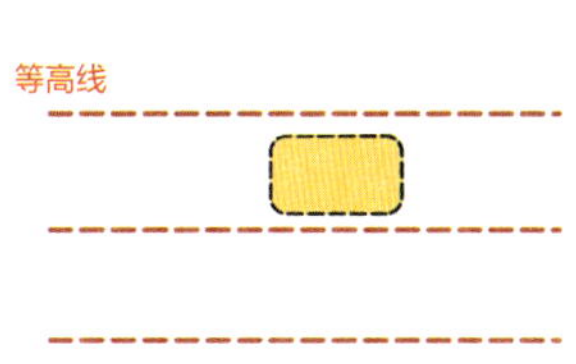 等高线 | 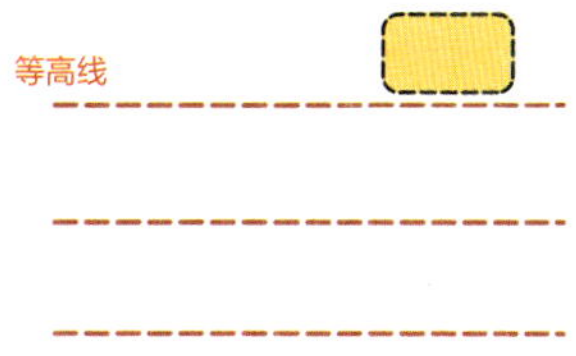 等高线 |
| 典型案例 | 水塘空间 | 古树空间 |
| 广场形态图 | 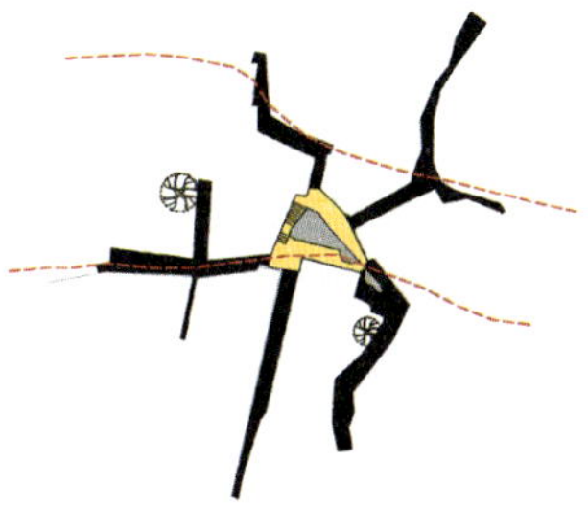 |  |

②公共空间形态与水系。村落与水系的密切互动，塑造了丰富的水系公共空间形态。由于水体的平面形态主要呈现为线带状和面块状，于是杨家堂村公共空间形态与水系的关系包括两个层面。（图3-2-3）

其一，线状层面：沿水系布置街道。这种空间组合形式在杨家堂村尤为常见，溪水的走势与街巷的布局耦合，反映了水系对于村落街巷空间布局的影响力。

其二，面状层面：水塘穿插于村落中。杨家堂村三角形的水塘，同环绕的民居、台地构成独立的水塘空间，三面围合加强了水塘的空间感与向心性，从而形成了静态的水景广场，承载着居民的相关日常生活和交往活动。

2. 农地格局

（1）整体形态与农地

杨家堂村村落四周均为梯田与山林，植被覆盖率较高。梯田沿山体等高线以垒石砌筑，种植茶叶与粮食作物；山林则更为广阔地覆盖在山体上，并与梯田

图 3-2-3　杨家堂村公共空间形态与水系图示

图 3-2-4　杨家堂村农地形态

形成相互咬合、层叠而上的同构关系。村落内部的农地绿化多为点状、带状和面状形态散落在民居、街巷和广场之间，与梯田山林一起展现出山地村落的特征。（图3-2-4）村落植被以樟树、柿子树、梨树、毛竹、桃树、马尾松、苦槠为主，并保留有古树名木多棵，树种为乌楣栲、樟树、苦槠等。

（2）公共空间与农地

农地布局与村落公共空间的关系密切，梯田与山林环绕在村落边缘，常常生成边缘性的节点、线性空间。与此同时，农地本身也是村落重要的公共空间，承担着居民的生活、生产活动。简单来说，杨家堂村公共空间与农地的关系可归纳为两个层面。（图3-2-5）

其一，点状层面：凉亭（摄影亭）位于村落西南角的梯田附近，为农作的居民提供休息场所的同时，也可促发交谈、观景、纳凉等交往活动，更是游客拍摄村落全景的绝佳之处。此外，北端村口的绿地、停车场与道路的组合可视为放大的节点空间，形态自由，其一侧的梯田肌理、带状树林与绿地空间形成视觉上的渗透与互含，成为生态、和谐的集聚广场。

其二，线状层面：村落外围边缘与梯田及山林交接处，因相互分离而自然形成了大小不一的街道与小径，在确保通达农地的同时，与周边的坡坎、绿化和水体一起带来了丰富的景观体验。

（三）空间形态

1. 整体形态

杨家堂村整体形态可以归纳为团块状，村落整体形态与其中的公共空间形态相辅相成，团块状村落的公共空间多位于村落内部，较易形成围合感与向心性。（图3-2-6）杨家堂村整体形态凸显其宗族性与血缘性，据传村庄先祖在确立了宋氏宗祠的位置后，后代的民居建筑便围绕着宗祠向外排布。作为单一氏族的村落，杨家堂村整体规模不大，在发展过程中可能是受地形的限制，村庄也没有形成新的组团，是一处典型的聚族而居的血缘村落。杨家堂村建筑组团基本顺着等高线分布，"晒场—宗祠—水塘"一线的地势最低，由此向四方逐渐拾级而上，于是村落整体呈现中间低、四周高的空间特征。

2. 平面形态

（1）点状空间

杨家堂村中常见的点状空间有如下五类。

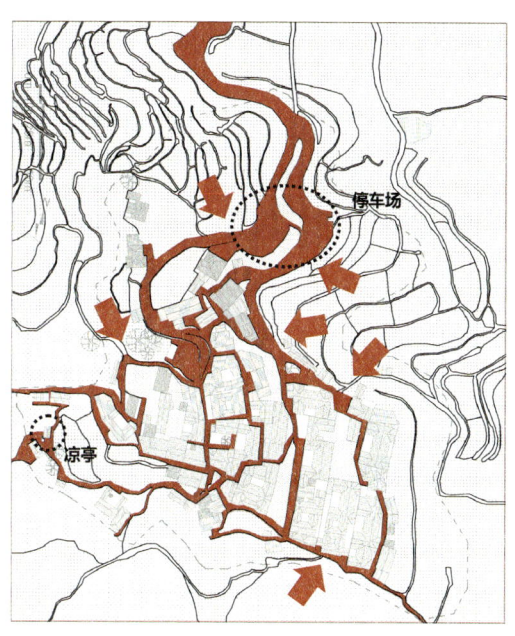

图 3-2-5　农地布局与公共空间的互动关系图示

图 3-2-6　杨家堂村整体形态图示

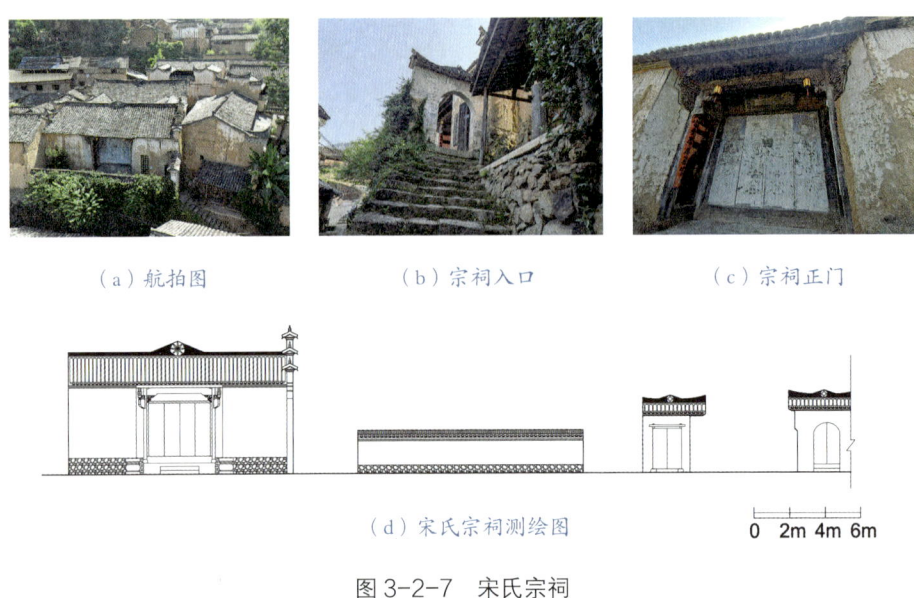

(a)航拍图　　(b)宗祠入口　　(c)宗祠正门

(d)宋氏宗祠测绘图

图 3-2-7　宋氏宗祠

①宋氏宗祠。宋氏宗祠坐落于村落的形态中心，始建于清乾隆五十二年（1787），是杨家堂村现存最早的建筑。宗祠坐东朝西，平面呈长方形，由门厅、正厅及两侧厢房组成四合院式，通面阔12.8米，进深21.7米，占地面积272.9平方米，为二进三开间二厢单檐泥木结构。屋面硬山式，马头墙，阴阳合瓦，门厅、正殿明间抬梁式，次间穿斗式结构，门厅五架梁带前双步用三柱，正厅五架梁带前双步后单步用四柱。明间内有壁龛，内绘太公画像。八字门墙，前有院道，两侧有旗杆石一对，中轴线上辟四扇木质大门，檐柱牛腿雕有青松、人物和曲线纹含花卉等图案。泥土墁地，天井石板铺设。宋氏宗祠布局规整，格局保存完整，具有一定的历史、艺术价值。[1]（图 3-2-7）

近几年随着古建保护意识的加深，宋氏宗祠的格局被很好地保留了下来，其内部原较为破败的空间经过几年的维护与修缮，增加了古戏台元素，使得整个空间既保留了宗祠的原生特色，也提升了宗祠的现代性。（图 3-2-8）

②杨家堂小学。杨家堂小学（即迪德学堂）位于村落南端，距离村落中心较

---

[1] 参见浙江省古建筑设计研究所《松阳县杨家堂村传统村落保护发展规划（附件四）》，2014年，第15页。

（a）2014年宗祠内部　　　　　　　　　（b）2022年宗祠内部
（图片来源：《中国传统村落档案，杨家堂村》）　（图片来源：作者自摄）

图 3-2-8　宋氏宗祠内部前后对比照

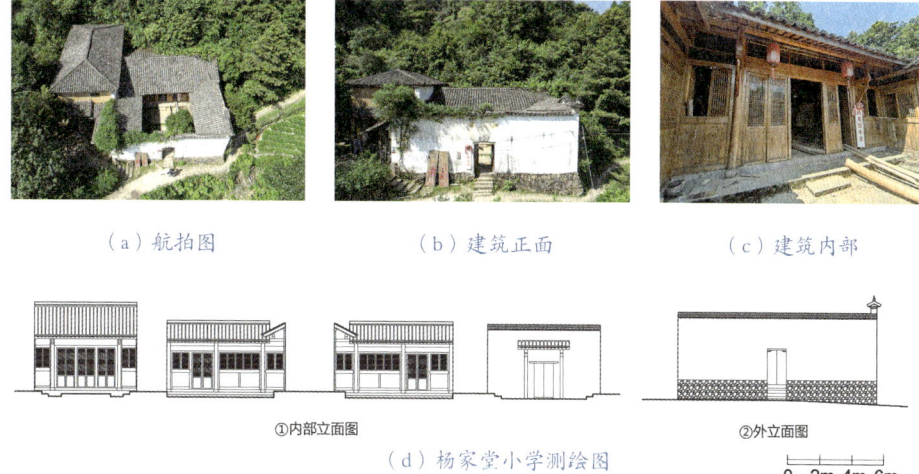

（a）航拍图　　　　　（b）建筑正面　　　　　（c）建筑内部

①内部立面图　　　（d）杨家堂小学测绘图　　②外立面图　　0　2m 4m 6m

图 3-2-9　杨家堂小学

远。据《京兆宋氏宗谱》记载，村中早在清光绪二十七年（1901）就捐资兴办了迪德学堂，是松阳县最早创办的小学之一。杨家堂村历来崇尚文教，清宣统年间知县张纲闻知宋君楣（1836—1901，宋氏第十七世）致力于地方教育之事，赠"泽流桑梓"匾额以示嘉奖。[1] 可以说，杨家堂村"艰苦奋斗、日耕夜读、崇尚品德、

---

1　参见浙江省古建筑设计研究所《松阳县杨家堂村传统村落保护发展规划（附件四）》2014年，第4页。

重视文化"的宋氏精神,时时指引着子孙后代前行。杨家堂小学坐南朝北,平面呈规整的长方形,由正厅、两侧厢房及天井所组成,外立面宽12.4米,高5.2米,天井宽6.3米,进深6.6米,形成对称的三合院式建筑。目前小学保存完好,并处于翻修阶段,延续着先辈的耕读文化。(图3-2-9)

③"顶头堂"故居。"顶头堂"故居位于杨家堂村东北部海拔最高处,始建于清代,坐东朝西,三合院式,为五间前二厢后二厢带双弄重檐楼房,泥木结构,三合土墁地,硬山顶,马头墙,阴阳合瓦。台门为石库门,额书"南山拱秀"四个小字,楷书,字径0.12米。穿斗式木构架,明间设中柱,五柱七檩前后单步,前后厢房面阔均为一间。前天井面阔7.8米,进深3.1米,石板铺设,后天井面阔7.8米,进深0.6米,卵石铺设。其牛腿、额枋、雀替雕狮、蝙蝠、飞鸟及花卉纹饰,工艺较精湛,具有较高的历史、艺术和科学价值。"顶头堂"故居经过传统建筑的维护与外界专业团队的打造与经营,现在已成为一处别具一格的商业民宿。[1](图3-2-10)

④凉亭。杨家堂村山高路陡,夏季日照强烈,为了能给村民耕田劳作后提供

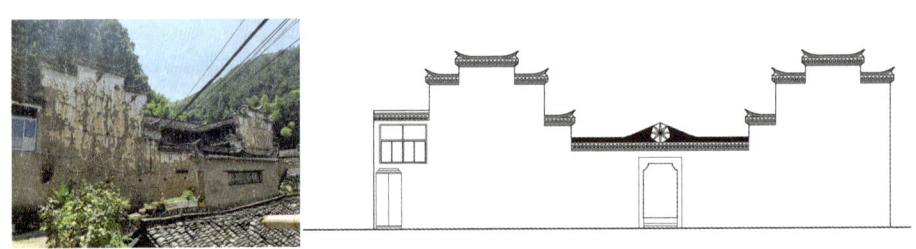

(a)"顶头堂"故居照片　　　　(b)"顶头堂"故居立面图

图3-2-10　"顶头堂"故居

休憩空间,凉亭往往建在靠近村落并与农田相连的视野开阔地带。杨家堂村共有两处凉亭,一处是摄影亭(图3-2-11),在村落西南角,此处地势较高,向东可眺望整个村落景观;另一处是过街凉亭,在晒场北侧,用以休憩与通行之用。两处亭子的形式与规模大致相同,均为六根立柱卯接穿枋木搭建,双斜坡瓦顶,

---

1　参见松阳县住房和城乡建设局《中国传统村落档案(杨家堂村)》,2014年,第35页。

  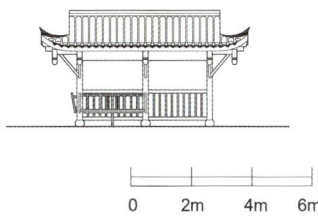

（a）摄影亭照片　　　　　　　（b）摄影亭立面图

图 3-2-11　摄影亭

四面开敞，两面可过人，有木栏围护，设置木质休憩长凳。两处凉亭仅屋顶形制有所不同，摄影亭为歇山式，而过街凉亭则为普通的双坡顶。

⑤古树。众多的古树名木是杨家堂村极具特色的景观要素，树种以樟树、苦槠、乌桕栲为主。村落南北两侧外围有保护较好的古树群，枝繁叶茂，生长状况良好；村口附近两棵生机勃勃的古樟树，树龄均逾三百年，枝丫盘曲交错，郁郁葱葱；村西南角苦槠林立，与摄影亭一起，可在夏日遮阳避暑；村西侧乌桕栲与一众树木葱郁一片，层次丰富。（图 3-2-12）

（2）线状空间

杨家堂村的街巷结构如图 3-2-13 所示，总体呈现放射状街巷格局。具体来说，杨家堂村选址在山水环抱处，受自然地形和宗族文化的影响，街巷围绕宗祠、晒场等中心盆地形成小环路，再继续向四周扩散，形成由内向外辐射延展的路网形态。街

图 3-2-12　古树分布图

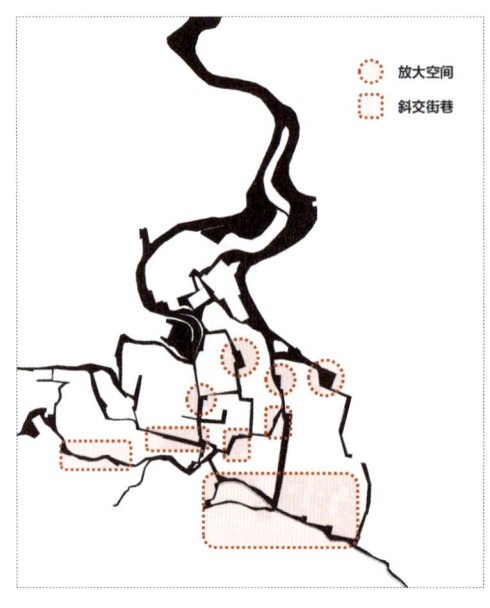

图 3-2-13　杨家堂村街巷结构图

道自北端的村口向南逐渐变窄,道路等级分明。村落内部街巷分布曲折,格局基本保持原状,拥有较好的传统街巷风貌。在宋氏宗祠前,街道的两端形成了两个重要的公共空间:水塘空间与晒场空间。这两处核心空间的街巷交会密集,视野也相对开阔,街巷主要通过十字形、Y字形等形式交会,并呈枝丫状向四周民居建筑渗透。如图3-2-13所示,受地形的影响,沿等高线南北分布的街巷多呈曲折形态,两侧民居紧邻,间或有局部放大空间;与等高线垂直或斜交的街巷,与村落主街的交接方式为斜交的Z字形或垂直的工字形,这种立体交接方式有利于主街与街巷的逐层递升,是杨家堂村建设顺应地势的做法。也正因为高低起伏的街巷系统,杨家堂村街巷空间移步异景的效果较为突出。

(3)面状空间

杨家堂村的面状空间包括晒场、水塘和停车场。

①晒场。作为杨家堂村村民日常交流及农事活动的场所,晒场位于村落中心偏北,临近北侧主路与农田,拥有较为优越的地理位置,交通便捷,距离村落各处不远。晒场空间开阔,能同时容纳较多人群的农事活动与交往活动。晒场北侧为一条连接村落内外的上坡道路,可通机动车;东侧是层叠的民居建筑与阶梯式街道;南面、西面则屋舍俨然、植被茂密。坡地起伏、建筑层叠以及古树林立为晒场空间带来了适度的围合与开放,既满足了居民的生活生产需求,也营造了必要的安全感。(图3-2-14)

②水塘。传统村落对水有着格外的依赖与亲近。除了环村而过的山涧水,杨家堂村还开挖了水塘,将山涧引入村内并储蓄起来,形成居民日常使用、蓄水防火的水塘空间。鉴于村落规模不大,村中只有一处水塘,位于村落中心偏南处。

水塘池面清澈、水流平缓，周围街巷四通八达、高低交错，有着良好的空间渗透性，从而营造出独特的水景效果，更增添了生活的氛围与情趣，成为居民乐于亲近、闲话家常的惬意场所。（图3-2-15）

③停车场。近年来随着村落的产业建设与文旅开发，杨家堂村在北端村口设置了整合植被、道路、农田等要素的停车场与景观带，作为入村的标识与缓冲空间，以期更好地满足居民与游客的需求。停车场位于村口，除了因为该址直连乡道，也是出于村内建筑密集、场地有限及对村落传统风貌保护方面的考虑。停车场因地势落差自然分为东、西两个场地，中间以绿植相隔、台阶相连，在分流的同时，确保了空间的连通以及对地形的尊重。（图3-2-16）

（a）晒场场景图

（b）晒场航拍图

图3-2-14 晒场

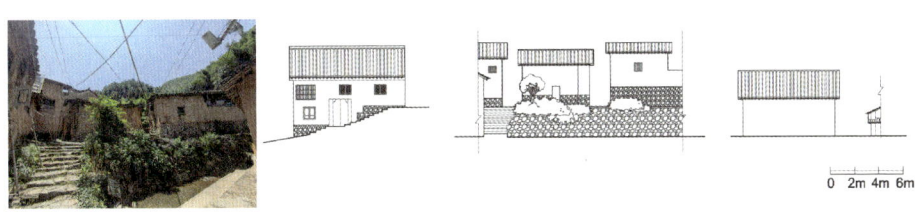

（a）水塘　　　　　　　　　　　（b）水塘测绘图

图3-2-15 水塘

图 3-2-16　停车场航拍图

### 3. 空间界面

（1）界面的构成要素

①底界面。铺装材质是底界面的肌理显现，对于山地型村落而言，顺应地形、就地取材是其地面铺装的主要特征。水泥、块石、卵石、石板是杨家堂村较为常见的地面铺装材料。村内的底界面主要以南北向贯穿"晒场—宗祠—水塘"的主街（平缓路面）为界，地势向东、向西逐渐抬升，出现台阶、坡道和台地；材质肌理向东以块石、卵石为主，向西则以水泥为主。这可能符合杨家堂村的历史发展与功能定位，杨家堂村南部保留着一条建于元代的松宣古驿道，道路由层叠的青石台阶以及平整的块石和卵石铺装而成，历史风貌保护较好。东部民居密集，街巷多数保持着传统尺度，也遵循着原先的地面肌理，只有部分区域被整改为水泥地面。而村落西部因为相对开放的属性，于是将地面铺装改为更方便人车通行的水泥路面。（表 3-2-3）

表 3-2-3　杨家堂村底界面形式要素归纳表

| 地形 | 台阶 | 平缓 | 坡道 | 台地 |
|---|---|---|---|---|
| 实景 |  |  |  |  |
| 取材 | 水泥 | 块石 | 卵石 | 石板 |
| 实景 |  |  |  |  |

②侧界面。分别以界面建筑和其他界面实体两种类型，介绍杨家堂村的侧界面特征。

其一，界面建筑。民居是传统村落界面建筑的主要构成要素。杨家堂村传统建筑风貌整体保存较好，古色古香的民居建筑顺着地势有规律地排列，大部分建筑坐东朝西，由山麓一直延伸到山腰，一排排高低错落的古建筑与优美的自然环境浑然天成，如诗如画。这些建筑大都建于清乾隆至道光年间，泥木结构，屋面青瓦覆顶，马头墙气派高耸。每幢建筑格局大体相同，或五开间，或三开间，前置左右客轩（即厢房）。[1] 据统计，村内建筑格局保存完整且具有较高的历史、艺术和科学价值的，共 8 幢，包括：杨家堂 1 号、杨家堂 2 号、杨家堂 4 号、杨家堂 6 号、杨家堂 7 号、杨家堂 20 号、宋氏宗祠以及杨家堂小学。[2] 目前，这些历史建筑大部分已进行了维护与更新。基于建筑实体的界面特征，从形制、材料与尺度等方面出发，对杨家堂村历史建筑的界面特征进行描述分析。（表 3-2-4）

---

1　参见浙江省古建筑设计研究所《松阳县杨家堂村传统村落保护发展规划（附件四）》，2014 年，第 6 页。
2　参见浙江省古建筑设计研究所《松阳县杨家堂村传统村落保护发展规划（附件四）》，2014 年，第 6 页。

表 3-2-4 杨家堂村历史建筑界面特征归纳表

| 古建名称 | 实景图 | 立面测绘图 | 年代 | 材质 | 说明 |
|---|---|---|---|---|---|
| 杨家堂小学 |  | 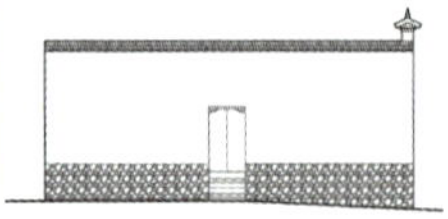 | 清代 | 土木 | 黄泥夯土墙，屋面硬山式，山石为基，山泥为墙，白墙黛瓦 |
| 宋氏宗祠 |  | 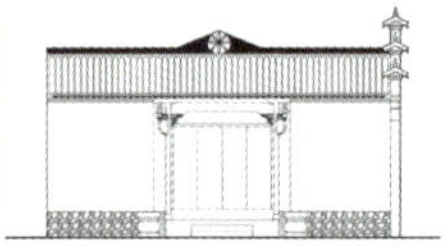 | 清代 | 土木 | |
| 杨家堂1号 |  | 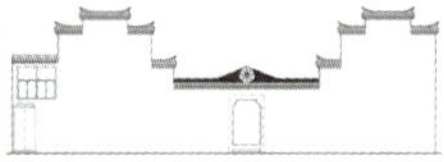 | 清代 | 土木 | |
| 杨家堂2号 |  | 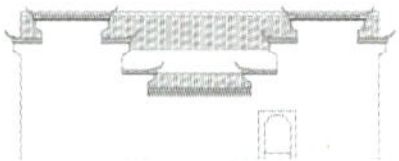 | 清代 | 土木 | |
| 杨家堂4号 |  | 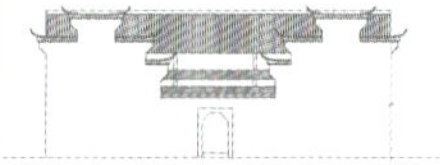 | 清代 | 土木 | 黄泥夯土墙，屋面硬山式，马头墙，阴阳合瓦，布局规整，墙面斑驳 |
| 杨家堂6号 |  | 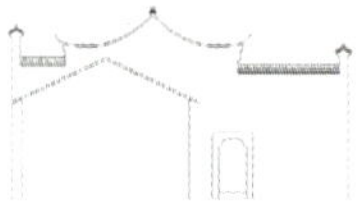 | 清代 | 土木 | |
| 杨家堂7号 |  | 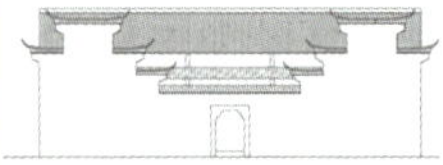 | 清代 | 土木 | |
| 杨家堂20号 |  | 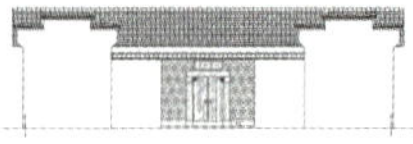 | 清代 | 土木 | |

杨家堂村的历史建筑皆为土木结构的清代建筑，建筑本身就有规范的营造制式与空间布局，建筑的材料、结构也十分相似，故村内的民居建筑和公共建筑从立面上看都较为统一：黄泥夯土墙，屋面硬山式，马头墙，阴阳合瓦，布局规整，墙面斑驳。村落建筑以民居为主，且村落规模有限，同构相容的现象较为明显。村内的宋氏宗祠、村委会、杨家堂小学、五龙百福社殿等公共建筑的形制相似，界面形态基本与民居建筑一致，其中宋氏宗祠与杨家堂小学略有差异。作为族群的身份象征与共同信仰，宋氏宗祠处于村落中心、台地高位，外立面庄严恢宏，雀替精致，大门绘有门神样式，向心性与肃穆感扑面而来。宗祠可能受地形所限，开间不像其他传统民居开阔但纵向发展，是村内为数不多的二进式建筑。杨家堂小学外立面较为规整，以山石为基，正面无马头墙。因已有所翻新，杨家堂小学外墙面不似其他古建褪色斑驳，反倒是白墙黛瓦，有一番江南韵味。其他较为个性的公共建筑界面以凉亭为主，但因凉亭的规模不大，且凉亭也以木构架与小青瓦建造而成，尤其是过街凉亭依附于民居建筑立面，与村落整体的界面特征及风貌上依然保持着和谐统一。

其二，其他界面实体。其他界面实体涵盖公共空间周边的植被、围墙、栏杆和台地等要素，杨家堂村主要包括错落的台地与独立的照壁。其中，因为地势高差而形成的大量台地是村落中独特的界面景观，主要位于形成落差的空地与街巷处。这类界面往往以台阶相连，且其垂直的界面多以石块相砌，并在日积月累中与绿植共生，从而形成一道与环境相融的生态有机的界面景观。它在顺应村落的

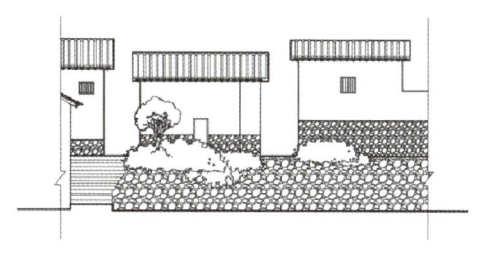

（a）水塘台地实景　　　　　　　　（b）水塘台地立面测绘图

图 3-2-17　杨家堂村台地界面图

图 3-2-18　杨家堂村照壁

布局与演化的同时，也是活跃空间的点睛之笔。（图 3-2-17）照壁作为建筑组群前的屏障，可别内外，并增加威严与肃静的气氛，有较强的装饰与隐喻意义。杨家堂村的照壁出现在民居入户大门前，位于街道的另一侧，照壁中的漏窗还起到了框景与透景的艺术效果。（图 3-2-18）

（2）界面的组合形式

①街巷界面组合。杨家堂村依山而建，数十幢泥木构架的清代民居结合地形地势叠级而上，整个村落上下屋高落差 2—3 米，同时建筑外立面沿着等高线横向延伸达 200 米。于是，路网系统相应地以地势变化而灵活布局：或垂直、交错于等高线而拾级而上，底界面随之起伏；或平行于等高线而蜿蜒曲折，曲径通幽。具体来说，村内建筑基本沿着等高线分布，坐东向西，整体与等高线轮廓相拟合。因此，房前屋后南北向的街巷道路曲折，与民居组团趋势保持一致。而与这些街巷垂直或交错的其他街巷，则基本垂直、交错于等高线，拾级而上，形成富有韵律的阶梯式街巷空间。可见，杨家堂村街巷空间的界面组合具有较高的灵活性、变化性与复杂性。（表 3-2-5）

表 3-2-5　街巷界面的组合形式

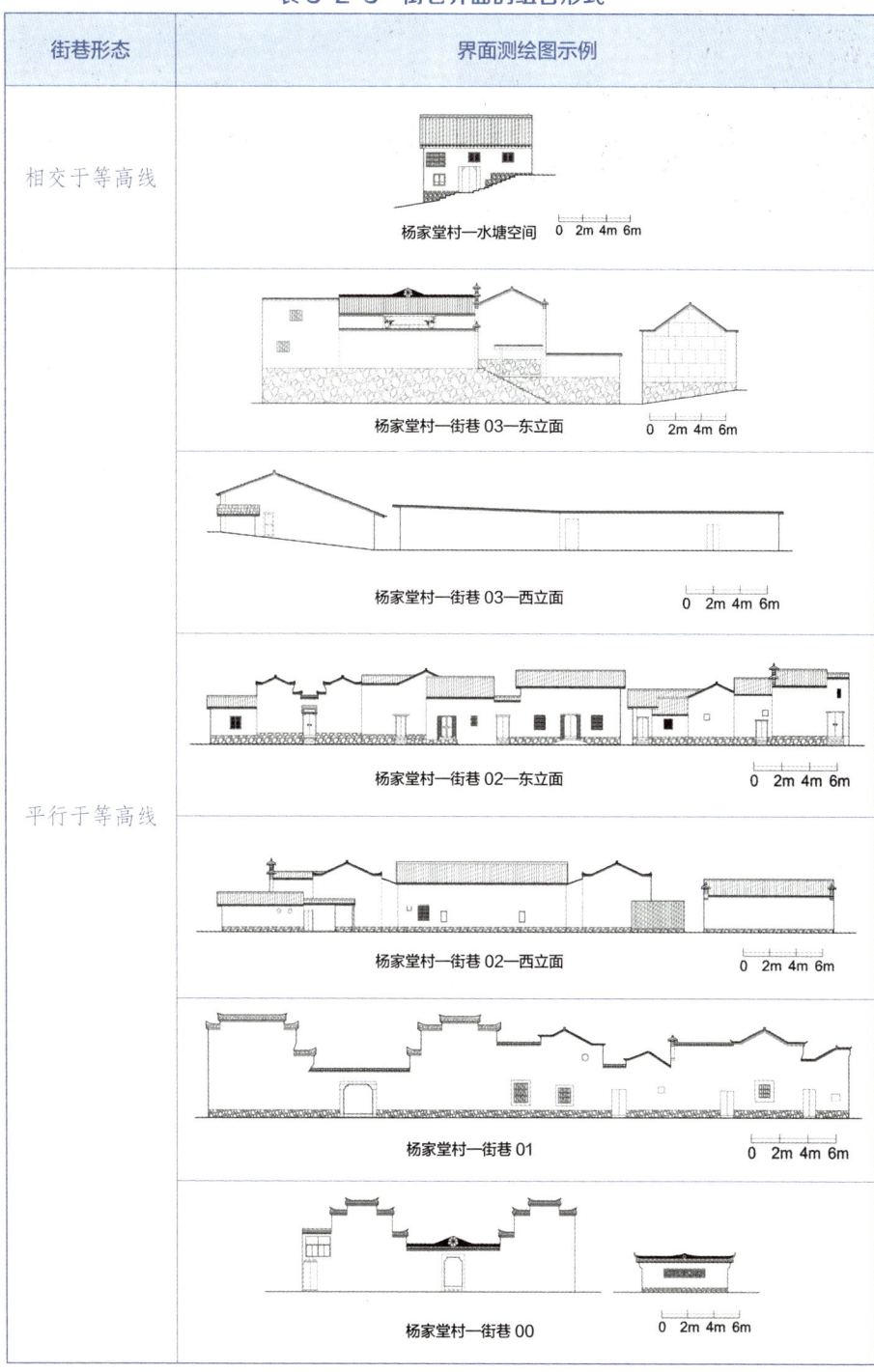

（a）晒场　　　　　　　　　　　　　　（b）水塘

图 3-2-19　广场界面组合形式

②广场界面组合。晒场与水塘是杨家堂村较为典型的广场空间，能较好地展现当地的生产生活状态。晒场面积相对较大，承担着人们聚集闲聊、晒谷务农、堆放农具等功能；水塘空间则面积较小，主要发挥着通行、取水、洗涤等作用。在界面组合上，晒场由周围的台地、长坡、阶梯、绿林和民居围合，界面呈舒缓的螺旋向上的动势；水塘空间的界面由台地、阶梯和民居组成，高程变化快，界面错落。前者视野开阔，有更佳的景观层次；后者则因面积较小，空间相对封闭。（图 3-2-19）

（3）整体界面特征

在地形复杂的浙南山地丘陵地区，村落的空间布局很难如平原、水乡地区那样规整，大多和地形相结合而形成不规则的整体界面形态。杨家堂村是浙南地区较为典型的山地型村落，由于所处的地理环境复杂，村落用地相对紧凑，街巷空间窄小，多结合地形起伏而出现阶梯、坡道相连的形式，有别于平原传统村落规整的街巷空间形态。因此，在村内行走时不仅能体会到水平方向的蜿蜒曲折，还有竖向变化的感受。如前所述，杨家堂村依坡而建的民居建筑沿等高线联排布局，整体形成环环相扣的层叠而上的带状效果。在村落的中部与西部地带，因地势相对缓和，建筑布局则接近块状组团的形式。于是，随着地形起伏、建筑的疏密分布与组合形式，风貌相似的历史建筑群结合其他界面要素形成跳跃且丰富的轮廓线，整体呈现层层叠叠、错落有致但和谐统一的带状界面特征。（图 3-2-20）

图 3-2-20　杨家堂村整体界面航拍图

### 4. 空间组织

以"边界""中心"两类空间的构成，继续对杨家堂村公共空间的空间组织做一探讨。

（1）边界性公共空间的构成

山地型村落往往以自然环境要素为边界条件并加以利用，其村落边界可以较为清晰地界定出来。杨家堂村依山而建，山体、溪流自然成为村落的边界线，村落民居与梯田、山林既相互联系又存有界限。总体上，杨家堂村的边界性公共空间大多具有较强的开放性，可简单归纳为两种。一是以道路、溪流为边界。杨家堂村北部、东部和南部边缘均以道路、街巷或小溪为界。其中，自北向南的村落入口道路尺度较大，以水泥铺地，与周边自然肌理差异明显；东部民居与梯田之间有街巷相隔，边界轮廓清晰；南部边缘是台阶路、小溪与断崖的组合，台阶路拾级向上，与同向的溪流、崖壁形成独特的空间边界。二是以山体为边界。杨家堂村西侧民居建筑稀少，山路、小径交错于等高线并逐渐渗透至山体，因此，此处的自然要素、梯田与村落相互交融，边界模糊，生态特质凸显。（表 3-2-6）以下对村口空间与古树空间这两处较具特色的边界性公共空间做简要分析。

表 3-2-6　杨家堂村边界性公共空间

| 边界要素 | 要素特征 | 村落方位 | 平面图示 |
| --- | --- | --- | --- |
| 道路、溪流 | 以道路、溪流为界，边界轮廓较为清晰 | 村落北部、东部、南部 | 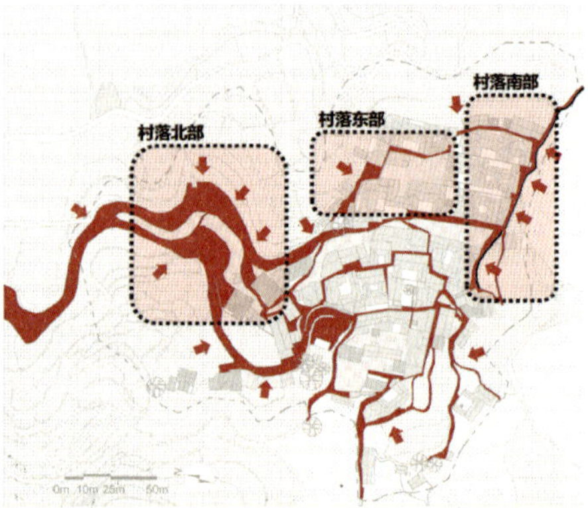 |
| 山体 | 以山体起势为界，边界轮廓相对模糊 | 村落西部 | 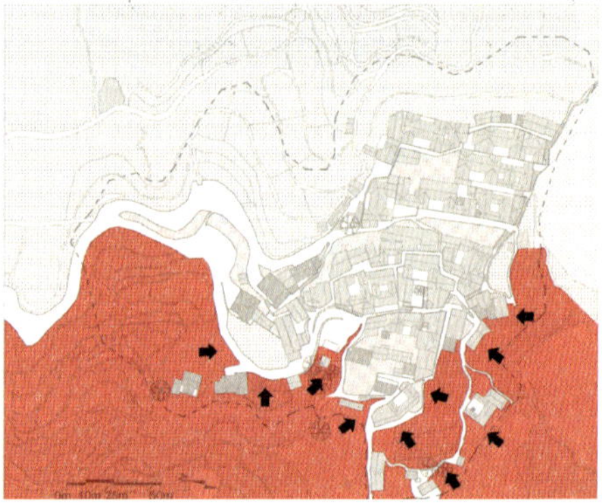 |

①村口空间。在村落的边界空间中，村口作为出入村落的必经之地，成为村落边界的重要节点。杨家堂村的村口受自然条件与社会发展的影响，在延续着与地形地势、自然要素相协调的同时，扩大了空间容量，置入停车场。如前所述，村口置办停车场是综合考虑了村落保护与文旅发展的需要。（图 3-2-21）

②古树空间。古树空间位于杨家堂村东北方向地势较高处，向北临近停车场与主路。此处空间宽敞、视野开阔，拥有一览村落风光的独特优势。中心古树葱郁，树池四周遍布石阶，人们顺石阶而坐，古树下成为理想的交往互动场所，可供纳凉休憩、娱乐闲聊、打卡拍照等。（图 3-2-22）

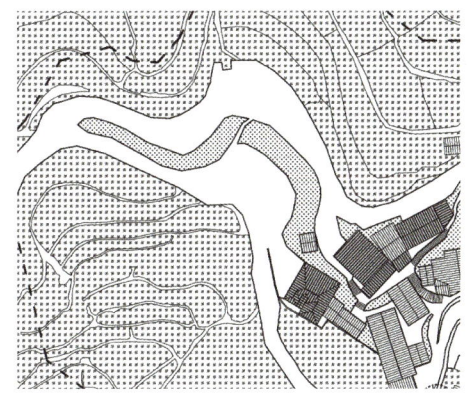 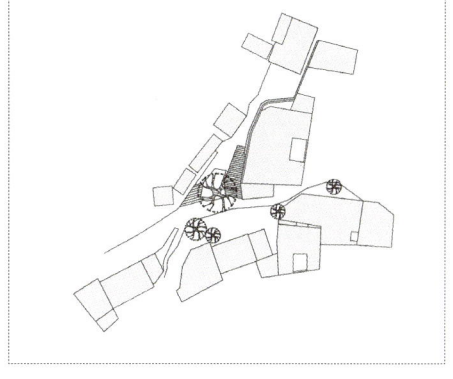

图 3-2-21　村口空间　　　　　图 3-2-22　古树空间

（2）中心性公共空间的构成

中心与边界一样，是人们认识与建构村落空间的基础。依据中心的强弱和数量，可将村落公共空间分为弱中心、单中心和多中心三种空间组织形式。（图 3-2-23）弱中心空间常见于高山丘陵地区的自由散点式布局中，其位置随机，并不一定在几何中心，空间形态与规模均不突出，但具有一定的精神凝聚力与活动吸引力。单中心空间或是位于村落空间的几何中心，也可能是村落重要的精神或功能中心，村落从该中心空间向外，以放射状或同心圆的形式拓展。多中心空间会使村落围绕中心沿着线性要素展开布局，使整体形态呈现带状或组团状，并形成多个地位同等或相似的重要的精神或功能中心，从而形成大规模团块状村落。中心性空间往往是村落空间秩序的焦点，其作为村落精神凝聚的核心，是公共生活的汇聚点，并使村落在局部或整体上呈现出内聚特征，从而让人们更易于通过

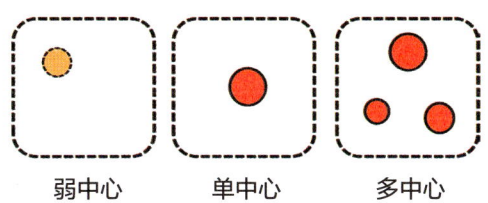

图 3-2-23　中心空间组织方式

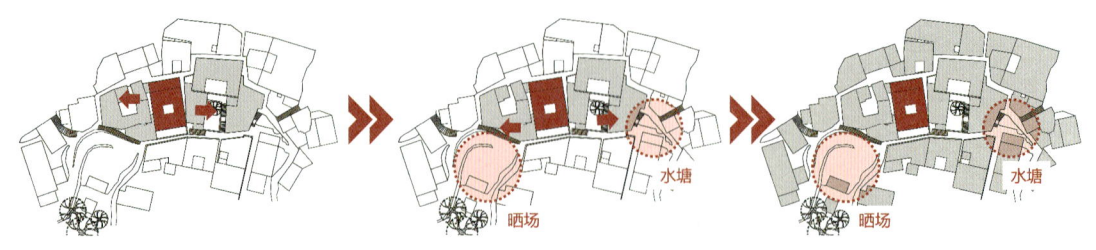

图 3-2-24　杨家堂村主街多中心组织形式

这一中心把握村落的布局、结构与秩序。[1] 杨家堂村在村域尺度上可视为单中心空间组织形式，作为血缘村落，杨家堂村围绕着"宋氏宗祠"逐步建立起民居与街巷。聚焦宗祠前主街的空间尺度，又在居民社会活动与空间交互过程中形塑出生产生活中心、信仰教化中心等多中心组织形式。（图 3-2-24）

由此，杨家堂村整体布局呈现出一种"向心""封闭"的状态，其中心性公共空间均有一定的围合感与封闭性。然而在地形起伏与街巷空间的贯穿下，围合界面呈现虚实变化的特点，即便是四面围合的公共空间亦具有一定的渗透性，封闭感因此被削弱。于是，从围合与构成的方式来看，杨家堂村中心性空间大致可分为以下三类。

①封闭的中心性公共空间。宗祠空间体现着村落的宗族历史与文化教育，以相对独立、封闭的四合院式宗祠建筑为构成核心。如表 3-2-7 所示，宋氏宗祠、踏碓房、台地、阶梯及周边民居围合成紧密、封闭的宗祠空间。宗祠建在台地之上，高耸的院墙加之紧邻街道边界，大大加深了其与街巷的隔离。平行于街巷的阶梯式入口与传统形制的院门，在起到导视作用的同时，也将其与街巷相分离。总体上，宋氏宗祠与外界的联系性与开放性不足，在此空间视线受阻，符合宗祠庄严肃穆的空间氛围。比较而言，杨家堂小学为三合院式建筑，结构完整、四面围合，也是典型的封闭性空间，但其地处村落西南角，四周更无其他建筑相围合，为边界性空间。

---

1　参见韦浥春《广西少数民族传统村落公共空间形态研究》，中国建筑工业出版社 2020 年版，第 86 页。

表 3-2-7　封闭的公共空间

| 封闭性空间 | 宋氏宗祠（中心性） | 杨家堂小学（边界性） |
|---|---|---|
| 平面图 | | |

②半封闭的中心性公共空间。这类空间多位于村落的形态中心，是村民生活交往频繁的场所。杨家堂村内部建筑分布密集，位于中心的水塘空间被三面建筑围合，但建筑之间的四条街巷为该空间的出入口，且围绕着水塘空间呈风车状。因此，水塘空间与周边空间的渗透性较强，形成了半封闭的生活性空间。（图3-2-25）

③开敞的中心性公共空间。开敞的中心性公共空间，即建筑实体相距较远、排列稀疏、界面连续性不强，或与树木、河流等自然环境要素穿插、交错，因而空间整体的围合感较弱。杨家堂村内部以街巷与密集的民居分布为主，除了趋近村落外围道路与村口的边界性空间，开敞空间并不多。如前所述，晒场空间位于

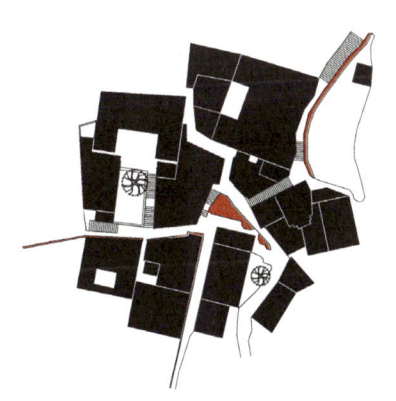
图 3-2-25　半封闭的中心性公共空间：水塘空间

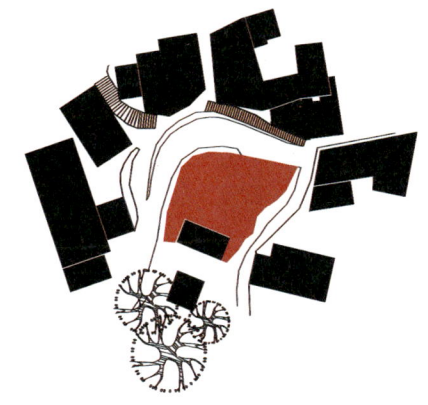
图 3-2-26　开敞的中心性公共空间：晒场空间

村落中心偏西北处，向北连通出入村落的主道。晒场面积相对较大，周围建筑环绕，但因街巷的分割、穿插以及台地、绿植掩映，使得场地边界模糊，空间开阔且层次分明。一南一北的两条道路包围着晒场，东面的坡道、台阶与传统民居层层叠叠，东南边的宗祠掩映其间，西部则树丛林立。于是，起伏变化的地形，高低错落、层次丰富的围合界面，形成了此处开敞的中心性公共空间。（图3-2-26）

总而言之，杨家堂村的整体布局以宋氏宗祠为中心，经历了"内生计划式"的动态演变，具有封闭性、向心性和层次性的空间形态特征。"内生式"指其通过群体自身机制和资源发展，而未受到过多外力的干涉与改变。杨家堂村的自组织模式，构建了有机的乡土空间，并外化为秩序化的整体格局和辐射状的空间层次。

### 5. 空间尺度

（1）街巷空间尺度

传统的山地丘陵型村落带给人的空间感受格外明显，伴随地势的高低起伏变化，村落的街巷尺度也随之变化。视角、宽度、高度和距离等，都是描述山地丘陵型村落街巷尺度体验的重要参数。此外，作为传统村落历时性空间体验的游走路径，由道路的起伏转折、界面的错落有致而带来丰富的感官刺激，也是其独特空间尺度的重要体现。

①类型与宽度。根据杨家堂村街巷情况进行分类与测绘，发现村落的主街与巷道宽度差距不大。整体上，"半边街"与"台阶路"较宽，尺寸在2—3米；而主街与巷道宽度在1—2米。作为连接性公共空间，街巷宽度的变化很大程度上反映了其所串连、渗透的空间的层次及其开放程度。（图3-2-27）

（a）半边街　　　　（b）主街　　　　（c）巷道　　　　（d）台阶路

图 3-2-27　街巷类型与宽度

②形式与尺度。街巷空间的断面形式对空间的尺度关系（D/H）乃至空间感受，均具有直接的、强烈的作用。其形成受到地形、建筑、水体和农田等景观因素的影响和作用，可据此将杨家堂村的街巷空间断面形式归为三种模式类型。（表3-2-8）

表3-2-8　杨家堂村街巷断面形式及尺度关系

| 模式 | 断面形式 | 断面图 | |
|---|---|---|---|
| 模式1 | 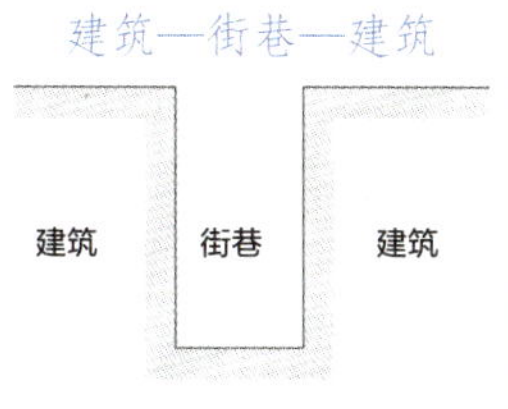 建筑—街巷—建筑 | 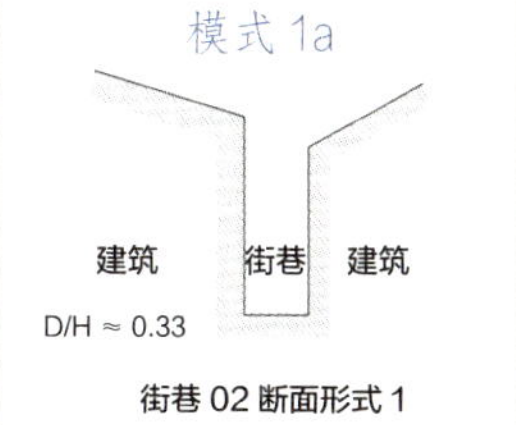 模式1a　D/H≈0.33　街巷02断面形式1 | 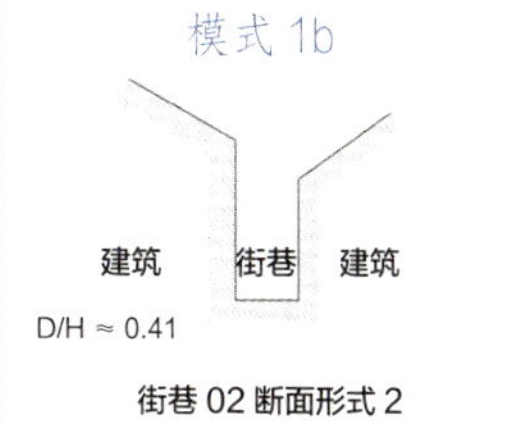 模式1b　D/H≈0.41　街巷02断面形式2 |
| 模式2 | 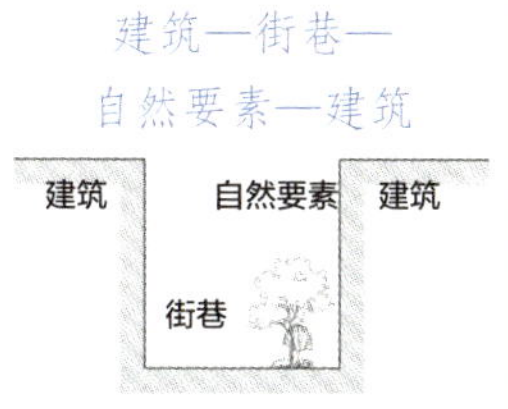 建筑—街巷—自然要素—建筑 | 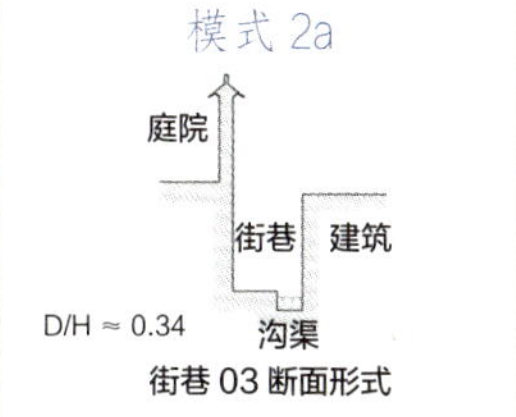 模式2a　D/H≈0.34　街巷03断面形式 | 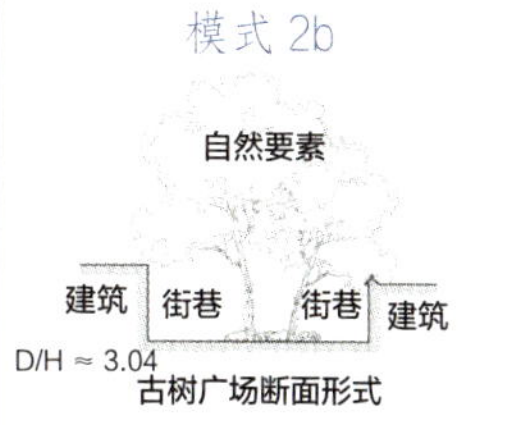 模式2b　D/H≈3.04　古树广场断面形式 |
| 模式3 | 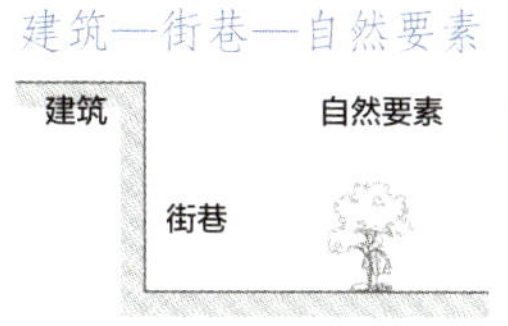 建筑—街巷—自然要素 | 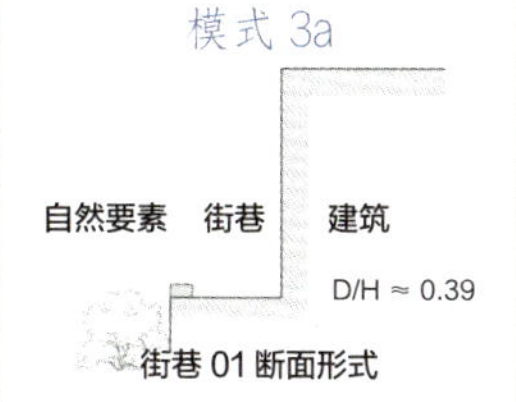 模式3a　D/H≈0.39　街巷01断面形式 | 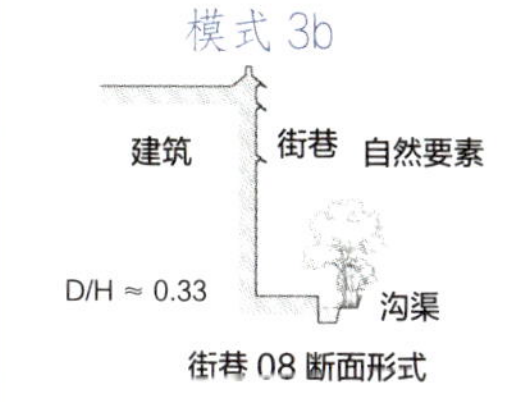 模式3b　D/H≈0.33　街巷08断面形式 |

模式1：建筑—街巷—建筑。杨家堂村街宽普遍不超过3米，街巷两侧民居墙面紧邻，宽高比相对悬殊（D/H＜1）。加之沿街建筑属于土木构架的清代民居，马头墙林立，墙体厚重而高大，且道路曲折多变，视线多有受阻而封闭感尤为强烈。

模式2：建筑—街巷—自然要素—建筑。街巷紧挨一侧的建筑，另一侧则出现溪流、绿化等自然要素与建筑要素的组合。这类街巷空间一般来说相对开敞，除交通功能之外，还兼具一定的公共生活属性。杨家堂村水系穿村而过，形成较为独特的"建筑—街巷—沟渠—建筑"的街巷断面形态。（表3-2-8模式2a）只是此处的D/H比值依然较小，街巷两侧建筑坐落于不同高程的台地上，东侧宋氏宗祠台地较高，西侧民居则错落下沉。两侧界面高度悬殊较大，街道宽高比因此不同，分别为0.34、0.62，但均小于1，空间的封闭感与围合感较为明显。模式2的另一种形式，则是以自然要素为主体而产生较为独特的街巷特色。（表3-2-8 模式2b）接近古树广场的街道D/H比值远大于1，路面宽阔，已有人流聚散的功能。

模式3：建筑—街巷—自然要素。该断面形式往往出现在村落的边缘，或在坡度较大、建筑错落布局在不同高度的台地上的山地丘陵村落中。道路一侧为建筑界面，另一侧为农田、溪流、绿化等视野较为宽阔的自然环境，形成集合交通、休息、劳作等活动功能的半敞场所。在杨家堂村内，较为典型的就是因地势落差与错层的绿植而形成的半边街格局（表3-2-8 模式3a），以及因一侧临近溪涧与植被的南部街巷（表3-2-8 模式3b）。这两者相较而言，前者因高差而产生的街巷视野更为开阔。

综上，伴随着街巷空间的转折和地形的起伏，这些断面模式在人们动态行进中交替出现，街巷远景、中景和近景就会显得丰富且多元，从而带来了独特的感官刺激与空间体验。

（2）广场空间尺度

以边界性和中心性两种类型，解读杨家堂村的广场空间尺度。

①边界性广场空间：古树广场。古树广场结合地形与古木，和周边建筑形成边界模糊、场地开阔的公共空间。广场两侧建筑间距较远，约为14米，古樟树冠幅巨大，树荫笼罩下的广场空间呈现三角形态。广场地势较高，且西面无视野遮挡，开阔性强，是一处休闲聊天、观赏风景的理想场所。（图3-2-28）

②中心性广场空间：晒场、水塘。晒场和水塘均紧邻宋氏宗祠，虽形式与规模各异，但两者空间尺度适宜，对附近建筑起到了衬托和聚合的作用。其中晒场面积大而规整，呈现出纵横各约为19米的方形空间。水塘则因周边地势落差大而拥有较丰富的空间层次感，场地面积较小，平面大致呈现底边12米、高10米的三角形。又因视野受限较多，水塘的封闭性

图3-2-28 古树广场

更强。两处广场空间由主街串连,接近主街的两端,北端晒场提供了一处公共开阔的作业平台,而南端水塘则与周边的民居建筑形成了相对私密的生活空间。无论是从晒场步入水塘,还是由水塘走向晒场,两处相异的中心性广场都是该区域空间序列的关键节点。

(四)空间活动

从生产生活和民俗活动这两类活动展开,分析杨家堂村公共活动的形式特征以及发生的空间场所。(表3-2-9)

表 3-2-9　杨家堂村公共活动与空间场所

| 活动类型 | 形式特征 | 发生的空间场所 |
| --- | --- | --- |
| 生产生活 | 种植、收割、伐木、采茶、摘果等 | 田间地头、茶园林地等 |
| | 晒谷、修补农具等 | 晒场、房前檐下等 |
| | 相聚聊天、休闲娱乐等 | 街巷、凉亭、古树广场、水塘、晒场等 |
| 民俗活动 | 祭祀祈福 | 宗祠、村庙、各家各户 |
| | 舞太平龙灯 | 街巷、晒场 |
| | 求雨 | 鹿岭寨殿 |
| | 传统踏碓 | 踏碓房 |

1. 生产生活

杨家堂村的田间地头、茶园林地既是农事性的生产空间,更酝酿着生产间隙的社交活动。梯田、茶园、菜地、水塘、晒场、凉亭等阳光充足、空气新鲜的户外空间,是人们重叠生产、农副、家务和休闲活动的适宜场所。水塘作为杨家堂村唯一的面状水景空间,是村民日常生活和休闲放松的好去处。过街凉亭、古树广场等也是村民平日里休息、乘凉、聚会、观景的优质场所,惬意而舒适。

2. 民俗活动

民俗活动是传统村落丰富多彩的公共活动形式,也是体现民俗文化、对公共空间较为依赖的活动类型。杨家堂村具有特色的民俗活动是祭祀祈福、舞太平龙灯、求雨和传统踏碓。祭祀祈福的传统由来已久，除了各家户内的祭祀活动，每年的除夕、清明和农历七月半等，村民会在宗祠、村庙摆上祭品、布置香火，祈求平安、丰收和健康。每年正月初四到十五，杨家堂村有舞太平龙灯的习俗，还会到三都乡各村以及县城舞龙灯。每年农历六月初六，全村男女老少来到鹿岭寨殿进行求雨仪式，祈祷村庄风调雨顺、五谷丰登。而每到春节、清明、冬至等重要节日，村民就会使用踏碓舂糯米、打清明果胚、打米果等。[1] 杨家堂村的民俗活动皆已传承百年，传统民俗的风貌依旧在延续。（表 3-2-10）

表 3-2-10　杨家堂村节庆民俗活动

| 民俗活动 | 图示 ||
|---|---|---|
| 祭祀祈福 | | |
| 舞太平龙灯 | | |
| 求雨及传统踏碓 | | |

---

1　参见浙江省古建筑设计研究所《松阳县杨家堂村传统村落保护发展规划（附件四）》，2014 年，第 3 页。

（五）调查总结

以田野调查为基础，从村落格局、空间形态、空间活动等维度归纳出杨家堂村公共空间的总体特征。

村落格局特征：其一，具有依山而建、穿水而过的自然格局，农地格局以梯田为主。其二，在选址布局、公共空间的构成与形态上，均表现出"尊重地形、利用水源、合理开耕"，与自然环境休戚相关、和谐共生的互动关系。

空间形态特征：其一，整体形态上，位于山地的杨家堂村以团块状布局。其二，杨家堂村的建筑多为土木构架的清代民居，屋顶形式为直屋脊的硬山顶。公共建筑与传统民居形制相似，数量相对少，规模也不大。其三，杨家堂村街巷网络呈放射状，大致以宗祠及晒场为辐射中心，向四周延伸道路。面状空间形态自由，与地形关系密切。其四，侧界面以合院式建筑为基础，相对规则、严整、封闭且连续，于是侧界面风貌较为统一。同时，为顺应山势而成的底界面及台地界面，结合穿插其中的自然要素，形成了错落有致、韵律层叠的整体界面形态。其五，村落边界多由自然山水要素形成，东南侧靠崖壁，其余多环绕梯田与林地，因此拥有较为明确的自然边界。自然边界与村落之间再以建筑、街巷与广场进行分隔与沟通，如摄影亭、古树广场和古道等边界性空间，具有一定的边界效应。其六，杨家堂村围绕宋氏宗祠布局，形成晒场、水塘等中心性空间，村落整体具有较强的向心性。其七，街巷与广场空间多因地制宜，自然要素渗透其间，于是空间尺度较为灵活多变。外围道路自村口向内逐渐变窄，车道与步道的边界分明。村落内部街巷分布曲折，等级之分不显著，且多与自然要素、地形地势相结合，形成了丰富的空间层次与亲切的空间尺度。广场空间同样顺势而为，形态不规则、规模较小，晒场空间围合感弱，视线相对开阔，水塘空间则围合感强，视线多有遮挡。

空间活动特征：其一，日常活动的随意性大、空间分布较广泛。其二，公共空间有鲜明的山地风貌特色，生产生活活动也具有自然性、开放性和重叠性。其三，有较为特色的民俗活动，与之对应的是规律的时节和稳定的空间。

综上，本小节基于杨家堂村与山、水、田、林等自然环境紧密相融的关系，对其公共空间进行了点、线、面的形态解构。点状空间以土木结构、金色外墙的历史建筑为特色，辅以木制凉亭、古树名木等。线状空间由放射型街巷网络构成，街巷又有台阶、缓地、坡道、台地等多种道路形态。面状空间包括水塘、晒场和停车场。空间活动也因为山地条件和文化习俗，具备了地方特色。此外，由于地势地形、围合形式、界面要素以及空间尺度等客观因素的差异与变化，杨家堂村作为山地型村落较之平原、盆地型村落，其空间体验相对丰富且多元。

## 二、公共空间的图式语言体系构建

### （一）公共空间语汇图式

杨家堂村公共空间布局，基本可以分为：以民居组合为主的建筑空间，以坡道、台阶组成街巷为主的连接空间，以绿地、梯田、古树、溪流、水塘、晒场、停车场为主的附属空间，以及由前三种空间要素组成的复合空间。

#### 1.杨家堂村公共空间布局的字与词

通过提炼，总结出杨家堂村字与词图式共135个。（表3-2-11）（1）建筑空间。主要包括公共建筑和民居建筑，同样由于民居建筑是形成户外公共空间的界面要素，因此将民居建筑与公共建筑放在一起但不讨论其内部空间。建筑空间的"字"层面包括屋顶、天井、院落3种基本要素共36个图式。"词"层面有民居组合、公共建筑2种组合形式共25个图式。（2）连接空间。"字"层面由街巷这一基本要素组成共27个图式。"词"层面为街巷空间这一种组合形式共10个图式。（3）附属空间。"字"层面包括绿地、梯田、古树、溪流、水塘、晒场、停车场等7种基本要素共17个图式。"词"层面如绿地空间、梯田空间、水塘空间、晒场空间、停车场空间等5种组合形式共16个图式。（4）复合空间。没有"字"的层面，是前三类空间要素的组合，包括亭街组合、过街楼组合、溪街组合等3种组合形式共4个图式。（表3-2-12）

## 表 3-2-11 杨家堂村公共空间语汇图式

| 层级 | 图式 |
|---|---|
| 字 | 1 一型屋顶1  2 一型屋顶2  3 一型屋顶3  4 一型屋顶4  5 一型屋顶5  6 一型屋顶6  7 一型屋顶7  8 一型屋顶8  9 一型屋顶9  10 一型屋顶10  11 口型屋顶1  12 LJ型屋顶1<br>13 LJ型屋顶2  14 H型屋顶1  15 H型屋顶2  16 L型屋顶1  17 L型屋顶2  18 L型屋顶3  19 L型屋顶4  20 块型屋顶1  21 块型屋顶2  22 块型屋顶3  23 块型屋顶4  24 块型屋顶5<br>25 现代屋顶1  26 现代屋顶2  27 现代屋顶3  28 现代屋顶4  29 天井1  30 天井2  31 天井3  32 天井4  33 院落1  34 院落2  35 院落3  36 院落4<br>37 一型街巷1  38 一型街巷2  39 弧型街巷1  40 弧型街巷2  41 弧型街巷3  42 弧型街巷4  43 弧型街巷5  44 L型街巷1  45 L型街巷2  46 L型街巷3  47 L型街巷4  48 L型街巷1<br>49 T型街巷2  50 T型街巷3  51 T型街巷4  52 T型街巷5  53 Y型街巷1  54 Y型街巷2  55 Y型街巷3  56 Y型街巷4  57 Y型街巷5  58 Y型街巷6  59 Y型街巷7  60 十型街巷1<br>61 十型街巷2  62 十型街巷3  63 十型街巷4  64 绿地1  65 绿地2  66 绿地3  67 绿地4  68 梯田1  69 梯田2  70 梯田3  71 梯田4  72 古树<br>73 一型溪  74 弧型溪  75 S型溪  76 Z型溪  77 水塘  78 晒场  79 停车场1  80 停车场2  81 民居组合1  82 民居组合2  83 民居组合3  84 民居组合4 |
| 词 | 85 民居组合5  86 民居组合6  87 民居组合7  88 民居组合8  89 民居组合9  90 民居组合10  91 民居组合11  92 民居组合12  93 民居组合13  94 民居组合14  95 民居组合15  96 民居组合16<br>97 民居组合17  98 民居组合18  99 民居组合19  100 公共建筑1  101 公共建筑2  102 公共建筑3  103 公共建筑4  104 公共建筑5  105 公共建筑6  106 街巷空间1  107 街巷空间2  108 街巷空间3<br>109 街巷空间4  110 街巷空间5  111 街巷空间6  112 街巷空间7  113 街巷空间8  114 街巷空间9  115 街巷空间10  116 绿地空间1  117 绿地空间2  118 绿地空间3<br>119 绿地空间4  120 绿地空间5  121 绿地空间6  122 绿地空间7  123 绿地空间8  124 绿地空间9  125 梯田空间1  126 梯田空间2  127 梯田空间3  128 梯田空间4  129 水塘空间  130 晒场空间<br>131 停车场空间  132 亭街组合1  133 亭街组合2  134 过街楼组合  135 溪街组合 |

续表

| 层级 | 图式 |
|---|---|
| 词组 | 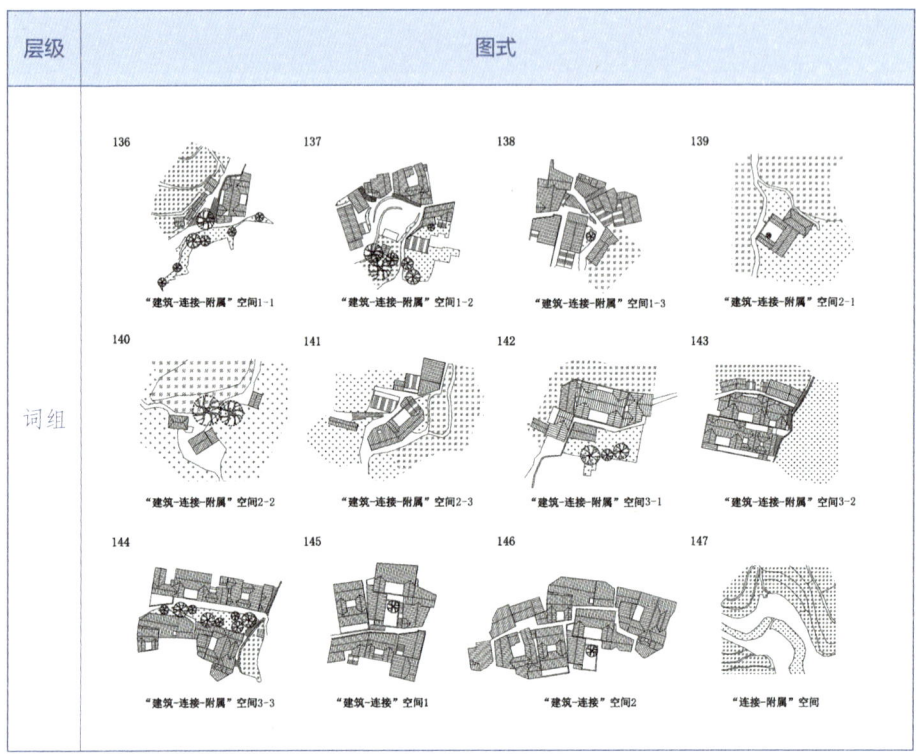 |

注：建筑空间图式：1–36；81–105
　　连接空间图式：37–63；106–115
　　附属空间图式：64–80；116–132
　　复合空间图式：133–135
　　词组：136–147

**2. 杨家堂村公共空间布局的词组**

如表3-2-12所示，通过拼接、嵌套杨家堂村公共空间布局中的字、词得出该村词组共有三大类，即"建筑空间＋连接空间""连接空间＋附属空间""建筑空间＋连接空间＋附属空间"。其中"建筑空间＋连接空间＋附属空间"共有3种形式9个图式；"建筑空间＋连接空间"共有1种形式2个图式；"连接空间＋附属空间"共有1种形式1个图式。

表 3-2-12　杨家堂村公共空间语汇图式汇总表

| 层级 | 大类 | 形式 | 图式数量（个） | 小计 |
|---|---|---|---|---|
| 字 | 建筑要素 | 屋顶样式、天井样式、院落样式 | 36 | 80 |
| | 连接要素 | 街巷 | 27 | |
| | 附属要素 | 绿地、梯田、古树、溪流、水塘、晒场、停车场 | 17 | |
| 词 | 建筑空间 | 民居组合、公共建筑 | 25 | 55 |
| | 连接空间 | 街巷空间 | 10 | |
| | 附属空间 | 梯田空间、绿地空间、水塘空间、晒场空间、停车场空间 | 16 | |
| | 复合空间 | 亭街组合、过街楼组合、溪街组合 | 4 | |
| 词组 | 建筑空间＋连接空间＋附属空间 | 3种形式 | 9 | 12 |
| | 建筑空间＋连接空间 | 1种形式 | 2 | |
| | 连接空间＋附属空间 | 1种形式 | 1 | |

（1）建筑空间＋连接空间＋附属空间

建筑、连接与附属空间的组合是传统村落公共空间布局中较为复杂的空间单元，整体表现为以某类空间为核心，通过与其他空间要素的融合、叠加或咬合等组合方式构建出的公共空间。这种复杂空间单元是杨家堂村中占比较大的空间组织类型，在词组图式提炼中将其归纳为三类空间形态。（图 3-2-29）

①聚集性的面状空间（图式136—138）。以附属空间为核心的，有杨家堂村的古树空间、晒场空间、水塘空间等三处广场，为居民提供了聚集交流、生产生活的场所。这三处空间大小不一，位于中心的古树、晒场、水塘皆处于四周围

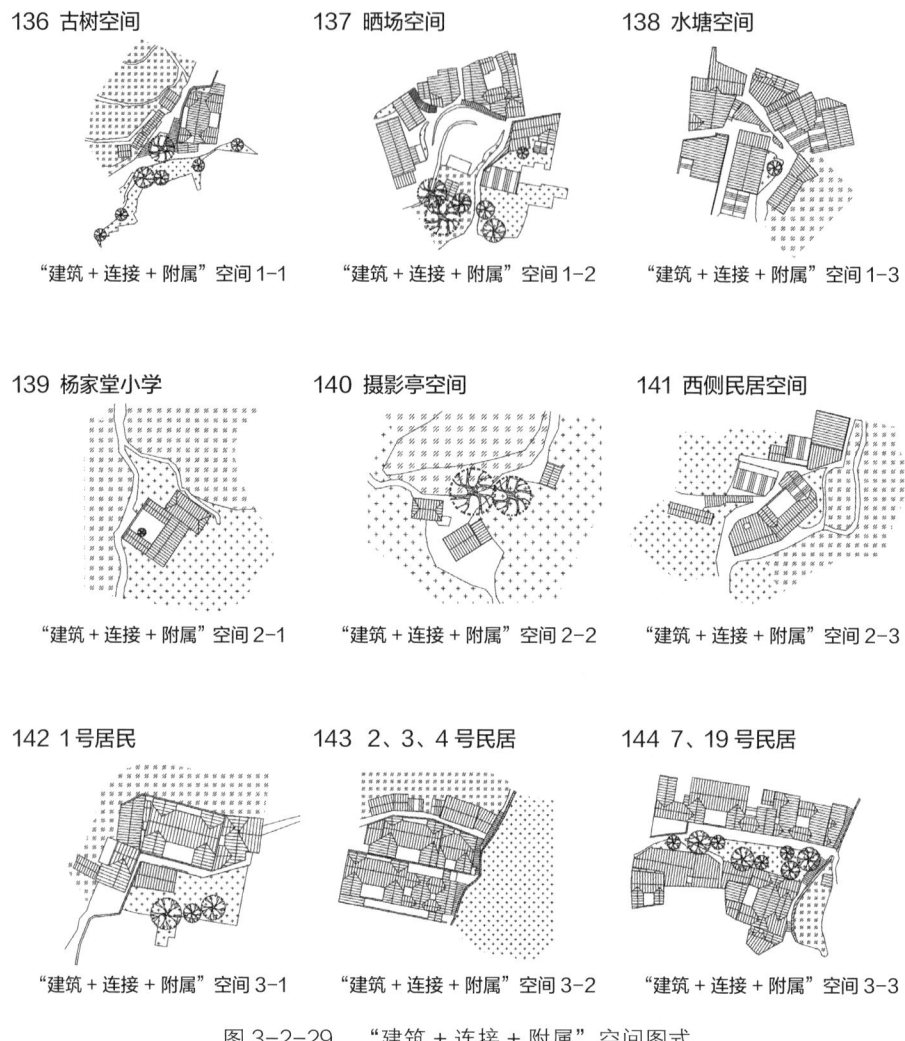

图 3-2-29 "建筑 + 连接 + 附属"空间图式

合或半围合的状态。结合山地村落的特点,可知这些面状空间的尺度规模不大,聚集性强且生产生活气息浓郁。

②标志性的点状空间(图式139—141)。以建筑空间为核心,这三处空间位于村落西、南角边界处。由于接近山体,除了核心建筑与连接道路,周围还遍布绿地、梯田和林地等自然要素。三处空间的中心建筑具有较强的标志性,尤其是杨家堂小学(图式139)与摄影亭(图式140),游客在这两处空间游览的时间相对较久。

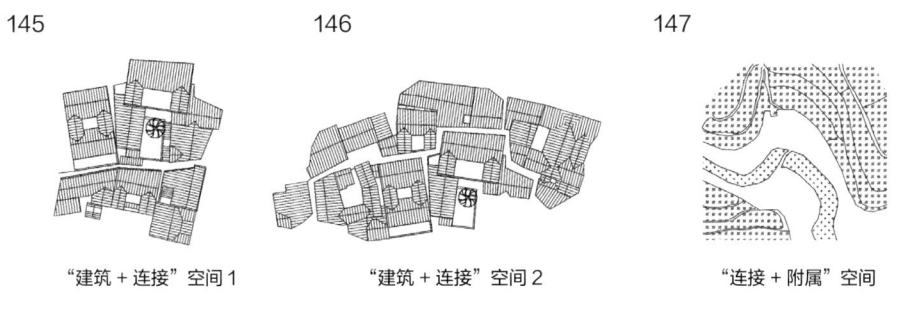

图 3-2-30 "建筑+连接"空间图式　　图 3-2-31 "连接+附属"空间图式

③逗留性的线状空间（图式142—144）。以连接空间为核心，一侧界面为建筑，另一侧则为自然要素。作为杨家堂村中较有特色的街巷空间，道路一侧的建筑排布紧密，另一侧与绿地、溪流或山体相连，成为游客游览过程中乐于逗留的线状空间。

（2）建筑空间+连接空间

街巷网络作为传统村落的结构骨架，串连着杨家堂村的建筑组团，并渗透至各家门前。于是，建筑往往成为街巷侧界面的重要组成部分。除了历史建筑的艺术与美学价值，临街民居在很大程度上增强了街巷的安全性。建筑空间与连接空间紧密组合的模式，在确保通行便捷、邻里交流的同时，也体现着杨家堂村聚族而居、合理用地的人居理念。（图3-2-30）

（3）连接空间+附属空间

杨家堂村连接空间与附属空间的组合，主要体现在梯田、绿地与道路、广场之间形成的空间单元特色。因杨家堂村的地形地势与用地规模，民居建筑布局整体较为紧凑，建筑之间的街巷宽度普遍较小，穿插其间的绿地空间多为点缀，难以形成较为纯粹、典型的"连接+附属"空间。因此，这种图式主要体现为村口这一宽敞区域，道路在此处扩大为面状空间，同周边环绕的梯田一起形成了开阔场地。场地因落差一分为二，中间以台阶相连、绿地相隔。这里已成为村落的停车场，解决了村民和游客的停车问题。实际上，村口"连接+附属"的空间组合图式，依旧符合传统村落"水口"的空间特征，延续着村口汇聚、村内渗透的空间节奏。（图3-2-31）

## （二）公共空间语法分析

### 1. 空间布局的词法

杨家堂村公共空间布局的词法，涵盖了单一、并列、交叉、叠加、连续、嵌套、重叠和融合等。为更好地厘清山地型村落空间单元构成、"三生"空间组合及其与乡土社会、自然生态的关系，在词法分析上采用了两个尺度。一是以"词"的尺度针对空间单元构成展开分析。即将空间单元按其社会属性归类为生态、生活、生产三类，依次明确各类空间单元的关系词法特征。二是以村域及自然基底的尺度针对"三生"空间格局展开探讨。即以生态、生产和生活三类空间的组合图式，分析其过程词法的顺序及逻辑，从而探索杨家堂村空间格局形成的演化机理。需要说明的是，这个尺度下的山林、水体等自然基底与村内生态单元承载着生态功能，村落的生活空间单元组合则整体视为生活空间，梯田及组合则为生产空间。

（1）空间单元构成

空间单元是"字"拼接组合的结果，以下从生态、生活、生产三个方面对杨家堂村"词"层面的典型语汇图式进行词法的归类与分析。（表3-2-13）

表 3-2-13　杨家堂村空间单元词法分析

| 空间属性 | 空间单元 | 词法 | 典型图式 |
|---|---|---|---|
| 生活空间 | 公共建筑 | 单一 | 100 101 102 103 104 105<br>公共建筑1　公共建筑2　公共建筑3　公共建筑4　公共建筑5　公共建筑6 |
| | 街巷网络 | 交叉与交织 | 106 107 108 109 110 111<br>街巷空间1　街巷空间2　街巷空间3　街巷空间4　街巷空间5　街巷空间6<br>112 113 114 115<br>街巷空间7　街巷空间8　街巷空间9　街巷空间10 |

续表

| 空间属性 | 空间单元 | 词法 | 典型图式 |
|---|---|---|---|
| 生活空间 | 亭街、过街楼 | 叠加 |  132 亭街组合1　133 亭街组合2　134 过街楼组合 |
| | 南侧溪街 | 连续 | 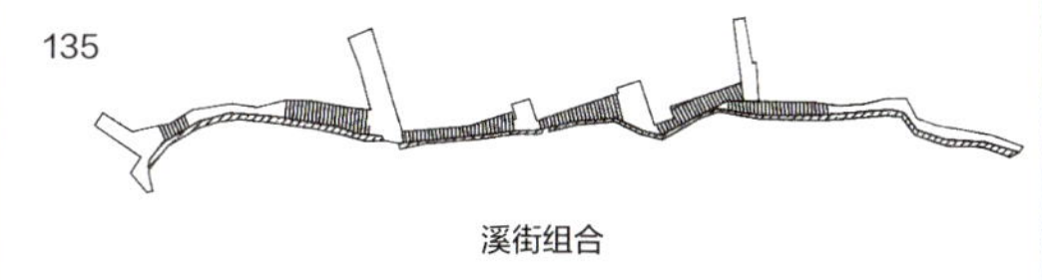 135 溪街组合 |
| | 晒场空间 | 融合 | 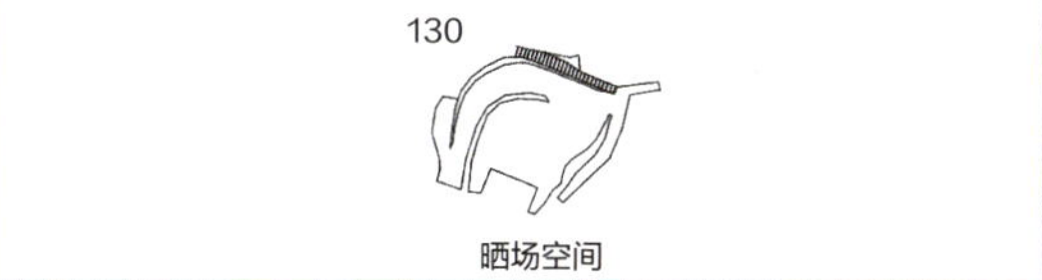 130 晒场空间 |
| 生产空间 | 梯田 | 嵌套 | 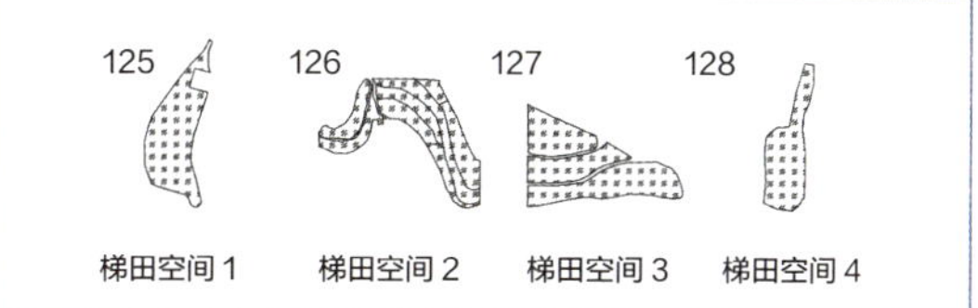 125 梯田空间1　126 梯田空间2　127 梯田空间3　128 梯田空间4 |
| 生态空间 | 绿地古树、水塘空间 | 重叠 | 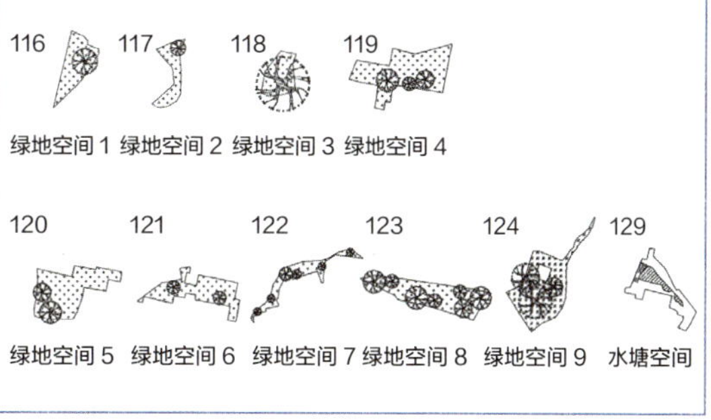 116 绿地空间1　117 绿地空间2　118 绿地空间3　119 绿地空间4；120 绿地空间5　121 绿地空间6　122 绿地空间7　123 绿地空间8　124 绿地空间9　129 水塘空间 |

①生活空间。杨家堂村的生活空间主要由民居、公共建筑与街巷、广场组成，其中公共建筑、街巷和广场构成的公共空间承载着村民除了居住以外的公众活动。其按照村民的生活需求，结合村落的地理位置、资源条件以及传统文化等因素整合空间要素之间的关系，塑造了适合村民互动交流、集体参与的公共空间。公共建筑以"单一"词法将"字"层面的建筑要素进行组合，从而形成完整、趋同的建筑单体，其形制相似、材质相同。街巷、亭街、过街楼和溪

街等统一视为连接空间，分别以"交叉""交织""叠加""连续"词法构成了街巷网络的基础。晒场则"融合"了坡道、坡地及台阶等，成为村民聚集交往的中心广场。

②生产空间。生产空间在传统村落中，往往由农田、园地、山林等基本空间要素构成。杨家堂村的生产空间主要是通过"嵌套"而成的、区块分明的、顺山势分布的梯田。

③生态空间。生态空间依托地理环境及资源禀赋，为村民生产生活与村落发展提供了物质基础。杨家堂村村内的生态空间主要由水体、绿植等自然要素构成。与村域尺度不同，其穿插在建筑、街巷之间，是一种以"重叠"词法组合而成的局部点缀。

（2）"三生"空间格局

在更大的尺度上，以上这些空间单元的组合与制约进一步造就了杨家堂村的空间格局。下文从村域尺度，分别以"生产—生活""生态—生活""生态—生产""生态—生产—生活"四种组合，逐步探讨。

①生产—生活空间格局。以农业为基础的传统村落，其生产、生活空间关系紧密，两者通常毗邻、重叠。杨家堂村以"并列""咬合""重叠"的过程词法，形成"生产—生活"空间格局。（图3-2-32）

②生态—生活空间格局。生态、生活构成的空间格局是从矛盾走向合理的过程。生态的自然产生与生活的外来介入在初期会产生一些矛盾，但在发展演变中逐渐形成相得益彰的复合空间。杨家堂村以"并列""咬合""融合"的过程词法，形成"生态—生活"空间格局。（图3-2-33）

③生态—生产空间格局。生产与生态往往是相互联系与促进的关系，适宜的生产开发能与生态空间和谐相处。杨家堂村在山坡上开垦梯田，可有效减少山体滑坡、落石等山地自然灾害；林地水系和边缘廊道，则对梯田有保护作用。杨家堂村以"并列""咬合"的过程词法，形成"生态—生产"空间格局。（图3-2-34）

④生态—生产—生活空间格局。"三生"空间格局在宏观上是各种空间系统的有机融合。总体来看，生态空间为生活、生产空间提供了自然物质基础；生活空间为生产空间提供了人力资源，对生态空间有干预作用；生产空间则作为生态

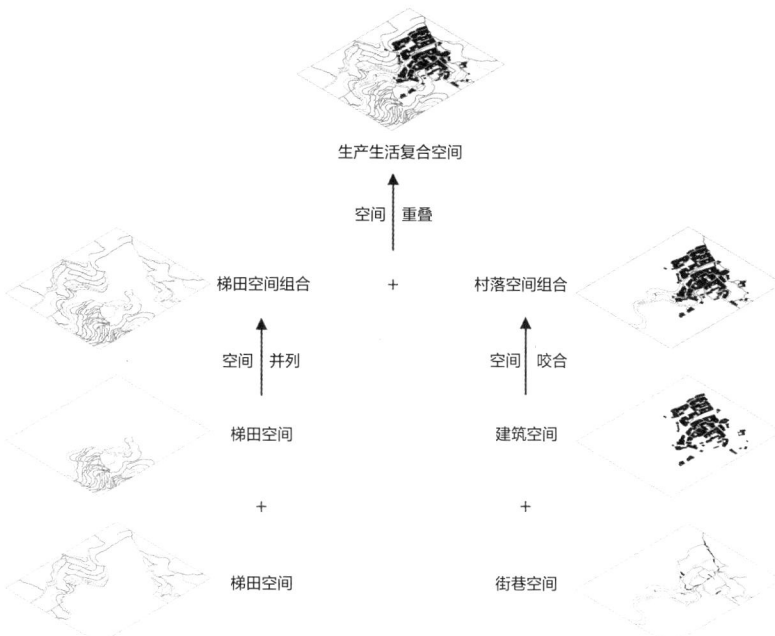

图 3-2-32　生产—生活空间组合图式

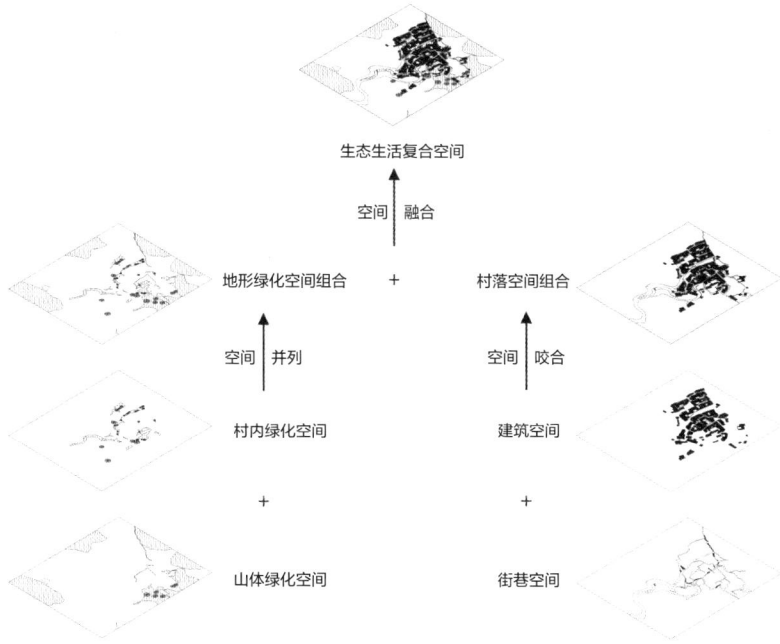

图 3-2-33　生态—生活空间组合图式

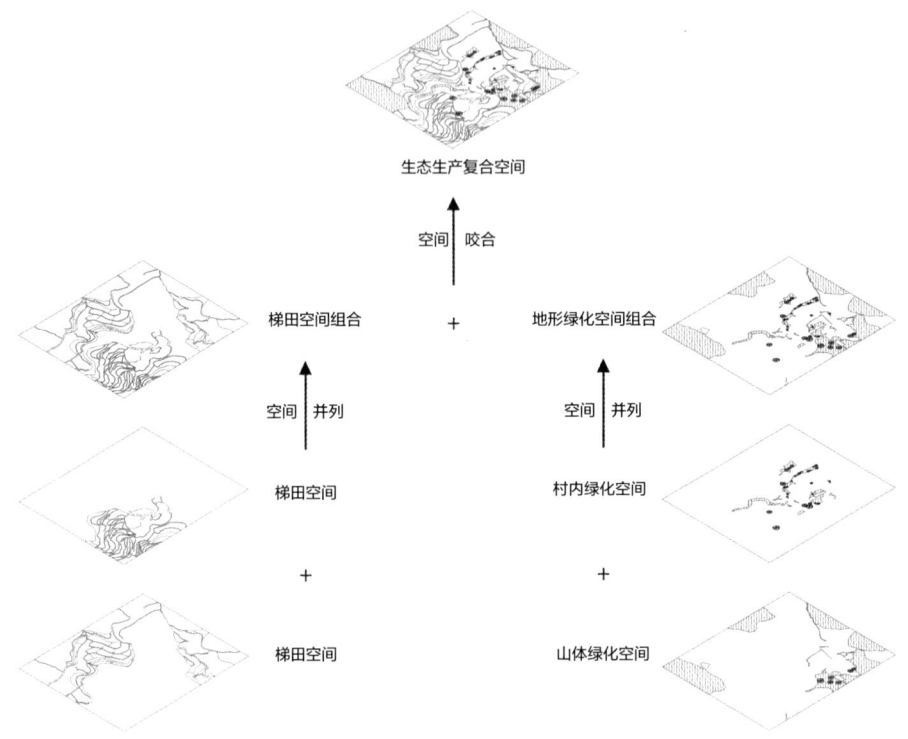

图 3-2-34　生态—生产空间组合图式

空间与生活空间的过渡，可称为"第二自然"。三者可视为层级衍生、相互作用的共生体。（图 3-2-35）

具体而言，杨家堂村综合以"并列""咬合""重叠"的过程词法，形成"山坡林带—梯田—村落"的"三生"空间格局。（图 3-2-36）四周的山坡林带为村落提供了生态屏障，很大程度上消除了自然隐患；依山坡层叠的梯田，成为安全缓冲空间并保障了村落粮食的生产与供应；村民的生态人居理念以及外显的空间活动与空间营造，在时间维度下表现为村落格局的持续优化与迭代。实际上，"三生"空间是杨家堂先民在数百年的生产、生活过程中顺应自然、改造自然以及与自然和谐共生、共同进化的成果。在历史的长河中，村落、梯田和山水早已有机融合，成为密不可分的共生系统。而对于"三生"空间的分类，包括之前的空间单元归类都是为了便于讨论，并在此基础上归纳"三生"空间的关系与过程机理。

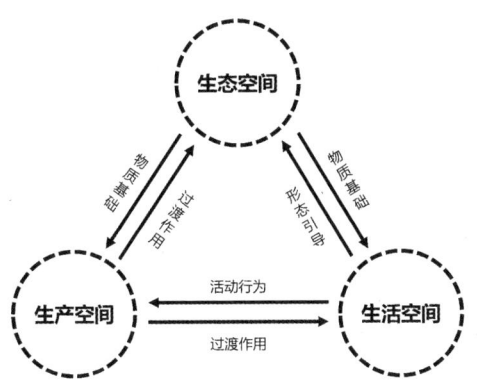

图 3-2-35 三生空间共生关系图示

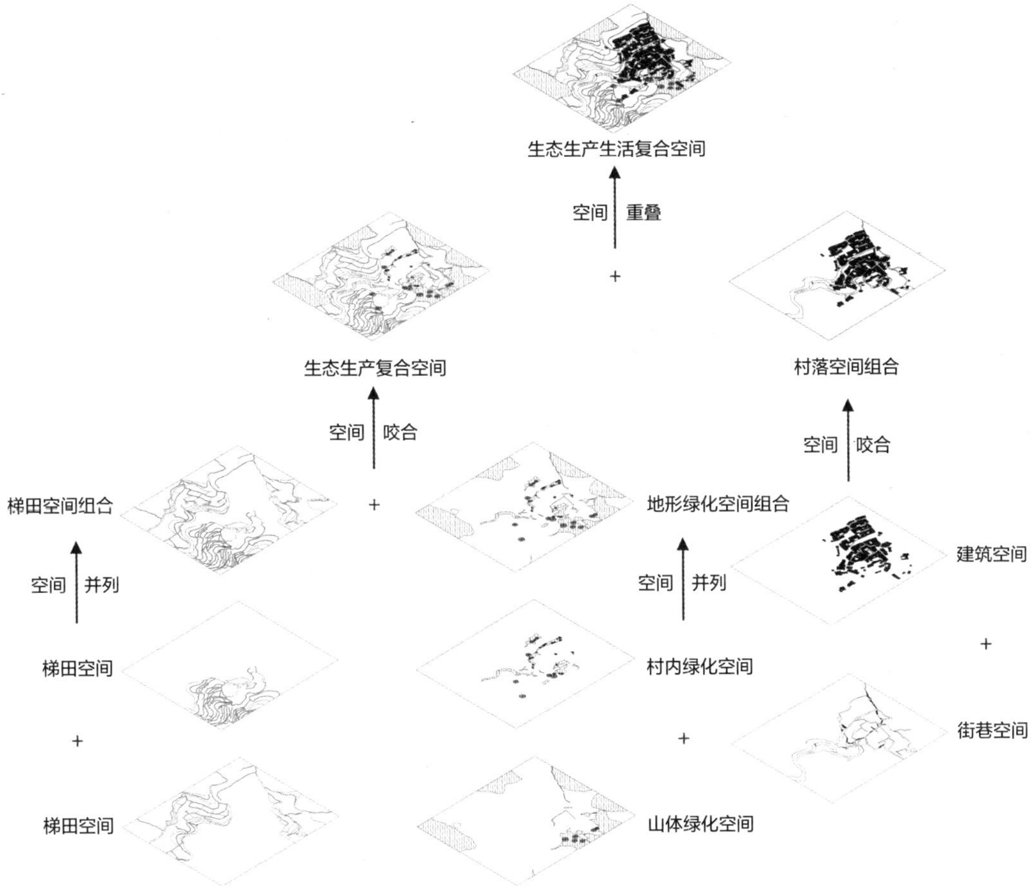

图 3-2-36 生态—生产—生活空间组合图式

（a）村庄肌理风貌　　　　　　　　　　（b）街巷沟渠

图 3-2-37　杨家堂村空间句法：本土性

## 2. 空间布局的句法

### （1）本土性

传统村落空间布局往往会因地制宜，在特定的地理环境下形成了具有本土特色的空间系统。作为典型的浙南山地村落，杨家堂村的空间要素与布局形态已具有较强的地方性与本土性，体现在空间系统对山地环境的适应及对历史文脉的传承。环境适应方面，杨家堂村属于亚热带季风气候区，气候温暖湿润，雨量充足，传统民居以土木构架的天井院式为主，在确保了采光通风、蓄水排涝的同时，也营造了家庭的私密性与凝聚力。又因山地地貌，杨家堂村的街巷与水系有机结合，保障了村落的用水与消防。其中，街巷顺应山势而交织成网，横向等高延伸、纵向阶梯层叠，街边开辟沟渠用作山涧引流及雨水排放，形成特色的街渠空间与溪街空间。历史文脉方面，传统民居作为本土文化的显性载体，杨家堂村的历史建筑大都建于清乾隆至道光年间。建筑的形制、技艺规范且类似，泥墙、青瓦、硬山顶、封火马头墙和梁架结构等均保持原貌；建筑的门墙书画、门楣题额等传统装饰仍被保留，体现着杨家堂村的耕读、治家的宗族文化。（图 3-2-37）

### （2）尺度性

尺度一般分为宏观尺度、中观尺度和微观尺度三个层次，在空间系统的连续中尺度是不断变化的。杨家堂村在由空间要素及空间单元的并列、重叠、嵌套等一系

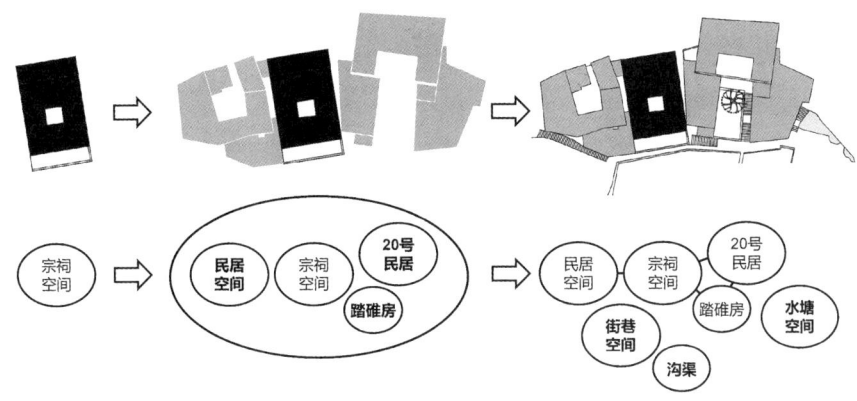

图 3-2-38 杨家堂村空间句法：尺度性

列组合关系形成复合、复杂空间单元的过程中，空间系统的尺度跃迁也随之形成。典型如村落中心的宗祠空间与民居空间及街巷空间等的组合关系及过程机理，实现了由单一尺度的建筑空间向多尺度的复合空间转化，是为尺度的上推。（图 3-2-38）

（3）秩序性

传统村落在自组织发展的过程中，由于受到自然条件和地方文化的限制与影响，几乎每个村落都有其特定的演化脉络与空间秩序。同理，杨家堂村的空间布局一样遵循着自身的文脉、地脉，表现为空间的秩序性。从村域尺度看，杨家堂村整体呈向心布局，即以宋氏宗祠为中心，民居建筑依山势紧凑有序地环状布局，由此形成放射状的街巷网络，呈现出较为严谨规律的结构秩序。从建筑空间看，杨家堂敞厅窄井的天井式民居，讲究中轴对称、平面方正，为三合院或四合院式的二层土木结构楼房。此外，建筑采用地方材料，多以块石、黄土等砌筑墙体，块石、卵石、石板等铺砌地面，以青瓦铺顶。于是，建筑的质感与色彩协调一致，在绿植掩映下显现为明亮的金黄色。（图 3-2-39）

（4）修辞性

与文学作品相似，建筑也采用修辞手法来润色空间，即借助"对比、反复、强调、暗喻"等修辞手法组织空间的关系与序列，从而营造空间氛围。下面以宏观与微观两个视角，分析杨家堂村空间组织的修辞性。

从宏观视角看，杨家堂村整体上建筑组群通过反复的修辞手法，传承并延续着历史建筑的风貌与特色。三合院式民居围绕四合院式的宗祠而建，建筑形制上

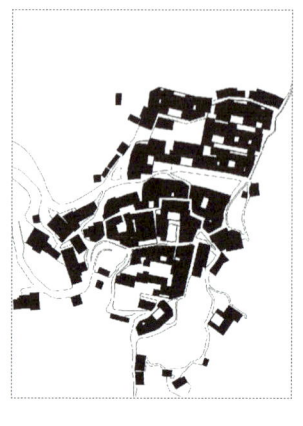  

（a）空间布局　　　　　　（b）建筑形制　　　　　　（c）选材用料

图 3-2-39　杨家堂村空间句法：秩序性

的对比及布局上的主次，强调了宋氏宗祠的中心地位，暗示了杨家堂村的氏族文化。五龙百福社殿、鹿岭寨殿等宗教建筑位于村落相对独立的区域，也是以强调、暗喻的修辞手法展示其多元包容的信仰属性。适应山势而建的狭窄迂回的街巷空间，则综合运用了对比、反复、强调和暗喻的修辞手法，带来丰富的空间体验。

从微观视角看，聚焦于杨家堂村的历史建筑本体，其所用修辞手法有暗喻、对比和强调。民居建筑形制规整，大多为矩形空间，暗示族人要品行端正、克己复礼。建筑空间序列融入了对比和强调的修辞手法，如庭院在空间上具有较强的开阔性与上升感，而天井为四面封闭的空间，更具向心性与下沉感。庭院与天井的对比组合在尺度上大开大合，在形态上虚实相生，在功能上各司其职。此外，由天井设台阶通往高台的堂屋，进一步强调了堂屋的核心地位。可见，修辞手法的综合运用丰富了杨家堂村历史建筑的空间语言，使之更具场所的精神与魅力。

（三）公共空间语境分析

**1. 自然语境**

地理环境深刻影响着传统村落的空间格局与发展潜力，包括村落的选址布局、路网结构、资源利用等，以及未来发展的方向。如前所述，杨家堂村选址于五座大山合拢而成的坡地中，村落整体坐东朝西，四周山峦、梯田环抱，一条小溪自东向西顺着山势穿村流淌，形成"五龙抢珠、玉带绕村"的村落格局。又因四周高、中间低的地势特点，杨家堂村整体布局依势而变，与山体走势融为一体，历史建筑也相应地沿着等高线横向延展、纵向错落。其实早在择地拓荒时期，村庄先民在堪舆的同时已充分考虑当地的自然资源与开发潜力。丛林、山涧、土地以及天然的生态廊道等，为杨家堂村的农业经济、耕读生活和人口繁衍奠定了物质基础。与此同时，也养成了杨家堂人善待自然、合理开发和耕读传家的文化传统。

### 2. 人文语境

（1）产业经济

尊重自然、利用自然和改善自然是传统村落人居环境营建的必经阶段，而自然条件在人工干预之初，往往相对恶劣、困苦和匮乏。因此，杨家堂村宋氏先辈在最初定居时，住茅庐，凿水井，耕耘而食，生活艰苦。之后的儿孙辈，开始"创业建居，贻谋足方，尊师重道，上圣下达，遗泽绵绵，后代发甲"，生活条件逐渐转好，并开始关注族中子弟教育。[1] 历经百余年沧桑，农业逐渐发展完善，宋氏后人可以自给自足，村域扩展也提上日程。至晚清时，杨家堂村开始走上亦农亦商的发展道路。村民凭借山区木材之丰，大批制作筑土墙的工具，销售至丽水、青田、温州、杭州等地，至此宋氏家声渐显，村落逐渐富裕，也更加重视教育问题。历史上的杨家堂村以农业为基，经济长期自给自足，这种产业经济模式限制了村落的发展和人口的增长，再结合当地的地理环境，也就限制了村落的规模。而为了便于管理，梯田大多靠近居住空间，于是杨家堂村规模较小、空间布局紧凑以及环农业特征尤为显著。

（2）宗族文化

作为聚族而居的血缘村落，杨家堂村是丽水市松阳县宋姓族裔主要的聚居地之一。村落的宗族文化浓郁，表现为宋氏宗祠位于村落中心，以宗祠为核心而形成的民居组团显示着杨家堂村的乡土社会秩序；宗族内编制族谱，还会按天干地支每隔数年重修宗谱，从而延续着杨家堂村的血脉传承与宗族文化。

（3）民间信仰

风水观念、宗教意识和礼学思想等同样影响着杨家堂村空间格局的形成与演化。背山面水在风水观念中代表着福祉，于是将山涧从村东南角引入村内并流经

---

1 参见浙江省古建筑设计研究所《松阳县杨家堂村传统村落保护发展规划（附件四）》，2014年，第2页。

宋氏宗祠前，形成玉带屋前过的枕山环水的理想图景。村民信仰五龙王和界天大王，因此修筑了五龙社庙和鹿岭寨殿，年年祭拜以祈求村落风调雨顺、五谷丰登。庙宇坐落在村落边缘与梯田及自然环境邻近之处，场地空灵，为族人共同参与的舞太平龙灯、祭祀祈福和求雨等活动提供充足的空间与氛围。

### 三、公共空间的空间句法解读

#### （一）句法模型构建

以杨家堂村现状的 CAD 图作为基础数据，构建杨家堂村轴线模型。绘制轴线图时遵循空间句法所定义的"最长且最少"的原则，用轴线贯穿所有的街巷空间，形成空间轴线图。（图 3-2-40）之后绘制完成的轴线图以 DXF 格式导入空间句法分析软件 Depthmap，进行轴线模型的分析运算，得到杨家堂村街巷空间的整合度、协同度、可理解度等系列参数，从而对杨家堂村的空间形态进行量化解析。（表 3-2-14）

表 3-2-14　杨家堂村轴线模型参数表

| 村落名称 | 轴线数量 | 连接度 | 全局整合度（$R_n$） | 局部整合度（$R_3$） | 可理解度 | 协同度 |
|---|---|---|---|---|---|---|
| 杨家堂村 | 91 | 2.99 | 0.68 | 1.33 | 0.27 | 0.47 |

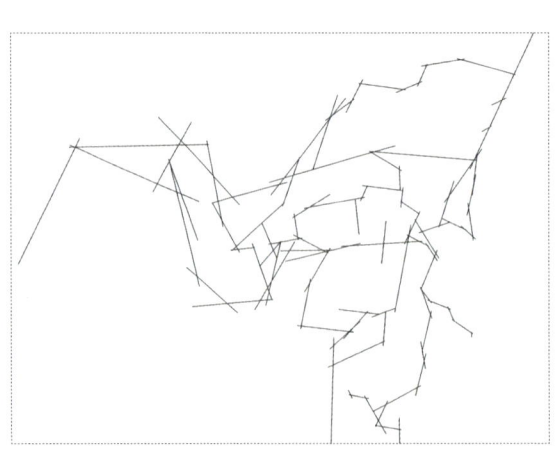

图 3-2-40　杨家堂村街巷空间轴线图

#### （二）整合度分析

**1. 全局整合度**

在空间句法的分析结果中，全局整合度数值最高的那部分轴线被称为轴线系统的核心，这部分轴线代表的街巷在整个街巷系统中扮演着核心空间的角色，反映出这部分区域有较高的公共性和可达性，有较强的汇聚人流的潜力,多分布着重要的公共建筑,在整个村落中发挥着重要的组织作用。通常情况下,村落以此空间为核心,向周围或者某个方向进行扩展。而低整合度的街巷较隐蔽、私密,人流量小,两侧以适合生活居住的民居建筑为主。

如图 3-2-41 所示,由 Depthmap 软件对杨家堂村全局整合度进行可视化表达。各参数分析图的线段默认的上色方式是根据变量的最大值与最小值范围,颜色按照红色—黄色—绿色—蓝色退晕,其代表的数值大小逐步递减。因此,通过量化数据的直观比对与可视化表达,可以对村落的空间特征做出较为客观的描述。杨家堂村的街巷系统总体呈现出"路网曲折,迂回灵动"的放射状空间形态。以村落形态中心的两处放射点(晒场、水塘)为基,街巷空间逐步向外延伸拓展,形成较为明确的两种街巷类型:传统街巷肌理保留较为完好的普遍由较短的街道和曲折的巷道所构成,这些街巷位于村落中部以及东部民居密集的区域;村落北部入口区域与西侧临近梯田的区域的道路则呈现出长距、笔直、联动的对外交通特性。

如前文所论,空间句法的量化分析与传统的质性解读存在互补与验证的关系。杨家堂村的街巷系统从中心主街一带逐渐向四周渗透,各街巷交叉、交织而成联系紧密的街巷网络,并将村落划分为多个不规则的块状组团。与之对应的是轴线颜色由红转蓝,整合度由高变低,形成中心集聚、外围离散的层次分明的网络系统。可见,整合度图示以"核心区—次中心区—边缘区"的空间层级,清晰、客观且定量地呈现了杨家堂村向心凝聚的公共空间布局特征。(图 3-2-42)"核心区"作为杨家堂村重要的公共空间,是村落中最为活跃和开放的区域,有较为鲜明的

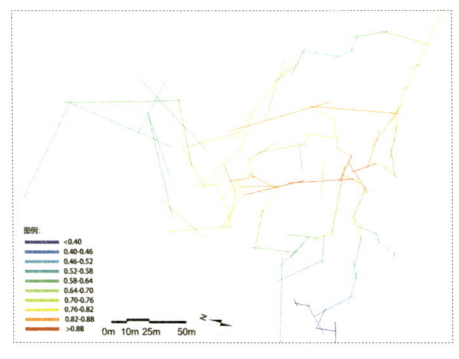

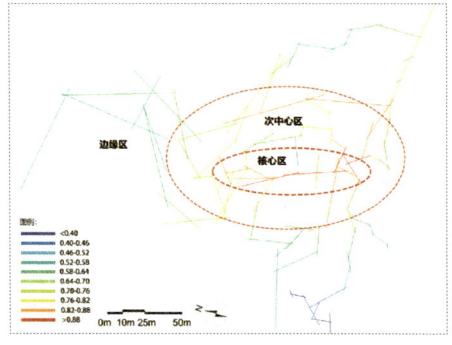

图 3-2-41　杨家堂村全局整合度图示　　图 3-2-42　杨家堂村街巷空间层级图示

乡土特色以及清晰的辨识度，集通行与聚集两大功能。如图 3-2-42 所示，杨家堂村的核心区位于村落的形态中心，主要包括宋氏宗祠、晒场、水塘以及连接三者的主街及支巷。"次中心区"是连接核心街区与边缘性道路的过渡空间，此区域的覆盖范围最广，囊括了大部分民居空间，承载着村民的日常生活和邻里关系，具有较为活跃的次中心公共空间属性，满足村民的日常出行、邻里互动等。"次中心区"围绕"核心区"向四周发散分布，在相互连接、贯通的同时，顺应地势落差产生曲折且复杂的局部街巷空间特色。"边缘区"是村落中较为边缘或尽端的空间区域，也就是图 3-2-42 中绿色、蓝色等冷色区域，基本位于村落外围。杨家堂村"边缘区"路网从方位与形态可分为两种类型：一是村落北部入口区，道路平直且开阔，离散性强，承担着村落对外交通与停车驻足的功能；二是村落东部、西部接近山体的区域，随着地形地势的变化，街巷空间呈现出曲折多变、短线交错的形态特征，且多为尽端路与狭窄的山路形态，主要满足生活通行与农耕作业的连接功能。于村民而言，日常的生活行为主要发生在"次中心区"的生活性街巷，而这些区域也构架起百姓生活的主脉络；"边缘区"主要承担外出、农作的连接功能；"核心区"则是村民聚集、大型活动的重要场所。

根据杨家堂村轴线模型的计算结果，继续选取整合度前 10% 的轴线进行轴线图标注，并叠加村落平面图加以探索与分析。结合表 3-2-15 与图 3-2-43，从全局整合度数据来看，杨家堂村共有两处集成核，代表着村落整合度最高、可达性最佳的公共空间。

表 3-2-15　杨家堂村全局整合度前 10% 轴线

| Ref | 19 | 20 | 16 | 21 | 14 | 77 | 29 | 28 | 13 |
|---|---|---|---|---|---|---|---|---|---|
| 整合度 | 0.94 | 0.93 | 0.90 | 0.88 | 0.88 | 0.86 | 0.86 | 0.86 | 0.86 |

杨家堂村全局整合度平均值约为 0.68，其中大于 0.68 的轴线约占总轴线数的 50.55%。虽然杨家堂村的全局整合度一般，但村落规模小且街巷空间系统向心凝聚，整体可达性并不差。于是，村中可达性较好的道路分布较为集中，可达性最高的道路为宋氏宗祠前至水塘空间附近的道路。其中轴线 13、14、16 构成集成核 1，轴线 19、20、21、77 构成集成核 2，分别对应宗祠空间与水塘空间。

图 3-2-43　杨家堂村轴线分析：全局整合度核心（$R_n$）

以宋氏宗祠为主的集成核 1 区域处于村落的中心地带，此处街巷的高整合度值反映出该区域在村落历史上的核心地位。一方面，如前所述，作为典型的血缘村落，杨家堂村有着浓厚的宗族文化，宋氏宗祠在杨家堂村人心中有着无法代替的核心地位。而宗祠这种地理与心理双重的中心化营建效应，使得集成核 1 拥有了较高的历史地位与研究价值。另一方面，该区域的街巷空间贯通北处的晒场与南处的水塘，实现居民生活、生产活动的无缝衔接，成为两处公共空间物流、人流及沟通交互的桥梁。

集成核 2 位于轴线 19、20、21、77 的交会区域，即水塘空间。因地势落差与场地方位，此处的街巷与水体、建筑、台地在自然演化中融合形成了具有枢纽功能的台地空间。整体以三条整合度较高的街道构成三角的外围形态，以短小曲折的巷道渗透至民居建筑，于是水塘空间的疏散性、汇聚性较强。杨家堂村的水塘是村内唯一的面状水体，四周被建筑与台地包围，同样拥有较强的围合感与向心性,是村民日常生活与交往活动的重要场所。可以说,水塘空间的台地属性、枢纽功能以及亲水特性,使其成为村落不可忽视的核心空间之一。

**2. 局部整合度**

局部整合度是反映一条轴线到某一拓扑半径之内的其他轴线的相对可达性,即一个单元空间与该单元空间几步之内的其他空间的聚集或离散程度。[1]在局部整合度的计算分析中,一般选择最能反映局部变化的3个拓扑步数为限进行分析。杨家堂村平均局部整合度约为1.33,整合度前4的轴线(轴线11、29、12、27)与全局整合度排名前4的轴线(轴线19、20、16、21)有所出入。这些轴线所对应的街巷在局部空间区域内呈现出更具活力的特征,说明小尺度范围的街巷系统,其通达性、集聚性往往与周边村民的日常活动息息相关。与此同时,村内几条主要街巷(轴线13、16、20)的整合度依然保持在平均值以上,与全局整合度有较高的耦合性,说明这些道路是村民在日常生活和集体活动中都有可能经常使用、到达和聚集的地方,甚至去往村落其他区域时也更容易选择与经过这些街巷。

现取局部整合度前10%的数据(表3-2-16),整理出对应的整合度高的街道,形成四处局部集成核区。(图3-2-44)对比全局集成核发现,局部集成核区域的位置及数量均有所变化,凸显小尺度范围内方位偏移、新增核心区以及整体数量增多的局部集散空间特色。下面对局部集成核区域分做简析。

表3-2-16 杨家堂村局部整合度前10%轴线

| Ref | 11 | 29 | 12 | 27 | 13 | 16 | 38 | 20 | 30 |
|---|---|---|---|---|---|---|---|---|---|
| 整合度 | 1.96 | 1.93 | 1.90 | 1.83 | 1.80 | 1.80 | 1.80 | 1.79 | 1.78 |

其一,局部集成核1位于全局集成核1北部并与之有所重叠,其覆盖的范围是轴线11、12、13等道路交会处,并与晒场一同形成了一处面积较大的公共开敞空间。轴线11指代的道路较为宽阔,是村民及外来人员进出村落的交通要道;轴线12、13因地势落差,实则为弯曲的台阶状街道,是人们高程位移的重要通路。由此可见,此处交通便捷、空间使用率较高,具备晾晒、集散和通行等功能,村

---

[1] 参见王浩锋、叶珉《西递村落形态空间结构解析》,《华中建筑》2008年第4期。

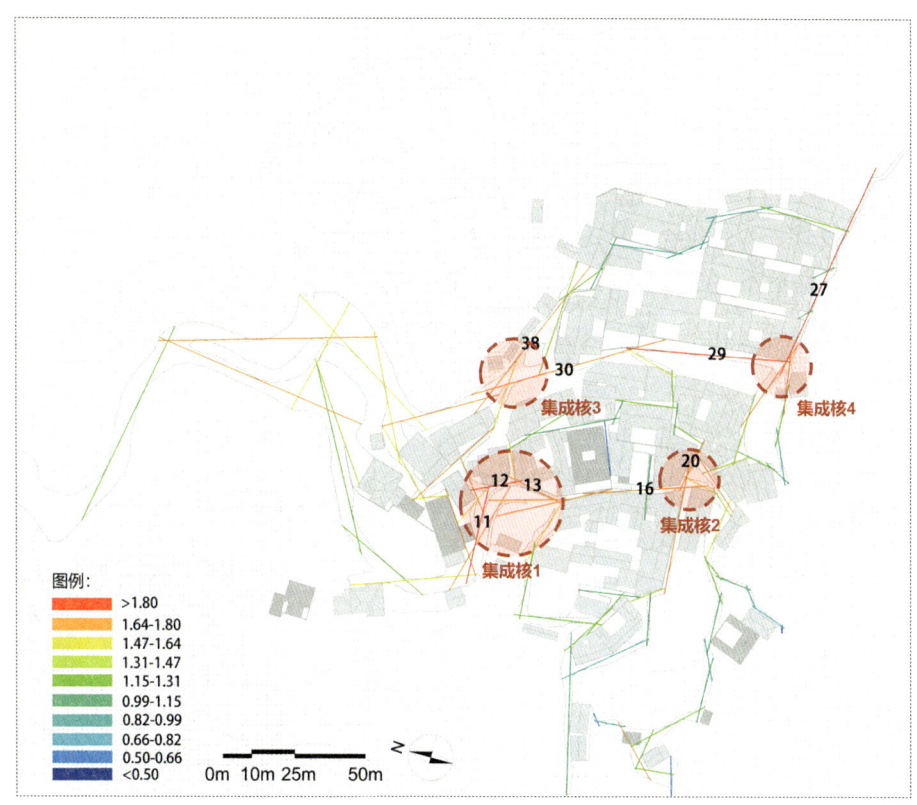

图 3-2-44　杨家堂村轴线分析：局部整合度核心（$R_3$）

民也经常路过此处到村落周边进行田间劳作。

其二，局部集成核 2 与全局集成核 2 几乎完全耦合，说明水塘空间在村落的全域范围和局部范围两种尺度下，都是杨家堂村重要的交通枢纽和活动场所。同时，再次证明作为中心性公共空间，水塘空间对于村落的形态结构与功能分布都有着极其重要的组织作用。

其三，局部集成核 3 位于轴线 30 与轴线 38 交会处，是杨家堂村的古树广场。古树广场靠近村口停车场，连接的街道笔直开阔，具有良好的内外通达性。广场周围建筑之间的距离较远，位于场地中心的古樟树则体形较大，树荫笼罩下的广场空间呈现出向心的三角形态。因古树广场顺应等高线布局，其西面自然形成落差而无视野遮挡，东西向街巷也由此顺山势呈阶梯状分布，南北向街巷则宽敞通达。庞大古树、景观视野和宽阔通路等空间要素，使得此处成为主客共享的集休闲聊天、品茶赏景等功能的边界性核心广场。

其四，局部集成核 4 位于轴线 29 与轴线 27 交会处，是杨家堂村 7 号民居前的道路与村南侧溪街交会的局部放大空间。其中，南北向轴线 29 指代民居前的半边街空间；东西向轴线 27 作为溪街贯穿村落南部民居，街道呈台阶状，与溪涧的互动性强。此处地势较高、视野良好，向西眺望可见村落建筑鳞次栉比，向东抬头则可观赏山林葱郁。可以说，半边街空间加之层叠而上的溪街风貌，彰显了此处的景观特色，除了成为村民日常生活交集之处，也是游客闲步观览的理想区位。（表 3-2-17）

表 3-2-17　杨家堂村局部集成核信息概览

| 局部集成核 | 整合度值 | 空间布局（局部平面图） | 实景图 |
| --- | --- | --- | --- |
| 集成核 1 | 轴线 11：1.96<br>轴线 12：1.90<br>轴线 13：1.80 |  |  |
| 集成核 2 | 轴线 16：1.80<br>轴线 20：1.79 | 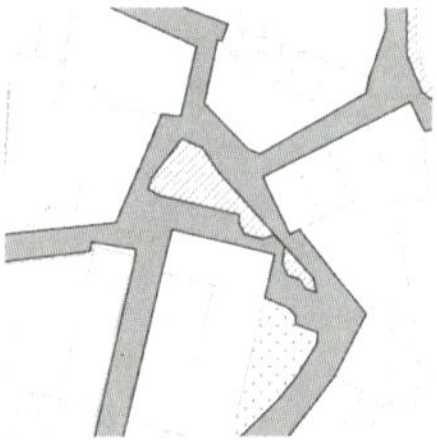 |  |
| 集成核 3 | 轴线 30：1.78<br>轴线 38：1.80 | 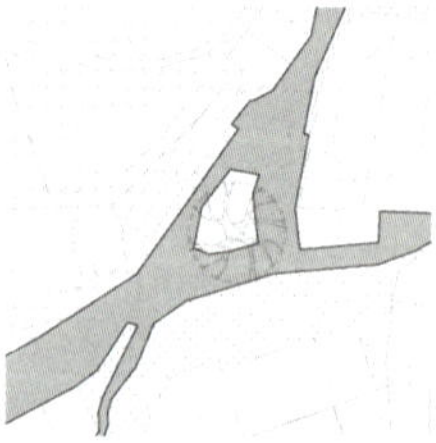 |  |
| 集成核 4 | 轴线 27：1.83<br>轴线 29：1.93 | 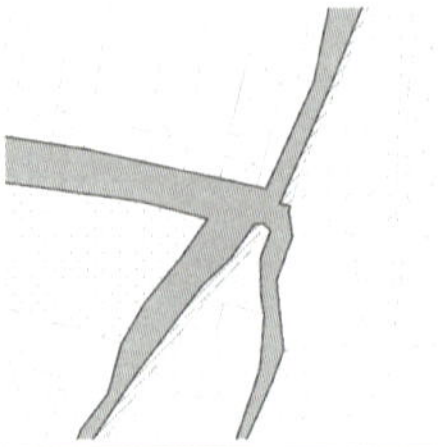 |  |

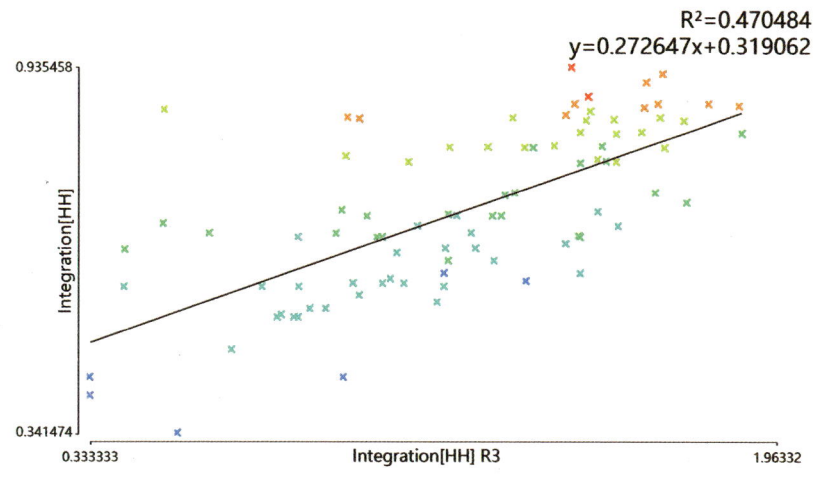

图 3-2-45　杨家堂村协同度（全局整合度和局部整合度）分析散点图

最后，再将全局集成核与局部集成核对比后发现：全局集成核分布在村落中心表征族群精神的宋氏宗祠以及成为交通枢纽的水塘空间；局部集成核除了部分与全局集成核高度重合，还向民居组团渗透分布，是村民日常生活、邻里互动的集聚之处。可见，杨家堂村的公共空间布局层次分明、秩序井然，街巷和广场也由此承载、记录了村民的族群活动以及日常交往的动态轨迹，成为研究村民行为和空间形态交互关系的重要载体。

（三）协同度与可理解度分析

1. 协同度

在空间句法中，通常用全局整合度与局部整合度的散点图来进行协同度的分析与图示。在 Depthmap 软件中选择全局整合度（$R_n$）和局部整合度（$R_3$）这两组数据进行回归分析，通过 XY 散点图来总结轴线系统的协同度，从而分析杨家堂村局部空间与整体空间之间的关系。如图 3-2-45 所示，散点图中 X 轴代表局部整合度，Y 轴代表全局整合度，拟合系数 $R^2$ 代表协同度。若 $R^2$ 的值越高，全局整合度与局部整合度的相关性越高，说明空间趋向单核心空间，反之则趋向匀质或多核空间。[1]

---

1　参见陈健坤、王天为、梁振宇《基于空间分析的传统村落商业布局与优化策略研究：以安徽省查济村为例》，《建筑与文化》2018 年第 8 期。

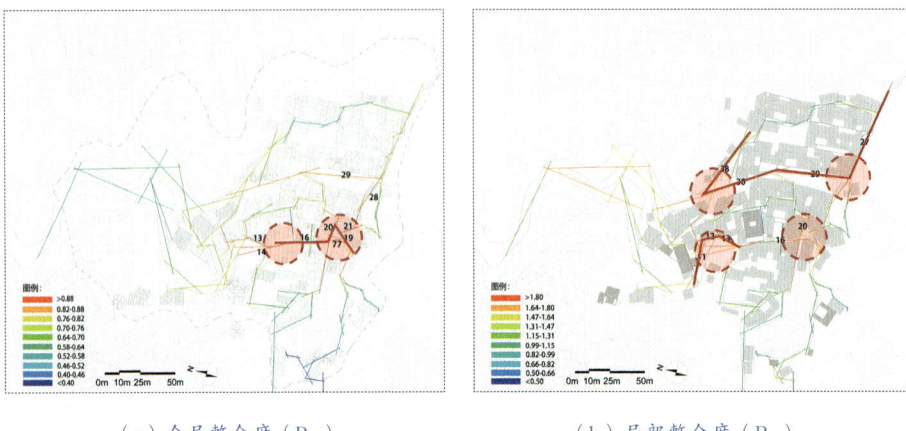

(a) 全局整合度（$R_n$）　　　　（b) 局部整合度（$R_3$）

图 3-2-46　杨家堂村全局整合度与局部整合度对比图示

杨家堂村全局整合度与局部整合度拟合系数不高，数值约为 0.47（＜0.5），表示全局整合度与局部整合度有一定相关性，村落整体空间趋向于多核结构。杨家堂村全局整合度较高的轴线组为宗祠至水塘的主街区域，而局部整合度高的轴线组呈现出两种分布状态：一类沿着主街区域继续延伸，一类则独立于主街分布。前者具备了与全局之间的高度关联，趋向于核心空间的重叠；后者在街巷的通达性方面形成了局部与全局的分离，趋向于新核心的产生。如前所述，全局尺度下的核心空间为宋氏宗祠与水塘空间，局部尺度下则为晒场空间（邻近宋氏宗祠）、水塘空间、古树广场以及半边街与溪街交会处。于是，核心空间在两种尺度下有重合、偏移和新增三种状态，而这种既联系又分离的整体关系，使得杨家堂村最终呈现出多核心的空间形态特征。（图 3-2-46）

**2. 可理解度**

对全局整合度（$R_n$）与连接值（CN）两组数据进行回归分析，得出杨家堂村可理解度的散点图示，计算出 $R^2$ 值约为 0.27。（图 3-2-47）由于 $R^2$ 值远小于 0.5，表明杨家堂村公共空间系统的可理解性较差，当身处其中时难以从局部空间来感知村落的整体布局。实际上，山地型传统村落的可理解度普遍不高，这应与地理环境以及村落历史上排外内聚、抵御侵害的现实需求相关。简单来说，受地形地势与建筑排布的影响，杨家堂村内部的街巷空间整体曲折、狭窄，于是视野受限、封闭性较强。从游客的实际体验来看，行走在曲折道路、尽端路以及

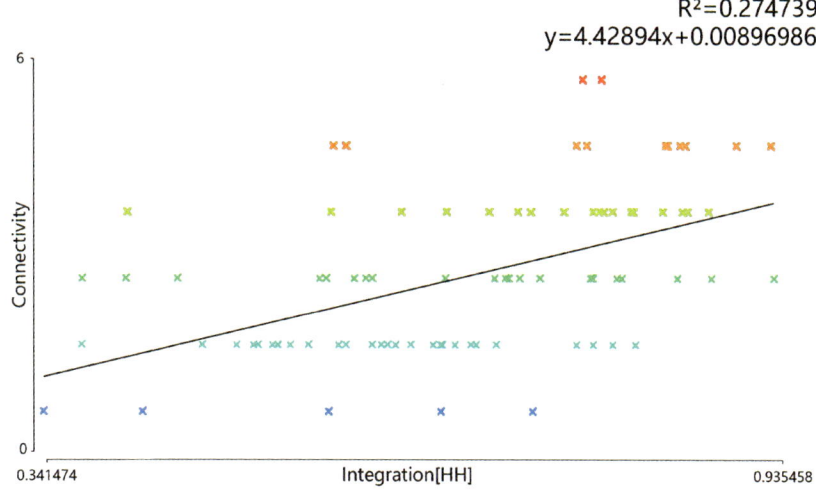

图 3-2-47　杨家堂村可理解度（全局整合度和连接值）分析散点图

两侧围合密闭的街巷空间中，给他们的空间认知带来了障碍而容易迷失。从模型计算的原理来看，大量的曲折轴线使得连接值与整合度的拟合关系大大下降。

（四）穿行度分析

在杨家堂村轴线模型的基础上进一步建立线段模型，运用 Depthmap 软件分别计算 50 米、100 米、150 米、300 米、450 米以及 600 米半径下的穿行度和整合度。数据选取标准化角度穿行度（NACH）和标准化角度整合度（NAIN）两个变量，来研究杨家堂村公共空间与人群行为活动的交互关系。其中标准化角度整合度的分析，在这里是作为标准化角度穿行度分析的比较与补充。

**1. 标准化角度穿行度**

以下将村落分割为多个半径范围来比较观察不同出行距离的人流量分布规律，对杨家堂村的标准化角度穿行度（以下简称穿行度）的数据进行分析。为探究杨家堂村各类人群的路径选择与穿行规律，提取并标注出不同距离半径下穿行度值居前 10% 的轴线，从而明确人们的步行轨迹及相关空间的活力。（表3-2-18）在本研究中，杨家堂村的人群结构及出行距离定义如下：简分为村民与游客两类人群，其中村民的出行半径包括 50 米、100 米和 150 米，游客的出行半径包括 300 米、450 米和 600 米。

表 3-2-18　不同半径的标准化角度穿行度前 10% 轴线汇总

| 人群 | 半径 | 轴线编号及标准化角度穿行度值 | | | | | | | | |
|---|---|---|---|---|---|---|---|---|---|---|
| 村民 | 50 米 | 轴线 | 79 | 78 | 152 | 154 | 42 | 39 | 108 | 52 | 43 |
| | | NACH 值 | 1.68 | 1.61 | 1.52 | 1.45 | 1.42 | 1.42 | 1.35 | 1.34 | 1.34 |
| | 100 米 | 轴线 | 48 | 80 | 53 | 39 | 52 | 65 | 42 | 100 | 11 |
| | | NACH 值 | 1.36 | 1.32 | 1.32 | 1.32 | 1.31 | 1.31 | 1.31 | 1.29 | 1.29 |
| | 150 米 | 轴线 | 52 | 48 | 53 | 11 | 10 | 65 | 42 | 158 | 61 |
| | | NACH 值 | 1.39 | 1.39 | 1.39 | 1.35 | 1.34 | 1.33 | 1.33 | 1.32 | 1.32 |
| 游客 | 300 米 | 轴线 | 48 | 52 | 53 | 11 | 10 | 54 | 158 | 42 | 55 |
| | | NACH 值 | 1.43 | 1.43 | 1.43 | 1.41 | 1.41 | 1.38 | 1.36 | 1.34 | 1.34 |
| | 450 米 | 轴线 | 48 | 52 | 53 | 11 | 10 | 54 | 158 | 55 | 42 |
| | | NACH 值 | 1.43 | 1.43 | 1.43 | 1.41 | 1.41 | 1.38 | 1.37 | 1.34 | 1.34 |
| | 600 米 | 轴线 | 48 | 52 | 53 | 11 | 10 | 54 | 158 | 55 | 42 |
| | | NACH 值 | 1.43 | 1.43 | 1.43 | 1.41 | 1.41 | 1.38 | 1.37 | 1.34 | 1.34 |

（1）村民出行规律

鉴于杨家堂村的规模，选取 50 米、100 米和 150 米为半径的小范围尺度，比较符合村民的日常出行距离和活动范围。将这些半径的穿行度进行归纳与整理，并在线段图中标注相关轴线。（图 3-2-48）50 米半径的高穿行度轴线分布在村

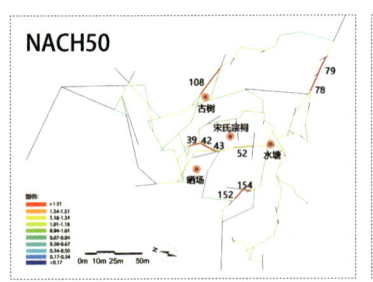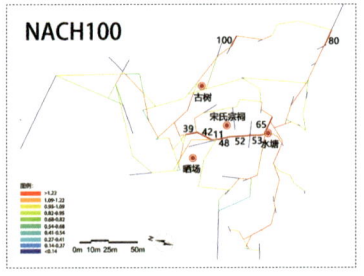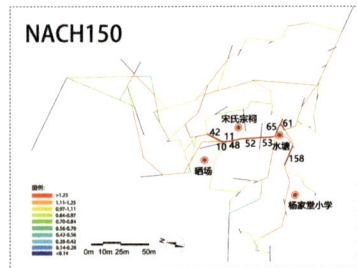

图 3-2-48　村民角度不同半径的标准化角度穿行度图示

内各处，符合村民邻里活动就近便利的规律；100 米、150 米半径的高穿行度轴线逐步向村落中心聚拢，以连接晒场、宗祠、水塘等公共空间的街巷为主，村民的出行活动开始交会于此，凸显村落主街的中心性和枢纽地位；由于村落规模较小，150 米的计算半径已经接近村民在全村范围内选择出行的路径特征。

（2）游客出行规律

游客的活动范围一般来说较村民更大，因此以 300 米、450 米和 600 米为研究半径分别计算穿行度。如表 3-2-18 和图 3-2-49 所示，300 米、450 米和 600 米半径的穿行度值几乎没有变化。原因是显而易见的，村落的规模导致超过 300 米的研究半径已基本覆盖村域。于是，这三个半径范围的穿行度值居前 10% 的轴线完全一致，可以一并讨论。最高穿行度值的轴线组指代晒场至水塘的主街道路，可见游客在游览过程中多选择主街穿越通行。实际上，晒场、宗祠和水塘一带还是游客们汇聚、逗留的主要空间（与后文的整合度重叠）。结合村民村域范围（150 米）的穿行度图示，再次论证了这三处公共空间是村落的宗族文化、乡土氛围和交通枢纽的重要载体，可进一步打造成通行便捷、活力充沛并能展现杨家堂村地方个性的公共区域。其他高穿行度街巷及辐射范围则分布在杨家堂小学、古树广场和停车场，说明游客在这几处公共空间穿越通行、驻足停留的可能性也较高。其实除了村落东南角相对偏僻、私密的民居组团区域，游客与村民的活动路径基本重叠，因此对于杨家堂村而言，主客共享、居旅协同可以成为村落文旅发展的重要导向。

综上，因村落规模有限，杨家堂村在 150 米半径之后的穿行度分布形态开始趋于一致，穿行度的平均值也较为稳定。（表 3-2-19）50 米半径的高穿行度空

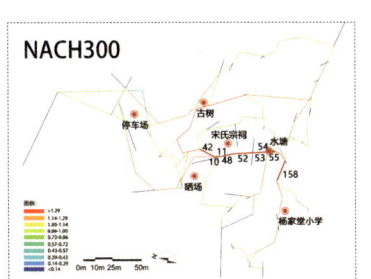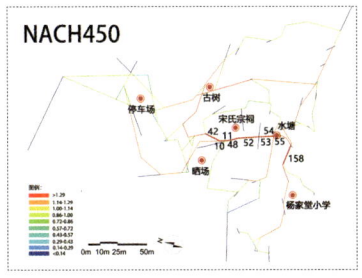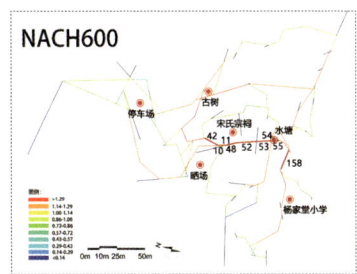

图 3-2-49　游客角度不同半径的标准化角度穿行度图示

间作为村民邻里生活的范围，主要分布于民居周边的街巷；100米与150米半径基本代表了村民生产生活和社会活动的出行尺度，出现了较为集中的穿越路径，即通过主街去往各处；300米、450米、600米半径已显现为杨家堂村全域的路网系统，与100米、150米半径的人流量分布具有较高的重合，意味着这些空间是游客与村民相遇可能性最高的区域。比较来看，出行半径越小人流量分布越分散，会出现地方性的、生活性的交会空间；随着出行半径的扩展，则逐步形成较为明确的空间核心。

表3-2-19 杨家堂村不同半径的标准化角度穿行度平均值

| 半径范围 | 50米 | 100米 | 150米 | 300米 | 450米 | 600米 |
| --- | --- | --- | --- | --- | --- | --- |
| NACH值 | 0.81 | 0.85 | 0.84 | 0.84 | 0.83 | 0.83 |

2. 标准化角度整合度

继续以相同的半径取值范围，对杨家堂村的整合度进行分析。（图3-2-50）50米、100米半径的整合度图示整体呈现冷色调，暖色线段出现在村落外围；150米、300米半径的整合度图示，开始出现中心暖色前景和周围冷色背景的变化趋势；300米至600米半径的整合度图示已趋于一致，主街及附近空间成为高

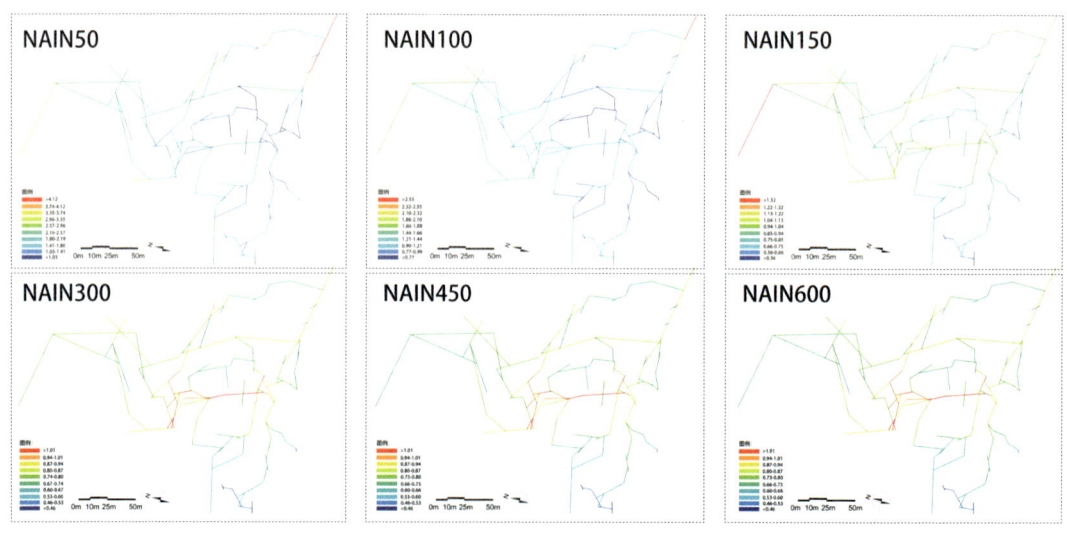

图3-2-50 不同半径的标准化角度整合度图示

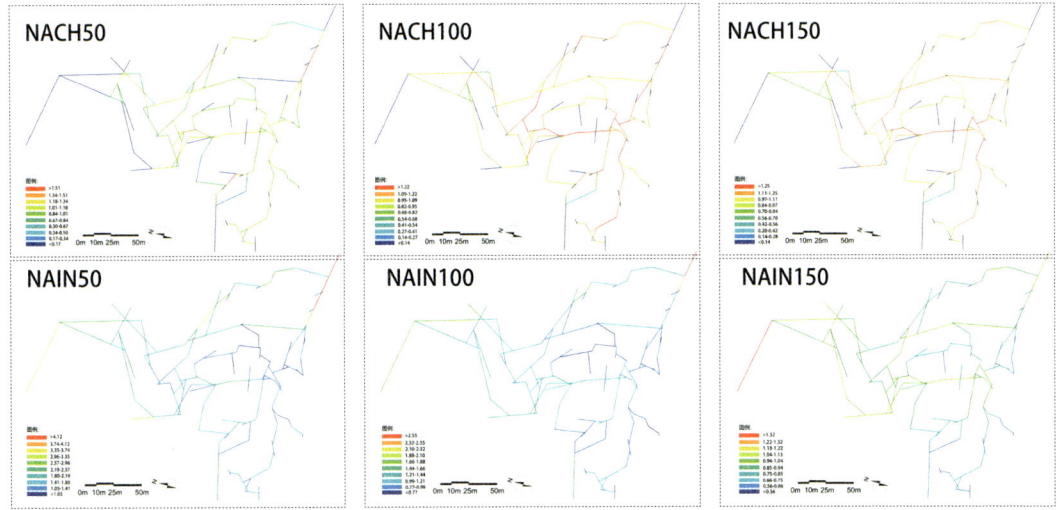

图 3-2-51 村民角度不同半径的穿行度与整合度图示

整合度区,村落由此呈现高、中、低三个级别的人群汇聚区域。对比 150 米及以下小尺度半径的整合度,村落全域整合度的向心性特征显著。整合度从中心主街到村落外围逐级降低,形成内部街巷交织通达、人群密集,外围街道环线串连、人群散布的人地关系特征。

穿行度反映了空间被通过的潜力,可显示动态的步行活动;整合度则反映了空间被到达的潜力,可显示静态的逗留活动。于是,依然就村民和游客两类人群,对其不同的行为模式及空间载体做出分析。

(1)村民活动特征

当半径取值范围在 150 米以内时,综合比较穿行度和整合度。(图 3-2-51)结果表明:除了一些尽端路,村民的步行活动以主街为核心向四周的街巷渗透,遍及村域范围;村民的逗留活动则多集中在主街、半边街以及连接村口的西侧道路等区域;两者重叠处包括主街(晒场、宗祠、水塘一带)、半边街、古树广场以及村口道路,说明这些空间是村民选择经过和乐意逗留的场所;两者的分离之处,体现在主街和半边街之间串连的曲折街巷以及通往杨家堂小学的道路,说明在这些空间村民以路过为主,少有逗留性活动。

(2)游客活动特征

当半径取值范围在 300 米以上时,综合比较穿行度和整合度。(图 3-2-52)

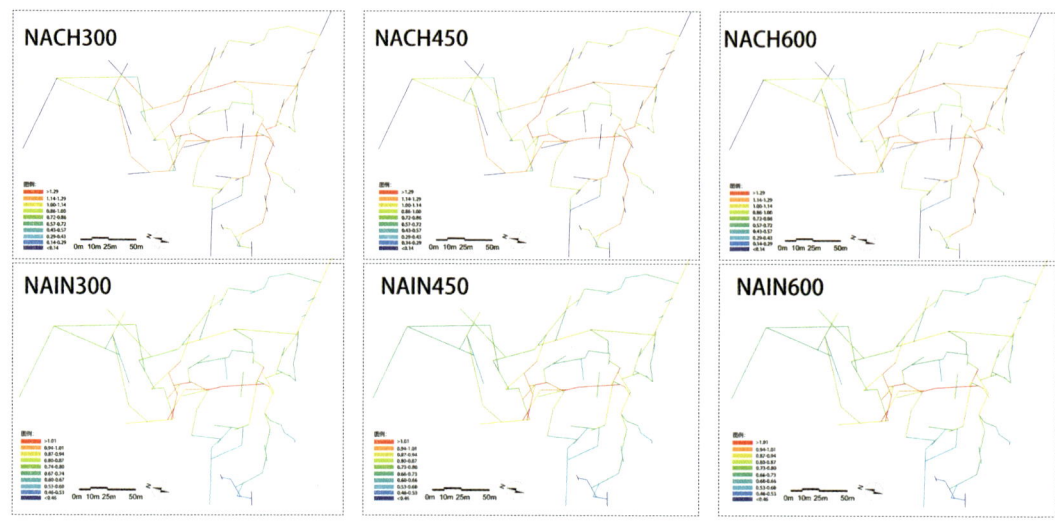

图 3-2-52　游客角度不同半径的穿行度与整合度图示

结果表明：游客的步行和逗留区域高度重叠；某些尽端的线段在整合度中也居于高值，是因为这些线段实际上指代的是广场空间；主街（晒场、宗祠、水塘一带）、半边街、古树广场，甚至是主街附近的曲折街巷，都是游客流连忘返之处。

（五）结论与讨论

1. 结论

第一，杨家堂村街巷系统具有较明确的层级性与渗透性。受地形地貌、宗族礼制和社会关系等因素影响，杨家堂村街巷空间呈现出曲折多变、向心辐射和错综交织的网络形态。主街位于村落的形态中心，街巷系统由此向外延伸，形成"核心区—次中心区—边缘区"的层级结构，凸显杨家堂村中心聚集、外围离散的空间布局特征。核心区内，宗祠、水塘两处公共空间具有重要的精神价值和枢纽作用，表征着杨家堂村的宗族文化与生活模式。次中心区的集聚性空间如古树广场，其整合度较高、景观视野好，也是村落中较具活力的公共空间，并辐射着周边的居住区。边缘区则承担着村落必要的内外流通、信息交互等功能，连接着乡道以及生产通道。

第二，杨家堂村空间系统的可理解度与协同度均不高。由于地形地貌相对复杂、建筑排布紧密且高低层叠等客观因素，导致村落的街巷网络呈现曲折交错、分叉较多的形态特征。于是多有蜿蜒街道、狭窄巷道以及尽端路的存在，一方面给空间认知造成了障碍，另一方面也造就了"曲径探幽""步移景异""路尽景现"的空间趣味。此外，可理解度低也可解释杨家堂村在历史上的防御性特征，而协同度低则与杨家堂村的多核结构相符合。

第三，杨家堂村公共空间具备主客共享、居旅协同的文旅发展潜力。以线段模型的穿行度与整合度分析，明确了村民与游客两类人群的步行、逗留等活动在宋氏宗祠、主街、水塘、古树广场等公共空间均有高度的交集。因此，这些公共空间可成为居旅协同的重点打造区域：一方面以完善的配套设施提升新生活方式下的空间品质；另一方面则应保护、开发村落的地方个性，充分展现村落的自然生态、历史文化和乡土氛围。

2. 讨论

第一，杨家堂村文旅发展策略的探讨。文旅开发往往带来自组织性的衰败与现代性外力的冲击。自组织性衰败来源于村民主体的弱化，如村中民宿产业多来自外来资本的介入与主导，导致村民主体的存在感与互动性持续降低；村民对于现代性的不利反馈则体现在房屋翻新的机械化、破碎化，割裂了村落的历史风貌。这些问题与现象可归结在空间形态与行为模式的互动关系上，由此提出对策建议：首要须注重村民主体的共同参与，使其成为村落可持续发展的内生动力；其次针对杨家堂村公共空间的结构层次、活动规律和特色场景做出分析与评估，从而明确其资源利用、主题策划和文脉叙事的适宜性与可行性；最后在资源整合、场所立意、空间织补和故事叙述等系列措施中，逐步推进村落的有序更新与文旅产业的协同发展。

第二，杨家堂村空间句法分析的局限。作为山地型村落，杨家堂村存在地势落差较大和地形起伏较多的客观事实，而高程变化也会影响人群行进过程中的路径选择。空间句法分析模型基于二维平面，缺乏对于竖向关系的考量与计算，难以准确衡量上述因素的影响。因此，今后的相关研究中可进一步研发这方面的算法，助力空间句法分析精度的提升和应用范围的拓展。

# 第三节　案例3：温州苍南县碗窑村公共空间研究

## 一、案例调查与分析

### （一）村落概况

碗窑村位于浙江省温州市苍南县桥墩镇，地处玉苍山脉南麓，傍依山清水秀的玉龙湖，直线距离苍南县县城约20千米，村落的核心保护区面积为2.64公顷。碗窑村整体呈坐北朝南、临溪面山之势，于向阳坡上拾级而建，反映了碗窑先人"天人合一"的人居理念。村落因其制瓷产业而得名，又因村口为溪涂礁滩地，旧称"蕉（也作焦、礁，旧通用）滩碗窑"，于清雍正年起始名"碗窑"并沿用至今。碗窑村在2012年被列入第一批中国传统村落，2014年被列入第六批中国历史文化名村。古村现有35栋（327间）保存完好的浙南山地瓦屋文化古建筑构成的建筑群，其中民宅244间、原始厂房作坊83间。可以说，整个碗窑村集古庙宇、古民居、古龙窑等于一体，是中国典型的手工艺型传统村落。村落内建筑构造、院落布局、装饰特色、民风民俗与村落文化互为交融，受古建和民俗学研究者所推崇，被誉为"明清时期手工制瓷活的博物馆"。[1]

### （二）村落格局
#### 1. 自然格局
（1）整体形态与地形

碗窑村地处重峦叠嶂、林木繁茂的山丘、山岭的环绕中。受山体形态的限制和引导，村落整体空间被限定在狭长空间内，民居依山随势，顺形而建，层次清晰，形成"择坡而居"

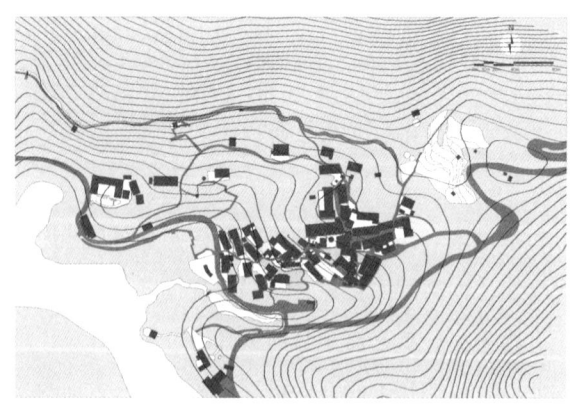

图3-3-1　碗窑村整体形态与地形

---

1　参见朱成腾《碗窑有约》，中国民族摄影艺术出版社2019年版，第105页。

的总体特征；村内街巷在垂直于等高线处以台阶进行联系，平行于等高线处往往形成局部放大的空地。可见，无论是建筑或是街巷，均表现出对于山地肌理的尊重，受等高线影响的整体空间形态与自然环境相辅相成，形成了山地村落既简洁有序又层次丰富的独特景观。（图3-3-1）

（2）公共空间与地形

起伏较大、层次丰富的山地地貌与依山而建的村落景观塑造了因地制宜、与地势协调发展、变化多样的公共空间形态，直接影响到建筑的朝向与组合方式、街巷的形式与走向、广场的位置与布局。

如表3-3-1所示，碗窑村建筑空间与地形的关系主要有两种模式：一是建筑平行于等高线，房前屋后形成台地空间，成为主街两侧的停留空间，具有一定公共院落属性；二是建筑与等高线交错并面向主街，形成与街巷空间的交互与渗透。

表3-3-1 公共空间与地形关系

| 空间类型 | 公共空间与地形关系图示 |
|---|---|
| 建筑空间 | 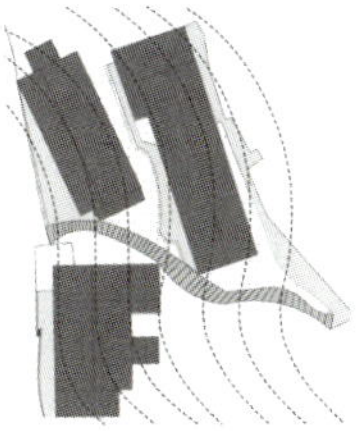 平行于等高线 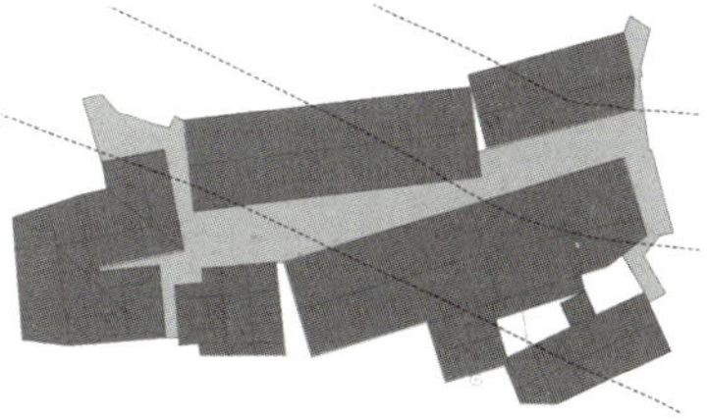　　　　交错于等高线 |
| 街巷空间 | 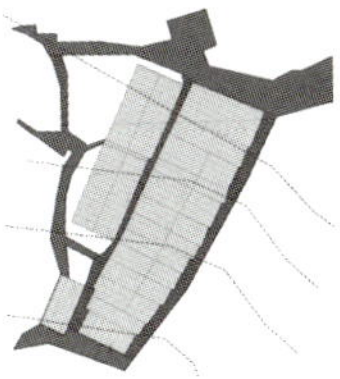 垂直于等高线 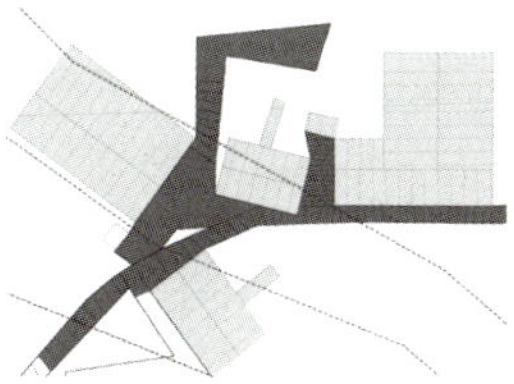　　斜交于等高线 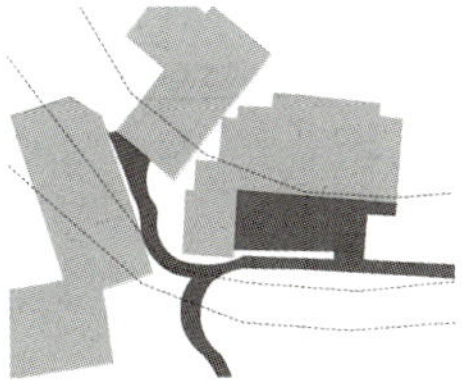　　平行于等高线 |
| 广场空间 | 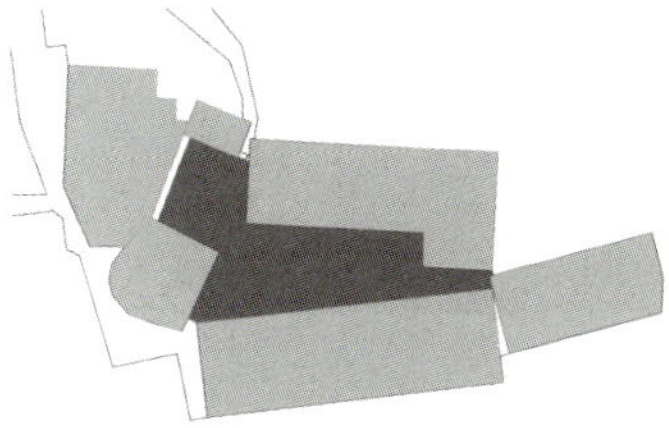 中心性广场：文化礼堂 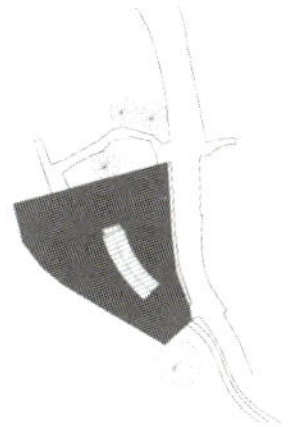　　边界性广场：亲水平台 |

街巷空间与地形的关系则体现为垂直、斜交或平行于等高线三种模式。如果街巷总体走势垂直于等高线，则以高低起伏的台阶形式为主，例如古龙窑两侧的阶梯街巷；作为斜交于等高线的典型案例，碗窑村中心主街由阶梯与坡道相结合，总体地势由西向东逐级增加并贯穿整个村落；主街南北两侧呈枝状延展形成通往民居院落的巷弄，往往平行或斜交于等高线。可以说，三种模式的结合使得碗窑村的街巷系统体现出层次分明、脉络清晰的树枝状结构。

广场空间与地形的关系在碗窑村中也有两种模式：一是中心性广场。位于村落内部的台地，利用周边具有公共性质的建筑围合而成，围合感较强，具有向心性与聚合性，如文化礼堂。二是边界性广场。利用村落边缘或街巷周边较为平坦的空地，形态自由、大小各异，场地边界由绿化、建筑等要素限定，围合界定模糊，开放性强，多与自然环境融合，如村落西端的亲水平台。

总的来说，碗窑村公共空间与地形的关系主要为上述这几类模式，并通过不同模式的穿插组合形成丰富的空间层次。由于公共空间形态在很大程度上受地形等自然因素的限制，因此碗窑村具有建筑组团方式丰富多样、街巷形态变化明显、广场数量少且形式不规则的特征。此外，水系与碗窑村公共空间的关系多体现在生产空间，将在后文详述。

**2. 农地格局**

村落与农地之间的关系从宏观角度来说，在功能上是相互依存、相辅相成的。农业是村落形成与发展的基础，先民的拓荒定居往往会伴随着农业的发展，构成多样的农地利用格局与形式各异的农田肌理，体现出村落最乡土的元素。

图 3-3-2　碗窑村航拍图

（1）整体形态与农地

从碗窑村的航拍图（图3-3-2）可以看到，村落整体呈现"山林—耕地—聚落"的景观格局。村落被山林所环抱，山林面积充裕、林木繁盛；村民沿着

（a）村东梯田与林地　　　　　　　　（b）村内林地

图 3-3-3　碗窑村公共空间与农地关系实景

等高线在村落边缘开垦梯田、涵养水源、稳固土壤，逐步扩大耕地面积、提高作物产量。

（2）公共空间与农地

山林、梯田与碗窑村的整体形态密切相关，同样也渗透在村落的公共空间，影响着村民的生产活动与日常交往。山林、梯田主要分布在村落的边缘，部分穿插在村落内部，形成独特的绿化空间。一般而言，山林、梯田与公共空间的互动关系同时发生在水平与垂直层面上：林地多以块状或带状分布于村落中，与台地重叠或并列，成为房前屋后的绿化隔离带或点缀，形成自然和谐的景观空间；梯田位于村落东端的高处，嵌套在林地中，其大小不一、层层叠叠的肌理形态与地理位置成为村落中独特的景观元素，丰富了公共空间的背景。（图 3-3-3）

（三）空间形态

**1. 整体形态**

如图 3-3-4 所示，碗窑村的整体形态可以归纳为条带状。碗窑村是以制作陶瓷为主的手工艺型传统村落，随着村落的生长发展，其整体空间自西向东可以分为下窑、半岭和上窑三大区块。如今公共建筑大多分布在村落的上窑、下窑区域，半岭区域则以民居建筑为主。由于碗窑村整体形态为带状，因此村落最突出的公共空间即为其骨骼——主街道，村落依附主街的线性走势，延伸拓展，随着地势地形时宽时窄，凸显山地型村落的独有特色。

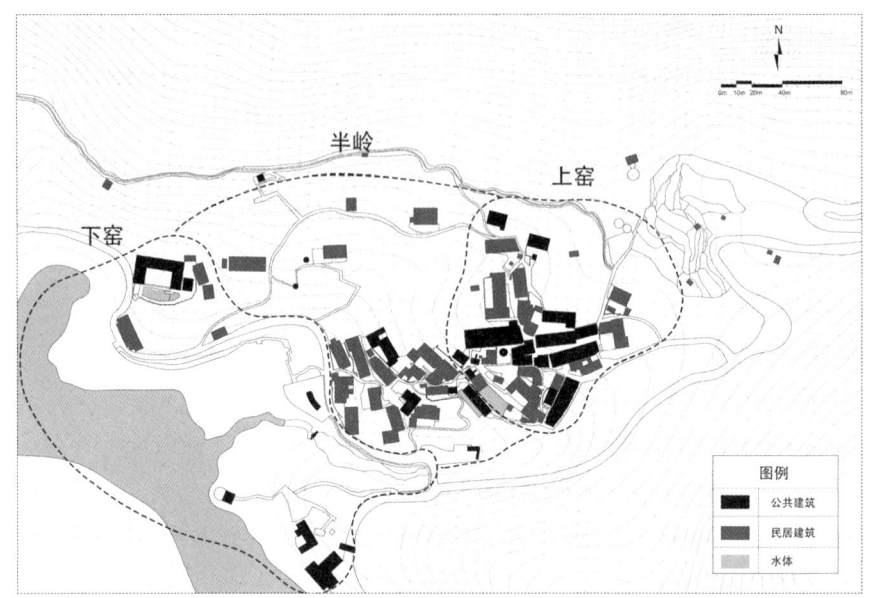

图 3-3-4 碗窑村整体形态图示

## 2. 平面形态

### （1）点状空间

碗窑村中常见的点状空间可分为生产建筑、信仰建筑、商贸建筑三类空间。

①生产建筑。作为典型的手工艺型传统村落，碗窑村的生产活动主要围绕陶瓷产业展开，制瓷作坊与烧窑建筑便成为生产建筑的两大组成部分。其中，制瓷作坊由村落中的古水碓、淘洗池以及拉坯坊组成，承担陶瓷的粉碎碓泥、淘漂、晒泥、拉坯等前期制瓷过程；烧窑建筑包括村落中现存的古龙窑和倒焰窑，承担陶瓷的装窑、烧窑以及出窑的成瓷过程。制瓷作坊主要以组团的形式出现，设施的分布较为集中，总建筑面积约 5000 平方米，由制瓷时所需的泥寮、水碓房、漂洗沉淀池、拌土坑和拉坯坊等组成，大部分作坊遗存一直沿用至今。拉坯坊为一字形木构单层建筑，结构简单，均为通间，上置人字形梁架，地面夯实三合土，设有晾晒坯体的木质长板架、马头椅、泥板、碗板和制坯转盘（车头盘）等。拉坯坊南北两侧均安置有淘漂池，用来漂洗泥土进而提取细泥以提高原料的品质。古水碓现存 3 座，均集中位于拉坯坊的周边。水碓房木构单层，结构简单，由水轮、龙杠、碓杆、碓拨、碓头、碓臼等几大部分组成，主要利用水圳的水流落差

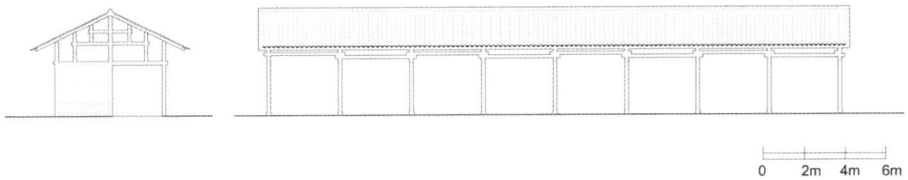

(a) 拉坯坊空间测绘图

(b) 拉坯坊实景图　　　　　　　　　(c) 古水碓实景图

图 3-3-5　制瓷作坊

势能冲击转轮继而撬动碓头舂击瓷土。以水碓舂制瓷泥，不仅是碗窑制瓷工艺前期的一个重要环节，更是碗窑手工艺先人的智慧结晶。[1]（图 3-3-5）

烧造是制瓷工艺中极为重要的环节，而烧造过程又是在各种烧窑中完成的，因此碗窑村的烧窑建筑在一定程度上体现了中国古代制瓷工艺的水平。村中现存的烧窑建筑古龙窑与倒焰窑，均位于村落的上窑区域。口传古龙窑由碗窑王氏族人于清乾隆年间建立，为碗窑村开始制瓷以来先后建造的18座窑之一，虽因历年不断煅烧而多次修整，但原始结构始终保持不变，是全国各地为数不多完好保存下来的古窑文物。古龙窑因地势沿坡而筑，层叠递次，又称为阶梯窑，窑体为砖土筑就，窑房为木构青瓦。窑长约40米，14柱，计13间，共12层，13间每间宽2.5米到4米不等，每层窑室高、宽、深依次呈递增制。整个窑主要由窑室、窑床、窑门、窑墙、窑顶、测火孔、烟囱、窑顶梁架等组成，由若干个拱顶呈馒头状的窑室串联而成。古龙窑瓷器烧制的使用时间延续至民国，现已不再使用，内部杂草丛生，但由于受自然和人为因素破坏影响较少，保存现状整体较好。（图 3-3-6）

倒焰窑属于窑炉的一种形式，通称"圆窑"，出现时间晚于古龙窑。其建筑

---

[1] 参见朱成腾《碗窑有约》，中国民族摄影艺术出版社2019年版，第109—110页。

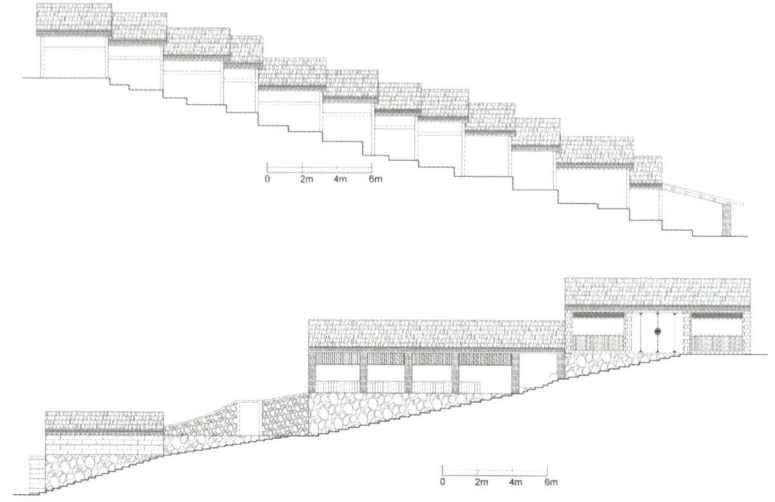

(a)古龙窑空间测绘图

(b)古龙窑实景

图 3-3-6　古龙窑

图 3-3-7　倒焰窑实景

形式由馒头窑演化而来，由建筑窑体与烟囱两者相连组合而成，主要用于烧制瓷器。倒焰窑总体高13.8米，窑外圆周长22.5米，均匀设置6个燃烧炉膛口。炉膛宽70厘米，高150厘米，内置漏渣铁炉栅。窑体为圆柱体，其东西两侧设两窑门，宽73厘米，高180厘米。窑壁厚90厘米。窑内室高2.8米，内径5.3米，总容积60立方米，内室正膛用耐火砖拱穹顶，留直径40厘米的圆孔通烟囱。倒焰窑目前虽已废弃，但作为制瓷过程中所需的重要建筑之一，保存较为完好。[1]（图3-3-7）

②信仰建筑。信仰建筑及空间的概念主要用于表达民间祠神信仰的地域性，也就是指与地方性祠神祭祀行为有关的建筑与空间，包括庙宇、庙宇内部空间、

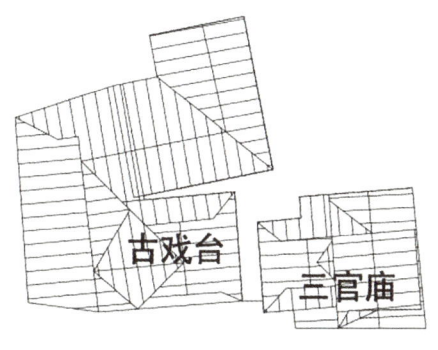

（a）古戏台、三官庙平面图

（b）天井实景

（c）三官庙实景

（d）三官庙内部藻井实景

图3-3-8　三官庙

---

1　参见朱成腾《碗窑有约》，中国民族摄影艺术出版社2019年版，第61—62页。

仪式空间、家庭神圣空间以及游神空间等。[1] 碗窑村的信仰建筑包含相互毗邻的三官庙与古戏台，坐落于上窑区域中地势较高且相对平坦之处。古时戏台与庙宇的关系密切，娱乐活动往往会伴随着村落的祭祀活动而展开，例如唱戏、表演等。于是古戏台与三官庙相对而立，中间形成开放式天井，这样的空间布局有利于祭祀活动与娱乐活动的联系与交融。[图3-3-8（a）（b）] 三官庙处于村落主街的轴线上，建成于清咸丰元年（1851），是一座纯木榫卯结构的歇山顶建筑，又称"三官大帝庙"，神龛上供奉着天官、地官、水官。[图3-3-8（c）] 庙宇由月台、天灯和正殿组成，面阔三间9.6米，通高约8米。庙内月台上置螺旋式藻井，结构严密、雕刻精细，藻井两侧对称设置两处菱形天花板。[图3-3-8（d）] 三官庙的屋椽采用飞檐翘角穿斗式榫卯结构，建筑风格也较为独特。碗窑村是一座多族氏聚居村落，其包含的信仰成分一部分延续了迁徙原乡的信仰，一部分融汇了当地神化偶像，因此，三官庙不仅承载了碗窑村的集体记忆，也体现了村落独特的祭祀文化。[2]

古戏台建成于清同治年间，是村民和客商看社戏和举行小型宗教仪式的场所。作为碗窑村中代表性的古建筑物之一，古戏台被列入"碗窑村乡土建筑"省级文物保护单位。古戏台为木构建筑，外观呈亭台状，典雅精巧，并有后楼筑设；建筑通高约8米，面阔4.38米，进深5.85米，建筑总面积约为200平方米[图3-3-9（a）]；居中戏台采用四角立柱，各用夹柱石固定，下用方形柱础，台高约1.5米，用木板铺设，台面下用几根石柱简约支撑，呈吊脚状。[图3-3-9（b）] 古戏台的一大特色在其歇山式屋顶，正脊居中设有福禄寿三星的雕塑，两端置有龙形吻兽，体现了当地的一种信奉文化。还有一大特色则是内部的藻井[图3-3-9（c）]，呈圆形环层拱结构，顶部中心小圆平面雕刻仙人骑鹤，匠工精细、巧夺天工，展现了当时的技艺水平。[3]

③商贸建筑。碗窑村通过生产、销售瓷器来带动村落的产业经济，也因此促进了村内商贸空间的形成与发展。旧时村内制瓷业发达，云集了众多各地的

---

[1] 参见郑衡泌《从血缘到地缘：传统村落角头祠神祭祀空间认同构建——以泉州小塬村为例的考察》，《世界宗教研究》2020年第1期。
[2] 参见朱成腾《碗窑有约》，中国民族摄影艺术出版社2019年版，第72—74页。
[3] 参见朱成腾《碗窑有约》，中国民族摄影艺术出版社2019年版，第109—110页。

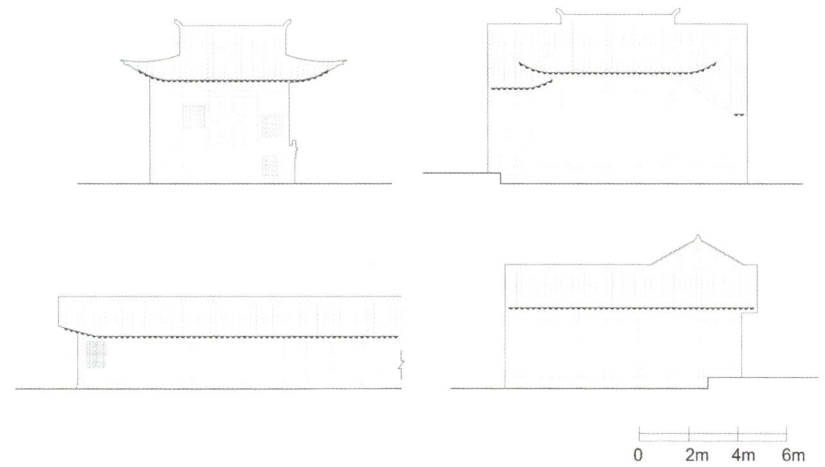

(a) 古戏台与三官庙空间测绘图

(b) 古戏台外观场景

(c) 古戏台藻井

图 3-3-9　古戏台

商客，碗窑村便沿主街增设了餐馆、旅馆和商铺等，逐步形成了完善的商贸中心。虽时过境迁，目前碗窑村的商铺大多依然沿主街设立，如功夫老李、探花画苑；也有在村落边缘植入的其他业态类型，如陶瓷工作室、长生居民宿等。探花画苑坐落于碗窑村繁华的东门街，分布在街巷的南北两侧，北侧建筑面阔约 4.6 米，高度约 6 米，南侧建筑面阔约 4.2 米，高度约 6 米。两侧建筑都为一字排布，北侧建筑的临街屋檐出挑较多，形成檐廊，从而营造逗留的空间。陶瓷工作室位于碗窑村的半岭区域，整体由台地、院落、青石围栏及二层建筑主体构成，是较为完整的清代院落式建筑组合。其中建筑主体结构严密，为典型的吊脚楼形式。（图 3-3-10）

（a）探花画苑　　　　　　　　　（b）陶瓷工作室

图 3-3-10　商贸建筑实景

（2）线状空间

碗窑村的街巷结构如图 3-3-11 所示，总体呈树枝状，村内道路主要分为两个层级：第一层是贯穿于村落东西向的主街，它也是整个村落的主轴线，道路宽度随地形而变化，将村落中主要的建筑组团和绿地串连起来；第二层是主街向南北两侧延伸的次要道路，串连民居院落，从而形成完整的路网系统。碗窑村的街

图 3-3-11　碗窑村街巷结构图示

巷肌理随着地形变化而丰富多样，呈现曲线、直线、折线三种平面形态。一般较为平坦的区域街道呈直线，这些区域往往是通往民居院落；在较为陡峭、地势落差相对较大的区域，建筑顺山势起伏而建造，从而形成的街巷也会出现曲线、折线的形态；而在街巷的交会处，往往形成T字形、Y字形和十字形等多种形式。此外，不同高差的街巷之间往往以植物作为隔离，形成一种自然巧妙的过渡。

（3）面状空间

碗窑村的面状空间包括广场、绿地和水塘等。

①广场。受自给自足经济模式及封建礼教的影响，传统乡村聚落公共交往活动较少，广场空间建设未引起人们的重视，一般依附于民居、街巷，或是祠堂、戏台等公共性较强的建筑。碗窑村的广场主要有3个，分别是位于村西入口处的1处滨水广场及村落内部的2个广场。

首先是位于村口处的滨水广场，其西侧濒临玉龙湖，东侧为主干道。广场视野开阔，通常作为游客和村民观赏休憩娱乐的公共场所。由于滨水广场处于入村主街与主干道的交界处附近，因此也与迎宾送客等行为相关联。（图3-3-12）

其次是位于村落主街一侧的一处平台，这里有着奇特的百年仙人掌，已成数米多高的树状，故将此处定义为古树广场。碗窑村的主街垂直于等高线，因而与主街垂直相交的平坦区域往往会形成局部放大的面状空间。古树广场以卵石铺地，设有石桌石凳和取水池，可供游客和村民使用；广场东侧围绕百年仙人掌设置绿地，与卵石一起形成软硬相间的阶梯景观。（图3-3-13）

最后是位于村落上窑区域的文化礼堂广场，该广场是由北侧文化礼堂与南侧的探花画苑围合而成的面状空间，边界清晰且围合感强，整体空间较为开阔。广场南侧有洗衣台、水渠等设施供村民日常劳务，西侧设有休闲桌椅

图3-3-12　滨水广场实景

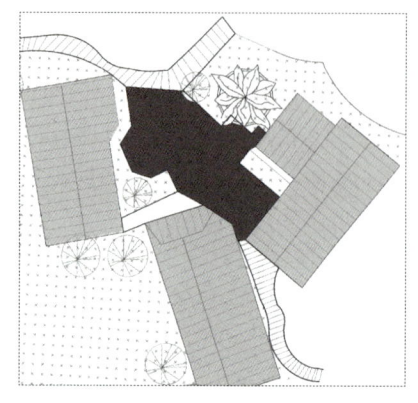

（a）平面图　　　　　　　　　　　（b）实景图

图 3-3-13　古树广场

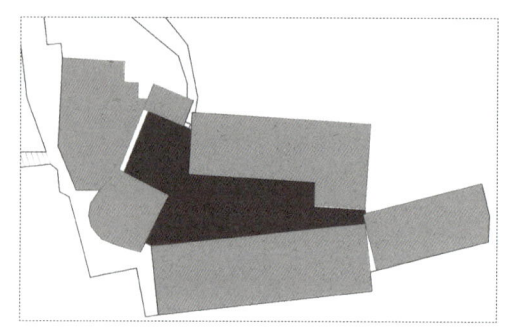

（a）平面图　　　　　　　　　　　（b）实景图

图 3-3-14　文化礼堂广场

与村落宣传牌。（图 3-3-14）

②绿地。绿地是碗窑村中出现较为频繁的一种面状空间，有些绿地出现在房前屋后，与台地呈嵌套关系，形成了绿地与住居错杂、混搭的空间效果。而有些绿地则是以景观要素展现，如图 3-3-15 所示的绿地空间，一侧用低矮的木栅栏围合，东侧与陶瓷作坊以及淘漂池相邻，北侧与一字形建筑的廊下空间相连，西、南两侧均为地势较低的林地，形成了"建筑—绿地—林地"的景观层次，其中的绿地起到了自然过渡的作用。此外，绿地中配以小型景观石作为点缀，与廊下空间的人物雕塑相呼应，为村民和游客提供了一处艺术氛围浓郁的休闲场所。

（a）平面图

（b）实景图

图 3-3-15　绿地空间

③水塘。碗窑村中的水塘主要包含 2 处淘漂池，淘漂池位于村落半岭区，与拉坯坊、古水碓共同组成制瓷的作坊空间。淘漂池面积不大，形状规则，与周边绿化相呼应，主要为淘洗瓷器原料所用，是制瓷过程中重要的工序之一。（图 3-3-16）

### 3. 空间界面

（1）界面的构成要素

碗窑村受到山地地形的影响，构成界面的建（构）筑物单体形式相近、建筑组合连续性不强且组合方式不确定性强，因而村中的台地空间、街巷空间以及广场空间作为主要公共空间具有较强的开放性与渗透性。下文从碗窑村的底界面与侧界面着手进行剖析。

①底界面。底界面是空间物质活动的基础。不同底界面的处理方式，在空间

图 3-3-16　淘漂池实景

的界定、识别和尺度感等方面有着不同的作用。作为行人活动直接接触的底界面，其与人的视觉、触觉感受最为密切，对人群的活动方式和路径选择也有直接的影响。[1]碗窑村建筑依山而建，其底界面也随着山势的落差与起伏，在路面中出现台阶、坡地来顺应地形变化，创造出丰富生动、节奏舒缓的步行空间。在路面铺装上，村落大多采用石板和卵石，如主街台阶多由石板拼贴而成，在次要巷道中则采用卵石进行拼接，有些民居建筑的檐下路面进行过修整，采用水泥和石板混合的形式。（图 3-3-17）

②侧界面。传统村落中的侧界面多由建（构）筑物围合而成，也包括一些其他实体界面如植物、土坡等。作为竖向的界面，侧界面所包含的内容和变化最丰富，可视为村落整体风貌直接、全面的反映。于是，从碗窑村的民居建筑、特殊建筑和其他界面实体展开描述。

其一，民居建筑。碗窑村的民居建筑形式多为吊脚楼，层层叠叠，依山而建，

---

1　参见包伊玲《浙东运河宁波段传统村落公共空间形态研究——以大西坝村和半浦村为例》，文化艺术出版社 2022 年版，第 168 页。

（a）卵石　　　　　　　（b）石板　　　　　　（c）水泥和石板

图 3-3-17　碗窑村底界面实景

图 3-3-18　吊脚楼（八角楼）实景

其中尤以位于村落半岭区域中心位置的八角楼最为独特。该建筑始建于清乾隆时期，临坡而筑，坐东面西，占地约 70 平方米。八角楼平面呈扇形，八角八面，翘檐尖顶，是面阔二开间的三层木构建筑。主体穿斗式梁架结构，上置阁楼，沿路向前挑出，南侧阁楼置坡面。八角楼结构严密巧妙，精致古朴，因势利导，风格独特，整栋建筑未曾用一枚钉子，融浙南山地瓦厝建筑风格之精髓，是碗窑古村落最具特色的标志性建筑。[1]（图 3-3-18）

碗窑村民居建筑与地形之间的空间关系较为多元，根据现场调研可以简分为顺坡型、平坡型和附坡型三类。顺坡型的坡地舒缓且连续，民居依坡形而建，建筑外立面的底部呈现斜坡形式；平坡型则是将民居建造在相对平坦的台地上，建

---

1　参见朱成腾《碗窑有约》，中国民族摄影艺术出版社 2019 年版，第 72—74 页。

筑前后几乎没有地形的起伏变化；附坡型民居相对独特，建在坡度陡峭的断层之处，房屋常与岩壁留出空隙形成天井，实现采光、通风以及蓄水排涝等功能，多见村民在天井搭棚种植蔬菜、饲养家禽等。（表3-3-2）

表 3-3-2　碗窑村民居建筑与地形关系

| 类型 | 关系图示 | 建筑实景 ||
|---|---|---|---|
| 顺坡型 | | | |
| 平坡型 | | | |
| 附坡型 | | | |

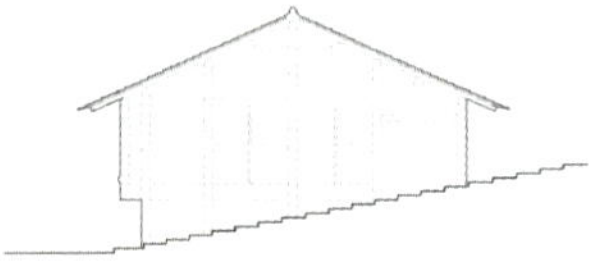

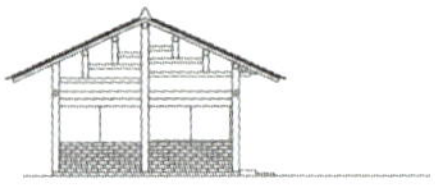

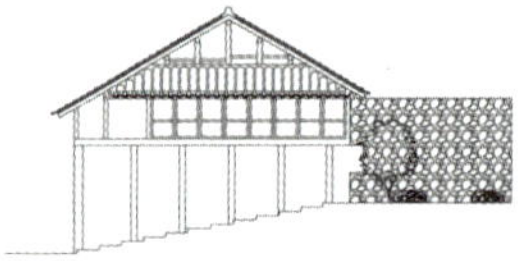

　　进一步分析碗窑村民居建筑的立面特色，包括墙面肌理、屋檐构造两个方面。墙面肌理主要通过材料的运用及质感来体现，可分为木墙、石墙以及白泥灰墙三种肌理形式。其中，木墙是碗窑村常见的墙面形式，由一定规格的木板拼合而成，一般都是以长条木板竖向规律排列形成一整个界面，保留木板原有的质地。石墙同样常见，村落的底界面基本上由石板和卵石铺设，因此建筑立面上会采用石材与底界面形成和谐的过渡。石墙的出现也与地形相关，在房屋与阶梯相结合时整个侧面或者地基部分采用石材；一些民居的台地空间也会采用矮石墙进行围合，大小不一的石头通过垒砌形成丰富的墙面肌理。白泥灰墙在碗窑村中运用较少，多与木板组合搭配，整体风格与周边建筑和谐统一。碗窑村民居建筑多为悬山顶，屋檐出挑尺度均较大，其中廊檐与腰檐两种构造较为独特。廊檐是指建筑正立面

的屋檐向外挑出较多而形成的檐下空间，供人们通行或停留；腰檐则是出现在两层建筑的山墙面上，楼层之间设置屋檐，在立面上形成丰富的层次。（表3-3-3）

表3-3-3　碗窑村民居建筑的立面特色

| 立面要素 | 立面实景 | | |
|---|---|---|---|
| 墙面肌理 | 木墙 | 白泥灰墙 | 石墙 |
| 屋檐构造 | 廊檐 | 腰檐 | |

其二，特殊建筑。特殊建筑与前文提及的生产建筑、信仰建筑的范畴大致相同。碗窑村属于传统风貌保护较好的景区型村落，建筑基本上都保留了浙南地区传统的吊脚楼风格，因此特殊建筑与民居建筑呈现同构相融的关系。特殊建筑的总体风貌、形式都趋同于民居，只在体量、装饰和部分构造上存在差别，以凸显其功能与地位。例如，三官庙、古戏台等信仰建筑在村落中具有较高的地位；制瓷作坊、古龙窑等生产建筑则具有一些功能上的特殊构造。此外包括半书房、文化礼堂等公共性建筑，总体上都为吊脚楼的风格，与周边民居在界面特征与风貌上和谐统一。碗窑村的公共构筑物主要是凉亭，位于村落中部的半岭区，与周边绿化、次要道路共同组成一个园林景观。（图3-3-19）凉亭为普通的双

图3-3-19　凉亭实景

（a）卵石墙　　　　　　　（b）木质栅栏　　　　　　　（c）水圳

图 3-3-20　其他界面实体实景

坡顶，两侧披檐，由青瓦、木料组构，四周通透，设有休憩座椅，共两个出入口，形式简洁、体量适宜，总体风貌与周边建筑相呼应。因其地理位置中心性较强，成为村民及游客休憩交流的重要场所。

其三，其他界面实体。碗窑村中其他界面实体较为特色的有水圳、栅栏和影响村落整体界面的植被等。（图 3-3-20）水圳分为村内水圳和村外水圳，村内水圳以明沟暗渠的形式出现，多排布在街巷一侧及民居建筑的前后。从古至今，水圳既可以解决村民的生活用水问题，又能起到防火排涝的作用，并且结合地势与街巷的走向形成独特的界面肌理。此外，旧时碗窑村以制瓷业为支柱产业，明沟暗渠中的流水是古水碓运作的动力之源。村外水圳则位于村落北部的偏远区域，也称为古水渠，其主要作用是将三折瀑的泉水引入村内。需要说明的是，水圳在本案中列入侧界面讨论，是由于其随山势变化而形成的竖向围合特征。此外，村落中其他围合界面的构成主要有两种，一种是木质栅栏，另一种则由卵石堆砌而成。两者的边界效应大同小异，木质栅栏造型更丰富、空间渗透性更强；而卵石墙高度相较于栅栏略高，坚固耐用，封闭感更强。

（2）界面的组合形式

①街巷界面组合。碗窑村不同街巷的界面组合形式差异性较大。在地势落差大的地方会出现阶梯与周边建筑组合的形式，形成高低错落的侧界面层次；在地势较为平坦的地方，街巷侧界面则比较规整。影响街巷界面肌理的主要因素是建筑的形式及材质变化。（表 3-3-4）

表 3-3-4　碗窑村街巷界面组合形式

| 街巷样本 | 平面图 | 侧界面 |
|---|---|---|
| 街巷 00 | 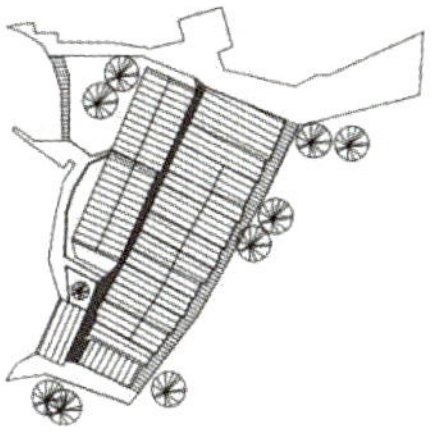 | 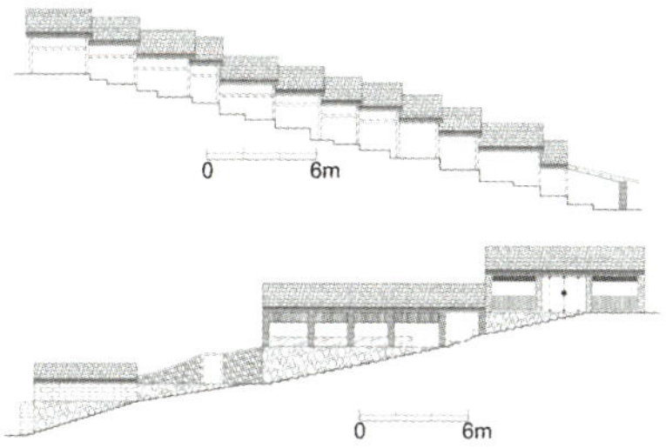 |
| 东门街 | 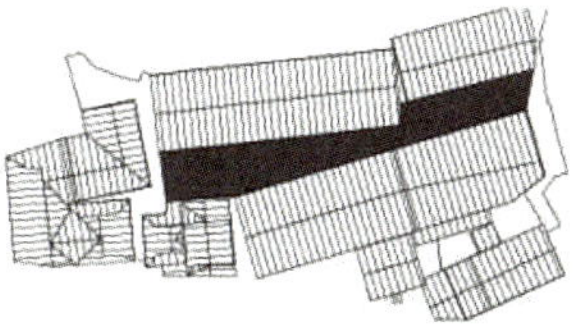 | 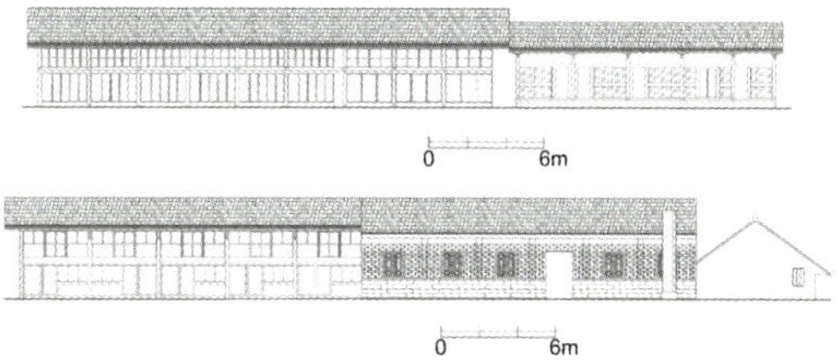 |
| 街巷 01 | 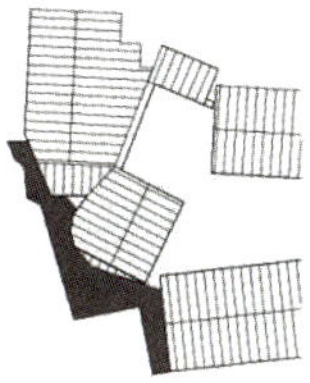 | 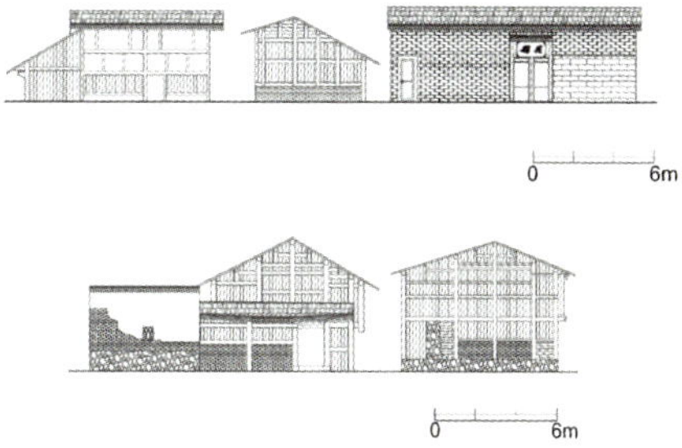 |

古龙窑西侧的街巷（编号 00）随着地势而变化，古龙窑建筑体也呈阶梯状层叠递次，因此，整条街巷侧界面的轮廓线富有韵律，连续性较强。古龙窑侧立面的建筑材料主要是青砖、瓦与木头，另一侧街巷立面由建筑与植物共同组合而成，界面肌理相对丰富，材质变化多样。东门街是整个村落最繁华的街巷，道路较为宽阔，地面由卵石拼接而成。街巷的一侧为商住混合的二层排楼建筑，由两栋建筑并列组合而成，每个门面形制规则，连续性强。门面材质均为黄色木材，整体风貌统一。东门街西侧往北的街巷（编号 01），在平面上大致呈 Y 字形。作为一条枢纽性质的街巷，它除了连接东门街，还一边通往北部民居院落，一边通往文化礼堂前的广场。曲折的道路加之围合建筑的立面形式、层数也不尽相同，

使该条街巷的侧界面展开形式显得更加丰富。

②广场界面组合。文化礼堂广场与古树广场是碗窑村内部的两大广场空间。文化礼堂广场相对面积较大，四面围合，边界清晰。广场北侧为文化礼堂，南侧为两层的商住建筑，建筑材质变化丰富，界面连续性强；东侧采用矮围墙与自然要素的组合作为软性界面进行隔断，西侧为村落的宣传文化墙。尽管四面围合形成了较强的封闭感，但广场本身的尺度较为宽敞且围合界面也存在渗透性，给人的感受并不压抑。古树广场的界面组合形式相较于文化礼堂广场而言更为丰富，四周除了自然要素组成的软界面，还有建筑围合而成的硬界面。广场一侧是作为商铺使用的功夫老李，其墙面肌理丰富，窗户的形式为对开的隔扇窗，并装饰以各种吉祥寓意的雕刻图案；一侧因地势落差较大，其建筑形式呈附坡型，只有其屋面作为界面的肌理，但也因此开阔了广场的视野，使其成为一个观景平台；另外两侧则为民居建筑与自然要素，民居形式与表皮肌理也不尽相同。（表3-3-5）

表3-3-5　碗窑村广场界面组合形式

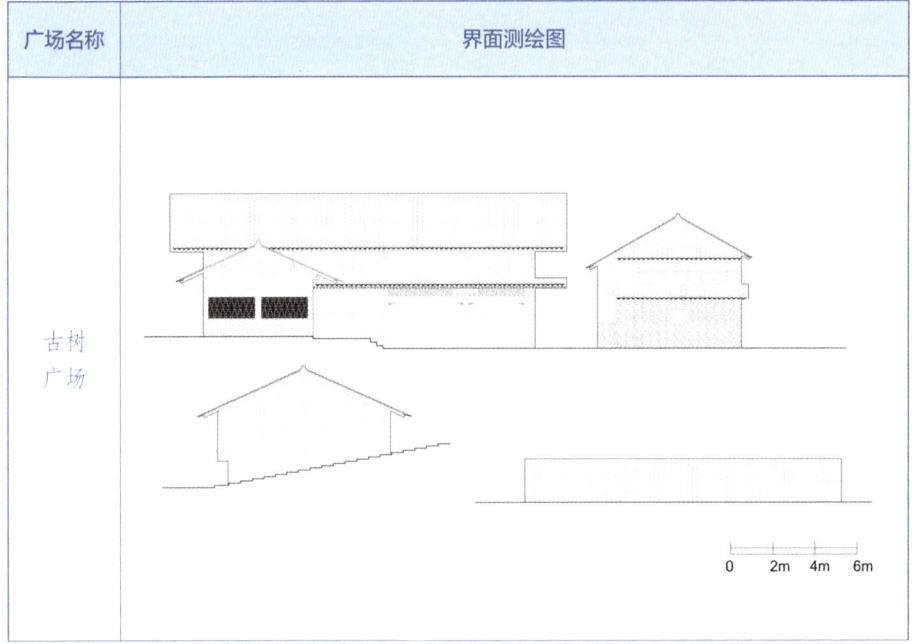

续表

| 广场名称 | 界面测绘图 |
|---|---|
| 文化礼堂广场 | 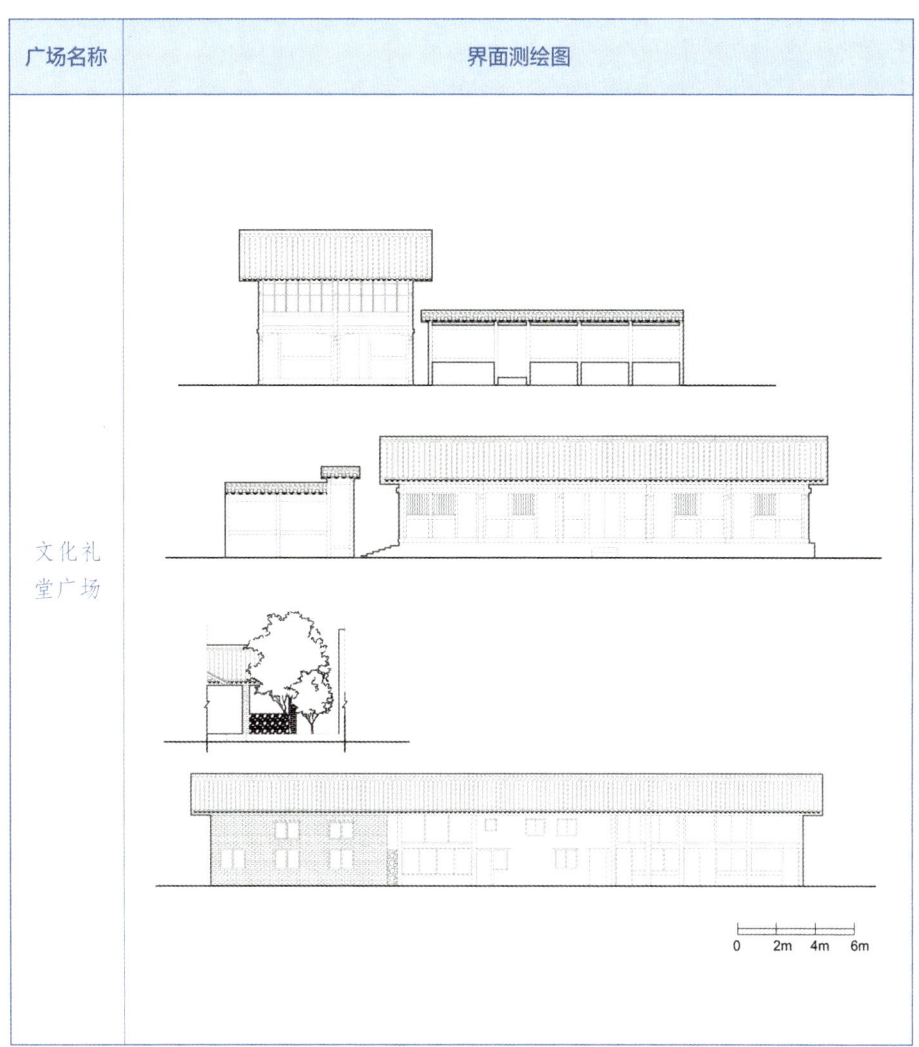 |

（3）整体界面特征

碗窑村的建筑依山而建、临坡而居，多为倾斜灵巧的悬山顶。随着山势起伏，主街两侧的建筑组群会形成依次层叠的横向屋面。房屋之间由台地与绿植相连，从而形成错落有致、变化丰富的整体界面。更有建筑立面因屋檐、门窗的形式变化形成有节奏的、重复的竖向阵列，加强了整体界面的秩序感和层次感。从俯瞰图看，层层出挑的屋檐造型使得村落的整体界面更添韵律、层次与活力。（图3-3-21）

图 3-3-21 碗窑村俯瞰图

4.空间组织

(1)边界性公共空间的构成

碗窑村被山林包围,因此把环村的林地、梯田以及起伏的地形等自然要素作为边界条件加以利用,形成自然且连续的对外边界。此外,还有人工的、非连续的边界空间形式,成为碗窑村内外以及村内空间转换的界定。

①过街楼。过街楼作为以引导和通过为主、停留为辅的边界性空间,是人们在空间转换过程中的视觉与行动指引。碗窑村的过街楼,均位于村落的东门街。一处过街楼位于东门街西端,紧贴古戏台。[图3-3-22(a)]此过街楼将主街一分为二,形成"自然开阔"向"建筑围合"转换的边界效应,有户外进入内院之感。另一处过街楼实际上属于探花画苑建筑[图3-3-22(b)],穿越之后可达古龙窑北侧的空地。

②村边广场。比较典型的是村口的滨水广场,以及村落南侧淘漂池旁的小广场。滨水广场邻近玉龙湖,面积较大,视野开阔,是村民和游客休闲活动的理想场所。淘漂池旁的小广场作为淘漂池的附加空间,面积较小,围合感强,南侧与

（a）过街楼1　　　　　　　　　　　（b）过街楼2

图3-3-22　过街楼实景

村内次要道路相连，北侧由小灌木与树丛将空间进行围合，小广场的设置为游览至此的游客或村民提供了树下休憩空间。

（2）中心性公共空间的构成

在碗窑村内，主要包括半封闭的和开敞的两类中心性公共空间。

①半封闭的中心性公共空间。该类公共空间常由村内的公共建筑与民居建筑组成，建筑排列较为紧密，空间的围合感、封闭感较强，建筑之间的巷道为该公共空间的出入口。碗窑村文化礼堂前的广场即是典型案例，该广场由L字形的文化礼堂、一字形的探花画苑以及宣传墙围合，广场的入口较少，空间相对封闭。

②开敞的中心性公共空间。该类空间多出现在碗窑村的主街附近，主街随山势逐级提升，局部放大空间可以作为人们行进过程中的歇脚之处。例如，位于整个村落形态中心的园林广场，该空间以凉亭为中心，周边由绿化小景和小平台组成舒适的休憩空间。此处地势较高，可以俯瞰南侧的淘漂池、拉坯坊等融入自然的优美景致。村落下窑区的古树广场是连接主街与南侧次要道路的枢纽，广场视野开阔，与周边民居台地联系紧密，空间渗透性强。

**5. 空间尺度**

（1）街巷空间尺度

街巷尺度是村落风貌特色的重要影响因素，人们对街巷空间大小有着直接的感受，不同的街巷尺度带给人们的空间体验是截然不同的。街道的宽度D与沿街建筑的高度H的比值D/H可以用来量化研究街巷空间尺度与人的心理效应：当D/H＜1

时，视线被高度约束，有内聚和压抑感；当 D/H = 1 时，有一种内聚、安定但又不至压抑的感觉；当 D/H > 1 时，让人开始产生空间离散的感受，视域开阔。以下根据 D/H 比值，对碗窑村街巷的断面形式及尺度关系进行分类分析。（表 3-3-6）

表 3-3-6  碗窑村街巷断面形式及尺度关系

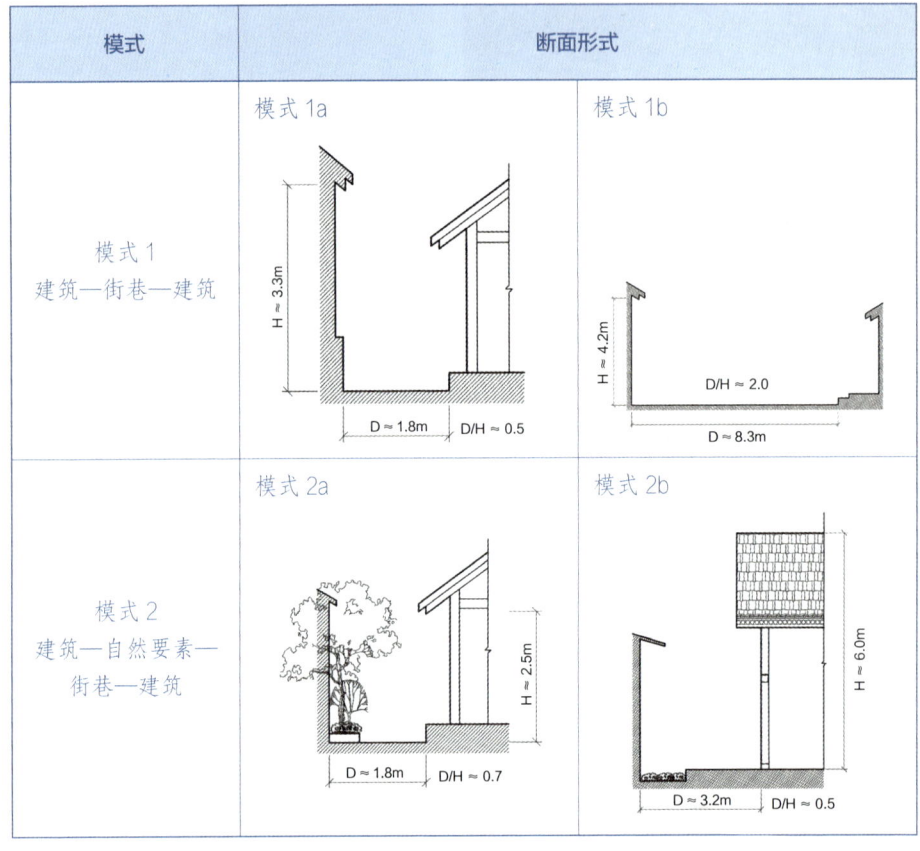

模式1：建筑—街巷—建筑。该模式下主要有两种尺度关系，一是街巷两侧墙面紧邻，D/H < 1，加之吊脚楼的屋檐向外挑出深远，街巷封闭且狭窄。（模式1a）如古龙窑西侧街巷，道路宽度为 1.8 米，两侧建筑高度达 3.3 米，D/H ≈ 0.5。二是街巷两侧墙面间距较大，D/H ≥ 1，视域范围扩大，街巷围合性削弱。（模式1b）如繁华的东门街，街巷宽度在 8 米左右，周边建筑高度约 4 米，D/H ≈ 2，空间开阔。

模式2：建筑—街巷—自然要素—建筑。该模式下的尺度关系依然深刻影响着街巷的空间感受，不过自然要素的形式与规模在一定程度上丰富了人们的空间体验。如古龙窑西侧街巷中含有绿植的一段（模式2a），D/H＜1，绿植的面积虽不大但丰富了墙面层次，一定程度上拓展了空间。模式2b中，D/H＜1，自然要素面积较小且存在感弱，使得该处景观效果受到影响，空间围合感依然较强。

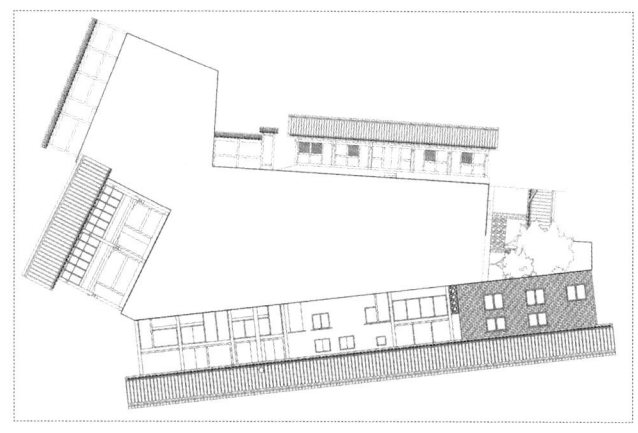

图 3-3-23　文化礼堂广场界面拼合图

（2）广场空间尺度

以碗窑村内的古树广场和文化礼堂广场为例，进行空间尺度的比较描述。古树广场更为开阔，由绿化和建筑围合而成，建筑体量小，最高的建筑为7米，广场总体宽度较宽，围合感弱，渗透性强。而文化礼堂广场四面均由建（构）筑物围合，最高的建筑为6米，广场空间围合感较强，渗透性弱。（图3-3-23）

（四）空间活动

**1. 生产生活**

生产生活是人与自然相互作用最直接的活动，因而蕴含着先民处理人地关系的生态智慧。碗窑村历史上的产业主要围绕着手工业、农业以及商业三大部分，其中尤以手工制瓷业为重。

（1）手工业。制瓷工艺繁琐，如瓷碗的工序可分为十八道，分别为瓷土采矿、挑土、粉碎碓泥、淘漂、晒泥、拌土陈腐、拉坯成泥、印坯、利坯、晒坯、绘画、施釉、刮脚、装窑、烧窑、出窑、开碗、验收。旧时由男女搭配完成，男性进行手工制碗一系列的工作，女性进行后期的绘制碗纹。整个碗窑以上窑和半岭区域制作碗器，因此陶瓷作坊、古龙窑、倒焰窑以及古水碓等生产空间建筑都集中分布在这两块区域。从制瓷业的历史发展来看，到清朝中叶时，商品经济已经进入萌芽时期，碗窑村成为以手工业为中心的带动商业活动的古老村落。如今，碗窑村虽已不再生产瓷碗，但还保留着碗窑的作坊，每当旅游旺季到来时，老村民就会为游客演绎古老的制碗手艺。[1]

（2）农业。碗窑村受山地地形影响，以梯田耕作为主，耕地面积比平原地区的村落小很多。

（3）商业。旧时依托手工制瓷业的发展延伸了其他业态，商贸活动就是其中一项。在清中期至民国，由于制瓷业处于鼎盛时期，碗窑村粗工蜂拥、客商云集，因此商业经济发展起来，开设有百货店、旅店、餐饮店等。

除了旧时制瓷贸易等较为集中的生产活动之外，当下的村民也会利用闲暇时间丰富自己的日常生活。碗窑村的街巷以斜坡、阶梯为主，停留空间较少，其中较为平坦的地方往往成为村民们的休闲空间。它们有些是位于村民房前屋后的台地空间，有些则是主街旁的一块空地。此外，古树、水渠、绿地等景观要素的融入增强了空间的自然性和松弛感。

**2. 节庆民俗**

碗窑村民风淳朴，传统的民俗活动主要聚集于三官庙与古戏台。每年农历正月初四至初八，村民便来三官庙祭祀五显大帝，以祈求人畜安康，瓷业发达；邀请社戏班子于古戏台日夜演出，邻近村子的泰顺、文成、平阳等地人们前来相拥观看。整个村落张灯结彩，热闹非凡。每年农历正月十五、七月十五、十月十五，祭祀三官大帝，俗称作"福"。正月十五祭天官，以求赐福；七月十五祭地官，以求消灾；十月十五祭水官，以求解厄。上述每次祭祀活动均须筹办三牲（猪、牛、羊）福礼，并主要由当地江、余、华、胡、巫五族人操办，沿袭已久。[2]

（五）调查总结

结合前文的描述分析，再对碗窑村公共空间的总体特征做一总结。

村落格局特征：其一，依山而建的自然格局，农地格局以山林与梯田为主。其二，选址布局尊重当地原有的地形地貌和物种群落，整体格局凸显"山林—耕地—聚落"风貌。

空间形态特征：其一，整体形态上，碗窑村呈现条带状。其二，以吊脚楼建筑形式为主，除了民居，其他建筑反映了村落的手工业特色以及地方信仰。其三，街巷网络呈树枝状，由主街形成主干、两侧衍生支脉，道路多斜坡与阶梯。其四，以

---

1　参见朱成腾《碗窑有约》，中国民族摄影艺术出版社 2019 年版，第 120—127 页。
2　参见《碗窑村历史文化名村保护规划》，规划文本，2012 年。

吊脚楼的建筑结构与风貌为基础，结合地形通过拼贴、融合的方式形成丰富的空间界面，和谐统一。其五，较有特色的引导性边界空间出现在村内的东门街，在空间转换中营造了丰富的空间体验。其六，主街由过街楼一分为二，西侧街道紧随山势，一侧建筑界面连续性弱、渗透性强，另一侧多为自然要素，于是空间体感开阔、自然。东侧街道的连续性和围合感均较强，尺度适宜，空间体验安全、舒适。

空间活动特征：其一，公共空间有鲜明的山地特色，日常休闲活动的空间分布多在房前屋后、主街附近的平坦地。其二，手工艺活动以展演、研学活动等形式传承下来。其三，有较为特色的民俗活动，与之对应的是规律时节和空间载体三官庙、古戏台。

## 二、公共空间的图式语言体系构建

（一）公共空间语汇图式

碗窑村公共空间布局，基本可以分为以吊脚楼为主的建筑空间；以坡道、台阶构成街巷系统的连接空间；以梯田、水塘、绿地、古树为主的附属空间；以及由前三种空间要素组成的复合空间；因此共有四大空间图式。（表3-3-7、表3-3-8）

**1. 碗窑村公共空间布局的字与词**

通过识别提炼，总结出碗窑村字与词图式共四类121个。第一类，建筑空间。"字"层面包括屋顶、烟囱、院落、台地等4种基本要素共38个图式。"词"层面有建筑院落组合、建筑台地组合、建筑组团等3种组合形式共24个图式。第二类，连接空间。"字"层面主要包括街巷1种基本要素共18个图式。"词"层面有街巷组合1种组合形式共8个图式。第三类，附属空间。"字"层面包括绿地、古树、水塘、湖泊、古水渠、广场等6种基本要素共23个图式。"词"层面有古树广场、梯田空间、水塘空间等3种组合形式共5个图式。第四类，复合空间。没有"字"的层级，是前三类空间要素的组合，包括文化礼堂广场、园林空间、古水渠空间、过街楼等4种组合形式共5个图式。

### 表 3-3-7　碗窑村公共空间语汇图式

| 层级 | 图式 |
|---|---|
| 字 | 1 L型屋顶1、2 L型屋顶2、3 L型屋顶3、4 L型屋顶4、5 L型屋顶5、6 一字型屋顶1、7 一字型屋顶2、8 一字型屋顶3、9 一字型屋顶4、10 凵型屋顶1、11 凵型屋顶2、12 凵型屋顶3、13 块型屋顶1、14 块型屋顶2、15 块型屋顶3、16 烟囱、17 院落1、18 院落2、19 院落3、20 院落4、21 院落5、22 院落6、23 院落7、24 院落8、25 台地1、26 台地2、27 台地3、28 台地4、29 台地5、30 台地6、31 台地7、32 台地8、33 台地9、34 台地10、35 台地11、36 台地12、37 台地13、38 台地14、39 Y型街巷1、40 Y型街巷2、41 Y型街巷3、42 Y型街巷4、43 Y型街巷5、44 Y型街巷6、45 T型街巷1、46 T型街巷2、47 T型街巷3、48 T型街巷4、49 十字型街巷、50 一字型街巷1、51 一字型街巷2、52 一字型街巷3、53 L型街巷1、54 L型街巷2、55 曲线型街巷1、56 曲线型街巷2、57 条状绿地1、58 条状绿地2、59 条状绿地3、60 条状绿地4、61 Y字型绿地、62 T字型绿地1、63 块状绿地1、64 块状绿地2、65 块状绿地3、66 块状绿地4、67 块状绿地5、68 块状绿地6、69 农田1、70 农田2、71 百年仙人掌、72 水塘1、73 水塘2、74 水塘3、75 湖泊、76 古水渠、77 广场1、78 广场2、79 广场3 |
| 词 | 80 建筑院落组合1、81 建筑院落组合2、82 建筑院落组合3、83 建筑院落组合4、84 建筑院落组合5、85 建筑院落组合6、86 建筑院落组合7、87 建筑院落组合8、88 建筑台地组合1、89 建筑台地组合2、90 建筑台地组合3、91 建筑台地组合4、92 建筑台地组合5、93 建筑台地组合6、94 建筑台地组合7、95 建筑台地组合8、96 建筑台地组合9、97 建筑台地组合10、98 建筑台地组合11、99 建筑组团1、100 建筑组团2、101 建筑组团3、102 建筑组团4、103 建筑组团5、104 街巷空间1、105 街巷空间2、106 街巷空间3、107 街巷空间4、108 街巷空间5、109 街巷空间6、110 街巷空间7、111 街巷空间8、112 古树广场、113 梯田、114 水塘空间1、115 水塘空间2、116 水塘空间3、117 文化礼堂广场、118 园林空间、119 过街楼1、120 过街楼2、121 古水渠空间 |

续表

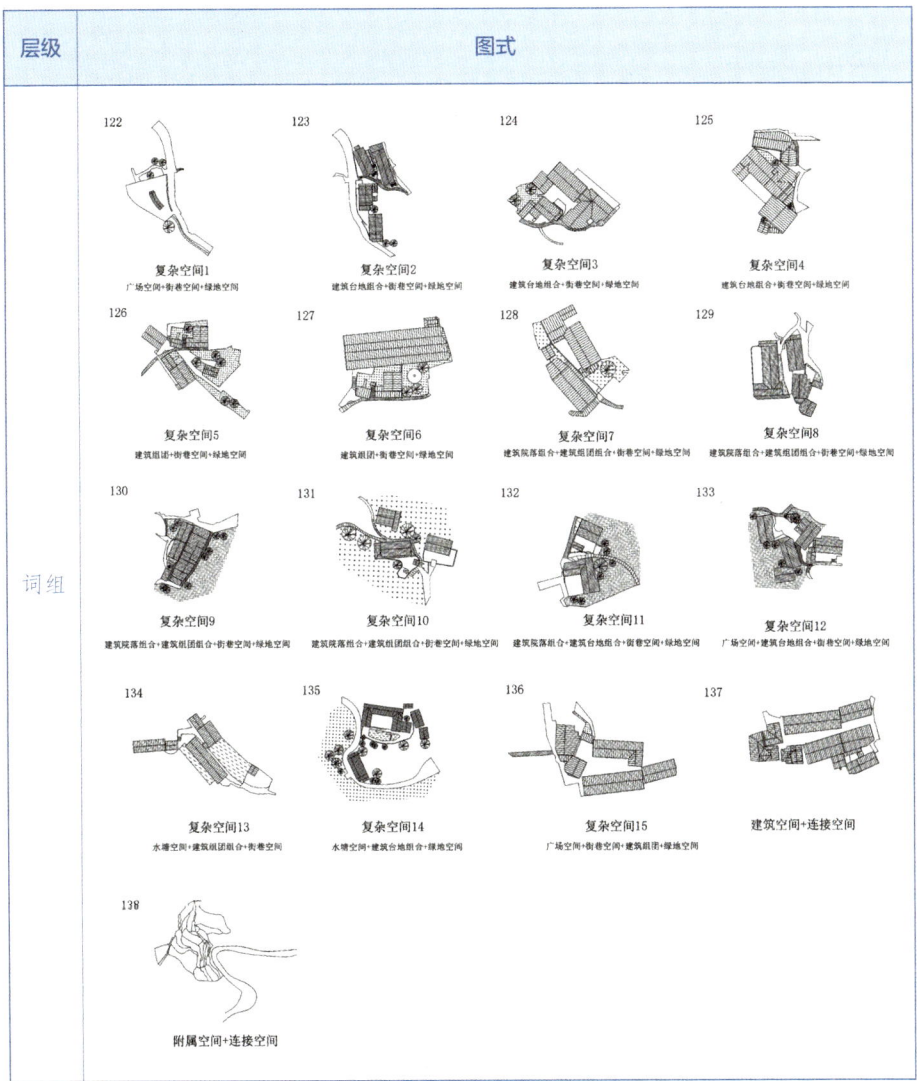

注：建筑空间图式：1—38；80—103
　　连接空间图式：39—56；104—111
　　附属空间图式：57—79；112—116
　　复合空间图式：117—121
　　词组：122—138

表 3-3-8 碗窑村公共空间语汇图式汇总表

| 层级 | 大类 | 形式 | 图式数量（个） | 小计 |
|---|---|---|---|---|
| 字 | 建筑要素 | 屋顶、烟囱、院落、台地 | 38 | 79 |
| | 连接要素 | 街巷 | 18 | |
| | 附属要素 | 绿地、古树、水塘、湖泊、古水渠、广场 | 23 | |
| 词 | 建筑空间 | 建筑院落组合、建筑台地组合、建筑组团 | 24 | 42 |
| | 连接空间 | 街巷组合 | 8 | |
| | 附属空间 | 古树广场、梯田空间、水塘空间 | 5 | |
| | 复合空间 | 文化礼堂广场、园林空间、古水渠空间、过街楼 | 5 | |
| 词组 | 建筑空间+连接空间 | 1种形式 | 1 | 17 |
| | 连接空间+附属空间 | 1种形式 | 1 | |
| | 复杂空间 | 8种形式 | 15 | |

（1）碗窑村公共空间布局的字

根据碗窑村公共空间的语汇图式及数量显示，村落在"字"层面上的图式种类及数量都较为丰富。综合来看，构成碗窑村"字"层面的各类空间要素形式，已经显现出山地村落地形复杂、道路蜿蜒的空间特征。

①建筑要素。碗窑村建筑屋顶形式有L字形、一字形、凹字形和块形4种，形状大多较为规则，但有些由于受到周边地形的影响，在建造过程中会依势而建，其具体形式基于4种原型而相对自由。图式10为村中最具特色的八角楼，从平面形式上看由扇形与矩形构成，类似的还有图式4和图式8。块形屋顶主要是公共建筑中的三官庙与古戏台，为较高规格的歇山顶，凸显其信仰空间的重要地位。

由于地形起伏较大，在阶梯状的街巷两旁往往会形成台地（图式25—38）。这些台地的平面形式复杂多样，有条状、块状以及不规则状，均是适应、改造地形的写照，目的是利于建筑的营造与使用。一字形建筑的屋前台地多呈条状，体量较小且形式规则的建筑屋前台地则多呈块状；其他形式自由的建筑形态，所对应的台地也呈不规则形。此外，在台地上形成的院落贴合建筑与台地，形式同样多元（图式17—24）。

②连接要素。街巷作为连接要素的主要形式，是交叉、交织构成碗窑村街巷网络系统的基本单元。碗窑村中街巷基型可以分为Y字形、T字形、L字形、十字形、一字形、曲线形6种形式（图式39—56）。其中Y字形、T字形与十字形处于几条街巷的交会、交叉处，而曲线形以及斜坡与台阶的组合则体现了碗窑村的山村特色。

③附属要素。碗窑村的建筑群依山势而布，建筑与建筑之间的台地和断层会形成自然的绿地空间。从图式57—68来看，碗窑村的绿地形式主要分为条状、Y字形、T字形、块状4类。呈条带状的建筑和台地，其依附的绿地也多呈条状或Y字形，块状绿地一般位于村内广场周边或作为园林景观的一部分。碗窑村的广场基型共有3处（图式77、78、79），分别位于村落的上窑、半岭和下窑，形状均不规则，随着周边建筑、街巷或自然要素的围合形式变化而变化。

（2）碗窑村公共空间布局的词

词是字的组合，主要从同类型字的组合和不同类型字的组合两种途径获得。碗窑村公共空间在词的层面：同类型字的组合形成建筑空间、连接空间以及附属空间三大类；不同类型字的组合形成复合空间，主要有广场空间、园林空间、古水渠空间、过街楼4种形式。

①建筑空间。碗窑村的建筑空间有3种组合形式共24个图式，分别为建筑院落组合（图式80—87）、建筑台地组合（图式88—98）以及建筑组团（图式99—103）。建筑与院落组合的空间相对私密，周围由石墙、木栅栏或植物等界面围合而成。建筑与台地组合的空间相对开放，往往分布在街巷的两侧，台地要素与建筑要素的组合相互交融，由于两者在"字"层面的形式多样，也形成了"词"的丰富形态。建筑组团图式则是通过不同类型的屋顶形式组合来体现，具有特色

的图式 99 为古龙窑，可以看出该建筑由同类屋顶层叠而成，依山势而上。图式 102 为三官庙与古戏台组团，作为村中重要的信仰空间，两者相对而立，中间形成天井。

②连接空间。碗窑村的街巷网络并不复杂，由中心主街和与之交错的巷弄构成，整体呈树枝状，但由于地形、地势的变化，在街巷空间的竖向层面呈现出一定的复杂性。如地势较高处形成带台阶的曲线、折线状道路与地势平坦处形成的直线道路组合，在两者交会处多会成为重要的交通枢纽点。例如，图式 105 为一字形街巷与 T 字形街巷的组合，是位于古龙窑的街巷空间。受地形影响，古龙窑两边的街道均为台阶且较为狭长，在北侧与一字形街巷汇合。图式 108、109 均为主街与南北两侧巷弄的组合。其中图式 108 由多个形式的街巷组合而成，也是位于村落中心的交通枢纽点，南向可通往休憩凉亭或淘漂池，北向拾级而上可达半书房和倒焰窑。北高南低的局部高差和地形变化形成了此处复杂但丰富的街巷空间。图式 106 位于村落中地形较为平坦的区域，因而只出现了少量台阶，是由最繁华的一字形东门街与西侧的 Y 字形道路组合而成。

③附属空间与复合空间。附属空间在碗窑村中较少，主要为古树广场、梯田以及水塘空间。图式 112 为村内的古树广场，周边围绕百年仙人掌设置绿地，由于绿地随地形起伏而形式多变、边界模糊，广场的平面形态呈不规则状。图式 113 为村落边缘的梯田空间，从平面形态可以看出，主要由块状、条状组合成边界模糊、整体形状不规整的梯田形态。图式 114—116 为村内的水塘空间，其中图式 114 与图式 115 为村内半岭区的淘漂池，平面形态相对规整，由水池与周边的绿地空间组合而成。图式 116 位于碗窑博物馆内，在水池上设置夹石旗杆，与周边绿化共同形成水景空间。复合空间反映出碗窑村复杂的公共空间形态，由绿地、广场、水塘、建筑等不同要素的组合形成丰富多元的空间形式。主要包括广场空间、园林空间和过街楼等，在一定程度上能凸显山地村落的空间特征。如图式 117 为村内文化礼堂广场，四周均为建筑围合，边界相对清晰，围合感强。图式 118 为村内的园林空间，该空间组成要素相对丰富，由凉亭、绿地、休息平台以及巷弄组合而成，为居民、游客提供了休憩纳凉的场所。图式 119、120 均为村内的过街楼，连通相邻两个街巷空间，不仅能满足通行的需求，也丰富了空间的序列与层次。

**2. 碗窑村公共空间布局的词组**

通过拼接、嵌套碗窑村空间布局中的字、词，得出该村词组共有 3 大类。其中建筑空间＋连接空间共有 1 种形式 1 个图式；连接空间＋附属空间共有 1 种形式 1 个图式；复杂空间共有 8 种形式 15 个图式。由于"词组"是"字"和"词"的空间组合，在更大尺度上发挥着空间单元的作用，因此，词组更能反映出碗窑村的空间特征与整体风貌。

碗窑村的词组多为复杂空间图式（图式 122—136），由多个字、词组合而成，基本涵盖了村落的特色空间。从复杂空间图式可以看出，碗窑村被周边的山林所包围，街巷、绿地与建筑之间相互融合，建筑时而穿插于街巷与绿地中，形成带状、块状等形态多样的空间组合。例如，图式 133 与图式 136 均以广场空间为中心，建筑空间、街巷空间与园林空间围绕其向四周延伸分布，与周边山林及街巷融合，边界较为模糊，凸显山地村落的特征。图式 123—125 则是建筑台地组合、街巷空间与绿地空间组合而成的复杂空间，其中台地空间是山地型村落的独特空间，平面形态随街巷起伏而变化，建筑台地之间的断层则会形成自然的绿地空间，起到了自然过渡的作用。图式 126—127 为建筑组团、街巷空间与绿地空间组合而成的复杂空间，从图式可以看出，街巷空间多阶梯且多转折，建筑组团随街巷而分布，绿地空间作为附属空间多呈不规则状围绕在建筑组团周边，与街巷空间分隔。图式 128—131 为建筑院落组合、建筑组团、街巷空间与绿地空间组合而成的复杂空间，该空间单元在整个碗窑村中占多数，各要素共同组成丰富多样的户外空间。由于山地的复杂性，建筑组合与街巷多呈有机的自由形态，处于建筑与街巷之间的绿地亦随之变化，而与山林连接的绿地则边界模糊。图式 134、135 为村内的淘漂池与建筑空间、绿地空间组合而成的生产空间，水塘周边由绿化或建筑进行围合，形成了特色的生产景观。此外，除了复杂空间类，词组中还包含建筑空间＋连接空间的组合（图式 137）以及附属空间＋连接空间的组合（图式 138），该类空间单元相对简单，功能也较为明确。

**（二）公共空间语法分析**

**1. 空间布局的词法**

碗窑村公共空间布局的词法可由空间单元词法与复合空间单元词法两个层面

展开分析，以解释空间要素及空间单元之间的构成关系。

（1）空间单元词法

①融合型。多体现在附属空间，例如，村落中的水塘空间与周边绿地空间相互融合形成一种独特的自然景观（图式115）。该空间位于碗窑博物馆内，水塘与绿地虽具有明确的边界，但在功能属性上都属于生态要素，具有一致性。园林空间（图式118）集平台、绿化、凉亭于一体，三种空间之间边界明确，所呈现的特点也不尽相同，但整体空间属性为园林艺术，呈现出一种空间融合的关系。类似的组合关系还有图式121，该空间为古水渠空间，中间的水渠与两边的道路融合，成为古老的水利设施。

②并列型。碗窑村的建筑组团大多呈并列关系，如古龙窑（图式99）由多个矩形建筑并列组合呈一字长条的形式。探花画苑（图式100）作为商住空间由两个一字形建筑单体并列排布，其围合而成的街巷空间也由此呈规则的带状，空间相对开阔且适宜停留。三官庙和古戏台（图式102）相对而立，在中间形成天井，两者也为并列关系。

③叠加型。碗窑村的建筑与台地组合（图式80—98）体现了空间的叠加关系。台地与民居建筑的叠加，使之成为功能一致的居住空间，但又保留了台地的公共性与民居的私密性。

④网络型。网络型中的交叉词法主要体现在碗窑村的街巷空间，村内道路随着地形起伏由直线与曲线组合，形成空间交叉关系（图式104、105、107、110等）。咬合词法体现在村中绿地空间与其他空间的组合，将具有居住属性的建筑组团（图式83）与生态属性的绿地（图式67）进行咬合，可以形成巧妙的人工与自然的过渡空间，类似的组合关系还体现在图式30与图式65、图式61与图式92等。在地势落差较大处则会形成坡道或阶梯（图式106、111等），但街巷的连接属性保持不变，体现空间连续的关系。

（2）复合空间单元词法

碗窑村作为一个传统手工艺型村落依山而建，形成了一个集生产空间、生活空间、生态空间于一体的复杂空间。基于此，选择村内典型的复杂空间单元进行分解与组合，来分析复合空间单元词法。（图3-3-24）图式133，该空间的复合词法关系相对简单，主要由建筑组团的并列关系与街巷空间的连续关系，再通

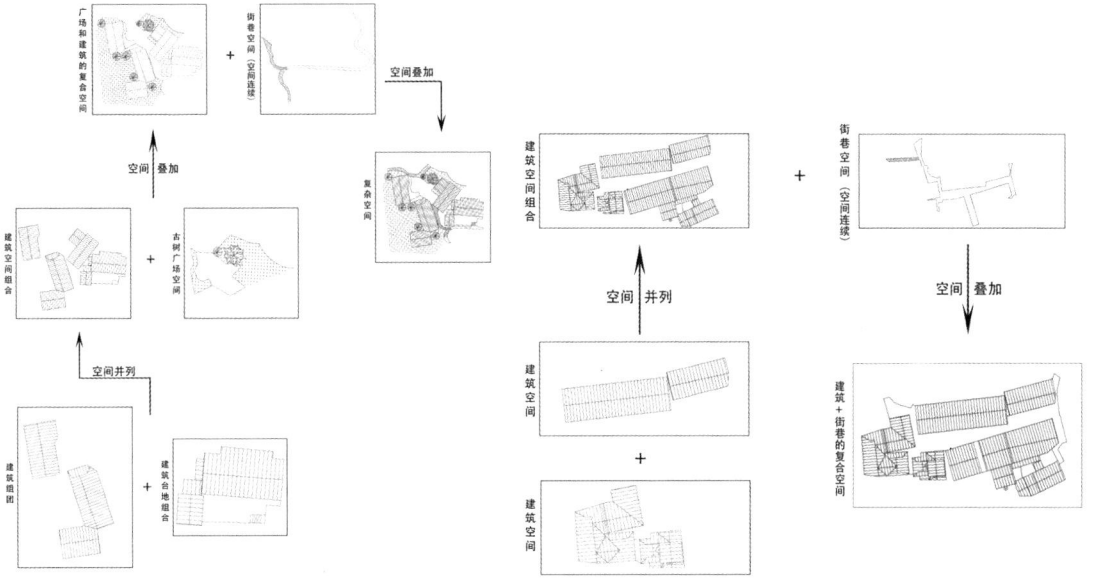

(a) 图式133复合词法图解  (b) 图式137复合词法图解

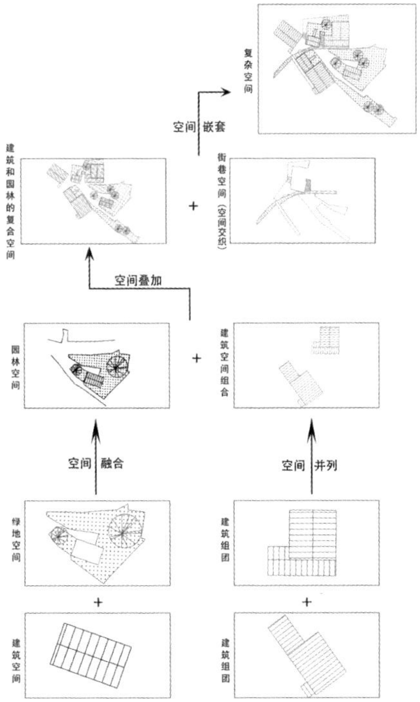

(c) 图式126复合词法图解 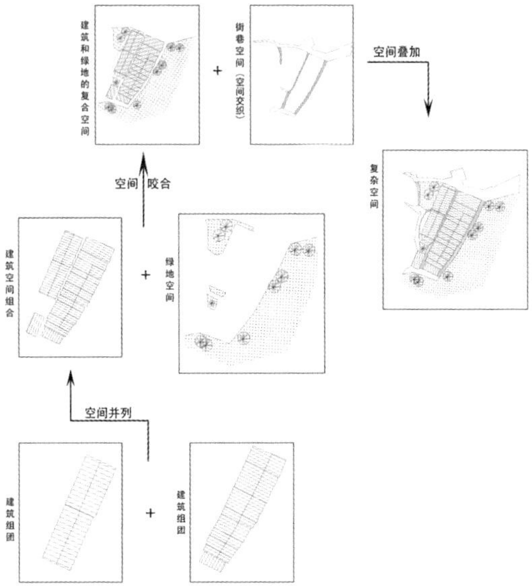  (d) 图式130复合词法图解

图 3-3-24　复合词法图解

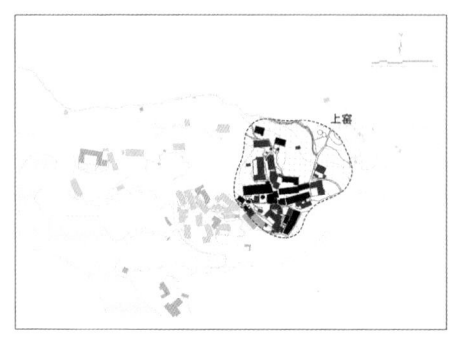
定居阶段（1575—1675）

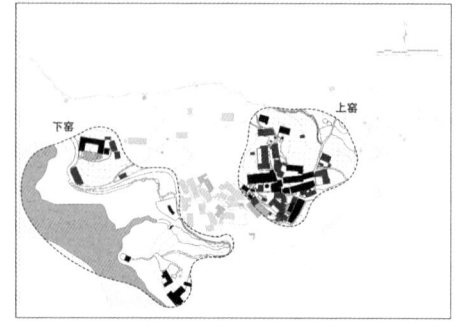
发展阶段（明末清初）

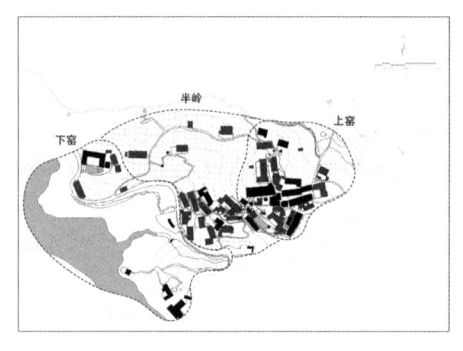
鼎盛阶段（1715—1786）

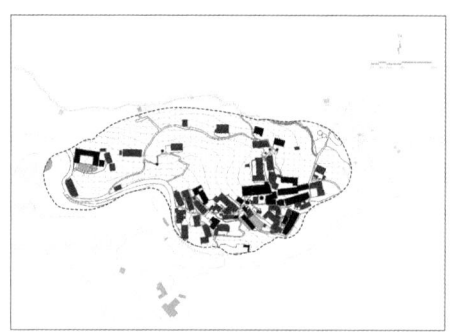
衰落阶段（1958）

图 3-3-25　碗窑村空间演变图

过空间叠加组成建筑与街巷的复合空间，整体空间形态由建筑的并列关系决定，类似的词法还有图式 137。图式 126，并列而成的建筑空间组合与融合而成的园林空间，通过空间叠加形成园林与建筑的复合空间，再与具备空间交织关系的街巷通过空间嵌套形成复杂空间。类似的还有图式 130，由建筑组团的并列关系、绿地与建筑的咬合关系以及街巷空间的交织关系组成，绿地与建筑空间附着于街巷系统的一部分，最终与街巷空间形成空间叠加关系。

### 2. 空间布局的句法

碗窑村的句法主要体现在本土性、时间性以及修辞性。

其一，本土性。传统村落的存在基础包含了空间与地点两个基本要素，传统村落的空间属性是人们定居的首要条件，而地点属性决定了空间"因时制宜"的本地性特征。[1] 碗窑村的建筑文化既有明清浙南山地瓦厝之共性，又兼具闽风客韵（闽南、闽北、客家）和少许闽粤边缘的吊脚楼韵味熏陶。[2] 另外，本土性还表现在用材上，碗窑村的建筑与铺装基本选择就地取材，还原天然淳朴的质感，在一定程度上也体现了本土性。

其二，时间性。根据制瓷业的发展脉络推测，碗窑村始于明万历三年（1575），发展于清初，鼎盛于清中期。碗窑村的历史范围按其发展的三个时期分为上窑、下窑和半岭三部分，上窑是整个村落的起源地，下窑和半岭随着制瓷业的发展依次而建。（图 3-3-25）20 世纪 50 年代，由于兴修水利，建造桥墩水库，下窑的大部分建筑被淹没，但碗窑村整体的村落形态依旧完整保留至今。

其三，修辞性。在碗窑村中，修辞性常见的手法有排比、反复、隐喻等。排比和反复主要体现在建筑布局上；隐喻体现在村落格局上，碗窑村"三面环山，一面滨水"又"内引水渠"，建筑依山而建，富有节奏与动感，体现先人因势利导、因地制宜的生态意识。

（三）公共空间语境分析

**1. 自然语境**

碗窑村坐落于玉苍山脉，拥有山环水抱、藏风聚气的自然基底。村落分布于朝阳坡，坐北朝南，地势由西南往东北逐级增高，整体空间沿山坡依次生长。碗窑村营造方式遵循"天人合一"的风水理念，村落南侧有玉龙湖穿过，隔水相望有朱雀山，北靠玉苍山为"玄武"，东西均被山脉所包围，视作为"青龙"与"白虎"。（图 3-3-26）此外，碗窑村的建筑材料多为就地取材，以石板、卵石、木材为主。建筑屋面材料多为青瓦，墙面多为木材、石材。街道大多采用卵石，在交接或边界处用石板拼接。卵石与石板的运用一方

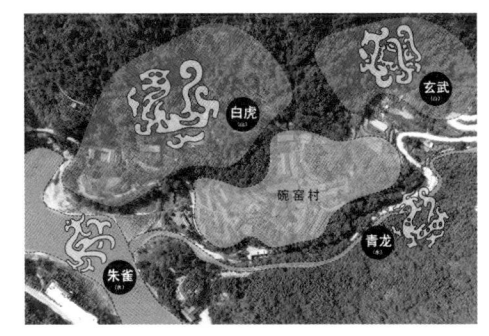

图 3-3-26 碗窑村山水格局图

---

1 参见李昊泽、王勇、程杰《图式语言视角下的江南水乡传统村落空间布局解构》，《规划师》2021 年第 24 期。
2 参见朱成腾《碗窑有约》，中国民族摄影艺术出版社 2019 年版，第 53—54 页。

面形成了丰富的图案与纹理，另一方面则凸显山村的自然肌理。

#### 2. 人文语境

作为手工艺型传统村落，碗窑村受制瓷业的影响，多有兼具生产生活属性的公共建筑及空间，如古龙窑、倒焰窑、陶瓷作坊、古水碓等。同时，产生了相应的祖师文化、从师文化和窑工文化等，表征为各种仪式与民俗活动。如前文提及，一般每年于固定的时节在三官庙与古戏台举办各种仪式与活动，多年来沿袭不变，源远流长。

### 三、公共空间的空间句法解读

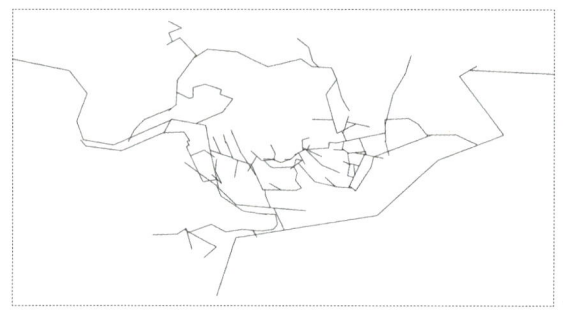

图 3-3-27 碗窑村轴线图

#### （一）句法模型构建

如图 3-3-27 所示，碗窑村的公共空间共有 173 条轴线。轴线模型计算后的参数如表 3-3-9 所示，可定量地反映出碗窑村街巷空间的形态特征。需要强调的是，表中的"连接度""局部整合度"涉及轴线与其邻近空间的关系，因此描述的是局部属性；"全局整合度"涉及空间系统内全部元素之间的关系，描述的是空间系统的整体属性。

表 3-3-9 碗窑村轴线模型参数表

| 村落名称 | 轴线数量 | 连接度 | 全局整合度 | 局部整合度 | 可理解度 | 协同度 |
|---|---|---|---|---|---|---|
| 碗窑村 | 173 | 2.69364 | 0.506544 | 1.21377 | 0.191488 | 0.378874 |

#### （二）整合度分析

##### 1. 全局整合度

如前所述，在空间句法中，全局整合度数值最高的那部分轴线（一般取总整合度数值前 10% 的轴线）将形成整合度核心。整合度核心为可达性较高的空间

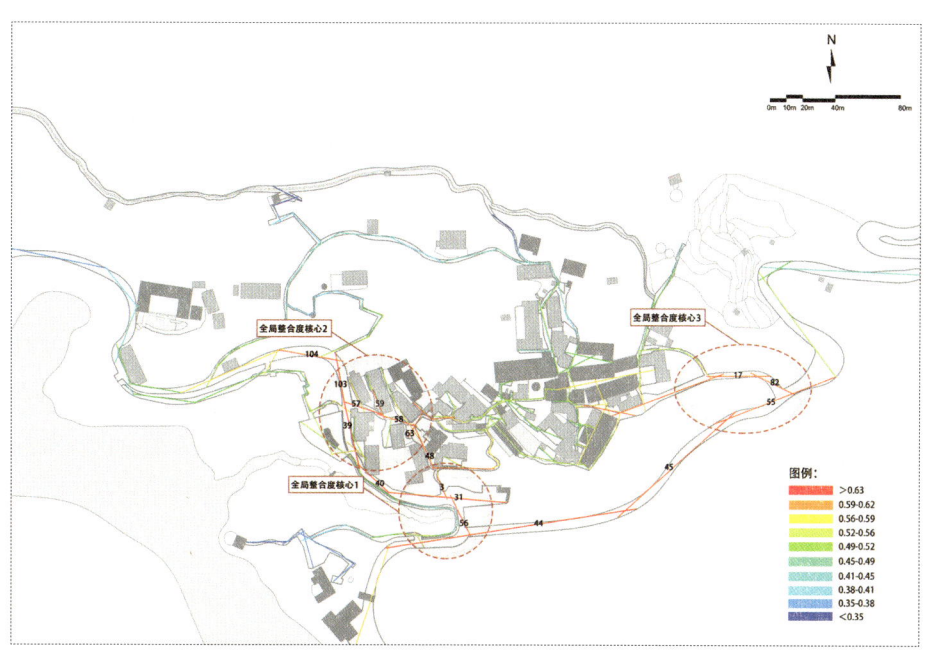

图 3-3-28　碗窑村轴线分析：全局整合度（$R_n$）

集合，在整个街巷空间系统中承担较为重要的角色，有较强的汇聚人流的能力。通常情况下，村落以此空间为核心空间，向周围或某个方向进行扩展。与此同时，低整合度的街巷空间相对隐蔽安静，人流量小，通常处于以生活居住为主的民居建筑附近。根据碗窑村轴线模型的计算结果，选取整合度前10%的轴线进行轴线图的标注（表3-3-10），并叠加碗窑村平面图展开探索与分析。从全局整合度数据来看，碗窑村共有3处整合度核心区域，代表碗窑村整合度最高、可达性最强的公共空间。（图3-3-28）

表 3-3-10　碗窑村全局整合度前 10% 轴线表

| Ref | 31 | 39 | 40 | 56 | 44 | 103 | 57 | 45 | 3 |
|---|---|---|---|---|---|---|---|---|---|
| 整合度 | 0.663 | 0.659 | 0.652 | 0.650 | 0.646 | 0.642 | 0.641 | 0.627 | 0.620 |
| Ref | 59 | 55 | 63 | 58 | 48 | 82 | 104 | 17 | |
| 整合度 | 0.618 | 0.617 | 0.612 | 0.610 | 0.608 | 0.606 | 0.606 | 0.603 | |

如图 3-3-28 所示，碗窑村可达性较好的道路主要分布于村落南侧的主干道与渗透在村落东西边缘的部分区域。从轴线模型的计算数值来看，碗窑村全局整合度平均值约为 0.507，其中大于该数值的轴线占总轴线数的 54.9%，由此可见，碗窑村的全局整合度不低，空间相对集聚。如果抛开村落的外围道路，村域内轴线颜色由东西向主轴线向四周逐渐变蓝，整合度逐渐降低，尤其是村落北部边缘整合度最低。此外，村落内部建筑随地势起伏以散列状分布，整体街巷结构呈树枝状，分割、串连建筑组团的村内主街的整合度在两端较高，既是旅游景点分布较为集中处，也与村落外围联系密切，作为交通集散的功能显著，而主街中间段由于道路肌理模糊，多为随地形变化的曲折街巷，因而轴线破碎、整合度较低。总体而言，全局整合度图示较为鲜明地展示了碗窑村作为旅游型传统村落的路网特征。下面对 3 处全局整合度核心做简要分析。

其一，全局整合度核心 1 位于轴线 3、31、44、56 的交会处，处于整个村落的南侧入口区域。轴线 3（$R_n \approx 0.620$）向北通往村落内部广场；轴线 31（$R_n \approx 0.663$）呈东西向连接东侧的停车场与西北侧主道；轴线 44（$R_n \approx 0.646$）呈东西向连接村落外围的主道；轴线 56（$R_n \approx 0.650$）向南连接入口主干道，向北与轴线 3 相交可连通村落内部道路。这意味着此区域应是村落中通达性最好的空间场所，而且，31、44、56 三条轴线相对较长，也暗示了视线的距离，较易形成视线通廊与开阔的视野。显然，这些空间特征与此处作为游客集散区的实际功能相一致。简单来说，轴线 31、44、56 对应的道路或广场尺度较大，可满足机动车通行、驻留，轴线 3 则为通往村内的道路之一，是带有台阶的步行街巷，其南北向视域的直线距离短，道路相对较窄，视线与其他三条轴线相比较为曲折，但却有引人入胜之感。因此，全局整合度核心 1 是道路（线状空间）与停车场（面状空间）的组合，停车场东侧建有公共建筑可供游客休憩、停歇，西、南、北均与道路相连，周围遍布林地。该区域位于村落南端，与村内建筑的分离度较高，相互干扰较少。

其二，全局整合度核心 2 的空间范围相对较大，位于轴线 39、40、48、57、58、59、63、103、104 的交会处，是真正意义上的村口空间，也是村落主街巷的开端。其所覆盖的范围包含村落西侧外围的交通主道与村内主街至古树广场的区域，可达性较好、交通便利，民居建筑密集。轴线 39、40、103、104 对应的是村落西侧外围的主道，其中，轴线 40（$R_n \approx 0.652$）与轴线 31 相连，位于主道转弯处，轴线 39（$R_n \approx 0.659$）与轴线 103（$R_n \approx 0.643$）形成主道的直线形态。该段道路是村落外部与村落内部的分界与汇合处，其西侧为滨水广场，视野开阔，是村民与游客喜爱的休憩观景场所，人流量与机动车流量较大，具有较强的空间活力。轴线 57、58、59 位于村落西侧主入口区域，其中，轴线 57（$R_n \approx 0.641$）西侧与主道轴线 103 相交，是村落内部主街的始端，南北两侧均为民居建筑与台地空间。轴线 58（$R_n \approx 0.610$）与轴线 57 东侧相交，作为曲折主街的一部分继续向东延伸，并在古树广场入口处与轴线 48、63 相交。轴线 59（$R_n \approx 0.618$）对应的是民居建筑前的台地，该空间形态与一字形建筑具有一致性，位于主街旁，空间狭长且渗透性强，成为村民日常生活中的劳务活动空间或交流洽谈空间。轴线 48、63 位于村落古树广场范围内，该区域属于村落次中心处，方便抵达西侧主道与南侧停车场，但较之轴线 57、59 区域，因其处在村落内部，又具有了一定的内向性。其中，轴线 48（$R_n \approx 0.608$）将古树广场与南侧台阶路串连，继而与外围主道相通，增强了空间的渗透性，轴线 63（$R_n \approx 0.612$）也是作为村内主街与古树广场相连，并继续向东延伸。从古树广场的功能属性与景观视野上看，该区域作为公共开放空间受地形高差的影响，拥有良好的视觉体验，古建、古树和远处的湖泊、林地融为一体。作为村落主街旁的次中心空间，良好的通达性、安全的内向性与舒适的视觉体验的多维合一，使得此地成为村民日常交往、游客休憩观赏的重要场所。

其三，全局整合度核心 3 位于轴线 17、45、55、82 的交会处。该区域由村落东侧的外围道路构成，因其地理位置远离村落中心，可达性相较于前两个核心区较差，道路随地形多曲折蜿蜒，主道与村落之间由大片的林地过渡，分隔性强。轴线 45（$R_n \approx 0.627$）与轴线 55（$R_n \approx 0.617$）整合度较高，对应的是南侧盘山路，以机动车通行为主。而进入村落内部的轴线 17（$R_n \approx 0.603$）与轴线 82（$R_n \approx 0.606$）整合度相对较低，但由于其与主道相连，并且是通往村内重要景点古龙窑的主要路径，因此该道路车流、人流也相对密集。

**2. 局部整合度**

在局部整合度的计算分析中，采用最能反映局部变化的 3 个拓扑步数为限进行分析。碗窑村局部整合度平均值约为 1.214，最大值约为 2.324，对应村内古龙窑、

图 3-3-29　碗窑村轴线分析：局部整合度（$R_3$）

探花画苑的道路交会处。村内主要路线的局部整合度保持在平均值以上，说明这些道路是村民日常生活中经常使用的，也是外来游客的聚集之地。现取局部整合度前 10% 的数据（表 3-3-11），归纳整理出相对应的整合度高的街巷，形成 4 处局部整合度核心区。（图 3-3-29）对比全局整合度核心区发现，整合度核心区位置变动较明显，由村外渗透至村落内部，新增了一处园林空间。此外，村落西侧入口、古树广场与全局整合度核心具有较高的耦合性。下面对局部整合度核心做一简析。

表 3-3-11　碗窑村局部整合度（$R_3$）前 10% 轴线表

| Ref | 80 | 68 | 78 | 79 | 70 | 9 | 15 | 39 | 76 |
|---|---|---|---|---|---|---|---|---|---|
| 整合度 | 2.324 | 2.252 | 2.129 | 2.033 | 2.028 | 1.981 | 1.975 | 1.973 | 1.963 |
| Ref | 72 | 16 | 112 | 21 | 126 | 48 | 58 | 73 | |
| 整合度 | 1.811 | 1.785 | 1.749 | 1.738 | 1.724 | 1.722 | 1.683 | 1.681 | |

其一，局部整合度核心 1 接近全局整合度核心 3，覆盖轴线 9、15、16、

76、78、79、80，包含了村落东侧的东门街、古龙窑西侧街巷以及探花画苑的过街楼等重要的交通要道。该核心区所在的轴线不仅连通村落东侧外部道路，也将村落中三官庙、古戏台、古龙窑、探花画苑以及民居建筑串连，商业活动与日常活动频繁，人流聚集性强，拥有良好的连接性和中心性。其中，轴线80（$R_3 \approx 2.324$）、轴线78（$R_3 \approx 2.129$）、轴线79（$R_3 \approx 2.033$）以及轴线15（$R_3 \approx 1.975$）这4条轴线在古龙窑北侧空地交会，并且在中心向四周发散，成为村落东侧一个局部交通枢纽点。

其二，局部整合度核心2位于村落的形态中心，所覆盖的范围也是村落中重要的交通枢纽点，该空间由轴线68、70、72、73组成，其中轴线68（$R_3 \approx 2.252$）与轴线70（$R_3 \approx 2.028$）对应的是村落主街，串连南北向的巷弄，整合度较高，具有较强的汇聚人流的能力；轴线72（$R_3 \approx 1.811$）和轴线73（$R_3 \approx 1.681$）向南渗透，轴线72将半书房与园林空间的凉亭串连，轴线73通往民居院落，两者最终在北侧与主道路交会。从空间功能上看，该区域包含了生产空间、生活空间和生态空间三大要素，使得此地成为村民日常活动相对频繁的场所。

其三，局部整合度核心3、4与全局整合度核心2重叠，即村落西侧入口与古树广场，分别包含轴线39、112与轴线48、58。轴线39（$R_3 \approx 1.973$）位于西侧主干道，东侧为村入口以及民居建筑群，西侧为滨水广场，整合度较高，是机动车的必经之路，轴线112（$R_3 \approx 1.749$）将滨水广场与主干道相连，视野逐渐开阔，人流量较大，成为游客和村民观赏休憩娱乐的公共场所。轴线48（$R_3 \approx 1.722$）与轴线58（$R_3 \approx 1.683$）交会于村内主街上，是游客和村民日常聚集重叠的区域。

通过对全局整合度和局部整合度的分析与对比发现，全局整合度核心区主要分布于村落外围以及与内部的交会处，也就是东、南、西侧的村落入口处，此处机动车与人流量均较多，空间相对开放。这不仅与外围道路的内外连通性相关，也符合碗窑村作为旅游村落的路网布局。局部整合度核心区则是在全局核心区的基础上向村内延伸，处于村内景点密集处或局部交会的放大空间，与村落的商业步行街、作坊遗存、历史建筑以及民居院落等空间密切相关，证明了局部核心区的生活性和中心性。可以说，在碗窑村公共空间的形态组织中，这些活力较强的街巷记录了村民的生活轨迹，见证了村落的制瓷文化，是研究居民日常生产生活以及村落旅游发展的重要载体。

此外，碗窑村的可理解度很低（系数 $R^2 \approx 0.191$），说明碗窑村空间反映能力较弱。主要源于村内道路多曲折且狭窄，还有不少尽端路出现。碗窑村的协同度一样不高（系数 $R^2 \approx 0.379$），局部整合度与整体整合度的耦合关系不强，说明局部空间和整体空间的一致性也不高。

### （三）穿行度分析

#### 1. 村域尺度

在 Depthmap 中将轴线模型转换成线段模型，计算得出标准化的全局角度整合度与全局角度穿行度，借此考察碗窑村整体空间在实际距离尺度下的通达性情况以及某些主要穿行道路结构。由图 3-3-30 可以看出，碗窑村南侧主道（主要集中于村入口处）以及内部呈枝丫状的主街巷全局整合度较高，并且整合度由南往北逐级递减，与轴线模型的整合度在一定程度上具有一致性。整合度最高处集中于古龙窑西侧街巷与探花画苑的过街楼，由于该区域包含村落的信仰空间（三官庙与古戏台）、商住空间（探花画苑）、生产空间（古龙窑）以及民居空间，还拥有空间开阔的东门街。可以说，此处是村内人流聚集最多、活动最为频繁的区域。

由图 3-3-31 可以看出，碗窑村穿越性较好的区域主要集中于村落外围，与全局整合度较高的轴线高度重合，这几条轴线所对应的道路是车辆穿行的便捷之路。具体来看，红色轴线所在的道路是外围主干道的一部分，而且靠近村口位置，是目前出入村落的主要通道；黄色轴线主要位于村落内部主街巷，呈东西走向，其穿越度也较高，串连分布在南北两侧的建筑群落；相反其他分布在村内的绿色与蓝色轴线，其作为通往民居建筑的小巷，往往以尽端路的形式出现，穿越人流少、私密性强。

#### 2. 半径尺度

根据碗窑村的现场调研，在 Depthmap 平台上构建 150 米、300 米、450 米、600 米、900 米、1200 米半径下的线段模型，选取标准化角度穿行度来研究碗窑村街巷系统局部的空间形态特征。将碗窑村不同半径下的前 8% 的标准化角度穿行度的轴线进行提取与标注，探究人们在村内的步行轨迹与相遇情况。分为村民活动尺度与游客活动尺度进行比较分析，其中村民活动尺度包括 150 米、300 米、450 米的空间分布形态，游客活动尺度包括 600 米、900 米、1200 米的空间分布形态。（表 3-3-12）

图 3-3-30　碗窑村线段模型全局标准化角度整合度图示

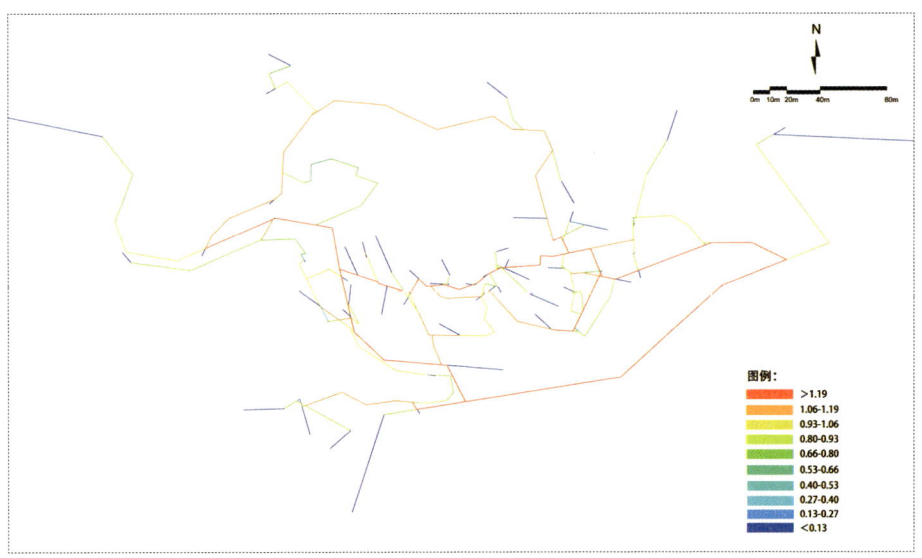

图 3-3-31　碗窑村线段模型全局标准化角度穿行度图示

**表3-3-12　不同半径的标准化角度穿行度前8%轴线列表**

标准化角度穿行度前8%轴线

| 人群 | 半径 | 类型 | | | | | | | | | | | | | | | |
|---|---|---|---|---|---|---|---|---|---|---|---|---|---|---|---|---|---|
| 村民 | 150米 | 轴线 | 15 | 14 | 16 | 13 | 16 | 28 | 29 | 12 | 154 | 191 | 143 | 144 | 153 | 142 | 291 |
| | | Nach | 1.38 | 1.38 | 1.37 | 1.37 | 1.37 | 1.37 | 1.36 | 1.35 | 1.34 | 1.34 | 1.32 | 1.32 | 1.31 | 1.31 | 1.30 |
| | 300米 | 轴线 | 210 | 7 | 130 | 211 | 11 | 134 | 143 | 135 | 139 | 142 | 117 | 10 | 116 | 144 | |
| | | Nach | 1.37 | 1.36 | 1.33 | 1.33 | 1.33 | 1.32 | 1.32 | 1.32 | 1.32 | 1.32 | 1.32 | 1.32 | 1.32 | 1.31 | |
| | 450米 | 轴线 | 210 | 7 | 130 | 117 | 116 | 121 | 115 | 114 | 118 | 119 | 211 | 16 | 14 | 13 | |
| | | Nach | 1.34 | 1.34 | 1.34 | 1.32 | 1.32 | 1.32 | 1.31 | 1.31 | 1.31 | 1.31 | 1.30 | 1.30 | 1.30 | 1.30 | |
| 游客 | 600米 | 轴线 | 195 | 36 | 16 | 184 | 238 | 185 | 33 | 32 | 111 | 34 | 92 | 16 | 93 | 28 | |
| | | Nach | 1.32 | 1.32 | 1.32 | 1.31 | 1.31 | 1.31 | 1.31 | 1.31 | 1.31 | 1.31 | 1.31 | 1.31 | 1.30 | 1.30 | |
| | 900米 | 轴线 | 36 | 195 | 111 | 92 | 93 | 238 | 33 | 184 | 34 | 32 | 16 | 185 | 68 | 81 | |
| | | Nach | 1.33 | 1.32 | 1.32 | 1.32 | 1.32 | 1.32 | 1.31 | 1.31 | 1.31 | 1.31 | 1.31 | 1.31 | 1.31 | 1.30 | |
| | 1200米 | 轴线 | 36 | 195 | 111 | 92 | 93 | 238 | 33 | 184 | 34 | 32 | 16 | 185 | 68 | 81 | |
| | | Nach | 1.33 | 1.32 | 1.32 | 1.32 | 1.32 | 1.32 | 1.31 | 1.31 | 1.31 | 1.31 | 1.31 | 1.31 | 1.31 | 1.30 | |

（1）由于碗窑村规模相对较大，村民活动尺度选择150米、300米、450米为半径，符合碗窑村村民日常出行与活动范围，将这些半径下标准化角度穿行度进行归纳与整理。（图3-3-32）150米半径下高穿行度的轴线集中于碗窑村东侧主街巷以及古龙窑周边的街巷，最高的轴线为15、14、16，均位于三官庙、古戏台、探花画苑附近，如前文所述，此处位于碗窑村的上窑区域，集信仰空间、商贸空间与居住空间于一体。其中，轴线15位于相对而立的三官庙与古戏台的天井处，是旧时村内举办节日活动的重要场所，而今成为村民日常交往活动的聚集地，并与北侧主街道相连；轴线16

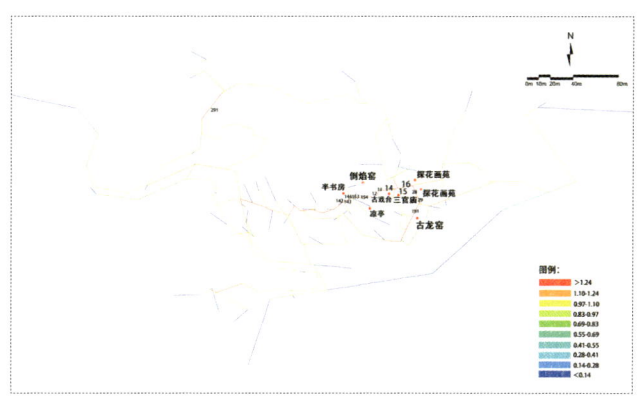

(a) 150米半径的标准化角度穿行度图示

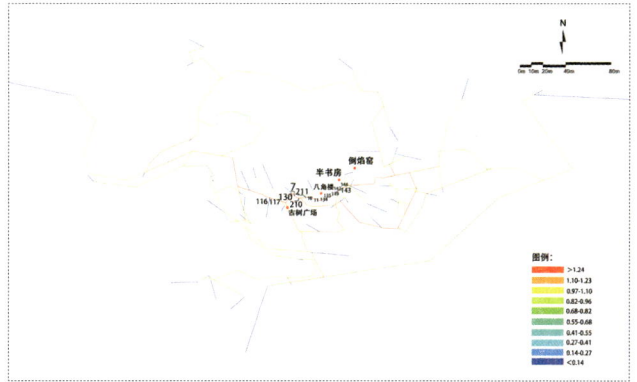

(b) 300米半径的标准化角度穿行度图示

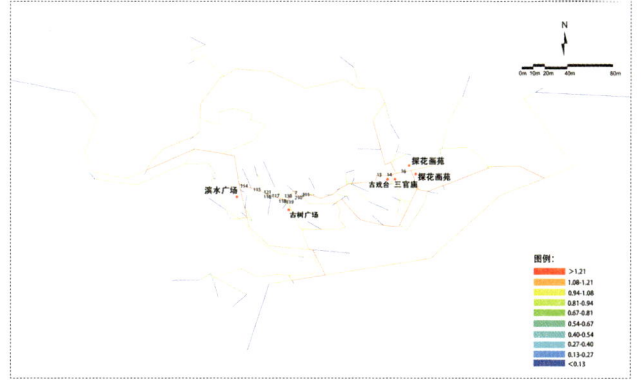

(c) 450米半径的标准化角度穿行度图示

图 3-3-32　村民角度不同半径的标准化角度穿行度图示

处于村内最繁华的东门街，道路宽敞且空间相对开阔，并且相邻的探花画苑为商住一体的二层建筑，因而该街巷是村内居民日常生活出行或聚集交谈的场所。[图3-3-32（a）]300米半径下高穿行度的轴线主要集中于主街的中段，附近多民居建筑，是村民日常活动出行必经的道路，并且这些轴线数据由中心（轴线211、210、7、130）向两端（轴线117、116、143等）逐级递减，可以说，该段街巷空间不仅串连通往各个民居院落与公共建筑的小巷道，还建立起村内西侧与东侧的联系，凸显了其中心性与重要地位，促使人流交会于此。[图3-3-32（b）]450米半径下高穿行度的轴线则是在150米半径下增加了村内的西侧入口一处，在更大的活动范围内，满足西侧居民在村落内部活动的同时，建立与外界的联系。[图3-3-32（c）]

（2）游客活动尺度相较于村民来说更大。因此，选择600米、900米、1200米为研究半径分别计算穿行度。如图3-3-33所示，600米、900米、1200米半径下的街巷穿行度差异很小，较高数值的轴线大多集中于村落东侧景点聚集处、村落外围主干道及其与村落内部的交会处。由表3-3-12数据显示，在600米相对较小半径下，穿行度较高的轴线（轴线195、36、16）分布于东侧村入口与东门街，可见游客多选择村落东侧的入口进入村落内部，因而有较多的人流交会于此。如前所述，东门街作为村内最繁华的商业街巷，周边集信仰空间（三官庙、古戏台）、商住空间（探花画苑）以及民居建筑空间于一体，因此该街巷空间不仅承担游客游览打卡景点的功能，也满足游客逗留交流的需求，且与村民出行路径（NACH 150）相重叠，容易成为相遇性较高、活力充沛的公共空间。另外，基于村落规模，900米与1200米半径下的高穿行度轴线分布几乎完全一致，其均分布于东、南侧村入口处，是游客观览村落的起点。

通过对村民与游客视角下不同半径的标准化角度穿行度分析后，将分析结果与标准化角度整合度进行对比。由图3-3-34可以看出，半径300—1200米的整合度较高的轴线分布与穿行度在一定程度上相辅相成，活力程度较高的地方位于村落入口处与主街巷。综合穿行度与整合度来看，150米、300米、450米半径下的轴线代表了村民日常出行及活动的范围，主要通过主街道通往各处；600米、900米、1200米半径下的轴线代表了游客活动的游览范围，进一步证实了碗窑村最容易被穿越及逗留的村落入口与村内活动空间，其中东门街的轴

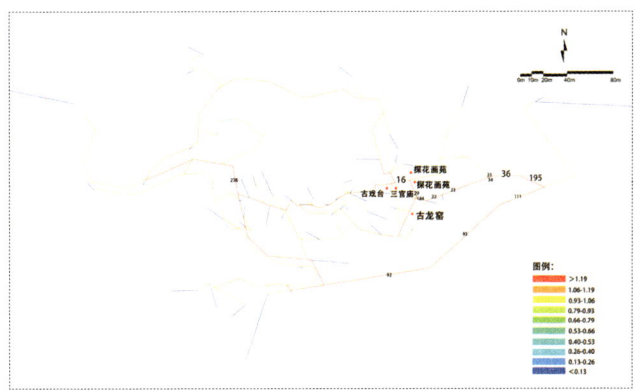

(a) 600 米半径的标准化角度穿行度图示

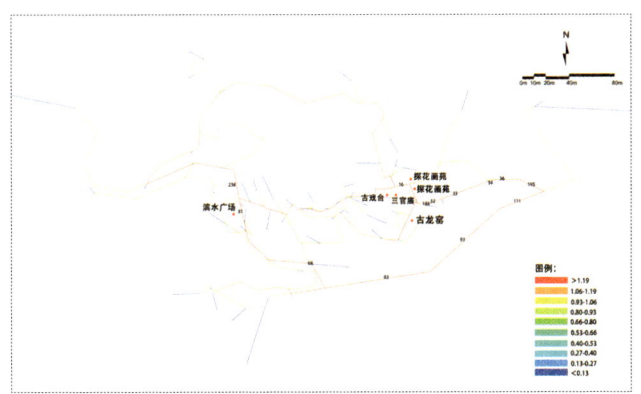

(b) 900 米半径的标准化角度穿行度图示

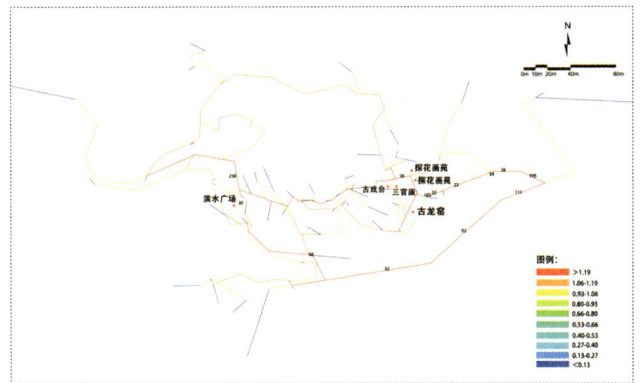

(c) 1200 米半径的标准化角度穿行度图示

图 3-3-33　游客角度不同半径的标准化角度穿行度图示

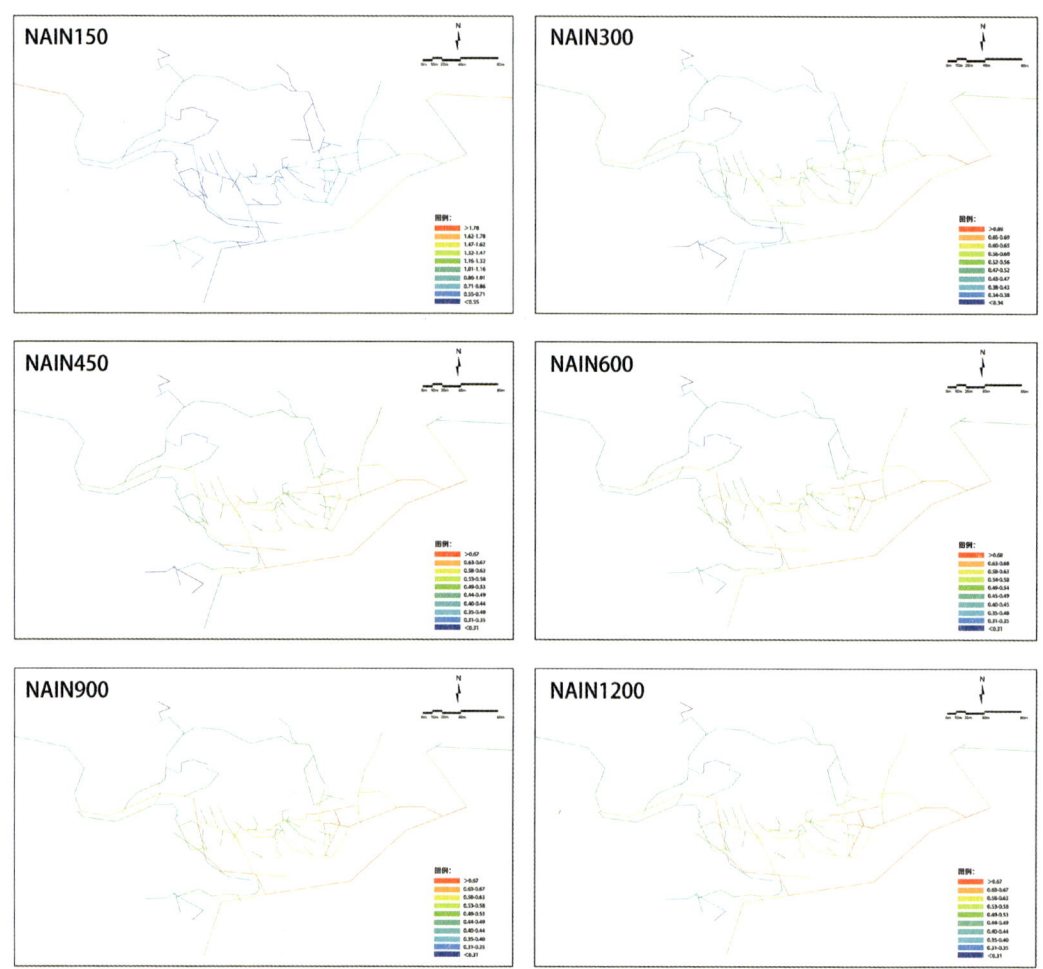

图 3-3-34　不同半径的标准化角度整合度图示

线在村民和游客视角下完全耦合,意味着此处为游客与村民相遇及聚集可能性最高的区域,成为村内公共空间的核心。

（四）结论

以空间句法模型结合碗窑村的历史文化与自然环境,得出以下结论。

第一,道路结构复杂多变,建筑呈散列状分布。村落四周环绕山林,南侧主干道较为宽敞,村内道路呈树枝状串连建筑群落。全局整合度核心区集中在村落外围边缘处,即三个村入口与主干道的交会点;局部整合度核心区部分与全局整合度核心区重叠，并且渗透村内重要的节点空间，也是村民活动频繁的场所。核心区覆盖的街区视野相对开阔、通达性好、公共性强，是村民生活出行、休闲娱乐、聚集闲聊的活动空间，也是外来游客休憩观赏、拍照打卡的主要场所。

第二，村落整体呈内聚性，内外分隔明显。从可理解度和协同度来看，碗窑村整体空间反映能力弱。缘于山地环境，村内建筑与台地、绿地之间排布紧密，街巷多阶梯或坡道，大面积的集散空间少，因此广场、商贸集市、礼堂等公共活动空间的面积受限，主要为东门街、古树广场、滨水广场以及文化礼堂广场几处。

# 第四节　小结

本章通过个案研究，详细阐述了传统村落公共空间田野调查的具体内容，以及运用图式语言和空间句法，定性定量并举地分析传统村落空间形态，既是对前一章浙江省传统村落公共空间调查研究的细化与推进，也为本书从传统村落公共空间形态的"外显—内隐"中汲取历史经验、探寻保护利用底层逻辑的观点做了调查与实证，更为后文比较、归纳浙江传统村落公共空间的共性与个性特征，提炼其中的人居智慧，最终形成乡村公共空间复兴设计策略提供了基础。

# 第四章 浙江传统村落公共空间比较研究

本章首先对浙江各个文化区域的传统村落空间意象做一宏观的描述与比较，继而以普查数据和典型样本归纳传统村落公共空间形态的共性与个性特征，最后尝试提炼出传统村落人居空间的本质内涵。

与其他省份相比，浙江传统村落具有选址格局"形式多样"，传统民居"各具韵味"，传统习俗"遍地开花"等特征。从历史文化的分布范围看，全省可分为"浙北""浙东""浙南""浙西""浙中"五大文化区，对应的是浙江历史上的"吴""越""东瓯""姑蔑四国""八婺之地"[1]；以地理特征为据，则有"浙北平原""浙西中山丘陵区""浙东丘陵""浙中盆地""浙南山地""浙东南沿海平原及海滨岛屿"六个分区。二种分类有共通之处，也说明了传统村落是先民文化活动和地理环境相互作用的成果。因此综合来看，采用五个文化区分类，同时参考六类分区的地理特征，有助于更好地梳理共性、比较差异，凸显地方个性。需要补充说明的是，浙江属少数民族散杂居省份，省内少数民族人口总量不多，但民族成分较多。多民族在相互融合的历史进程中交流与影响，地域环境和民族生活的多样性、复杂性促成了传统村落公共空间多元共存的风貌与特征。但鉴于世居浙江的少数民族较少，主要是畲族、回族，其中畲族多集居在全国唯一的畲族自治县——浙江省景宁畲族自治县，其他少数民族大多是新中国成立后，特别是改革开放以来，因工作、经商或婚嫁而落户浙江的。因此，本章主要以汉族传统村落公共空间为比较研究的对象。

---

1 参见吴琳、余建忠《浙江传统村落空间特征与保护利用探索》，《城市发展研究》2021年第3期。

# 第一节　文化地理分区

20世纪初，美国学者梅森（O. T. Mason）最早提出了"文化区"概念，指由相似的文化特质构成的地理区域，文化特质以此为中心不断向外传播。1922年，美国人类学家威斯勒（Clark Wissler）重新阐释了文化区的概念，其指居住在同一地区中、不同人群之间相关联的文化特质，反映了文化是基于时间和空间的同构，以同构文化特质的空间分布来重建文化历史顺序和不同人群之间关系。[1]因此，文化区划是了解区域特征的一种方式，将传统村落特质进行区域性的比较和整理，可以发现村落间的差异与关联。浙江传统村落类型丰富，公共空间形式多样，处于不同文化地理区的传统村落有着相异的自然条件、地方文化和经济类型，于是形成了不同的空间意象。可见，影响传统村落空间意象的因素很多，包括地理环境、农事开发、建筑材料、营造技术、宗族文化、社会经济、民俗民风和审美情趣等。而作为人与空间交互而生的场所记忆与总体印象，空间意象可以很好地映射空间特色，从而对各个文化地理区域的传统村落做出整体且直观的比较。（表4-1）

表4-1　浙江传统村落文化地理分区概况表[2]

| 空间分区 | 县级行政区 |
| --- | --- |
| 浙北（杭州、嘉兴、湖州三地；春秋战国吴文化） | 23个：杭州（上城区、拱墅区、滨江区、萧山区、西湖区、余杭区、临平区、钱塘区、富阳区、临安区、桐庐县）；嘉兴（南湖区、秀洲区、平湖市、桐乡市、海宁市、嘉善县、海盐县）；湖州（吴兴区、南浔区、德清县、长兴县、安吉县） |
| 浙东（绍兴、宁波、舟山全部及台州大部；春秋战国越文化） | 28个：绍兴（越城区、柯桥区、上虞区、诸暨市、嵊州市、新昌县）；宁波（海曙区、江北区、北仑区、镇海区、鄞州区、奉化区、余姚市、慈溪市、象山县、宁海县）；台州（黄岩区、椒江区、路桥区、天台县、仙居县、临海市、温岭市、三门县）；舟山（普陀区、定海区、岱山县、嵊泗县） |

---

[1] 参见杨小军、丁继军《透视浙村：历史文化村落保护利用的浙江探索与实践》，机械工业出版社2023年版，第27—28页。

[2] 参见吴琳、余建忠《浙江传统村落空间特征与保护利用探索》，《城市发展研究》2021年第3期。行政区划以2025年现行区划为准。

续表

| 空间分区 | 县级行政区 |
|---|---|
| 浙南（温州，丽水大部，台州小部；春秋东瓯文化） | 21个：温州（鹿城区、瓯海区、龙湾区、洞头区、乐清市、瑞安市、龙港市、平阳县、苍南县、永嘉县、文成县、泰顺县）；台州（玉环市）；丽水（莲都区、遂昌县、松阳县、龙泉市、青田县、云和县、景宁畲族自治县、庆元县） |
| 浙西（衢州、杭州南部即历史上的严州、金华小部；姑蔑文化） | 9个：衢州（柯城区、衢江区、龙游县、常山县、江山市、开化县）；杭州（建德市、淳安县）；金华（兰溪市） |
| 浙中（金华大部、丽水东北部；八婺之地） | 9个：金华（金东区、婺城区、义乌市、东阳市、永康市、武义县、浦江县、磐安县）；丽水（缙云县） |

## 一、浙北地区

浙北概指杭州、嘉兴、湖州三地。杭嘉湖平原作为浙江最大的堆积平原位于太湖以南，杭州湾以北，为太湖平原之南翼。此处地势低平、河网密布，有京杭大运河穿过，因此成为商品经济、市场经济先行发展的好地方。如作为中国商品粮基地之一，素享"苏湖熟，天下足"的美誉，有着龙井茶、丝绸等名产。浙北典型的传统生产模式则为"桑基鱼塘""桑基圩田"。可以说，浙北传统村落始于"塘浦圩田、植桑养蚕"，生于"蚕桑兴、水市集"，盛于"商贾传家，儒学乡里"，是在共同经济的基础上形成的，与其他村落基于农业、血缘和宗法形成有所不同。纵观历史，浙北从唐朝起就出现了众多的草市，每个草市都有自己的乡脚和邑落，经南唐、钱氏吴越，到南宋建都杭州精心经营二百多年，已经摆脱传统农业模式成为商品性农业地区。明清时期，出现蚕桑丝织、棉麻纺织等拳头产品，家族文化转换成经商传统、慈善事业和团体公共事务。主持宗族事务的士绅们和外来的各类文人、学者以及担任文职的政府官员包括他们的幕僚结成文人社团，开展各类社团活动。他们的主要贡献是使宗族教育与时俱进，积极和新式教育及西学接轨，从而人才辈出、实业兴村，体现在适应时代潮流的建筑形式与社会风气上。因此相较于其他地区，浙北作为资本主义早发地，宗族文化较早地向现代转型。[1]

## 二、浙东地区

浙东概指绍兴、宁波、舟山全部及台州大部。以宁波、绍兴为中心的浙东地区，是历史上几度产生新学派、新思想的地方。如北宋王安石事先在鄞县做试验，后来进行变法；明代王阳明承接南宋永嘉学派"崇功利、扶商贾"思想，发展为"致良知""知行合一"的阳明学派，明末清初又出现了以黄宗羲为代表的浙东学派。阳明学派与浙东学派都是当时全国的学术思想中心，孕育出浙东人农商双重生活方式及儒商互渗转型现象，导致家族制下的传统民居形制转型，如宁波地区从"前厅后堂、四明（堂）两廊"转变到"间弄轩"。20世纪开始，宁波民居出现了完全从家庭本位出发的住宅形制——宁波式三合院。一个三合院为一个小家庭，多进院落式为大户、望族家庭，一个房族院落与院落之间留出通道小巷，用配以"观音兜""马头墙"的高耸山墙围合，使这个房族的住宅仍然具有共享性和私密性。在多姓共居的村落，如果一个大家族连片地拥有一组由"房"居住的"墙门"，则"墙门"之间的那些小巷道便成为家族内部的公共通道。于是，那些以家族"大墙门"为单位的村屋结构，被一种新的伦理观念——核心小家庭作为一个独立的社会细胞所代替。因此，传统村落空间的宗法特征，渐渐地从浙东这片充满思潮的大地上消退。此外，宁波地区的宗祠以台门式门楼、朱金木雕和华丽的藻井为特色，最早的祠堂（家庙）为史浩建于南宋淳熙五年（1178）的"五祖堂"。[2]

## 三、浙南地区

浙南概指温州地区、丽水大部、台州小部。浙南古称瓯，历史上先越化再汉

---

1 参见陈桂秋、丁俊清、余建忠、程红波编著《宗族文化与浙江传统村落》，中国建筑工业出版社2019年版，第103页。
2 参见陈桂秋、丁俊清、余建忠、程红波编著《宗族文化与浙江传统村落》，中国建筑工业出版社2019年版，第101—103页。

化。在移民史上，秦汉时期先把中原大族迁到吴越地，把吴越大族挤向瓯地，到东晋南北朝时期，北方大族又移步瓯地。开发较晚再加之浙南山区相对封闭，村落的主要意象为寨门、寨墙。现存较典型的传统村落有芙蓉、苍坡、屿北、廊下、凤凰寨等，村落四周都有寨墙，墙外有水沟系统。屿北村还多了一层，寨墙外是护寨路，护寨路外是水渠和大面积湖面。如今，很多村落的寨墙已拆毁，但寨门依旧在。作为一种文化载体，寨门古拙丰富，成为温州山地村落的一大地域特色。丽水地区属中山地形地貌，孤村、源头村更多一些，比如龙泉下樟、炉岙、上田、庆元举水，景宁小佐，遂昌小岱等。丽水的宗祠风格接近浙西、浙中，而温州滨海地区的宗祠风格接近当地庭院式住宅，开间多、天井大，大多为二进，构造做法保留了较多早期的营造特点，侧脚、梭柱、偷心拱、断阶造、乐台等宋式构件到处可见。[1]

## 四、浙西地区

浙西概指衢州地区、杭州南部和金华兰溪。作为春秋时期姑蔑国的大本营，又是徐氏文化的核心地，浙西传统村落的乡风村俗淳朴敦厚，祀天追宗祭祖之风长存，每年以家族为单位进行除夕和春冬两祭，成为该地区传统村落最重要的宗族文化活动。宗祠也因此相对较多且形制古朴，加之浙西山区盛产木材，宗祠的柱子粗硕，梁柱木雕也较为古拙。较为典型的宗祠案例有浙江最古老的宗祠"兰溪芝堰村孝思堂"；全国规模最大的宗祠之一"兰溪西姜村姜氏宗祠"；以及形制古、等级高、较符合朱熹《家礼》之制的宗祠——龙游天池村三槐堂和杨家关西世家。其中龙游的宗祠基本特点是开间少（一般为三间）、天井小、享堂升高且开间扩大，平面呈现T字形；而衢州、江山、常山、开化一带，宗祠则以牌坊式门楼为特色。可见，奉宗尊祖、祠堂敦古，已然是浙西地区传统村落的整体意象。[2]

---

1 参见陈桂秋、丁俊清、余建忠、程红波编著《宗族文化与浙江传统村落》，中国建筑工业出版社 2019 年版，第 95—96 页。
2 参见陈桂秋、丁俊清、余建忠、程红波编著《宗族文化与浙江传统村落》，中国建筑工业出版社 2019 年版，第 94—95 页。

### 五、浙中地区

浙中泛指今金华大部和丽水东北部一带。浙中地区以丘陵、盆地为地形地貌特征，有众多宜耕、宜居、宜隐的风水宝地，是北方士族南下的首选地之一。这一带族居大户特别多，如东阳黄田畈前台门、卢宅、紫薇山尚书第、六石镇后周肇庆堂、夏程里位育堂、缙云壶镇九进厅、松岩百廿间，等等。据不完全统计，金华今存大宅仅东阳有80多幢，义乌有30多幢，永康有30多幢，这些都是北方大家族南下播迁的产物。金华地区传统村落空间意象的另一表征是家庙多、宗祠古，如永康芝英村，历史上曾有祠堂100余座，现存70余座。放眼浙中地区，历史上的家庙、宗祠则达千余座。这些祠堂基本特点是多尊朱子《家礼》规制，神主牌的放置顺序严格遵照古代昭穆制度，大门普遍采用石库门的形式，四周墙垣围合，多采用"工"字形平面，偶尔也见"王"字形、"回"字形平面。[1]

## 第二节　空间信息释义

从空间意象的宏观叙述中，可以捕捉到不同文化地理区传统村落的一些异同。然而，要较为细致地比较其公共空间形态的相似性与差异性，还需进一步分析并借助可视化图示来探究与表达。这里主要通过田野调查所获的空间信息和空间句法的轴线模型，以典型个案的比较分析，由点及面，尝试归纳出浙江不同地域传统村落公共空间形态的相似性与差异性。

实际上，相似性与差异性的背后都是地域性的地理环境、社会意识和文化传播等因素的综合作用，其中相似的共性特征主要表现在浙江传统村落内涵的生态理念与宗族文化上，差异化的个性特征则对应地凸显在村落营建的具体方式和外

---

[1] 参见陈桂秋、丁俊清、余建忠、程红波编著《宗族文化与浙江传统村落》，中国建筑工业出版社2019年版，第96—101页。

显形态上。（表4-2）

表4-2　浙江传统村落公共空间形态的相似性与差异性

| 相似性特征 | 差异性特征 |
| --- | --- |
| 自然共生理念 | 自然共生方式 |
| 空间结构与社会秩序 | 街巷网络与层级分布 |
| 公共空间朴实且内向 | 公共空间形式与界面 |

## 一、相似性特征

### （一）自然共生理念

浙江以山水环境为主，先民沿着浙西北、浙中和浙东南三支主要的山脉走势营村扎寨、安居乐业。除了毗邻资源与安全庇护，先民强调山水皆有灵而注重对自然形胜的考察，视自然为境从而建构人与自然的内在统一，如常因"人杰"而感"地灵"。于是，"亲近自然山水"成为古村先民择地拓荒与道法自然的理想范式。他们将自然、村落和人纳为一体来构思与营造，同构的聚居体系趋利避害、顺自然而动地消隐于山水环境中。典型如"三面环山、一面临水"的生态格局：环山不仅抵御冬季北来的寒风，其草木植被亦可常年生发清新氧气；阔面临水则有效减少夏季西晒之热效应，形成良好的小气候。因此，浙江多数传统村落都呈现"以山为屏、与水为邻、气韵生动、植被茂盛"的风貌特色。此外，时空万物平衡互洽的诗意环境会对人的身心产生积极的影响，于是先民还遵循适度发展理念。显然人口繁衍、生活生产与环境资源的恰当比例很早就被应用到村落营建中，从桃源意境到身心之"衡"才是先民真正追求的栖居。如楠溪江传统村落群：始迁祖多为因世乱迁徙而来的中原望族，为在新家园实现耕读理想而在此休养生息；他们独具的文人气质孕育出一座座尺度适宜、如诗如画的一方村落；民居院落的白墙、灰瓦和果植相互掩映，随四季时令交替而舒怀畅神；历代楠溪江人宽阔明朗的胸襟，无疑是来自身心均衡的滋养。[1]

（二）空间结构与社会秩序

农耕时代，浙江传统村落是由血亲、地缘、业缘和约定俗成的社会秩序等要素相互吻合而成的熟人社会。村中通常会有一个或几个核心空间如祠堂、祖庙或书院等，规模不大却驾驭着周边区域，其集聚核心就是"礼"；周边更大的区域如堂前院落等分异林立的空间，则成为先民乐山乐水之"乐"的彰显。与此"层层嵌套、逐一内聚"的空间结构关联耦合的便是古村的宗族组织和伦理生活。宗族组织多由村内关心家乡建设、乐义善举的士绅乡贤构成：他们遵礼制、定族规，操持村落盛典，倡议捐资并鼓励族人出钱出力修缮宗祠、架桥设路和兴建学堂等。于是，村落的河埠、街巷、祠堂、晒场和院落等典型的社交空间，往往凝聚了先民们邻里互动、族群共鸣的丰富信息，他们在此共度岁时节日、开展人际交往和接受文化教育的熏陶。那些流露着真、善、美的空间叙事在先民的社会心理结构中留下的深刻记忆，既有古村空间结构强化集结的投射，也使先民们深切体会到他们的关系是休戚与共、同音共律的。[2]

（三）公共空间朴实且内向

浙江传统村落的公共建筑普遍不多，虽有不少宗祠、鼓楼、风雨桥等精美高大的建筑形式，但总体而言趋于古朴、简单且相融于当地环境。占多数的传统民居建筑虽风貌有异，但基本形制与材料却相似，整体上属于汉民族吴越民系。建筑多以木构架、间架结构、厅堂之制、坡屋顶、人字顶为特色；材料则有砖、石、木、瓦、土五材并举。村落中不乏世家大族、名门望族的府邸院落，但其外檐立面同样高耸、少窗且装饰简洁。[3] 因此，由村屋排布、错落和围合而成的街巷、广场等公共空间，往往封闭而朴实，内向性较强。需要说明的是，在传统村落的边缘性公共空间，比如村落外围与农业、自然景观的交接处，往

---

1　参见陶锋、唐洁、包伊玲《传统人居智慧与场所精神重塑——浙江古村落记忆在城市住区可持续景观设计中的延续》，《浙江大学学报（人文社会科学版）》2020年第5期。
2　参见陶锋、唐洁、包伊玲《传统人居智慧与场所精神重塑——浙江古村落记忆在城市住区可持续景观设计中的延续》，《浙江大学学报（人文社会科学版）》2020年第5期。
3　参见陈桂秋、丁俊清、余建忠、程红波编著《宗族文化与浙江传统村落》，中国建筑工业出版社2019年版，第108页。

往体现出边界模糊、有机相融的开放形态，但实际上是利用沟堑、河流、山坳、环丘等自然要素形成了自然边界，塑造出领域感与归属感，其本质依然是乡土且内向的。

## 二、差异性特征

与相似性相对应，差异性表现在具体的空间营建方式以及外显的空间形态上。

### （一）自然共生方式

宋室南渡后，浙江传统村落尽显"山野、水乡和渔村"等自然地理个性。因此，地形地貌条件决定了传统村落用地的局限与个性。浙江传统村落大部分分布在山水之间，因所处的地形坡度、资源禀赋，与周围山脉、水系的距离及关联程度，出现了山地、丘陵、平地水乡和海岛渔村等多种村落类型，并发展出条带状、团块状、散点状和组团状的村落整体形态。

其一，山地型。山地型村落多分布在相对高度在 300 米以下的山腰缓坡上，追求"向阳""择高"，以获得光照充足、利于排水的良好生存条件。村落与地形的关系往往是主街顺应着等高线发展，与之交接的巷道由村屋的间隙自然而成，多和等高线斜交甚至垂直，因此高程变化显著且曲折坎坷。村屋亦顺应等高线分布，高低错落、层层叠叠。因而，受自然地形和场地规模的限制，山地村落往往整体呈现条带状形态，或是散点式散布在山腰相对空旷、平坦之地。

其二，丘陵型。此类村落多靠背山脚或低矮丘陵向阳的一侧，山涧、溪流、河水等从村前或附近流过，农田、村屋沿水分布于两岸。此外，村中往往会有人工挖掘的堰塘蓄水，供牲畜饮用或便于灌溉取水。丘陵型村落往往沿着水体呈现条带状形态，当村落规模扩大时，部分村屋会向山取地，但数量不多，有些村落会迁出部分建立新的聚居点，并沿着水体而串连起来，由此形成团块状、组团状形态。

其三，平地水乡型。此类村落基本坐落在浙北平原地区，在河湖交汇、迂回处的冲积平原上，地势平坦而开阔。村落距离山体较远，地形对于村落的制约相对较小，村屋建筑排布相对规则，向各个方向均能较好地拓展，因此整体形态以团块状居多。

其四，海岛渔村型。此类村落多集中在浙江东部沿海地区和舟山市，受海岛的地理成因以及海洋环境的影响，村落格局以环山面海为主。村屋选材往往坚固耐用且村屋排布较为紧密，村中多有祭祀妈祖、水神和龙王等神祇的村庙。村落内部水系水体较为丰富，有较大面积的晒场和渔业区（多分布在村落的边界处）。

总的来说，面对具体的地理环境，浙江先民基于共性的自然共生理念，以不同的营造方式顺势而为，成就了浙江传统村落形式多样的地方格局与整体形态。

（二）街巷网络与层级分布

以空间句法的指标参数，结合轴线模型与村落平面的叠加图示，可以直观地表达传统村落的街巷网络系统，以及公共空间要素的空间序列关系。六个样本村落地理环境相异、规模大小不一，反映在轴线上即为轴线数量的差异，其中冢斜村数量最少，共计58条，郭吴村最多，共计220条。（表4-3）再以轴线模型整合度叠加图示结合空间句法参量数据，便可对样本村落的街巷网络形态以及公共空间层级分布做出探讨。（表4-4）

表4-3　样本村落空间句法参数汇总

| 村落名称 | 所在区县市 | 轴线数（N） | 连接值（CN） | 全局整合度（$R_n$） | 局部整合度（$R_3$） | 可理解度（$CN:R_n$） | 协同度（$R_3:R_n$） |
|---|---|---|---|---|---|---|---|
| 彤弓山村 | 衢州常山 | 137 | 3.30 | 0.95 | 1.58 | 0.36 | 0.65 |
| 新宅村 | 衢州柯城 | 186 | 2.91 | 0.87 | 1.44 | 0.24 | 0.44 |
| 碗窑村 | 温州苍南 | 173 | 2.69 | 0.51 | 1.21 | 0.19 | 0.38 |
| 杨家堂村 | 丽水松阳 | 91 | 2.99 | 0.68 | 1.33 | 0.27 | 0.47 |
| 冢斜村 | 绍兴柯桥 | 58 | 2.48 | 0.80 | 1.24 | 0.41 | 0.65 |
| 郭吴村 | 湖州安吉 | 220 | 3.07 | 0.81 | 1.49 | 0.28 | 0.64 |

表 4-4　样本村落轴线模型整合度叠加图示汇总

| 村落名称 | 整合度叠加图示 |
| --- | --- |
| 彤弓山村 | 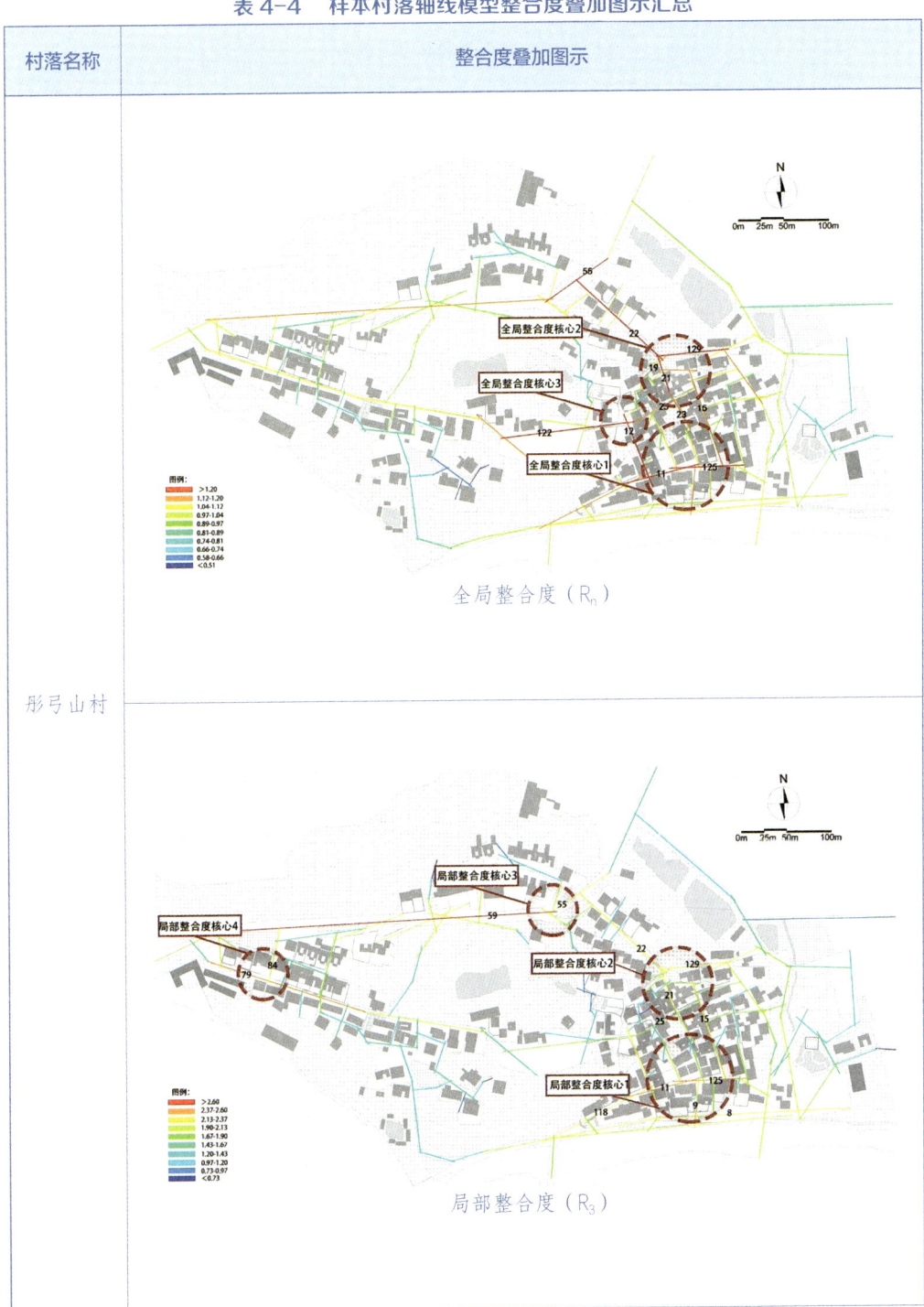<br>全局整合度（$R_n$）<br><br>局部整合度（$R_3$） |

续表

| 村落名称 | 整合度叠加图示 |
|---|---|
| 新宅村 | 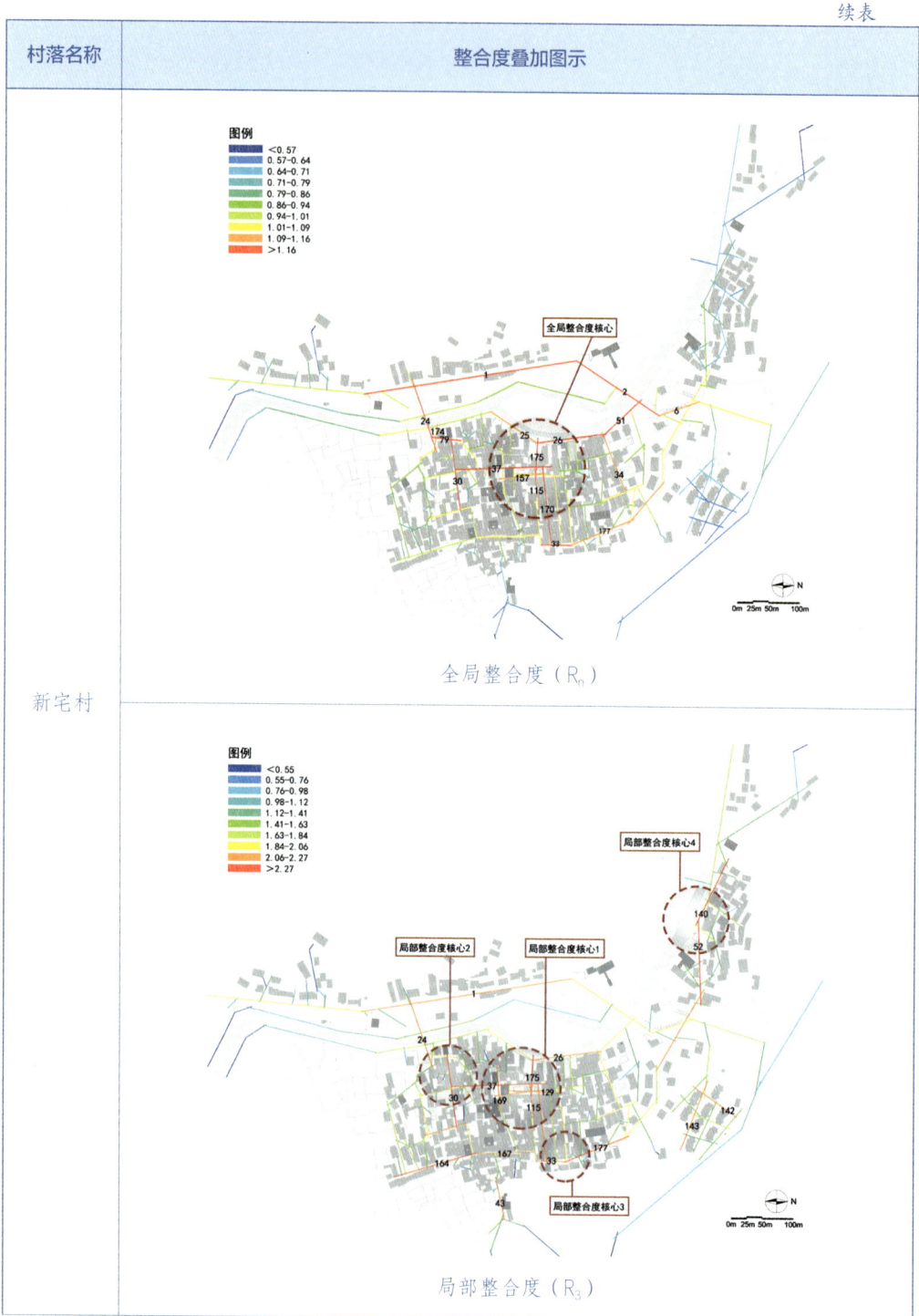<br>全局整合度（$R_n$）<br><br>局部整合度（$R_3$） |

续表

| 村落名称 | 整合度叠加图示 |
|---|---|
| 碗窑村 |  全局整合度（$R_n$） |
| | 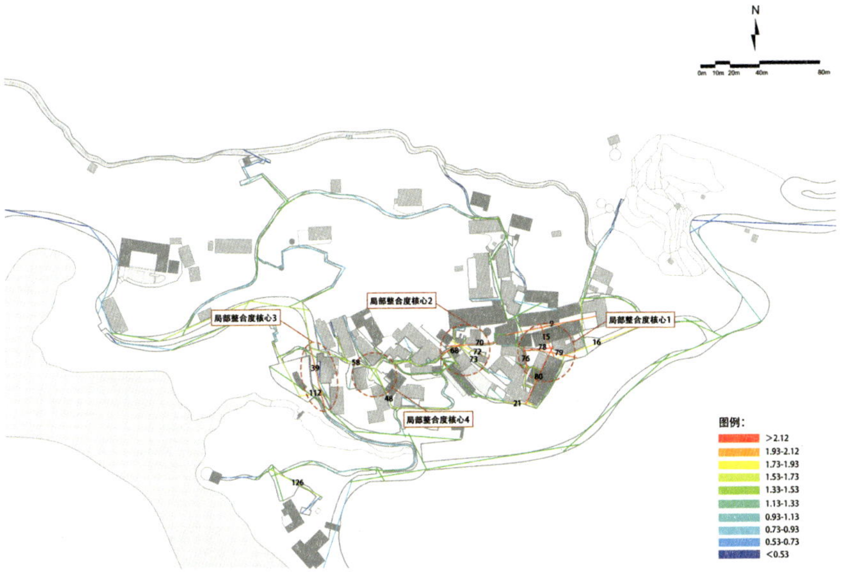 局部整合度（$R_3$） |

续表

| 村落名称 | 整合度叠加图示 |
|---|---|
| 杨家堂村 | 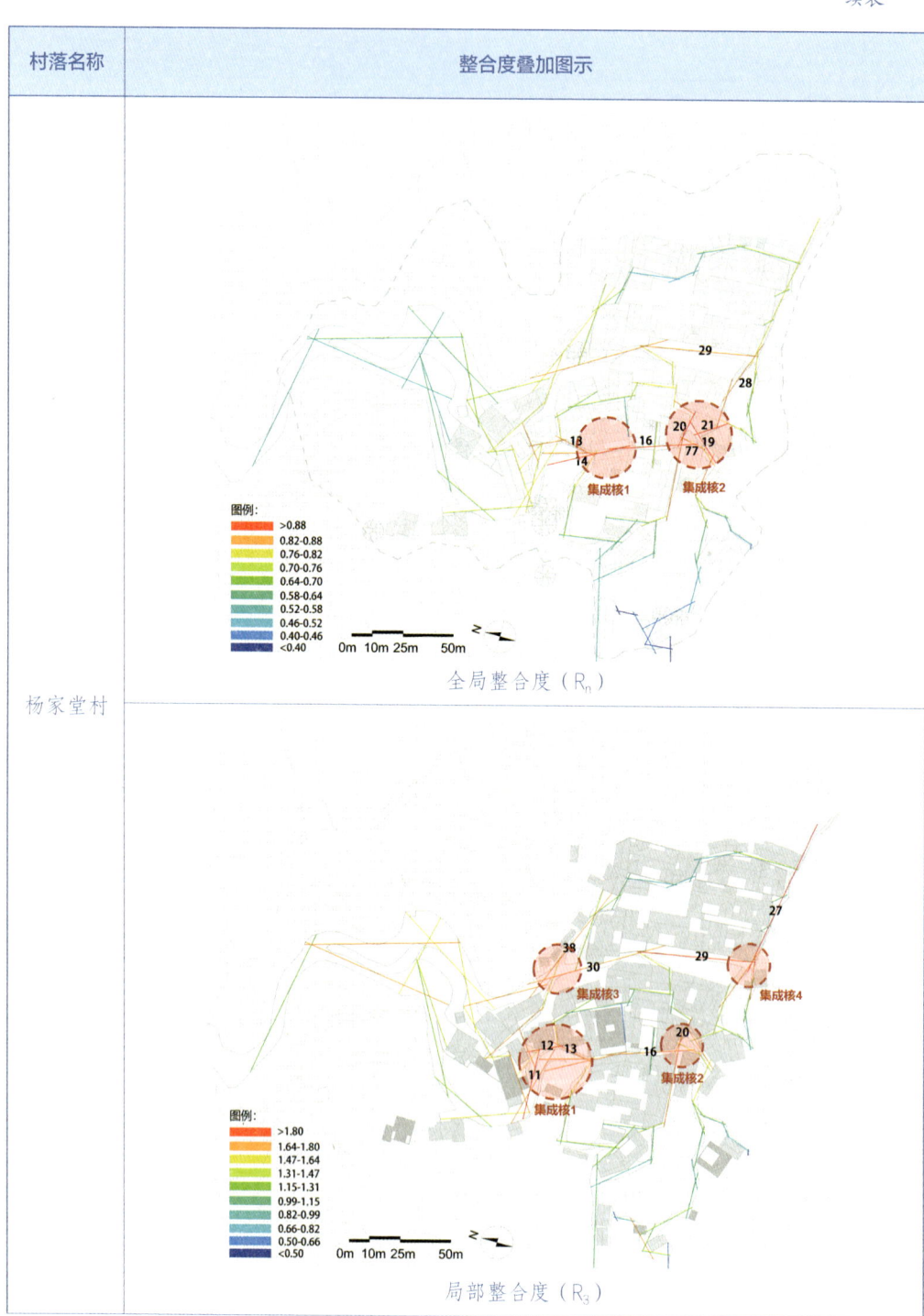<br>全局整合度（$R_n$）<br><br>局部整合度（$R_3$） |

续表

| 村落名称 | 整合度叠加图示 |
|---|---|
| 冢斜村 | 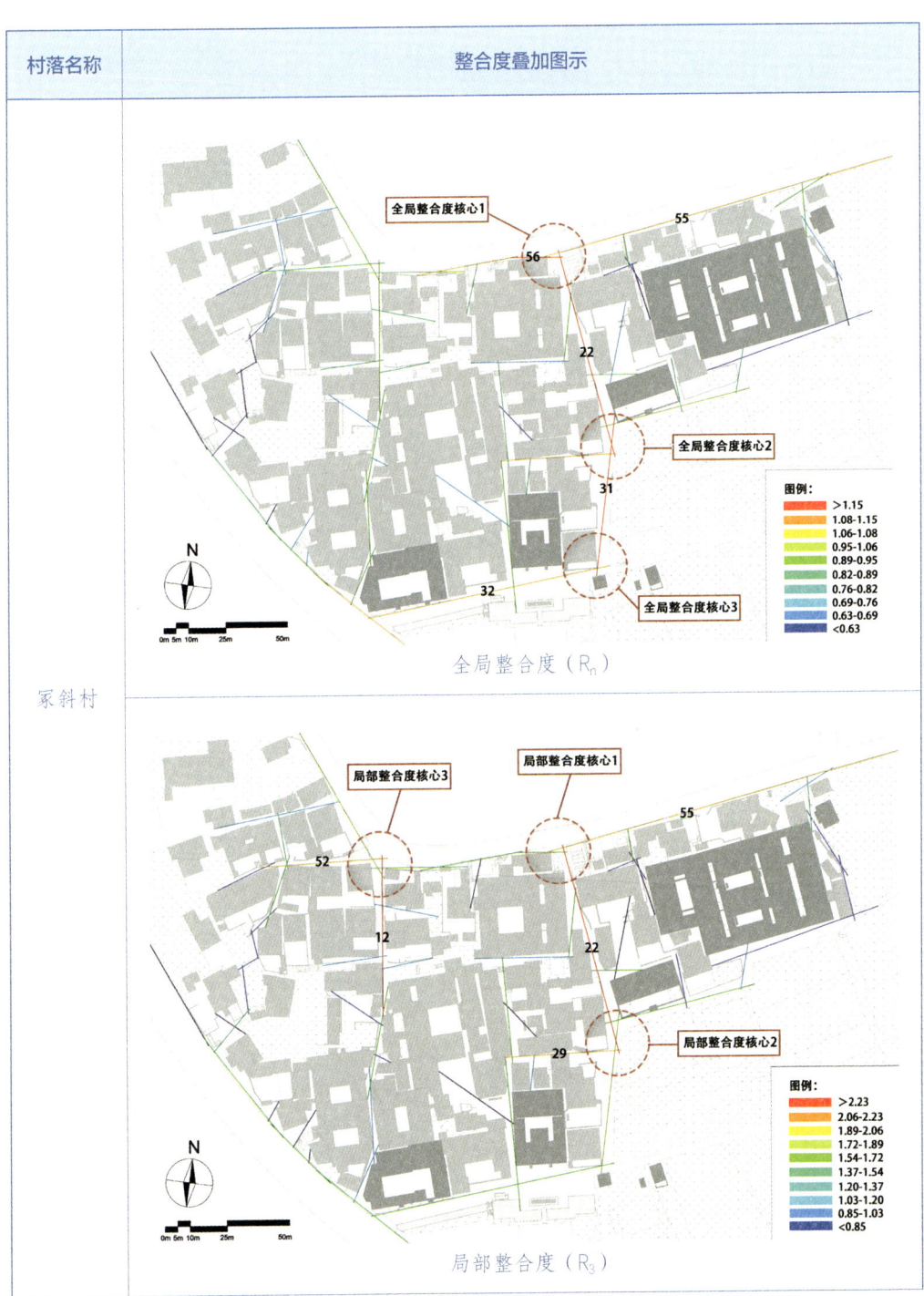 |

全局整合度（$R_n$）

局部整合度（$R_3$）

续表

| 村落名称 | 整合度叠加图示 |
| --- | --- |
| 郭吴村 | 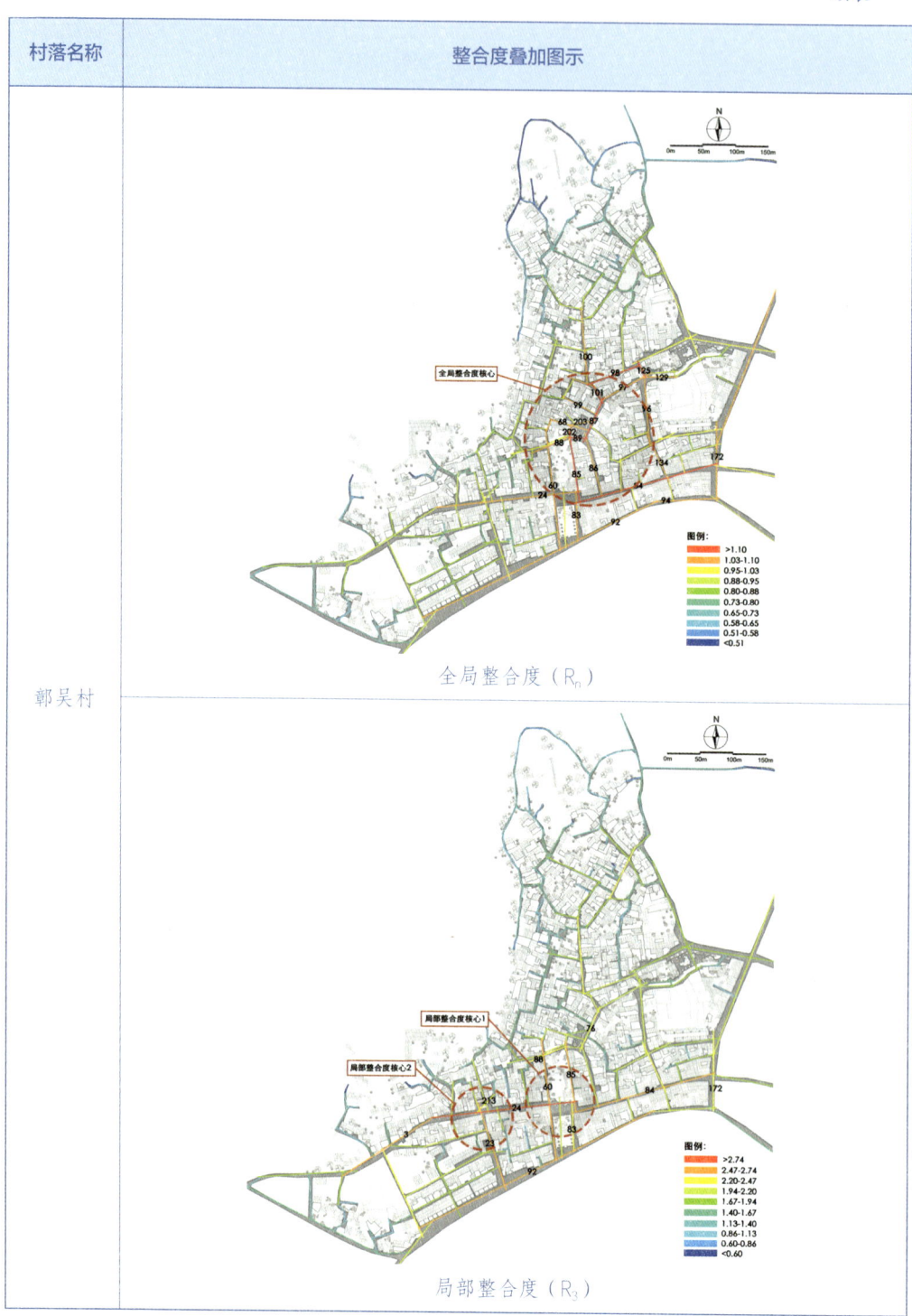<br>全局整合度($R_n$)<br><br>局部整合度($R_2$) |

1. 彤弓山村的轴线系统由左侧树枝状长短轴线与右侧规则的短轴线组合而成，整体呈现"散列状"的空间形态特征，这与村落所处"丘陵+坡地"的自然地理特征相符。村落的整合度、可理解度和协同度均相对较高，说明村落的街巷网络较为规整，空间组构的一致性较好，空间关系相对紧密。可以看到村落核心区的街巷系统井然有序，横向主街串连宗祠成为空间核心；垂直相交于主街的其他街巷向南北渗透，形成以主街为骨架的"卅"字形结构。

2. 新宅村坐落于丘陵之间的谷地，沿溪而建，规模较大，整体呈现"组团状"的空间形态特征，其中占较大面积的团块是村落的核心区。新宅村的可理解度不高，与其村落规模较大、街巷网络复杂有关。整合度、协同度位于中等水平，是因为其占主体地位的村落核心区有着规整、紧密且主次分明的街巷系统。主街巷形成十字交错的整合度核心，聚集了新宅村的宗祠、广场等重要的公共空间。

3. 碗窑村依山腰而建，中心主街垂直或交错于山体等高线，巷弄从主街两侧向山体渗透，多平行于山体等高线，由此生成了依坡而上、层层叠叠的"条带状"村落形态。碗窑村的街巷网络受山地限制较多，蜿蜒曲折，呈现典型的树枝状结构，故整合度、可理解度和协同度均较低。围绕主街的四处空间核心依次为村口、古树广场、制瓷作坊和古龙窑，既体现了主街的空间序列，也与碗窑村作为传统手工艺型村落的特色相符。

4. 杨家堂村也是位于山腰的村落，但布局方式却与碗窑村有所不同。街道以平行于山体等高线分布为主，轴线相对较长，而巷弄则交错甚至垂直于等高线，以短轴线穿插在长轴线之间并相互串连，形成了由中心主街向外圈逐渐辐射、渗透的层级分明的发散结构。杨家堂村规模较小，街巷网络相对规整，因此整合度、可理解度和协同度均高于碗窑村，但总体受山地地形限制，参量数值还是普遍低于平地型村落。

5. 冢斜村周边丘陵、水系环绕，村落主体坐落在起伏平缓的平地。此样本的研究区域为核心保护区，区域内的路网结构横平竖直、方正规则，整体呈现典型的"团块状"形态。核心保护区的可理解度与协同度在样本村落里均为最高，显示出其街巷系统的结构严明。村中整合度最高的几条街巷，串连了宗祠、村史馆、台门建筑等重要的公共空间，点明了街网的层级关系。

6. 郭吴村依山而设，绿水环绕、背山面水，极具山水形胜。自组织生长的村落与周边山脉、河流、农田有机结合在一起，充满天然野趣，彰显了古郭的山水底蕴。郭吴村街巷系统大都形成于明代，基本保留了原"八府九弄十二巷"的布局，呈现出一种随机性和自发性，形成了丰富多变的街巷空间。穿村小溪与村民生活关系密切，展现了郭吴村小桥流水的江南水乡风情。村内水塘大多修于明、清之际，因都呈半月形而称"月亮塘"。郭吴村在样本村中虽规模最大，但其整合度与协同度均不低，说明村落的街巷结构规整有序、向心凝聚。

综上，虽然样本村落的轴线形态各异，但可以看出多以短轴线为主，长轴线一般出现在村落外围或是规划的新村部分。其中短轴线交错形式显得零碎而不连续，长轴线多以钝角相交，保持了一个方向的延续性。再从轴线色彩的冷暖分布来看，均存在主次分明的街巷网络系统：一些重要的公共空间如祠堂、广场、市集、堰塘多位于暖色区域，成为人群聚集的公共场所；民居组团之间的巷弄则趋向于冷色系，体现了分流、渗透以及"公共—私密"的空间规律；一些宫庙、古木、凉亭多分布在整合度相对不高，与村落边缘自然环境要素较为接近的区域。可见，轴线所代表的街巷系统，其实都暗含了自然与人文的"合"与"衡"。

（三）公共空间形式与界面

村落布局、建筑街巷和界面图腾纹饰等文化肌理具体到浙江的各个传统村落，其形态相似却又独具韵味。究其原因，是兼收并蓄的中华传统"和"文化，使古村在人文空间塑造的过程中并非墨守成规：一是继承了吴越文化的遗存，并以开放包容的姿态与中原文化交融、汇合；二则又将文化艺术融入地方生活，因地制宜、因势赋形，和而不同、共存共生。于是耕读文化虽为浙江传统村落的显性基因，却在各村的人文景观中呈现一些差异，且多样统一而生韵律之美。以村落布局为例，芙蓉村的"七星八斗"、诸葛八卦村的"八阵图"以及苍坡村的"文房四宝"等，其寓意均与古代哲学相联，布局艺术却成为各村乡韵萦绕的文化铭牌。古村空间如街巷院落、门楼凉亭等，其构筑样式和选材用料一旦融于地方场域，就展现出韵外之致的风土之美。如芙蓉村主街中心的标志是一座建于芙蓉池中的重檐歇山顶方亭，虽是传统形制的方亭，但与窄桥、莲池和宅院高墙相辅相成，描绘了别开生面的地方记忆。其他如彰显家族荣耀的纪念性构筑——牌坊、门楼和雕作等，也因各自所承担的历史而带来感观上的差异。此外，水口作为先民的心理边界有着相同的图腾隐喻，各村在水口"形胜"上则尽展其能。它们以地方特质与人工的互补将"吉凶祸福"的精神寄托表达得淋漓尽致。如屿北村在水口位置，用石拱桥、路亭、陈五侯庙等人工构筑配合当地的山涧溪流、高岗台地与松林古木等自然环境，形成该村独有的人文景观。[1]

## 三、人居空间内涵

浙江区域性的地理和文化差异，导致传统村落的自然基底、布局形态、建筑风貌、材料工艺、文化习俗等方面的差异，传统村落呈现鲜明的由区域分异和民系差异耦合而成的地域特色。而共性则体现在：空间格局上的恋土品格和环农业特征，体现适形、取势、纳气、实用的天人合一时空观，空间结构内含的血缘宗法与人文位序，以及建筑构架与材料的类同。本质上，共性与个性特征的解读，均传达出浙江传统

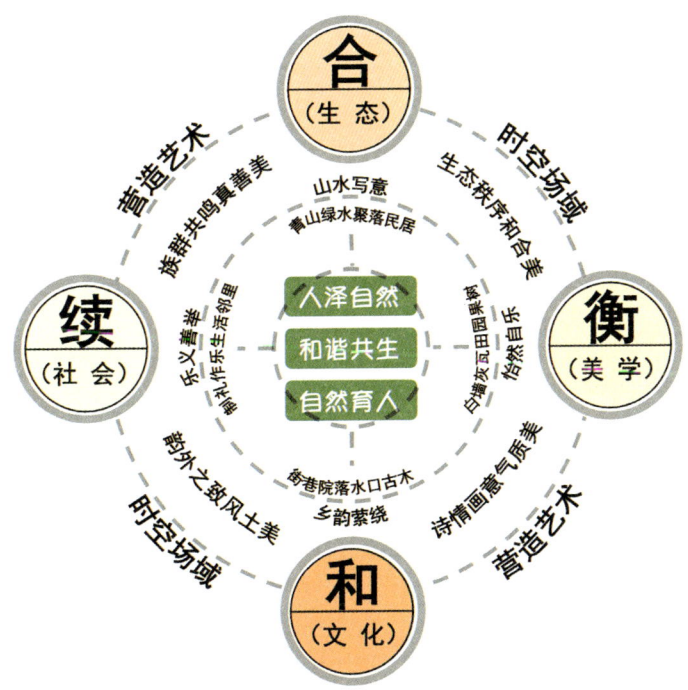

图 4-1　传统村落场域营造艺术与内涵的精神理念

---

1　参见陶锋、唐洁、包伊玲《传统人居智慧与场所精神重塑——浙江古村落记忆在城市住区可持续景观设计中的延续》，《浙江大学学报（人文社会科学版）》2020 年第 5 期。

村落作为先辈们世代生存生活的历史记忆载体，其蕴含的人居智慧是先民环境意识与理想追求高度契合的场域营造艺术，是变与不变的辩证统一，可归纳为"合—衡—和—续"四字。先民以此为审美观照，将自然条件、文化思想与哲学观念等巧妙纳入"天人合一"的场域营造中，使山明水秀的优美自然与社会生活的人文要求相得益彰，展现出在地性的自组织形态，实现了人居环境的可持续化，以培育理想的人格。所谓的"合—衡—和—续"四字实为一体，既是观念与成果，也寓意互洽同构、自然循环的有机过程。传统人居智慧由此传达出一种"人泽自然、自然育人"的哲学层面的契约精神，代代相传且生生不息。（图 4-1）

# 第三节　小结

本章通过浙江传统村落公共空间形态的比较分析，归纳提炼了传统村落的人居空间内涵。下一章将从国际经验汲取的视角，考察美国俄克拉何马州乡镇公共空间形态的特征及其蕴含的乡土理念，并将之与浙江传统村落公共空间相比较，从而形成内化的经验启示。

第五章

美国俄克拉何马州乡镇公共空间解析与启示

美国虽是一个建国较晚的移民国家，但其经济发展也是从农业起步的，早期殖民地各州均以出口农产品和原材料为其经济命脉。在农业政策上，从南北战争时期到20世纪20年代，美国政府对农业生产和农产品市场价格波动采取了不干预、不介入的政策，但通过基础设施的投资促进农业发展；20世纪30年代以来，美国政府通过财政补贴等手段积极干预农产品市场。相较于自由放任的传统农业发展思路，积极干预的农业政策给美国农业带来了相对积极的影响。美国已实现了农业生产和人民生活的现代化，但对于美国乡镇公共空间而言，其现代化"蜕变"并非像现代主义建筑那样具有革命性的、乌托邦式的、颠覆性的特点，而是从平凡事物中出发的，源于民间艺术的学习、模仿和有机过渡。正如为了前进而先回顾历史与传统，为了上升而先向下看，这是向万物学习的方法。[1]

## 第一节 美国中西部乡镇概述

美国按照人口密度来划分城市和乡村，根据美国联邦政府管理和预算办公室的定义：拥有五万人口的城市中心县和其周边地区县被称作城市地区，其余地区均为非城市地区。这些非城市地区也就是美国人通常所说的乡村地

---

[1] 参见［美］罗伯特·文丘里、丹尼丝·斯科特·布朗、史蒂文·艾泽努尔编著《向拉斯维加斯学习》，徐怡芳、王健译，知识产权出版社、中国水利水电出版社2006年版，第3页。

区。[1]于是美国乡村面积辽阔,大约占据了美国国土面积的95%。在美国中西部实地考察中,往往驶离城市地区约半小时的车程后,所见到的就是乡村,两者的界限相当模糊,当地人称他们的城市是"无边的城市"或是"郊区化的城市"。本章侧重俄克拉何马州乡村性的公共空间研究,因此吸收了琼·理查德森(2000)提出的定义,通过对感知和空间形态的综合判读来阐明什么是乡村这一问题。具体而言:农业和林业区域,呈现生产性景观的开放性土地;社区中有大量的开放性土地,人口在较大的区域上以相对较低的密度分散分布;包括小城镇以及服务于乡村地区的面积更大的区域性城市中心,该区域可能兼具城市中心和乡村地区的特征。[2]于是就以乡镇来定义美国中西部的乡村以及城市与乡村之间模糊过渡的地区,考察对象和研究案例也就没有行政区划的严格划定。出于人与空间交互关系的考量,研究案例的选取也以人口相对集中的历史乡镇为主。

### 一、乡镇的开发

依照1785年所建立的公共土地勘测系统(the Pubilic Land Survey System,PLSS),美国将当时新获得的土地沿着南北东西的经纬按每平方千米分隔成区段。[3]因此,除了美国东海岸各州仍然保持"山川形便"的英式系统的"界线",轮廓自由而曲折,其他州尤其是中西部各州,则多呈现横平竖直的边界线,轮廓也就相对规整。伴随着公共土地勘测系统对于新土地及空间的勘测与限定,美国于1862年实行了《宅地法》,主旨是将中西部新开发的公共土地的部分区域授权给移居者的家庭,如果某个家庭在之后五年的时间内建造了住所并改进和耕作这片土地,户主将以非常低廉的价格获得产权。可以说,一系列公共土地的勘测以及鼓励探险并占有土地的政策,极大地吸引了移民。于是,大量的

---

1 参见李洪涛主编《乡村振兴国际经验比较与启示》,中国农业出版社2019年版,第13—14页。
2 参见[美]杜威·索尔贝克《乡村设计:一门新兴的设计学科》,吴雪松、黄仕伟、汤敏译,电子工业出版社2018年版,第49页。
3 参见[美]杜威·索尔贝克《乡村设计:一门新兴的设计学科》,吴雪松、黄仕伟、汤敏译,电子工业出版社2018年版,第44页。

欧洲家庭卖掉家产、背上行囊，来到美国开始新的生活。从最初的以家庭为单位定居、利用自身的本领融入这片土地，到与其他移民合作以维持生计。这些早期移居者在创造社会并在建州的过程中，发挥了重要的作用。

由于美国的县域、镇区和绝大多数小型乡镇紧紧围绕公共土地勘测系统进行有组织的开发，该系统为农民和早期移居者的开发行动提供了诸多的服务。乡镇通常在县道和铁路的交界处或沿着便于通航的天然河流建成。这些交通运输系统为铁路公司和土地投机者创造了机会，他们快速发展了早期木材和农业产业并扩大了移民人口，移民人口也进一步与原住民融杂。因此，在美国中西部的历史乡镇中，道路通常作为不同功能区的分界线。主干道和高速公路走廊常常被用来划分居住区和农业生产区，道路、景观、开放空间通常成为其缓冲地带，商业区与附近的居住区也通常以道路和景观区隔离。

美国中西部乡镇的基础设施和公共服务相当完善，在20世纪50年代其基础设施水平已经高于战后的欧洲。美国对于乡镇基础设施和公共服务有其自己的考虑：一方面要严格确保基础设施能够保障人居安全；另一方面基础设施和公共服务仅提供到边界为止，不再向外界延伸。从这个意义上讲，美国乡镇的更新与开发是由当地的基础设施承载能力控制着的。同时，美国秉持着保护开放空间的传统，开放空间包括所有向公众开放的外部空间，往往是没有经过精心设计但却有着集体记忆的野生场所。除了《分区规划》《宅基地规范》《清洁空气法》《清洁水法》《濒危物种法》等法规的保护和制约，乡镇地区降低容积率也可以有效地保障开放空间，从而在生态环境允许的范围内，控制着乡镇居民点的发展。这些积极的法规以及完善的基础设施和公共服务，推动了乡镇社区的和谐发展。[1]

## 二、乡镇空间意象

美国东部能感受到欧洲乡村居民点的氛围，而中西部的乡镇风格却难以明述。

---

1 参见[美]兰德尔·阿伦特《国外乡村设计：建设有特色的小城镇》，叶齐茂、倪晓晖译，中国建筑工业出版社2010年版，第21页。

正如美国人自诩的那样,是一个"大熔炉",什么文化都可以,谁也不支配谁,混杂在一起即可,充分体现了中西部乡镇空间的复杂性与矛盾性。然而,不能忽视的是当地的原住民文化。事实上,美国的乡土景观遗产很大一部分源于原住民的贡献。原住民对于自然界具有表现力的艺术解读,极具象征意义的建筑类型,以及广泛的人居环境模式,使得他们所创造的家园及其周围的自然环境紧密联系。二战后,美国在小城镇规划上没有划过红线,鼓励其随意发展,高速公路常常穿镇而过。由于自然条件和人口密度等地区差异,各地乡镇社区和邻里的规模不尽相同。美国乡村居民点在空间布局上相对随意,会向着可能开发的任一方向上展开,几乎难以确定它们的边界。而这也说明了,乡镇空间布局非常注重邻里关系的空间组织,当地居民知道他们真正需要的生活是什么。因此,居民参与邻里关系的规划设计是美国乡镇设计的基本模式,设计规划者通常需要花大量的时间和居民讨论,了解他们的愿望和诉求。

  总体来看,美国中西部历史乡镇所具有的空间品质,包括开阔的荒野、规整的农地、融杂的乡镇遗产、大面积的公共开放空间以及渐进式的空间生长模式,其中,公共开放空间是首要的考虑因素。停车场作为公共开放的停留空间以及空间序列开始与过渡的标记,在中西部乡镇中具有重要意义。美国被称为车轮上的国家,大面积的停车场往往出现在公共建筑的前部而非后方,而林立在道路两旁的大型停车场标志、广告牌,也能确保行进中的车辆在第一时间捕捉到商业信息,并与自身的需求联系起来。同时,道路的连贯性本质上是一种空间秩序的体现,道路本体及其要素形成了自身的秩序,即公共的连贯性与一致性。而道路两侧或一侧的建(构)筑物包括标志物形成了另一种秩序,即个体的停顿与混杂性。这两种秩序在不同尺度下,有着相异的空间秩序关系:在乡镇主街,可以凭步行方式从一家商店步入另一家,因为商铺往往是密集相连的,其停顿与混杂性很低,街道与两侧建筑的尺度关系往往是衡量街道空间交往关系的重要指标。而在公路系统,则需借助汽车到达下一目的地,此时公路两侧的秩序是停顿而混杂的,但因为车辆的快速通过,一般也不会令车客感觉到突兀。值得强调的是,不管是哪种尺度,空间的围合界面都是中西部历史乡镇重要的特色因素,其体量、形式、朝向和界面展示的内容本质上都是必要的信息与地方性象征。

  综上,美国中西部历史乡镇多以原始质朴的自然荒野、整齐划一的农地格局、原住民与移民共同开发的风格融杂的建筑遗产，以及大量开放的公共场所为核心，因此呈现出自然、美丽而又极富西部特色的乡土景观与空间意象。

## 第二节　俄克拉何马州乡镇公共空间研究

### 一、俄克拉何马州概述

俄克拉何马州（Oklahoma）位于美国大陆中南部的大平原地区，在1907年成为美国第46个州，其边界轮廓形如一把菜刀，州域达18余万平方千米，居全美第20位。西北部是该州地势最高处，中部是土地肥沃的红层平原（the Red Beds），东部则分布着森林覆盖的山峦和丘陵。州内遍布公园、绿地以及野生生物管理区，保留地居住着美国近三分之一的原住民。作为通往西部的门户州，俄

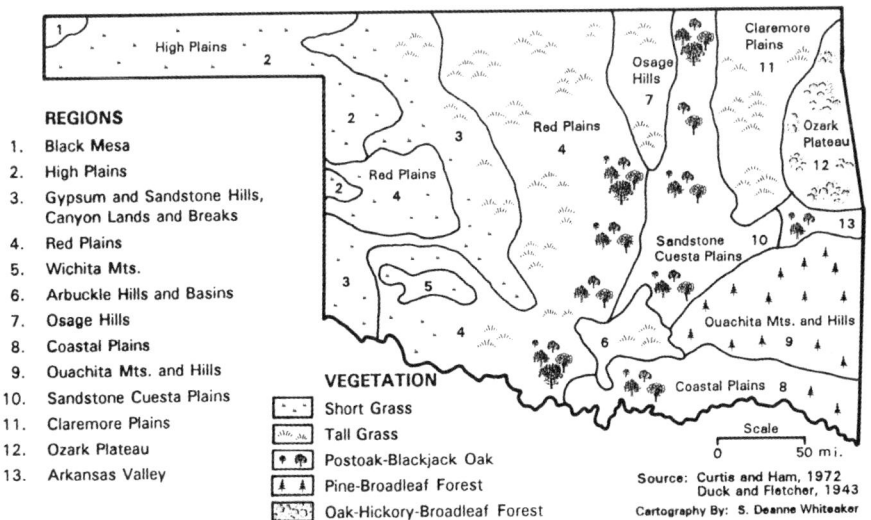

图5-1　俄克拉何马州自然资源分布图
（图片来源：Howard F. Stein, Robert F. Hill Lakoff, *The Culture of Oklahoma*, University of Oklahoma Press, C, 1993）

克拉何马州的乡土景观具有流行与情感共鸣的独特魅力：这里不仅有丰富的植被、石油、天然气和矿脉等自然资源，也孕育着宗教、艺术、原住民文化、体育竞技和牛仔精神等人文内涵。可以说，自然荒野、现代公路及其所连接的城镇、保留地还有麦田、牧场等浑然一体，除了能感受到古老与现代、历史与现实之间的联系，也让我们以更开阔的视野看待、思考和理解这片土地。（图5-1）

## 二、静水镇案例

2018年，笔者至美国俄克拉何马州立大学（OSU）做了为期一年的项目设计工作。缘于对美国中西部历史乡镇乡土景观的研究兴趣，加之访学地位于俄克拉何马州静水镇（Stillwater，也译作斯蒂尔沃特），一处洋溢着西部风情的大学城，从而触发了笔者探究的热情。此外，美国在乡土景观研究领域的领先地位广为人知，有许多宝贵的经验值得解读与分享。

（一）地理环境、文化行为与公共空间

一般认为，西方国家关于乡土景观理论与实证的研究始于20世纪40年代，起因正是快速城市化后产生的景观趋同问题。"千城一面"的人居环境因忽视与自然、文脉的联系而为人诟病，各类自然生成或是集体无意识形成的景观现象开始受到重视，乡土景观研究逐渐开展。20世纪80年代，美国人文地理学家约翰·布林克霍夫·杰克逊在其著作《发现乡土景观》中，以"乡土"与"政治"相比较的认识基础，视乡土景观为一种非政治因素主导的、以自下而上的方式生成的、生活化的、持续演进的文化景观类型，记载着乡土经验并反映着人与自然的关系。[1]

由于学科视角和研究侧重的差异，学界对乡土景观的理解与定义实际上并未达成共识。俞孔坚教授将之大致归纳为三类：与城市景观相对的乡村景观；地域性文化景观；百姓生活的寻常景观。[2] 这些宏观理解的背后，其实都反映出乡土景观内核，即文化空间的地方性与适应性。因为乡土景观是复杂的自然过程、人

---

[1] 参见黄昕珮《论乡土景观——〈Discovering Vernacular Landscape〉与乡土景观概念》，《中国园林》2008年第7期。

[2] 参见俞孔坚、王志芳、黄国平《论乡土景观及其对现代景观设计的意义》，《华中建筑》2005年第4期。

文过程和人类价值观在大地上投影而成的空间综合体，既有对当地气候与地形地貌的敏锐回应，也是当地文化行为的独特显现。可以说，不同的地理环境会塑造多元的文化行为，而不同的文化行为也会造就多样的空间生态。于是，乡土景观作为一种动态演化的空间与实体，凝聚着当地人代代相传的朴素理念与营造经验，体现了人与环境相互适应的生态文化意象。也就是说，一个地区建构所选取的材料和建造的逻辑必然蕴含着当地丰富的历史、技术和艺术价值，也传达了其地域文化的个性与适用性特征。而这些特征，同样集中体现在乡镇的公共空间上。因此，本研究从公共空间的空间体验建立解析体系，从地理环境与乡镇形态、文化行为与空间质感以及材料技艺与地方属性三个维度，探讨静水镇公共空间形态的乡土特征。

（二）静水镇公共空间解析

静水镇坐落在红层平原的东北角，属亚热带湿润气候区。小镇面积73.3平方千米，人口约5万人；距离西南部的州府——俄克拉何马城（OKC）约97千米。与美国其他西部小镇一样，在当地学习、工作和生活的国人习惯汉语称之为"水村"，俯瞰"水村"：放眼是一望无际的平原，在红土、绿林和湖泊等自然基底上，镶嵌着井然有序的农田草场、矮平建筑和公路网络。（图5-2）随公路穿梭于小镇的外围，沿途景观便成了普通视角：公路不甚宽敞且修满补丁，行驶车辆不多；路边是异常开阔的农场与散落其间的牛群、马群；远处低矮的建筑在参差的树丛中若隐若现。这些碧空下的"事物"在视野尽头与天地交融，勾勒出一幅优美的乡村画卷。

**1.地理环境与乡镇形态**

（1）乡镇规模与基本格局

静水镇地势平坦，镇中心以俄克拉何马州立大学为核心形成横平竖直的整体格局。街区大致按东西、南北

图5-2 静水镇航拍图

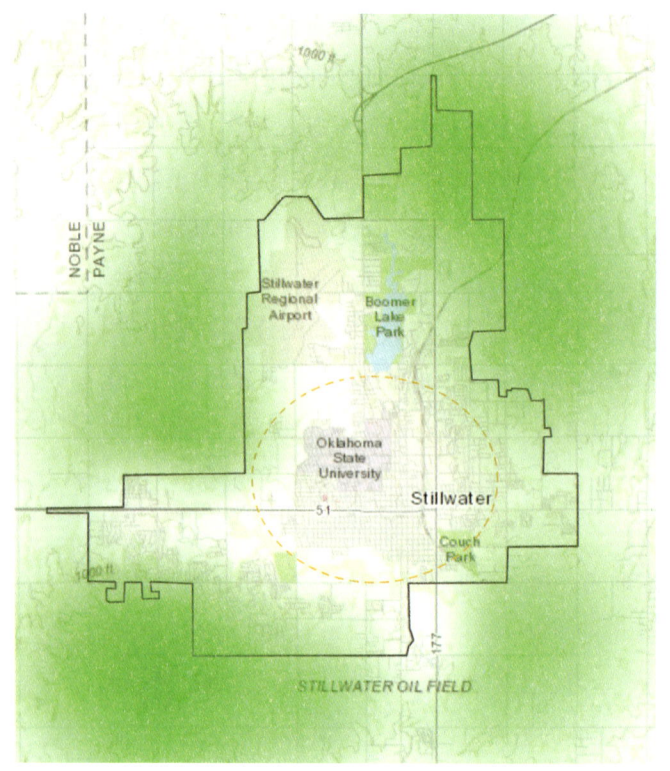

（a）静水镇平面布局图示

（b）静水镇街景

（c）静水镇的冻雨

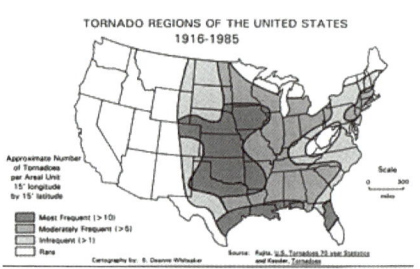

（d）静水镇属龙卷风高发地区

图 5-3　地理环境与乡镇形态

向呈棋盘状，街道随着地形平缓起伏。[图 5-3（a）橙色虚线区域] 相较于中心镇区的规则布局，乡镇边界则顺应自然地貌而自由、写意，并逐渐与乡镇外围大体量的农田、牧场以及更为广阔的草原、丛林和湖泊等自然荒野融为一体。[图 5-3（a）绿色区域] 两条十字交叉的州际公路（177 号和 51 号）穿过静水镇，成为该镇与外界联通主要的陆地枢纽。除大学高楼、教堂尖塔外，静水镇几乎都是平面铺开式的低矮建筑，乡镇天际线与舒缓的地形统一和谐，随处可见远方的农田与荒野。[图 5-3（b）] 按照芦原义信的空间理论[1]，中心镇区是作为满足居民的意图与功能的积极空间（P 空间）而布局的，因此具有计划性与秩序性，换句

---

1　参见 [日] 芦原义信《外部空间设计》，尹培桐译，江苏凤凰文艺出版社 2017 年版，第 30 页。

话说，存在着较为明显的空间边界与内聚性。小镇外围则是自然荒野的、无人工意图的消极空间（N 空间），由于自然荒野的自发性，可以说是无计划性的，因而具有扩散性。两者虽是相对的概念，但在时间维度下却存在着相互转变的可能，比如小镇的扩张和自然的同化，就会产生 N-P 或 P-N。显然，静水城的空间布局与规模尺度，使得视野所及之处存在着大量的荒野景观。与此同时，空间的渗透与自然的同化，使得小镇在形态上既显得与自然对立又融于自然之中。由此，人工秩序与自然秩序实现了平衡。

（2）自然荒野与乡村图景

静水镇的冬天干冷且不时有冻雨现象。[图 5-3(c)]每年四月、五月是雷暴、龙卷风在俄克拉何马州全州肆虐的月份［图 5-3(d)］，预警汽笛声一旦响起，人们都会躲进地下室或防护屋以躲避自然灾害。可以说，龙卷风成为静水镇没有高楼大厦、公共建筑中常设地下室的原因之一。龙卷风题材还出现在美国的影视剧中，如 1996 年出品的故事片《龙卷风》（Twister），生动还原了当地人追逐龙卷风的情景。但即便如此，独具特色的生物群落才是静水镇真正的景观财富。19 世纪 30 年代，美国著名作家华盛顿·欧文（Washington Irving）曾这样描述静水地区：一个秋日阳光照耀下美不胜收的无垠草原，频繁的野牛踪迹说明了这是它们最爱的草场。[1] 虽然静水镇现在早已没有了野牛，不过当地植物遍布小镇外围、边界并蔓延至镇区的角角落落，形成丛林、灌木和高低草甸组成的乡村自然图景，图景中还有河流、湖泊、小溪和各种动物。静水镇有两处较为大型的自然湖泊，分布在小镇的北部和镇外的西面：北部的布默湖（Boomer Lake）融入小镇公园，是清晨、午后或傍晚休闲活动的好去处；另一处卡尔·布莱克威尔湖（Carl Blackwell Lake）较远，适合在周末、假期里与家人或朋友一起露营、划船、滑水和垂钓等。除了叠加必要的路径、设施（如码头、鱼屋和烤架等）及营地等人工层，湖区基本保持着自然荒野的原貌。（图 5-4）在丛林或湖区中经常会遇到野鹿，而小动物如松鼠、加拿大鹅和黑鸟在小镇中随处可见。

---

[1] 参见［美］华盛顿·欧文《大草原之旅》，张冲、张琼译，中国友谊出版公司 2015 年版，第 2 页。

图 5-4　静水镇乡村图景

也许从"造园"的角度看：静水镇的自然基底以天然水域、草场与当地花木为主，略显粗陋；小镇建筑物规划平整、形制简单，整体以沉默的姿态融入自然环境里；动植物受气候、季节影响在冬季尤甚，小镇因而呈荒凉之象。不过，正如美国西部景观设计师詹斯·詹逊（Jens Jenson）所说："我想告诉你，朋友们，没有比自然赋予的美更适合我们人类了。"[1] 由于人为干预少，荒野环境及其影响下的生物群落才能凸显静水镇宏大自然（N空间）的乡土特色。动植物的生长模式和活动轨迹以及气候、水文、地貌变化都是当地自然现象的直接反馈，在很大程度上摆脱了文化趋同的束缚与养护的限制，使静水镇景观具有自然性、地域感以及由此产生的区域价值。换句话说，自然成分充裕（PN空间）、小镇规模适宜（P空间）以及荒野秩序井然（N空间）等要素共同铸就了静水镇空间的地域性自然特色。

---

1　参见［美］罗伯特·安德森、王玲《乡土景观——得克萨斯州景观设计的符号和象征》，《城市环境设计》2007 年第 6 期。

图 5-5 抢地运动

（图片来源：Howard F. Stein, Robert F.Hill Lakoff, *The Culture of Oklahoma*, University of Oklahoma Press, C, 1993）

### 2. 文化行为与空间质感

（1）历史文脉

1889 年 4 月 22 日，大批移民从堪萨斯州冲入现俄克拉何马州北部地区，抢占这块"无主"之地。疾驰的马车和踢踏的马蹄在荒原上掀起漫天尘土，这一景象被当时的媒体描述为"抢地运动"（Great Land Run）。（图 5-5）如前所述，美国政府为激励民众到中西部定居置产，除了低价出卖那里的土地，还宣称只要定居就可免费获得部分土地所有权。一时间数百个帐篷架在了现静水镇所处的草原上。同一年，静水镇成立，这比俄克拉何马州成为美国第 46 州早了 18 年。关于小镇名称的来历有几种说法，大致指向当地溪水景观在视觉上的平静之态。笔者曾与当地人交流得知：据说很久以前大旱导致周围都没有水，只有这里 "still water"（还有水）。当然这个说法并无相关考证，却不失为一种民间的解释（folk etymology）。

尽管"拓荒者"们一再声称俄克拉何马是"无主"之地，然而北美原住民才是这片土地真正的主人。"Oklahoma"由原住民语言乔克托语中的"okla"和"homa"组成，"okla"意指"人"，"homa"则是"红色"的意思。当地原住民旧时身上常涂抹红色而有"红人"一说，该词即当地人的自指。虽然现在美国各族原住民大多已安居在州内自治的保留地，但西部历史使静水镇的地方文脉中融杂了欧洲元素、北美原住民元素和牛仔文化元素等，从而形成了当地特有的文化精神。

（2）民俗活动

美国感恩节有对北美原住民历史上曾无私相助的感谢之意，这于原住民众

图 5-6　静水镇民俗活动与小镇象征

多的俄克拉何马州更具意义，其隆重甚至超过美国的国庆节。不过静水镇最有特色的民俗活动，应属自 1913 年开始，每年秋季学期举行的俄克拉何马州立大学校友返校庆典（OSU Homecoming）。届时几乎全镇民众都会穿戴鲜艳的橙色（大学主题色）服饰，在规定区域融入游行、集市、表演和比赛等系列活动。农用车、马队和其他方阵等游行表演在小镇南北向主街（Main Street）举行。俄克拉何马州立大学校友返校庆典被誉为"全美最好的返校庆典"，鲜艳的橙色也成为当地人文景观的一大标志。除此之外，静水镇还有众多自发组织的项目，如马术表演、力量竞技和镇貌展览等，OSU 牛仔（Cowboy）形象是所有活动必备的符号。除了万圣节、圣诞节等西方传统节日，这些自发的民众活动融入当地生活，由当地人精心发扬、代代相传，大大增强了静水镇地域人文的识别性与亲和力。"最佳西部大学"的称号，也传达出俄克拉何马州立大学与静水镇深具地理特征与乡土风情的双重含义。（图 5-6）

（3）生活方式

现代美国是车轮上的国家，这在人口稀少的静水镇尤其明显：路上以六轮皮卡、日韩小车居多，节假日或庆典活动会见到大量房车驻扎在专属营地里；裹着彩色头巾的哈雷车手更是当地的亮丽风景；本地公交仅围绕大学校园运营且在假期基本停运，小镇无客运铁路，远行只能选择飞机或汽车。因此，与之对应的公路网络极其完善，各级公路、沿途商铺、加油站、汽车旅馆和房车营地等应有尽有且少有收费路段。177号和51号公路穿过静水镇的路段（分别称作"Perkins Rd."和第6街），就像文丘里在《向拉斯维加斯学习》一书中所描述的：霓虹灯、广告牌、快餐馆、加油站等商标式造型，正是当地居民兴趣与价值观的体现。[1]

除工作、集会和礼拜等场合相对正式外，当地人的日常都比较休闲随意、乐观友好和不拘礼节。经常在街边、商场甚至图书馆遇到镇民穿着拖鞋、T恤，手上捧着咖啡闲逛。一旦举行橄榄球比赛，大学体育馆周边的绿地便支起许多橙色遮阳棚，遮阳棚的位置则由工作人员提早划定。民众可选择购票进场观看，也可围坐在遮阳棚下欣赏直播。遇重大赛事，整个静水镇会做好预备，如设计通行路线、部分交通管制和志愿者引导等。相较于观赛时的嘈杂、喧闹，静水镇管理工作显得有条不紊、井然有序。此外，得益于西部的自然环境和公共健康意识，户外活动成为当地人生活的重要内容。每逢假期或周末，他们会选择到户外呼吸新鲜空气、散步、锻炼、垂钓或欣赏美景，等等。当地住宅的庭院与房屋的衔接处成为内外秩序的界限，庭院景观往往与街道融为一体，从而成为内外秩序的过渡。

（4）区域产业

随着种植方法的改变和专业化种植的普及，移民者创造的家庭式、小而多样化的农场已大量消失，但其遗迹永远烙印在景观中。静水镇除了综合农业，还随着美国《土地赠与法》的受惠者——俄克拉何马州立大学的建立繁荣了工商、服务和文化等系列产业。尤其是文化产业逐渐成为静水镇屹立于大学城称号的根基：围绕大学衍生的文创产品、特色饮食和红土音乐等，镌刻着当地的历史信息与乡土记忆。如在毗邻大学校园的华盛顿街（Washington Street），以文化商店、餐馆和乡村音乐酒吧为主。在大学校园内的学生之家（Student Union），也有专门的商场售卖标志性的服饰、画作和工艺品等特色产品。

---

[1] 参见［美］罗伯特·文丘里、丹尼丝·斯科特·布朗、史蒂夫·艾泽努尔编著《向拉斯维加斯学习》，徐怡芳、王健译，知识产权出版社、中国水利水电出版社2006年版，第35页。

对于生活环境的熟悉，往往会产生喜爱与依附之情，静水镇的居民也是如此。而产生这种感情除了依赖外部环境，更多的是靠主体的内在驱动。也就是说，静水镇的乡土景观除了视野所及的自然景色、原色乡村，更有当地人共有的恋地情结，从而出现亲近自然、珍惜传统、热爱生活和公众参与等自治性的社区意识以及在政府支持下自发组织、培育的民间活动在公共空间中持续、和谐的投影。与此同时，内部秩序建立的空间质感带来了多样性、人性化的空间体验。

**3. 材料技艺与地方属性**

地方材料或是经过地方性"驯化"的材料与技艺，往往能体现当地的乡土气息。这是因为：地方材料的质地、肌理和色彩等与当地人的日常生活水乳相融，构成了他们记忆和情感的深层内容；人们在实践中总结经验，久而久之形成一套与地方材料特性相适应的技法艺术；这些材料与技艺大体上决定了当地景观的形体变化，乃至虚实关系、色彩和质感等。应该说，美国在西进运动中逐渐形成了自然式设计风格。城镇化后，新材料与新技术不可避免地对当地的乡土景观产生了巨大冲击。幸运的是，静水镇并没有如同摆脱噩梦般以去传统而后快，而是将新材料、新技术视为一种催化剂，从而在双向互动的过程中，既包括对乡土传统中当地建材与适用技术的提升与完善，也包括对先进技术、材料的转换与融入。于是，"传统""现代""先进""落后"在静水镇景观新旧迭代、历史记录的过程中殊途同归。

以历史悠久的俄克拉何马州立大学（建于1890年）为例：建筑外墙统一为咖红色砖体饰面，与校园内最古老的建筑——"Old Central"保持一致［图5-7（a）红圈所示］；新楼基本是原地改建而不是推陈出新，某些室内的砖墙饰面，在若干年前是建筑的外墙［图5-7（b）］；如此层叠了时空的材料与技艺，可以感受到学校的历史底蕴；建筑学院入口的公共庭院整合原有树木，植入当地石材，营造出粗犷又不失细腻的西部韵味［图5-7（c）］；大学除了图书馆南面的大广场采用轴线对称、整剪绿篱与几何排列等欧洲传统园林形式［图5-7（a）蓝圈虚线部分］，校园其余各处景观均采用了自然式乡土设计。［图5-7（d）］

居民对地方乡土的欣赏与接纳，还体现在小镇公园、住宅建筑和景观设施等均创造性地采用当地素材和表现形式。如将盛行于19世纪末20世纪初的传统金属工艺嫁接到绿地公园的造型艺术［图5-7（e）］；本地石材广泛应用在道路、

（a）校园俯瞰　　　　　　　（b）建筑学院门厅　　　　（c）建筑学院入口庭院

（d）校园一角　　　（e）小镇绿地公园　　　（f）住宅入口　　　（g）小镇住区

图 5-7　静水镇材料技艺与地方属性示例

挡土墙、拱门和立柱等设施中。静水镇私宅大多是独立单元，几乎没有屋檐相接的邻舍。私宅外饰面以石材、砖体和木瓦为主，房前屋后的庭院多由草皮、大树与天然石材构成；私宅整体色彩与周围环境自然和谐，退隐在广阔丛林中就像是景观生成的建筑。[图 5-7（f）（g）]正如理查德·韦斯顿（Richard Weston）在《材料、形式和建筑》中所提到的："在后工业的社会中，许多关于建筑材料的最先进的思想重新又回到了'原始茅舍'带来的灵感和启发……它可以被看作一种生态的结构模型，而这正是我们后工业文明社会应当追求的。"[1]

总而言之，北美原住民用土地生养的朴素信仰，诠释他们对土地敬畏的态度和顺应自然的做法，为生活在静水镇的继往者保留了一个具有"原点"意义的农耕文化景观。随之延续的尊重荒野之美、守护历史传统和自然式设计等乡土理念，相较于城市的现代设计，已然成为美国中西部乡镇空间设计的主旋律。（表 5-1）

---

[1] 参见［英］理查德·韦斯顿《材料、形式和建筑》，范肃宁、陈佳良译，中国水利水电出版社、知识产权出版社 2005 年版，第 10 页。

表 5-1　乡土设计与现代设计的比较

| 比较维度 | 乡土设计（乡镇） | 现代设计（城市） |
| --- | --- | --- |
| 理念 | 隐喻式、社会信息 | 表现式、设计本体 |
| 手法 | 象征性、具象装饰、混合媒介 | 表现性、抽象装饰、纯粹主题 |
| 风格 | 传统的、平凡的、渐进式 | 进步的、新颖的、革命性 |
| 技艺 | 地方技艺 | 先进技术 |
| 主体 | 以民众为本，自下而上 | 提升民众价值观，自上而下 |
| 意象 | 朴实、适宜、旧词汇、唤起联想 | 壮观、非凡、新词汇、创新体验 |

本质上，美国认识到了西部景观的巨大价值：一方面借助适宜尺度的、内部秩序建构的小乡镇来挖掘旅游经济与艺术创作的潜力；另一方面贯彻科学的管理制度保护自然资源、地域风情，通过展示西部历史让美国成为一支新的国际文化力量，从而增强其文化根基与社区的凝聚力。以图 5-8 这张卡通地图作为俄克拉何马州整体景观面貌的概括，值得回味。

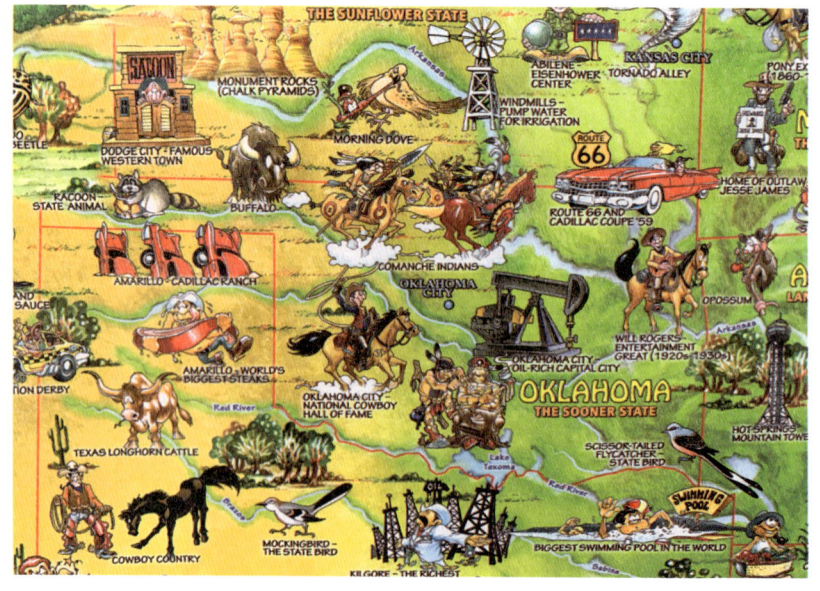

图 5-8　俄克拉何马州乡土特征地图
（图片来源：https://www.roundworldproducts.com/p/dinos-illustrated-map-of-the-united-states-of-america/）

# 第三节　比较与启示

## 一、比较分析

美国中西部历史乡镇的乡土特征是相似的，如同前面章节所比较分析的浙江传统村落一样，包括对待自然的态度、空间的要素、结构与秩序以及质朴的空间氛围等内在特性。然而在具备相似性的同时，也有着各自的变化与不同。如美国中西部小镇中随处可见的汽车旅馆、加油站，散发着熟悉的家乡味道，同时，为了在所处环境中商业竞争，又往往具有形象化的个性特征而充满了地方魅力。可以说，处于西部自然荒野中的乡镇，使得乡镇景观具有如同沙漠中的绿洲那样的属性，对于游客心理塑造了一种渴望与吸引，犹如国内乡村自然的山水本色与乡土气息，对于城市居民的巨大吸引力。显然，浙江与俄克拉何马州乡村空间形态的具体表征是不同的，但是透过空间现象，其内涵的传统智慧与乡土理念则有比较的共性基础和个性特长。下面从"区域分异""整体格局""空间结构""文化行为""营造思想"等几个方面做一概括性的比较分析。（图5-9）

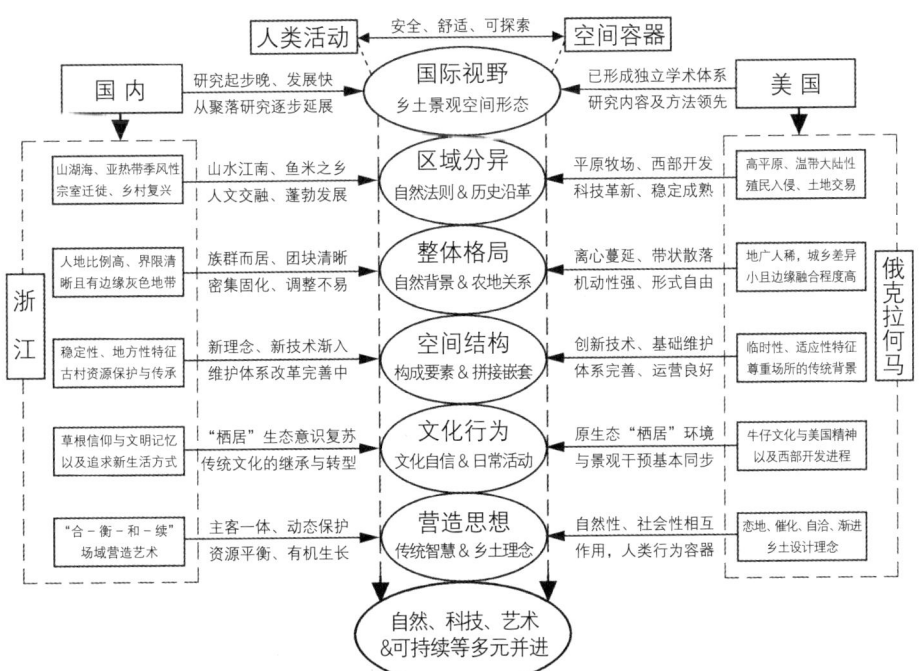

图5-9　中国浙江省与美国俄克拉何马州历史乡村空间形态比较框架

其一，区域分异：自然法则与历史沿革。美国的历史很短，农业经济作为乡村社会发展的支柱产业，可视为其乡村历史沿革的一个考察维度。美国独立后至南北战争时期再到20世纪30年代前，是其中西部逐渐开发并形成家庭农场的基本形式，继而向大规模区域化、机械化种植业高速发展的重要时期。此阶段基于地广人稀的西部特征，基础设施建设的完善、农业机械化的推广、农业相关的科研开发与教育的大力兴举等农业发展成就带来了美国西部农业现代化的突破口，如当时在俄克拉何马州随处可见的联合收割机、拖挂式撒肥机、翻耕播种联合机等农业机械，以及俄克拉何马州立大学拥有最出色的农业相关专业等。20世纪30年代以后，随着农产品过剩现象的出现，美国及时调整了政策，通过价格支持、限制生产和扩大出口等措施保障了农业生产者的利益，促进了农业经济的健康发展。总的来说，美国政府在任何时期都将农业作为扶持重点，以立法形式确保农业发展的全面保护，高度重视科技在农业中的推广，机械化和规模化的农业生产经营方式，高度发达的市场机制和信息发布系统等，都是美国农业农村发展的特色。[1] 对于浙江地区的传统村落和广大乡村而言，在由传统向现代转型的过程中，政府的先行引导是必不可少且至关重要的。

其二，整体格局：自然背景与农地关系。整体格局在这里是指由人类与自然磨合共生过程中所创造的、具有实物形式的农地景观。如前所述，农业是乡村赖以存在和发展的基础，农地景观受地形、气候和生产方式等因素的影响，并在人们长期劳作下生成。因此，地理位置和农业文化的差异性，产生了多样化生产方式和生产设施，是农业文明的最直接体现。从两者的农业发展史可见，浙江地区的农业包括田、林、牧、渔业等，具有典型的环农业格局特征，出于山水变换的自然属性，浙江村落空间形态可分为散点型、条带型、团块型、自由型等，有机且自然。而美国中西部大平原的地理条件，横平竖直的农场、草原和牧场，更见人工规划的痕迹。两种看似完全不同的规划格局，其实都是出于对场地的尊重与理解，是一种在地性营造的体现。

其三，空间结构：构成要素与拼接嵌套。空间构成作为乡村物质文化的载体，

---

[1] 参见王兆君等《中国东部沿海地区社会主义新农村建设问题研究》，中国书籍出版社2013年版，第32—34页。

一般可分为建筑空间、街巷空间和广场空间。其中公共建筑多以寄托居民精神信仰的当地标志性建筑为主,用以维护社区共同体,有着厚重的文化底蕴。街巷空间和广场空间是居民日常交流、商业买卖、民俗活动的主要场所,呈现乡村的生活习俗和风土人情。浙江乡村的空间结构基本如此。美国中西部历史乡镇的建筑物大多低矮、平铺,除了造价、能源和技术上的限制与考量,更多的是基于人群的行为模式和心理感受。加油站、汽车旅馆、主街商业带、教堂等实体的拼接嵌套,其实反映的是交织在一起的活动轨迹,这些活动形成了某种行为模式的空间效应。

其四,文化行为:文化自信与日常生活。相较于空间结构作为乡村物质文化的载体,文化行为更多体现在精神层面,由人们在日常生活中创造、沿袭和传承,如民间文艺、传统技艺和民俗娱乐等,反映了人们的艺术情趣,形成了特定区域的显性特征与符号意义。"十里不同风,百里不同俗",浙江各地乡村的民俗活动作为一种文化现象,是村落的集体记忆和内部黏合剂,它不仅能增进村民彼此间的情感,促进族群内部的认同和包容,同时还能提升每一个成员的历史认同感以及自豪感和归属感。相较而言,美国历史乡镇的民俗活动并不算太多,但是在对待民俗活动的态度、仪式感和组织管理上值得借鉴。

其五,营造思想:传统智慧与乡土理念。美国中西部历史乡镇多以自然环境、乡镇遗产和场所营造为核心,呈现地域性的乡土建筑与自然景观。而场所性凸显的乡镇公共空间,说明了人与建筑、户外空间、农业景观以及地理环境之间的一种紧密的纽带关系。这些公共场所随着时间的推移而不断演变,逐渐成为乡村特征的同时,也是未来乡村创作、塑造具有场所精神和高品质生活环境的素材与媒介。美国正是基于这样的乡土设计理念,营造了乡土气息浓郁、人与环境互洽的乡镇空间意象。在这层意义上讲,美国的乡土设计理念与浙江传统村落"合—衡—和—续"的场域营造艺术是一致的。

## 二、经验启示

总的来说,美国中西部历史乡镇公共空间的乡土景观特征作为文字以外的历史记录,根植于自然荒野与历史文脉,有赖于地方材料和营建方式,更在于当地民众根深蒂固的恋地情结与文化自信。于是,俄克拉何马州历史乡镇在现代化进程中与地域气质融为一体，展现出独特的西部风情。可见，在国内乡村振兴建设过程中，倡导乡土并非意味着守旧与排外，恰恰是在肯定多元文化与现代科技的基础上，充分考虑当时当地的环境问题、社会接受能力和历史文化氛围，视乡土为创造理想公共空间的宝贵经验与灵感来源。即如何在以都市文化为核心的现代文明背景下，反思乡镇原生文化变革再生的可能性与可行性。基于此，可进一步归纳美国的乡镇建设经验，从而为国内的乡村复兴提供启示与思考。

第一，政府引导先行，保障乡村发展。美国西部开发、乡镇规划与建设复兴，本质上都是政府以适时调整的各项政策，明确各级部门职责和关键作用，形成"自上而下"引导乡村建设的思路。因此政府是乡村复兴建设的组织者、推动者和保障者，以制定政策、明晰职能、资源配置、建设投资等方面的宏观布局和主导作用，努力营造一个有利于乡村复兴的外部环境，使乡村复兴能在良好的政策环境下顺利进行。具体来说：一是通过财政性投入和政策性融资增加乡村建设资金投入力度，成为乡村复兴、健康发展的坚实基础；二是加强基础设施建设的"保驾护航"作用，以乡村经济、农民收入和科技创新为核心，促进农业生产的机械化、规模化和现代化；三是发挥协同与合作的桥梁和纽带作用，合力培养乡村居民的主体意识与积极性，上下互动，激发乡村的内生动力；四是注重自然、土地、文化、旅游等乡村资源和遗产保护，积极开发特色化、生态化的第二、三产业，避免过度城市化和过度郊区化现象。可以说，国家和政府的先行引导，是"看得见的手"的宏观调控和规划框架，是逐步细化并实现乡村复兴措施的坚实基础和根本保障。

第二，尊重自然之美，延续地方精神。美国充分尊重和发扬中西部历史乡镇的自然荒野属性、民众生活传统，积极实施"地方主义"的自然保护运动。乡村的自然资源和地方文化作为村民所熟悉、依附并拥有的财富，实质是村民共同体人格的延续。尊重自然之美、延续当地精神就等于认同、提升了村民的集体记忆与共同信仰。因此，在深刻认知国内乡村既有的规模尺度、生态多样性、文化多样性和生存方式多样性等属性的前提下，从内部秩序的公共空间视角挖掘乡村所呈现的诸如历史、传说、族群和社区等地方精神的物质载体，对公共空间进行叙事性的空间规划和政策层面的遗产保护。由此形成一种乡土肌理，从而打破对"现代""先进"的盲目追崇，再现乡村独有的"故土"情愫，唤起村民的归属感、认同感与幸福感，有效激发村民作为乡建主体的积极性与参与性。

第三，重塑社区活力，鼓励自发活动。美国非政府组织贴近民众、了解民众需求，有广泛的民众参与性，不仅能有效弥补政府履行公共职能的不足，还能反馈民众的需求，增强民众的公共意识和社会责任感，调动其发展乡村公益事业的积极性，因此得到了政府、企业和民众的广泛认可与支持。乡村的存续与发展，与村民组织自发不断地选择、判断、建设等自适应规律密不可分。如果以外力强行植入符号化、速成化和模式化的建设理念，就像剥离了村民与乡村之间紧密依附的关系。也就是说，"下沉"的外力不能成为"自治"的乡村社区的钳制，而应借助乡村社区这一"催化剂"，将乡村振兴理念由自上而下的传达与自下而上的贯彻密切相联，从而在关怀人居环境的基础上为传统注入新的生命力，进一步提升村民的文化自信与自豪感，鼓励村民开展自治性活动，复兴土地、再生传统以及重塑社区活力。

第四，创新空间艺术，推动乡村性输出。对于历史乡镇的热爱是美国的传统，"乡间的乐园能让人们的美德发扬光大"这一情感理念渗透在美国的文化当中。乡村资源独具的消费功能、文化价值和艺术成分，在确保其"乡村性"的同时，开展与时俱进的空间艺术创新，就有可能实现向城市的反向输出，从而产生积极的经济效益，为乡村复兴的可持续发展提供助力。空间艺术作为一种艺术表现形式，可以通过空间意境营造将乡村的自然环境、乡土文化和公众行为联系到一起，强调生活场景和故事叙述在公共空间设计中的重要作用，贯彻"在地性、过程性和艺术性"等设计理念，让人们深度体验乡村生态与文化的多样性。

## 第四节　小结

本章基于美国俄克拉何马州的实地考察和静水镇的个案研究，对美国中西部历史乡镇公共空间的乡土景观特征做了描述与解释，并将之与浙江传统村落公共空间的形态特征加以比较与分析，以此提炼美国中西部历史乡镇开发与建设的国际经验。应该说，美国的西进运动和乡镇开发还伴随着血泪与教训，本书侧重其经验的借鉴与启示，因此在这方面并没有做探讨。就美国中西部历史乡镇的整体意象而言，相较于统一规划与过度设计所带来的均质性，其混杂风格更具活力与乐趣，而且暗示性与象征性价值也得到了体现，典型如平凡物品与陈年旧物的暗示与隐喻，以及环境中神圣与世俗的日常内容。这些可能是当下设计所缺乏的，也就是可以从乡土的、世俗的风格之源中获取灵感，将陈年旧物置入新文脉中求得新意义，进而进化平凡为非凡的价值。这里并没有否定当下的意思，更多的是对于设计的思考，即设计作为一种媒介可以有多重的触媒元素，乡土就是其中非常有力的一种。

第六章

乡村公共空间保护发展原则与设计策略

当下，我国正处于乡村振兴的重要阶段：如何将珍贵的、易消失的乡土经验记录并保存下来，避免过度城市化思潮的侵扰；如何在乡村公共空间建设中铸就文脉延绵、共生活化的在地性艺术景观，重塑人地之间的情感纽带；塑造什么样的乡村空间和文化场所，从而推动文旅融合下居游的协同发展；能否让乡村居民认识并感受到乡村的资源优势和发展潜力……这些都是需要仔细揣摩、付诸实践去解决的现实而又具体的问题。在前文大篇幅的浙江传统村落公共空间形态研究的基础上，总结、提炼出传统智慧与国际经验，本章将形成乡村公共空间保护发展原则与设计策略以解答上述问题，并用案例实践反思后效。

## 第一节　公共空间保护发展原则与设计策略

显然，乡村复兴有赖于协同与合作，而对于乡村公共空间的社会关系和乡土特征的认识，是调动地方和区域资源有效利用的关键。因此乡村设计的使命正是通过空间认知和设计创新深挖乡村潜力，将自然环境、乡土文化和公众行为联系到一起，提高村民的生活品质，同时乡村设计也是一种保护和开发的手段，让更多的人包括我们的后代能更好地欣赏和享受乡村生态与景观的多样性。可以说，乡村设计是让人们从可持续的视角去深度体验和了解乡村的重要媒介。

## 一、保护发展原则

总体上，乡村公共空间作为村落发展与变迁、文化冲突与融合的历史见证、记载与延续，在确定保护对象与范围时，要用历史的、发展的、整体的、动态的眼光来评估、审视，注重整体空间结构的保护与传统习俗的传承，以及优秀历史文化的挖掘与弘扬。

关于乡村整体的保护发展原则，借鉴传统村落保护原则，归纳起来有以下八点：（1）原真性。包括设计与形式、材料与实体、传统技艺以及周边环境的原真性。（2）现实性。认识到变化和发展的必然性以及尊重已建立的文化特色的必要性。（3）地方性。尊重乡村的文化价值和地方性特色。（4）景观性。认识到建筑、街巷和农地等都是乡土景观的组成部分。（5）整体性。保护存在过程中的历史见证，保护范围以乡村为整体，包括其生态、布局、结构以及造型色彩等。（6）分类保护。根据历史、文化的综合价值予以分类和判断保护方式。（7）参与性。居民的真正参与，使乡村保护具有现实意义。（8）动态性、可持续性。保持乡村社区的稳定与居民生活的正常秩序，保证居住环境的改善和生活水平的提高。[1] 基于这些共识并结合前文的研究所获，乡村公共空间的保护发展原则应在乡村整体的基础上，聚焦于公共空间的特性。

第一，以乡土文化、公共生活方式的延续唤回场所精神。乡村公共空间的营造依赖于先民对自然条件、社会环境与空间场所的体认与适应。公共空间不仅是生产生活的场所，更是先民聚族而居的社会单元和精神领域。因此，应当挖掘乡村公共空间的地域文化和社会价值，活态保护乡土社会秩序与公共生活方式，以此理解乡村特有的公共空间意义，唤回逝去的场所精神。

第二，以空间保护来展现地方传统、文化风俗。公共空间是容纳、传承与发展乡土文化的重要载体，通过空间的保护唤起村民对地方传统、社会秩序的记忆，用物质形式的留存来帮助实现非物质文化的长久存续。对于具有悠久历史年代、卓越艺术价值和完整空间形态的乡村公共空间，应给予全面、严格的保护，尽量还原其传统的物质空间形式。空间保护使仪式、场景和象征元素可以在乡村公共

---

1 参见熊伟《广西传统乡土建筑文化研究》，博士学位论文，华南理工大学，2012年。

空间中得以活动和展示，从而保持空间的本义与特性，并让游客有机会了解和融入乡村历史、族群记忆中。

第三，以渐进式的织补、更新来重塑公共空间形态。除了对核心区的重点保护，乡村控制地带主要引导其在保持自身空间特色的基础上，结合现代生活需要采用新技术和新材料渐进有序地更新公共空间形态。如延续了乡土风貌的公共建筑，可在织补建筑外形和结构的前提下，适当转换功能、改善条件，维持建筑内的日常公共生活，激发村民参与公共活动的热情。

## 二、设计策略

本书认为乡村公共空间设计是向传统和地方学习，以解决乡村问题。这并非简单地沿袭旧有而是尊重原型，考虑以空间的艺术表达形式向民众传达乡土文化等抽象虚体，作为一种媒介来提升生活品位、促进文旅发展。因此，基于乡村公共空间保护与发展的原则，以图式语言体系构建乡村公共空间设计策略。总体而言：将乡村划分为核心范围和控制地带，针对乡村的核心区域，在保护好历史遗存的前提下进行"存量更新"，设计手法体现为空间语汇的图式形态类型和空间语法图式的完整复制表达，从而忠实地延续其历史格局与空间风格；针对乡村的控制地带，采取转译传承的措施，即因地制宜地对部分空间组合模式进行强化并复制扩散，或根据实际引入新的语汇图式、调整现存的部分语汇和语法的匹配模式，并力求与核心范围构成语义畅达、严谨缜密的整体。[1]于是，以人与空间的共生、共情和共荣为设计目标，将此贯穿生态语境调适、形态语汇织补和文态语法叙事的设计步骤及方法，达成重启场所活力、再现艺术价值和赓续良风美俗的设计成效。设计策略层级衍生、交互影响，回应图式语言的逻辑体系。[2]（图6-1-1）

（一）生态语境调适：用途更新—资源整合—场所立意，重启场所活力

生态语境隐含着空间系统与社会关系的统一，其关键是从维系着环境客观属

---

1 参见张津豪、陶锋、包伊玲、杨紫珊、杨静怡《基于图式语言的传统村落空间基因识别提取方法与应用研究——以绍兴冢斜村为例》，《地理研究》2025年第4期。
2 参见杨紫珊、张津豪、陶锋、占妍《传统村落公共空间环境归属感重塑——基于宁波马径村图式语言的研究范式》，《小城镇建设》2025年第5期。

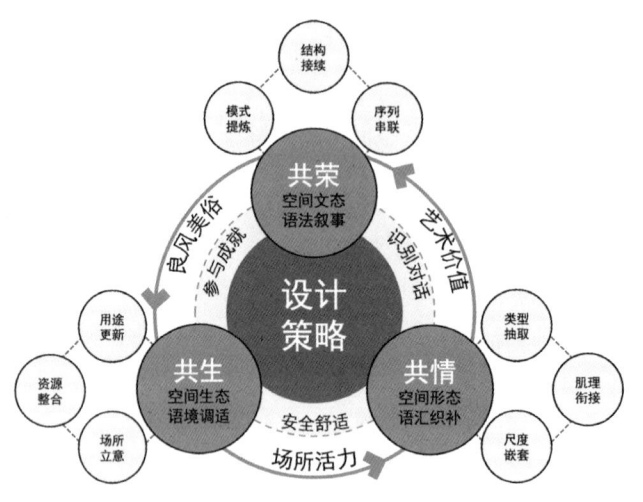

图 6-1-1　乡村公共空间设计策略模型

性和环境使用者特定行为的可供性视角入手，即着眼于资源和用途的匹配耦合，为形成具备可行性的具体方案奠定基础。当下，宜居、宜业和宜游成为乡村发展的保障与依托，因此生态语境调适力求"转地为境"，选择合适的"建筑""连接""附属"空间为承载物，以用途更新与资源整合在场所立意中重启场所活力。用途即空间的使用诉求及途径，资源包括空间的存量与潜力，用途更新与资源整合是在不破坏空间原有形态、内在结构的基础上，依据空间潜力融入新的功能与活动，结合后续的语汇织补实现空间的激活与共生，将场所立意与空间载体合而为一。

（二）形态语汇织补：类型抽取—肌理衔接—尺度嵌套，再现艺术价值

"织补"在《辞海》的解释为"仿照织物的经纬线将破损之处修补好"。其包含了两层含义，一是顺应、模仿织物的经纬线结构，代表着本土与特色；二是以拼贴、衔接、缝合等手法及过程，修复破损肌理并补充新的内容，代表着创新与融合。织补本质上是在新旧之间寻找可缝补、修复的要素和方法，成为新旧衔接、代际融合的桥梁。因此基于乡村空间语汇，针对场所立意从"字""词""词组"等不同空间层级的语汇中吸收灵感，抽取忠于本土、契合场地的空间要素类型，对其形式进行转译、拼贴从而成为肌理衔接的关键要素，最终在尺度嵌套中缝合成熟悉又新颖的艺术空间。

（三）文态语法叙事：模式提炼—结构接续—序列串联，赓续良风美俗

约瑟夫·弗兰克（Joseph Frank）在《现代小说中的空间形式》中将"空间"与"叙

事"嫁接，指出叙事兼有时间性和空间性，将空间形式看作故事叙述的重要环节。[1]龙迪勇认为：空间以及与空间相关的叙事都属于叙事形态空间性的探索，空间叙事是以因果逻辑与时间为轴排列事件的时空并置的结构体系。叙事思维可以更形象地感知空间中的事件、情节与线索。[2]乡村公共空间的组合模式、结构序列具有故事发展的事件性、情节性和线索性特征，语法解析为其提供了重要的故事文本与构筑逻辑。因此，经由语法的提炼与应用，揭示空间隐含的历时性行为模式和故事线索，能够助力公共空间的记忆触动与情感认同，从而实现乡情共鸣、美俗赓续。

总结来说，不同乡村的公共空间由于空间要素构成及内在逻辑关系的差异，往往形成具有不同地方特性的图式语言体系，并以相异的语汇、语法和语境的形式体现。同时，三部分内容通过相互作用形成整体的，具有生活适应、生产适应和生态适应的稳定的乡村空间格局。可以说，每个乡村都有自己的"图式典籍"。然而，个性的图式中也存在着语境、语汇和语法三者的逻辑共性。因此，乡村公共空间复兴应在坚持"原真性、地方性和整体性"等宏观保护发展原则的基础上，对乡村公共空间实施因地制宜、切实可行的保护与开发设计措施，从而提升乡村的文化魅力与空间活力。本书进一步借助图式语言体系的构建逻辑明晰乡村公共空间设计的基本流程：（1）将空间分类并单元化；（2）尊重乡土文化并提取各类空间特征因子，进行信息编码；（3）动态结合乡村的社会结构、生活方式和实际需求，将各类空间信息复制、变异和重组，形成新语境下的空间单元；（4）在尺度转换中实现各类空间单元的层级嵌套和有机更新。其中，特征因子提取和空间评价可参考空间句法的量化指标，同时建立空间数据库，实现信息的传播与分享。

下文以传统村落空间基因传承设计、乡村户外空间适老化改造设计和乡村公共庭院乡土设计三个不同类型的设计案例，来探讨乡村公共空间设计策略的具体实施及成效。

---

1 参见［美］约瑟夫·弗兰克《现代小说中的空间形式》，秦林芳译，北京大学出版社1991年版，第3—4页。
2 参见龙迪勇《空间叙事学》，生活·读书·新知三联书店2015年版，第164—167页。

# 第二节 案例1：绍兴冢斜村空间基因传承设计

## 一、设计试点选取

由 500 米半径下标准化角度穿行度的线段模型与村落平面图叠加分析可知（图 6-2-1），牛过弄、南大路、高新路、冢斜路形成的闭环路线仍属高值区，同时村北有棚下路、学寨路和铜勺柄路这 3 条穿行度数值较高的连接空间与冢斜路相接。这些空间连通性较高，其串连起的空间试点具备较大的开发潜力。结合各试点的历史记忆、功能属性、环境承载力等方面因素的综合考量，选定上大院路闲置空地、下大路和农田、大会堂前广场、后山塘、台地广场 5 处设计试点进行优化更新，重点是在更大范围内增进村落空间的品质与服务力，发挥具有高穿行频率空间的链接作用，鼓励聚集与交流活动的发生，以此强化空间布局与使用功能布局的同构关系，锚固空间深层结构的稳定性。

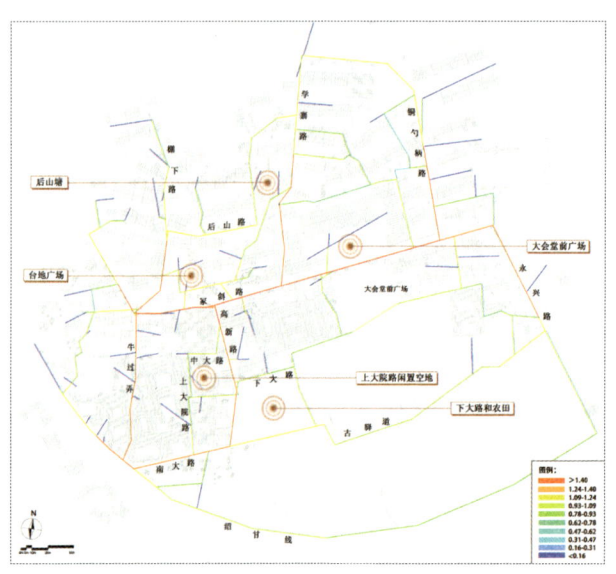

图 6-2-1 空间基因传承导控范围内 R=500m 条件下的标准化角度穿行度计算

## 二、空间设计立意与布局规划

### （一）设计立意与概念推演

冢斜村空间基因传承设计的概念以现有发展条件和规划目标为依托，取法于传统的古村保护规划方法并强调空间内部组合模式的识别、分析与评价的过程，突出空间的个性认知。在对村落空间进行分区保护的前提下，以特色空间语法的复制扩散为核心途径,结合对空间语汇的学习引用、创新引入,在当代语境下承继传统村落的空间特征,在以用促保中展现村落的文化魅力和时代风采。

设计依托于空间现有条件和周边环境,注重因势利导而非建设性破坏:冢斜村独具古越风韵的民居、灵动的水体与宽阔的农田,都成为设计的意象来源以及互为资借的空间语言中的关键一环——新旧空间要素有机共处,在并置中以对话与碰撞组织文辞,共同营造舒适宜人的乡土空间,唤醒环境归属感;选取设计试点进行重点打造,辐射影响其所在的功能片区,从而由点及面地带动村落整体发展,成为设计创作的主要落实点。拟定设计主题为"云隐稽山,赓咏禹话":以会稽山南麓的大禹后裔集聚地冢斜村丰厚的历史文化底蕴为依托,赓续这座千年古村的空间精神,延续人群活动模式的同时构建交往行为发生的创新场所,让系统保护乡愁的过程有乡可寻、有章可依。(图6-2-2)

## (二)冢斜村整体发展布局

基于村落环境序列特征,结合自然与人文资源分布与利用现状及保护要求,将村落整体发展布局规划为"两轴、两片、五区、五点":"两轴"为风貌展示

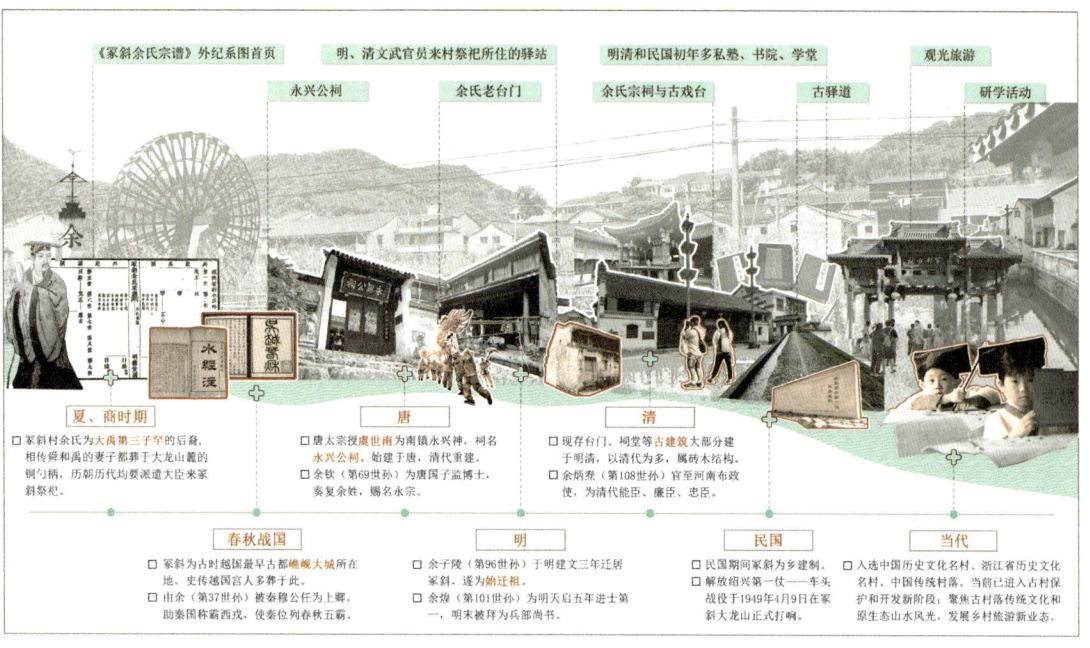

图6-2-2 冢斜村历史文化梳理

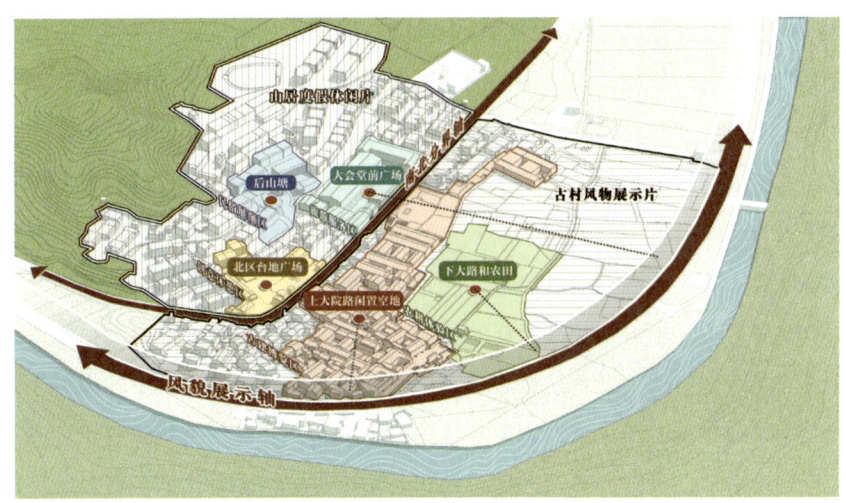

图 6-2-3　冢斜村整体发展布局

轴和南北分界轴;"两片"为古村风物展示片和山居度假休闲片;"五区"分别为古建博览区、农耕体验区、旅游服务区、民俗展演区和创意休憩区;"五点"为 5 个设计试点,分别位于"五区"中。(图 6-2-3)以下分别做简析。

"两轴":沿绍甘线一线的风貌展示轴于南侧呈圆弧状环抱古建筑群和农田,提供了观赏村南特色视觉界面的丰富视角;沿冢斜路一线的南北分界轴将村落划分为南北两大片区,并于其间起到过渡和转换的作用,自冢斜路以北,地形抬升显著,民居院落多随坡就势而形成具有高差的台地空间。

"两片":冢斜路以南为古村风物展示片,集中着村内主要的文保单位和文保点,兼有大片农田和田间古驿道,是冢斜村最具地域风貌的片区,涵盖着空间基因的主要范围;冢斜路以北多新建住居,为山居度假休闲片,鼓励开发休闲康养类旅游项目,可以吸引并留住游客。南北两大功能片区相互呼应,将文化和生态资源转化为发展优势,共同助推冢斜村旅游业发展。

"五区":古建博览区地处冢斜路南侧东西向延伸的狭长地块,其内部以古建筑群为主体,是冢斜村风貌保存最完整的区块,重点展现村落的古建文化;农耕体验区位于古建筑群东南侧,以耕田为主体,视野开阔,是传统农耕文化的展示空间;旅游服务区包括冢斜路沿线的乡村大会堂、前广场及周边附属建筑,主要承载接待、展销、餐饮等功能;民俗展演区以后山塘为中心,主要为民间工艺人才提供工作场所，并引导游客参与民俗技艺的体验活动；创意休憩区围绕北区台地广场设置休闲设施，为村民和游客提供交往、休憩的场所，以大禹文化为营造主题，成为村落历史文化底蕴的重要展示窗口。

"五点"：包括上大院路闲置空地、下大路和农田、大会堂前广场、后山塘、台地广场5处，这些节点空间具有较高人群集聚与通行潜力，同时具有较强的地域空间属性特征，是冢斜村空间规划中需要打造的认知重点。

### 三、空间语境推移下的设计需求分析

当前空间语境下，冢斜村规划目标的实现有赖于风貌展示体系的建立，其中，修复和提升宜居性为发展的重要保障，研学旅游则为价值转换的重要依托。如前面章节对冢斜村空间语境的演绎部分所述，空间的布局隐含着空间与社会关系的统一，为形成村落运营的理想模式，设计应不只停留于形体层面，而更应考虑如何通过空间结构表征并调整社会结构。因此，对于设计需求的分析将紧扣上述重点任务，从维系着环境客观属性和环境使用者特定行为的可供性视角入手，着眼于场地功能与人群行为的相互关系，诠释空间语境之于设计的意义，从而为形成具备行动力的设计方案奠定基础。（图6-2-4）

图6-2-4　空间语境推移下的设计需求

## （一）上大院路闲置空地

古建博览区是"五区"中占地面积最大的区块，于台门独特的建筑形制中凝集着传统人居艺术的结晶，承载着历史记忆，是冢斜村最具特色的文旅名片。上大院路闲置空地位于区块的中心，周边古建筑林立，并且交通便捷，现状空间主要被用于堆放材木，虽于空地上设有座椅，但整体环境较为破败且缺乏维护，已少有村民和游客会在此驻足。因此，需对空间进行整治梳理，拆除与古建筑风貌冲突的现代建筑，扩大场地可利用范围，恢复其休憩停留功能；为发挥此处空间的中心地段优势，考虑规划室内活动区域以支持人们对行为活动的差异化选择，并搭建可供村民与游客交流学习的场所，将冢斜村的古建文化和尚学之风内化于其中，由此形成该试点的主题："书香一脉承古宅"。

## （二）下大路和农田

农耕体验区是与古建博览区接壤的"观光农业"的重要承载区块，是村民进行日常生产经营以及游客能够直接参与农事体验的场所。前文对于复合空间图式的提取明确了此处由八老爷台门、下大路和农田构成的"田宅相映"的特征因子，其间的空间尺度、农田体系也具有鲜明的地域化特征，是装点村南视觉界面和形象的主要构成因素，现状景观生态条件良好，然而可供人们进行闲谈纳凉、休闲观景、漫步巡游的基础设施尚待完善。因此，于下大路而言：在拆除沿线破坏视觉界面的围合建筑后，需要进一步对界面进行修复和增补，实现村南景观的优化提升；考虑围绕八老爷台门井打造特色井台休闲空间，重现往日怡然的乡野生活景象，让清甜井水延续活力；设置观景空间，并引入适当体量的水景，于局部丰富空间层次的同时更好地将农田、山林的景观纳入下大路区域。于农田而言：需要进一步完善田间通路的结构，为村民和游客提供通行方便；在一定尺度范围内扩大水车空间，使得现有的"最佳摄影点"能够容纳更多的观景活动。于是，取轰溪山"当前永峙作屏环"之意象，结合轻泛涟漪的水面映衬着自然风光清澈柔和的倒影，为该试点拟定主题："屏环浮影良田宽"。

## （三）大会堂前广场

旅游服务区位于冢斜路北侧，大会堂与周边建筑分列其中，形成合院式的结构。从现状来看，该处空间体量过大，超出了村落原有的空间尺度，且广场以大面积的硬质水泥铺设，缺乏景观营造，现主要用作停车场。经过多次分时段调研，发现广场上车位的使用率基本处于不饱和状态。因此，为实现空间资源的有效利用，考虑减少车位数量，重新对广场进行功能划分：发挥其空间容量优势，在延续围合式布局的基础上在大会堂南侧新建公共建筑与绿地，削弱现有建筑和广场的尺度感，构建更为宜人的空间感受，并添置购物空间、餐饮空间、文化活动空间，以"浅院深蕴藏佳品"为主题，打造村落旅游服务中心，展现具有冢斜特色的多要素旅游产品。

（四）后山塘

民俗展演区毗邻旅游服务区，区块内部的空间特色以嵌入新建住居群落内部的后山塘处最为凸显。后山塘位于山麓地势抬升处，周边地形起伏较大，其北岸民居院落面向水塘呈台地状排布。水塘西岸为土坡，植有古树一株；东岸为硬化处理的水泥堤坝，南岸有台阶逐级延伸至水面可供日常取水。此外，水塘东南角邻接有面积不大的空地，空地北侧有民房一栋。该处节点距离旅游服务区较近，具备吸引游客的潜力，可以考虑引入木工、竹篾编织、石料加工等传统手工艺的展示与体验功能，从而将村落的民俗生活与旅游业结合起来。经过调研发现，北高南低的地势使得空地存在一定坡度，不便于人们在此停留并开展活动；水面与地面存在较大的高差，不利于亲水性景观的营造。因此，在设计改造中应首要考虑在局部空间内适度削减坡度，强化村北台地空间的特色，应借助后山塘与周边界面丰富的自然要素，吸引人们来此游览并参与民俗体验活动，取主题为"碧水风情染翠岚"。

（五）台地广场

创意休憩区在旅游服务区西侧，围绕北区台地广场进行打造。该处广场现有高差不同的两级平台，其东北角有古树一株，另有台地院落作为北侧围合界面，因此天然具有多层级的空间纵向复合特征。与大会堂前广场相同，北区台地广场的大小与村落传统空间尺度不符，且缺乏造景和文化氛围的塑造。在调研过程中发现此地常有游客聚集，但是现有的公共设施远不能满足人群在此处进行休闲活动的需要。因此，此地需要在预留出部分空地的前提下增设休憩空间，并以隔断的方式适当减小空间尺度；因地制宜地将冢斜村源远流长的大禹文化融入其中，赋予空间以情感和温度，使得人们在此处憩息闲谈的同时能够感受到"大禹后裔集聚村"的特色文化，设计试点的主题由此而来："禹韵流传家常事"。

## 四、核心设计试点语汇增益与语法应用

继上文根据设计试点在整体发展布局中的位置提出相应的设计需求和设计主题，下文将在功能置入的基础上，着眼于对村落现有空间语汇的学习及增益过程、对空间语法的承继和应用过程两个层面的内容，有鉴别地吸收可持续的传统人居空间艺术的养分，汲古以润今，获取启迪[1]，由此形成聚焦 5 处试点的设计方案。（图 6-2-5）

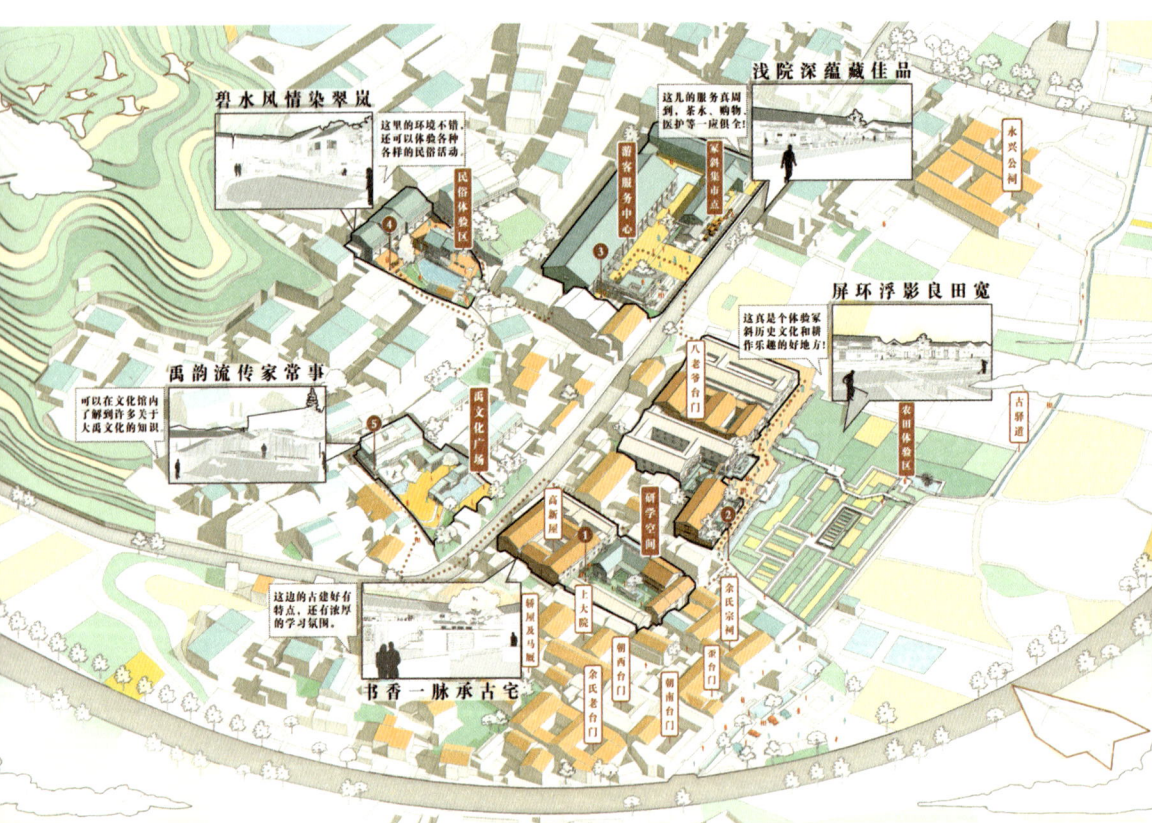

图 6-2-5　聚焦 5 处试点的冢斜村空间设计轴测图

---

1　参见陶锋、唐洁、包伊玲《传统人居智慧与场所精神重塑——浙江古村落记忆在城市住区可持续景观设计中的延续》，《浙江大学学报（人文社会科学版）》2020 年第 5 期。

第六章 乡村公共空间保护发展原则与设计策略 | 327

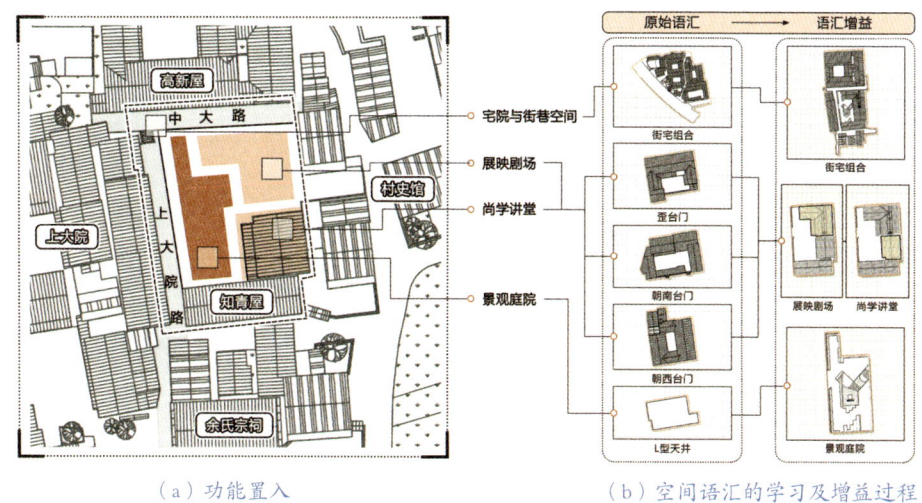

（a）功能置入　　　　　　　　（b）空间语汇的学习及增益过程

图 6-2-6 "书香一脉承古宅"——由功能置入到语汇增益

## （一）书香一脉承古宅

### 1. 功能置入

上大院路闲置空地位于冢斜村核心保护范围的古建筑群中，依照"书香一脉承古宅"的设计主题，经对空地现状的梳理，置入展映剧场、尚学讲堂和景观庭院 3 处功能空间，并将西侧上大院路和北侧中大路的巷弄空间纳入设计考量范围，力图打造与周边场地融合并存的研学空间。[图 6-2-6（a）]其中，尚学讲堂以风貌保存较好的现有民居为载体，是供人们进行读书习礼的文化空间，展映剧场则为顺延讲堂的建筑形体新建的半开放式的建筑空间，二者在功能上互通有无，一动一静，确保研学服务的品质；景观庭院为建筑退让后的场地，受建筑边界限定形成室内外空间的过渡。

### 2. 空间语汇的学习及增益过程

如上所述，相对封闭、主要承担静态研习活动的尚学讲堂与相对开敞、更多呈现为动态空间的展映剧场通过二层的连廊连贯，在形体与功能上形成承接关系结构，独具"对仗"的意味，集中展现了该处试点的空间立意。从语汇学习及增益的过程来看，传统的建筑形制虽不再满足当代的居住生活功能需要，但其设计仍是于冢斜台门的空间语汇的图式形态中汲取灵感，在展映剧场和尚学讲堂的基础上，将南侧的知青屋视为建筑围合要素引入规划布局构成合院式

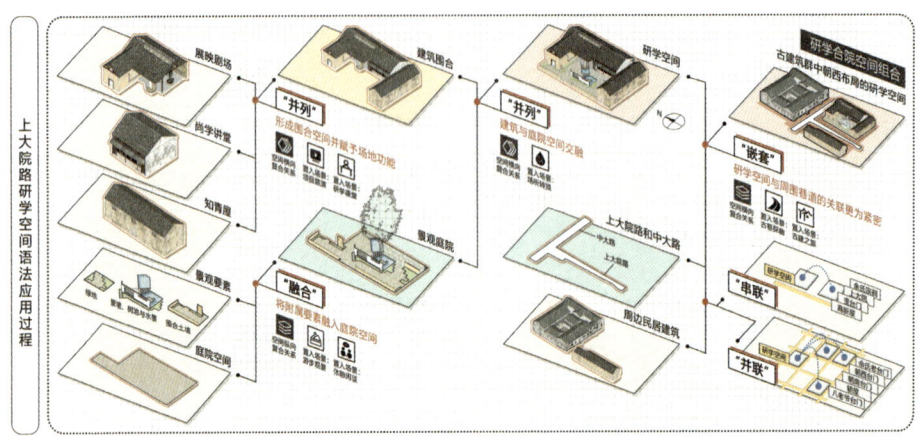

图 6-2-7 "书香一脉承古宅"——空间语法的承继和应用

图 6-2-8 展映剧场效果图

图 6-2-9 景观庭院效果图

结构,为空间语言融入忠于本土的印记与符号。此外,从冡斜村传统的街宅组合风貌中提取空间信息,对该点周边巷道与建筑院落的关系进行发掘与传承。[图 6-2-6(b)]

**3. 空间语法的承继和应用过程**

设计完成后的研学空间可视为依照独立型空间基型进行展拓的一进式合院组合(图 6-2-7),依据合院的形式秩序,展映剧场、尚学讲堂和知青屋以空间"并列"呈向心性围合布局,由此带动多媒体放映、路演展示、聚集交流、静坐读书等系列研学活动的开展(图 6-2-8);庭院空间作为建筑空间的基本构成要素和空间组织核心,与构成围合姿态的建筑"并列"而置,其内部则通过绿地、景墙、水池等要素与场地的"融合",在艺术性和趣味性的表达中达到人际交往活动在户外的延续。(图 6-2-9)同时,庭院中水

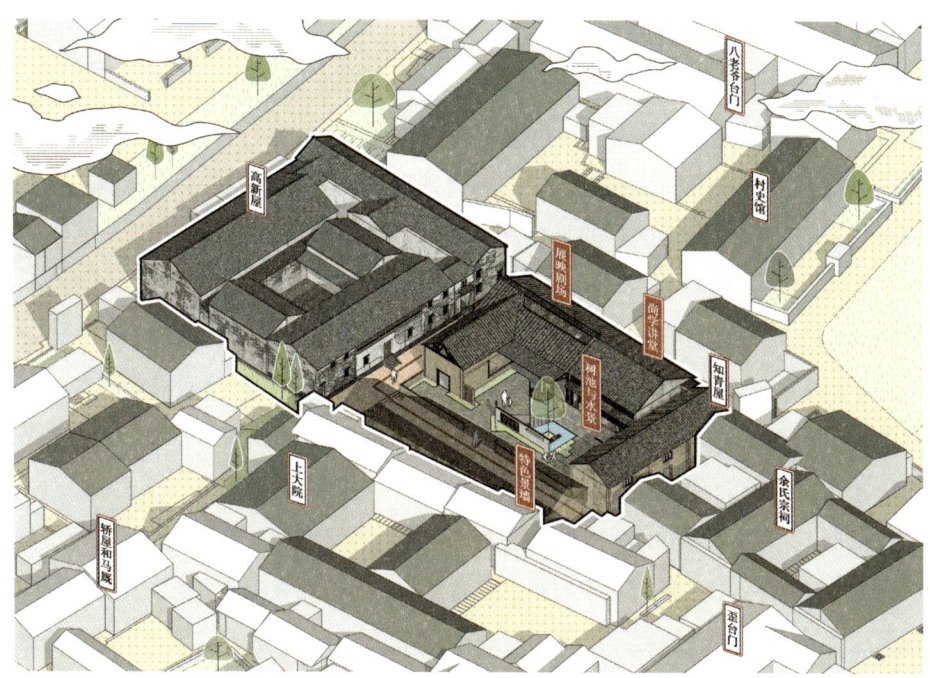

图 6-2-10 "书香一脉承古宅"——轴测场景

池具有明确的方向性引导作用,模糊了展映剧场的敞厅与庭院的边界,将具有动势的流动性空间联系起来。需要指出的是,在该处空间运用"融合"词法是为契合当代审美价值和实际功用在空间局部所做的创意设计,本质上依旧是对建筑空间基因的完整传承。为还原乡土生活中建筑空间的本真风貌,建材的使用着重挑选灰白、红褐、黄棕等地域色彩进行组合,顺承了村落空间肌理的协调秩序。

在更高的空间层级上,设计试点延续了"临街宅院"特征:作为研学空间的合院为适应与上大院路之间的方位关系,在句法的修正性影响下选择朝西布局,与地处近旁的民居组合一起,和周边巷道构成了更为紧密的关系。从而在该处试点的"局部"中,映射出作为"整体"的古建筑群内部"街—宅"的"嵌套"关系,反映了空间的尺度变迁。于是,研学空间交通便利的潜在优势也得以发挥——通过"串联"和"并联"的空间接续规则,与其他建筑单元有序沟通,使得该试点成为游客开启寻古探今之旅的必经之地。(图 6-2-10)

## （二）屏环浮影良田宽

### 1. 功能置入

下大路位于核心保护范围和建设控制地带的分界，街巷北侧的八老爷台门、井台地处核心保护范围，街巷以南的农田则属于建设控制地带。特殊的保护范围分区决定了该处设计试点的复杂性和矛盾性。依据空间现状及功能需求的分析，为试点划分功能区共6处：农耕观赏与体验空间、滨水景观空间、水车空间、井台休闲空间、休闲广场空间以及拆除街巷局部的围合建筑后形成的景观缓冲空间。[图6-2-11（a）]其中，滨水景观空间、休闲广场空间和景观缓冲空间为新增设的功能区，其余则为存量提取后条件更为完备的功能区。

### 2. 空间语汇的学习及增益过程

依据"屏环浮影良田宽"的设计主题，分析在设计试点中开展语汇学习及增益的过程。[图6-2-11（b）]对于农田空间而言，在保护现有特色生态农业景观的前提下，图式的主要增益内容为新铺设的田间通路及木栈道，在强化农田景观视觉张力的同时，作为融入沉浸式农业互动体验环节的动线引导方式，使得游客不仅能远观农田的生产图景，还能在其间寻找一处宁静的田园风光，并在农户的指导下亲身参与农作物的耕耘与收获。将灌排渠延伸至下大路南侧打造的滨水开放空间，设计灵感源于南大路和宗祠前广场处的水街组合空间，其与田间经扩建的水车空间远远

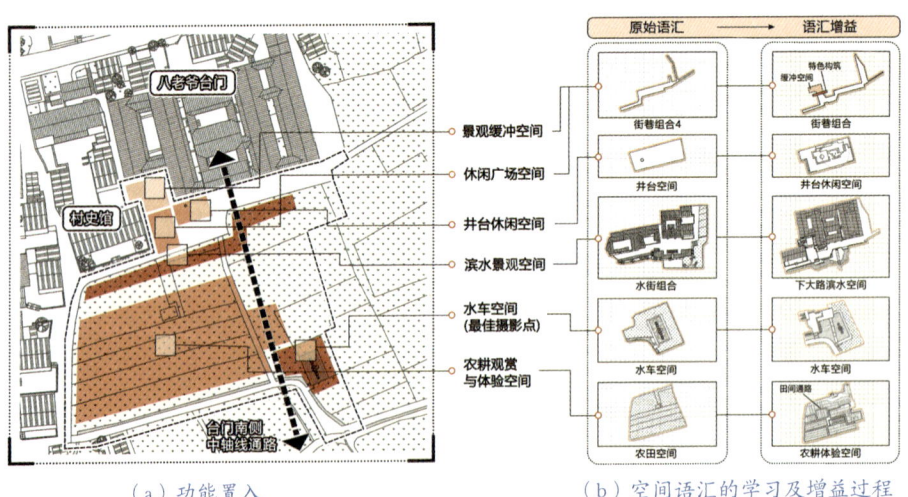

（a）功能置入　　　　　　　　　（b）空间语汇的学习及增益过程

图6-2-11　"屏环浮影良田宽"——由功能置入到语汇增益

相望。在该处试点中，古台门作为背景为"凝固的艺术"，潺潺的流水则以灵动的姿态为"田宅相映"的诗意画卷注入了更多生气，同时成为声景营造的重要内容；下大路本体的改造设计采用新建特色构筑、优化视觉界面的方式，对于镶嵌其中的井台空间，则以丰富景观要素、设置休闲设施的方式进行打造。

### 3. 空间语法的承继和应用过程

语法解析分为"下大路语法应用过程"和"农田语法应用过程"两部分。（图 6-2-12）

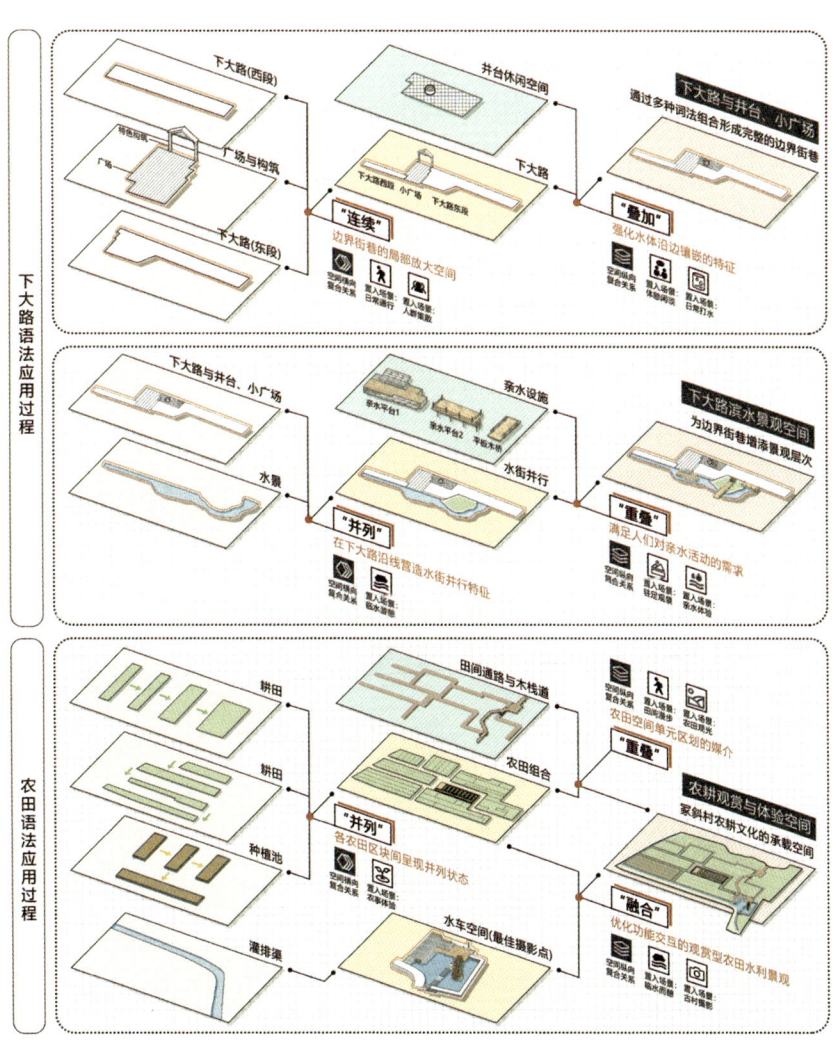

图 6-2-12 "屏环浮影良田宽"——空间语法的承继和应用

（1）下大路语法应用过程。下大路滨水景观的空间营造借鉴了南大路"水街并行"的特征。因此，同样可将边界街巷下大路视为东西两段的统一，其西段与村史馆平行排布，东段为八老爷台门前的街巷空间，二者交界处由于侧界面的断续形成局部较为空阔的广场，但其与东西段街巷之间仍然以空间"连续"实现贯通并构成有机整体，因此同属于下大路的一部分。此外，在广场的北侧新建与台门南立面保持平行的特色构筑一座，这一构筑界定了广场的边界，保证了下大路北侧围合界面的统一，并通过延续台门建筑单体山面与檐面的衔接形制，以符号标识的复制塑造了街巷天际线的节律，从而强化了空间"连续"词法应用的表现效果，同时实现对边界街巷本土性的、空旷开放的空间尺度关系的有效传承。值得一提的是，在拆除了下大路沿线与传统风貌冲突的建筑院落后，井台空间周边要素得以精简，与下大路的空间"叠加"关系更为凸显，加之对井台本身的台阶式设计，使得水体分布"沿边镶嵌"的特征得到加强。随着下大路与南侧新引入的水体呈现空间"并列"，滨水街巷的格局正式形成。（图6-2-13）此外，两处亲水平台沿岸建置，为人们提供驻足观景的空间；位于台门中轴线上的平板木桥沟通了水体两岸，也呼应了宗祠前广场处的空间秩序，与同处中轴线上的木

图6-2-13　下大路滨水空间效果图

平台、木台阶一起，以"层递"的修辞手法彰显八老爷台门南立面作为特色视觉界面构成要素的重要地位。这些亲水设施以空间"重叠"的方式置入滨水空间，增添了边界街巷的空间层次，也满足了人们对于亲水体验的需求。

（2）农田语法应用过程。村南的农田空间延续了以条形或块状耕田经由空间"并列"整体排布的铺设形式，最大程度保存了乡野自然之美，并于其中开辟空间以放置种植池阵列以供开展农事耕作体验，可以将其分块承租给在村落长住的散客，或以节本增效为目标，依照节气更替小范围地开展作物的精细培植。该处空间在布局上依旧保持对农田体系的顺应，成为在农耕体验区打造具有较强参与性的集约空间的重要尝试。为满足通行需求，田间通路与木栈道与下大路连接，通过空间"重叠"覆盖于农田上并成为农田空间单元划分的媒介，也是对"田宅相映"空间关系的承继。农田空间经过有效划分，使得实施分时分区的管理方式成为可能，能够促进农业生产向着高效低耗的现代模式转变。同时，经过优化的水车空间新建可供人们进行拍摄留影的景观平台并扩大了水面面积（图6-2-14），同时搭建其与田间通路、木栈道的连接关系，进一步加深其与渠、田构成的空间"融合"程度。从宏观层面而言，对于农田空间特征的传承是保护具有秩序性的

图 6-2-14　农田与水车空间效果图

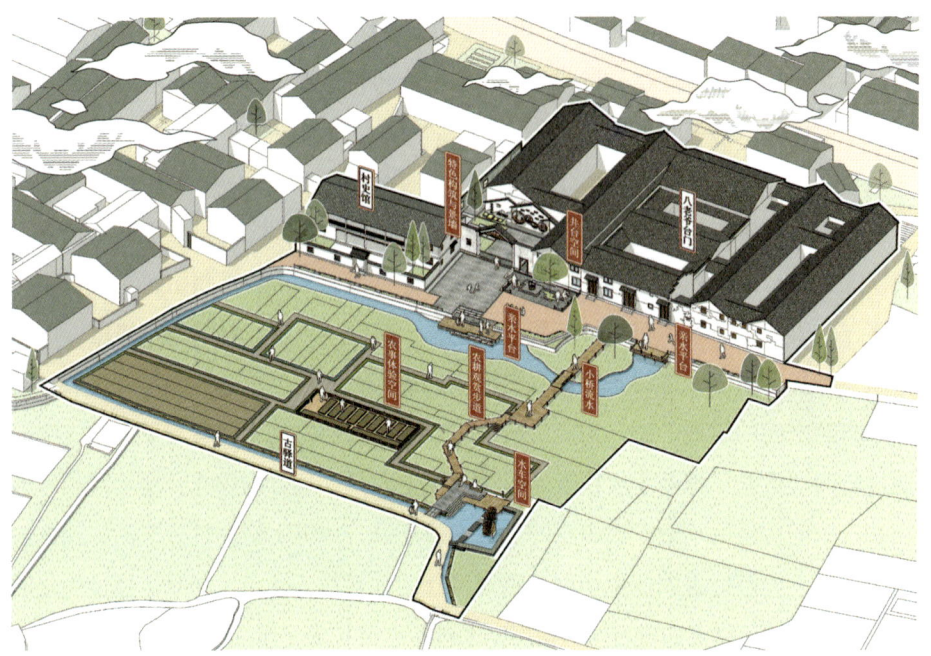

图 6-2-15 "屏环浮影良田宽"——轴测场景

村落环境序列的实质内容。同时,将村落现有的生产价值向着生产、生态、生活、文化的价值多元化方向转变,是贯彻设计始终的目标。(图 6-2-15)

(三)浅院深蕴藏佳品

1. 功能置入

大会堂及其前广场位于冢斜路沿线,地处建设控制地带。从现状来看,广场与道路间以围墙相隔,因而更似一处面积较大的"内院"。考虑到冢斜路是划定双向车道的主要通路,空间句法的计算结果也显示其具备较好的通行潜力,因而在设计中拆除现有围墙,使原有的内向型空间转换为更具开放性、公共性的"外院",从而将外部的空间活力引入广场以提高交往交流的频度,同时起到疏通村南景观界面的视觉延伸轴线的作用,在广场与农田间搭建起有效的对景,从而助益营造高质量的旅游公共服务空间。继而根据"浅院深蕴藏佳品"的主题,为广场划分 5 处功能空间:茶吧休闲空间、购物空间、停车场、餐饮空间以及水池赏景空间。[图 6-2-16(a)]

## 2. 空间语汇的学习及增益过程

本设计在村落原始的建筑空间语汇中发掘思路并进行增益变化，于广场东区建构起文创商店与美食餐厅的图式。其中，文创商店由"民居组团"图式推演而来，用作旅游纪念品、办公居家用品、特色周边等品类的冢斜文创产品的展销；美食餐厅以传统台门合院中的"廊屋"部件为灵感来源，附于大会堂，为村民和游客提供餐饮服务。另外，水池赏景空间在水体的平面形态上学习了南大路的水塘组合空间，在建筑的限定下进行规则展布，通过水景的布置"软化"广场原有的硬质界面。在广场西区，休闲茶吧、停车场为新创设的语汇图式，其中茶吧主要用作冢斜龙井的售卖与品鉴。需要提及的是，大会堂建筑在方案落实中需维持原貌，同时以保护、盘活为目标，配合广场进行整治修缮与功能置换，用作开展宴会、展览、会议等公共活动的场所。综合来看，此处试点集展示性、服务性、休闲性、文化性等特征于一体，着重强调公共服务设施的效用，辅以合理的空间性状变异与艺术装饰点缀，将成为富于多元化的设计载体。[图 6-2-16（b）]

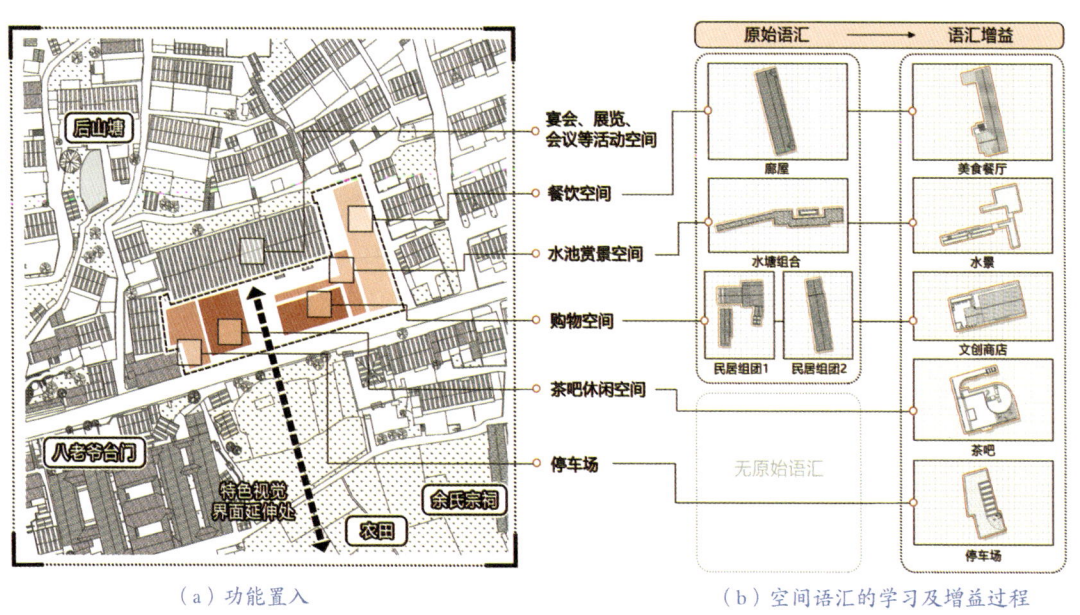

（a）功能置入　　　　　　　　（b）空间语汇的学习及增益过程

图 6-2-16　"浅院深蕴藏佳品"——由功能置入到语汇增益

### 3. 空间语法的承继和应用过程

依据上文对设计试点空间语汇的成型过程分析，大会堂前广场在空间语法层面可视为东西两区"并列"组合：西区以休闲茶吧、停车场为语汇构成，东区则以文创商店、美食餐厅为语汇构成。（图6-2-17）

广场西区的休闲茶吧造型独特，观景平台与台阶以空间"叠加"方式覆盖于茶吧之上，平台既是茶吧的屋顶，又是可供登高观景的户外活动场；台阶上布置有座椅和花池，既能满足通行功用，又是潜在的承载闲谈趣事的停留性空间。观景平台北侧相接有空中步道，进而沟通大会堂建筑。（图6-2-18）另外，茶吧与西侧的停车场形成空间"并列"关系，倾泻流动的水幕与绿植成为二者间的隔断，最大程度减小了互相间的影响（图6-2-19）；景观水池进一步以空间"咬合"的方式呈现对茶吧紧密围合的势态。在这里，可于池畔小憩一番，烹茶品茗、

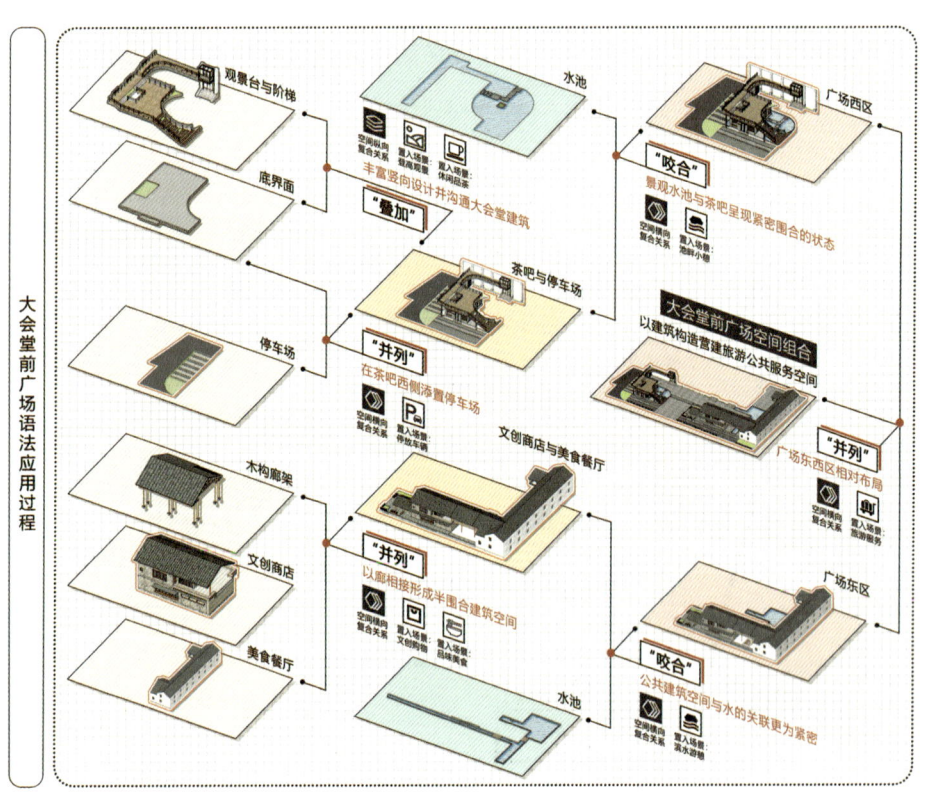

图6-2-17 "浅院深蕴藏佳品"——空间语法的承继和应用

第六章　乡村公共空间保护发展原则与设计策略 | 337

图 6-2-18　休闲茶吧效果图

图 6-2-19　停车场效果图

静享时光，实现身心的疗愈。广场东区的文创商店和美食餐厅以廊相连，"并列"形成半围合建筑空间，并有景观水池与建筑呈现空间"咬合"关系。在这里，人们可以品味状元宴、状元茶等祈福、庆贺佳绩的民俗饮食，并选购到诸如禹妃饼、禹妃扇等冢斜系列文创产品。总体来看，大会堂前广场处的设计通过语汇添置完善了旅游配套设施建设，并有效控制了空间尺度，使之更符合乡村公共生活的情境。（图 6-2-20）

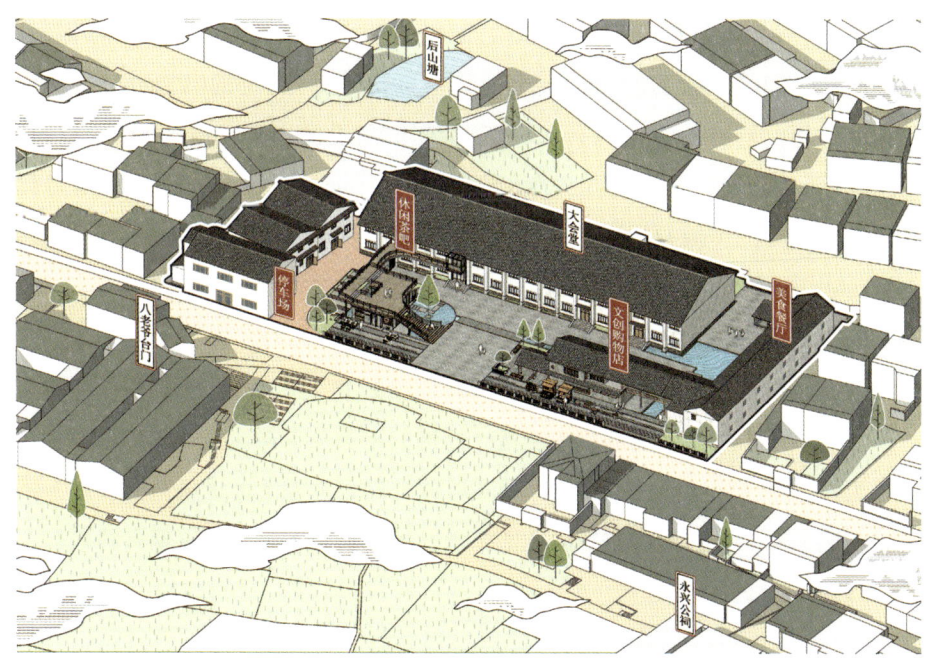

图 6-2-20　"浅院深蕴藏佳品"——轴测场景

### (四)碧水风情染翠岚

**1. 功能置入**

后山塘位于村北新建住居群落内部,属于建设控制地带,周边台地院落顺应地势有序布局,空间纵向复合特征显著。根据前文对此处试点功能需求的定位,设计将引入村落传统技艺体验功能,新增"冢斜村民俗手工艺工坊"的建筑空间作为功能的主导,在充分尊重后山塘及周边空间现状的前提下,环绕水塘打造融合物质功能与文化价值为一体的多义空间。[1] 于是,在拆除水塘东侧的现有民房并对空地进行地面平整后,引入户外体验空间、亲水休闲空间、塘边通行空间、临水阶梯空间、景观水池空间,包括手工艺工坊在内共计6处功能空间。[图6-2-21(a)]

**2. 空间语汇的学习及增益过程**

该设计试点对于原始语汇的参鉴主要体现在手工艺工坊的建筑形制及后山塘周边的通行路径上。其中,手工艺工坊的建筑设计灵感源于村落传统的民居组团,不同于原始图式的是,工坊的空间图式看似由两个建筑单体拼接而来,但其内部实质为统一的手工艺展示空间:交错的坡屋顶采用具有连续形体构造特征的艺术化处理方式,通过复制具有同一性的建筑构成要素强化空间认知重点,加强了工坊建筑对周边环境的统摄作用;后山塘周边通行路径的规划主要体现为在水塘西侧铺设贴合水岸的小径,借鉴传统的街巷布局形式和原有的路径衔接,形成以水塘为中心的环线通路。依据空间拟定的功能,同步添置亲水平台、临水阶梯和水池等景观设施,促使试点空间与"水"的连结更为紧密,进一步呼应了"碧水风情染翠岚"设计主题。此外,通过增设塘岸活动空间以作为工坊在户外的延伸,使得民俗手工艺的展陈与体验不局限于室内场所而呈现对周边环境的渗透态势,更多地融入人们的公共生活。[图6-2-21(b)]

**3. 空间语法的承继和应用过程**

为适应场地原有地形特征,在营造的过程中主要突出空间的竖向设计(图6-2-22):后山塘与北侧的台地院落、西侧的土坡及古树通过空间"重叠"展现了天然具有竖向空间关系的场地原貌,此处的台地院落可根据需要改造为民宿,在民俗展演区内形成业态的良性互动;手工艺工坊充分顺应现有的地势高

---

1 参见杨贵庆、夏小懿《传统村落水塘空间的文化价值辨识——以浙江省为例》,《上海城市规划》2021年第6期。

第六章　乡村公共空间保护发展原则与设计策略　｜　339

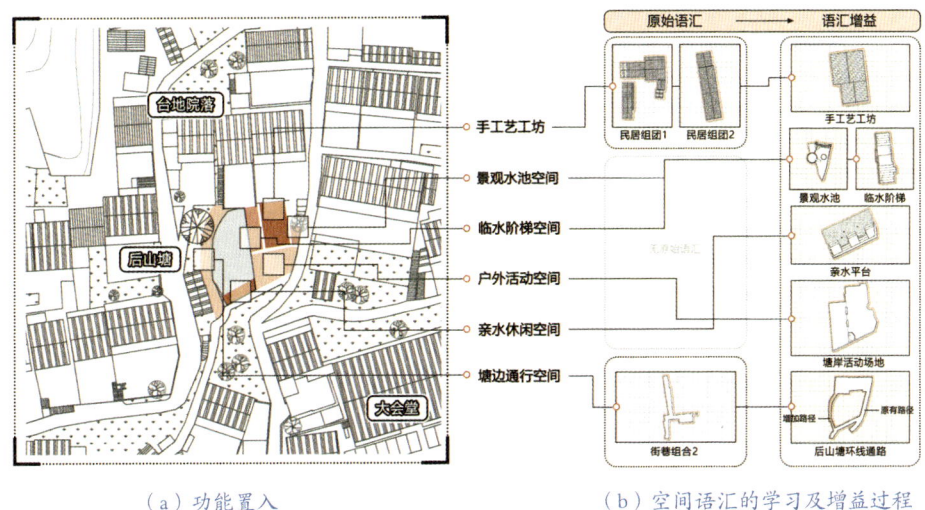

（a）功能置入　　　　　　　　　　　　（b）空间语汇的学习及增益过程

图 6-2-21　"碧水风情染翠岚"——由功能置入到语汇增益

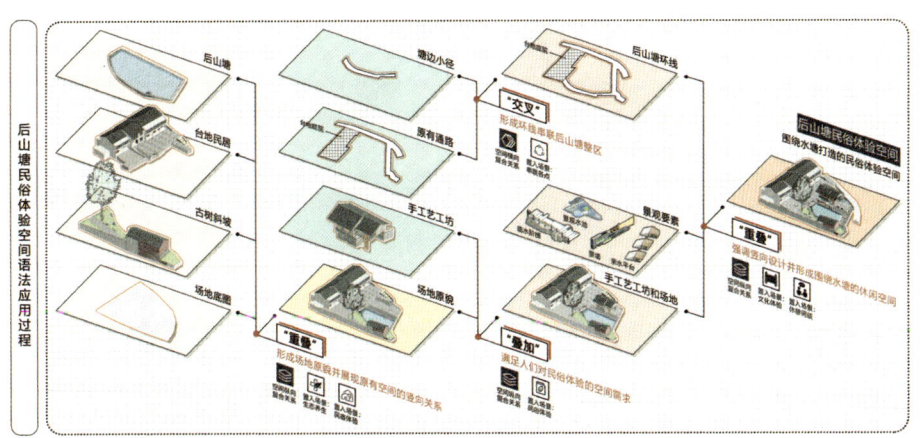

图 6-2-22　"碧水风情染翠岚"——空间语法的承继和应用

差，通过空间"叠加"建置于台地边缘，与后山塘互为衬托、相映成趣，并以悬挑的手法将建筑的南端空间架空于塘岸活动场地之上，形成空间属性特征的局部叠合；后山塘周边的路径由原有通路和新铺设的小径呈空间"交叉"关系，构成完整环线，并与原场地通过空间"重叠"进行组合；其亲水平台、临水阶梯和水池等多样的景观设施沿环线"重叠"至场景中，丰富界面要素的同时也增添了更多的观景视点，环绕水塘生长的文化空间由此形成。（图 6-2-23）如此，冢斜村的篾匠、木匠、石匠等民间工艺人才可以充分发挥才干，在经营开发中组织开展传统技能传习、生产风俗展演、手工制品加工销售等活动，以互动、尊重与合作的方式推动村落社会交往活力再生。（图 6-2-24）

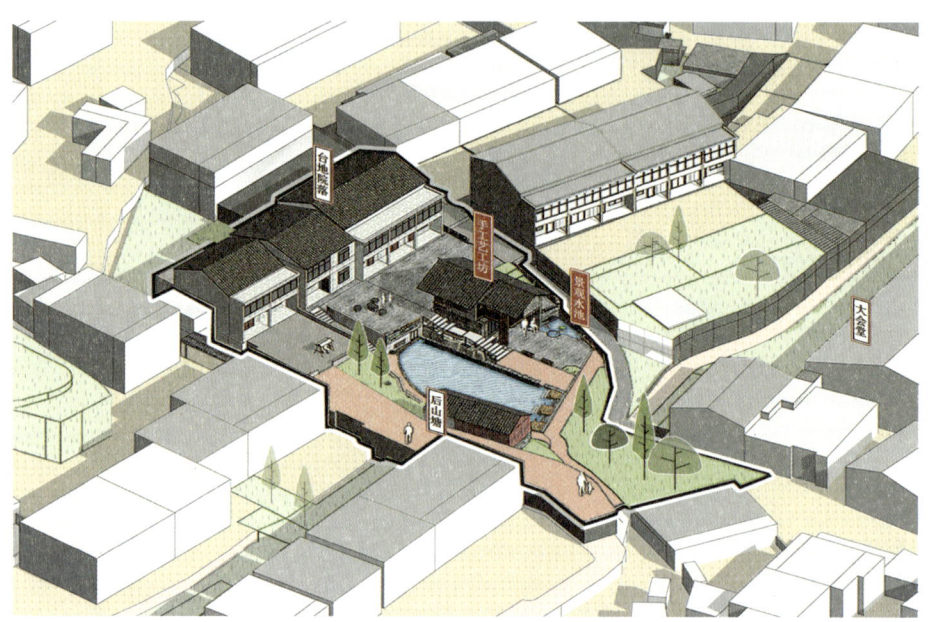

图 6-2-23　"碧水风情染翠岚"——轴测场景

图 6-2-24　后山塘及周边场景效果图

## （五）禹韵流传家常事

### 1. 功能置入

台地广场南邻家斜路，与核心保护范围内的古建筑群隔家斜路相望。现状空间由南至北存在两级空阔的平台，北侧广场的视觉焦点处排布有台地院落。根据设计主题"禹韵流传家常事"，拆除北侧台地的民居建筑，于原址处新建大禹文化馆，并保持建筑主体对广场空间的退让效果；置入创意休憩空间，在两级平台的交界处覆盖连廊，并将其延伸至文化馆；在现有广场空间西侧以地面铺装、石墙的形式围合形成街巷，从而保留南北向通行空间，并与连廊一同起到削减空间尺度的作用；利用现有两级平台的高差，在连廊下设置叠水景观，隐含了大禹文化与水文化的密切联系。于是，以大禹文化馆、文化馆前广场、街巷空间、创意休憩空间、叠水景观5处功能空间构成试点的设计布局。[图6-2-25（a）]

### 2. 空间语汇的学习及增益过程

该设计试点对于原始语汇的学习主要从"传统民居"与"街场组合"的空间图式入手。具体而言，大禹文化馆延续了传统民居的平面基型与体量，采用了新形式的构造设计而非简单的形式模仿，能够有效避免对历史风貌的不利影响，契合村落风貌控制的要求；设计试点的整体布局体现对"街场组合"图式的参考与引用，即线性空间与面状空间并排陈列，在各自尺度内发挥各自的功效。创意休憩连廊和叠水景观为新引入的语汇图式，既具有乡土意味又具有时代特性，为空间融入富有生气的巧思与创意。[图6-2-25（b）]

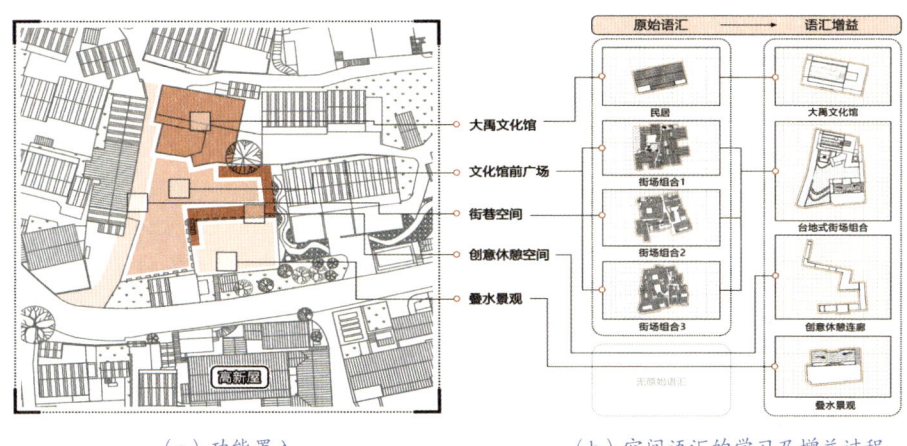

（a）功能置入　　　　　　（b）空间语汇的学习及增益过程

图6-2-25　"禹韵流传家常事"——由功能置入到语汇增益

## 3. 空间语法的承继和应用过程

参照场地原有的竖向空间的特征，台地广场的设计保留了其纵向型空间在进深和垂直方向上的叠拼感。（图6-2-26）从大禹文化馆的建筑形式来看，呈现舟船意象的屋顶天台覆于展馆建筑主体，与巧妙利用现状台地高差建造的船型平台形成要素呼应，以空间"重叠"形成了依附于建筑的室外空间。船型平台上设置大禹雕像，作为弘扬与诠释村落历史文化和大禹精神的艺术形式。文化馆前广场处的景观设计以水景、花池、座椅等附属空间要素与原场地进行空间"融合"并互相配衬，旱喷泉的排列与花池的形态都采用了波浪形的曲线，与船型平台下的水池形态相协应，使静止状态的"船"呈现出推浪向前的动势效果，也使得文化馆与广场以彼此间的空间关系为载体产生交互，通过空间"融合"的方式共同塑造了特色鲜明的主题性公共空间。木质连廊以"叠加"的方式置入场地——其本身依据拼接的形式与功能形成了3段"连续"的组合空间：由北段环绕文化馆建筑所形成的"廊檐空间"、中段供休息之用的"休憩廊架"与南段笼盖水景台阶之上的"通行空间"，既分隔了功能空间，又加强了文化馆与前广场的联系。连廊南侧的叠水景观从连廊平台下涌动而出，好似自大龙山迢递而来，述说着在千年禹文化泽润下的流风遗韵，是以新引入"通感"的修辞手法提高空间性状的表达。最后，参考"街场组合"空间内在的构成逻辑，在大禹文化馆及前广场西侧"并列"排布街巷空间，提供通行便利，形成"台地式街场组合"空间的新图式，成为以大禹文化为主题的乡风文明展现窗口，

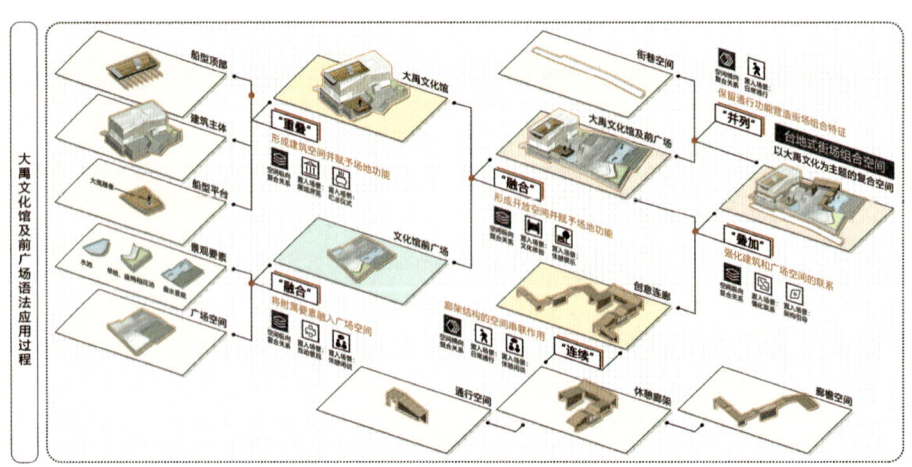

图6-2-26  "禹韵流传家常事"——空间语法的承继和应用

为人们提供一处乡土特色鲜明且氛围浓厚的公共休闲空间。(图6-2-27)总体而言,该试点注重本土性设计语言的当代转译与创新:将人字屋顶作为线索通过建筑立面构成与连廊顶棚结构贯穿全局,构建与周边民居风貌的同构关系;注重色彩要素的重组,以石材和木材的运用强化历史底蕴、增添乡土质感。(图6-2-28)

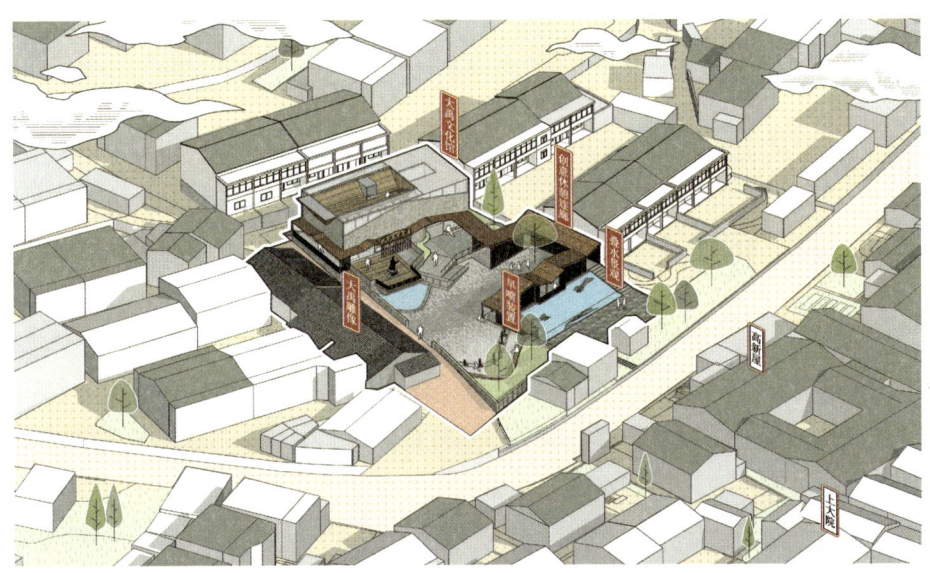

图6-2-27 "禹韵流传家常事"——轴测场景

图6-2-28 大禹文化馆及前广场效果图

综上，设计实践依托于冢斜村的自然、人文底蕴，以"两轴、两片、五区、五点"的整体发展布局展开空间设计，并通过打造核心设计试点的方式由点及面地带动村落发展。试点的具体设计以当下的空间语境为背景，在分析设计需求的基础上探索功能特性与空间艺术相结合的新形式，并通过进行空间语汇的学习及增益、空间语法的承继和应用两个层面的过程，将村落的空间基因经由传承设计落实到具体时空，展现了理论与实践的张力。

# 第三节　案例2：宁波黄沙村户外空间适老化改造设计

黄沙村位于宁波市象山县境北部、象山港港口南岸，属于背山面海型村落。特殊的地理位置与自然条件造就了当地特色的海洋文化。追溯历史，文学家文天祥也曾途经黄沙村所在的乱礁洋海域，留下了深蕴家国情怀的诗词《乱礁洋》。

## 一、空间选定及适老环境评价

通过考察当地老人的行为模式及户外活动的空间分布，黄沙村共有四处较为明显的聚集空间：村口、桥头、文庙（英魁庙）广场与街巷交会处。[图6-3-1(a)]

借助空间句法线段模型分析黄沙村整体空间的结构特征，可以较为清晰地看出黄沙村中心发散的指状空间形态。其中整合度最高的核心区域位于两条街道的交会处——文庙广场，并由此处向村落外延圈层递减。于是两条主街形成了村落内部的交通枢纽，是村民出行选择和聚集活动的主要路径。[图6-3-1(b)]将调研结果与整合度数据比对，发现四处聚集空间正好位于整合度高的集成核处，是包括老年人在内的村民户外活动的主要场地。[图6-3-1(c)]因此拟打造"多点二线二面"的空间序列，并通过典型空间的适老环境评价与适老化改造设计，在地性提升户外公共空间品质，从而保障老人的户外活动频率与生活质量。

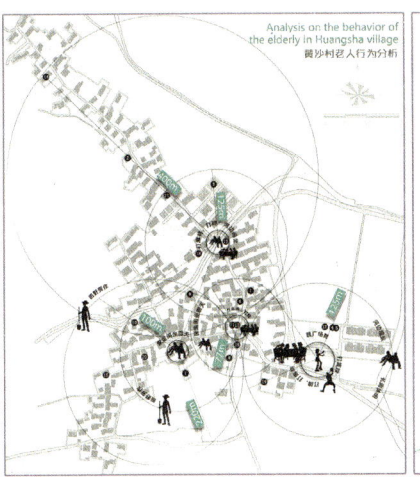 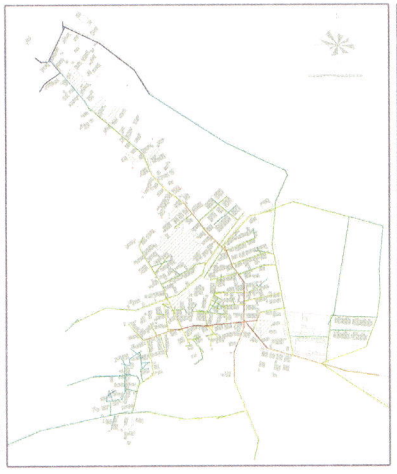 

（a）聚集空间图示　　　　　　（b）全局整合度图示　　　　　（c）试点空间图示

图 6-3-1　黄沙村整体空间特征

## 二、适老化改造设计提案

### （一）总体设计

结合实地评价，提出黄沙村户外空间适老化改造的总体设计：首先要完善适老性设施，确保老年人户外活动的安全性和便捷性；其次，除了舒适性，还要满足老年人的精神需求，这里特指当地文化的挖掘与弘扬；最后要维护和保障乡村的生态优势，本案将着眼于乡土植被。

1.完善适老性设施，包括基础设施和急救设施，其中基础设施主要指休憩设施、饮水装置和照明设施，急救设施包括急救站和救生设施。（图6-3-2）

2.挖掘地方特色。除了尊重当地的文化、生活传统，本案还采用了文天祥《乱礁洋》中所描述的故事。通过诠释诗句中"泛舟礁洋""邂逅绿洲""万象激涌""乍起海风""汹涌波澜""雾起龙现"六个叙事片段，将之呈现在整个空间序列中，使得古老渔村焕发新生，同时激发老人的集体记忆与情感共鸣。（图6-3-3）

3.配置乡土植物。植物的选择遵循本土性原则，在维护黄沙村生态系统的同时，协调植被与老人的互动关系。如院落空间种植有一棵杨梅树，提供庇护又增加采摘乐趣，四周辅以美人蕉、月季、迎春花等，从而营造细腻、温馨的居家氛围；面域空间如村口广场，种植有传达生命力与积极向上精神的本土植物，包括青藤、刚竹

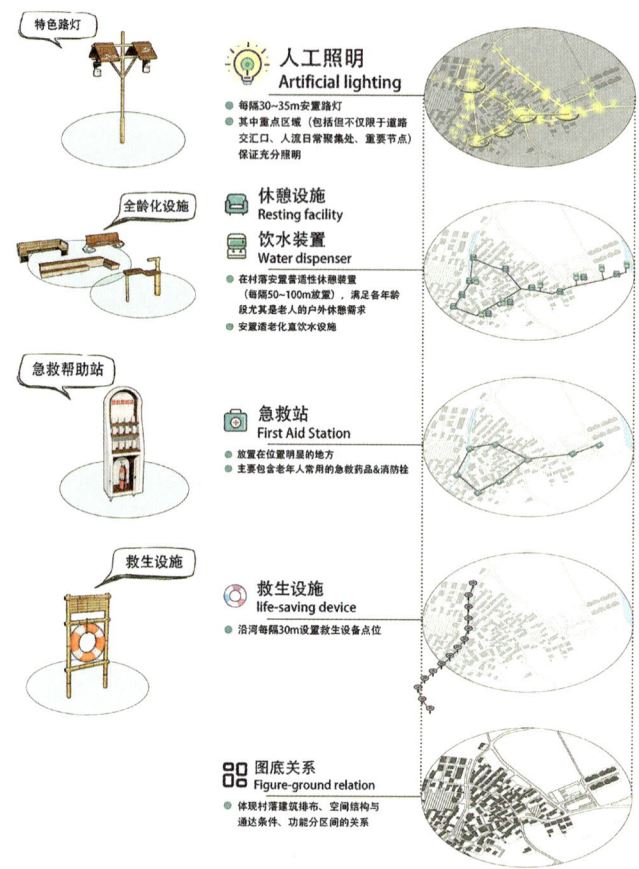

图 6-3-2　公共设施设计与布局

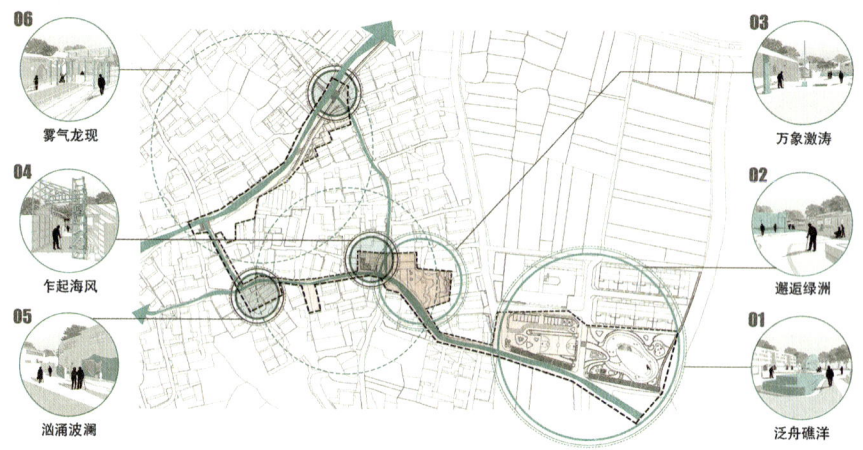

图 6-3-3　文化空间坐标

等，或种植樱花、银杏等孤植树，围以树池，成为停留、休憩空间；线形空间如街巷，作为村民日常穿行的空间，通过灌木和行道树软化边缘，增强道路两侧的观赏性。

（二）点状空间设计

点状空间设计包括桥头、院落和街巷交会处。桥头空间是连接街巷的重要节点，但此桥桥体简陋，缺乏休憩设施。于是做如下改造：首先将原始的石板桥扩容，满足休憩和通行两类功能的空间需求；然后通过延续周边民居的坡屋顶形式，形成空间围合，屋顶以密竹排布形成阴影，顶界面的错层则便于热量上升后从顶部散发，营造出宜人的微气候；最后，为使老人在桥头空间驻留时有舒适的休憩环境，从而促成积极的信息交流，该处的休憩设施设为 U 字形，这样的布置形式在加强空间围合的同时，形成了良好的视线交互。此外，桥体通过架构的外延成为健康步道的出入口，使得桥头空间与滨河空间过渡自然，适应老年人静坐与散步行为之间的转换。（图 6-3-4）院落空间现有晾晒区和小菜园两大功能区块，适老性

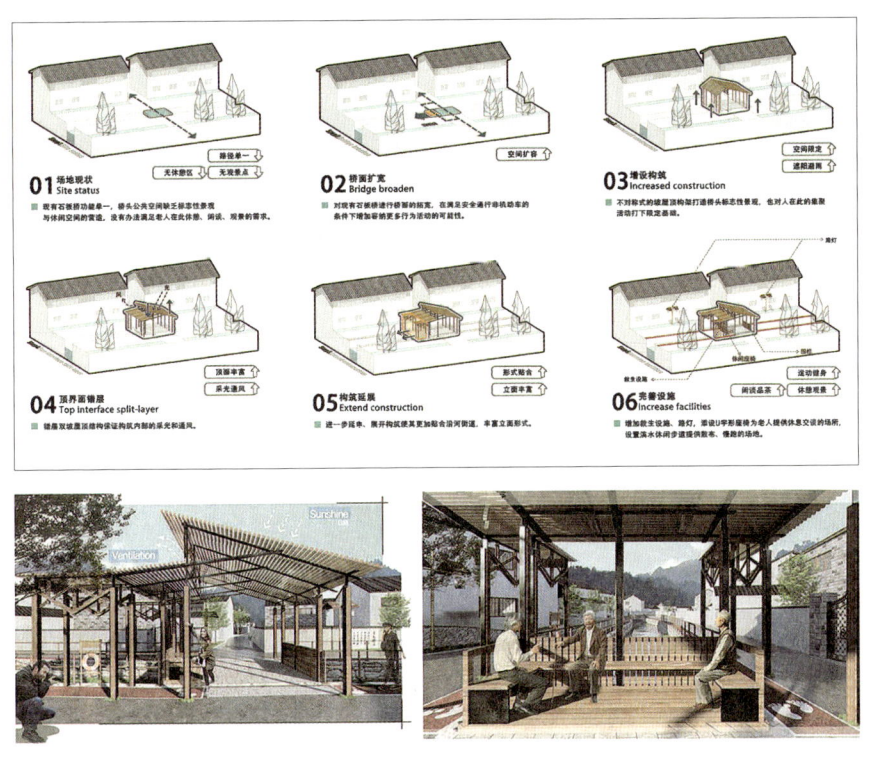

图 6-3-4　桥头空间设计

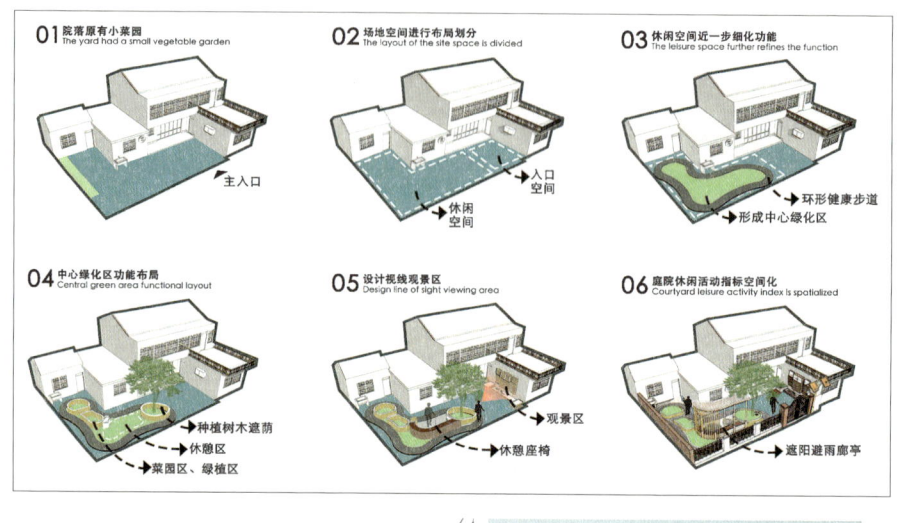

图 6-3-5　院落空间设计

设施和休闲区域匮乏。因此针对性地做了改造与完善，细分为入口区、观景区、健康步道、休憩区和小菜园五大区块。休憩区可使老人在休息中享受户外环境；环形的健康步道不仅串连院落的观景区、休憩区、小菜园，还可满足老人足不出户便可强身健体的需求；小菜园基本保持现状，通过瓜果蔬菜的种植，一定程度上实现了老有所用。（图6-3-5）街巷交会处位于丁字路口，作为村中的活力空间，要实现休憩闲聊和信息提示等功能。首先通过缩减花坛面积将空间扩容，去除高差满足老年人的通达需求；其次将空间分为休憩空间和景观节点空间，其中休憩空间与丁字路口错位，避免过多的视线交会，景观节点空间则正面路口，增加标识，发挥其信息导示的作用；最后通过细化设施，营造老年人休闲活动的舒适环境。需要补充的是，休憩空间施以乡土性围墙，形成半私密空间，内置座椅，满足老年人休憩需求；景观节点则以连绵起伏的黑白灰波涛装饰为背景，点缀渔网、瓦罐等旧物件，渲染场地的地域特色。（图6-3-6）

（三）线形空间设计

线形空间设计包括街巷空间和滨河空间。两处空间各有特色，相对来说，街巷空间视野较为收缩，而滨河空间则视野开阔、风景较佳。根据句法分析及评价结果，本案在街巷空间规划出一条活力轴线，通过增设健康步道实现各行其道、通达畅行的目标。该活力轴线不仅满足村中老人的晨练需求，也保障了老人的步行安全。此外，本案在街巷中阶段性地安插了木构架，形成的廊道成为街巷内外交融的复合空间。廊道借鉴了民居中丰富的檐下空间，抽象出沿街廊架的顶界面，并通过纱布随风而动模拟海浪的音韵，最终形成沿街构筑的形式。老人在街巷中可以散步、休憩、听海浪、观光影、触纱布，满足多维的空间体验。（图6-3-7）

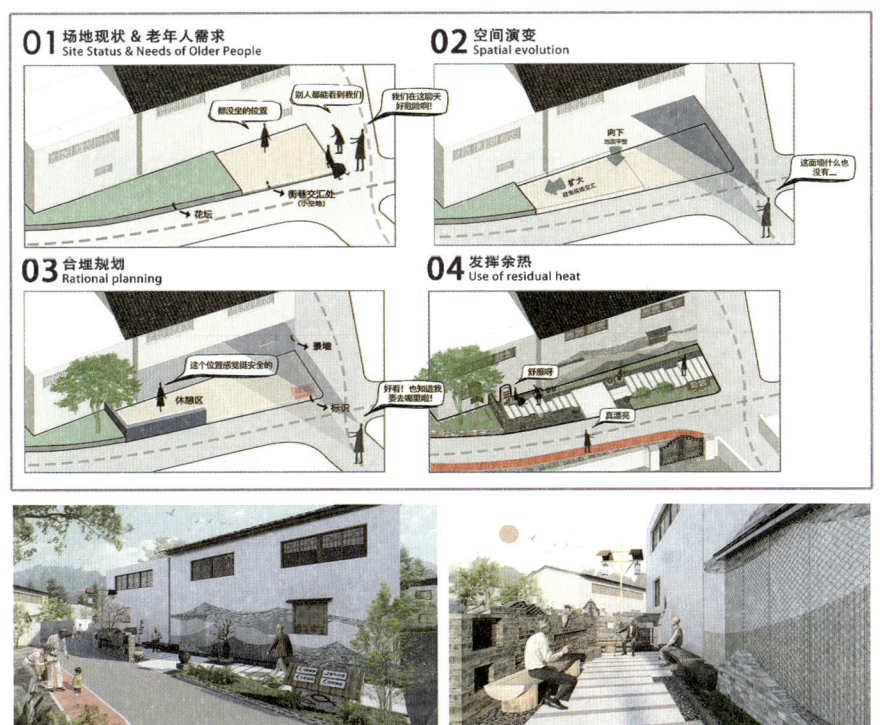

图6-3-6　街巷交会口设计

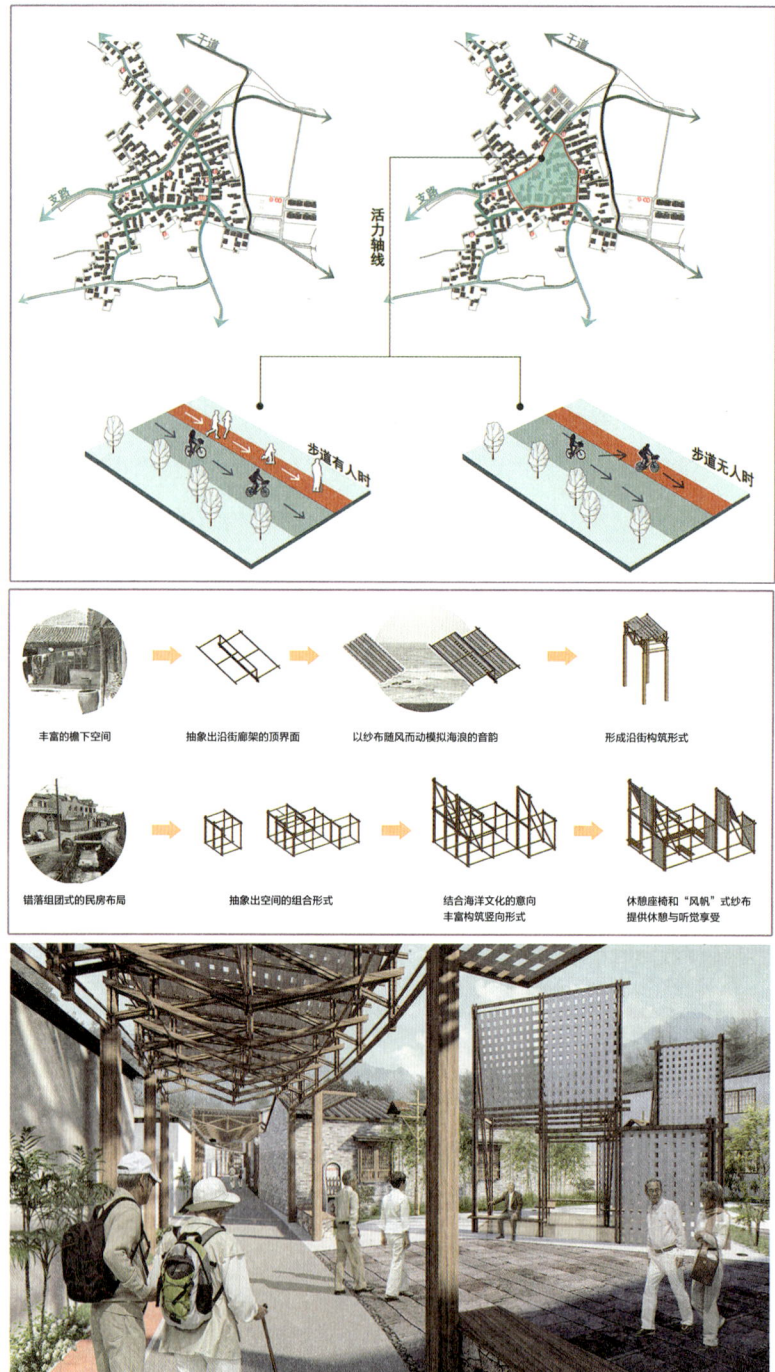

图 6-3-7 街巷空间设计

图6-3-8 滨河空间设计

滨河空间的改造设计以尊重老年人生活习惯、促进交往、彰显生态及文化特色为目标。为了维护河道的生态环境以及营造舒适的微气候，主要采用种植水生植物和河岸绿植的方式。一方面可以净化水体，改善生态系统；另一方面，充分发挥绿植遮阳、降温、增湿、吸尘防噪的作用。与此同时，通过桥底喷雾装置散发的雾气，融合河边街道起伏的挡土墙，营造出一种"祥龙环绕，飞向云雾"之感。滨河的休憩空间，则根据挡土墙的开合、转折，所凹之处自然形成。此外，在休憩空间处以曲桥连接两岸，在满足通过性的同时，也以曲桥的蜿蜒潜移默化地改变着行人的视线，实现移步换景的效果。（图6-3-8）

（四）面域空间设计

面域空间设计包括村口空间（小公园和篮球广场）、文庙广场两大块。村口空间作为黄沙村的"门面"，在方位上靠近乡村民宿与村中的养老院。因此，该空间的改造设计需综合考虑游客与老人的差异化需求。（图6-3-9）

其一，小公园。为协调养老院、民宿、篮球广场三大功能区的空间关系，小公园形成了"一主两次"的入口设计，空间可达性大大提升。小公园除了贯穿适老性设施，还充分考虑全龄人群的活动类型，于是在场地中以"中心发散式"规划了舞台、沙滩区、健身区和娱乐区等。同时在小公园的四个边角，通过花木、休憩座椅的围合排布，形成大小不一的口袋空间，以座席布局创造老人由目光接触促成深度交往的可能。（图6-3-10）

其二，篮球广场。篮球广场的功能划分较为清晰，包括停车场、篮球场和广场舞场地。广场中篮球场和广场舞场地的具体范围和功能将随时间、使用人群而定。早晨的5点半至8点篮球场使用率低，因此篮球场和广场舞空间均可由老年人使用；9点至10点、14点至19点篮球场多有球类活动；18点至19点为两者

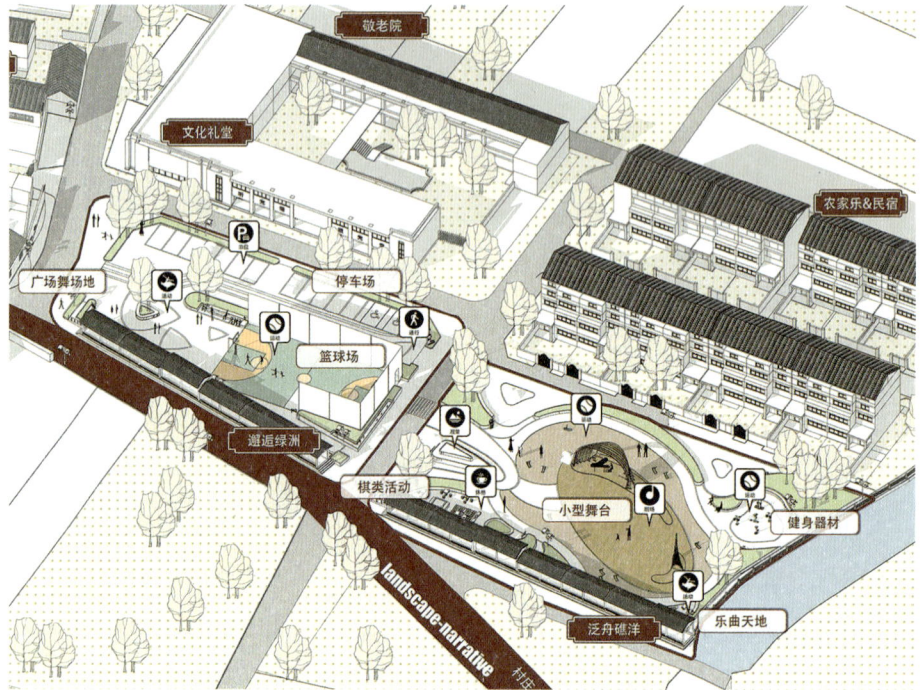

图 6-3-9　入口广场空间布局

图 6-3-10　入口广场空间设计

合用的时空段。(图6-3-11)广场舞区域的一侧为内凹式休憩区,座椅以石材为底、木材为面;座席分上下两层,上层可以放置物件,下层基座中间设有插座,可以为扩音器及其他电子设备提供电源;休憩区东侧留有轮椅停放位,便于轮椅老人融入交往活动;休憩区西侧设有饮水装置和路灯,满足户外活动的安全性和舒适性。此外,停车场左侧的花坛和行道树,除了形成停车场的明确边界,还起到重要的降噪吸尘作用,可有效减少篮球场、广场舞区域给附近的村委会及养老院所带来的噪声影响。(图6-3-12)

文庙广场位于黄沙村两条主街的交会处,作为村落的核心区域,占地面积及空间尺度较大。因此,文庙广场除了成为"英魁庙"的入口,还需满足广场的"观景、休憩、会演、典庆"等多种功能。首先,通过部分绿植、地面铺装来分隔、界定广场与主街道之间的关系,避免

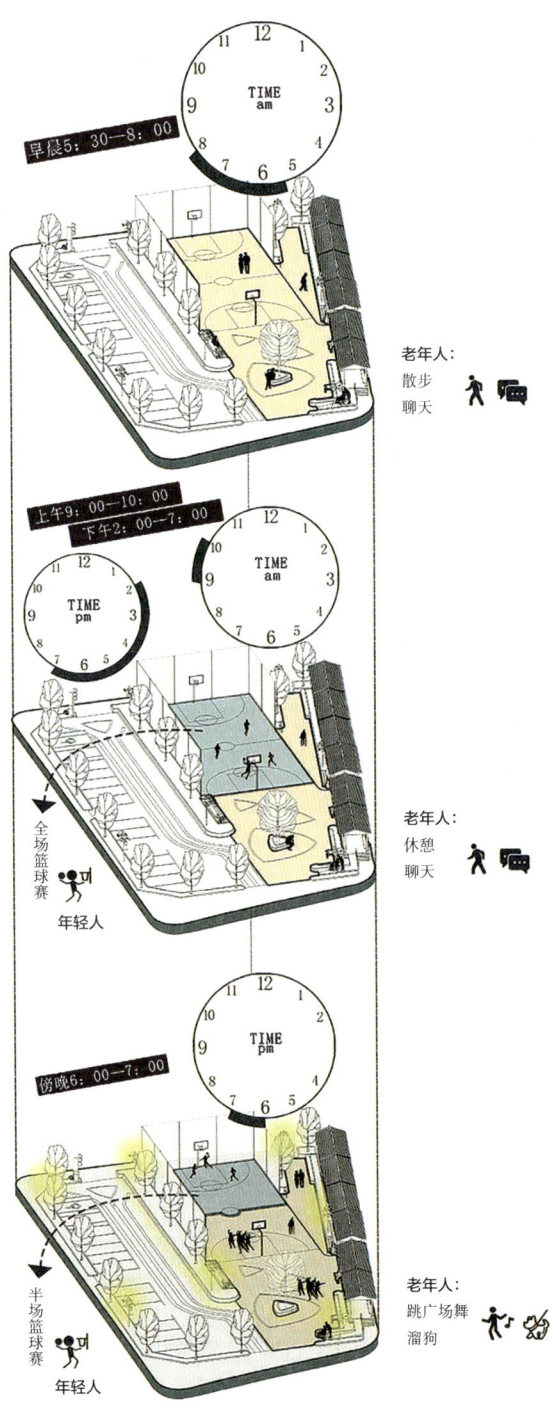

图6-3-11 篮球场区域不同时段的适用人群与功能

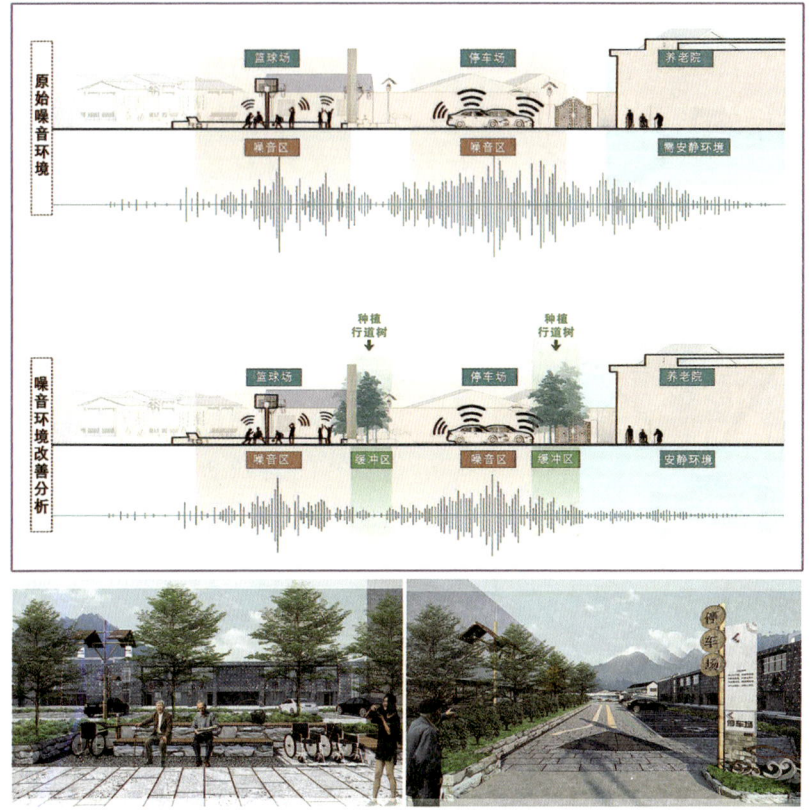

图 6-3-12　篮球场区域设计

两者的干扰，保障基础的安全性；其次在广场内部进行再次划分，形成英魁庙的入口广场、休闲广场和叠水景观三大区域；最后充分考虑老人的交往与活动需求，在广场各处增设适老性设施、围合交往空间。值得强调的是，文庙广场为凸显"万象激涛"主题，通过铺装图案、坐具组合和叠水景观，塑造出海水相击之形，并提供"观会演、赏器乐、享美食"等沉浸式体验，可深切感受当地的文化特色。（图6-3-13）

综上，以黄沙村为例的设计实践，将评价指标融入户外空间，针对性地解决户外"点状、线形、面域"三类空间环境的适老化问题，从而营造出老年人可以轻松适应并享受的生态环境。可以说，整个设计案例的思路与流程是对本书设计策略的具体应用与实践。

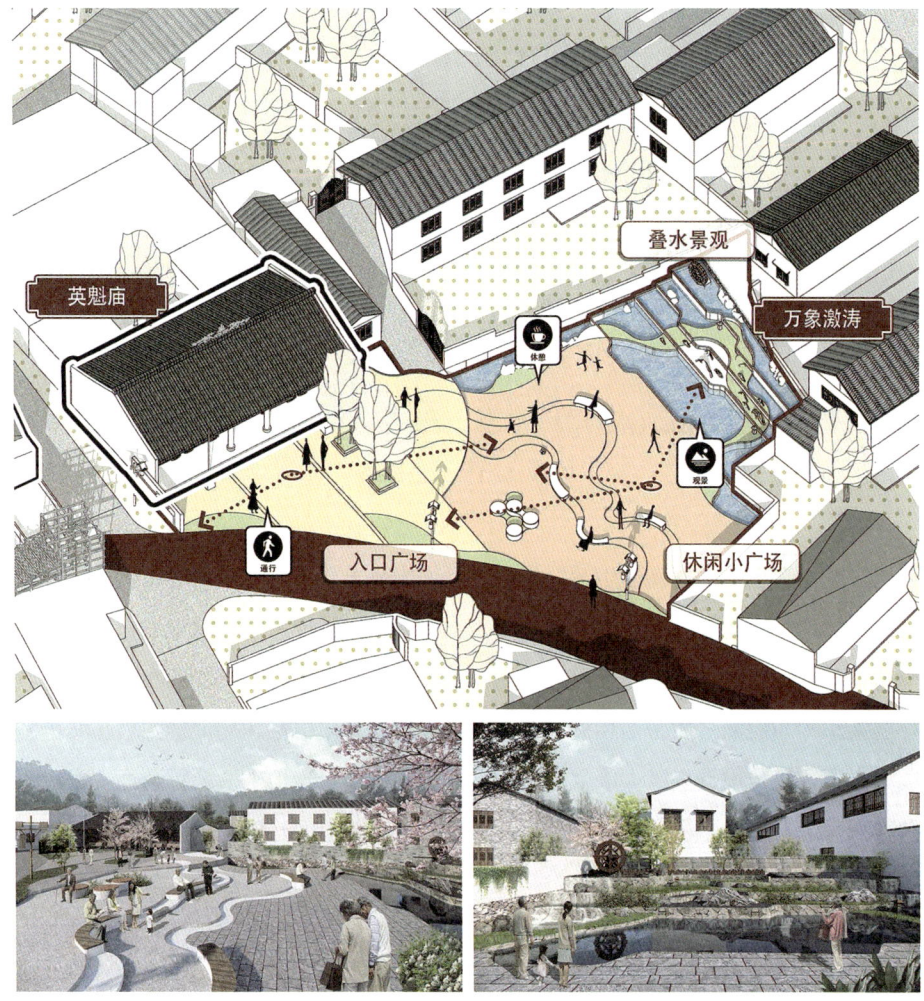

图 6-3-13 文庙广场设计

## 第四节 案例 3：台州浚头村公共庭院乡土设计

### 一、项目概述与设计思路

该公共庭院项目的场地面积约 300 平方米，另加一些房前屋后零碎的界面装饰与陈设点缀。项目场址位于台州市临海市浚头村，一座发展中的古建之乡。本案设

图 6-4-1　现场调研

计以"艺术源于生活而高于生活"为初衷。因为乡土景观来源于日常生活、来源于自然环境,正如"没有建筑师的建筑",是无名者们因地制宜、就地取材以及合理构造,将自然荒野转化为人类可栖居的乡土聚落,其中蕴含着朴素的实践智慧,虽朴实无华却与地域特质密切相关,并承载着一定的文化记忆和场址精神。在城市发展为人居环境建设带来巨大成就的同时,景观艺术却与当地生活渐行渐远。设计团队怀念师法自然的小桥流水、田园野居,庆幸还有乡村坚守着阵地。然而到了村子,场景有所不同:数栋排列整齐、粉刷干净的住房;楼宇间清一色的水泥路;老宅零星散落在角落里,或破败、或闲置,等等。也许这是现阶段国内乡村建设典型的一面。当然并非否定现代化,正如本章所提出的设计策略与目标,是希望乡村能延续地方文脉,成为吸引新、老居民的宜居、宜业和宜游之处。

基于上述理解,浚头村的公共庭院场址、乡土元素成为项目前期调研的重点。(图 6-4-1)所采数据经整理、编码和归类后发现:当地自然环境良好,青山绿水,良田美亩;村子基础设施如给排水、道路网络等均已完备;村里多能工巧匠,青壮年基本外出学习、工作;留守老人、小孩居多,新楼闲置率高,等等。村民诉求中有一点很有意思,希望庭院和城里的一样漂亮,甚至要求直接取样城市中的绿地花园。这其实是一个积极的信号:乡村公共空间品质提升不仅要接地气,而且要有新意。这与设计初衷之"高于生活"不谋而合。(表 6-4-1)

表 6-4-1　项目调研简析

| 自然环境 | 地景：背山（谷字山）临田、溪<br>气候：四季分明；台风影响较大<br>植被：毛竹、杜鹃、紫薇、樱花等<br>水域：两头门溪（又名谷岙溪） |
|---|---|
| 乡土元素 | 乡土素材：当地材料（植被）、生活器物等<br>乡土传统：古建之乡、农耕文明等<br>乡土生活：自然风景、惬意田园和情感记忆等 |
| 公共庭院场址勘察 | 性质：宅基地（几户村民共有，现为菜园）；预打造成公共庭院、休闲场所；面积约 300 平方米；造价预算 5 万元人民币<br>地形：以东西宽、南北长呈矩形平面，近南侧有一条东西向排水明沟横穿平面；明沟以北地块较村主道下陷半米<br>环境：地块靠近村口，居村子中心地带；东、南、西三面均有 3—4 层住宅楼围绕，与西面独栋私宅楼关系密切；建筑边界杂、乱；北向通敞，面向村口主道、农田景观及远处山景<br>日照（夏季）：全日照（10:30—13:30）；部分日照（6:00—10:30、13:30—16:30） |
| 村民诉求 | 形式：和城市花园一样好看<br>功能：有凉亭遮阳避雨；有休憩座椅可供进行聊天、打牌等互动娱乐；保留部分菜地；安全照明；保证独栋住宅的私密性等 |
| 设计思路 | 基于场址特性、村落环境和当地精神；<br>减少干预，协调新庭院与原建筑的关系；<br>满足村民交往、娱乐和赏景等生活需求；<br>通过材料技艺、形式符号和空间意境等营造新庭院的文艺气息 |

深挖场址特性、减少人为干预以及协调新庭院与原环境之间的关系等，是开展乡土设计的前提，方案也因准备充分而进展顺利。庭院以明沟为界一分为二，南区保持菜地原状，仅添加竹篱整合。北区作为乡土元素运用的主要地块，是庭院打造的重点：北面主入口与村口主道相融，拥有开阔的田园视景；庭院内部地势顺应场址自然下陷成两处落差，既能泄水又能丰富庭院层次；长廊建构纵跨落差之上，有驾驭地形、划分空间、彰显技艺和引人入胜之意；垂直相交的景墙靠近明沟一侧，

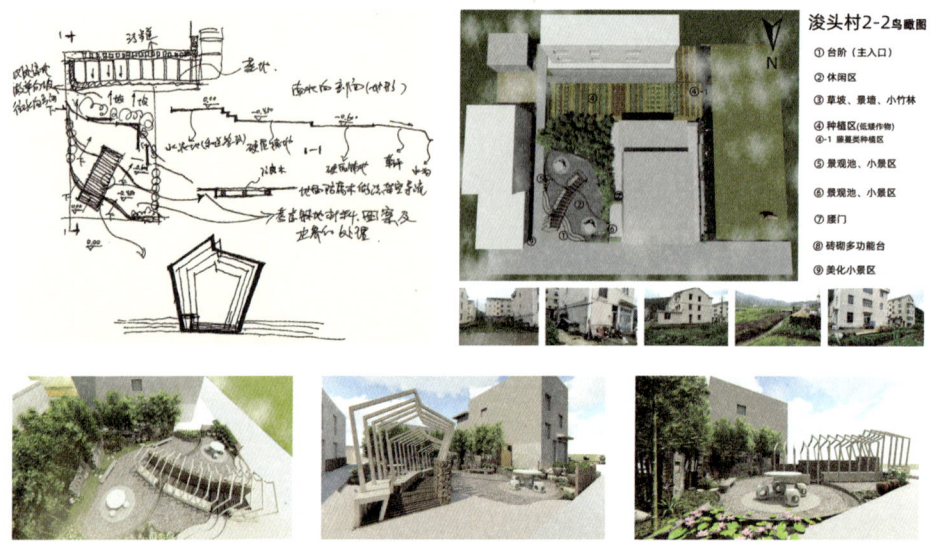

图 6-4-2　方案形成过程

与其后的竹林一起柔化庭院边界及住宅建筑线条。设计将原菜地、长廊构筑、边界景墙、植物绿草和自然背景等物质载体有机串连,并与住宅楼群的建筑走向保持一致,从而践行协调周边环境、提升景观面貌和营造文艺气息的项目预期。(图6-4-2)

## 二、项目落地与实施过程

项目落地由设计团队与当地村民共同完成,二者在合作过程中出现争执是不可避免的。这是因为村民不同于设计师或评论家,如果后者是"局外人"的话,那么前者就是"局里人",功利成效于局外人可以说无足痛痒,但关乎居于其中的局里人切身利害。村民对庭院方案的理解大多基于效果图、小比例模型或虚拟动画等带来的视觉感受,对相关功能尺度、空间意境等实质内容难有真切体会。随着庭院实体逐步显现,村民才渐渐明晰设计的用意。此时"局里人"就会更多地考虑功利关系,且因此与"局外人"摩擦不断。但正如本书所言,村民参与是项目实施的积极因素,相关内容在下文中涉及。

庭院施工有严格规范的先后顺序。为方便讨论,就以乡土元素的运用及成效展开叙述。具体而言:乡土素材主取当地材料、植物和生活器物,移植至庭院的景墙、铺地和花池等；在当地如古建筑、节气和农耕等传统文化中，取其传统技艺、应季植物及农田景观等显性标志，转化成庭院内的长廊建构、植物栽植以及庭院外的农田视景等；采用借景、框景、坐席布设和区域围合等空间营造手法，提供欣赏田园风光、休憩娱乐和日常交往的场所，供村民怡情于乡土生活。（表6-4-2）

表6-4-2  乡土元素运用

| 乡土元素 | 取样 | 转化（移植） | 庭院载体 | 项目预期 |
|---|---|---|---|---|
| 乡土素材：当地材料、生活器物等 | 石材、青砖灰瓦；柱墩、坛罐；芋叶、毛竹、紫薇等 | 采用、移植当地材料、植物以及乡土器物等为庭院建造及装饰所用 | 青砖景墙、毛石墙、毛（碎）石铺地和花池绿化等 | 由庭院（点）协调、提升周边环境（面）；艺术化自然传统的田园意境；培育乡土生活新方式 |
| 乡土传统：古建之乡、节气习俗和农耕文明等 | 乡土民居、技艺；应季植物；农田景观等 | 传统形制技艺符号化；栽植应季植物；取景农田景观 | 长廊建构、竹艺架构、菜园、应季植物和农田视景等 | |
| 乡土生活：自然风景、惬意田园和情感记忆等 | 山地景观、自然现象；村民日常生活；节日活动等 | 采用借景、框景、坐席布设和区域围合等营造手法，设计乡土生活场景 | 长廊（葡萄架）交往空间、景墙休憩空间和座席娱乐空间等 | |

（一）乡土素材的特色运用

**1. 采用当地材料**

浚头村盛产山石与毛竹。庭院打造以二者为主材，配合木料、青砖片瓦、结构型材和山地植物等。因为本土材料是最贴近村民生活、最方便可取的资源。在造价受限的情况下，团队直接从后山移植了毛竹、紫薇和杜鹃等用于庭院的植物造景。当地山石是大自然赐予的一份厚礼，与植物一起构成庭院的灵魂：用毛石、片岩表现的长廊墙础、地面肌理和边界点缀等相互呼应；粗犷的条石坐具的基座掩埋于石粒之中，犹如生长于斯；大面积蓝灰色碎石粒铺地就像一个巨大背景确立了庭院的腔调。[图6-4-3（a）]庭院景墙、花池采用青砖与片瓦的组合。在实施过程中，采纳村民意见，景墙造型并没有严格按设计图走，在高度上也适当

（a）碎石粒铺地　　　（b）青砖片瓦组合　　　（c）入口用料的融合过渡

图 6-4-3　采用当地材料

增加了一些。这些调整是必要的——出于景墙的材料特性、构图比例以及景墙对柔化周围建筑线条等效果设身处地的综合感受。[图 6-4-3（b）]值得一提的是，庭院主入口区域与村主道持平并采用一致的混凝土铺地，内侧曲线状阶梯则用同色水泥砖收口。这样做的目的是利用同类材料的延续和过渡，模糊庭院与道路的边界，形成自然、舒缓的引导空间。同时，这在一定程度上也起到了整合新庭院与原环境的效果。[图 6-4-3（c）]

**2. 移植乡土器物**

坛罐、磨盘和柱墩等乡土器物都是村民日常生活中熟悉的对象，将之艺术加工后植入庭院往往能收获惊喜与共鸣。一般而言，根据器物的造型、质感和色彩等特性，经过陈设形式、摆放次序等加工处理后可形成小景。当然也可适当调整器物的造型、色彩和肌理等。如庭院景墙中酒坛、柱墩与青砖灰瓦的搭配恰到好处，不仅色彩统一，而且考虑到了界面整体构图的比例与尺度。[图 6-4-4（a）（b）]将小口径坛罐的罐口适当切割后再填土培育绿植，然后将它们单个或组队置放在庭院入口处成为标识小景。切掉的罐口也得到利用，被秩序地排列起来，和块石、竹篱一起丰富入口小景的层次。[图 6-4-4（c）（d）（e）（f）]

概言之，运用并发挥乡土素材的固有特性是唤起村民情感记忆的首要条件，其创新姿态想要获得村民的认同与欣赏，并进一步提升村民的审美情趣，则需基于对乡土文化、美学理论和艺术设计等诸多知识的综合认知与广泛实践。

**（二）乡土传统的艺术展现**

**1. 乡土技艺**

浚头村多能工巧匠，村委会主任就是一位经验丰富的石匠，他也是这次庭院

(a) 景墙中的坛罐　　　　　(b) 景墙中的柱墩　　　　　(c) 坛罐小景

(d) 器物组合场景1　　　　(e) 器物组合场景2　　　　(f) 器物组合场景3

图6-4-4　移植乡土器物

建设的总监理。于是，设计团队对古建之乡的表达有了新的理解：庭院长廊整体形态成为乡土民居形制的象征；长廊的建构样式则表达出新旧传承；地方技艺显现在庭院营造的过程及成果中，等等。当地匠人的经验与技术得到充分展示，设计人员也迅速转换角色成了学徒。庭院场址经挖掘、填埋和平整等基础处理后，边界、地形初具雏形，随之开展基础泥作的砌筑。[图6-4-5（a）（b）（c）（d）（e）]师傅们用竹竿、绳索和砖块现场放样的方法简单而高效，尤其对不规则形体的定位有奇效。[图6-4-5（b）]除了土层自然渗水，中央曲形水沟连通原址明沟，构成庭院主要的泄水系统。[图6-4-5（c）]圆形铺地材料由设计中的混凝土调整为卵形毛石，与碎石粒的搭配在整体风格上更为统一。这些卵形毛石经挑选后，从圆形的边缘开始堆砌，逐渐向中心靠拢。[图6-4-5（e）]毛石墙础、青砖座席、方管骨架及防腐木饰面等铸就了中央长廊，尤其是毛石墙础与木桁架之间运用金属方管过渡，细节处传递着新旧技艺的对话。[图6-4-5（f）（g）（h）（i）]

由此可见，立足于整体村貌的和谐基调，这种化整为零的地方技艺结合创新设计在乡村公共空间中有巨大的应用价值，与当地人合力营造也是乡土经验表达与传承的理想方式之一。

（a）场地平整　　（b）现场放样　　（c）曲形水沟　　（d）景墙砌筑

（e）圆形铺装　　　　　　（f）木桁架　　　　（g）连接细节

（h）中央长廊　　　　　　（i）庭院大场景

图 6-4-5　乡土技艺

### 2. 农耕习俗

节气是农耕时代先人们根据自然界的四季变化和农事的需求与实践经验制定的历法成果。随着工业化进程的推进，节气习俗也成为农耕文明的一种象征。浚头村广阔的农田景观是现成的良好资源，农作物随季节播种、生长与收成，即便是现代化操作，农作物的自然规律却不会改变。于是在庭院设计中考虑了长廊内的良好视角，确保村民及游客欣赏周边山田美景的可能。实施阶段，村民的反馈进一步完善了这项内容，如长廊的弧度经过调整，更趋于田野视景。[图6-4-6（a）（b）] 毛竹、紫薇和樱花等移植自当地山上，并适当增加了一些驯化的、四季应景的草本、花卉等植物，但绝不繁多，考量其色彩、形体与所处环境的关系。[图6-4-6（c）（d）]

(a) 田野视景1　　　(b) 田野视景2　　　(c) 毛竹造景　　　(d) 应景绿植

(e) 趣味视景　　(f) 生活场景1　　(g) 生活场景2　　(h) 生活场景3　　(i) 生活场景4

图 6-4-6　公共庭院的空间体验

### (三) 乡土生活的氛围营造

自然生态的本色使村民们对其认知是生动且自豪的，原真的生活场景也因此在庭院设计中受到重视：利用"现成"资源，将当地如画的自然环境和田园美景纳为庭院的背景彩幕，使原有元素如远山、农田等巧妙融入庭院中。夕阳西下，村民们摘着葱花，与家人、亲戚朋友闲坐在庭院长廊中，一起感受乡间日落；饭后，在廊架下吹吹风、聊聊天，眼前是熟悉的田园风光，不知不觉就聊到了星斗满天。惬意的乡村生活图景自然地展现在庭院空间中：山水景观、自然现象是村民生活里再熟悉不过的景象，阳光下透过长廊的木桁架，眼前美景就变成了韵律感十足的动画，产生意想不到的视觉趣味；廊架内木地板、木座席温柔的触感吸引村民们静坐下来，拿着蒲扇聊一聊一天的趣事；青砖景墙与其后的小竹林是软化周围建筑坚硬线条的最大功臣，夕阳余晖穿过庭院周围三栋高楼，在蓝灰色的碎石地上留下几道橙色的波纹；老人泡一壶浓茶，脚触松软的石粒，坐在紫薇树下的条石上悠闲地抽着烟；孩子们忙于穿越长廊，在花池、草地上无拘无束地亲近自然，等等。[图 6-4-6 (e)(f)(g)(h)(i)]

综上，公共庭院将生活片段通过场所氛围的艺术营造予以表达，这是建立在乡村日常生活以及空间要素间相互关系上的整体考量，其目的是更好地满足村民的生活需求，艺术化自然传统的田园意境，培育舒适宜人的文艺气息。项目的追踪评价也印证了预期目标。

## 第五节　小结

本章在前文研究的基础上，归纳提炼了乡村公共空间的保护开发原则和设计策略，并以实践案例反思后效。从宏观指引且相对抽象的设计策略到案例的具体实施，是一个逐步转化操作和细化验证的过程，体现了乡村设计作为一种媒介的多重选项和创新可能。三个案例分别是传统村落空间基因的传承设计、乡村公共空间的适老化改造设计以及乡村公共庭院的专项设计。三者均围绕设计策略，并将之主题化、具体化、操作化和细节化。在空间尺度的来回切换中，设计归根到底要落实到用户体验的身体尺度层面。即在时代语境把控下，从整体布局的立意到局部细节的考量再回归到整体空间的有机组织。这是"整体—局部—整体"不断调适、互矫和协同的过程。每一类型的空间单元设计，都会直接或间接影响到更大尺度抑或是整体空间的结构与形态，因而需要不断地切换视角，在尺度与类型转换之间游刃有余。

乡村公共空间保护开发原则和设计策略的提出，强调了乡村复兴不是把乡村变成城市，而是与当地人合力规划本土资源、延续优良传统以及重塑社区活力，使乡村成为宜居、宜业和宜游之地。换言之，乡村复兴建设是让村民过上一种延续着历史与传统、记得住乡愁、看得见希望、把握得住幸福的现代生活。这意味着运用乡土元素，充分调动地方资源尤其与村民合力建设是提升乡村面貌并融入新生活方式的有效途径。需要再次强调的是，乡村的变化因使用者的创造和互动而自然且不拘一格，甚至超过设计者的刻意追求，这种情况启迪我们：乡村复兴并非一次定型，建设者应持续关注乡村所呈现的诸如历史、生态、社区和未来潜力等动态要素的复杂性；不仅要做好日常维护，同时还要在深度认知乡村空间的前提下鼓励村民们自下而上地主动提升，由点及面共同促进乡村的可持续发展，而乡村设计在此成为政府、投资方、设计师、村民等多元主体长效合作的重要媒介与推力。

结语

海德格尔认为，"定居"是人类存在的基本特征，建筑、村落、城镇的本质是让人安居下来，它是通过分割空间再将各部分有机结合起来以达到这个目标的。[1] E.利普斯提出："对于最原始的人来说，家的基本概念不是可避风雨和遮盖家人过夜的较长久的或临时性的建筑，而是部落的土地整体。因此，村落不仅是房屋的组合，还包含了与之联系的周围土地及其精神结构，即社会组织、家族观念、民风习俗等。"[2] 美国人文地理学家约翰·布林克霍夫·杰克逊指出，乡土景观是一个内涵丰富、容易引起共鸣的词汇，是一个"不仅强调了我们的身份和存在，而且强调了我们的历史"的词汇。[3] 因此，乡土景观是以传统聚落为核心，农业景观为主体，包含干预自然的人工景观和独特的自然景观共同构成的复合空间系统，体现了人类为满足生活生产需要，所做的人工干预自然的过程中所蕴含的丰富的文化传统。简言之，乡土景观是人类文化行为叠加在自然环境中的空间成果。而传统村落公共空间作为自然地理环境、人类社会活动的重要载体，是乡土景观的集中体现。

于是，本书从贴近人们日常生活的空间尺度，将乡土景观的宏大叙述转移到传统村落公共空间本体，在乡村设计视域下，以比较研究的方式解读浙江传统村落公共空间的形态特征、所蕴含的传统智慧以及美国俄克拉何马州历史乡镇的建设经验，进而聚焦到国内乡村复兴建设所面临的具体问题，并提出了解决方案。

---

1　参见［德］海德格尔《海德格尔如是说：人，诗意地安居》，郜元宝译，上海远东出版社2022年版，第137页。
2　［德］利普斯：《事物的起源》，汪宁生译，四川民族出版社1982年版，第2页。
3　参见俞孔坚、王志芳、黄国平《论乡土景观及其对现代景观设计的意义》，《华中建筑》2005年第4期。

## 一、研究结论

**（一）传统村落公共空间形态的图式化认知路径**

基于传统村落空间类型、要素构成的综合性与不同村落存在的差异性特征，引入图式语言理论重新审视村落公共空间内部的运转规律。通过对相关研究文献进行梳理与分析，明确了"图解"的思维模式之于公共空间研究的适用性，在此基础上归纳出传统村落公共空间的图式化认知路径。其核心是通过建构图式语言体系的"空间语汇、空间语法、空间语境"与公共空间形态特征因子的"空间要素、组合规则、作用机制"内在的对应关系，以成"系列"的图式精练公共空间的表达语言，力求做到深入浅出并具备较强的可读性，从而将模糊、概念的本土特色认知落实到准确、具体的空间价值载体。建立这一理论联动流程，将有助于从空间层面出发挖掘乡土文化、探究社会逻辑以及凝练营造智慧，在强化人们对传统村落空间的要素感知与价值认同的同时，助力于乡村空间设计语言的地方性构建。

**（二）传统村落公共空间活动的句法模型测量**

空间句法依据空间活动有赖于人群对于空间的选择穿越或抵达停留的原理，也就是公共空间的便捷性与可达性，成为空间活力的衡量指标，从而实现公共空间的组织结构与开放层级的量化表达。本书除了常规的空间句法指标统计，重点通过标准化角度穿行度（NACH）指标测量，来判断村民和游客两类人群，在限定距离情况下倾向于使用的空间及区域。结果显示两类人群的活动路线及范围既有差异又有重叠，差异部分体现了村民与游客两类人群在传统村落公共空间活动的习惯与规律，而重叠部分的公共空间则说明这部分具备较高的空间影响力以及居旅协同的可能性。

**（三）图式语言与空间句法参照验证的耦合逻辑**

空间句法是剥除空间的外化表征而探究其系统内部的拓扑学层面的链接属性与关联意义，其研究方法与技术路线偏于相对机械的数理运算，对物质空间内隐的人文历史、民俗观念等影响因子的考量不足，需要质性研究的介入与其互为参照与验证。因此，结合图式语言的质性研究能够与句法模型的量化数据构成相辅相成的观照体系：图式语言以相对具象化、图形化和结构化的图式表达，形象地传递村落公共空间的型塑过程、形态意象和内在逻辑;空间句法则以"构形"的基本概念和原则,抽象地、参数化地解释村落公共空间形态的内生性与自组织秩序。在传统村落的生长与演变进程中,通过"构形"营造空间关系系统的过程归属于"集体无意识"的范畴,传达着乡村社会与乡土文化的本性,这与图式语言通过图式化的方式表征地域性的营造智慧与文化特性形成底层逻辑的互通。两种理论逻辑的分析成果可以为村落空间形态的释义、活力核心的定位及规划方案的构思提供更具科学性、合理性的理论指导及决策依据。

(四)基于图式语言的乡村公共空间设计策略

乡村设计是在政府宏观布局与长远目标的先行引导下,借鉴传统智慧和国际经验,在新时代语境下探寻本土化设计策略的过程,是扎根乡土,提倡一种公众参与、共同营造与多元评价的可持续过程。因此,以传统村落的图式化认知路径,将传统村落的地方特色转化为空间设计语言并以图式逻辑呈现,可以成为特定场所意境下设计素材的来源、设计方法的参鉴,实现乡村空间营造理念和文化脉络的语言表述与信息存储。同理,乡村公共空间设计应在坚持"原真性、地方性和整体性"等宏观保护发展原则的基础上,以人与空间的共生、共情和共荣为设计目标,贯穿生态语境调适、形态语汇织补和文态语法叙事的设计步骤及方法,达成重启场所活力、再现艺术价值和赓续良风美俗的设计成效。

## 二、研究创新

(一)研究视角

以乡村设计的视角,将传统村落公共空间形态特征的描述性分析进阶到"外显—内隐"两个层面,即公共空间的形态表征和组织机理,进而基于当下的乡村问题,汲取传统智慧和国际经验,提炼出乡村复兴建设的基本原则与设计策略。从乡村设计视角解读传统村落公共空间形态,既是对传统村落的动态保护利用,也成为解决当下乡村问题的有效途径之一。

(二)研究方法

比较研究本身是一种简单、明晰的方法,可以避免孤立地描述、解释事物。本书主要通过可视化的图式语言和空间句法,强调了图像、参数的直观性和可比性,并结合传统的研究方法,如田野调查和PSPL法,对传统村落公共空间形态进行系统的划分、解析和启示研究。由此构建了一套科学的、定性定量互补的、可推广优化的研究方法与技术路径。

### (三) 研究内容

研究内容以传统智慧和国际经验的吸收与启示为目标,纵横两个向度比较分析为基本路径,针对浙江传统村落公共空间的构成要素、组合模式、整体形态以及美国俄克拉何马州历史乡镇公共空间特征展开了细致的调研与分析,并以提炼的场域营造艺术和乡土设计理念,构建了乡村公共空间复兴建设的设计策略。从而实现了在全球文化趋同的时代背景下,形成乡村空间保护、建设和复兴的本土化对策的可能。

## 三、研究展望

### (一) 局限之处

1.美国的西进运动和乡镇开发也伴随着教训与失误,本书侧重其历史经验的借鉴与启示,因此在这方面并没有做探讨,然而教训或失误同样能提供重要的警示意义。本书缺乏对俄克拉何马州历史乡镇公共空间的定量研究,未能以量化指标与浙江的传统村落公共空间做出更为直观的比较分析。

2.以浙江传统村落和美国历史乡镇的公共空间为载体展开空间形态研究,是在普查基础上针对数个典型案例的研究。因此,在区域性保护开发层面的宏观协同、资源分配以及合作模式等方面存在着局限。

3.图式语言和空间句法侧重于从二维的要素、布局与结构,展开空间形态的解构与推理,对于构成空间的竖向界面及要素的解析相对薄弱。如图式语言对于围合界面的材质、色彩和造型等要素分析不足,空间句法对于地形高程影响的考量不足。

### (二) 深化方向

针对研究局限,相应地提出未来深化研究的方向与内容。

1.国际环境下的乡村复兴建设进展及经验教训,可以有进一步的深化研究;扩大进行比较研究的国家和地区及其乡村复兴类型范围,如欧盟国家、东南亚国家的乡村建设经验等；更多地运用量化实证研究，如构建公共空间的品质评价指标等，使本土化的乡村设计策略可持续地优化与迭代。

2. 在当前乡村遗产集中连片保护的国家政策和学术研究趋势下，深入探讨乡村遗产区域性保护的规划思路与方法；在一定程度上打破乡村的行政边界，构建协同与合作的可行性方案与操作模式。

3. 推进图式语言理论在多维层面的空间解析能力及其实证；在研究尺度的把控中可适当聚焦中微观尺度，从具身性出发细化空间要素的多维构成以及空间艺术氛围的营造。

总结而言，中国作为传统的农业国家，现代化生活早已改变了传统的农业生产方式，在新生活、新风尚的背后，是人们时空概念上的新发展，也是新时代中人地关系的重新确立。在这个过程中，如何善待乡土、重视乡村人居环境的参差多样，不仅仅是物质文化方面的问题，也与乡愁记忆以及人文精神的延绵息息相关。本书的研究并非回到过去，而是要面向今天与观测未来，着眼于浙江先民场域营造艺术的可持续部分，有鉴别地汲取传统养分，启迪现代创作，发挥我们这一代人的创造力使乡村人居环境成为更有魅力、富于人性且适于生活的宜居场所，而中华民族自然天放的文化底色，也将在文脉的赓续中历久弥新。

# 参考文献

### 著作书籍

[1] 王云才：《图式语言：景观地方性表达与空间逻辑的新范式》，中国建筑工业出版社 2019 年版。

[2] 陈桂秋、丁俊清、余建忠、程红波编著：《宗族文化与浙江传统村落》，中国建筑工业出版社 2019 年版。

[3] [美] 约翰·布林克霍夫·杰克逊：《发现乡土景观》，俞孔坚、陈义勇等译，商务印书馆 2015 年版。

[4] 宁志中主编：《中国乡村地理》，中国建筑工业出版社 2019 年版。

[5] 包伊玲：《浙东运河宁波段传统村落公共空间形态研究——以大西坝村和半浦村为例》，文化艺术出版社 2022 年版。

[6] 段进、季松、王海宁：《城镇空间解析：太湖流域古镇空间结构与形态》，中国建筑工业出版社 2002 年版。

[7] [美] 杜威·索尔贝克：《乡村设计：一门新兴的设计学科》，奚雪松、黄仕伟、汤敏译，电子工业出版社 2018 年版。

[8] 张兵华：《传统村落公共空间的图式语言》，中国建材工业出版社 2023 年版。

[9] 韦浥春：《广西少数民族传统村落公共空间形态研究》，中国建筑工业出版社 2020 年版。

[10] 顾希佳主编：《浙江民俗大典》，浙江大学出版社 2018 年版。

[11] 杨小军、丁继军：《透视浙村：历史文化村落保护利用的浙江探索与实践》，机械工业出版社 2023 年版。

[12] [丹麦] 扬·盖尔：《交往与空间》，何人可译，中国建筑工业出版社 2002 年版。

[13] [加] 简·雅各布斯：《美国大城市的死与生》，金衡山译，译林出版社 2022 年版。

[14] 朱成腾：《碗窑有约》，中国民族摄影艺术出版社 2019 年版。

[15] [美] 罗伯特·文丘里、丹尼丝·斯科特·布朗、史蒂文·艾泽努尔编著：《向拉斯维加斯学习》，徐怡芳、王健译，知识产权出版社、中国水利水电出版社 2006 年版。

[16] 李洪涛主编：《乡村振兴国际经验比较与启示》，中国农业出版社 2019 年版。

[17] [美] 兰德尔·阿伦特：《国外乡村设计：建设有特色的小城镇》，叶齐茂、倪晓辉译，中国建筑工业出版社 2010 年版。

[18] Howard F. Stein, Robert F. Hill Lakoff, *The Culture of Oklahoma*, University of Oklahoma Press, 1993.

[19] [日] 芦原义信：《外部空间设计》，尹培桐译，江苏凤凰文艺出版社 2017 年版。

[20] [美] 华盛顿·欧文：《大草原之旅》，张冲、张琼译，中国友谊出版公司 2015 年版。

[21] [英] 理查德·韦斯顿：《材料、形式和建筑》，范肃宁、陈佳良译，中国水利水电出版社、知识产权出版社 2005 年版。

[22] 王兆君等：《中国东部沿海地区社会主义新农村建设问题研究》，中国书籍出版社 2013 年版。

[23] [美] 约瑟夫·弗兰克：《现代小说中的空间形式》，秦林芳译，北京大学出版社 1991 年版。

[24] 龙迪勇：《空间叙事学》，生活·读书·新知三联书店 2015 年版。

[25] [德] 海德格尔：《海德格尔如是说：人，诗意地安居》，郜元宝译，上海远东出版社 2022 年版。

[26] [德] 利普斯：《事物的起源》，汪宁生译，四川民族出版社 1982 年版。

[27] 彭一刚：《传统村镇聚落景观分析》（第 2 版），中国建筑工业出版社 2018 年版。

[28] 杨晓光、余建忠、赵华勤主编：《从"千万工程"到"美丽乡村"：浙江省乡村规划的实践与探索》，商务印书馆 2018 年版。

[29] 陶锋：《营造的智慧——宁波传统民居院落的空间艺术》，化学工业出版社 2021 年版。

## 硕博论文

[1] 熊伟：《广西传统乡土建筑文化研究》，博士学位论文，华南理工大学，2012 年。

[2] 陈莎：《基于生态系统服务权衡的农地格局与利用决策研究》，博士学位论文，浙江大学，2021 年。

[3] 黄健文：《旧城改造中公共空间的整合与营造》，博士学位论文，华南理工大学，2011 年。

[4] 程琼：《浙江省山地丘陵居住空间形态研究》，硕士学位论文，浙江大学，2010年。

[5] 刘晟崇：《浙西地区乡村聚落空间形态研究》，硕士学位论文，浙江理工大学，2019年。

**期刊论文**

[1] 张晋：《基于适应性的乡土景观认知与研究视角探讨》，《中国园林》2020年第3期。

[2] 关中美、杨贵庆、王祯、肖颖禾：《我国乡村空间研究进展与热点的可视化分析》，《现代城市研究》2019年第9期。

[3] 张健：《传统村落公共空间的更新与重构——以番禺大岭村为例》，《华中建筑》2012年第7期。

[4] 谷凯：《城市形态的理论与方法——探索全面与理性的研究框架》，《城市规划》2001年第12期。

[5] 蒙小英：《基于图示的景观图式语言表达》，《中国园林》2016年第2期。

[6] 王云才：《论景观空间图式语言的逻辑思路及体系框架》，《风景园林》2017年第4期。

[7] 罗苈、许泽港、陈翚：《基于CiteSpace的国内乡村公共空间研究综述》，《南方建筑》2022年第2期。

[8] 倪振、郑国全：《浙江省历史文化村落空间格局识别与影响因素研究》，《小城镇建设》2023年第11期。

[9] 许溶烈：《绍兴台门：江南民居经典范式》，《绍兴日报》2022年7月13日。

[10] 闵忠荣、黄萍、段亚鹏：《传统村落理水智慧浅析——以江西省流坑村为例》，《城市发展研究》2018年第1期。

[11] 李丰：《绍兴老台门艺术》，《美术》2016年第9期。

[12] 屠剑虹：《别具一格的民居：绍兴台门》，《浙江档案》2016年第10期。

[13] 钟伟、郦曼丽：《文旅融合为千年古村带来新活力》，《科技金融时报》2019年6月21日。

[14] 王珲、王云才：《苏州古典园林典型空间及其图式语言探讨——以拙政园东南庭院为例》，《风景园林》2015年第2期。

[15] 李伯华、郑始年、刘沛林、窦银娣：《传统村落空间布局的图式语言研究——以张谷英村为例》，《地理科学》2019年第11期。

[16] 黄源成、许少亮：《生态景观图式视角下的传统村落布局形态解析》，《规划师》2018年第1期。

[17] 张建荣、冯怀宇、匡晨、徐礼洁：《山水观念下宗祠装饰中的"理想村落图示"研究——以婺源县汪口俞氏宗祠木雕装饰为例》，《南方文物》2021年第2期。

[18] 刘星、盛强、杨振盛：《步行通达性对街区空间活力与交往的影响》，《上海城市规划》2017年第1期。

[19] [英]金达·赛义德、[英]特纳·阿拉斯代尔、[英]比尔·希利尔、[日]饭田慎一、[英]艾伦·佩恩、高士博、杨滔：《线段分析以及高级轴线与线段分析：选自〈空间句法方法：教学指南〉第5、6章》，《城市设计》2016年第1期。

[20] 张楠、姜秀娟、黄金川、刘慧：《基于句法分析的传统村落空间旅游规划研究——以河南省林州市西乡坪村为例》，《地域研究与开发》2019年第6期。

[21] 王浩锋、叶珉：《西递村落形态空间结构解析》，《华中建筑》2008年第4期。

[22] 陈健坤、王天为、梁振宇：《基于空间分析的传统村落商业布局与优化策略研究：以安徽省查济村为例》，《建筑与文化》2018年第8期。

[23] 郑衡泌：《从血缘到地缘：传统村落角头祠神祭祀空间认同构建——以泉州小岞村为例的考察》，《世界宗教研究》2020年第1期。

[24] 李昊泽、王勇、程杰：《图式语言视角下的江南水乡传统村落空间布局解构》，《规划师》2021年第24期。

[25] 吴琳、余建忠：《浙江传统村落空间特征与保护利用探索》，《城市发展研究》2021年第3期。

[26] 陶锋、唐洁、包伊玲：《传统人居智慧与场所精神重塑——浙江古村落记忆在城市住区可持续景观设计中的延续》，《浙江大学学报（人文社会科学版）》2020年第5期。

[27] 黄昕珮：《论乡土景观——〈Discovering Vernacular Landscape〉与乡土景观概念》，《中国园林》2008年第7期。

[28] 俞孔坚、王志芳、黄国平：《论乡土景观及其对现代景观设计的意义》，《华中建筑》2005年第4期。

[29] [美]罗伯特·安德森、王玲：《乡土景观——得克萨斯州景观设计的符号和象征》，《城市环境设计》2007年第6期。

[30] 张津豪、陶锋、包伊玲、杨紫珊、杨静怡：《基于图式语言的传统村落空间基因识别提取方法与应用研究——以绍兴冢斜村为例》，《地理研究》2025年第4期。

[31] 杨紫珊、张津豪、陶锋、占妍：《传统村落公共空间环境归属感重塑——基于宁波马径村图式语言的研究范式》，《小城镇建设》2025年第5期。

[32] 杨贵庆、夏小懿：《传统村落水塘空间的文化价值辨识——以浙江省为例》，《上海城市规划》2021年第6期。

[33] 赵春丽、杨滨章、刘岱宗：《PSPL调研法：城市公共空间和公共生活质量的评价方法——扬·盖尔城市公共空间设计理论与方法探析（3）》，《中国园林》2012年第9期。

[34] 陈义勇、俞孔坚：《美国乡土景观研究理论与实践——〈发现乡土景观〉导读》，《人文地理》2013年第1期。

[35] 戴晓玲、浦欣成、董奇：《以空间句法方法探寻传统村落的深层空间结构》，《中国园林》2020年第8期。

[36] 寇怀云、俞文彬：《文化景观视野的乡村遗产区域性保护——思路与模型构建》，《城市规划》2022年第11期。

**其他**

[1] 《浙江省历史文化村落保护利用重点村规划——绍兴·冢斜》，规划文本，2014年。

[2] 浙江省古建筑设计研究所：《松阳县杨家堂村传统村落保护发展规划（附件四）》，2014年。

[3] 松阳县住房和城乡建设局：《中国传统村落档案（杨家堂村）》，2014年。

[4] 深圳大学建筑研究所：《空间句法简明教程》，2015年。（https://wenku.so.com/d/0c68b3ea3c60b2c12c438d6ee9a6ccb7）

[5] 《碗窑村历史文化名村保护规划》，规划文本，2012年。

## 附表 1

**传统村落公共空间特征调查表**[1]

| 特征类 | 序号 | 特征项目 | 特征子项目 | 特征因子（说明） | 技术路径 |
|---|---|---|---|---|---|
| 村落概况 | 1 | 村落属性 | | 行政村、自然村 | 文件、文献 |
| 村落概况 | 2 | 民族结构 | | | 文件、文献 |
| 村落概况 | 3 | 地理分区 | | 浙北、浙南、浙中、浙东、浙西 | 文件、文献 |
| 村落格局 | 4 | 山地 | 地形地貌与村落及公共空间关系考察 | 整体格局 | 节点（建筑）、街巷、广场等公共空间与地形地貌的关系 | 航拍（含自然、农业垂直全景、俯拍）、卫星图、文献；CAD制图（平面）、Photoshop加工 |
| 村落格局 | 4 | 山地 | 地形地貌与村落及公共空间关系考察 | 公共空间 | 节点（建筑）、街巷、广场等公共空间与地形地貌的关系 | 航拍（含自然、农业垂直全景、俯拍）、卫星图、文献；CAD制图（平面）、Photoshop加工 |
| 村落格局 | 5 | 丘陵 | 地形地貌与村落及公共空间关系考察 | 整体格局 | 节点（建筑）、街巷、广场等公共空间与地形地貌的关系 | 航拍（含自然、农业垂直全景、俯拍）、卫星图、文献；CAD制图（平面）、Photoshop加工 |
| 村落格局 | 5 | 丘陵 | 地形地貌与村落及公共空间关系考察 | 公共空间 | 节点（建筑）、街巷、广场等公共空间与地形地貌的关系 | 航拍（含自然、农业垂直全景、俯拍）、卫星图、文献；CAD制图（平面）、Photoshop加工 |
| 村落格局 | 6 | 平原 | 地形地貌与村落及公共空间关系考察 | 整体格局 | 节点（建筑）、街巷、广场等公共空间与地形地貌的关系 | 航拍（含自然、农业垂直全景、俯拍）、卫星图、文献；CAD制图（平面）、Photoshop加工 |
| 村落格局 | 6 | 平原 | 地形地貌与村落及公共空间关系考察 | 公共空间 | 节点（建筑）、街巷、广场等公共空间与地形地貌的关系 | 航拍（含自然、农业垂直全景、俯拍）、卫星图、文献；CAD制图（平面）、Photoshop加工 |
| 村落格局 | 7 | 盆地 | 地形地貌与村落及公共空间关系考察 | 整体格局 | 节点（建筑）、街巷、广场等公共空间与地形地貌的关系 | 航拍（含自然、农业垂直全景、俯拍）、卫星图、文献；CAD制图（平面）、Photoshop加工 |
| 村落格局 | 7 | 盆地 | 地形地貌与村落及公共空间关系考察 | 公共空间 | 节点（建筑）、街巷、广场等公共空间与地形地貌的关系 | 航拍（含自然、农业垂直全景、俯拍）、卫星图、文献；CAD制图（平面）、Photoshop加工 |
| 村落格局 | 8 | 滨海 | 地形地貌与村落及公共空间关系考察 | 整体格局 | 节点（建筑）、街巷、广场等公共空间与地形地貌的关系 | 航拍（含自然、农业垂直全景、俯拍）、卫星图、文献；CAD制图（平面）、Photoshop加工 |
| 村落格局 | 8 | 滨海 | 地形地貌与村落及公共空间关系考察 | 公共空间 | 节点（建筑）、街巷、广场等公共空间与地形地貌的关系 | 航拍（含自然、农业垂直全景、俯拍）、卫星图、文献；CAD制图（平面）、Photoshop加工 |
| 村落格局 | 9 | 农地利用格局 | | 水田、梯田、旱地、经济林、园地等 | 航拍（农业类型俯拍）、卫星图、文献 |

---

[1] 参见韦浥春《广西少数民族传统村落公共空间形态研究》，中国建筑工业出版社2020年版，第46—47页。

续表

| 特征类 | 序号 | 特征项目 | 特征子项目 | 特征因子（说明） | 技术路径 |
|---|---|---|---|---|---|
| 空间形态 | 10 | | 整体形态 | 团状、带状、散点状、指状等 | 航拍（村域垂直全景、俯拍）、卫星图、文献；CAD制图（平面）、Photoshop加工 |
| | 11 | 村落规模 | 人口（户） | 人口数：特大型≥1001；大型601—1000；中型201—600；小型≤200 | 统计数据、走访、卫星图 |
| | 12 | | 空间半径 | ___（米） | |
| | 13 | 平面形态 | 点状空间 | 公共建（构）筑（祠堂、凉亭、村庙、书院、戏台、寨门等）、村树、井台等 | 航拍（各类建筑物垂直屋顶）、实景照片；公共建（构）筑物测绘；文献、CAD制图（平、立面） |
| | 14 | | 线状空间 | 道路结构：树枝状、放射状、网络状；水系：长廊、风雨桥、桥体等 | 航拍（村域垂直全景、俯拍）；文献、CAD制图（平面）、Photoshop加工 |
| | 15 | | 面状空间 | 广场、晒场、堰塘（水池）、坪地等 | 航拍（空间垂直全景）、实景照片、平面测绘；文献、CAD制图（平面）、Photoshop加工 |
| | 16 | 界面形态 | 底界面 | 形式（平缓、坡地、台阶、台地等）；铺地（石块、卵石、水泥等） | 实景照片（形式类型与铺地、制表） |
| | 17 | | 界面建筑 | 民居类型（硬山、悬山、重檐等）；形态（材质、颜色） | 实景照片（形式类型与屋顶、墙身）；文献、制表 |

续表

| 特征类 | 序号 | 特征项目 | 特征子项目 | 特征因子（说明） | 技术路径 |
|---|---|---|---|---|---|
| 空间形态 | 18 | 界面形态 | 特殊界面建筑 | 公共建（构）筑（祠堂、凉亭、村庙、书院、戏台、风雨桥、寨门等） | 实景照片（全景）；文献 |
| | 19 | | 其他实体界面 | 篱笆、沟渠、挡土墙、信息牌等 | 实景照片（全景）；文献 |
| | 20 | | 街道界面组织 | 类型（商业、居住、文化、交通等）、特征（曲折、平直；封闭、开敞；连续、渗透） | 实景照片（侧界面）、测绘；文献、CAD制图（立面） |
| | 21 | | 广场界面组织 | 构成要素、空间焦点、和谐对比、围合感 | 实景照片（侧界面）；文献、CAD制图（侧立面展开图）、Photoshop加工 |
| | 22 | | 整体界面特征 | 连续性、封闭性、整体性、标志性 | 航拍（村域局部俯拍） |
| | 23 | 组织方式 | 边界 | 引导性边界空间；停留性边界空间 | 实景照片；文献、CAD制图（平面）、Photoshop加工 |
| | 24 | | 中心 | 构成类型（弱中心、多中心、单中心）围合方式（封闭、半封闭、开敞） | 实景照片；文献、CAD制图（平面）、Photoshop加工 |
| | 25 | | 路径 | 组织方式（曲折起伏、与建筑互动、道路节点） | 实景照片；文献、CAD制图（平面）、Photoshop加工 |

续表

| 特征类 | 序号 | 特征项目 | 特征子项目 | 特征因子（说明） | 技术路径 |
| --- | --- | --- | --- | --- | --- |
| 空间形态 | 26 | 空间尺度 | 街道类型与宽度 | 道路、街、巷 | 街道类型实景照片，宽度测量（粗略）；制表 |
| | 27 | | 街道形式与尺度 | 断面形式（建筑+街+建筑、建筑+街+附属要素+建筑、建筑+附属要素）；D/H | 街道类型实景照片，宽度、高度测量（粗略）；CAD制图（断面）、Photoshop加工、制表 |
| | 28 | | 广场面积与尺度 | 平面尺寸；D/H | 平面、侧界面高度尺寸；CAD制图（断面）、Photoshop加工、制表 |
| 空间活动 | 29 | 生产生活 | 活动内容 | 交谈、休息、娱乐、家务、农副产业生产活动 | 观察、访谈、实景照片；典型案例PSPL法；文献、制表 |
| | 30 | | 主要场所 | 田间地头、房前树下、晒场、商铺、凉亭 | |
| | 31 | 节庆民俗 | 活动内容 | 节日活动 | |
| | 32 | | 主要场所 | 集市、广场、空地、晒场、风雨桥 | |
| | 33 | 人生礼仪 | 活动内容 | 诞生、成年、婚嫁、寿诞、丧葬 | |
| | 34 | | 主要场所 | 住屋、土地庙、祠堂、鼓楼、风水树 | |

## 附表 2

### PSPL 法简介及应用[1]

| 调研方法<br>基本步骤 | 地图标记法<br>（片区） | 现场计数法<br>（卡点） |
|---|---|---|
| 场地选取 | 选取的场地具有代表性，包括人流密集的空间、活动频繁的空间，也包括受冷落的空间；包括广场空间、街巷空间，也包括露天市场空间等 | 卡点有代表性，类型覆盖主要街道、广场、公园或其他形式的公共空间。调研多围绕场地的中心区域来进行，这些区域通常能更准确地反映人们活动的规律和状况。样点的数量通常可根据调研区域的面积来定，并均匀地分布在调查区域之内 |
| 数据采集 | ①驻足人数<br>②等候公共交通的人数<br>③坐歇人数<br>④躺卧人数<br>⑤参与商业、文化、体育运动等活动的人数 | 定点记录行人流量。包括全天步行人数、每小时步行人数、每10分钟步行者人数、每分钟步行者人数统计，并在事先准备好的模板上标明行人的年龄和性别。通过这样的行人流量调查，能够客观反映出道路的等级状况和步行环境质量。数据应覆盖不同季节的工作日和节假日、白天及夜晚的人流情况 |

---

1 根据赵春丽、杨滨章、刘岱宗《PSPL 调研法：城市公共空间和公共生活质量的评价方法——扬·盖尔城市公共空间设计理论与方法探析（3）》（《中国园林》2012年第9期）整理。

续表

| 基本步骤 \ 调研方法 | 地图标记法（片区） | 现场计数法（卡点） |
| --- | --- | --- |
| 数据分析 | ①不同季节工作日白天和晚上不同时间段所发生的稳定性活动类型和参与活动人数<br>②不同季节节假日白天和晚上不同时段所发生的稳定性活动类型和参与活动人数<br>③不同季节工作日、周末的白天和晚上不同时间段所发生的静态活动的平均水平对比分析<br>④每一小时不同空间内的静态活动水平对比分析<br>⑤特定时间段，静态活动水平对比分析<br>⑥同一场地空间不同年份的平均活动水平对比分析 | 横向、纵向对比：<br>①一天中不同时间段内步行人数对比分析<br>②工作日白天与周末白天步行者人数的对比分析<br>③工作日夜晚与周末夜晚步行者人数的对比分析<br>④工作日白天与工作日夜晚步行者人数的对比分析<br>⑤周末白天与周末夜晚步行者人数的对比分析<br>⑥不同季节之间白天、夜晚、工作日、周末步行者人数的对比分析<br>⑦同一场所不同年份白天、夜晚、工作日、周末等背景下的对比分析 |
| 数据应用 | 描述所调查公共空间的现状，即如何被使用，被谁使用，发生了哪些稳定性的活动，最主要的活动类型有哪些，每种活动持续的时间有多长等。这些调研分析的结果将为公共空间的改进提供依据 | 分析的结果能够反映出步行街道的使用状况，能够反映出人流变化的基本规律。通过数据的比对分析，可以提出针对公共空间体系改进和发展的建议 |
| 村落调研应用转译 | ①确保典型场地覆盖村域，明确所选场地的活动边界，梳理乡村人群活动类型<br>②工作/休息日各取2—3天，时段（8:00—20:00），每个场地每小时进行10分钟的记录，人群以居民、游客分为两大类，再以性别、年龄段共分为12类<br>③数据分析及应用基本一致 | ①卡点以街巷空间为主，乡村的广场与绿地相对较少，结合空间句法计算结果均匀分布村域范围<br>②工作/休息日各取2—3天，时段（8:00—20:00），每个卡点每小时进行5分钟的记录，人群以居民、游客分为两大类，再以性别、年龄段共分为12类<br>③数据分析及应用基本一致 |

## 附表 3

**现场计数调研记录模板（节选某一时间段）**[1]

| 卡口 | 时间 | 行人 | | | 数量 | 备注 |
|---|---|---|---|---|---|---|
| 1 | 8:00—8:05<br>9:49—9:54 | 居民 | 男 | 老人 | | |
| | | | | 中青年 | | |
| | | | | 少年 | | |
| | | | 女 | 老人 | | |
| | | | | 中青年 | | |
| | | | | 少年 | | |
| | | 游客 | 男 | 老人 | | |
| | | | | 中青年 | | |
| | | | | 少年 | | |
| | | | 女 | 老人 | | |
| | | | | 中青年 | | |
| | | | | 少年 | | |
| 2 | 8:07—8:12<br>9:42—9:47 | 居民 | 男 | 老人 | | |
| | | | | 中青年 | | |
| | | | | 少年 | | |
| | | | 女 | 老人 | | |
| | | | | 中青年 | | |
| | | | | 少年 | | |
| | | 游客 | 男 | 老人 | | |
| | | | | 中青年 | | |
| | | | | 少年 | | |
| | | | 女 | 老人 | | |
| | | | | 中青年 | | |
| | | | | 少年 | | |

---

1 根据赵春丽、杨滨章、刘岱宗《PSPL调研法：城市公共空间和公共生活质量的评价方法——扬·盖尔城市公共空间设计理论与方法探析（3）》（《中国园林》2012年第9期）整理。

续表

| 卡口 | 时间 | 行人 | | | 数量 | 备注 |
|---|---|---|---|---|---|---|
| 3 | 8:14—8:19<br>9:35—9:40 | 居民 | 男 | 老人 | | |
| | | | | 中青年 | | |
| | | | | 少年 | | |
| | | | 女 | 老人 | | |
| | | | | 中青年 | | |
| | | | | 少年 | | |
| | | 游客 | 男 | 老人 | | |
| | | | | 中青年 | | |
| | | | | 少年 | | |
| | | | 女 | 老人 | | |
| | | | | 中青年 | | |
| | | | | 少年 | | |
| …… | …… | 居民 | 男 | 老人 | | |
| | | | | 中青年 | | |
| | | | | 少年 | | |
| | | | 女 | 老人 | | |
| | | | | 中青年 | | |
| | | | | 少年 | | |
| | | 游客 | 男 | 老人 | | |
| | | | | 中青年 | | |
| | | | | 少年 | | |
| | | | 女 | 老人 | | |
| | | | | 中青年 | | |
| | | | | 少年 | | |
| 8 | 8:49—8:54<br>9:00—9:05 | 居民 | 男 | 老人 | | |
| | | | | 中青年 | | |
| | | | | 少年 | | |
| | | | 女 | 老人 | | |
| | | | | 中青年 | | |
| | | | | 少年 | | |
| | | 游客 | 男 | 老人 | | |
| | | | | 中青年 | | |
| | | | | 少年 | | |
| | | | 女 | 老人 | | |
| | | | | 中青年 | | |
| | | | | 少年 | | |